国家社科基金
GUOJIA SHEKE JIJIN HOUQI ZIZHU XIANGMU
后期资助项目

A History of
Soviet War
Novels

苏联战争小说
发展史

Literary Bloom Amidst Gunfire

曾思艺 ————— 著

天津出版传媒集团
天津人民出版社

图书在版编目（CIP）数据

苏联战争小说发展史 / 曾思艺著. -- 天津 : 天津
人民出版社, 2025. 1. -- ISBN 978-7-201-20585-4

Ⅰ. I512.074

中国国家版本馆CIP数据核字第2024L1P470号

苏联战争小说发展史

SULIAN ZHANZHENG XIAOSHUO FAZHAN SHI

出　　版	天津人民出版社	
出 版 人	刘锦泉	
地　　址	天津市和平区西康路35号康岳大厦	
邮政编码	300051	
邮购电话	（022）23332469	
电子信箱	reader@tjrmcbs.com	
策划编辑	沈海涛　金晓芸	
责任编辑	燕文青	
装帧设计	汤　磊	
印　　刷	天津海顺印业包装有限公司	
经　　销	新华书店	
开　　本	710毫米×1000毫米　1/16	
印　　张	32.75	
字　　数	590千字	
版次印次	2025年1月第1版　　2025年1月第1次印刷	
定　　价	99.00元	

国家社科基金后期资助项目
出版说明

后期资助项目是国家社科基金设立的一类重要项目，旨在鼓励广大社科研究者潜心治学，支持基础研究多出优秀成果。它是经过严格评审，从接近完成的科研成果中遴选立项的。为扩大后期资助项目的影响，更好地推动学术发展，促进成果转化，全国哲学社会科学工作办公室按照"统一设计、统一标识、统一版式、形成系列"的总体要求，组织出版国家社科基金后期资助项目成果。

全国哲学社会科学工作办公室

目　录

绪　论

苏联①经历了两次世界大战(1914年7月28日~1918年11月11日,1939年9月1日~1945年9月2日),一次内战(1917年11月7日~1922年10月25日),而俄国有着久远、伟大、丰富的战争小说传统,在苏联时期,战争小说格外发达,名篇佳作甚多,尤其是在二战中及战胜法西斯德国之后,更是出版了大量的战争小说,直到苏联解体前后才急剧减少。

一、既往研究概述与本书旨趣

苏联对自己的战争小说颇为重视,往往在小说发表的当时,就开始对作家、作品展开评论与研究,相关资料不少。综观这些研究,根据其研究对象的不同,大约可以分为两种类型。

第一种是对苏俄国内战争小说的研究。②众所周知,十月革命后俄国在结束第一次世界大战的同时爆发了红白内战,故而反映战争的小说不少,尤其是描写内战的小说更多,成就也更高,著名的有伊万诺夫的《铁甲车》、富尔曼诺夫的《夏伯阳》、绥拉菲莫维奇的《铁流》、法捷耶夫的《毁灭》、拉甫列尼约夫的《第四十一》、肖洛霍夫的《静静的顿河》等,除了关于这些作品的单篇论文外,更多的研究出现在作家传记、作家评传或作家研究之中,比较重要的有如下一些著作。

---

① 苏联成立于1922年12月30日,但苏联学者和中国学者一般习惯性地把从1917年开始的社会主义文学称为苏联文学,如季莫菲耶夫的《苏联文学史》(上下卷,作家出版社1956年)、叶水夫主编的《苏联文学史》(第一二三卷,中国社会科学出版社1996年),彭克巽的《苏联小说史》则把从20世纪20年代开始的小说创作称为"20年代苏联小说艺术流派"(详见彭克巽:《苏联小说史》,北京十月文艺出版社1988年,第47页),因此本书也把从1917~1991年间的战争小说统称为"苏联战争小说",但实际上进入论述的只有1921和1922年出版的《荒年》《游击队员》《一周间》《铁甲车》等几部作品。
② 中、俄文学界普遍将1917~1922年间的苏俄文学纳入苏联文学的范畴。

温格洛夫、爱弗洛斯的《富尔曼诺夫》比较详细地介绍了作家的生平,同时梳理了其生平与其创作之间的关系。①奥捷洛夫的《富尔曼诺夫评传》则在介绍作家生平的同时,更注意对其创作的评述。②但这两本书都过于重视对作家革命工作的介绍,并且受当时政治影响太大,对作品的艺术分析很少。

对法捷耶夫的研究相对多一些,杰缅季耶夫等著《法捷耶夫的创作》只有几万字的篇幅,非常简要地介绍了法捷耶夫的所有创作。③泽林斯基的《法捷耶夫》在时代变化的大背景中较为深入地介绍了作家的生平与创作,并以专章介绍了《青年近卫军》。④罗曼宁柯的《法捷耶夫》则在介绍法捷耶夫生平的同时也介绍了他的文学创作。⑤博博雷金的《亚历山大·法捷耶夫》相对来说比较深入地介绍了法捷耶夫的创作,但更多注意的是创作的背景、作品主题和人物形象分析。⑥布施明的《法捷耶夫的长篇小说〈毁灭〉》对《毁灭》创作的背景、主题思想、人物形象进行了分析,和前面几本书一样,因受政治影响太大,对小说的艺术方面谈论较少。⑦科尼博维奇的《法捷耶夫的长篇小说〈毁灭〉和〈青年近卫军〉》分别介绍了作家最出名的这两部长篇小说,指出《毁灭》描绘的是创造历史的、有着道德的美和力量的新人诞生,这部作品受到高尔基很大的影响,《青年近卫军》则描写了苏联社会培养的青年在极其艰难困苦的敌占区所建立的不朽功勋。⑧

因为肖洛霍夫突出的艺术成就,也因为他获得了诺贝尔文学奖,在这些作家中对他的研究是最多的,作家传记在其中占比较大,比较重要的有:瓦连京·奥西波夫的《肖洛霍夫的秘密生平》⑨和《肖洛霍夫传》⑩、瓦·李维诺夫的《肖洛霍夫评传》⑪、恰尔马耶夫的《生活与创作中的肖洛霍夫》⑫、沃罗涅佐

---

① 参阅〔苏〕温格洛夫、〔苏〕爱弗洛斯:《富尔曼诺夫》,李德容、沈凤威译,中国青年出版社1958年。

② 参阅〔苏〕奥捷洛夫:《富尔曼诺夫评传》,陈次园译,作家出版社1958年。

③ 参阅〔苏〕杰缅季耶夫等:《法捷耶夫的创作》,水夫译,作家出版社1955年。

④ *Зелинский К.* А.А.Фадеев, М., 1951.

⑤ 参阅〔苏〕季·罗曼宁柯:《法捷耶夫》,韦之译,上海文艺出版社1961年。

⑥ 参阅〔苏〕弗·博博雷金:《亚历山大·法捷耶夫》,刘循一译,北京出版社1984年。

⑦ *Бушмин А.С.* Роман А. Фадеева 《Разгром》, Л., 1951.

⑧ *Книпович Е. Ф.* Романы А. Фадеева 《Разгром》 и 《Молодая гвардия》, М., 1973.

⑨ 参阅〔俄〕瓦连京·奥西波夫:《肖洛霍夫的秘密生平》,刘亚丁等译,四川人民出版社2001年;四川大学出版社2015年。

⑩ 参阅〔俄〕奥西波夫:《肖洛霍夫传》,辛守魁译,人民文学出版社2011年。

⑪ 参阅〔俄〕瓦·李维诺夫:《肖洛霍夫评传》,孙凌齐译,中央编译出版社2002年。

⑫ *Чалмаев В.А.* М.А. Шолохов в жизни и творчестве, М., 2002.

夫的《肖洛霍夫》①等,在介绍作家生平的同时,也介绍了其作品,尤其是《静静的顿河》。

关于《静静的顿河》的作者,苏联解体后依旧有争论,最有影响的首推泽耶夫的《〈静静的顿河〉反对肖洛霍夫》,通过顿河的历史及小说的人物、用词等,来说明肖洛霍夫并非《静静的顿河》的作者。②但更多的学者通过大量事实力证《静静的顿河》的作者就是肖洛霍夫,2007年科鲁格洛夫等五位学者从多方面反驳了反肖洛霍夫者的各种言论,证明确实是肖洛霍夫创作了《静静的顿河》③;2017年博基耶夫更通过对肖洛霍夫的作品和克雷科夫的作品的具体文本分析,充分证明《顿河故事集》和《静静的顿河》的作者是同一人,即肖洛霍夫。④

专门研究《静静的顿河》的著作也有不少,比较有影响和代表性的是雅基缅科的《肖洛霍夫的〈静静的顿河〉》和叶尔莫拉耶夫的《米哈伊尔·肖洛霍夫和他的创作》。前者回顾了这部小说的创作历史,指出其与20世纪20~30年代苏联散文的关系,从社会政治方面论述了以下几个问题:主人公葛利高里(一译格里高力)的悲剧命运、人民在小说中的作用和地位、麦列霍夫家的毁坏史等,最后总结了小说某些特殊的类型和风格。⑤后者的题目虽然有"和他的创作",实际上主要研究的是《静静的顿河》,在概述中首先介绍了肖洛霍夫的生平与创作,然后论述了作家的哲学生活与哲学思想,指出小说重视大自然的作用,强调作家与托尔斯泰的关系,接着通过细节论述了肖洛霍夫小说的风格与结构,最后论析了其小说的历史源泉。⑥

值得一提的是,近些年俄国学者不再纠缠于以往的塑造新人、改造思想、教育成长和现实主义手法等研究内容,对其国内战争小说的研究又有了新的角度,如西多尔楚克在其《伊万诺夫中篇小说〈铁甲车〉中的白银时代遗产》一文里指出,《铁甲车》吸收了白银时代各流派思潮多方面的成果,尤其是现代主义的成果,包括安德烈耶夫《红笑》对战争的描写,勃洛克把革命和战争视为

① Воронецов А.В. Шолохов, М., 2014.

② Зеев Бар-Селла. "Тихий Дон" против Шолохова. Самара, 1996.

③ Круглов Ю.Г., Владимирова Т.Н. «Тихий Дон» в кривом зеркале антишолоховцев, М., 2007.

④ Бозиев С.Н. Превратности текстов произведений М.А. Шолохова и Ф.Д. Крюкова, М., 2017.

⑤ Якименко Л. «Тихий Дон» М.А. Шолохова, М., 1958.

⑥ Ермолаев. Михаил Шолохов и его творчество, Санкт-петербург, 2000.

自发的自然力,特别是别雷的《彼得堡》等作品对象征、语言和音乐的追求。①

第二种是对苏联卫国战争小说的研究。战胜法西斯德国的民族自豪感,再加上人们所受创伤之深之广前所未有,且参战者人数众多,因而苏联卫国战争小说不仅数量繁多,高质量的作品也为数不少,创作的繁荣使得研究也颇为丰富。苏联学者安德烈耶夫甚至宣称:"描写伟大的卫国战争的书,足可以装备一个规模庞大的图书馆,而研究这一战争文学的专著,也足可以装备一个图书馆。"②苏联卫国战争小说在总体上被划分为三个创作时期,也就是通常所称的"三个浪潮",即20世纪50年代前的第一次浪潮、50年代后的第二次浪潮和70年代后的第三次浪潮,并根据不同浪潮的题材选择、主题及风格加以命名。此外,还以题材和表现方式为标准,分为全景文学、战壕文学和纪实文学。不过,20世纪70年代之前的战争文学评论和研究集中于卫国战争小说的评论与研究,并且大多停留在"战争回忆"与时期划分的研究阶段,这一时期的研究对战争文学的艺术特质及文化蕴涵均未有深入涉及,更多的是一种社会角度的现实主义评述,关注的是作品的英雄主义。到70年代,随着对战争反思的深入,其研究话题也更为广泛。这一时期,军事出版社出版了军事文学丛刊《军队与文学》(Армия и Литература),到80年代艺术文献出版社也出版了多辑《伟业文丛》(Литература великого подвига),一些专门著作也相继出版,如鲍恰罗夫的《人与战争:战后战争散文中的社会主义人道主义思想》③、阿达莫维奇的《论当代战争散文》④、苏联科学院高尔基世界文学研究所的《当代文学中的伟大的卫国战争》⑤、奥夫恰连科的《大文学:1945~1985年苏联艺术散文发展的主要倾向》⑥,以及一些

---

① *Сидорчук О.И.* Наследие серебряного века в повести Вс. Иванова《Бронепоезд 14~69》./Коммуникативно-когнитивный подход к преподаванию филологических и психолого-педагогических дисциплин.Ялта,2011.С.184~188.

② 〔苏〕尤·安德烈耶夫:《当代苏联文学中人道主义概念的丰富化》,徐启慧译,见李辉凡主编:《当代苏联文学中的人道主义问题》,安徽文艺出版社1987年,第179页。

③ *Бочаров А.* Человек и война:Идеи социалистического гуманизма в послевоенной прозе о войне,М.,1978.

④ *Адамович Алесь.* О современной военной прозе,М.,1981.

⑤ *Академия наук СССР,Институт мировой литературы М.Горького.* Великая отечественная война в современной литературе,М.,1982.

⑥ *Овчаренко А.И.* Большая литература:Основные тенденции развития советской художественной прозы 1945~1985 годов,М.,1988.

作家传记和作家专论①。这些著述开始从上一个时期的"英雄主义"主题批评转向"人道主义"主题批评,即更多地站在作为个体的人的立场上,关注在战争背景下人与历史的对话,以及人的悲剧性命运的揭示。而在苏联解体之后,战争文学逐渐淡出批评家们的视野,有评论者指出"战争小说的高峰已经过去"。

苏联解体后,战争小说创作大大减少,研究也大大降温,近些年只出版了寥寥几本著作,如列昂诺夫的《关于伟大的卫国战争的俄罗斯文学》,比较详细地介绍了战争爆发之后出现的散文、小说、诗歌、政论等发表的情况及基本内容,分析了这些体裁之间的相互联系,以及共同主题和艺术手法。②又如恰尔马耶夫的《战争中人性犹存:1960~1990年代俄罗斯小说中前线题材的作品》,首先介绍了战争文学新浪潮的先驱维克多·涅克拉索夫、普拉东诺夫、肖洛霍夫,然后介绍了"尉官散文"中战壕小说的代表邦达列夫、巴克兰诺夫、沃罗比约夫、阿拉尼耶夫、库罗奇金,接着介绍了六七十年代的战争—历史长篇小说和"尉官中篇小说"的代表作家西蒙诺夫、斯塔德纽克、康德拉季耶夫、瓦西里耶夫、诺索夫、波果莫洛夫,最后介绍了阿斯塔菲耶夫的《牧童与牧女》《被诅咒的与被杀死的》和格罗斯曼的《生存与命运》等战争小说。③综观上述关于苏联战争小说的评论和研究,有两个突出的不足:一是往往带有浓厚的大国沙文主义倾向,他们认为苏联在战争中,特别是在二战中的表现是极其重要的,苏联文学中的战争文学也是最出色的,因而很少将之放在世界战争文学的格局中考察其思想,特别是艺术上的缺点与不足;二是很少把整个苏联时期的战争小说放在俄国文化与文学乃至世界战争文学的背景下加以研究,考察其与俄国传统的关系尤其是与东正教的关系,以及苏联不同时期战争小说之间(尤其是国内战争小说与卫国战争小说)的继承与发展,而更多的是对单个作家作品的研究,或某个时段的研究(如卫国战争小说研究)。因此,整体性的综合研究似还未见。

---

① 如拉扎列夫的《西蒙诺夫的战争散文》(*Лазалев. Военная проза Константина Симонова*, М., 1975),伊达什金的《才华的特征:论邦达列夫的创作》(*Идашкин Юрий Владимирович. Грани таланта: о творчестве Юрия Бондарева*, М., 1983),费季的《邦达列夫的艺术发现》(*Федь Николай Михайлович. Художественные открытия Бондарева*, М., 1988)等。在这些研究中,关于西蒙诺夫、邦达列夫、贝科夫的传记和研究专著最多,每人都有好几种,有些甚至多达十几种。

② *Леонов. Русская литература о великой отечественной войне*, М., 2010.

③ *В. А. Чалмаев. На войне остаться человеком: Фронтовые страницы русской прозы 1960~1990-х годов*, М., 2018.

相比而言，中国的苏联战争小说研究更显冷落。（尽管这些作品的翻译在中国颇为红火，甚至在20世纪50年代一度形成高潮。）中国的苏联战争小说研究也大体可分为两种类型。

一种是苏俄国内战争小说研究。尽管其国内战争小说在中国译介较多，影响很大，但对其的研究在我国却是介绍性的内容较多，而且大多是几万字的小册子，如齐广春等的《法捷耶夫》[1]、王思敏等的《绥拉菲莫维奇》[2]，研究的论著较少，已有的研究也主要集中于著名作家肖洛霍夫及其作品，《第四十一》有十来篇相关论文，对法捷耶夫及其作品也还有些研究[3]，而关于《恰巴耶夫》《铁流》等就连论文都十分少见，更不用说著作了。关于肖洛霍夫《静静的顿河》的论文较多，著作则主要有李树森的《肖洛霍夫的思想与艺术》[4]、孙美玲的《肖洛霍夫的艺术世界》[5]、徐家荣的《肖洛霍夫创作研究》[6]、何云波的《肖洛霍夫》[7]、刘亚丁的《顿河激流：解读肖洛霍夫》[8]、冯玉芝的《肖洛霍夫小说诗学研究》[9]、李毓榛的《肖洛霍夫的传奇人生》[10]、曹海艳的《顿河哥萨克的群体精神探寻与历史悲剧：〈静静的顿河〉新论》[11]。李树森、徐家荣、孙美玲等大多秉持与苏联学者近似的观点或者综合苏联学者的两三种观点，李毓榛的著作以介绍作家的生平为主。何云波、刘亚丁的著作对《静静的顿河》的解读，则在中俄学者之外，别具新意。他们认为，这部小说有三套话语：一是关于真理的话语，作品有一个预设的任务就是展现哥萨克人如何通过战争、痛苦和流血，走向社会主义，作品把拥护苏维埃、迈进社会主义称为"伟大的人类真理"；二是关于"人的魅力"的话语，它确立的评价人物的标准是该人物是否富有人性，是否显示出性格特点中某种优于他人的品质；三是关于乡土的话语，肖洛霍夫自小生活在顿河哥萨克中，对顿河乡

---

[1]　参阅齐广春、郑一新：《法捷耶夫》，辽宁人民出版社1985年。

[2]　参阅王思敏、石钟扬：《绥拉菲莫维奇》，辽宁人民出版社1988年。

[3]　参阅关引光：《法捷耶夫和他的创作》，北京出版社1986年。此书以介绍为主，但已有些研究。

[4]　参阅李树森：《肖洛霍夫的思想与艺术》，吉林大学出版社1987年。

[5]　参阅孙美玲：《肖洛霍夫的艺术世界》，社会科学文献出版社1994年。

[6]　参阅徐家荣：《肖洛霍夫创作研究》，兰州大学出版社1996年。

[7]　参阅何云波：《肖洛霍夫》，四川人民出版社2000年。

[8]　参阅刘亚丁：《顿河激流：解读肖洛霍夫》，四川教育出版社2001年。

[9]　参阅冯玉芝：《肖洛霍夫小说诗学研究》，山西人民出版社2001年。

[10]　参阅李毓榛：《肖洛霍夫的传奇人生》，北京大学出版社2009年。

[11]　参阅曹海艳：《顿河哥萨克的群体精神探寻与历史悲剧：〈静静的顿河〉新论》，中国社会科学出版社2020年。

土有着本能的亲切感,在小说中,充满生命活力的顿河草原,构成了与血腥、动荡的世界相抗衡的另一世界,也成了主人公漫漫漂泊征途中的精神皈依。前两者都基本上是综合苏联学者的观点,第三种属于中国学者自己的话语,而且也扣住了小说的标题《静静的顿河》,十分符合作家的原意。冯玉芝首次在中国系统地研究了肖洛霍夫小说的诗学体系,以及叙事、结构、语言、话语空间,尤其是小说悲剧的现代生成,指出《静静的顿河》这部史诗继承了托尔斯泰等的俄国小说传统又有所创新。曹海艳通过对小说主人公葛利高里·麦列霍夫的形象及其生命历程的分析,首次诠释了顿河哥萨克群体对以独立、自由、正义、和平、家园和理想爱情为主要内容的精神追求,并借此探讨了在20世纪初期战争与革命的时代里该群体的这种求索必将失败的悲剧性历史命运,在国内外研究中有一定的新意。

另一种是卫国战争小说研究。在中国的俄罗斯文学研究者中,目前只有为数极少的学者在从事这一领域的专门研究。如陈敬咏,他的两本专著《当代苏联战争文学评论》[①]和《苏联反法西斯战争小说史》[②],乃是中国学术界不可多得的系统研究成果。在《当代苏联战争文学评论》一书中,陈敬咏除了对一些代表作家作品进行了专门研究外,也对苏联卫国战争文学的创作模式和三次发展浪潮进行了梳理总结。书中提到,卫国战争文学从出现伊始,即显现出此后发展中存在的局部性和全景性这两种结构倾向,而这两种结构倾向之后的三次发展浪潮中也是相互交替占据主流的。根据"三个浪潮"说,陈敬咏将苏联战争题材小说分四个阶段进行研究。第一阶段为战争时期,第二阶段为战后初期,代表作家为法捷耶夫、西蒙诺夫等,这两个时期的作品既有局部性的,也有全景性的;第三阶段是20世纪50年代中期到60年代中期,以肖洛霍夫《一个人的遭遇》为缘起,以"战壕真实派"作家的创作为主,代表作家有邦达列夫、贝科夫、巴克兰诺夫等,这个时期的作品以局部性为主;第四阶段是60年代中期之后,全景小说得到充分发展,当然局部性作品也有发展,恰科夫斯基的《围困》即全景小说最有代表性的作品。陈敬咏在另一本专著《苏联反法西斯战争小说史》中把整个苏联卫国战争文学分为六个时期进行研究,此外还归纳了苏联战争小说的主题思想——英雄主义和人道主义,同时运用历史主义原则观照苏联战争小说。除了这两本系统研究的专著外,陈敬咏还完成了作家专论著作《邦达列夫创作论》[③]。

---

① 参阅陈敬咏:《当代苏联战争文学评论》,南京大学出版社1990年。
② 参阅陈敬咏:《苏联反法西斯战争小说史》,南京大学出版社1992年。
③ 参阅陈敬咏:《邦达列夫创作论》,译林出版社2004年。

李毓榛的《反法西斯战争和苏联文学》①，顾名思义，是一本较为全面地介绍苏联卫国战争文学的著作，不过该书虽然以反法西斯战争即卫国战争文学为主，但也简要介绍了俄国战争文学传统，以及其国内战争文学的名家和名著。他的《西蒙诺夫评传》②较为系统地介绍了西蒙诺夫的生平，评述了他的诗歌、戏剧、小说，尤其是军事文学及其基本特点。

20世纪80年代之前，一些关于苏联战争文学的评论散见于我国各报刊，多是应景性的评述，还称不上真正意义上的研究。进入80年代，真正的研究文章开始出现，其中既有对具体作品的研究，如林大中的《苏联战争文学第三浪的代表作——评康德拉季耶夫〈萨什卡〉》（《读书》1984年第12期），也有对苏联卫国战争文学整体性的研究，如严永兴的《意蕴宏阔风自雄——当代苏联战争文学新貌掠影》（《外国文学评论》1987年第2期）、李之基的《苏联战争文学的历史演变》（《文史哲》1989年第2期）等。但这些研究仍然囿限于苏联批评界的研究基调，还谈不上突破。

20世纪90年代至今，对卫国战争文学的研究论文相对多一些，探讨的角度也丰富起来。其中林精华的《从高昂的英雄主义到深广的人道主义——前苏联反法西斯战争文学探幽》（《求索》1996年第1期）一文在分析苏联卫国战争文学三次浪潮的同时，也将其与同时期的欧美战争文学进行了对比，并且特别提到了第二次浪潮中的反思斯大林时代的重要特征。袁玉梅的《自我意识与他国书写——对苏联卫国战争文学的再思考》（《俄罗斯文艺》2009年第1期）一文同样对苏联卫国战争文学有了新的认识，文章中对苏联战争文学中表露的强烈的自我意识及救世观念进行了分析。

近年来也出现了一些相关选题的学位论文，如孙中文的《苏联卫国战争文学研究》（辽宁师范大学2008年硕士学位论文）、邬鸿斌的《困境中的道德坚守——贝科夫战争小说中的英雄形象及其塑造手法》（内蒙古师范大学2010年硕士学位论文）、邸博文的《西蒙诺夫三部曲〈生者与死者〉中的现代主义元素》（辽宁大学2013年硕士学位论文）、赵婉晨的《论瓦西里耶夫的战争题材小说》（海南师范大学2013硕士学位论文）、王泽宇的《文化视野下阿斯塔菲耶夫的战争小说研究》（哈尔滨工业大学2015年硕士学位论文）等。孙中文从文化历史层面和主题学视野对苏联四十年卫国战争文学进行了研究；邬鸿斌从道德和英雄的关系上解读了贝科夫的战争小说；邸博文探析了西蒙诺夫在其三部曲《生者与死者》中对现代主义文学创作手法所进行的大

---

① 参阅李毓榛：《反法西斯战争和苏联文学》，北京大学出版社2015年。

② 参阅李毓榛：《西蒙诺夫评传》，北京大学出版社2020年。

胆而又有益的尝试,并以此展现了当时苏联社会中人与社会、人与环境、人与人之间的荒诞关系、人的荒诞意识和人的异化;赵婉晨论述了瓦西里耶夫如何将战斗的场面和丰富的人性完美地融合起来,既把视角投向战争本体,又对人的命运和个体生命价值表现出高度的关注,深刻揭示战争与人性的深层关系,对人类未来的命运进行理性的思考;王泽宇从俄罗斯战争文学的文化传统、西伯利亚文学的地域性文化特质角度,研究了阿斯塔菲耶夫战争文学创作中蕴含的宗教内涵和战争观点。由上可见,中国学界的研究同样集中于单个作家作品与卫国战争小说(如陈敬咏的三部著作及李毓榛的两部著作),而未见把苏联国内战争小说与卫国战争小说视为一个整体,进行全面、系统、深入的研究。

苏联战争小说受政治影响极大,但《伊戈尔远征记》及普希金、托尔斯泰等的战争文学作品中的传统、东正教反暴力、人道主义思想的影响,以及文学的自律等,在适当的时候也会影响苏联战争小说的发展走向。本书将从1917年至1991年的战争小说大体划分为六个阶段:

一是关于红白搏杀间的成长改造,约从1917年至1927年,这是苏联战争小说的奠基阶段,其主要特点是受政治影响较大,战争小说主要描写红军对白军①的战斗,尤其是在残酷的革命斗争之际,革命对革命战士、知识分子等的改造,以及他们在战争中的成长,主要作品有《恰巴耶夫》《铁流》《毁灭》《苦难的历程》等。

二是关于炮火纷飞中的情感与自由,约从1926年至1940年,在文化与文学传统及文学自律的影响下,战争小说开始展示人性的复杂,表现在从血与火的搏杀中显现出来的复杂人性,尤其是人的情感与自由,主要作品有《骑兵军》《第四十一》《白卫军》《静静的顿河》等。

以上两个部分描述的均为苏联国内战争。

三是关于第二次世界大战里的民族存亡,约从1941年至1945年,此时民族存亡压倒一切,战争小说创作的主要目的是唤起人民的战斗激情,主要作品有《虹》《人民是不朽的》《不屈的人民》《日日夜夜》《真正的人》《青年近卫军》等。

四是关于大战胜利后的凯旋颂歌,约从1947年至1956年,战争小说主要歌颂红军将士的英勇,激发苏联人的民族自豪感,主要作品有《旗手》三部曲、《星》《奥德河上的春天》等。

---

① 白军是白卫军的简称,是苏俄国内战争时期(1918~1920)的一支武装力量。白军以保皇党派为基础,主要将领有邓尼金、高尔察克等人,1921年初被苏俄红军消灭。

五是关于战争风云中人的之命运,约从1956年至1984年,战争小说从政治反思、关心人的命运到以正面描写为主,主要作品有"战壕小说"《人的命运》《请求炮火支援》《一寸土》,全景小说《生者与死者》三部曲、《热的雪》《围困》《战争》,以及"20世纪的《战争与和平》"《生存与命运》等。

　　六是关于人性视角下的残酷战争,约从1961年至1991年,从人性视角尤其是道德角度审视战争、审视人,表现了一定的反战情绪,主要作品有《这里的黎明静悄悄……》《牧童与牧女》《一死遮百丑》《战争中没有女性》,以及贝科夫的一系列中篇小说《索特尼科夫》《方尖碑》等。

　　综而言之,苏联战争小说的特点可总结为:在政治和传统之间摇摆(摆动于阶级斗争、英雄主义和人道主义、普世之爱之间);从宏大叙事走向微观叙事;艺术手法颇为传统,创新不够。最后,本书考察了世界战争文学格局中的苏联战争小说,确定其在世界战争文学中的地位。

　　本书主要采用历史的、美学的方法,兼及文化研究、文本细读,同时运用比较文学的方法,在世界战争小说的格局中,总结苏联战争小说的特点。首先,大量搜集并阅读从苏联国内战争到卫国战争的苏联战争小说代表性作品,在文本阅读的基础上,形成中国学者的立场(因为苏联学者喜欢过于夸大本国作品的价值),客观地评价这些作品;其次,在大量收集、阅读相关研究资料尤其是俄文资料后,把苏联战争小说放在世界战争小说的格局中加以考察,总结其思想与艺术方面的特点,并指出其不足。

　　本书第一次把俄国及至苏联从1917年至1991年间的全部战争小说作为一个整体进行研究,并且将之置于整个俄罗斯文学历史发展的长河中和世界战争小说的格局中加以考察,同时又紧扣时代的风云变幻,既说明社会政治对其的影响,更探析俄国文化和文学传统对其的影响(主要表现为文学的自律),更在俄国学者着力不多的国内战争小说对其卫国战争小说的影响上首次较为系统深入地加以论述,从而完善了俄国文学发展的整体观,有利于更好地认识和把握整个俄国文学史。希望通过对苏联战争小说对俄国传统文化的继承与发展的研究,为我国当代战争小说乃至文学创作如何借鉴中国传统文化与文学提供有益的经验,并对中国当代战争小说的发展提供正反两方面有益的借鉴。

二、苏联战争小说的俄国文化与文学传统

　　苏联战争小说的文化传统主要是东正教传统。东正教是俄罗斯的国教,也是基督教的三大派(天主教、新教、东正教)之一,对俄罗斯的文化气

质和民族精神有巨大的影响,俄罗斯现代著名宗教哲学家别尔嘉耶夫指出:"东正教表现了俄罗斯的信仰。"①俄国当代一位神学家甚至断言:"俄罗斯民族文化是在教会里诞生的。"②的确,东正教在相当长的时间里一直统辖着俄罗斯人的精神世界,对其哲学、社会科学、文学和艺术等的发展,有着不可估量的巨大影响。具体地说,东正教赋予俄国人和俄罗斯文学三个突出的特点:

其一,颇强的神秘主义色彩和强烈的精神追求。东正教强调"因信称义",其神秘主义认为,东正教是人类思想和行为的"先知先觉",是使人类能看见"真知"的光,是融会知识和精华的真理,是使人类充满理解和同情的爱;东正教作为"先知先觉"不需要任何教理和教条,真理和真神存在于信徒的信仰之中;东正教是上帝和人、圣父和被造物之间的超凡的和精神的结合,是天国和人间的桥梁;非信徒只有和信徒共享神秘的友情,才能理解和了解东正教的实质;由于东正教是上帝赐给人类的,因而人类可以通过忏悔把心灵奉献给上帝,通过赎罪来拯救自己的灵魂,通过感恩祈祷得到永生,通过"耶稣的牺牲"而得救;在东正教精神的感召下,非正义可以变为正义,罪人可以变成"圣人",圣人一旦藐视罪人就会丧失其圣洁的价值。③由于以上这些认识,也造就了俄国人的另一特点:鄙弃物质欲望,有一种强烈的精神追求。俄国人普遍认为,人的身份地位不以其拥有的物质多少为标志,人的富有在于其精神的丰富。这些影响到文学,便表现为强调人的豁然醒悟和对精神生活的高度重视乃至执着追求,如托尔斯泰小说中的彼埃尔、列文、聂赫留朵夫,陀思妥耶夫斯基小说中的拉斯科尔尼科夫,以及自然而然形成的象征色彩(托翁笔下的橡树、陀氏书中的彼得堡,等等)。

其二,独特的道德体系与浓厚的人道主义精神。东正教特别重视人的道德修养,强调忠信、博爱、忍让和自我牺牲精神。这赋予俄国社会和俄国文学独特的道德体系。别尔嘉耶夫说:"在俄罗斯,道德的因素永远比智力因素占优势。"④东正教尤其关心人(特别是下层人)的不幸与苦难,较多地保留着早期基督教的人道主义传统,主要体现为:上帝"道成肉身"拯救人类、"爱上帝、爱邻人"的教义、"上帝是父亲,人人是兄弟"的精神、对社会不公的

---

① 〔俄〕尼·别尔嘉耶夫:《俄罗斯思想》(修订本),雷永生、邱守娟译,生活·读书·新知三联书店2004年,第9页。

② 转引自任光宣:《基辅罗斯—十九世纪俄国文学:俄国文学与宗教》,世界图书出版公司1995年,第6页。

③ 参阅乐峰:《东正教史》,中国社会科学出版社1999年,第42~43页。

④ 〔俄〕别尔嘉耶夫:《俄罗斯思想》,第17~18页。

抗议、对弱者和受欺凌受侮辱者甚至罪人的同情与怜悯。

　　其三,深刻的忧患意识和突出的超越精神(彼岸性、世界性或终极性)。东正教关注现实社会的不公,强调对弱者乃至罪人的同情、关心与爱护,同时又具有强烈的精神追求,这使得大多数俄国人具有一种深刻的忧患意识和突出的超越精神,他们对现实不满,抗议社会的不公,深深忧虑个人的命运、民族的前途乃至整个人类社会的前景,与此同时,他们又力图超越世俗红尘,在与上帝的关系中确立人自身,建立理想的道德王国,达到极高的精神境界,追求彼岸世界和终极意义。这在俄罗斯知识分子身上尤为明显,他们既关心现实生活中人的苦难、生存的意义和价值,又极力超越世俗,奔向彼岸,追求无限、永恒。这样,他们一方面有一种现实的对人间不幸与苦难的同情与怜悯,另一方面更有一种终极追求——竭力探寻人的生存的意义与价值,关心人的灵魂能否进入永恒,最终能否得到救赎。这二者的典型体现,一为19世纪后期出于对人民大众过分极端的负罪感,俄罗斯知识分子中的"民粹派"甚至发起了"到民间去"的运动,二为俄罗斯的"最高纲领主义","即冲破一切界限、注目深渊的不可遏止的欲望,不是别的,正是对于绝对物的永恒的、不可息止的渴望。在俄罗斯人那里,灵魂之根,正如在柏拉图那里那样,是系于无限的"①。

　　以上因素中,对苏联战争小说影响最大的是东正教的反暴力和人道主义思想。

　　法捷耶夫曾谈道:"伟大的古典作家是我们的良师,我们希望成为他们的继承者。"②在战争小说方面也是如此,苏联战争小说家们对俄国传统的战争文学作品多有继承,深受传统战争小说的影响。苏联学者托彼尔指出:"对俄国古典文学来说,战争是'永恒的'主题之一……伟大卫国战争文学取法于古典文学,它一方面像托尔斯泰那样给战争以有力的否定,另一方面又肯定英雄主义行为,这种把两者结合起来的本领,是与它所依靠的最近的、最直接的传统,即与艺术作品对国内战争的描写相一致的。"③苏联的《文学问题》杂志社1965年曾邀请描写卫国战争的阿纳尼耶夫、巴克兰诺夫、别尔戈丽茨、波果莫洛夫、贝科夫、西蒙诺夫等二十四位作家和诗人谈谈对其影响最大的俄国文学家和世界文学家,所有人都不约而同地提及托尔斯泰。④

---

① 〔俄〕叶夫多基莫夫:《俄罗斯思想中的基督》,杨德友译,学林出版社1999年,第31页。

② 〔苏〕法捷耶夫:《谈文学》,冰夷译,作家出版社1956年,第15页。

③ 〔苏〕托彼尔:《功勋的人道主义涵义和世界文学中的战争与和平问题》,张捷译,见李辉凡主编:《当代苏联文学中的人道主义问题》,第293页。

④ *Дедков И.А. Василь Быков: Очерк творчества. –М.,1980,C.6~7.*

俄国战争文学从古代的《伊戈尔远征记》与《往年纪事》中的"奥列格远征王城""伊戈尔远征希腊""奥尔加为伊戈尔复仇""马迈溃败记""亚历山大·涅夫斯基传""顿河彼岸之战""普斯科夫攻占记""亚速海防御记",到19世纪普希金的《波尔塔瓦》《1829年远征期间埃尔祖鲁姆旅行记》、果戈理的《塔拉斯·布尔巴》、莱蒙托夫的《波罗金诺》、托尔斯泰的《塞瓦斯托波尔故事集》《战争与和平》、迦尔洵的《四天》《胆小鬼》,再到20世纪初安德烈耶夫的《红笑》等,有着久远、伟大、丰富的战争文学和战争小说传统。限于篇幅,再加上俄国学者对托尔斯泰、普希金、莱蒙托夫、安德烈耶夫等的战争文学对后世的影响谈得较多,此处仅以《伊戈尔远征记》(Слово о полку Игореве)为例,来谈谈俄国战争文学传统对苏联战争文学(包括战争小说)的影响。

　　《伊戈尔远征记》是中世纪俄国的一部经典作品,与法国的《罗兰之歌》、西班牙的《熙德之歌》、德国的《尼伯龙根之歌》并称为中古四大英雄史诗,也是俄国最早的战争文学典范。由于其突出的艺术成就和巨大的影响,这部史诗很早就被列入俄国的中学教学大纲之中,一般在中学七年级学习它,而且一直以来没有中断过。正因为如此,这部史诗为绝大多数受过教育的俄国人民所熟悉和热爱,对于俄国人民的爱国热情,尤其是对于战争的描写,无疑会产生潜移默化的影响,因此它对苏联战争文学有很大的影响。具体看来,其影响主要体现在以下三个方面:

　　一是爱的力量与人道主义精神。《伊戈尔远征记》有一个重要的主题,那就是表现爱的力量,通过雅罗斯拉夫娜的哭诉表现她对丈夫的深情,而这一哭诉所产生的最终让被俘的伊戈尔逃回俄国的惊人效果,充分体现了爱的力量。她向着辽远的海洋、向着伊戈尔被囚禁的地方挥洒自己的眼泪,向风、向第聂伯河、向太阳祈求把丈夫从敌营释放出来。她深挚的爱感动了大自然,在大自然的帮助下,伊戈尔最终逃回俄国。然而,关于史诗的这一爱的主题尤其是爱的力量的主题,以往中俄学者很少专门谈到,尽管大家都意识到,伊戈尔能够逃脱是由于其妻子的哭诉——"在第三篇里,作者重又说到伊戈尔公,叙述他怎样从波洛威茨人的囚禁中逃回祖国。这次脱逃据说应该归功于伊戈尔的妻子雅罗斯拉夫娜的哭诉和祈祷。她祈求自然界的力量——风、第聂伯河与太阳——把她丈夫伊戈尔'送来'给她,使她不再向远处的海洋挥洒眼泪。这祈求生了效,伊戈尔终于逃出囚禁了"[1],"在雅罗斯拉夫娜哭诉的感召下,伊戈尔终于逃出敌营,回到了罗斯"[2]。其实,细读原

　　① 〔苏〕布罗茨基主编:《俄国文学史》(上卷),蒋路、孙玮译,作家出版社1954年,第32页。
　　② 刘文飞、陈方:《俄国文学大花园》,湖北教育出版社2007年,第8页。

作就会发现,雅罗斯拉夫娜的哭诉不仅是全诗最精彩的部分,也是全诗的高潮,而且它决定了伊戈尔能从敌营逃出,并且和伊戈尔的出逃一起在史诗中占据了五分之一还多的篇幅,所以可以认为雅罗斯拉夫娜的哭诉是史诗表现的又一主题:爱的力量。

人道主义思想也通过雅罗斯拉夫娜的哭诉表现出来——雅罗斯拉夫娜对出征的士兵十分关爱,她哭诉道:

> 哦,风啊,大风啊! /神啊,你为什么不顺着我的意志来吹拂? /你为什么让可汗们的利箭 /乘起你轻盈的翅膀 /射到我丈夫的战士们身上? ……/光明的、三倍光明的太阳啊! /你对什么人都是温暖而美丽的: /神啊,你为什么要把你那炎热的光芒 /射到我丈夫的战士们身上? /为什么在那无水的草原里, /你用干渴扭弯了他们的弓, /用忧愁塞住了他们的箭囊?

苏联学者指出:"在雅罗斯拉夫娜的哭诉中,听得出来这不仅是一个贤惠妻子的悲伤,而且是一个爱国者的悲伤,她为全体人民的苦难而痛心,深切悼念着在波洛威茨草原上阵亡的俄罗斯军队。她不仅为自己丈夫伊戈尔大公的负伤伤心,还为与波洛威茨人作战而尸横沙场的俄罗斯兵士而哭泣。"[1]由此可见,雅罗斯拉夫娜是俄国文学中最早的一个完美而动人的妇女形象,她的忠贞不贰和情深似海,尤其是她的人道主义情怀,赋予这一形象一种特别的深度和艺术魅力。作为一个东方色彩浓厚的民族,俄罗斯人像东方人一样重视家庭、重视亲人间的感情,爱护和心疼出征的战士,因此表现爱的力量是很自然的。

通过战争来表现爱的力量的主题,在苏联战争文学中得到了较为广泛的继承与发展,此处仅举最为著名的几个作品为例加以说明。首先,当然是西蒙诺夫的著名抒情诗《等着我》:

> 等着我吧——我会回来的。/只是你要苦苦地等待, /等到那愁煞人的阴雨 /勾起你的忧伤满怀, /等到那大雪纷飞, /等到那酷暑难挨, /等到别人不再把亲人盼望, /往昔的一切,一股脑儿抛开。/等到那遥远的他乡 /不再有家书传来, /等到一起等待的人 /心灰意懒——都已倦怠。//等着我吧——我会回来的, /不要祝福那些人平安: /他们口口

---

① 〔苏〕季莫菲耶夫主编:《俄罗斯苏维埃文学史》,殷涵译,上海文艺出版社1959年,第26页。

声声地说——/算了吧,等下去也是枉然!/纵然爱子和慈母认为——/我已不在人间,/纵然朋友们等得厌倦,/在炉火旁围坐,/啜饮苦酒,把亡魂追荐……/你可要等下去啊!千万/不要同他们一起,/忙着举起酒盏。//等着我吧——我会回来的:/死神一次次被我挫败!/就让那不曾等待我的人/说我侥幸——感到意外!/那没有等下去的人不会理解——/亏了你的苦苦等待,/在炮火连天的战场上,/从死神手中,是你把我拯救出来。/我是怎样死里逃生的,/只有你和我两个人明白——/只因为你同别人不一样,/你善于苦苦地等待。①

全诗描写了战士的希望和妻子对丈夫忠贞不渝的爱和信念,这爱的力量能从死神手中拯救战士的生命,从而生动地表现了爱的力量。因而此诗一经发表就被人们争相传抄,给了战士和他们的亲人极大的鼓舞。前线的士兵和后方的妇女都把这首诗当成护身符放在贴心的口袋里。丈夫一想到忠贞的妻子倚门守待,从前线凯旋时迎接他的是爱妻的拥抱,便斗志倍增。妻子则相信自己的等待能使丈夫避开死神,平安归来。有位战士在战后写信给西蒙诺夫说:"您的诗以及您在诗中所表达的对亲人深切的爱,支持我度过战争岁月。"而这种爱的力量能把丈夫从死神手中拯救出来的写法,显然与《伊戈尔远征记》中雅罗斯拉夫娜的爱使得丈夫伊戈尔大公从敌营死里逃生是一脉相承的,至少受到了史诗潜移默化的影响。

而阿·托尔斯泰的著名短篇小说《俄罗斯性格》等作品则从另一角度描写了爱的力量。坦克手德里莫夫是一位"如战神一般"的可爱军人,他在一次战役中不幸被烧伤,治愈后变得面目全非。为了不惊吓母亲,他在回家探亲时假装成来给母亲捎信的另一个人,以讲述别人故事的语气向母亲讲自己的事,还悲观无语地见了曾与自己深深相爱的未婚妻。可是,就在他归队后"两个星期,母亲来了一封信",认定他就是自己的儿子。又过了几天,母亲和未婚妻一起来部队看他,他这个因为战争变丑的人,同时发现自己拥有着母爱和爱情,并且他的未婚妻仍然忠实地、深切地爱着他——使得本书成为一曲纯洁爱情与心灵美的颂歌。②

沃罗宁的《战争的故事》则更加巧妙地歌颂了爱的力量。在构思方面,

---

① 苏杭译,见乌兰汗编选:《苏联当代诗选》,外国文学出版社 1984 年,第 280~281 页。

② 参阅〔苏〕阿·托尔斯泰:《俄罗斯性格》,见张佩文:《阿·托尔斯泰》附录二,人民文学出版社 2010 年,第 305~312 页;或见李政文编选:《二十世纪外国短篇小说编年(俄苏卷)》(上),人民文学出版社 2002 年,第 457~465 页;亦可见〔苏〕阿·托尔斯泰等:《俄罗斯性格》,杨苡译,平明出版社 1953 年,第 3~15 页。

作者别出心裁地设计了一个比苏东坡"纵使相逢应不识"更可悲的结局——深深相爱、经过四年苦苦等待的一对青年男女却对面相逢真不识了。在手法方面,则侧面着笔、焦点凝聚——没有一个字正面描写前线,而着力描写后方一个家庭的悲剧,着力描写战争在人们心灵中的折射。在结构方面,围绕一个表现现在的镜头——"脚蹬一双新鞋"的安奴什卡"兴高采烈"地去接米沙——作者安排了安奴什卡母亲的大段讲述(倒叙),叙述者的补叙和哲理性的、巧设悬念的开头,以及诗一样耐人寻味的结尾(从内心表现"精神失常"的安奴什卡的幸福,与前面那个表现她"兴高采烈"的描写相呼应),短短的三千多字,既前后呼应、细针密线,又生动活泼、跌宕多姿。在语言方面,紧凑、凝练,大量运用口语。通过这篇精巧的《战争的故事》,作者一方面歌颂了纯洁真挚、坚贞不渝的爱情(尽管安奴什卡不认识米沙了,但这是由于她"精神失常"了,她心灵深处仍然深深地爱着米沙,常常"扔下一切"去接他),尤其是米沙在安奴什卡精神失常后对她长期的关爱,体现了爱的力量;另一方面揭露、控诉了法西斯侵略战争——它毁坏了生活中神圣、美好的东西,给人们带来了巨大的灾难,以及肉体,特别是精神方面的创伤。说到这里,我们不禁想起了阿·托尔斯泰的短篇小说《俄罗斯性格》,它的情节与此大致相同,两者相比,我们感到,沃罗宁的小说对这类题材不但有所继承,而且有所创新、有所深化,主题的内涵更丰富复杂了。①

　　人道主义思想在整个苏联战争小说中都有突出的表现,如《第四十一》写了超阶级的爱,《静静的顿河》通过人道主义者葛利高里的悲剧,体现了历史剧变时期人们的普遍困境。西蒙诺夫的《生者与死者》三部曲的人道主义思想则表现为两点:信任人、爱惜人。关于信任人,作家写到辛佐夫在突围战斗中受伤昏迷,丢失了党证回到莫斯科后,他渴望奔赴前线,为祖国效忠,然而所到之处,他感受到的不是同情、信任,而是冷遇和怀疑,后来即使在莫斯科保卫战中立了战功,他仍然不能得到新的党证和获得领导的信任,以致辛佐夫无比辛酸地说:究竟"什么更贵重些,是人还是纸片?"关于爱惜人,作家在三部曲中尖锐地提出了两种对立的作战指挥原则:一种是"爱惜人"——战争不能不流血,但必须掌握好"必要的"流血和"不必要的"流血的尺度,争取"少流血而夺取辉煌的胜利";另一种是"不爱惜人"——为了炫耀胜利,不从实际出发,甚至滥用权威,"追求表面成绩,造成无谓的流血""为了占领几百米不解决任何问题的地带。往往要白白牺牲不少人的生

---

① 参阅〔苏〕沃罗宁:《战争的故事》,曾思艺译,《文学月报》1986年第5期。

命"。①邦达列夫的《热的雪》、瓦西里耶夫的《这里的黎明静悄悄……》等,都进一步在人道主义主题上有所发展,限于篇幅,此处不再赘述。正因为如此,苏联学者奥泽罗夫指出:"艺术从古典作家那里接过人道主义的接力棒,去帮助人们认识诸如生活的意义、幸福、良心、善与恶、大公无私与个人主义等这样一些'永恒问题'的实质。"②

二是大自然的作用。俄国学者指出,自然界在《伊戈尔远征记》中,也像在民间口头诗歌作品中一样,与人物的感情相通,同情人物的悲哀,与人物同欢乐,预告危险。当伊戈尔准备就绪,催兵出征波洛维茨时,太阳以阴影阻住他的道路,黑夜以风暴呻吟等——整个大自然都在警告伊戈尔。而当他从敌营中逃跑出来时,太阳光芒万丈地在天空中照耀,啄木鸟以啄木声向他指示到河边的道路。顿尼茨河以自己的波浪爱抚他,夜莺用欢乐的歌声通知着黎明的来临。③

这种借大自然来表现战争的方法,也为苏联战争文学继承和发展。拉甫列尼约夫的代表作中篇小说《第四十一》通过身材苗条的漂亮红军女战士马柳特卡与蓝眼睛的白军中尉戈沃鲁-奥特罗克意外流落荒岛而产生恋情的故事,表现了人性中确有的一些超阶级的东西。美丽而荒凉的大自然,促成了这对站在敌对阵营的青年男女的爱情。在阿拉尔海"纯蓝的、天鹅绒似的、碧玉一般的海水"包围中的荒岛上,那里"风呼呼地吼,周围一片荒凉",然而,"三月的太阳用炽热的嘴唇温存地刺激着人的血液""明媚的春光,带来了和睦的温暖",也带来了他们的爱情。④

肖洛霍夫是风景描写大师,被称为"顿河草原的歌手"。他在《静静的顿河》这部出色的战争小说中,以生花妙笔描绘了大自然绚丽多彩的优美景象,展现了顿河一带千姿百态的迷人风光,从而构成小说一个显著的特点:出色的风景描写,并且极好地深化了战争主题。它包括以下内容:

描写得生动细致的自然风景。即把草原的花卉草木、鱼兽虫鸟、河流池塘、日月星辰和四季变化等写得细腻、逼真、生动、形象、优美,如顿河初春的景物。

① 〔苏〕西蒙诺夫:《生者与死者》,郑泽生译,上海译文出版社1993年;《军人不是天生的》(上下),丰一吟、荣如德等译,作家出版社1965年;《最后一个夏天》,上海外国语学院俄语系译,上海人民出版社1975年。
② 李辉凡主编:《当代苏联文学中的人道主义问题》,第38页。
③ 参阅〔苏〕季莫菲耶夫主编:《俄罗斯苏维埃文学史》,第30页。
④ 参阅〔苏〕拉甫列尼约夫:《第四十一》,曹靖华译,外国文学出版社1985年,第44、64、69、84页。

春水刚刚开始退落。草地上和菜园的篱笆边露出了褐色的淤泥土地，四周围了一圈像花边似的春汛退去后滞留下来的垃圾：干芦苇、树枝、莎草、去年的树叶和波浪冲倒的枯树。顿河两岸浸到水中的树林里的柳树已经鹅黄嫩绿，枝条垂下像穗子似的柳树花絮。白杨树的芽苞含苞欲放，村里家家院外，泛滥的春水环绕着的红柳嫩条低垂到水面上。毛茸茸的、像羽毛未丰的小鸭一样的黄色芽苞浸在春风吹皱的粼粼碧波中。①

　　情景交融。风景往往是人物心理的外化，如：

　　　　窗外昏暗下去，一片云彩遮住了月亮。笼罩在院子里的黄色的夜雾逐渐暗淡下去，平整的阴影也在消失，已经分辨不清篱笆外面的黑影是什么东西了：是去年砍下来的树枝呢，还是伏在篱笆上的枯萎的蓬蒿。②

这景物正是阿克西妮亚心灵的外化。因为这时格里高力即将娶美丽的娜塔莉亚，而过几天丈夫司捷潘也要回家，两人无法再相会，她建议两人一起逃到远方，而格里高力不愿离开，她深感前景黯淡，更搞不清格里高力是否还爱她。

　　景随情变。人物的心情可以改变景物，如：

　　　　在灰尘弥漫的旱风中，太阳渐渐升到土沟的上空。阳光把格里高力的没戴帽子的头上那密密的白发染成银色，阳光在他的灰白的、僵得十分可怕的脸上不停地晃动着。他抬起头来，好像是从一场噩梦中醒来，看到头顶上是黑黑的天空和亮得耀眼的黑黑的太阳。③

这是格里高力刚埋葬阿克西妮亚后对景物的感受。天空晴朗、阳光灿烂，他看见的却是"黑黑的天空"和"亮得耀眼的黑黑的太阳"，感情扭曲改变了眼中的自然景物，而这被扭曲、改变的景物，又入木三分地表现了阿克西妮亚的死给格里高力造成的精神上无法承受的巨大打击和内心世界无比强烈的震撼，出神入化地表现了他痛苦绝望得近乎失常的心态。

---

① 〔苏〕肖洛霍夫：《静静的顿河》（中册），力冈译，译林出版社2010年，第641页。
② 〔苏〕肖洛霍夫：《静静的顿河》（上册），第53页。
③ 〔苏〕肖洛霍夫：《静静的顿河》（下册），第1454页。

自然风景的象征意义。 如：

> 草原就像沉醉了似的，静得连一点声息也没有。太阳也不灼人。微风无声地拂动着红红的枯草。四周既听不见鸟鸣声，也听不见金花鼠的叫声。寒冷的、蔚蓝色的天上也没有老鹰打圈子。……大路好像没有尽头，弯弯曲曲地经过一面长长的山坡，就进了一条山沟，然后又朝一道土冈顶上爬去。四下里望去，依然是望不到边的、肃静的大草原。①

这是格里高力从布琼尼红色骑兵军中复员回家时坐牛车经过秋天的草原的景象。此前，他在红军中英勇作战，想赎回过去的罪孽，可极左政策的执行者不信任曾参加叛乱的他。"寂静""空旷"的风景描写象征了他那孤独、感伤、茫然的心境。而小说的标题"静静的顿河"和作品中大量的风景画一般的自然景物描写更是构成了出色的象征，意在表明自然是永恒的、宁静的，土地才是生命的源泉，战争等都是喧嚣一时的、违反人性的，因为"和平的劳动，繁衍后代，人与自然融为一体——这些就是肖洛霍夫的理想，历史应把这当作音叉来进行调音。一切背离这祖祖辈辈安排好的生活，背离人民经验的举动，都会引起不可预料的后果，导致人民的悲剧，个人的悲剧"②。

《这里的黎明静悄悄……》中描写的静静的桦林、宁静而清澈的湖泊，以及在这幽静的地方钓鱼、采蘑菇、劳动的人们，是俄罗斯土地上常见的田园自然风光，在这样优美宁静的自然环境中，在静悄悄的黎明时分，应该是人们幸福酣睡的时候，却发生了残酷的战争，本来可以生育一大群子女的五个女性死去了，这就借美好宁静的自然突出地表现了战争的反人道。

当代写大自然的圣手阿斯塔菲耶夫也在其著名的战争小说《牧童与牧女》中，巧妙地借自然风景表现了反战情绪与人性的悲哀。如小说开头就十分精彩地描写女主人公去战死的恋人坟前时那里的风景。

> 阵风吹动了坟头的蒿草。荆棘的顶端，夏天总是开着红色的针状小花，这时已干枯得簌簌作响，被风吹去了灰土和绒毛。遍地都是萎蒿的草籽；干枯的杂草在龟裂的褐色地缝里一动不动地躺着；变得几乎光秃的荆棘不断地摇曳，发出清脆的哨音；荆棘刮着墓碑，沙沙作响——

---

① 〔苏〕肖洛霍夫：《静静的顿河》（下册），第1346页。
② 曾思艺：《俄罗斯文学讲座：经典作家与作品》（下），北京师范大学出版社2015年，第486~487页。

这一切在心底唤起一种无限的忧伤和永恒的悲哀。这忧伤,这悲哀,总是那么沉痛;而且任何人、任何时候都没能完全体验、充分理解它。草原如一片死灰;阴森森地耸立在荒原上的古老山岭,延伸得很远很远,远处斑斑点点的盐碱地仍然在冷冷地默默泛着白光——这一切又使得悲哀变得海洋似的广阔而深沉,宇宙般的无穷无尽,不能期待也无法看见它会有尽头和终了。①

　　三是道德思考及爱国主义。关于《伊戈尔远征记》,学界有不同的观点,但大多数都认为它宣扬爱国主义,学者们纷纷指出,《伊戈尔远征记》"号召罗斯——人民的罗斯和罗斯—国家统一,国家的统一""对祖国的爱使它超越了自己的时代,将它变成不朽的和全人类的作品"。②《伊戈尔远征记》是一部全俄罗斯性的作品,其中没有地域特征。它表明其作者具有崇高的爱国主义,善于超越其公国利益的狭隘性,达到全俄罗斯利益的高度。《远征记》中的中心形象是俄罗斯国家的形象。作者热切地呼吁王公们停止内讧,在外来危险面前团结起来,以便'为原野设岗',捍卫'罗斯国家',守住罗斯的南部边疆。"③"全诗洋溢着豪迈的英雄主义气概和强烈的爱国主义精神。"④

　　其实,《伊戈尔远征记》还有更深刻的道德思考,表现为反对个人英雄,宣扬统一行动。史诗首先就写道:"追求个人光荣是伊戈尔的基本动力。"⑤伊戈尔是"为无比的刚勇激起了自己的雄心""王公的理智在热望面前屈服了",想要"用自己的头盔掬饮顿河的水",打进波洛夫人的领地,为自己建功立业,赢得不朽名声,作者后来又再次强调"俄罗斯人以红色的盾牌遮断了辽阔的原野,为自己寻求荣誉,为王公寻求光荣",这说明伊戈尔的行动完全是个人英雄主义行为。这一行为的后果是虽然初战告捷,但接着便远征惨败,并导致波洛夫人把战火燃遍罗斯大地。因此,基辅大公在"含泪的金言"中一再沉痛地谴责这一点,先是说道:"你们过早地用宝剑把烦恼加给/波洛夫人的土地,/去为自己找寻荣誉",后来再次说道:"但你们说道:'让我们自己一逞刚勇,/让我们自己窃取过去的光荣,/让我们分享未来的光荣!'"两次

①　〔俄〕B. 阿斯塔菲耶夫:《牧童与牧女》,白春仁等译,吉林人民出版社1986年,第4页。

②　〔俄〕德·谢·利哈乔夫:《解读俄罗斯》,吴晓都等译,北京大学出版社2003年,第169、174页。

③　〔俄〕M. P. 泽齐娜、〔俄〕Л. B. 科什曼、〔俄〕B. C. 舒利金:《俄罗斯文化史》,刘文飞、苏玲译,上海译文出版社1999年,第30页。

④　杨蓉:《〈伊戈尔远征记〉中自然图景的人文意蕴》,《中国俄语教学》2006年第11期。

⑤　〔苏〕季莫菲耶夫主编:《俄罗斯苏维埃文学史》,第23页。

都强调伊戈尔是为了自己的荣誉而擅自采取作战行动。这既是当时历史的真实反映,也从更深的层面折射出具有浓厚东方色彩的俄罗斯人的群体观念。当时的罗斯,并非后来大一统的俄罗斯帝国,而是诸侯林立,有着许多各自独立的小公国,因此一方面这些诸侯之间因为利益互有矛盾,另一方面,面对非我族类而且总是虎视眈眈的波洛夫人,他们团结起来则力量强大,若不同心同德统一行动,则容易被波洛夫人各个击破。与此同时,作为东方色彩浓厚的民族,俄罗斯人像东方各民族一样,特别重视群体,强调个人对群体的责任感,强调个人的利益应该服从群体的利益,特别反对置群体于不顾的个人英雄主义行为。"作者认为,与游牧人作战失败的原因,罗斯蒙受灾难的原因……在于奢望个人荣光的王公们的个人主义策略。"①史诗通过伊戈尔征战的失败和基辅大公"含泪的金言",鲜明地表达了反对个人主义和把个人置于群体或集体之上的主题,而这一主题后来成为俄罗斯文学一个重要的基本主题,在普希金、丘特切夫、陀思妥耶夫斯基、托尔斯泰等的作品中得到继承与深化,在20世纪的苏联文学中更是得到大力张扬。

面对波洛夫人把战火燃遍罗斯大地,基辅大公一方面沉痛谴责伊戈尔个人英雄式的行动,另一方面回顾历史,指出以前之所以取得胜利,是由于各王公们团结一心,统一行动。而今,每位王公各有主张,相互内讧,"他们自己给自己制造了叛乱,而那邪恶的人便节节胜利地从四面八方侵入俄罗斯国土",基辅大公严正地指出"正是由于你们的内讧,暴力/才从波洛夫人的国土袭来",因此,他庄严号召各王公"请用你们的利箭/堵塞边野的大门吧,/为了俄罗斯的国土"②,从而宣扬了号召各独立自主的罗斯王公们结束内讧,团结起来,统一行动,一致对敌的主题。因此,我们赞成格奥尔吉耶娃的观点,史诗并非为了维护国家的团结,而是强调一致对外。

苏联战争小说源远流长,自俄罗斯文学的源头英雄史诗《伊戈尔远征记》始,经19世纪托尔斯泰的《战争与和平》直至繁荣昌盛的苏联战争小说,强调团结统一、抵御外侮、消灭侵略者、捍卫民族利益,歌颂英雄的威武与功勋,讽刺谴责民族败类的无耻行径,弘扬英雄主义与爱国主义,反对战争和争取和平,一根红线贯穿始终。③这在《静静的顿河》尤其是整个卫国战争文学中得到突出、深刻、生动的表现,因为特别明显,就不再赘述了。

如前所述,由于影响巨大,《伊戈尔远征记》进入了俄罗斯中学的教学大

---

① 〔俄〕泽齐娜、〔俄〕科什曼、〔俄〕舒利金:《俄罗斯文化史》,第29~30页。
② 文中有关史诗的诗句,未注明的均引自《伊戈尔远征记》,魏荒弩译,人民文学出版社1983年。
③ 参阅夏茵英:《前苏联战壕真实派小说主题人物论》,《江西社会科学》1997年第1期。

纲，是俄国人民耳熟能详甚至倒背如流的作品。著名俄国文学史家米尔斯基早在20世纪一二十年代就已指出："《伊戈尔远征记》是整个古代俄国文学中成为全民族经典的唯一作品，每个受过教育的俄国人都知晓这部作品，诗歌爱好者则往往能将其倒背如流。"①这样，它就在不经意间深入俄国人民的心灵，成为一种随时能发挥作用的经典，对文学创作尤其是战争文学的创作往往会产生一些潜移默化的影响。苏联学者波斯彼洛夫、沙布略夫斯基在20世纪50年代曾较具体地谈道："它对俄罗斯文学的影响是巨大的。在普希金的长诗《鲁斯兰与柳德米拉》和普希金时代许多作家（雷列耶夫等）的作品里，我们都会感觉到这种影响。""《远征记》也影响了勃洛克（《在库利科沃原野上》）、拉甫烈乌夫（即拉夫列尼约夫——引者）和肖洛霍夫的创作，他们都喜欢利用不朽的史诗《伊戈尔远征记》中的形象。"②俄国当代有人甚至认为：这部作品的情节和形象，为19~20世纪很多俄国文学作品的创作奠定了基础。③叶尔绍夫更具体地谈到，早在20世纪20年代初，苏联新文学形成之时，在战争文学方面，作家们"在运用古俄罗斯文学遗产方面，从一开始就显露出两种潮流。一种潮流的代表（亚·马雷什金、弗·革拉特科夫、鲍·拉夫列尼约夫、尼·尼基金）迷恋古代文学动人的和爱国主义的基调，特别是《伊戈尔远征记》和《顿河彼岸之战》。这些艺术家依靠古俄罗斯文学中世俗文学的一翼，创造性地改造军事——英雄中篇的艺术原则。……在古代俄罗斯文学中看到……现代文学的源泉和不可逾越的思想美学价值（爱国主义、人道主义、公民性）"④。从以上论述中，至少可以看出，史诗在爱的力量与人道主义精神、借大自然来表现战争、道德思考及爱国主义等几个方面的确对苏联战争文学有着很大的或是明显或是潜移默化的影响。当然，其中也可能还有其他某些因素的作用，限于篇幅就不一一赘述了。

此外，《伊戈尔远征记》还在史诗性及与此相关的风格和艺术手法上对苏联战争文学尤其是小说有较大影响，如科瓦廖夫等学者在谈到马雷什金的著名中篇战争小说《攻克达伊尔》时指出："这部小说更确切地说可称之为散文史诗，况且它又是受到《伊戈尔远征记》（一译《达伊尔的陷落》）风格的明显影响。对《横渠》中主人公们的英雄业绩，不单只是描写，而且是时而以庄严雄浑的，时而以抒情感人的诗句加以咏赞：'像幻影似的，在白日的阴郁

---

① 〔俄〕德·斯·米尔斯基：《俄国文学史》（上卷），刘文飞译，人民出版社2013年，第19页。
② 〔苏〕布罗茨基主编：《俄国文学史》（上卷），第46页。
③ http://wiki.tgl.net.ru/index.php/"Слово о полку Игореве" и русская литература.
④ 〔苏〕列·费·叶尔绍夫：《苏联文学史》，北京师范大学苏联文学研究所译，北京师范大学出版社1987年，第25~26页。

的风里,红色骑士同黑色骑士,骑在那些发狂地睁着火红色大眼睛、腾起前蹄的战马上厮杀。在黄昏时分的田野上,在殊死的搏斗里,杀得你死我活。'"①英国学者莱斯莉·米尔恩还谈到,在布尔加科夫的《白卫军》中,使用了俄国古代的壮士歌及12世纪基辅的杰作《伊戈尔远征记》特有的否定对句法这一诗歌手段。②

值得一提的是,西方文学中的经典作家,特别是一些著名的战争小说作家,如巴比塞、雷马克、海明威等,透过意识形态的帷幕,对苏联战争文学也产生了一些影响,如冈察尔曾谈道:"在前线,托尔斯泰和高尔基、罗曼·罗兰和巴比塞从来没有离弃我们。这几位伟大的人道主义鼓吹者一直在我们左右,教导我们尊敬人类,信仰人类,信任人类的精神力量、人类的智能、才能,以及代代相传的争取臻于至善的努力。"③

———————————

① 〔苏〕B. 科瓦廖夫主编:《苏联文学史》,张耳等译,天津人民出版社1982年,第82页。

② 参阅〔英〕莱斯莉·米尔恩:《布尔加科夫评传》,杜文娟、李越峰译,华夏出版社2001年,第80~81页。

③ 〔苏〕冈察尔:《我写了什么》,移模译,见《苏联作家谈创作经验》,中国青年出版社1956年,第166页。

第一章　红白搏杀间的成长改造

十月革命胜利后,白军妄图扼杀新生的革命政权。苏维埃政权领导红军奋起保卫胜利的果实。在红白搏杀中,革命军人得到了改造,成长为成熟的革命者,描写这方面战斗与生活的战争小说也应运而生。

一、概述

描写红白搏杀间的成长改造的战争小说,其时限为1917年至1927年,此时的战争小说受到政治影响较大,主要描写革命斗争中军人(包括士兵和军官,尤其是作为知识分子的军官)的成长及革命对人的改造,主要作品有《恰巴耶夫》《铁流》《毁灭》《苦难的历程》等。

最初出现的苏俄国内战争小说或与国内战争有关的小说,都倾向于把战争描写成一种像自然力量一样自发的群众革命斗争,代表性的作品有皮利尼亚克的《荒年》、马雷什金的《攻克达伊尔》、李别进斯基的《一周间》、伊万诺夫的《游击队员》《铁甲车》等。

鲍里斯·安德烈耶维奇·皮利尼亚克(一译皮里尼亚克,Борис Андреевич Пильняк,1894~1938)的主要作品有《不灭的月亮的故事》(1926)、《红木》(1929)等中篇小说和长篇小说《荒年》(一译《裸年》《荒凉的年代》,Голый год,1921)等。其中,真正引起轰动、使作家声名大振的作品是长篇小说《荒年》。小说完成于1920年,1921年出版,1922年出第二版,1923年出第三版,从而使皮利尼亚克蜚声文坛,美国评论说,当时皮利尼亚克几乎要占据苏联文学最有影响的指导者的地位。[①]

《荒年》"在苏联文学中是最早尝试描写革命和革命者的长篇小说之一。这是一部寓意小说,写国内战争事件"[②]。全书没有连贯的情节线索,也没有

---

① 参阅彭克巽:《苏联小说史》,北京十月文艺出版社1988年,第51页。
② 叶水夫主编:《苏联文学史》,中国社会科学出版社1994年,第168页。

统一的故事讲述者,场景与场景之间更是各不相干。小说描写了社会各阶层人物的生活情景,有破落贵族奥尔迪宁家族的分崩离析、商人拉特青一家的命运起伏,也有小市民、知识分子、神职人员,以及普通百姓的生活遭遇,还有布尔什维克、社会革命党人、无政府主义者及其"公社"的活动。小说用编年史式的方式,记述了十月革命前夕到内战时期俄国外省小城丰富而复杂的生活片段,"再现了那个战乱频仍、饥荒严重、走私活动猖獗、各种沉渣泛起的时代所特有的社会生活氛围。作品通过'中国城',鞑靼人和金帐汗国影响的描写,力求表明俄罗斯与东方、与原始自然力的联系,把革命解释为类似于农民无政府主义暴动的事件。这场革命是以暴风雪、咒语、迷信、林妖、千年不变的生活习俗为背景的"①。鲁迅指出:"这是他将内战时代所身历的酸辛、残酷、丑恶、无聊事件和场面,用了随笔或杂感的形式,描写出来的。其中并无主角,倘要寻求主角,那就是'革命'。而毕力涅克(即皮利尼亚克——引者)所写的革命,其实不过是暴动,是叛乱,是原始的自然力的跳梁,革命后的农村,也只有嫌恶和绝望。"②

的确,皮利尼亚克对革命有自己的理解。他认为革命是拉辛和普加乔夫式的农民暴动,是原始自然力的爆发,是暴风雪。因此,他不像那些投身革命或完全站在革命一边的作家那样,为革命欢呼,尽情歌颂革命;也不像那些仇恨革命、反对革命的作家那样,否定革命、谩骂革命、丑化革命;而是站在一个比较客观、中立的立场,既看到革命的力量及其给世界和人们带来的希望,又看到革命的不足甚至错误,这样,他的小说必然是一种对革命的中性叙事。如前所述,在《荒年》里,他更多地写到了革命的农民暴动、原始自然力爆发的特点,而且也把贵族家庭的分崩离析写得特别凄婉动人,表现了革命对生活的巨大冲击(人的无奈、无所适从乃至道德沦丧):老奥尔迪宁公爵在革命前极富贵族荣誉感,对子女寄予很高期望,而现在他不再关心子女的生活,成天躲在府邸中阴暗的小屋里,向圣像祈祷希望其保佑平安无事地度过这场革命的风暴;老公爵夫人在每天记着家庭纪事的同时,又不得不用祖传的贵重物品去交换粮食;儿子叶戈尔变成了放荡的音乐家,他向往革命,认为革命是"最伟大的洗涤剂";大女儿娜塔丽娅渴望参加革命,却误入歧途,被拉入无政府主义者的队伍之中,最后竟在瓜分抢劫银行得来的巨款时发生的内讧中被乱枪打死;小女儿卡捷琳娜则受"性解放"的影响,生活放荡,被迫偷偷堕胎。另一方面,皮利尼亚克也描绘了以阿尔希普·阿尔希波

---

① 汪介之:《现代俄罗斯文学史纲》,南京出版社1995年,第237页。
② 《鲁迅全集》(第十卷),人民文学出版社1982年,第361页。

夫为代表的布尔什维克群像,而且把他们写成漂亮、壮实而坚强的化身,是俄罗斯民族精选出来的人才。"在奥尔德宁的一所房子里,上层人物,也就是穿着皮夹克的布尔什维克们,聚在一起开执委会。这些穿皮夹克的,个个体态漂亮,个个是着皮衣的美男子,个个壮实,后脑勺上的制帽压着卷发,每个人的肌肉都绷得紧紧的,嘴唇上的皱褶平展开来,行动起来个个四平八稳。这全都是从俄罗斯这个懒散粗陋的民族中精选出来的。"①并且具体描写了布尔什维克冒着死亡的危险,深入被白军破坏的矿井进行爆破,以恢复生产,拯救饥饿的人民。因此,彭克巽指出:"皮利尼亚克的《裸年》表现了作者自然主义地描绘各种人物的艺术倾向。它既有布宁式的揭示人物本来面貌的倾向,又有雷米佐夫(一译列米佐夫——引者)式的描写人物命运时所显示的神秘主义的无可奈何,又有弗洛伊德式的对性本能的渲染,但也有对时代的先锋布尔什维克的象征性的赞美……皮利尼亚克在《作家谈艺术及自己》(1924)文集中说:'我们已经建立了具有欧洲现代设备的卡什尔发电站,但是半个俄罗斯还生活在没有煤油灯的条件下。这样我们就应当写我们的俄国一到晚上人们在黑暗中坐着,而不应当写我们实现了电气化。'这显示了皮里尼亚克在自然主义艺术探索中向着生活中阴暗面的倾斜……"②叶尔绍夫也认为:"鲍·皮利尼亚克对待俄国革命的态度是双重的,矛盾的。一方面,共产党员是民族最优秀的人物('源于俄罗斯松散的、粗糙的人民性,是其中的精华');另一方面,当小说家在试图创造一个长着'普加乔夫式的胡子'、穿着'短皮上衣'的具体人物时,除了以不正确的外语发音加以装饰的呆板公式外,就一无所有了。"③

　　有论者指出:"《裸年》是苏联文学史上第一部反映革命初期内战年代的长篇小说,成功地塑造了'穿皮夹克'的布尔什维克形象。它打破了当时诗歌垄断文坛的局面,为长篇小说的发展开辟了道路。20年代出现了一批相当优秀的小说,如法捷耶夫的《毁灭》(1927)、费定的《城与年》、富尔曼诺夫的《恰巴耶夫》(1923)、绥拉菲莫维奇的《铁流》(1924)等,但都不如《裸年》影响大,皮里尼亚克成为当时独领风骚的作家。"④

　　亚历山大·格奥尔吉耶维奇·马雷什金(Александр Георгиевич Малы-шкин,1892~1938),小说家,主要作品有短篇小说《田地节》(1914)、《县城情

　　① 〔俄〕符·维·阿格诺索夫主编:《20世纪俄罗斯文学》,凌建侯等译,中国人民大学出版社2001年,第156页。
　　② 彭克巽:《苏联小说史》,第53~54页。
　　③ 〔苏〕叶尔绍夫:《苏联文学史》,第28页。
　　④ 李明滨主编:《俄罗斯二十世纪非主潮文学》,北岳文艺出版社1998年,第246页。

波》(1915)，中篇小说《攻克达伊尔》(1923)、《塞瓦斯托波尔》(1931)，长篇小说《来自穷乡僻壤的人们》(1937~1938)等。

《攻克达伊尔》(Падение Даира)是苏俄国内战争小说的名篇，描写的是一支红军队伍攻占克里米亚时在彼列科普横断地峡的战斗，没有具体情节，只有红军战士的群体形象，"通过形象和象征表现出两大势力间的斗争、对抗。一方是无往而不胜的多数人，'红色的巨浪'，红色队伍的'愤怒的巨流'，另一方是最后一批从前的'统治者'，他们'用阴郁的鼓出的眼睛向后望着'，一边走向自己的灭亡"[①]。叶尔绍夫指出："《攻克达伊尔》……不是把个人和人群对立起来，而是描写人和群众的结合，这就是吸引马雷什金的东西。所以在中篇小说中首先注意的是集体心理的分析。"[②]皮斯库诺夫则具体阐发道："马雷什金中篇小说中的运动是包罗无遗的，真正宇宙性的。其中既有个别的人，又有通称为'汗国''游牧区'的广大群众；有机车，有城市，有大自然。它像熊熊大火，吞没广阔无垠的大地，在宇宙的永恒节律中继续燃烧。这是生活的运动，人民代表这种生活发言。在马雷什金所颂扬的运动中，包含的不仅是自发力量和原生的威力，而且是一种目标坚定的热潮，严整坚强的意志。它好像是'无条件地非常可怕地向南攻击的许多大锤'。是充满动力和行动的静态，是凝结着动态热潮的宏伟性。在运动中千百万人的意志压成为一块，在运动中诞生了'世界性的东西、真理'。千百万人的热潮是宇宙的合力，这种合力能给自然界和社会，人民和人以推动力，把他们全都并入宏伟的史诗般的革新生活的过程。群众运动是由强大的历史变动引起的。同作品的所有方面有相互关系的正是群众运动。对群众运动的态度是对现实细节的检验和重新检验。因此，甚至要求描写人民生活的阴暗面的自然主义的图景，也是在浪漫主义观点上被重新认识过的。作者有意倾向于《伊戈尔远征记》的诗学，使叙述变得有节奏，情愿求助于倒装句，修辞格，庄严的象征和寓意，常常加入重叠句和歌曲的语调。以民间创作的形象性为目标，有助于传达所发生的事件的庄严性和宏伟性，也有助于表现所完成的事件的超个人的性质。人民革命——而且只有它——才能在现在与过去之间架起桥梁，帮助人类跨越'母亲们哀吊的'界限。所以，个人完全地毫无保留地被列入了'群众的规律'，从颚骨僵硬的集团军军长到米开申和尤泽夫都是这样，他们体现着人民自发力量的各个不同方面。他们被压

---

① 〔苏〕科瓦廖夫主编：《苏联文学史》，第82页。

② 〔苏〕叶尔绍夫：《苏联文学史》，第31页。

成'十万个',压成'多数',组成统一的不可分离的力量。"①叶尔米洛夫更是宣称:"自从亚·格·马雷什金发表了中篇小说《攻克达伊尔》以后,他的名字立刻就被放在年轻的苏维埃奠基者的行列了。这个中篇小说是可以和绥拉菲莫维奇的《铁流》、富尔曼诺夫的《恰巴耶夫》、伊万诺夫的《装甲列车》等一流的光荣作品,以及20年代前半叶其他描写国内战争的著名的苏联文学作品相提并论的。"②

尤里·尼古拉耶维奇·李别进斯基(旧译里别进斯基,Юрий Николаевич Либединский,1898~1959),主要作品有:中篇小说《一周间》(一译《一周》,1922),长篇小说《明天》(1923)等。

《一周间》(Неделя)也是名噪一时的描写国内战争的小说名篇,讲述在西伯利亚的一个县城里,为了春播,需要从外地获得种子,首先要解决运输工具的燃料问题,党组织调动红军并动员城内居民去城外采伐木柴,潜伏的白军、富农等阶级敌人乘机暴动,占领了县城,杀害了用自己的生命保卫人民利益的城里主要干部,但红军很快就平息了这次暴动,恢复了苏维埃政权的故事。③这个中篇发表后,当即被认为是新生苏联的文学代表作,受到高度评价,"《一周间》……被视为从浪漫主义的抽象概念向现实主义的具体化的转变,深受人们的欢迎"④。

年轻的苏联文学在短短的时间里,很快就开始演变。主题上从新社会中人们的相互关系和尖锐的阶级斗争所产生的精神冲突,转向描写革命队伍的自觉性、组织性和纪律性,在写法上从对革命和革命者抽象的公式化和浓厚的自然主义倾向的描写,转向描写领导革命队伍中有血有肉的具体的共产党员形象,出现了富尔曼诺夫笔下被革命唤醒的人民英雄的典型夏伯阳,绥拉菲莫维奇笔下经过革命熔炉锻炼和千辛万苦的战争洗礼而觉醒的人民群众,法捷耶夫笔下在革命中进行着人的改造和在战争中进行着人才的精选的莱奋生、密契克(又译密契卡、美蒂克),以及阿·托尔斯泰笔下《苦难的历程》中的经过战争改造和洗礼成为革命者的知识分子。

阿·托尔斯泰全名阿列克谢·尼古拉耶维奇·托尔斯泰(Алексей Николаевич толстой,1883~1945),主要作品有中篇小说《尼基塔的童年》(1920);

---

① 〔苏〕皮斯库诺夫:《列宁的人道主义与文学》,励民译,见李辉凡主编:《当代苏联文学中的人道主义问题》,第212~213页。
② 〔苏〕叶尔米洛夫:《苏维埃文学传统》,根香译,新文艺出版社1958年,第3页。
③ 参阅〔苏〕尤-里别进斯基:《一周间》,戴望舒译,人民文学出版社1958年。
④ 〔美〕马克·斯洛宁:《苏维埃俄罗斯文学(1917~1977)》,浦立民、刘峰译,上海译文出版社1983年,第188页。

长篇小说《苦难的历程》，长篇历史小说《彼得大帝》（1930~1945）。代表作《苦难的历程》（Хождение по мукам）最早创作于1921年，后来经过删改和继续创作，作者终于在1941年完成了整个三部曲：《两姊妹》（Сестры，1921），《一九一八年》（Восемнадцатый год，1928）、《阴暗的早晨》（Хмурое утро，1941）；小说通过上层知识分子家庭的两姊妹卡佳和达莎，以及工程师捷列金、中尉罗欣四人在战争、革命中的悲欢离合和最终走向革命的经历和心路历程，说明革命对知识分子的改造作用，以及知识分子只有走向革命、与人民相结合，才能找到真理、走向光明、获得新生，从而写出了知识分子同人民结合的过程，"指出了旧知识分子怎么样经过错误和迷惑，经过锻炼和考验，终于找到了靠拢人民、走向革命、最后成为社会主义的捍卫者和建设者的道路"①。为了体现旧知识分子思想改造的艰巨，作者特意在三部曲的第二部《一九一八年》卷首写了几句题词："在清水里泡三次，在血水里浴三次，在碱水里煮三次。我们就会纯净得不能再纯净了。"②苏联学者谢尔宾纳更具体地谈道："通向个人利益和社会和谐一致的道路往往完全不是轻松的，也不是简简单单的事。为了达到个人和社会的和谐一致，需要斗争和勇气，需要善于选择正确的生活方向。有些人只有在经历了戏剧性的内心斗争或一系列严峻的考验、吸取了严重的生活教训后，才能达到这种一致。阿·托尔斯泰的三部曲《苦难的历程》里几个主要人物的命运，就是这样。革命的暴风雨、紧张激烈的社会斗争旋涡，急剧地改变了捷列金、罗欣、卡嘉和达莎的命运。生活不容置辩地表明，那种追求狭隘的个人幸福、违逆整个历史动荡的幸福理想，是不牢靠的、虚幻的。只有当三部曲的主人公们参加到革命人民的行列之中，他们个人和社会之间的矛盾才得以逐渐消除。社会的和个人的一切，都和谐地统一在祖国、俄罗斯这个概念和感觉之中。感觉到自己有力量和对未来有信心，也给主人公们的个人态度增添了新的色彩。他们的感情不仅保存下来了，而且更加丰富了，这种个人感情变得更深刻、更坚强有力了。以前他们因为担心个人幸福而躲避人们，他们害怕在他们看来是如此残酷无情和冷漠的现实中的风暴和浪潮。现在他们尖锐地感觉到自己同其他人的相互联系，而爱情也已经不再是他们心中的一个脆弱之谜——它包含着生活本身的欢乐和忧虑。新的意识、新的感情，充实了他们的生活，赋予生活以特殊的意义和价值。"③小说还有一个主题，这就是阿·托尔斯

① 〔苏〕阿·托尔斯泰：《苦难的历程》，朱雯译，译林出版社2001年，第1259页。

② 〔苏〕托尔斯泰：《苦难的历程》，第361页。

③ 〔苏〕谢尔宾纳：《当代文学中的个人概念和人道主义准则》，靳戈译，见李辉凡主编：《当代苏联文学中的人道主义问题》，第126~127页。

泰在创作《阴暗的早晨》时曾经给自己规定的："主要任务之一,就是要创造布尔什维克的性格,但不是创造我们文学中已描写得非常详尽的这种自发游击队员的性格,而是创造有组织性的、有纪律性的、有思想的、英勇的、'举态自如'的、克服了那些几乎是不可克服的障碍的人的性格——一九一九年的恐怖战争中的胜利者的性格。"①俄国文学史家曾把这部小说与高尔基的《克里姆·萨姆金的一生》、肖洛霍夫的《静静的顿河》并称为苏联20世纪三四十年代最优秀的三大史诗巨著。

总体看来,1917年至1927年这个阶段不少的战争小说都有以下几个共同特点:

一是把人民浪漫化或者写成自发力量。《荒年》《攻克达伊尔》都是把革命写成人民以自发力量争取解放、赢得美好未来的斗争,节林斯基指出:"人民,奔赴光辉的明天的'众多的人'的浪漫主义概括形象,也出现在绥拉菲摩维支的《铁流》、亚·马雷什金的《达伊尔的陷落》,以及一些别的作品中""在那几年中,很多作品的特征正是把革命诗意化为火山喷出的熔岩、旋风、暴风雪、飓风和其他种种的自发现象(这也表现在布洛克的《十二个》中)。这些作品中最主要的东西,它们那昂扬而多彩的文体为之服务的东西,就是要力图表现和传达出解放的歌声、与自然融而为一并年轻起来的人类心灵的欢畅、自发的欢乐"②。这种自发力量在《铁甲车》中更表现为一种原始的自然力:"铁甲车和农民大众之间的战斗,被展现为正在咽气的龙与不畏惧死亡的生活本身的自然力的冲突。铁的外部骨架隐藏着失去一切生命意志的白色力量……打死大尉的不是子弹——摧毁他的是向着机枪冲锋的大众的能量。"③

二是宣扬阶级仇恨,大力渲染白军的残暴嗜杀、毫无人性。《游击队员》中,白军疯狂抓捕农民,先把他们关进低矮的、砖砌的监狱,然后再把他们全部拉出来枪杀,杀的人如此之多,以致"没有人知道,是谁埋葬了他们和埋葬在哪里"④。《铁甲车》中,白军军官"一路上到处杀人,连鸡犬也不留情"⑤。《夏伯阳》里,白军凶恶无比,"至少也有二千人死掉。厂房之间躺着一排排尸体,整个院子都堆满了,有妇女、孩子,还有老太婆,总之,不管三七二十一全都杀了。就这样,这帮坏蛋……其实都不用说了……那里看到

---

① 〔苏〕托尔斯泰:《苦难的历程》,第1259页。

② 〔苏〕节林斯基:《法捷耶夫评传》,殷钟崃译,人民文学出版社1959年,第12~13页。

③ *Плеханова И.И. Русская литература Сибири. Часть 2*,Иркутск,2010,С.74.

④ 〔俄〕伏·伊万诺夫:《游击队员》,非琴译,河北教育出版社2018年,第115页。

⑤ 〔苏〕伏·伊万诺夫:《铁甲车》,戴望舒译,人民文学出版社1958年,第8页。

的是什么:污泥地上的血和肉……这些禽兽不分男女老少用机枪全都扫死了……"①《铁流》中这类内容更多:"斯拉夫村、波达夫村、彼得罗夫村和斯季布利耶夫村,都叛乱了。每个村的教堂前的广场上,即刻都竖起了绞架,只要一落到他们手里,就都会被绞死。白党来到斯季布利耶夫村,用马刀砍,绞杀,枪毙,骑着马把人往库班河里赶。遇到外乡人,不管是老头子,还是老婆子,毫不留情一齐杀光。他们以为我们全是布尔什维克。看瓜的老头子奥帕斯纳,就是他的房子对着亚夫多哈的那个老头子……他跪到他们脚下求情——也把他绞死了。"②"沙皇军官团和哥萨克,不管老少,对谁也不留情—— 一切人都要死在他们的马刀下,机枪下,或被吊死在树上,或被推到深谷里,被落下的土石活埋了。"③《毁灭》同样揭露白军的惨无人道,书中写道:"我爹是被哥萨克杀死的,我妈被糟蹋之后也被他们害了,哥哥也是被……平白无故地就把他们杀了,整个院子也给放火烧了,烧了不止我们一家,至少有十二家……"④

三是刻意追求真实。绥拉菲莫维奇(一译绥拉菲摩维支)的一段话,可以代表几乎所有这些作家的心声:"我对自己提出的任务是提供现实的真实,当然不是照相式的真实,而是综合、概括的真实,既然如此,就无论如何也不能对实际发生的事添油加醋,不能粉饰人物:残酷——可以说是野兽一样的残酷;但我力图令人信服地表现这种残酷——用事件的全部进程,整个环境和必要性去证明它,为这种残酷辩护。只要塔曼人是像现实生活中的那样,那么就让他们像野兽吧。当然,他们完全不是野兽;但他们是被迫处于那种情况下,不得不龇牙咧嘴地朝左向右——否则就会被消灭,正是在那种情况下,他们才冒出兽性的本能……总的来说,在《铁流》里虚构的成分不多。所写的事件在多数情况下都是像它们本来的那样。在写作时,只对有些情节做了些很微小的改动。"⑤正因为如此,富尔曼诺夫甚至为了真实而牺牲艺术(详见后文),《铁甲车》《攻克达伊尔》《毁灭》都无一不极力追求真实。

四是革命对人的改造和教育。对此,罗曼宁柯谈得简洁而较为全面,他说:"作为群众的领导者和教育者,莱奋生的力量是在于支持和发展人的优

① 〔苏〕德·富尔曼诺夫:《夏伯阳》,石国雄译,译林出版社2002年,第23页。
② 〔苏〕绥拉菲莫维奇:《铁流》,曹靖华译,人民文学出版社1980年,第9页;或见《曹靖华译著文集》(第一卷),河南教育出版社、北京大学出版社1990年,第15页。
③ 〔苏〕绥拉菲莫维奇:《铁流》,第53页;或见《曹靖华译著文集》(第一卷),第57页。
④ 〔苏〕法捷耶夫:《毁灭》,磊然译,人民文学出版社1978年,第150~151页。
⑤ 〔苏〕绥拉菲摩维支:《绥拉菲摩维支谈自己》,见《世界文学》编辑部编:《苏联作家自述》(第一册),戈宝权、曹葆华等译,中国文艺联合出版公司1984年,第51页。

良特性。莱奋生把这种品质感染了自己周围的人——巴克拉诺夫、美选里扎、木罗式加及其他许多人，这使他和绥拉菲莫维奇的《铁流》中的郭如鹤非常相像，尤其是和富曼诺夫的长篇小说《恰巴耶夫》中的政委克雷奇柯夫更加相似。共产党员郭如鹤、克雷奇柯夫、莱奋生都是忠于党、忠于革命事业的人。他们不但是战士，而又是宣传者；他们不但是领导人，而又是人民的教育者。"①

二、伊万诺夫的《铁甲车》②

伊万诺夫的《铁甲车》是苏俄国内战争时期一部很有影响的战争小说，是国内战争小说的代表作之一，早在20世纪30年代初就已翻译成中文，但可惜的是，至今没有一篇专门研究它的论文，本节拟抛砖引玉，以期推进对其的研究。

弗谢沃洛德（一译伏谢沃洛德或符赛伏洛德）·维亚切斯拉沃维奇·伊万诺夫（一译伊凡诺夫，Всеволод Вячеславович Иванов，1895~1963），俄国现代作家，出生于哈萨克斯坦草原一个乡村教师家庭，家境贫寒，在农业中学学习一年后，被迫辍学独立谋生，先后当过店员、印刷工、排字工、水手、装卸工、杂技演员，在西伯利亚、乌拉尔和哈萨克斯坦等地流浪多年。曾在西伯利亚参加革命工作，当过公安委员会秘书，并加入赤卫军，在鄂木斯克抗击过捷克人的进攻，这为他后来的战争小说写作提供了丰富的创作素材。他很早就开始创作，他曾在自传里说："1913~1916年间，我就很熟悉文学作品了，并且常写诗，当然也能写些类似剧本的东西。"③1915年他开始发表作品，发表的第一部作品是短篇小说《秋天的儿子》。④1916年其作品得到高尔基的欣赏。1919年出版第一部短篇小说集《角》。1920年末，在高尔基的帮助下，他从西伯利亚迁居彼得格勒，并且加入了著名的"谢拉皮翁兄弟"文学团

---

① 〔苏〕罗曼宁柯：《法捷耶夫》，第60页。

② 该书目前有三个中文译本：《铁甲列车 Nr.14~69》，侍桁译，神州国光社1932年（1933年再版），言行出版社1939年；《铁甲车》，戴望舒译，现代书局1932年，人民文学出版社1958年；但第三个是剧本《铁甲列车》，罗稷南译，读书生活出版社1937年，三联书店1950年。本节所引用的《铁甲车》的文字，均出自1958年版《铁甲车》，为节省篇幅，不一一注出。

③ 〔苏〕伊万诺夫：《铁甲车》，前记第1页。

④ 参阅〔苏〕伊凡诺夫：《几页自传》，见《世界文学》编辑部编：《苏联作家自述》（第一册），第62页。

体。①伊万诺夫有了志同道合的文学同行,相互鼓励、相互探讨,文学技巧有很大的提高,创作热情空前高涨,整个20世纪20年代创作了中篇小说《游击队员》(1921)、《铁甲车》(1922)、《彩色风》(1922)、《私邸》(1928)、《哈布》(1928),短篇小说《秘密中的秘密》(1927)等作品。其中《游击队员》《铁甲车》两部小说是其成名作,使作家名扬全国。卫国战争期间,他作为《消息报》的战地记者,参加了攻克柏林的战役和受降仪式,还参加了纽伦堡国际法庭审判战犯活动。其后期的作品主要有:中篇小说《到尚未出现的国度里去旅行》(1930)、自传体长篇小说《魔术家的历程》(1934~1935)、长篇小说《帕尔霍缅科》(一译《巴尔霍缅柯》,1939,1942年改编成电影)、《火山》(1966~1968)、回忆录《与高尔基的会见》(1947)。伊万诺夫也是一个优秀的剧作家,创作了《铁甲车》(1927)、《封锁》(1928)、《和平鸽》(1938)、《总工程师》(1946~1947)、《罗蒙诺索夫》(1953)等不少剧本。

伊万诺夫的小说既反映当时的现实社会生活,如《哈布》《到尚未出现的国度里去旅行》等作品塑造了国内战争的参加者、从事社会主义建设的共产党员及领导者的正面形象;也试图远离政治探索人性,如《秘密中的秘密》《私邸》等作品试图远离当时苏联政府实行的新经济政策,而致力于揭示人的生物本能。不过,他最出色的作品还是描写国内战争的小说。《游击队员》《铁甲车》《彩色风》这三部中篇小说,都是描写苏俄国内战争时期西伯利亚游击队英勇抗击白军和外国武装干涉势力或农民反对地主、为建立苏维埃政权而进行的艰苦斗争,是苏联早期描写国内战争的优秀作品,三部书总称为《游击队员的故事》。

《游击队员》(Партизаны,一译《游击队员们》或《游击队的故事》)描写西伯利亚农民自发的革命斗争。农民出身的木匠库勃佳、别斯巴雷赫、索洛明内赫、戈尔布林四人应包工头叶莫林的邀请,到离家十俄里的乌列亚村干

---

① 这是1921~1926年间的一个文学团体,成立于彼得格勒,名称取自德国浪漫主义作家霍夫曼(1776~1822)的同名中短篇小说集。该团体的参加者大多是当时世界文学出版社翻译训练班的成员,主要成员有伊万诺夫、左琴科、隆茨、卡维林、尼基京、吉洪诺夫、费定等。著名作家扎米亚京和著名文艺理论家什克洛夫斯基在训练班任教,这个团体的作家们程度不等地受过他们的影响。该团体作家反对"文学中的一切倾向性",反对政治干预艺术写作,强调形式和技巧,追求情节的复杂性和戏剧性,故事情节的新颖奇特和叙述艺术的生动有力,有志于把19世纪俄罗斯文学传统和西方文学经验结合起来,以更好地表现当代主题。关于这一文学团体,中国近年出版了两部学术专著:张煦《文学团体"谢拉皮翁兄弟"研究》,中国社会科学出版社2020年;赵晓彬、刘淼文《文学朝圣者"谢拉皮翁兄弟"文学创作研究》,中国社会科学出版社2022年。

活,他们认识了该村的小学教员科别列夫-马里谢夫斯基,后者因为祖父是波兰贵族党人而被流放才在这里工作,由于革命活动频发,他已经三个月没收到城里送来的薪水了。在萨甫瓦吉节前夕,库勃佳和别斯巴雷赫去打猎,而索洛明内赫和戈尔布林则去过节。打完猎,库勃佳他们来到谢列兹尼约夫家。谢列兹尼约夫是村里最有名的人,大家总是选他当教会长老,所以每到节日他常常在家款待村民。大家到他家里,喝家酿酒,吃馅饼。库勃佳喝醉了,向谢列兹尼约夫诉说了自己的革命愿望:"想叫大家过一样的日子。"谢列兹尼约夫告诉他:"咱们都会走到一个地方。"正在这时,从城里来了两个警察,以酗酒和私酿酒逮捕大家,引起公愤,一个警察对人群连开三枪。别斯巴雷赫用双筒枪打死了其中一个警察。谢列兹尼约夫动员大家赶快躲进大森林,不然高尔察克的队伍会枪毙大家。维斯涅夫斯基准尉奉命带四十个波兰枪骑兵去乌列亚村镇压杀人的农民,一路上他们残杀布尔什维克,强奸妇女,来到乌列亚村,却发现肇事的农民早已远走高飞。准尉逼问村长,没有结果,最后科别列夫-马里谢夫斯基在聊天中说漏了嘴,泄露了农民们跑上斯莫尔山的消息。准尉率兵前去剿杀,反被谢列兹尼约夫、库勃佳他们打了埋伏,死于非命,队伍也被打散。游击队获胜后,谢列兹尼约夫被选为队长,希望有自己的农民政权的农民们纷纷加入,队伍越来越壮大,变成了"谢列兹尼约夫第一游击大队",并且有了由科别列夫-马里谢夫斯基领导的办公室和由索洛明内赫掌管的经济部门,人们都变严肃了,纪律性也加强了。但是,白军的大规模围剿也扑过来了。为了保存实力,三百多个游击队员护送大车转移到黄金湖那边去,一百来个游击队员在谢列兹尼约夫和库勃佳的领导下,掩护他们撤退。他们打退了白军的进攻,但在撤退途中遭遇敌人的埋伏,谢列兹尼约夫、库勃佳、戈尔布林、别斯巴雷赫等人都英勇牺牲。两个月后,游击队员们和红军正规部队一同打回来,人们把谢列兹尼约夫等人隆重安葬了……

这部小说的新颖之处,主要在于用散文的笔调来叙述故事、表现人物。语言总的来说还较为自然朴实,但也有些措辞很像《铁甲车》那种诗性的散文。如写索洛明内赫"简直像一棵从地里拔出来的树墩——浑身发黑,冒出一股泥土味和什么潮乎乎的浆汁气味",又如:"每天晚上,钟声大震,回声像孜孜不倦的谈话,均匀地、惊心动魄地从群山中传送过来""大斧像戏水的鱼儿,在太阳底下闪闪发光,播送出叮叮当当的颤音。发出树脂香味的淡黄色木片,跟小鸟似的飞向空中""那些昏暗的村舍依然如故,污秽的窗玻璃也照旧闪射着虹霓般的光彩,街道狭窄,有如西伯利亚衬衫的袖口,昏暗而且阴凉"。①

在伊万诺夫的战争小说中,《铁甲车》最具代表性,该小说1922年发表后,引起文坛重视,受到广大读者和报刊的欢迎,连续再版多次,并被译成多国文字。1927年作者亲自把小说改编成剧本,引起更大的轰动,在很多年里一直是苏联各剧院的上演剧目。因此,不论是在苏联20世纪20年代的小说史上,还是戏剧史上,尤其是在苏联战争小说史上,《铁甲车》都是颇具代表性的作品,占有颇为重要的地位,法捷耶夫把这部小说和《游击队员》称为"苏联散文中的经典"②,科瓦廖夫等认为它是"苏维埃散文刻画人民革命运动的英雄的最初的尝试之一"③。

《铁甲车》原名《14~69号装甲车》(一译《铁甲列车 Nr.14~69》《装甲列车》,Бронепоезд 14~69),这部中篇小说是伊万诺夫根据真实的战争故事,综合自己在内战期间的所见所闻而加工创作的。作家自述,1921年春,有一次他去郊区车站给铁甲车部队做文学报告,停在铁路支线尽头的铁甲车使他"非常惊奇",报告结束后,指挥官说起了内战期间铁甲车在乌克兰的行动,使得作家心情激动,"想起了西伯利亚红军师团的那份报纸——用棕黄的包装纸印刷的两页小报",正是在这报纸上,作家"最初读到了'铁甲车 14~69'的消息"。该消息说的是:西伯利亚有一支游击队,他们只有独弹步枪和普通步枪,但他们捉住了一列白军的铁甲车,铁甲车上装着许多大炮、机枪、炮弹,还有个很有经验的指挥官!为了让铁甲车停一下,游击队员中国人沈彬吾——沙皇政府雇来挖战壕的许多劳工之一——主动卧在铁轨上让铁甲车从自己身上轧过去。司机刚从机车里探出身来,想看看轧死的中国人,马上就被游击队打死了。铁甲车孤零零地被困在荒林里。游击队扒掉了它周围的铁轨,并用烟来熏铁甲车上的白军。④

小说借用了上述故事作为基本情节,描写苏俄内战时期西伯利亚的游击队与外国干涉军所支持的高尔察克白军所进行的斗争。白军聂泽拉索夫大尉和助手奥巴勃少尉带领士兵驾驶第14~69号铁甲车行驶在铁路上。远东的一个个地方,如赤塔、符拉迪沃斯托克(海参崴)等,已经被布尔什维克占领了。聂泽拉索夫接到命令,与前来帮助他们"扑灭"布尔什维克的日本部队一起行动。起初,他们获得了胜利,游击队司令部主席维尔希宁、军需

---

① 〔俄〕伊万诺夫:《游击队员》,第19、44、45、87、88页。

② *Фадеев А. За тридцать лет*, М.,1957,С.805.

③ 〔苏〕科瓦廖夫主编:《苏联文学史》,第83页。

④ 参阅〔苏〕伊万诺夫:《铁甲车》,第131~132页;亦可见〔苏〕伊凡诺夫:《几页自传》,见《世界文学》编辑部编:《苏联作家自述》(第一册),第72~74页。

长奥考洛克及两百个游击队员被迫躲进山林。但是山村农民们自发地阻击，使日本兵和白军一再失利。游击队派工人出身的战士诺兹波夫进城，与地下革命委员会主席泊克列伐诺夫取得了联系，还谈到了工人和农民起义的事情。三天后，城里的士兵起义了，工人也罢工了。聂泽拉索夫奉命把铁甲车开进城内去对付起义的士兵，游击队则奉命在路上截击铁甲车不让它进城。广大农民和游击队一起开会，经集体表决，决定组织一次阻击，主动袭击铁甲车。就在这时，日本政府宣布保持中立。成功拖住铁甲车后，维尔希宁打算进而夺取铁甲车，开进城去支持起义的革命士兵。按照规矩，车子轧死人，司机就会停车查看。为了引司机查看，游击队战士沈彬吾自告奋勇，爬上铁轨，用自己的牺牲换来了消灭聂泽拉索夫等白军和夺取铁甲车的胜利。铁甲车开进城里，游击队配合起义士兵大获全胜……

作为描写苏俄国内战争时期战争生活的最早作品，《铁甲车》战争叙事的突出特点是：自发式群像型战斗之散文诗式叙写。

小说中游击队和农民奋起战斗基本上是自发的。游击队负责人维尔希宁本是渔民，他家世世代代都是捕鱼的，面对日本兵和白军的疯狂残杀，村里人成立了游击队。等到村庄上决定与日本兵和哥萨克开仗的时候，大家便推举尼基达·耶戈里奇（即维尔希宁——引者）做革命司令部主席。他的数百名游击队员都是自愿参战的农民和工人；农民们更是群起战斗，保卫自己的土地（用他们自己的话来说，就是"不要把土地放弃给日本人！……我们要全部夺回来！不能放弃！"）；参加阻击和夺取铁甲车，也是自发的。就连城里士兵在1919年9月16日12点的起义，也带有一定的自发性，几乎就是地下革命委员会主席泊克列伐诺夫一个人灵机一动决定下来的，这种做法就像书中联邦苏维埃代表所说的那样，是"完全不考虑联邦苏维埃的意见""发动得太早了"，何况维尔希宁能拦住铁甲车还毫无把握，即便拦住了，起义成功的概率也不是太大。而他在去见工人，进行宣传发动工作时，甚至都害怕因为有人告密，被白军抓获或杀害。正因为如此，到了20世纪50年代，我国在出版该书时还特意强调："由于作者还不能够了解群众革命精神的社会根源，而过多地强调了游击队的自发性，低估了党和无产阶级在游击斗争中的领导作用。"①

小说所描绘的也是一种群像型（游击队员加上农民共有好几千人）的战斗场景。尽管"前记"指出，小说的几个主要人物形象塑造得较为鲜明，也有一定的个性："书中游击队员的形象，是作为一种强大力量的代表来表现的。

---

① 〔苏〕伊万诺夫：《铁甲车》，前记第3~4页。

他们英勇、乐观,充满了对祖国的热爱和坚韧不拔的精神。几个主要人物,如维尔希宁、沈彬吾等,也写得较为鲜明,富有个性。尤其是沈彬吾卧轨'捉'铁甲车那段描写,更为感人,紧紧地抓住了读者激动的心。这段情节的处理不论在整个时间的发展上,还是在全书的布局上,都占着极重的分量。沈彬吾是个'外国人',可是他成了俄国人的亲兄弟,并且为了共同的事业,毅然献出了自己的生命,这是多么伟大的国际主义精神!"①但总体来说,整部小说主要描写的是广大游击队员和农民的战斗历程,包括撤退,如:"六天来,除短促的休息外,二百个游击队员保护着前面载着家属和器物的车辆,疲乏地在暗黑的山路上走着。"数百名游击队拦阻和夺取铁甲车的战斗,是群像式的战斗("我们打仗是以村为单位的")。而且由于是自发性的群众组织,任何重大的决定都得集体开会定夺,在城里起义后,小说写道:"虽然大家都知道:城里已起义了,第14~69号铁甲车要开去援助白党,如果不把它拦住,日本军便会把起义镇压下来——这谁都知道,但是还非得集会不可,要让一个人说出来,叫大家都附和。"采取军事行动,更是集体行动,正像兹诺波夫所说的那样:"他们逃了,兄弟们,他们逃了!我们已经吓得他们魂飞魄散了。现在我们的任务是:不要睡觉,要一直追赶下去。城市里我们的力量也是强大的。我们要把一切都抢过来!"这种群像式的战斗描写,必然更注重群众场面,再加上这部作品本身是一部篇幅不大的中篇小说,因而无法也不必把所有游击队员都塑造成性格鲜明、个性突出的人物,所以小说"前记"中所说的"把大部分的游击队员都写成是不定型的,缺乏个性的群众"②,不符合小说实际,有点吹毛求疵了。

《铁甲车》的另一突出特点是散文诗式的叙写,这在当时乃至以后苏联战争小说中都是相当独特,也相当突出的。这种散文诗式的叙写,又包括两个方面。

一是像散文诗一般跳跃。小说一开篇就是"数字在眼前闪动着:在车厢门上,在窗子的框格上,在皮带上,在手枪盒子上",这定下了全书跳跃的基调。小说时而写白军,时而写游击队,最初是交叉或平行进行,最后两军决战,游击队夺取铁甲车,两者才合一,形成全书跳跃的节奏。而且,全书几乎都是相当简短的段落,有时几个字就构成一个段落;每一个段落也各具特色,尽力体现跳跃性,即使描写也是如此,如:

---

① 〔苏〕伊万诺夫:《铁甲车》,前记第3页。
② 〔苏〕伊万诺夫:《铁甲车》,前记第4页。

现在是：

六天来,肉体所接触到的只有滚烫的石头,闷热的树林,沙沙作响的干草和无力的微风。

而他们的身体却像山岗上的岩石,像树木,像茅草;狭窄的山径间是一片酷热和干燥。

压在肩头的枪,使腰部酸痛。

两脚发疼,好像浸在冰冻的水里;头脑空虚,像一根枯死了的芦苇,已经没有水分了。

六天以来,游击队就这样漫山逃着。

这是写游击队在白军和日本兵联合进攻下失利,被迫逃入山林。简短的句子和段落,跳跃性的描写,把游击队六天来的经历生动地呈现在读者眼前。又如:

在茂盛而黝黑的四野里,高粱发着繁闹的响声。

一条中国式的铜龙扭动着黄色的轮子,冲进树林里。几只灰色的方形箱子在轮上滚动,轰隆轰隆地响着。

在龙的黄色鳞甲上是烟,灰,火花……

钢碰钢发出了响声,这是在锻冶……

烟。火花。高粱。肥沃的田野。

中国龙是从丘陵中出来的吧? 也许是从树林里出来的。……黄色的树叶,黄色的天空,黄色的路基。

高粱! ……田野!

这是聂泽拉索夫的铁甲车被游击队追袭时的情景,跳跃的语言很好地表现了白军的恐惧、迷茫心理。就连对话也有较大的跳跃性,如:

诺兹波夫不满意地说:

"真理,老是真理! 有什么用——我们自己都不懂。伐斯加,你有什么必要去和月亮谈话呢?"

"真奇怪! 也许我们想把农民安插到月亮上去吧。"

农民们大笑起来了。

"废话。"

"香烟头!"

"应该想法不多伤人命,可他却谈起月亮来了。鬼东西,我们怎样去夺铁甲车呢?"

"这可不比从松树上捉松鼠啊!"

游击队奉命夺取铁甲车,司令部为了更好地完成这一任务,派了五百个农民到桥头上拆毁铁轨,并把木材大量运到路基上,使铁甲车不能后退。诺兹波夫等在和农民交谈,既想尽快夺取铁甲车,又想尽可能减少人员的伤亡。这段对话,简短而有跳跃性。

小说还用电报来表现跳跃性,如:

俄日联合部队,由于14~69号铁甲车的支援,已将维尔希宁的游击队击溃。

我方死42人,伤115人。联军战斗力极佳,现正继续追击匿迹山区之敌人。

14~69号铁甲车指挥官聂泽拉索夫大尉。

第8701号。7月19日。

这是白军为了获取胜利,不惜勾结日本军队,和他们组成俄日联合部队,共同围剿游击队,在铁甲车的配合下,使游击队遭受重创。小说用带有跳跃色彩的电报体把这一过程极其简短地表现出来。

小说中更多的是把描写与对话结合起来,如:

营火烧起来了。它们像蜡烛似的平静地燃烧着,微微地摇动,看不出谁抛木柴。山岗都在燃烧。

"石头是不会燃烧的!"

"会!……"

"正烧着呢!……"

又是一次冲锋。

有人跑近铁甲车,倒了下去。有人后退了,又跑上来。

"这算冲锋吗?"

"发傻。"

这些躲在灌木丛里的人,静伏了一会——又爬起来了,退回去——又冲上来。

……他们又冲上来了!……

像滚石般的喊叫声,顺着不断响着的小射击眼,通过机枪筒冲进了列车里。

"哦……哦……哦……哦哎!"

还有一种尖音的:

"哎……哎……!"

一个两颊深陷的兵士说:

"森林里有女人在哭!……"

接着他便坐在一张长凳上。

一颗子弹打进了他的耳朵,又在头的那一边,穿了一个像拳头一般大的窟窿。

这是游击队成功地阻住铁甲车后,不断发动进攻,希望夺取铁甲车,但没有成功,而且出现了不少伤亡。小说通过描写与对话的结合,颇为成功地、跳跃式地描绘出了这一场景。

二是语言极富诗意。小说的很多句子简直就是散文诗,如描写游击队撤退时写道:"人、牲口、大车和铁器,咯吱咯吱地发着轻微而有倦意的闹声,络绎不绝地向着树林和山岗的小路流去。高崖上朦胧地现出柏树的暗影。热气烘干了人们的心灵,使它和枯折的树枝一样;脚仿佛踏在火上,找不到安放的地方。"又如"沈彬吾读过《诗经》,在城里编过席子,但是他把《诗经》抛到井里,忘了席子,追随俄罗斯人,走上了'红旗街'",用诗的跳跃性的语言,简短地写出沈彬吾的经历,以及最后走上革命道路(红旗街指的是红旗飘扬的道路,起义的道路)。小说还运用拟人等手法,如:"道路崎岖难走,好像这故土在挽留自己的孩子。在车队里,马频频回望,细声地悲嘶着。狗忘了吠叫,默默地跑着。故乡最后的尘土和轴上的油滓,同时从车轮上落下来。"写游击队被迫离开故园,把故土、马、狗乃至尘土、油滓都写得分外有情,分外多情,从而生动表现了游击队员故土难离的恋恋不舍之情。

不过,小说极富诗意的语言中最突出的是比喻。文中有俯拾即是的新奇又简短的比喻,如:"他的身板挺直得像一支新钢笔杆""一个生着金黄色卷发,像开着花的野樱树似的少年""农民们突然像玉米从口袋里倒出来一样,哄出了一片笑声""黄昏像疯人的思想一样短促""奥巴勃的像美国皮鞋头一样迟钝的思想"。也有稍作生发而较长些的比喻,如:"聂泽拉索夫瘦骨嶙峋的,好像从罐头厂出来的瘪铁罐——尖锐的棱角,灰白色的光滑的皮肤""伐斯加(即奥考洛克——引者)从前是在矿山里做工的,他老是这样唠叨不休,仿佛发现了一个生矿,话语多得一下子挖掘不完"。就连人物说话,也往往大量运用比喻，充满诗意，如奥考洛克说"他们要把我们赶散，像老鹰赶散小鸡一样"，兹诺波夫说"他哭得简直就像一只漏水的桶""维尔希宁，他是云，风吹他到哪儿，他就把雨带到哪儿"，维尔希宁说"我的心像抛在冰雪地上的小猫似的啼哭着"。

此外，对比手法的出色运用，也是小说富有诗意的因素之一。小说的"前记"指出："这部书所采用的描写手法，也是非常突出的，到处都是对比：在充满了生机的大自然衬托下的游击队，是和'铁匣里'吓得失魂落魄的白匪军对照的；沈彬吾壮烈牺牲的场面，是和像狗一样爬进灌木丛里死去的白军大尉聂泽拉索夫对照的。"①

正因为如此，《铁甲车》达到了很高的艺术水平。俄国有学者指出："作者喜欢用譬喻、色彩华丽的修饰语，以及迥异于寻常的比拟。寥寥数笔就能描述清一件事、传达出主人公的精神境界。"②马克·斯洛宁也谈道："他以一种势如破竹的、过于华丽的文体写作。他喜欢使用像他的主人公一样激情的词汇和明喻③，"他的笔调十分流畅生动，颇为讲究格式，他想使他的文字与比喻和他所写的人那样有血有肉，活灵活现，他并且采取西伯利亚农民有趣的口语。他想以奇特情节与灿烂色彩使读者惊讶。他的散文的格式宛如波斯地毯那样花哨，那样鲜活"④。帕乌斯托夫斯基则宣称："他在我们创作生活中的地位如何呢？首先是一个革新家和真正的魔法师。……他创造了自己的风格、自己的语言和自己的创作天地，并满怀信心地把这片天地引上宽广的文学大道。……因此他写的一切作品往往都是新颖的——不管是《游方僧》还是《铁甲列车》——这一切也包括《西绪福斯野啤酒花》或关于'伟大的西伯利亚诗人'的短篇小说这样一些散文杰作。"⑤

综上所述，《铁甲车》的确独具特色，在苏联乃至俄罗斯的战争描写和战争叙事上有不少创新，尤其是还在国内战争进行之中作家就能迅速而又生动地对战争加以表现，达到了一定的艺术高度，正因为如此，法捷耶夫1955年3月在致伊万诺夫的信中指出："谁也不知道，可以用什么话在艺术中表达出生活、风俗习惯、人们意识中的这种史无前例的转折。况且，能否就这样、立刻、在次日，几乎还在决战的炮火中表达出这一点来呢？而你说出了

① 〔苏〕伊万诺夫：《铁甲车》，前记第3页。
② 〔苏〕科瓦廖夫主编：《苏联文学史》，第83页。
③ 〔美〕斯洛宁：《苏维埃俄罗斯文学（1917~1977）》，第77页。
④ 〔美〕马克·斯洛宁：《现代俄国文学史》，汤新楣译，人民文学出版社2001年，第311页。
⑤ 〔苏〕康·帕乌斯托夫斯基：《大师的馈赠》，张铁夫译，湖南文艺出版社2020年，第375~376页。

新鲜的话,说出了你的感受,按自己的方式说,按照想说的那样说。《游击队员》《铁甲列车 Nr.14~69》,成了苏联小说的经典作品。"①俄国文学史家认为,伊万诺夫因此成为20世纪20年代"把西伯利亚内战材料带入俄国,也是苏联文学史上当时最有才华的一位作家"②。而《铁甲车》之所以能如此富有创造和新意,和作家大力吸收现代主义的文学营养关系密切,俄国当代学者西多尔楚克在其《伊万诺夫中篇小说〈铁甲车〉中的白银时代遗产》一文里,指出《铁甲车》吸收了白银时代多方面的成果,包括安德烈耶夫《红笑》对战争的描写,勃洛克把革命和战争视为自发的自然力量,特别是别雷的《彼得堡》等作品对象征、语言和音乐的追求。③

值得一提的是,《铁甲车》对此后的苏联战争小说有较大的影响,阿斯塔菲耶夫的《牧童与牧女》与瓦西里耶夫的《这里的黎明静悄悄……》都可以说是在一定程度上对这部小说的继承和发展。而法捷耶夫更是公开承认:"对于作为艺术家的我的发展,曾经起过最大的影响——那就是李别进斯基、绥甫林娜、符赛伏洛德·伊凡诺夫、列昂诺夫、费定、肖洛霍夫、卡达耶夫。"④

三、富尔曼诺夫的《夏伯阳》⑤

富尔曼诺夫的《夏伯阳》(一译《恰巴耶夫》)是反映苏俄国内战争的一部名作,出版不久,卢那察尔斯基就认为它与绥拉菲莫维奇的《铁流》、法捷耶夫的《毁灭》是三部"大有教益"的作品,称之为十月革命后"小说中最显著的成就之一",并且认为它和《铁流》是"两部史诗"。⑥这样,在此后的苏联和中国学界每每把这三篇作品相提并论,评价极高,有人进而推及《毁灭》,称这

① 〔苏〕法捷耶夫:《法捷耶夫文学书简》,李必莹译,安徽文艺出版社1988年,第246页。

② Плеханова И.И. Русская литература Сибири. Часть 2,Иркутск,2010,С.67.

③ Сидорчук О.И. Наследие серебряного века в повести Вс. Иванова《Бронепоезд 14~69》./Коммуникативно - когнитивный подход к преподаванию филологических и психолого-педагогических дисциплин.Ялта,2011. С.184~188.

④ 〔苏〕法捷耶夫:《谈文学》,第16页。

⑤ 目前该书有多种中译本:《夏伯阳》,郭定一译,文学出版社1942年,生活书店1948年,三联书店1950年、2018年;葆煦译,21世纪出版社1990年;于瑞瑞译,内蒙古大学出版社2001年;谷广松译,金城出版社1999年,中国致公出版社2003年,百花洲文艺出版社2014年;石国雄译,译林出版社2002年,黄山书社2015年。《恰巴耶夫》,葆煦译,人民文学出版社1957年;西建译,人民文学出版社1963年;郑泽生等译,外国文学出版社1981年、1998年。本节所引用的《夏伯阳》文字,均出自2002年版《夏伯阳》,为节省篇幅,不再一一注出。

⑥ 〔苏〕卢那察尔斯基:《论文学》,蒋路译,人民文学出版社1978年,第416页。

三部作品为"国内战争三大史诗"①。如有苏联学者认为:"小说《恰巴耶夫》的某些思想,它描写国内战争和刻画内战英雄,以及多方面描写党和人民的那种方法,就预告了绥拉菲摩维支的《铁流》和法捷耶夫的《毁灭》的诞生,这些作品都是标志社会主义现实主义艺术向前发展的里程碑"②,中国学者进而认为,以上三部小说并称为苏俄"国内战争的三大里程碑式的作品"③,甚至有苏联学者声称:"随着《夏伯阳》的问世,苏联文学开始进入一个新的发展阶段。"④

德米特里·安德烈耶维奇·富尔曼诺夫(一译富曼诺夫,Дмитрий Андреевич Фурманов,1891~1926),出身于科斯特罗马省一个农民家庭。1912~1914年,先就读于莫斯科大学法律系,后转入语文系学习。1914年,第一次世界大战爆发后,他辍学到前线当看护;1916年离开军队回到家乡参加革命活动,1918年在伏龙芝的引导下加入共产党,并担任伊凡诺沃-沃兹涅先斯克党政机关的领导;1919年初率领伊凡诺沃-沃兹涅先斯克的纺织工人开赴前线作战,先后任恰巴耶夫师政委、土耳其斯坦战线革命军事委员会特派员、库班地区红色陆战队政委、高加索第九军军政治部主任等职务,因战功卓著而荣获红旗勋章;1921年夏内战结束后,他退役并迁居莫斯科,在高级军事编辑委员会和国家出版社工作,同时开始专心从事文学创作;1924年起任莫斯科无产阶级作家协会书记和全苏无产阶级作家联合会执行委员;1926年因脑膜炎而盛年逝世。

富尔曼诺夫1912年开始发表作品,写了不少诗歌、前线通讯、报道、特写和政论。1922年发表中篇小说《红色陆战队》(Красный десант),1923年发表长篇小说《夏伯阳》(Чапаев),1925年发表长篇小说《叛乱》(Мятеж)。其中《夏伯阳》是其成名作,也是代表作,能较全面地展示其创作的整体风貌。

《夏伯阳》讲述的是1919年1月至8月在苏联东线上红军与白军的战事,中心人物是夏伯阳。他在政委克雷奇科夫的帮助下,逐步改正缺点,成长为出色的革命指挥员,却在敌人的突袭中不幸牺牲……

《夏伯阳》作为苏联战争小说早期的代表作之一,具有很大的影响,其在战争小说叙事方面突出的特点就是:教育成长型之目击者战斗叙事。

---

① 何瑞认为,《恰巴耶夫》《铁流》和《毁灭》"是苏联文学中描写国内战争的著名的三部史诗",详见魏玉芬等主编:《战争文学名著鉴赏辞典》,长征出版社1991年,第902页。

② 〔苏〕波里亚克:《富曼诺夫》,见〔苏〕季莫菲耶夫主编:《论苏联文学》(上卷),程代熙等译,作家出版社1958年,第358页。

③ 张文焕:《苏联战争文学的三次浪潮》,《俄罗斯文艺》2003年第6期。

④ 〔苏〕科瓦廖夫主编:《苏联文学史》,第89页。

教育成长主要指在党的教育和引导下,革命军队逐步走向成熟,从充满游击习气、缺乏组织纪律观念的队伍变成充满理想、纪律严明的正规部队。它又包括两个方面:一是部队最高领导人的成长,包括夏伯阳和政委克雷奇科夫的成长,二是革命队伍的成长。

小说写得最多的就是作为其所在部队最高领导人夏伯阳的成长,用译者石国雄的话说,就是:小说显示了"夏伯阳从一个农民、一个受过无政府主义影响的'草原上的野马''蒙了双眼的雄鹰',成为革命队伍中不断完善自己的忠诚战士、人民爱戴的英雄"①。小说在叙事上是颇费了一番心思的,叶尔绍夫指出,小说"是按传统的'浪漫主义'写法构思的:利用侦探小说式的引人入胜的情节,增加爱情的插曲,穿插争风吃醋的场面等"②。从战争小说的叙事来看,小说的中心人物是夏伯阳,除了上述方法外,主要通过战争的方方面面来展示这一人物的性格及其成长。

首先,运用了类似未见其人先闻其声的叙事手法。在夏伯阳还没出场之前,就让克雷奇科夫在赶往乌拉尔斯克和亚历山德罗夫盖的途中,听到不少关于他的传奇性的故事,从而造成悬念,让读者跟克雷奇科夫一样,急切地想见其面识其人,这是一种比较高明的烘云托月手法,类似于中国戏曲中的马门腔艺术手法,为主人公的出场做足了铺垫。接着,又通过克雷奇科夫到部队后听说夏伯阳经常胡来蛮干,从而不再相信草原上流传的关于他的传奇故事,更进一步造成悬念:夏伯阳到底是怎样一个人呢?

其次,夏伯阳的故事富有传奇色彩。有人把它概括为:"丰富的战斗经验和卓越的军事才干,使他能正确判断敌情,制订出周密的作战计划。恰巴耶夫在战场上总是身先士卒,什么地方最危险,他就冲向那里。他善于鼓舞士气,用胜利和光荣感去激发他们的斗志,因此在他的领导下,红军立下了赫赫战功。由此,他获得了极高的威望,成了人民敬爱的传奇人物。"③但这种概括不够全面。夏伯阳的传奇色彩主要表现有五点:

他的身世颇有传奇性。他母亲是喀山省长的女儿,父亲是茨冈演员,父亲老早就抛弃了他们母子,而母亲在生下他后就死了。他像玩具一样被送到乡下,不到九岁就自己挣饭吃,当过放猪的牧童,做过木工活,做过生意。十七岁时,他带着手摇风琴漫游伏尔加河沿岸城市,靠打零工糊口。然后他参加了第一次世界大战,因作战勇猛得了四枚乔治勋章。又因为受革命者

---

① 〔苏〕富尔曼诺夫:《夏伯阳》,译序第3页。
② 〔苏〕叶尔绍夫:《苏联文学史》,第79页。
③ 〔苏〕富尔曼诺夫:《恰巴耶夫》,郑泽生等译,外国文学出版社1981年,译序第6页。

影响,他不愿当克伦斯基的志愿队队长,后来参加了红军,组建了十四个团,并且当过这些团的团长。组织上安排他到军事学院学习,可他瞧不起文化人,不爱学习,没有毕业。最后他当了师长,几乎是屡战屡胜,却在自己的师部突遭袭击,不幸牺牲。

他的性格带有某种传奇色彩。他既平易近人、对人友好,又翻脸无情、变脸极快。"夏伯阳属于那种容易相处,而且可以处得友好的人,但是也同样可以说翻脸就翻脸,毫无情义。嘿,他会火冒三丈,暴跳如雷,大声叫骂,横加呵斥,恶言恶语,毫无顾忌,撕破一切情面,狂暴狂怒中,他不明事理,全不问后果。等过了一会儿,冷静下来,又会感到苦恼。他开始痛苦地回想,思考才做过的事,从一时冲动所说的肤浅话语中,从任性放肆的冒失行为中仔细分析,筛选出重要的和严肃的问题。一旦他认识清楚,就主动退让。但是并不总是这样,也并不对所有的人都退让,只有在他有这种愿望的时候,只有在他所尊敬、所看重的人面前,他才会退让。"

他作战的方式与众不同。他总是冲锋在前,身先士卒,哪里最危险他就出现在哪里。"夏伯阳不停地飞速奔驰着。他关注着各团之间的联络,操心着运送炮弹的事,询问着辎重车队的情况","夏伯阳从一头奔驰到另一头,他戴着红檐黑帽,穿着黑色披风,就像魔鬼两只翅膀随风飘舞。大家都看到,他那稳稳地骑在哥萨克马鞍上的瘦削身影,突然出现在这里那里,又很快地消失了。他一边飞奔,一边下达命令,通报必要的情况,提出一些问题"。而"浴血奋战是夏伯阳最热衷的事","沿着战线从这头跑到那头,是他喜欢干的事",以致"哥萨克一听到夏伯阳的名字就胆战心惊,避免跟他打仗,他的骁勇善战,百战百胜犹如一股魔力,把他们给镇住了"。

他跟群众的关系也有传奇色彩。一方面,"他是个咋咋呼呼,骂骂咧咧的人,又非常严厉,不了解他的人是怕接近他,因为弄不好他就会破口大骂,甚至一怒之下会扇你耳光";另一方面,他跟战友们相处极其融洽,相当随便,毫无架子,但人们非常尊敬他,"只要有机会去见他,那个人就受宠若惊,把与他说上话看作是莫大的幸福。如果夏伯阳对谁夸上几句,那个被夸的人就永远也不会忘记那些话。跟夏伯阳同坐在一张桌子旁,握一下他的手,对每一个人来说都是无上的骄傲,以后就添油加醋地反反复复讲,正儿八经讲,郑重其事讲",以致"无论他们在夏伯阳面前怎么无拘无束,怎么吵吵嚷嚷,怎么骂天骂地,只要夏伯阳一开口,情况立刻就改变"。人们甚至十分希望时时都能和他在一起,甚至"一天里大概能见上十次,可仍然想见他"。对此,有人进一步阐发道:"富尔曼诺夫在《夏伯阳》中刻画这两种力量——指挥员和军队——在革命中、在人民争取美好未来的斗争中所起的相互作用。

作家的功绩——就是,他并不是放在一种狭隘的范围里来写作的,而是在和人民及集体友爱的关系上来描写他的主人公、战士和新社会的建设者,这一点,也正是现代优秀作品的特征。"①

就连他的出场也有一点传奇性。虽然小说以主人公的名字命名,但前面四章主人公都未出现,直到第五章才出现。而且他的出场相当独特:眼看就要打仗了,可他总是不出现,直到打仗的前一天早晨,他才姗姗来迟,一到部队驻地,才清晨五六点钟的时候就去敲别人的门,而且是"执拗地敲着"。和政委认识后,他马上雷厉风行地开始工作,不休息,也不喝茶,站着说话,下达命令。

最后也是最重要的是,描写了夏伯阳性格的发展变化。刚刚出场的夏伯阳,尽管骁勇善战、顽强勇敢、视死如归,而且足智多谋、观察细致、思虑缜密,能和战友打成一片,但"夏伯阳曾经在无政府主义者团伙中待过,虽然时间很短,加上农民出身,生性剽悍,缺少自制力,做事没有计划,自由散漫,这一切使他沾有无政府主义的情绪和游击习气",他缺点不少:政治上幼稚,作为党员对党纲都了解不多,认为每一个旧军官都不可靠,所有哥萨克都是坏人都应该被消灭,瞧不起读书人和司令部,刚愎自用、脾气暴躁、态度粗暴、愚昧无知、容易轻信、爱慕虚荣、沾沾自喜,喜欢听奉承话,讲话没有一点条理,前后不一致,没有贯穿的总的思想,想到什么就讲什么。但在克雷奇科夫的帮助下,他成长为一个政治上成熟、做事比较理性的人民英雄和优秀的军事将领,也就是波利亚克所说的:"富尔曼诺夫把注意力集中在自己主人公从自发的冲动到采取自觉和理智的行动这一转变的过程上。"②

小说还描写了政委克雷奇科夫在战争中的成长。尽管是个老革命,但年轻的他毕竟是第一次上战场,因此内心害怕,甚至试图逃避,然而当他面对夏伯阳和红军战士的勇猛无畏时,深刻地反省了自己:"啊,耻辱!极为耻辱!他意识到,在第一次战斗中他缺少勇气,像猫一样吓破了胆,辜负了自己对自己的希望和期待,他感到非常非常羞愧。在他远离散兵线、远离战斗、远离枪林弹雨的时候,他曾无数次向往过的勇敢、大胆、英雄主义,都到哪里去了?"从而正视自己,改正缺点,在帮助夏伯阳的同时,自己也不断成长。苏联学者托彼尔指出,富尔曼诺夫如此严厉地对待自己的主人公:为了揭示其性格的力量,勇敢和有经验士兵品质的培养,刻意在第一次战斗中展

---

① 〔苏〕迈斯柯芙斯卡亚:《论夏伯阳形象的创造》,见〔苏〕斯珂莫洛霍夫等:《苏联文学中的军事题材》,许铁马译,文艺翻译出版社1953年,第57页。

② 〔苏〕波里亚克:《富曼诺夫》,见〔苏〕季莫菲耶夫主编:《论苏联文学》(上卷),第360~361页。

示其"到最可耻底线"的行为。一年后,在"一次最光荣的行动中"克雷奇科夫将被授予红色标志勋章。但是在这里,较之托尔斯泰,富尔曼诺夫更坚定地强调了这一进程有意识的(而非本能的,"生物意义上的")基础:"他锻炼出自己想要的品质:勇敢、表面的镇定自若、自制力、对环境的掌控能力并迅速适应它。"①托彼尔还谈到,比较富尔曼诺夫在世时出版的《夏伯阳》的不同版本,可以发现他在不断深化这一主题。去世前不久,他开始对书的文本进行重大修改,他扩充了对斯洛米辛战役的描写,增加了有关"大车队马车夫"的大量议论,强化了对费奥多尔(即克雷奇科夫——引者)懦弱行为的印象。这一看似奇怪的重心混合说明了作家心理分析的高超技巧和对人性的正确理解。富尔曼诺夫所展示的不是某种"天生"的冷酷无畏;勇敢的本性必须在有意识地克服自然的自我保护意识中去寻找,一个人愿意为之赴汤蹈火的目标越高,他的内心就越有可能经受得住艰苦的考验。②

　　克雷奇科夫从爱护同志、关心同志出发,为夏伯阳做耐心深入细致的思想工作。同时,在发现对方有错误倾向时,他坚持原则、明辨是非、因势利导、纠正错误。他善于采用委婉、机警、谨慎的教育方法。他巧妙地纠正了夏伯阳在宣传政策时所犯的错误,纠正他对司令部和哥萨克的看法,耐心地制止夏伯阳有时表现出来的刚愎自用的行为,抑制他独断独行的不良习惯,警戒他作出轻率的决定。正因为如此,他在和夏伯阳的相处过程中,自己也在不断成长,很快就和夏伯阳成为亲密的战友。经过短短六个月的时间,他便感到自己和以前判若两人——他成长了很多,他的毅力也大大增强,经过了种种考验,能处理各种困难问题。作者刻画了克雷奇科夫的思想境界和举止行为,描绘出一个优秀的无产阶级革命战士的形象。③因此,苏联有学者认为:"这部作品的新的特征不仅在于表现了克雷奇科夫对恰巴耶夫的改造作用,而且还在于表现了政委本人政治上的提高。"④

　　小说也描写了革命战士或革命军队的成长。在克雷奇科夫刚到的时候,夏伯阳的队伍用小说中的话来说,是"还没有建立起自觉的铁的纪律",甚至向"剥夺"和"约束"了他们肆无忌惮的自由的工人支队红军战士打冷枪,还抢老百姓东西,与当地妇女随便发生关系……但是,在目睹工人支队的英勇善战之后,这些农民出身的红军战士对其由衷敬佩,与之成了好朋友。在政委克雷奇科夫和师长夏伯阳的说服教育下,他们把东西归还给了

　　①　*П. Топер.* Ради жизни на земле. М.,1975,C.167.

　　②　*П. Топер.* Ради жизни на земле. М.,1975,C.166.

　　③　参阅〔苏〕富尔曼诺夫:《恰巴耶夫》,译序第7～8页。

　　④　〔苏〕波里亚克:《富曼诺夫》,见〔苏〕季莫菲耶夫主编:《论苏联文学》(上卷),第363页。

老百姓,而与当地妇女发生关系的人也受到了严肃的处理。经过以政委为代表的布尔什维克党的教育和引导,最后"他们从一支散漫的、无政府思想浓厚的队伍,在战争中不断锻炼成为一支无产阶级的革命军队"[1]。

以上人物形象乃至战争叙事,都是通过真人真事"毫不粉饰、毫不虚构,而且原原本本地"[2]地写出来的,具有极强的实录性或纪实性,仿若是用目击者的眼光表现出来的。

这首先是因为小说是根据真实的历史写成的。1919年春,高尔察克率领在西伯利亚的三十万白军,越过乌拉尔山,力图攻占莫斯科,推翻新生的苏维埃政权。与此同时,邓尼金在北高加索,尤登尼奇在波罗的海,也与之配合,发动了新的攻势。列宁发出"一切为了东线"的战斗号召,组织党团员和广大工农群众奔赴前方,保卫苏维埃政权。而小说写的就是1919年春以来六个月间发生在东线的战争故事。

其次,小说是根据真人真事写成的。这包括两个方面:第一,小说是根据历史上实有其人的夏伯阳写作的。瓦西里·伊万诺维奇·夏伯阳(Василий Иванович Чапаев,1887~1919),是苏维埃国内战争时期的英雄、优秀的红军指挥员。1887年出身于喀山省切博克萨雷县的农民家庭。1908年应征入伍,参加过第一次世界大战。1917年秋参加革命,1918年加入俄国共产党。国内战争时期,他在乌拉尔一带指挥作战,多次击退高尔察克白军,因而从旅长提升为师长。1919年6月,他率军攻克乌法(一译乌发)时头部受伤,带伤指挥作战并赢得胜利,荣获红旗勋章。同年9月4日夜晚,其师部突遭哥萨克白军的袭击,他在突围泅渡乌拉尔河时中弹牺牲。第二,作者是根据自身经历写作的。"他(富尔曼诺夫——引者)被委任为出名的恰巴耶夫师的政治委员。他和恰巴耶夫在一起经历了战争的严重阶段,参加了解放乌法、乌拉尔斯克的几十次战役。富尔曼诺夫成为这位著名师长的忠实助手和亲密朋友。"[3]小说正是通过富尔曼诺夫的化身——政委克雷奇科夫的耳闻目睹来展开战争叙事,人物、事件、地点等都具有极强的实录性或纪实性,也使这部小说的战争叙事具有目击者叙事的突出特点。[4]为了突出这种实录性或纪实性,作家甚至还"利用了国内战争时期的一些真实文献,援引了报纸摘抄、红军战士写的一些书信,以及作者本人当时写的日记"[5]。叶

---

① 〔苏〕富尔曼诺夫:《恰巴耶夫》,译序第4页。

② *Фурманов Д. А. Собрание сочинений,Том 4,М.,1961,С. 476~477.*

③ 〔苏〕奥捷洛夫:《富尔曼诺夫评传》,第12页。

④ 参阅〔苏〕奥捷洛夫:《富尔曼诺夫评传》,第12页。

⑤ 〔苏〕科瓦廖夫主编:《苏联文学史》,第87页。

尔绍夫指出："这本书的'纪实性'由于书中利用了报告、书信、日记和军事行动资料而变得更加明显。"①温格洛夫等谈得更为具体："任何一个读过富尔曼诺夫的著名的小说《恰巴耶夫》的人，任何一个看过根据那部作品拍摄的关于恰巴耶夫的令人难忘的电影的人都会记得乌法之战的场面。横渡白河，新旧杜尔巴斯拉之战，率领部队进攻的伏龙芝，加彼列夫军官团的精神攻势，被白卫军炸毁的铁路桥梁，红军开进解放了的城市，这一切，不论是整个战役和它的个别的插曲，都是真实而鲜明地记在小说的书页上了。这里每一个细节都是千真万确的，小说中每一个参加战斗的人所做和所想的都完全和他在真实生活中所做和所想的一样。"②

这种高度真实性的追求，既是作家一贯创作观念的体现，也是其只想真实地再现人物和事件的革命目的所致。早在1910年8月2日富尔曼诺夫就在日记中写道："我在自己的写作里要尽可能地消除臆想出来的东西。做一个现实主义的作家——是伟大有益的事业。"③做现实主义作家，就是要如实地描写人物和生活。在给高尔基的信中，他更是明确谈到自己写作的目的："我确定了写这两本书是为了实际的、战斗的、革命的目的：说明我们在国内战争时期是怎样战斗的，不搞离奇曲折的东西，不虚构，而是提供实际的情况，让广大工农群众看到它和闻到它的气息。"④为了追求这种目击者式的实录性，作家甚至把一些战地通讯、特写、速写，塞进作品中，"富尔曼诺夫在红军工作时经常发表前线通讯、特写、速写。《工人区报》上登载了他的前线来信、阵地报道，以及若干后来部分地或全部地编入《恰巴耶夫》长篇小说中去的特写，如《乌发之役》《解放乌拉尔斯克》《乌发和乌拉尔斯克》《恰巴耶夫和巴土林同志怎样牺牲的》"⑤。这也是富尔曼诺夫三部重要作品的共同特点。

中篇小说《红色陆战队》描述的是1920年8月间红军顺水路潜入敌后，出奇制胜地袭击乌拉加伊匪军司令部驻地的故事。⑥尽管有人认为："这篇作品充分显露了作者的艺术风格和创作才能。富尔曼诺夫善于将纪实和绘声绘色的描写有机地统一起来。"⑦但实际上，这部作品只是由几篇简短特写

① 〔苏〕叶尔绍夫：《苏联文学史》，第79页。
② 〔苏〕温格洛夫、〔苏〕爱弗洛斯：《富尔曼诺夫》，第141页。
③ 〔苏〕温格洛夫、〔苏〕爱弗洛斯：《富尔曼诺夫》，第40页。
④ 《世界文学》编辑部编：《苏联作家自述》（第一册），第125页。
⑤ 〔苏〕奥捷洛夫：《富尔曼诺夫评传》，第19页。
⑥ 参阅〔苏〕富尔曼诺夫：《红色陆战队》，梦海译，新文艺出版社1953年；亦可见潘安荣译，《世界文学》1960年第12期。
⑦ 曹靖华主编：《俄苏文学史》（第二卷），河南教育出版社1992年，第69~70页。

改写而成的。

　　长篇小说《叛乱》描写在哈萨克斯坦的维尔内依(即今阿拉木图)为巩固苏维埃政权所进行的激烈斗争,富尔曼诺夫干脆就用自己的名字命名了主人公,他奉命到极度贫困、落后的民族边区去带领那里的人民建设新生活。但富农、民族主义分子借机煽动叛乱,反对苏维埃政权,以富尔曼诺夫为首的十几名工作组成员以全局利益为重,决定采取不流血的方式来平息事变,亲赴叛匪巢穴谈判,对数千名受蒙蔽的武装群众进行宣传,虽遭叛匪头目扣押,但唤醒了群众,赢得了最后的胜利。①在《叛乱》中,"富尔曼诺夫决定把一些原始文件插进书里去:把命令、布告、直达电话的对话记录、剪报都插进去。"②

　　由上可见,富尔曼诺夫的小说(尤其是《夏伯阳》),更注重的是思想性或革命性(波利亚克指出:"在富尔曼诺夫看来,政治和美学从来就是两个不可脱离的环节。对于他这样的社会主义现实主义艺术家,鲜明的政治目的性和布尔什维克对艺术作用的看法就是美学的标准。"③叶尔绍夫更具体地谈道:"作家在《恰巴耶夫》和《叛乱》中所追求的主要思想道德目标是:描写带有半游击习气的自发势力和采取敌对态度的人们接受布尔什维克影响的过程"④,通过战争叙事来表现新型的革命人物,这是在党的教育引导下成长起来的。有学者指出,小说通过克雷奇科夫这个形象,鲜明而深刻地显示出"党在革命中的领导作用与教育作用。恰巴耶夫正是在克雷奇科夫的影响下成长起来的。像在《铁流》中一样,党的领导作用像一根红线般穿过富尔曼诺夫的整篇小说,党提拔并培养了像恰巴耶夫这样的爱国者,替他们创造了完全发挥自己的力量的可能"⑤,季莫菲耶夫等认为:"在恰巴耶夫的形象里,表现出在革命影响下,人民群众的思想觉悟如何不断成长。"⑥捷明旦耶夫也谈道:"作者写出恰巴耶夫的成长,逐渐克服过去的成见,他身上苏维埃人的特性和品质的胜利。富尔曼诺夫的主要的功绩在于他在精神的发展和成长中描写自己的人物。读者看到在激战中,在工人共产党员的影响下,和师团在一起,它的指挥官——恰巴耶夫如何日益坚强和经受锻炼,不断成长和改造。在他性格中的过去的遗毒如何消灭和新的社会主义意识如何胜

---

① 参阅〔苏〕富尔曼诺夫:《叛乱》,梅子译,上海文艺出版社1963年。

② 〔苏〕温格洛夫、〔苏〕爱弗洛斯:《富尔曼诺夫》,第216页。

③ 〔苏〕波里亚克:《富曼诺夫》,见〔苏〕季莫菲耶夫主编:《论苏联文学》(上卷),第350页。

④ 〔苏〕叶尔绍夫:《苏联文学史》,第81页。

⑤ 〔苏〕季莫菲耶夫:《苏联文学史》(上卷),水夫译,作家出版社1957年,第251页。

⑥ 〔苏〕季莫菲耶夫主编:《俄罗斯苏维埃文学史》,第526页。

利。"①通过他们，小说表现了无产阶级领导和改造农民的主题及党的领导作用。因此，著名作家费定指出，《夏伯阳》是一部"主要从艺术上描写现代新型人物的长篇巨著……像富尔曼诺夫那样处理人物问题，除了他以外，当时还没有第二个人"②。波里亚克更具体地指出，小说表现了"党的领导对恰巴耶夫的政治教育所起的巨大作用"③。科瓦廖夫等也认为："小说的基本思想就是强调革命对人的改造作用，确认思想觉悟和对共产主义的向往对于革命运动的伟大意义。"④曹靖华等学者也谈道："《恰巴耶夫》是苏联文学中深刻描写正面人物形象的第一部佳作。当时已经出现了一批描写国内战争的作品，但由于多数作者对人民革命运动缺乏正确的认识，因此未能深刻地反映出革命斗争的高度组织性和纪律性，以及党在革命中的领导作用，新时代的英雄人物也没有得到正确的描写。"⑤周成堰说得更简洁明了："富尔曼诺夫的长篇小说《恰巴耶夫》是一部具有鲜明共产主义党性的艺术教科书。"⑥《夏伯阳》的译者石国雄则更具体地谈道："在此之前，年轻的苏维埃文学已经有了一些反映革命和国内战争的作品，如皮利尼亚克的《荒凉的年代》(1921)等。这些作品的共同特点是，把革命和国内战争描写成是群众的自发行为，是无政府主义之举。作者们在描写群众力量伟大的同时，也往往把无政府主义、游击习气看成革命的主要方面，忽视了布尔什维克的领导作用和无产阶级先进思想的影响。在他们笔下，布尔什维克的形象往往比较概念化、公式化，缺少个性；描写新人多半浪漫主义激情有余，缺少冷静客观的社会心理分析。富尔曼诺夫的《夏伯阳》恰恰弥补了这些不足，在主题的开掘和形象的塑造上都有了新的突破，由此在苏维埃文学中开始了反映革命和国内战争的新的一页。"⑦而《叛乱》的主旨在于表现布尔什维克思想的强大威力。继《恰巴耶夫》后，党的领导核心作用的主题在这部作品中得到了进一步的发掘。作者在《叛乱》中取得的主要艺术成就，仍然表现在塑造苏维埃时代正面人物方面"⑧。

---

① 〔苏〕捷明岂耶夫：《俄罗斯苏维埃文学》，苗小竹译，上海文艺联合出版社1955年，第326页。

② *Федин К.А. Собрание Сочинений*, Том 9, М., 1962, С.372~373.

③ 〔苏〕波里亚克：《富曼诺夫》，见〔苏〕季莫菲耶夫主编：《论苏联文学》(上卷)，第362~363页。

④ 〔苏〕科瓦廖夫主编：《苏联文学史》，第87页。

⑤ 曹靖华主编：《俄苏文学史》(第二卷)，第72页。

⑥ 周成堰：《富尔曼诺夫和他的长篇小说〈恰巴耶夫〉》，《外国语文教学》1981年第2期。

⑦ 〔苏〕富尔曼诺夫：《夏伯阳》，译序第1页。

⑧ 曹靖华主编：《俄苏文学史》(第二卷)，第74页。

但过于注重革命性或思想教育性,过分追求实录性或纪实性,因而出现了马克·斯洛宁所说的"很少或根本不注意形式和艺术的微妙之处,只是着眼于他们称之为'忠实再现现实'"①,因此在艺术上不太成功,甚至中心人物形象的发展改变,都不是通过情节而是通过议论之类体现出来。小说出版后,一些真正的文学行家对其艺术性多有论述。

关于《夏伯阳》,著名评论家卢那察尔斯基指出:"他落笔之际其实并未考虑纯粹的艺术性。这是一些叙述他所见、所感和所作所为的异常生动的札记,一个敏锐、聪明、坚强的政委的札记,其中的一部分可以说是在战斗正酣的时候草就的",他进而谈到,该书具有"目击者和参与者提供的证词的鲜明性"。②而高尔基在给作家的信中虽然肯定说:"在描述中,在对人们的性格刻画中,也能感觉到您的观察本领,您的抓住主要的、有代表性的东西的本领。"但也指出:"这两部作品(指《夏伯阳》和《叛乱》——引者)的艺术意义都是很不高的,它们的材料——内容——都比作者更为重要,完全凌驾在他之上,使他从读者眼中消失不见了。这两部小说的历史意义和教育意义超过它们的艺术意义。""就形式而论,《恰巴耶夫》不是中篇小说,不是传记,甚至不是特写,而是破坏所有一切形式的一种东西。""两部作品都写得不经济,过于冗长,有很多的重复,还有很多的说明……""您写得匆忙,写得十分草率,您像一个目击者在讲述,而不像一个艺术家在描绘。因此,在故事中就出现了把它拉得很长的大量无用的细节。"③在给高尔基的回信中,作家回应道:"我没有把这两本书看作纯艺术的作品(按过去对这个术语的解释),没有把它们看作是中篇小说、短篇小说、长篇小说。因此形式就与众不同,因此那里面有文件、电报、宣言等等。我写的是历史地、科学地整理过的东西,同时又给它们加上了艺术的形式。"④并且承认:"我确定了写这两本书是为了实际的、战斗的、革命的目的:说明我们在国内战争时期是怎样战斗的,不搞离奇曲折的东西,不虚构,而是提供实际的情况,让广大工农群众看到它和闻到它的气息。结果没有成功。"⑤我国学者彭克巽认为:"《恰巴耶夫》具有小说和回忆录这两种不同的特质,作者曾说他不知怎样来称呼他作品的体裁:中篇小说?回忆录?历史文献?生活画面?这种情况反映了苏

---

① 〔美〕斯洛宁:《苏维埃俄罗斯文学(1917~1977)》,第174页。

② 〔苏〕卢那察尔斯基:《论文学》,第416页。

③ 〔苏〕高尔基:《文学书简》(下卷),曹葆华、渠建明译,人民文学出版社1965年,第53~55页。

④ *Фурманов Д. А. Собрание Сочинений*,Том 4,М.,1961,С.476~477.或见《世界文学》编辑部编:《苏联作家自述》(第一册),第125页。

⑤ 《世界文学》编辑部编:《苏联作家自述》(第一册),第125页。

联早期小说在传统小说形式和编年史之间的摇摆。富尔曼诺夫在那场极为严峻的国内战争中积累了丰富的生活感受,他既寻求通过其典型塑造来反映时代,又有许多在艰苦斗争中的强烈生活印象(例如生死与共的战友之间的友谊等等)难于割舍,因而以回忆录的笔调将这些感情倾泻于作品之中。这样在小说中就出现了多少游离于中心故事情节的、素描的生活画面……对生活素材的提炼和剖析还不够深刻。"①

不过,马克·斯洛宁公正地指出:"德米特里·富曼诺夫根据第一手资料写了一部早期的纪实性记叙体作品。……在这部作品中,富曼诺夫对这位生龙活虎的指挥官,这个在沙皇军队中当过兵,后来成为伏尔加河东南部大草原的传奇式英雄,作了冗长的、有时又是非常生动的描绘。……富曼诺夫是个有才华的作家,他目光敏锐,成功地捕捉了成为俄罗斯精神的象征的恰巴耶夫的民族特性。然而,作者显然没有什么崇高的目的:他只是想最忠实地报道事实,列举内战中红军与白军的日常活动情况,完整地引用文献资料。总之,为了求得真实可靠,而不惜牺牲情节结构和艺术效果。富曼诺夫摒弃了一切虚构的修饰,而以一种直接的、不装腔作势的、讲解式的手法写作,这使他完全不同于其他那些描写大革命时期粗犷的战士的苏联作家们,如皮里尼亚克、巴别尔、符谢沃落·依凡诺夫,以至现实主义作家阿历克赛·托尔斯泰。富曼诺夫和那些同人不尽相同的另一个特点是,着意刻画他的主人公和他们根据共产主义的观点所促成的这些事件,并将他们称颂为未来一代的典型。不论是《恰巴耶夫》还是富曼诺夫的第二部大型编年史《叛乱》(1925 年)都是俄国边远地区的内战的有趣文献。它们始终是'纪实文学'的典范。"②他还谈道:"富尔曼诺夫显然极有写作天才,把恰巴耶夫所具有的种种民族特性描写得精彩之至,使恰巴耶夫成为一般俄国老百姓观念的象征。"③

也正因为如此,小说《夏伯阳》问世好几年之后都并无多大影响。直到1934 年根据小说改编的同名电影大获成功后,才慢慢被定位为经典。有学者谈到,根据小说进行了大量加工改编的电影《夏伯阳》放映后,受到了上至斯大林下至平民百姓的热烈欢迎,小说也因此而引起注意,富尔曼诺夫更因此成为苏联时代的著名经典作家。④这部小说和电影对 20 世纪后半期苏联

① 彭克巽:《苏联小说史》,第 78~79 页。

② 〔美〕斯洛宁:《苏维埃俄罗斯文学(1917~1977)》,第 175~176 页。

③ 〔美〕斯洛宁:《现代俄国文学史》,第 369 页。

④ 贺红英:《〈夏伯阳〉:一种"苏维埃神话模式"的确立》,《北京师范大学学报(社会科学版)》2009 年第 2 期。

乃至中国的文学创作尤其是战争小说创作和电影都产生了不小的影响，如波里亚克指出："卫国战争期间，人们在读《恰巴耶夫》的时候都有新的体会。西蒙诺夫、列昂诺夫、波列伏依、格罗斯曼、涅克拉索夫以及其他作家在描写人民的功勋时，不仅在很大程度上遵循着以往的古典作家传统，特别是列夫·托尔斯泰的传统，而且也遵循着苏维埃作家的传统，其中就包括富尔曼诺夫的传统。"①我国有学者进而指出，绥拉菲摩维奇、法捷耶夫、肖洛霍夫的创作乃至20世纪五六十年代的战壕文学都受其影响。②尤其是小说中强调党的领导这一点，对苏联和中国现当代表现战争题材的作品影响深远，如绥拉菲莫维奇看了《夏伯阳》后，马上认为自己《铁流》的"很大缺点"是没有"直接地"表现党怎样引导农民，因此党的领导作用在作品中只能被"默默地去意会出来"③。

四、绥拉菲莫维奇的《铁流》④

绥拉菲莫维奇的《铁流》（Железный поток，1924）是反映苏俄国内战争的一部著名长篇小说，鲁迅认为："自《铁流》发表后，作品既是划一时代的纪念碑的作品，作者也更被确定为伟大的无产文学的作者了。"⑤但中国关于这部小说的研究却很少，尤其是从战争小说的角度，几乎还无人系统、深入地探讨，因此有必要从这一角度重新审视这部战争小说。

亚历山大·绥拉菲莫维奇·绥拉菲莫维奇（旧译绥拉菲摩维支，Александр Серафимович Серафимович，真姓Попов，1863~1949）1863年出身于顿河州下库尔莫雅尔斯克镇一个哥萨克军人家庭。父亲是哥萨克军官，母亲是军队书记官的女儿，她"非常温柔、善良、真诚，聪明而好深思"，尤其善于用生动流畅的语言讲故事，对绥拉菲莫维奇的"性格、世界观及作家气质的形成都有巨大的影响"。⑥绥拉菲莫维奇从小喜爱文学作品，早在中

---

① 〔苏〕波里亚克：《富曼诺夫》，见〔苏〕季莫菲耶夫主编：《论苏联文学》（上卷），第366页。
② 参阅曹靖华主编：《俄苏文学史》（第二卷），第69~70页。
③ 宇清、信德编：《外国名作家谈写作》，北京出版社1980年，第309页。
④ 目前该书的中文译本有：杨骚译，南强书局1930年；曹靖华，三闲书屋1931年，生活书店1938年，人民文学出版社1951年、1973年，黄山书社2015年，生活·读书·新知三联书店2020年，又收入《曹靖华译著文集》（第一卷），河南教育出版社、北京大学出版社1990年。本节所引用的《铁流》的文字，均出自1980年版《铁流》，为节省篇幅，不一一注出。
⑤ 鲁迅：《〈一天的工作〉后记》，见《鲁迅译文集》（第8卷），人民文学出版社1958年，第283页。
⑥ 〔苏〕绥拉菲摩维支：《自传》，见《世界文学》编辑部编：《苏联作家自述》（第一册），第37页。

学时代就大量阅读了普希金、屠格涅夫、托尔斯泰、车尔尼雪夫斯基等人的作品,尤其是熟读了托尔斯泰的《战争与和平》。1875年父亲因病去世后,少年绥拉菲莫维奇不得不从中学三年级起就开始半工半读,以挣钱帮助母亲,贴补家用,供自己上学。他从小热爱自然科学,1883年考入了彼得堡大学的数理系,并加入了19世纪80年代上半期就已在俄国出现的革命小组——大学生研究组,结识了列宁的哥哥——民意党人亚历山大·乌里扬诺夫,在其指导下,深入工人中间,熟悉社会。1887年3月1日,乌里扬诺夫等民意党人谋杀沙皇失败,乌里扬诺夫被判处死刑。绥拉菲莫维奇因起草告社会人士书,阐明事件的真相和乌里扬诺夫所从事的活动的作用和意义而被捕,随后被流放到俄国遥远的北方小镇——阿格尔克省的小县城梅津,并开始创作。1889年在《俄罗斯新闻》上发表了处女作——小说《浮冰上》。1890年6月获准回到南方的故乡,其文学创作受到著名作家柯罗连科、乌斯宾斯基的赞扬和帮助。1892年开始,他先后在不同地方做过家庭教师、报馆工作人员等工作。1898年11月他来到彼得堡,得到柯罗连科的鼓励和帮助,出版了第一本短篇小说集。1902年应著名作家安德烈耶夫的邀请来到莫斯科,在《信使报》工作,写出了不少作品,并结识高尔基,受到其鼓励和指导,成为高尔基主编的《知识》丛刊的经常撰稿人。1905年又回到彼得堡,参加工人运动和革命斗争,并迎来了文学创作的丰收期,创作了不少中短篇小说,还有揭露社会黑暗、带有自然主义色彩的长篇小说《草原上的城市》(一译《荒漠中的城》)。1914年第一次世界大战爆发后,他以卫生员的身份上了前线,一边进行战地服务,一边进行文学和新闻写作。1917年十月革命爆发时,他加入俄国共产党,同年11月起担任《消息报》"文学、评论及艺术栏"主任。1918年国内战争开始后,他以《真理报》战地记者的身份,去东方战线的战地司令部工作,积累了不少素材,开始构思并完成长篇小说《铁流》。后回到莫斯科,担任《十月》杂志的主编,帮助、提携了富尔曼诺夫、肖洛霍夫、奥斯特洛夫斯基等作家。1933年获得列宁勋章。1941年6月苏德战争爆发后,八十岁高龄的他以《真理报》记者的身份再次上了前线。1946年,他又回到故乡居住。1949年病逝。

　　绥拉菲莫维奇一生创作勤奋,发表了《浮冰上》(1889)、《冰雪荒漠》(1890)、《扳道工》(1891)、《小矿工》(1895)、《沙原》(一译《沙地》,1908)等许多反映下层劳苦人民生活艰辛,以及因深受压榨和剥削而极度贫困的中短篇小说,出版了《草原上的城市》(1912)、《铁流》(1924)、《集体农庄的土地》(一译《集体农庄的田野》,1933、1938)等多部长篇小说。"他早期的短篇小说继承了70年代民主主义文学的传统,描写痛苦的贫困生活与没有权利的劳动人民,它们唤起了人民中的读者的默默的同情和潜伏的愤怒。他描写1905年革命的那些作品——描写工人的集会、普列斯尼亚的革命起义与像火炬一样燃烧着的地主庄园的那些作品,在鼓舞人们去建立功勋、号召公开斗争。"①后期作品则主要歌颂无产阶级革命斗争和社会主义建设。在其作品中,《铁流》被公认为早期苏联社会主义文学的优秀作品之一。

《铁流》是根据真实的史实,花了两年半时间②加工而成的(苏联学者科夫丘赫写有专著《战争叙述中的"铁流"(1918~1921年间的塔曼军)》),详细介绍了塔曼军的组成、人员、突围,以及和主力部队会合后征战的整个历史史实③,而正是科夫丘赫最早写信请求绥拉菲莫维奇为塔曼军的征程写一本书④),讲述的是十月革命后,塔曼半岛上一群既无战斗经验也无武器装备的人们所组成的无组织、无纪律的队伍,在总指挥郭如鹤的率领下,突破白军的重重包围,翻过高加索山,历尽千辛万苦、千难万险,经过极度疲劳、饥饿、死亡等考验,一个多月后与红军主力会合,变成了一支纪律严明的"铁流"。也就是说,《铁流》描写的就是一群乌合之众经过一个多月的战斗行程,终于锻炼成为一支纪律严明、意志坚强的无产阶级的"铁流",简而言之,这部小说战争叙事的特点就是精心描绘战斗的行程。主要表现在以下三个方面:

一是结构精心。小说初看结构单纯,基本上采用的是流浪汉式的结构,即走到哪写到哪,与标题《铁流》十分合拍。但"《铁流》的内在主旨是关于人们必然的精神转变、关于群众的觉悟在为革命的共同正义事业的斗争中起的作用这些富有人道主义的思想"⑤,而且,正如叶尔绍夫指出的:"在《铁流》中,破天荒第一次用鲜明的艺术形式表现了五光十色、变化不定、最后被共产党人的意志组织起来的人群。这些人一般都是不由自主地被卷进革命事件的急流之中的。然而这支数千人的军队及大量随军的难民经过多日折磨人的行军,经过多次激烈的后卫战和前卫战,最后不仅取得了胜利,而且变成了一个思想统一的集体。塔曼军这支军队的行军作战,代表了整个俄罗斯火热的革命斗争,显示了时代的主要规律性及其社会意义。亚历山大·绥

---

① 〔苏〕波里亚克:《绥拉菲莫维奇》,见〔苏〕季莫菲耶夫主编:《论苏联文学》(上卷),第328页。

② *Кубиков И. Н.* Комментарий к повести А. Серафимовича 《Железный поток》.М., 1933,C.3.

③ *Ковтюх Е. И.* "Железный поток" в военном изложении 〔Таманская армия в 1918~1921 г.〕. М.,1931.

④ *Чалмаев В. А.* Серафимович. Неверов,М.,1982,C.262.或见 *Кубиков И. Н.* Комментарий к повести А. Серафимовича《Железный поток》.М.,1933,C.8~9.

⑤ 〔苏〕科瓦廖夫主编:《苏联文学史》,第84页。

拉菲莫维奇不像许多写国内战争的中长篇小说的作者那样单纯叙述战事的经过,而着力于阐明革命的意义,这是他这部作品的根本特点。"①皮斯库诺夫进而指出:"像作品本身一样,小说结尾部分也具有多种含义。它不仅总结了经历过的事情,而且还象征人民的另一种生活景况的可能性和必然性。作品中赞美的这些人们的钢铁性只不过是一个过渡阶段,一种必要的手段,而不是最终的目的。进入了铁的界限的自发势力,逐渐地变成创造力量。参加到这种力量里去,对于整个群众及每一个参加运动的个人来说,开辟了进步的前景。"②因此,为了表现一群乌合之众最终被改造成"铁流"从而阐明革命的意义这一主旨,作家对小说结构进行了精心安排,使本来容易流于松散的流浪汉式的小说结构严谨,以致有学者称:"作品结构严谨,首尾对照,浑然一体。"③这一精心安排表现为:

首尾呼应,互为对比。这部小说贯穿始终的是塔曼军的行军进程这一线索,第一章写行军的起始,最后一章(第四十章)写行军的终结,前后呼应,且互为对比,深化主题。

小说开篇,花了不少笔墨和篇幅描写这支由形形色色的各类人等组成的队伍,无组织无纪律,喧哗骚乱,甚至乱抢东西。为何混乱呢?主要是成员复杂:"走在这喧闹的洪流里的,有沙皇军队复员的士兵,有苏维埃政权动员的战士,有志愿参加红军的士兵。大多数都是小手工业者——箍桶匠、钳工、锡匠、细木匠、鞋匠、理发匠,最多的是渔民。这些都是生活艰难的'外乡人',都是劳动人民,苏维埃政权的出现,突然给他们的生活带来了一线光明。"还有不少红军的农民家属。这样一支规模庞大、人员复杂的队伍,的的确确混乱不堪,根本不像作战部队,我们从开头部分择取三段便可略见一斑:

> 说话声、喧闹声、犬吠声、马嘶声、孩子的哭声、难听的谩骂声、女人的呼应声,以及含着醉意的手风琴声伴着的放荡的沙哑的歌声,各种的声音,从四面八方传来。就像一个空前巨大的没王的蜂巢,张皇失措地发着嘈杂、沉痛的声音。这无边无际的热烘烘的一团混乱,吞没了草原,一直到那土岗上的风磨跟前——就在那里也是一片经久不息的千万人的喊声。

---

① 〔苏〕叶尔绍夫:《苏联文学史》,第77~78页。
② 〔苏〕皮斯库诺夫:《列宁的人道主义与文学》,励民译,见李辉凡主编:《当代苏联文学中的人道主义问题》,第217页。
③ 王思敏、石钟扬:《绥拉菲莫维奇》,第113页。

这是刚开始时人们汇聚在一起,准备讨论如何冲出白军的重围时的情形,整个是一片闹哄哄、乱糟糟的场景。

> 也许这是部队吧。可是为什么到处有孩子哭;步枪上晒着尿布;大炮上吊着摇篮;青年妇女喂着孩子吃奶;牛和拉炮车的马一块吃干草;晒黑了的女人和姑娘们,把锅吊在烧着干牛粪的冒烟的火上煮腌猪油小米饭呢?

这是人们在郭如鹤的带领下向前行进宿营时的情景,尤其是步枪上晒着婴孩的尿布,大炮上吊着婴孩的摇篮,更是体现出这支队伍作为一支战斗部队的混乱和非战斗特性。

> 无穷无尽的辎重车,扬起滚滚的灰球,把一切都笼罩起来。车辆吱吱响着前进,在村道上蜿蜒数十俄里。群山在前边发着蓝色。扔在马车上的枕头,闪着红光;耙子、铁铲、小木桶都竖着;镜子、茶炊,都眩惑人目地反着光;小孩头、猫耳朵都在枕头中间,在衣服堆、铺盖、破布中间摇动着;鸡在鸡笼里叫;系成一串的牛在后边走;长毛狗满身粘着刺果,伸着舌头,急促地喘着气,躲在马车的荫凉里走着。马车吱吱乱响,车上乱堆着家用的东西——哥萨克叛乱以后,男男女女离家外逃的时候,都贪婪地匆忙地把落到手边的一切东西,全都装到车上了。

这是部队行军时的情形,根本就不像一支要去冲破重重围困和艰难险阻的战斗部队,倒像是一支乱哄哄的逃荒难民。

更重要的是,这支队伍中有很多人并不相信郭如鹤,甚至有些水兵还组织起来反对郭如鹤,另立山头。

然而,经过长途行军和多次战斗洗礼,这支队伍终于变成了一支"铁流"。在小说的结尾,作家尽情描写了这支队伍在与主力红军会合前所开的一次群众大会,在这次群众大会上就连曾经反对郭如鹤的水兵们都当众向他认错道歉,所有人都一致感谢他,爆发了欢乐幸福的呼喊声,小说写道:

> 在这些憔悴、赤裸的人的铁的行列对面,站着好多行列穿得整整齐齐的人,他们吃得饱腾腾的,在这空前庄严的时刻,却感到自惭形秽,不禁羞愧得含泪欲滴。行列凌乱了,都排山倒海地向穿着破衣服的、几乎

光着脚的、面目憔悴的郭如鹤站着的马车跟前拥去。于是一片吼声,在那无边无际的草原上滚动起来:"咱们的父——亲!!! 你晓得什么地方好,就把咱带去吧……咱们死都甘心情愿!"几万只手都向他伸去,把他拉下来,几万只手把他举到肩上,头顶上,举着走了。无数的人声,把草原周围几十俄里远都震动了:"乌拉——拉——拉!! 乌拉——拉——拉! 啊——啊——啊……亲老子郭如鹤万岁!……"

　　从前面的混乱不堪到后面的万众一心,从前面的不相信甚至反对郭如鹤到现在的心甘情愿、连死都不怕地跟随他,充分说明了这支队伍的巨大变化,前后之间既相互呼应,又互为对比,深化了主题,从而生动地展示了这支队伍已经从乌合之众变成了"铁流"。正因为如此,季莫菲耶夫等指出:"为了强调渲染出达曼人民在行军期中所产生的变化,为了加强读者对这种变化的印象,绥拉菲莫维奇在中篇小说的开头处和结束处,都描写相似的场面:战士们的群众大会。但这个场面互相间是多么不相似啊!在中篇小说开头的时候,开群众大会的人乱糟糟地,吵闹得像汹涌的海洋一般,而到结束处,群众大会上的人已是严守纪律、组织性坚强的革命战士。"①捷明岂耶夫也谈道:"结构也服从于作品的基本思想。譬如,《铁流》的最初一章和最后一章,好像衬托着塔曼军的英勇进军史似的,同样是群众大会的场面。但如果说第一章一切都'混乱、蒙昧、尘雾、喧噪、叫嚣、嚷闹,万种的声音,混杂在一起',那么最后一章则'人的海……静默默地潜匿到铁岸里去了'。这两个衬托的章次更雄辩地强调了无政府的乌合之众转变为'铁流'的思想。"②科瓦廖夫等也指出:"绥拉菲摩维奇小说中的群众形象就是作为在自觉的革命斗争中形成的统一整体塑造出来的。起初塔曼军不过是'人海''人流''会抢东西的一帮人''乌合之众'。当队伍通过战斗的锻炼、参加行军的人都经历了共同的痛苦和共同胜利的喜悦,只有这个时候,绥拉菲摩维奇才把这支队伍称为'庞然大物''铁的行列''革命群众'。"③

　　跌宕起伏,层层推进。小说描写了一群乌合之众成为无产阶级"铁流"的完整过程。对此,有学者指出:"作家描写出,在革命斗争过程中,人民群众如何受到改造,他们的社会主义觉悟如何成长起来。绥拉菲莫维奇写道:'我选择的群众正陷在无政府主义状态中,他们谁也不服从,时时刻刻都准

①　〔苏〕季莫菲耶夫主编:《俄罗斯苏维埃文学史》,第528页。

②　〔苏〕捷明岂耶夫:《俄罗斯苏维埃文学》,第309~310页。

③　〔苏〕科瓦廖夫主编:《苏联文学史》,第85页。

备动手杀害自己的领袖。通过千辛万苦，我把他们一直写他们感到自己是十月革命中一股有组织的力量为止。'"①捷明岂耶夫更具体地谈到小说描写的是这样一个过程："这一群盲目的乌合之众，徐缓地、不断地变为守纪律的自觉作战的革命军队。千万个人在一个月中修完了以前需要几年才能修完的政治学校。"②而这一过程在描写上是跌宕起伏、层层推进的。

　　如前所述，小说最初描写的是成分复杂而又群龙无首、乱糟糟、闹哄哄的好几千人，面对白军的包围，各执一词，互不买账。就在这时郭如鹤给他们指明："或许今天夜里就来杀咱们，可是咱们没有一个守卫的，没有放一个步哨，也没有人来指挥。应该退却。往哪退呢？首先要改编部队。选举首长，可是选出以后，为着要有铁的纪律，所以一切生死大权，都要交给他们支配，那才能有救。咱们要冲出去追咱们的主力军，在那里可以得到俄罗斯的援救……"于是大家选举他为总指挥。他便带领整个队伍出发去追赶红军主力。可是，这一追赶过程并非一帆风顺，而是一波三折。

　　刚开始便出现问题，战士们"连一道战斗命令也没有执行"，同时军官们就往哪里走、怎么走产生了争论。有人提出首先要改编部队，甚至要抛下把部队手脚完全捆住了的成千上万的难民。郭如鹤同意改编，但不能停下改编，而是边走边改编，并强调难民必须带着，从海边走，翻过大岭，与主力红军会合。哥萨克的攻击帮了他的忙，使军官和士兵都服从了他的命令。然而，刚一摆脱危险，队伍便毫无军纪，乱成一团："战士们形形色色，成群结队地顺着大路，顺着路旁的耕地、顺着瓜田走着。瓜田里所有的西瓜、甜瓜、南瓜、向日葵都被人像蝗虫一样吃得一干二净。不分连、营、团——都混在一起，搅在一起。大家都自由自便地走着。有的唱歌，有的吵嘴、嚷闹、谩骂，有的爬到马车上，睡意蒙眬地摆着头。"接着，别的部队也赶过来了。旧军官史莫洛古洛夫主张就地防御，与敌人硬拼，而郭如鹤宣称："唯一的救星是——翻过山，顺着海边，用强行军速度，绕道同咱们的主力军会师。"于是队伍出发了，可他们受到德国军舰的炮击，损失了一些人。

　　不久，水兵们又煽动不满情绪，旧军官们也以急行军让部队太累为理由提出异议，但是郭如鹤再次耐心地给他们分析面临的险境并指明出路：

　　　　大家要晓得咱们是处在什么情况下。后边的城市和码头，都被哥萨克占领了。那里留下两万红军伤员，这两万人都按着沙皇军官的命令，

　　①　〔苏〕季莫菲耶夫主编：《俄罗斯苏维埃文学史》，第527页。
　　②　〔苏〕捷明岂耶夫：《俄罗斯苏维埃文学》，第308页。

被哥萨克杀光了;据说他们也准备这样对付咱们。哥萨克正在袭击咱们第三队的后卫队。咱们的右边是海,左边是山。中间是一条夹道,咱们就在这夹道里。哥萨克在山后跑着,想从山峡里冲过来,咱们随时都要准备抵抗。什么时候不走到海边山岭拐弯的地方,敌人就随时都有袭击咱们的可能。到了山岭拐弯的地方,那儿山很高,地势也很开阔,哥萨克就到不了咱们跟前了。咱们沿着海岸到图阿普谢,从这里去有三百俄里远。那里翻山有条公路,顺着那条路翻过山,又回到库班,那里有咱们的主力军,咱们的救星。要鼓起全力走。咱们只有五天口粮,大家都会饿死的。走、走、走、跑,用快步跑。不睡、不喝、不吃,只有鼓起全力跑——这样才有出路,如果谁要来阻挡咱们,咱们就打出一条路来!……

从而说服了大家,大家诚恳地对他说:"后边是死,可是前边也是死。咱们必须用最快的速度前进。只有您才能用自己的毅力和机智把部队带出去。"

然而,正当他们带着部队在前面顺利行进时,后面的史莫洛古洛夫等旧军官却搞起了分裂,他们另立山头,还妄想控制仍在郭如鹤指挥下的队伍。郭如鹤队伍中的水兵们也起来闹事。郭如鹤不理睬史莫洛古洛夫,并用铁的手腕吓住了闹事的水兵。不久,又经历了骑兵们不守纪律拦住大家去路的事情。郭如鹤再次申明纪律:"不管是指挥员,不管是战士,谁破坏纪律,就一律枪决。"但更可怕的还在前方。敌人在铁桥边拦住去路。整支队伍毫无信心——既没有战斗经验,更缺少弹药,但郭如鹤并不气馁,"公路上都是部队。郭如鹤望着他们:衣衫褴褛,赤着脚;他们半数人都只有两三颗子弹,另一半人手里只有一支空枪。一门炮总共只有十六发炮弹。可是郭如鹤咬紧牙关,望着他们,仿佛每人的子弹盒里有三百颗子弹,仿佛炮兵严阵以待,弹药箱里满装着炮弹。周围仿佛是家乡的草原,是全军人马可以得心应手地展开来的家乡的草原一样"。他断然命令骑兵们在炮手们的配合下攻占铁桥,他们获胜了。然而饥饿接踵而来。前面又是白军哥萨克的主力挡住去路。郭如鹤沉着冷静,运筹帷幄,兵分三路,不仅打通了去路,而且攻占了城市。但部队的不少人肆意抢劫,郭如鹤当即召集大家开会,并且指出:"我们是革命军,是为了我们的孩子、老婆,为了我们的老父、老母,为了革命,为了我们的土地而战斗的,因此必须有严明的纪律》。"他下令凡是抢东西的人,哪怕拿人一根线,也必须当众打二十五军棍。这次不错,拿了东西的战士们都服从了他的命令,队伍的纪律加强了。

可是他们在城里虽然得到了不少枪支弹药,却没有得到多少粮食,这么庞大的队伍粮草极其匮乏,饥饿在整支队伍中蔓延。屋漏偏遭连夜雨,这时暴雨降临,山洪暴发,队伍又损失了一些人马。郭如鹤拒绝了停下来休息的请求,下令继续前进,因为他知道这么饥饿的队伍一旦停下,就再也起不来了。好不容易熬过三天三夜没东西吃的路途,前面又是波克罗夫斯基将军的白军在堵截。郭如鹤利用黑夜打垮了白军,并且攻占了两天前还打败过主力红军的白军所占的村镇。然而,郭如鹤却没有乘胜前进,反而按兵不动,要等待史莫洛古洛夫等人的第二队人马,以免他们被白军彻底消灭。波克罗夫斯基将军的大批部队带着大炮包围了郭如鹤的部队,大家和敌人战斗了两天两夜,弹药消耗殆尽,已经快坚持不住了,纷纷要求撤退,但郭如鹤坚持继续等待。几万人齐心协力,猛扑哥萨克白军,把他们打退了。到第四天夜里,实在没法再坚持下去了,郭如鹤布置了突围任务,此时第二队赶来了,他们合力打败了波克罗夫斯基将军和他的队伍,终于冲出了重围,并且联系上了主力红军。这时,水兵们才认识到自己以前的错误,当众向郭如鹤道歉,人们欢呼着把郭如鹤抬起来,表示愿意誓死跟随他前进。

整部小说虽然采用的是流浪汉式的结构,但由于精心安排,因而结构严谨,而且整个行军的过程写得十分引人入胜。正因为如此,曹靖华等指出,《铁流》的结构单纯而完整,层层推进、步步深入,全书各章安排都严格地服从作品的基本思想。它以塔曼军的行军进程作为线索,贯穿小说的始终,第一章写行军的开始,最后一章写行军的结束,首尾相连,前后呼应。小说从领导者带头宣誓"咱们拥护苏维埃政权"开始,到群众尽情高呼"苏维埃政权万岁"结尾,这一方面生动地反映出人民群众与革命的联系,另一方面又突出地展示他们革命意识的成长。小说故事发展迅速紧凑,体现出这支革命的洪流以急行军的速度,风驰电掣般向前挺进,而在这过程中作者又将悲剧性的事件与喜剧性的场面交织在一起,使作品成为严密和谐的整体。①波里亚克也谈道:"《铁流》中的冲突的发展,是同在这支前进的人流的道路上出现的、日益增大的困难和障碍相联系的。敌人的力量、自然的力量与队伍内部爆发的无政府主义的行动,这些都妨碍了向目的地的奋勇前进。但是达曼军所遇到的每一个新的障碍每一次新的暴行都只是增加了他们的力量,团结了他们,巩固了战士们的纪律。"②此外,还有学者指出:"《铁流》在结构上作了这样的安排,似乎作者时刻都在交替描写近景和全景。"③更有学者谈道:"整篇小说在结构上都很接近电影,也有群众场面,也有挑选出个别的、

---

① 参阅曹靖华主编:《俄苏文学史》(第二卷),第67页。

② 〔苏〕波里亚克:《绥拉菲莫维奇》,见〔苏〕季莫菲耶夫主编:《论苏联文学》(上卷),第338页。

③ 〔苏〕叶尔绍夫:《苏联文学史》,第78页。

最富有代表性的插曲的'特写镜头',也有简洁地强调出来的尖锐的细节等等。"①马克·斯洛宁也指出:"这部小说用一连串伪印象主义的快速镜头描写内战情景。"②也就是说,小说在结构上还有电影特色,有近景全景交替描写乃至特写镜头等特点,限于篇幅,就不再赘述了。

二是手法精心。在艺术手法的运用上,作家也是颇为精心的。具体表现为:

多写集体,简写个人。在人物形象的描写上,《铁流》紧扣标题,顾名思义,主要描写的是集体形象——人民群众——"人民大众是这个中篇的主要的主人公。小说里没有比较详细的个性描写,甚至郭如鹤也写得非常简略。我们知道,他有一个老婆,但是我们甚至不知道她是怎样的人,她叫什么名字。郭如鹤没有同她谈过一句话。郭如鹤的兄弟也只在一个插曲中昙花一现地闪过。不错,在小说中,郭如鹤有一次预备同老婆和弟弟一起喝喝茶,但是马上又有几个水手冲进农舍来了。这个中篇里也没有通常所谓的情节,即能够勾画出主人公性格的事件。这里的主人公是群众本身,情节建立在他们的行动上:开端是行军的开始,结局是行军的结束。"③正因为如此,苏联学者恰尔马耶夫称之为"真正的人民的历史史诗",并具体指出:"长篇小说《铁流》是集体主义生活和山与海之间狭窄拥挤道路上海洋般壮阔的风暴之宏伟举动的史诗。"④

小说"不仅描写了人民群众的社会特征,说明了它的成分(手工业者、工人和仍然是基本群众的农民),而且记述了它的'社会的传记'。绥拉菲莫维奇细心地描绘了迫使达曼人放弃故乡的库班边区的复杂的社会政治环境。例如,他特别注意富裕的哥萨克同那些被人半带轻蔑地称为'外乡人'的外来的没有土地的俄罗斯农民之间的复杂关系,特别注意过去曾存在于库班地区与顿河流域的内部纠纷,那种内部纠纷本是沙皇政府挑拨起来的,又为哥萨克人的等级特权弄得更复杂化了"⑤,更描写了一支无组织无纪律的队伍,是如何经历血与火的考验,在多次战火的淬炼中,历经千难万险,求生存,争解放,慢慢变成一支"铁流"的,因此小说的中心形象或主人公是人民群众的集体形象,写得最多的也是人民群众如何改变无组织无纪律的观念

---

① 〔苏〕季莫菲耶夫:《苏联文学史》(上卷),第245页。

② 〔美〕斯洛宁:《苏维埃俄罗斯文学(1917~1977)》,第178页。

③ 〔苏〕季莫菲耶夫:《苏联文学史》(上卷),第245页。

④ *Чалмаев В. А.* Серафимович. Неверов, М., 1982, С.267, 263.

⑤ 〔苏〕波里亚克:《绥拉菲摩维支》,见〔苏〕季莫菲耶夫主编:《论苏联文学》(上卷),第336页。

而逐渐成长。正如捷明岂耶夫所说的:"因为《铁流》的主人公是人民大众,所以作品中的情节不是描写个别人物的命运和人物间的相互关系,而是狂暴的人流的不停地运动。他们克服了越来越复杂越困难的阻碍,逐渐纳入铁一般的纪律的港岸。"①这样,它与苏联文学初期的很多小说不同的是,它并不描写个人的命运或家庭的悲欢离合,而是把注意力集中在人民群众集体形象的描绘上。与同样描写集体形象的伊万诺夫的《铁甲车》不同,《铁甲车》虽专门写人民群众的战斗场景,但对群众形象只是泛泛而写,一出场就定型了,自始至终没有什么变化,《铁流》则描写了起初是乌合之众的人民群众最终变成了纪律严明的"铁流",整个集体形象是发展变化的,这也是它在当时最为独特的地方。

但是,正如捷明岂耶夫指出的:"《铁流》证明农民劳动大众的思想的社会主义改造过程不是自发的独自完成的,而是借助觉悟的革命力量的积极作用来完成的,作品中的布尔什维克——郭如鹤——就是这个力量的体现。"②他还具体地谈到,郭如鹤作为布尔什维克指挥员的全部活动,以政治觉悟性和政治目的性教育了群众。他把政治意识的教育和实行铁的社会主义纪律结合了起来,没有铁一般的纪律,要胜利完成行军是不可想象的。通过不断地和顽强地要求无条件执行命令,郭如鹤将一盘散沙的乌合之众,变成了有铁一般纪律的军队。③因此,在这部小说的形象描写中,实际上还有个人形象塑造问题,主要是郭如鹤这一形象的塑造。在小说中,郭如鹤形象颇为鲜明,但是描写颇为简单,也较为片面,只是突出了他的政治觉悟(用他自己的话来说,他们是为了革命为了苏维埃政权而战斗的),突出了他的清醒镇定、高瞻远瞩、以身作则,具有铁一般的意志,善于引导群众教育群众,将说服教育和行政命令结合起来,既能向广大群众阐明形势、讲清革命道理,又能无条件地执行铁的纪律。由于简写导致的其形象的片面性,从小说中常用于郭如鹤的几个词语中就可略见一斑:"铁颚""锈铁的嗓子""眨着铁的闪光的眼睛""铁一般的声音"。正因为如此,曹靖华等指出:"小说着重描写的是群众的集体,写这个集体的形成和发展,写这个集体的行动和心理,写这个集体的智慧和力量,这方面给人留下了深刻的印象,但对典型人物的塑造缺乏足够的重视,即使像郭如鹤这样的主要人物也写得不够丰满细致。"④捷明岂耶夫更具体地谈道:"作家只注意郭如鹤和作品中主要人物——人民

---

① 〔苏〕捷明岂耶夫:《俄罗斯苏维埃文学》,第309页。

② 〔苏〕捷明岂耶夫:《俄罗斯苏维埃文学》,第312页。

③ 参阅〔苏〕捷明岂耶夫:《俄罗斯苏维埃文学》,第313页。

④ 曹靖华主编:《俄苏文学史》(第二卷),第68页。

群众——中间的关系。因此他较为一般地、片面地描写了郭如鹤，只发掘了、强调了他的性格的一面——铁一般的意志、坚强和英勇。……关于这一点作家自己说道：'我较为片面地描绘了郭如鹤。并不是他的全部特征（生活，和别人的关系等）……我故意这样，以便对其性格的肯定面的印象集中。'"①

悲喜交织，相互映衬。在三十二天的行军过程中，由于后有追兵，前有堵截，经常发生激战，其间还要跋山涉水，经历千难万险，更有暴风雨随时降临，因此悲剧性的事件屡见不鲜，如一开始哥萨克对红军战士及其家属的残杀，行军过程中遭到德国军舰的炮击而死伤不少，以及由于食物短缺，孩子被活活饿死，还有残酷战斗中的血肉横飞、死人无数，这些都是悲剧性的。这种悲剧性的描写，是作家追求真实的创作思想的体现，也是当时真实情况的具体写照，突出了塔曼军的英勇和顽强。但一味这样写下去，就过于沉重了。于是作家在写了悲剧性的场景后，马上又描写了一些喜剧性的场面，对此雷成德等具体谈道："悲剧场面的接替出现，造成了情节的紧张气氛，但是，它又往往和喜剧性的场面交织在一起。在母亲的哀叹和孩子的泣哭声中，有时却传来了青春的欢笑。在残酷的战斗、负伤士兵的叫喊声与呻吟声中，有时又响起了放荡的琴声和疯狂的嬉戏声。两个青年你死我活拼命扭打、原来只是自家人的一场误会。当人们正在为命运和安全担惊受怕的时候，却出现了斯切潘和孩子尽天伦之乐的牧歌场面。这一切，既反映了人物的复杂心理，对和平、安定、幸福生活的向往和本能的追求，同时又使情节有张有弛，跌宕起伏，妙趣横生。但总的来看，《铁流》里情节的主调是紧张的、急促的、匆忙的。上述一些插曲，描写的时间与空间、广度与深度都不大，但却起到了缓解气氛的作用，使读者压抑的心情稍稍有所舒缓，这正是老作家的匠心之所在。"②

以景托情，情景交融。很多学者都注意到，《铁流》有出色的自然景物描写（"出色的自然景物描写和丰富多彩的语言，都是小说不容忽视的艺术特点"③），如："无边无际的麦田闪着光泽，牧草发着青绿色，无边无际的芦苇在池沼上沙沙作响。村镇、田庄、村落，像白色斑点，在一望无际的茂密的果园里发着白光，塔形的白杨的尖顶，高高地耸入村落灼热的天空，灰色的风磨的长翅，在热气腾腾的土岗上伸开来。"但他们没有谈到，这部小说的景物描写之所以出色，除了细腻、优美外，更多的是以景物烘托感情，甚至达到了情

---

① 〔苏〕捷明岂耶夫：《俄罗斯苏维埃文学》，第314页。

② 雷成德主编：《苏联文学史》，辽宁人民出版社1988年，第193页。

③ 王思敏、石钟扬：《绥拉菲莫维奇》，第113页。

景交融,如:"大海像一只巨兽,沉静下来,荡漾着温柔聪慧的波纹,温存地舔着活跃的海岸,透过飞溅的水花、叫声、咯咯的笑声,舔着那些活跃的发黄的身体。"这是郭如鹤的队伍在平息了水兵闹事后到达海边休息时的情景,此时大家都颇为放松,心情愉快,大海仿佛也很通人性,沉静下来,温柔地舔着下水游泳的人们。又如:"骑兵们是说不服的。一小时、两小时过去了。前边一段荒无人迹的公路——像死人一样,发着一片令人心伤的苍白色。眼睛肿了的女人们,抽泣着,哭诉着。"这是骑兵们不听郭如鹤让他们"同战士中间隔五俄里"的命令,反而拦住去路,导致队伍挤成一堆,数十俄里长的公路都被停着的辎重车塞满了。很多人感到伤心,乃至绝望,公路仿佛也懂得人们的心理,发出"一片令人心伤的苍白色",情和景不仅交融,甚至还在互动。最精彩的是小说的结尾:

> 无数堆营火,在黑暗里发着红光,同样,无数的繁星,在营火上空闪着光芒。被火光照着的黑烟,悄悄地升起来。穿着破衣服的战士们、妇女们、老头子、儿童,都围着营火坐着,精疲力竭地坐着。像烟痕在繁星密布的天空渐渐消失一般,突然迸发出来的狂喜也在无边的人海上不知不觉地疲倦了,消失了。在柔和的黑暗里,在营火的光影里,在无边的人海里,温存的微笑消失了——梦魇悄然飘来。营火熄灭了。寂静。苍茫的夜。

这支队伍终于变成了一支纪律严明的"铁流",而且马上就要与主力红军会合了,大家心情平静,甚至变得温和,夜和黑暗似乎也懂得人们的心情,变得柔和,并且格外宁静。这种情景放在小说结尾,更有引人深思、余味无穷的艺术效果。

三是语言精心。《铁流》的语言颇为丰富多彩,既有生动通俗的口语对话,也有简洁有力的叙述语言,更有生动优美的描写语言,如"轻轻镀上一层金色的山边和这悲欢融成一片。因此,巍峨的群山显得更黑、更阴惨了——起伏的齿状的山边,轻轻镀上了一层金色。"

但最能体现其语言的精心的,还是大量运用拟人、比喻、反复、夸张等修辞手法,从而使语言既生动活泼,又优美动人。

运用拟人的,如:"夜随着大家一块走的时候,是一个整体。可是大家刚一停止前进,夜就被撕成碎块,每一块都过着自己的生活。"把夜拟人化,能跟部队一起行走,能跟大家一起分散休息,不仅使语言生动活泼富有幽默感,而且以景写情,写出了大家的整体感。又如:"公路恶作剧似的盘旋着,弯弯曲曲地通到山下海边。"则把公路拟人为一个喜欢恶作剧的人,它在以"恶作剧"的肆意盘旋、弯弯曲曲来刻意刁难甚至阻碍队伍向前行进。

比喻手法在小说中随处可见,如:"无边的人海掀起了森林一般的人手""油烟像黑丧服似的,急促地摆动着,向顶棚直冒""郭如鹤站起来,铁一般的肌肉抽动着,灰钢似的光泽,从那小小的眼缝里射出来""谜一般的房屋,像发白的斑点,微微露出来""农民们像受伤的公牛一样乱吼""这位治家的庄稼汉,像牛一样顽强,像巨石一样压倒一切""细得像针一般的火花,在那张开的黑山缝里出现了""憔悴的郭如鹤——皮肤像焦炭一样",从而使语言不仅形象生动,有时甚至富于情趣。

反复手法也很多见,如:"铁器声、哗啦声、噼啪声、呐喊声……嗒……嗒……嗒……嗒……""……嗒拉—嗒—嗒—嗒……砰……砰!……""……—嗒—嗒—嗒—嗒……""嗒—嗒—嗒拉拉嗒—嗒!—砰!……砰……""……嗒拉拉—嗒—嗒—嗒……"反复运用相同的声音,不仅造成了战斗的紧张感,而且赋予作品一种跳跃的节奏。波里亚克更具体地谈到,小说反复手法还有多种运用方式:"反复着重描写达曼军的外部运动('铁流在行进着''大车''四轮车、双轮车、棚车不停地发着轧轧声''辎重车轧轧响着、士兵们摆动着胳膊在行进''不停地走着,疲倦地摆动着胳膊''队伍缓缓地蠕动着、蠕动着'),也帮助加强了作品的思想意义。作者还用经常的同样的重复句——一种煞尾重叠句('只有河流在喧腾''黄昏时候天色发蓝''孩子们的小脑袋在晃动'),许多产生适当节奏的首语重叠句('又是太阳''又是海波灿烂''又是那一片黑暗'等)和早晨、白日、薄暮、晚上与黑夜的不断更替和变化,来展示队伍不停地前进。"[1]

夸张手法也运用颇多,如:"这两个哥萨克牛一般地咆哮着,瞪着带血丝的眼睛,握着拳头扑来了,满果园都发着一股熏死人的酒气。"形容哥萨克酗酒,用"满果园都是酒气"这种夸张手法一下子就生动地表现出来了。又如:"小孩子玩的时候,把扔在地上的杆子往地里一插——瞧,很快就生出芽来,瞧,树枝像天幕似的伸开了。"这一夸张手法,把塔曼土地的肥沃形象地表现出来。波里亚克还曾谈到,作家还善于运用夸张的手法来加强斗争的极度紧张感,如"一望无际的愁云""狂暴的毒日""千万的声音,千万的饥饿的回响在这饥饿的荒岩间轰然地响着"[2]等。

---

① 〔苏〕波里亚克:《绥拉菲莫维奇》,见〔苏〕季莫菲耶夫主编:《论苏联文学》(上卷),第340~341页。

② 〔苏〕波里亚克:《绥拉菲莫维奇》,见〔苏〕季莫菲耶夫主编:《论苏联文学》(上卷),第339页。

作家更善于同时综合运用多种修辞手法,如:

> 一轮朝阳,眩耀人目地从远远的山脊背后浮出来,驱赶山间长长的蓝色的影子。先头部队登上山口。一登上山口,每个人都惊叫起来:山脊那面是万丈悬崖,一座城市像幻影一般,模糊地在下边闪闪发光。无边的大海,像一堵蓝色的大墙,从城市跟前竖起来,这样罕见的巨大的墙壁,它那碧蓝的色彩,把人眼都映蓝了。

大量修辞手法的运用,使文章生动、优美、活泼、形象,更体现了作家精心地运用语言来更好地传情达意,表现作品的主题思想。

由上可见,《铁流》在战争叙事方面的确是一部精心描绘战斗历程的作品。这部作品对此后的苏联战争小说有一定的影响,有学者指出:"绥拉菲莫维奇善于熔严肃的叙事和亲切的抒情于一炉。苏联史诗的这一特点,后来为肖洛霍夫所发扬。"①它在中国也产生了很大的影响。肖华曾谈道:"远在第二次国内战争时期,反映革命斗争的苏联文学作品(如《铁流》等),就已经在中国工农红军中流传,伴随着红军战士跋涉了二万五千里长征。"②林伯渠也曾谈道:"延安有一个很大的印刷厂,把《铁流》一类的书不知印了多少版,印了多少份,参加长征的老干部很少没有看过这类书的。它成了激励人民、打击敌人的武器了……"③著名作家孙犁写道:"中国大革命前后的一代青年学生,常常因为喜好文学,接近了革命。他们从苏联的革命文学作品里,怀着反抗的意志,走上征途……那一时期在中国影响最大的要算绥拉菲莫维支的《铁流》和法捷耶夫的《毁灭》。《铁流》以一种革命行动的风暴,鼓励着中国青年。"④

尽管有以上优点,但不得不说,这部作品总体写得比较粗疏,尤其是对战争场面的描写过于夸张,很不真实,这恐怕和作家缺乏真正的战争经历有关。马克·斯洛宁早已指出,这是一部"粗糙的小说""语言和情节是单调的,但也有逼真的自然主义描写""有许多地方是浮夸和矫饰的"。⑤这部作品

---

① 〔苏〕叶尔绍夫:《苏联文学史》,第79页。
② 转引自陈虹:《"给起义的奴隶偷运军火":抗日战争中的曹靖华》,《铁军·纪实》2014年第3期。
③ 转引自杨建民:《曹靖华与〈铁流〉》,《中华读书报》2011年11月2日。
④ 孙犁:《苏联文学怎样教育了我们》,见《孙犁全集》(第三卷),人民文学出版社2004年,第314页。
⑤ 〔美〕斯洛宁:《苏维埃俄罗斯文学(1917~1977)》,第178~179页。

"所以能列为苏联文学的经典名著,是因为绥拉菲摩维支在这部小说里显示出革命的人民性,显示出在党的领导下,革命变成了强大的、不可战胜的人民运动。浩浩荡荡的人民的巨流,从它的路上扫去一切障碍,摧毁了初看是不可克服的障碍物:不受任何事物的拦阻,战胜了一切困难。"①显而易见,更多的是政治因素。

五、法捷耶夫的《毁灭》②

亚历山大·亚历山德洛维奇·法捷耶夫(Александр Александрович Фадеев,1901~1956),1901年出生于特维尔省基姆雷县。父亲亚历山大·伊凡诺维奇·法捷耶夫是个教师,民意党人;母亲安东尼娜·弗拉基米罗夫娜是位医师,也参加了革命,后与丈夫离异,和共产党员格列勃·弗拉基斯拉沃维奇·斯维德奇结婚。他们一家在俄国各地多次迁居,最后定居在俄罗斯远东符拉迪沃斯托克(海参崴)南乌苏里边疆地区原始森林中的丘古耶夫卡(一译楚古耶夫卡)村。法捷耶夫1910年进符拉迪沃斯托克商业学校学习,1918年加入俄国共产党,1918~1920年参加远东游击队,与白军及外国武装干涉者进行武装斗争,担任过旅政委。1921年2月,十九岁的法捷耶夫被选为远东地区布尔什维克的代表,到莫斯科出席联共(布)党的第十次代表大会。1921~1924年,他进入莫斯科矿业学院学习,学习期间开始文学创作,1924~1926年,在克拉斯诺达尔及顿河罗斯托夫进行党的工作,1926年底去莫斯科,专门从事文学创作。

1927年出版的长篇小说《毁灭》(Разгром)使法捷耶夫一举成名,评论界几乎异口同声地认为它的作者是一位最有才能的、最深刻的无产阶级作家,高尔基也高度评价他的文学才能,他一下子就成了文艺界关注的中心,报刊上发表了许多介绍、评论他的文章。1929年,法捷耶夫接替绥拉菲莫维奇担任《十月》杂志主编。1939年被选为联共中央委员,并担任作协领导人。1941年卫国战争爆发后,他奔赴前线采写作品,1944年出版了特写集《封锁时期的列宁格勒》。1945~1954年担任作协总书记,同时也是苏联共产党中

---

① 〔苏〕季莫菲耶夫:《苏联文学史》(上卷),第244页。

② 目前该书的中文译本有:鲁迅译,大江书铺1931年,华北书店1943年,作家书屋1945年,人民文学出版社1952年、1953年、1958年、1973年,生活·读书·新知三联书店2018年;磊然译,人民文学出版社1978年、1980年、1984年、1993年;任敏译,内蒙古人民出版社2010年。本节所引用的《毁灭》的文字,均出自1978年版《毁灭》,为节省篇幅,不一一注出。

央委员会委员、苏联最高苏维埃代表、苏联保卫和平委员会主席团委员、世界和平理事会副主席。1956年,法捷耶夫自杀。

费定指出:"亚历山大·法捷耶夫有着非常丰富的艺术感觉。他不知餍足地热爱着戏剧、音乐、绘画,热爱着人类的和人道的语言。对于一切美好的事物,他的记忆显得那么隽永:他记得住许多歌曲、短诗、散文,他能逐字逐句、整页整页地背诵伟大作家、哲学家、政治家的作品。他熟悉许多作品的内容和作品中主人公的名字,也熟悉几十个民族的文学及其代表作家。他的大脑不是一座取不出书来,目录上尘封网结的图书馆,而是整整一个世界,他的胸膛中跳动着的是一颗为自己的人民而活着的艺术家的火热的心。"[1]法捷耶夫很早就立志从事文学创作,且很有抱负和才华,但因为很早就进行党的领导工作,后来又担任高官,行政事务花去了他不少时间,所以他的文学创作不算太多,只有《泛滥》(1922~1923)、《逆流》(1924,后经加工,改名为《阿姆贡团的诞生》)等中篇小说,《毁灭》、《最后一个乌兑格人》(1930~1936,未完成)、《青年近卫军》(1945~1951)、《黑色金属》(一译《黑色冶金业》,1952~1954,未完成)等长篇小说,《封锁时期的列宁格勒》(一译《围城期间的列宁格勒》,1944)等特写,还有大量有关文学批评和文艺理论的文章、演讲和报告等汇集成的《三十年间》(1957)。法捷耶夫写战争的小说占其创作的大部分,《泛滥》《阿姆贡团的诞生》《最后一个乌兑格人》描写国内战争,但艺术成就都不太高,其成就最大的作品《毁灭》和《青年近卫军》(详后),也都是战争小说。

《毁灭》描写的是1919年夏秋之交一支远东游击队在与白军和外国武装干涉者的斗争中历经种种困难,在队长莱奋生的带领下,突破重围,一百五十人只剩下十九人的战斗历程。

如前所述,《毁灭》出版后,在世界范围内都获得了很高的评价。当时的评论文章称:"《毁灭》是我们现阶段无产阶级现实主义的纲领性文献""《毁灭》是我们现有作品中最符合于无产阶级现实主义要求的作品"[2]。高尔基认为,作者"非常有才华地提供了国内战争的广阔的、真实的画面"[3]。日本的藏原惟人也宣称:"这回读了这长篇《毁灭》,我却被这作者的强有力的才能所惊骇了。我以为惟这作品,才正是接着里白进斯基的《一周间》(1923年),绥拉斐摩维支的《铁之流》(1924年),革拉特坷夫的《水门汀》(1925年)

---

① 转引自〔苏〕科瓦廖夫主编:《苏联文学史》,第237页。
② 转引自彭克巽:《苏联小说史》,第77页。
③ 转引自磊然:《译者前记》,见〔苏〕法捷耶夫:《毁灭》,第1页。

等，代表着苏联无产阶级文学的最近的发展的东西。"①鲁迅则称《毁灭》是"一部纪念碑的小说"②。此后，《毁灭》也一直在世界上享有较高的评价。美国俄裔学者马克·斯洛宁认为："直到1927年，共产主义文学才取得了另一种富有魅力的成就——这一次确实出现了一部有美学价值的小说。引起读者和批评家们热烈注意的《毁灭》，无论从什么意义上讲，都比《水泥》高明得多。"③科瓦廖夫等谈道："《毁灭》的问世在早期苏维埃散文史上是一个重大事件，一段时期内成为人们热烈争论的一个焦点，争论所涉及的是苏维埃文学未来命运的问题。法捷耶夫这部长篇小说作为年轻的苏维埃散文中的一部具有革新意义而又带纲领性的作品，它的成就是建立在它那高度的思想艺术性的基础之上的。才气洋溢地描写新人在革命中的形成过程，法捷耶夫用这一点证明了自己不愧是一位擅长心理分析的大师，一位继承了古典文学的传统而又勤于思考、满腔热忱的艺术家。"④我国的关引光也认为，《毁灭》"继绥拉菲莫维奇的《铁流》和富尔曼诺夫的《恰巴耶夫》之后，进一步解决了年轻的苏维埃文学的一项极为重要的任务：描写作为历史新主人的工人阶级的个人与群体。小说通过游击队长莱奋生真实地塑造了共产党员的形象，揭示了他们在国内战争和社会主义革命中的领导作用。而广大的农民群众正是在他们的领导下，被改造为反对剥削制度的积极而自觉的战士"⑤。彭克巽对这部小说的成就谈得更具体："在描写乌苏里江森林地区红军游击队的斗争生活时，像19世纪现实主义优秀作家那样注重描绘一定社会结构中各类人物的典型特征，通过引人入胜、富于戏剧性冲突的故事情节，鲜明地塑造了革命知识分子、队长莱奋生，矿工出身又具有农民特征的战士莫罗兹加（又译莫罗兹卡、木罗式加——引者），牧童出身的侦察员麦杰里察，以及从动摇到叛变的知识分子美蒂克的典型形象。严谨的结构、鲜明的人物典型，艺术地再现出无产阶级革命斗争的新世界。这部小说对于现实主义艺术手法的纯熟运用，引起了评论界的称赞。有个批评家说：'法捷耶夫为我们描绘的游击队，有如托尔斯泰所描绘的1850年代的克里米亚战

---

① 〔日〕藏原惟人：《关于〈毁灭〉》，见〔苏〕法捷耶夫：《毁灭》，鲁迅译，人民文学出版社1957年，第1页。或见《鲁迅译文全集》（第七卷），人民文学出版社1958年，第192页。

② 鲁迅：《二心集·关于翻译的通信》，人民文学出版社1958年，第163页。

③ 〔美〕斯洛宁：《苏维埃俄罗斯文学（1917~1977）》，第182~183页；或见〔美〕斯洛宁：《现代俄国文学史》，第374页。（"普通一般读者之喜欢现实叙述而并不钟意文体新奇作品，从另一部小说之成功而获证实。它就是亚历山大·法捷耶夫的《毁灭》，这本小说在1927年一出版便深受读者欢迎。"）

④ 〔苏〕科瓦廖夫主编：《苏联文学史》，第236页。

⑤ 关引光：《法捷耶夫和他的创作》，第87页。

争和高加索战争,完全没有以前的人所描绘的那种浪漫主义的兵营生活景象。'"①

这部小说有着明确的主题,法捷耶夫曾谈道:"长篇小说《毁灭》的基本思想是什么呢?我可以这样来确定这些思想。首要的和基本的思想是在国内战争中进行着人才的精选,一切敌对的东西正在被革命荡涤着,一切不适应真正的革命斗争的东西,一切偶然被卷入到革命营垒中的东西正在被淘汰,而一切从革命的真正根基里,从千百万人民大众中生长起来的东西正在这一斗争中得到锻炼,正在壮大和发展,正在进行着对人的巨大的改造。这种改造人的工作之所以能够顺利进行,就因为这次革命是工人阶级的先进代表——共产党员领导的,他们明确地看到了运动的目的,他们率领着较为落后的人们前进,帮助他们进行改造。"②磊然因此认为:"在《毁灭》里,作者的主要目的不是描绘战争,他给自己提出的任务是:表现广大人民群众在革命斗争中精神变化的过程,他们在这场斗争中的作用,他们的受锻炼和成长。因此,性格形成的过程就成了情节发展的基础。小说的整个结构都服从于逐渐地、深入地描写性格的任务。"③杰缅季耶夫等也谈道:"法捷耶夫把积极教育群众的角色托付给了队长莱奋生,并在其弱小的外表背后,看到了精神的力量,看到了必须用革命的途径改造世界的坚强信念。"④托彼尔则认为,法捷耶夫谈的是取得胜利的过程中所遭遇的困难和革命人民的无私英雄主义,谈得不比其他书籍少,还可能更多,因为法捷耶夫笔下的主人公所迈出的每一步都要求其做出不只是最终的决定。诚如法捷耶夫所说,正是在那样的环境中,"人才发生翻天覆地的变化",人道主义思想的"牢固性"得

---

① 彭克巽:《苏联小说史》,第80页。

② 〔苏〕博博雷金:《亚历山大·法捷耶夫》,第27页。这段话不同中译文略有差异,有译者译为:"国内战争是对人的一次选择淘汰,一切敌对势力被革命所清扫,一切不适应真正的革命斗争的人们、一切偶尔混进革命营垒中的人们被革命所筛汰,一切从革命的真正根底、从千百万群众中涌现出来的新生力量则在这种斗争中巩固、成长、发展。实现了对人的规模巨大的改造。"(〔苏〕科瓦廖夫主编:《苏联文学史》,第238页。)磊然翻译似乎好些:"在国内战争中进行着人材的精选,一切敌对的都被革命扫除掉,一切不能从事真正的革命斗争的,偶然落到革命阵营里来的,都要被淘汰,而一切从真正的革命根基里,从千百万人民群众里生长起来的,都要在这个斗争中得到锻炼,成长和发展。人的最巨大的改造正在进行着。"(磊然:《译者前记》,见〔苏〕法捷耶夫:《毁灭》,第2页。亦可见〔苏〕法捷耶夫:《和初学写作者谈谈我的文学经验》,水夫译,见《苏联作家谈创作经验》,第52~53页,译文略有不同。)

③ 磊然:《译者前记》,见〔苏〕法捷耶夫:《毁灭》,第3页。

④ 〔俄〕阿格诺索夫主编:《20世纪俄罗斯文学》,第148页。

以在实践中经受检验。①他还进而谈到,只有成熟的艺术才能够在运动、发展中表现性格,社会主义国家的文学越来越自信地讨论人们如何产生自身对人民、国家和世界命运的参与感(在艺术中,这种情感把公民与"小人物"区分开来),人的"翻天覆地的变化"如何发生——法捷耶夫用这几个词确定了《毁灭》的思想要义。②

当然,《毁灭》毕竟首先是一部战争小说,所有战争小说都是通过战争那血与火的考验来写人的,《毁灭》也不例外。而从战争小说发展的角度来看,它在当时的独特之处是从心理角度描写人才的精选与淘汰。

几乎每一个研究《毁灭》的人,都注意到这部小说在心理描写方面的特点。泽林斯基指出:"法捷耶夫在莱奋生身上首先展示的是革命者的精神生活和心理。"③布施明认为:"当《毁灭》描绘那种处于历史急剧转折点上的人们的心理状态时,它刻画出了基本的阶级冲突和具有集体与个人性质的种种现象相互之间交织起来的生动景象,它用充满了各式各样的个人的行动、兴味、想法和感情的整幅图画,充实了社会传记的主要特征。"④杰缅季耶夫等谈道:"生活的严峻的真实、心理分析的深度和力量、语言的艺术表现力、共产主义的思想性——这就是确定法捷耶夫这部小说的价值的特点。"⑤马克·斯洛宁宣称:"法捷耶夫不像绥拉菲莫维奇那样着重描写无名的大众和他们的基本要求,他着意刻画人物的心理状态。每个人物都有自己的思想、感情和独特的命运……法捷耶夫对所有这些人物的体态特征、举止谈吐、各种反应以及他们的内心世界都作了细致入微的分析。"⑥他进而指出:"在苏联文学史上,法捷耶夫主要是作为《毁灭》的作者驰名的。这部作品和大部分无产阶级作家抽象的构思形成了鲜明对照,这就使它实际上成为苏联文学的一个里程碑。这是一部描写细致的小说:主要优点在于它对人物作了心理描绘。在这方面,法捷耶夫遵循了托尔斯泰的传统,从而开创了在三十年代居统治地位的一种思潮。"⑦《毁灭》是一部结构严密、着笔谨慎的小说;

①　*П. Топер. Ради жизни на земле.* M.,1975,C.190~191.

②　*П. Топер. Ради жизни на земле.* M.,1975,C.355.

③　*К. Зелинский.* А.А. Фадеев,M.,1951,C.62.

④　*Бушмин А.С.* Роман А. Фадеева《Разгром》,Л.,1954,C.49.

⑤　〔苏〕杰缅季耶夫等:《法捷耶夫的创作》,第26页。

⑥　〔美〕斯洛宁:《苏维埃俄罗斯文学(1917~1977)》,第183页。或见〔美〕斯洛宁:《现代俄国文学史》,第374页。("法捷耶夫与绥拉菲莫维奇不同:绥拉菲莫维奇描写乌合之众与他们原始的情绪冲动;法捷耶夫则描写每个人的心理,每人都有与众不同的念头、情绪与命运。")

⑦　〔美〕斯洛宁:《苏维埃俄罗斯文学(1917~1977)》,第186页。

关于人物心理的描写生动而合乎情理。"①罗曼宁柯一再强调："这部长篇小说所描写的事件，大约历时三月之久。'木罗式加''美蒂克''莱奋生'三章的章名，表示出除了大事外还有私生活的描写，作家展示了主人公的内心世界和感受"②，"对主人公的内心世界的细腻描绘和对人们感受的深刻分析，使《毁灭》这本书富有感染力"③，"在长篇小说《毁灭》中，艺术家使一切描绘手法服从于一个任务：深刻地展示'我们时代'的主要'英雄人物'的内心世界和道德面貌。长篇小说《毁灭》中的人物虽然没有多少描写，但经常表达得很有力量。主题、外貌、风景和心理的细节描写，都服从于一个目的：最大限度地展示主人公们的精神世界"④。藏原惟人也一再谈道："这作品的主眼，并不在它的情节。作者所瞄准的，绝非袭击队的故事，乃是以这历史的一大事件为背景的，具有各异的心理和各异的性格的种种人物之描写，以及作者对于他们的评价。而在这范围内，作者是很本领地遂行着的"⑤，"可以发现其中有着和大托尔斯泰的艺术的态度相共通的东西。第一，在作者想以冷静来对付他所描写着的对象的那态度上，第二，在想突进到作品中人物的意识下的方面去的那态度上"，"法捷耶夫也是常常看重那人物的意识下的方面的"⑥。彭克巽也认为："作者出色地运用了托尔斯泰式的'心灵辩证法'，在心理和行为的因果关系中塑造了莫罗兹加、美蒂克等等人物形象。"⑦俄国当代学者至今依旧认为："小说最有分量的地方包含了对人物行为的心理剖析。"⑧而这也为作家自己的话所证明，法捷耶夫在一封信中谈到《最后一个乌兑格人》时承认："同《毁灭》一样，主要的任务还是心理的。"⑨

但研究者们都没有对此展开更细致的论析，更未从战争小说的角度系统、深入地探讨这个问题，只有杰缅季耶夫等简单谈道："法捷耶夫并不是把注意力集中在游击斗争的外部事件上。描写游击队的激战生活的战斗插曲的数量非常少。这就是小说开始时木罗式加救了受伤的美蒂克的那个小小

① 〔美〕斯洛宁：《现代俄国文学史》，第375页。

② 〔苏〕罗曼宁柯：《法捷耶夫》，第57页。

③ 〔苏〕罗曼宁柯：《法捷耶夫》，第71页。

④ 〔苏〕罗曼宁柯：《法捷耶夫》，第72页。

⑤ 〔日〕藏原惟人：《关于〈毁灭〉》，见〔苏〕法捷耶夫：《毁灭》，第2页；或见《鲁迅译文全集》第7卷，第193页。

⑥ 〔日〕藏原惟人：《关于〈毁灭〉》，见〔苏〕法捷耶夫：《毁灭》，第6页；或见《鲁迅译文全集》第7卷，第198页。

⑦ 彭克巽：《苏联小说史》，第81页。

⑧ 〔俄〕阿格诺索夫主编：《20世纪俄罗斯文学》，第148页。

⑨ 〔苏〕法捷耶夫：《法捷耶夫文学书简》，第11页。

的场面、第十五章里同哥萨克骑兵连的战斗和小说末尾几章里描写队伍冲出白军包围圈的那几个插话。作家是把重心转移到性格的描写上。"①正因为如此,节林斯基认为:"《毁灭》中对人物的描写多半是寥寥几笔,一带而过……有时这种描写简直就是写生画。"②而法捷耶夫之所以对人物的描写大多是"写生画",就是为了更集中笔墨,从心理上来描写人物,这就为苏联战争小说开辟了新的领域。因此,本书拟从战争小说叙事的角度对《毁灭》中的心理描写进行初步的分析。

《毁灭》在战争叙事方面的一个突出特点是从心理角度描写人才的精选与淘汰,主要包括两个方面:第一,人才在战争中的改造和成长;第二,人才在战争中被淘汰。而这两方面又主要通过小说中三个重要的人物表现出来,他们是莫罗兹卡、莱奋生、密契克,对前两人的描写主要表现人才在战争中的改造与成长,后者则表现了人才在战争中被淘汰。对此,杰缅季耶夫等曾简述说:"这个长篇的整个结构都从属于渐渐地、彻底地、深入地描写性格的任务,这特别表现在下面一点上:表现某些人物的心理状态中的重要特点的某几章就用他们的名字做题目。比方,第一章称为'木罗式加',第二章称为'美蒂克',第六章称为'莱奋生'。"③

莫罗兹卡是个农民出身的矿工,参加游击队之前过着自由放纵甚至不务正业的生活。参加游击队后,他身上依旧残留着过去的陋习:自由散漫、不守纪律、喜欢胡闹、常常酗酒,甚至还有点小偷小摸,以致鲁迅说道:"十分鄙薄农民的木罗式加,缺点却正属不少,偷瓜酗酒,既如流氓,而苦闷懊恼的时候,则又颇近于美蒂克了。然而并不自觉。"④小说描写了他一波三折的艰难的转变过程,大体包括三个阶段:

第一阶段是偷瓜事件前后。在偷瓜之前,他已经因为妻子居然爱上了他瞧不起的小白脸密契克而心情不好,再加上从小偷鸡摸狗的陋习没有根绝,于是不假思索就偷了村主席的甜瓜。召开群众大会时,"莫罗兹卡来了,他的制帽随随便便地扣在后脑上,脸上露出一派傲慢无礼的神情。每逢他觉得自己做了错事,而又打算死不认账的时候,总是摆出这副架势"。根本没把偷瓜当回事,而且有点"我是流氓我怕谁"的做派。大家的批评,尤其是杜鲍夫的批评,使他认识到自己的错误,明白自己给游击队员丢了脸,这才诚心检讨,保证以后再也不干这种事情,不会惹是生非了。小说颇为生动地

---

① 〔苏〕杰缅季耶夫等:《法捷耶夫的创作》,第10页。
② 〔苏〕节林斯基:《法捷耶夫评传》,第41页。
③ 〔苏〕杰缅季耶夫等:《法捷耶夫的创作》,第11页。
④ 《鲁迅全集》(第十卷),人民文学出版社2005年,第362页。

通过他的言行展示了他慢慢觉醒，感到羞愧，并下定决心的心理。

> 莫罗兹卡脸色白得像白布，两眼牢牢地盯着杜鲍夫的眼睛，心好像被击落似的直往下沉。……"我哪里会……存心要干这种事……"他又找不到适当的词儿，便向李亚别茨那边把嘴一噘。……"就说这些瓜吧……要是我动动脑子，也不会干……难道我是存心的吗？大伙都知道，这种事我们是从小干惯了的，所以我也就这么干了。……杜鲍夫说得对，我给我们全体弟兄们丢了脸……其实我哪能这么做，弟兄们！……"这几句话是从他心底冲出来的，他抓住胸口，全身向前冲，眼睛里迸射出温暖湿润的光芒……"我愿意为每个兄弟献出自己的血，我决不想给大家丢脸，决不想干什么坏事……"

这次事件使他认识到自己是游击队员，是革命战士，有些事情是不能干的，初步明白了纪律的重要性。

第二阶段是渡口事件。他从医院回来后，正好在渡口遇见有人造谣导致渡口空前混乱，这个时候他的责任感和纪律性驱使他勇敢地站了出来，并且控制了局面，小说写道：

> 莫罗兹卡碰上了这个混乱的场面，要是依他那"为了逗乐"的老牌气，他本想把大伙大大吓唬一番，可是他不知怎的改变了主意，竟跳下马来安定人心。……老乡们忘掉了那个女人，都来围住他——他突然觉得自己成了个很重要的大人物，同时因为自己的这个不平常的角色，甚至因为自己压制了要"吓唬人"的愿望而感到高兴。他对逃兵们的胡说八道不断加以驳斥和嘲笑，最后使大伙的情绪完全平静下来。等渡船再靠岸的时候，已经不那么拥挤了。莫罗兹卡亲自指挥大车顺序上船。

这件事后莫罗兹卡回到杜鲍夫排，大家欢迎他，排长信任他，安排他当天晚上值夜放哨，进一步使他体会、认识到自己作为游击队战士和一个对他人有用的人的乐趣："整个夜晚，莫罗兹卡都觉得自己是一个认真负责的战士，一个有用的好人。"在这个时候，他从自己对他人的负责、对部队的付出中体会到了自己的价值，在心理上开始振作起来。

第三阶段是冈恰连柯的帮助。妻子瓦丽亚对密契克的感情还是使他非常痛苦甚至绝望，"莫罗兹卡觉得，在以往的生活中，自己是个上当受骗的人，现在他在周围看到的也无一不是虚伪和欺骗。他不再怀疑，他从呱呱落地以来的全部生活——这全部沉重而无益的荒唐的生活和劳动,他所流掉的血和汗,甚至他全部的'随随便便的'胡闹——那都不是欢乐,不,那只是过去不受重视、今后也不会有人重视的、没有一线光明的苦役"。但战友冈恰连柯的帮助使他走出低谷,走向健康的、有理想的生活,认识到自己是一个真正的人,最终战胜了自己心中的敌人。

不久,由于心爱的马被白军打死,莫罗兹卡在游击队攻占村子后又在伤心中酗酒胡闹。不过,这次与以往不同的是,他清醒后马上反省自己。

> 他又怀着极端厌恶和恐怖的心情突然想起昨天自己的全部丑态:他喝得醉醺醺的满街乱晃,所有的人都看见了他这个喝醉了酒的游击队员,全村都听见他在大唱淫荡的小调。跟他一块的是他的对头密契克——他们俩很亲热地一块游逛,而他,莫罗兹卡还发誓说自己爱他,请他宽恕——请他宽恕哪一桩呢? 为了什么呢? ……现在他感到自己的这些举动简直是虚伪可恨。莱奋生会怎么说? 而且,老实说,这样胡作非为之后,还有什么脸看见冈恰连柯呢?

正因为在心理上他已认识到自己的错误,恢复了人的尊严,因此在巡逻突然发现白军时,他尽管已困得要死,而且走在他前面的密契克不但不报警反而悄悄逃跑,他还是为此感到十分愤怒,于是马上决定牺牲自己向大家报警。

> 他心里非常明白,他再也看不到那个浴着阳光的村庄,看不到在他后面行进的这些亲切可爱的人了。他真切地感到,这些疲倦的、毫不怀疑的、信任他的人们,是和他血肉相连的,他能够想到的除了还来得及向他们预报危险之外,再没有别的为自己的打算。……他拔出手枪,为了使人们可以听得更清楚,便把手枪高举过头顶,照事先约好的信号放了三枪……

莫罗兹卡在这里完成了彻底的转变,成了极其英勇、富有自我牺牲精神的革命战士。

小说就这样波澜起伏、曲折有致地从心理角度描写了莫罗兹卡改变陈旧、落后的思想观念,并且不断与旧思想进行斗争,直到最后成为革命者的痛苦的精神历程。法捷耶夫谈道:"他参加革命斗争的过程是他人格形成的过程,是他摆脱可诅咒的过去的包袱及获得革命战士的新品质的过程。他还没有来得及走完这个人格形成的全过程，因为他很早就牺牲了。"①

此外，小说还有一些对莫罗兹卡微妙心理的描写，如：

> 比方说，他本来可以提醒密契克，密契克在大麦地里怎样双手死死抓住他不放，密契克的目光呆滞的眼睛里怎样颤抖着为自己那条小命感到的卑微的恐惧。他还可以无情地嘲笑密契克对那个鬈发小姐的爱情——也许，她的照片还保藏在他上装贴心口的衣袋里——并且把最不堪入耳的名字奉送给这位整洁漂亮的小姐。……这时他又想起来，密契克不是正跟他的老婆"打得火热"，现在恐怕未必会因为那位外表整洁的小姐感到受辱了。想到这里，因为羞辱了冤家对头、出了这口毒气而产生的胜利之感消失了，他重又感到自己的这口气是出不了的。

这是莫罗兹卡发现妻子爱上密契克后，下决心与妻子分手，并且骂了密契克后回游击队路上的心理描写。他本来因为羞辱了为自己所救的密契克，产生了胜利之感，还想更细致地数落他，让他更加难堪，可突然转念一想，密契克跟自己老婆打得火热，因此深感真正失败的是自己……

如果说莫罗兹卡体现了小说对人的改造的主题，那么莱奋生则表现了人的成长的主题。

莱奋生是小说中塑造得颇有立体感也很真实的一个游击队指挥员形象，马克·斯洛宁认为，法捷耶夫在《毁灭》中"刻画得最成功的人物是莱奋生"②。

首先，与很多把指挥员塑造得高大全的战争小说乃至革命小说不同，《毁灭》描写莱奋生的外貌普通甚至有点其貌不扬，"他的个子是那么矮小，外貌是那么不显眼——仿佛整个人是由帽子、红胡须和高过膝盖的毡靴组成的"。其次，小说描写了他的一些缺点或短处，如面对敌人的步步紧逼，他也有过犹豫，"他害怕轻举妄动——新的事实有时证实他的忧虑不无理由，有时又使他觉得自己是庸人自扰。他也不止一次责备自己是过分小心谨慎——特别是在他知道日军放弃克雷洛夫卡、侦察兵在好几十俄里之内没有发现敌人影踪的时候"。在连续作战突出高尔察克部队的重围后，他也会极度疲惫甚至软弱，虽然在此情况下还有一点点警觉。

---

① 〔苏〕法捷耶夫：《和初学写作者谈谈我的文学经验》，水夫译，见《苏联作家谈创作经验》，第54页。
② 〔美〕斯洛宁：《苏维埃俄罗斯文学（1917~1977）》，第183页。

这时他觉得在马上几乎坐不住了。在极度的紧张之后,心脏跳动得非常缓慢,仿佛随时都会停止。他困得厉害,他刚把头低下,人立刻就在马鞍上摇晃起来——这时一切都变得简单和无关紧要了。忽然,仿佛心里有什么推了他一下,他猛吃一惊,连忙回头去看。……谁也没有觉察他在睡觉。所有的人都在自己面前看到他们看惯了的、他的微驼的背部。有谁会想到,他也像大伙一样感到疲倦发困呢?……‘是啊……我还有力量支持下去吗?’莱奋生想道,仿佛提出这个问题的不是他,而是别人。

甚至他在关键时刻由于极度疲惫,没有想到要派出巡逻,即便发现巴克拉诺夫派密契克去巡逻不妥,也没有立即纠正,结果酿成大错。最后,在突出重围后,当看到队伍所剩无几,而且得力助手巴克拉诺夫、杜鲍夫都牺牲了后,"他仿佛全身都泄了气,萎缩了,大伙也突然发觉,他是非常衰老了。但是他已经不以自己的软弱为耻,也不再遮掩它,他低下了头,慢慢地霎着濡湿的长睫毛,眼泪便顺着胡子滚下来……"以致鲁迅认为:"莱奋生不但有时动摇,有时失措,部队也终于受日本军和科尔却克军的围击,一百五十人只剩了十九人,可以说,是全部毁灭了。突围之际,他还是因为受了巴克拉诺夫的暗示。这和现在世间通行的主角无不超绝,事业无不圆满的小说一比较,实在是一部令人扫兴的书。"[1]

　　不过,小说写得更多的还是莱奋生作为一个指挥员的优点。

　　首先,他是经过实际斗争慢慢成长起来的,而且足智多谋。"最初,他既没有受过任何军事训练,甚至连枪都不会放,却不得不担负起指挥一大批人的责任。"因此,他几乎把全部精力都用来克服他在战斗中不由自主的恐惧,并且竭力使人们看不出这种恐惧。然后,他慢慢习惯了自己的处境,并且达到为自己生命的担心已经不妨碍他为别人生命作出妥善安排的地步。也就是说,他是凭借慢慢摸索而拥有了实际斗争经验和自己的聪明能干,才成为足智多谋、真正出色的指挥员的,以致人们把他看作万无一失的计谋的化身:"自从莱奋生被选为队长的那一天起,谁也无法设想让他担任别的职务:每个人都认为,只有指挥他们的部队,才能发挥他最杰出的特长。"

　　其次,他懂得人们的心理甚至懂得别人的细微心理,并且善于以身作则,树立榜样。

---

　　① 《鲁迅全集》(第十卷),人民文学出版社2005年,第366页。

他也知道,这个根深蒂固的本能是深深埋藏在人们心中许许多多迫切的、细小的日常需要下面,埋藏在对于同样渺小的、然而却是有血有肉的小我的关怀下面,因为每个人都要吃饭睡觉,因为每个人都是软弱的。这些背负着日常生活琐事的重担的人们,意识到本身的软弱,就将自己最重要的使命转托给像莱奋生、巴克拉诺夫和杜鲍夫那些比较坚强的人,责成他们多想到这个使命,少想到他们自己也需要吃饭睡觉,并且要他们提醒别人不要忘记这件事。现在莱奋生总是跟大伙在一块——亲自率领他们战斗,跟他们吃一锅饭,为了查岗夜里不睡,而且几乎是唯一还没有忘记嬉笑的人。甚至在他跟人随便闲聊的时候,在他的每一句话里也都可以听出这样的含意:"你看,我也在跟你们一同吃苦——明天我也可能被打死或是饿死,但我还是像平时一样地精神饱满和顽强,因为这些并不那么重要……"

再次,他的确很有领导才能,善于利用人们的心理,以更好地树立自己的形象,从而保证领导和指挥的权威性。这在小说中又表现在以下五个方面:①他不轻易对别人暴露自己的思想,回答问题简单、干脆,让别人认为他胸有成竹、不同寻常、永远正确。"他对任何人都不暴露自己的思想感情,回答起来总是胸有成竹,给你个现成的'是'或者'不是'。因此,除了杜鲍夫、斯塔欣斯基、冈恰连柯这些知道他的真正价值的人之外,大伙都以为他是一个生来不同寻常的、永远正确的人"。②他懂得遮掩自己的弱点,同时指出别人的缺点,以更好地确立自己的权威,"他知道,人们都把他看作一个'特殊类型'的人,他也知道他自己和别人都有许多弱点,他并且认为,要领导别人,就必须向人们指出他们的弱点,同时压制和隐蔽自己的弱点"。③即便是有时对问题茫无头绪,他也要做出了如指掌、早有对策的姿态,让人们对自己更信服,"莱奋生仿佛在用他的整个姿态向人们表示,他对于整个形势的来龙去脉,都了如指掌,这里面并没有什么可怕和异常,而且,他莱奋生早就有了万无一失的对策。实际上,他非但一无计划,而且感到自己像是一个小学生被逼着一下子解答一道有着许多未知数的算题,完全茫然失措了"。④他善于悄悄吸收别人提出的好的意见或建议,不显山不露水地实现自己的意图,如:"大家热烈地争论着,人人都以为自己比别人高明,不愿听别人的意见。莱奋生却利用这场争论,暗中用自己的更为简单慎重的计划替换了麦杰里察的计划。但是他做得非常巧妙,不让人觉察,所以他的新建议是作为麦杰里察的建议来付表决的,并且被一致通过。"⑤在关键时候,他很会通达权变,如突击检查紧急集合时,许多战士外出喝酒未归,就连二排长库勃拉克都喝得醉醺醺的,"全队的人都看得出库勃拉克是醉了。唯有莱奋生装作没有发觉,因为否则的话,他就得把库勃拉克撤职,但是却没有人来代替他。"

最后,莱奋生还是一个有着细腻情感的指挥员,尽管小说在这方面着墨不多,但给人很深的印象。这种细腻的情感,表现在两个方面,一是对妻子的情感,二是对战士的情感。莱奋生的妻子在城里找不到工作,独自带着几个孩子,生活艰难,家里能卖的东西都卖了,靠救济活着,孩子们都生了坏血症和贫血症,常常写信给他,信里从头到尾都流露出对他的无限关怀。他在战事繁忙中也会抽时间匆匆回信,有时写着写着,细腻的感情就写出来了。"一开始他并不愿意兜翻起同他生活的这一方面有关的情思,但是渐渐地他写出了神,他的脸色变得温和起来,两张信纸都被他密密麻麻地写满了难以辨认的小字,而且谁也想不到其中有许多话是出自莱奋生之口"。他在夜间查岗时,"他悄悄地在阴燃的篝火中间穿过,极力避免踩在熟睡的人们的大衣上。靠最右边的一堆篝火燃得最旺,值班人蹲在火旁,伸出手去烤火。他显然是在出神——黑羊皮帽滑到后脑上,眼睛睁得大大的,好像在沉思,脸上还露出善良的、孩子般的笑意。'多好啊!……'莱奋生想道。他看到这些微燃的蓝色篝火和微笑的值班人,又想到在黑夜中朦胧地等待着他的一切,一阵隐隐的、宁静而又有些骇人的喜悦,顿时涌上心头,他不知为什么恰恰要用这句话来表达他的喜悦。于是他把脚步放得更轻,走起来更小心——并不是怕被人觉察,而是怕把值班人脸上的微笑惊走。"这体现了他对战士的细腻情感。

他也不是一味地严肃、严厉,有时也与人玩笑:"'打仗的事,亲爱的,总是叫人不安的,'莱奋生亲切而带挖苦地说。'打仗,亲爱的,这可不比跟玛露霞在干草房里……'他忽然乐呵呵地笑了起来,在巴克拉诺夫的腰眼里捏了一把。"作为一个知识分子,他甚至能跟由工人和农民组成的游击队员们打成一片,"在场的人里面,数他最有学问,因此他讲的故事也最引人入胜,最淫猥,可是看起来莱奋生讲的时候毫不忸怩,态度平静,带着嘲弄的神气,淫猥的话好像是从别人嘴里说出来的,跟他毫不相干。"

正因为如此,莱奋生的形象显得颇为立体、丰满、真实、可信,磊然因此而认为:"法捷耶夫在塑造英雄人物的形象方面打破了20年代把共产党员都写成穿着皮夹克的干巴巴的人物的公式,跨出了新的一步,非常深刻而丰富地显示了共产党员的精神面貌和内心世界,从而使共产党员的形象显得更为生动、更为饱满。"[1]罗曼宁柯认为:"这部小说描写了莱奋生内心世界的

---

① 磊然:《译者前记》,见(苏)法捷耶夫:《毁灭》,第5页。

复杂情况,描写了他性格中的长处和短处。读者看到了一条漫长而困难的斗争道路,这条道路是莱奋生在养成布尔什维克领导者的坚强刚毅的性格以前所必须经历的。莱奋生这个形象之所以完整,并不是由于在他的内心世界中没有矛盾,也不是由于他没有弱点或矛盾的情绪,而是由于他了解到自己的革命任务,以自觉的坚强意志克服了这些矛盾。"①杰缅季耶夫等更是宣称:"法捷耶夫以纯熟的心理分析的技巧勾画出莱奋生的形象。"②

如果说莫罗兹卡、莱奋生体现了人才的改造和成长,那么密契克则体现了人才的淘汰。

以往有不少观点认为密契克这一形象是苏联国内战争时期知识分子形象的典型,对此法捷耶夫在1938年4月的一封信中指出:"美蒂克归附于革命运动是出于个人的、个人主义的、暗中追名逐利的动机。这种人只要一碰上运动中的困难,碰到了现实的革命生活对个人名利道路上造成的障碍,他们就会变成不是唠叨抱怨的市侩,就是革命和人民的敌人。以前有些批评家以为,我用美蒂克这个形象来概括国内战争时期知识分子的形象……这种看法是不正确的。须知莱奋生也是知识分子出身。现实生活表明,在社会主义建设过程中,知识分子是享有我们社会平等权利的一员。在革命初期动摇过、犹豫过的老知识分子和年轻知识分子中,许多人成了完完全全的苏维埃人,成了苏维埃的优秀的工作人员。美蒂克属于知识分子中没有好好接受改造者中的最坏的一种,因为在他身上极端的个人主义、唯我主义和没有志气结合在一起。"③他还谈道:"这个长篇中另外一个'英雄'美蒂克,从十诫的观点来看是非常'道德'的:他'真诚''不犯奸淫''不偷盗''不骂人',但是这些品质在他身上是表面的,它们掩盖着他内心的利己主义,掩盖着他对工人阶级事业的缺乏忠诚和他的特别可鄙的个人主义。"④也就是说,这个形象的本质特点是极端个人主义或极端利己主义。不过,这一形象塑造得也有点立体感。

一方面,密契克不像不少初期的战争小说和革命小说中的逃兵、叛徒等那样被塑造得面目可憎、一无是处,从表面上看,他还颇有优点。他受过教育,喜爱干净,不贪女色,举止文雅,不偷盗,也不骂人,甚至还富有浪漫美丽的幻想,自以为诚实、善良、纯洁、高尚。最初,他也确实还有点善良,"一看

---

① 〔苏〕罗曼宁柯:《法捷耶夫》,第58页。

② 〔苏〕杰缅季耶夫等:《法捷耶夫的创作》,第12页。

③ 〔苏〕法捷耶夫:《法捷耶夫文学书简》,第60页。

④ 〔苏〕法捷耶夫:《和初学写作者谈谈我的文学经验》,水夫译,见《苏联作家谈创作经验》,第54页。

到莫罗兹卡这么快就从森林里回来（传令兵拼命摆动着两手，阴郁而沉重地摇摆着身子），密契克就明白，莫罗兹卡和瓦丽亚之间'什么事都没有干成'，而罪魁祸首就是他密契克。他心里不必要地产生了一阵不恰当的喜悦和没来由的有罪的感觉，他开始害怕碰到莫罗兹卡那足以摧毁一切的目光……"尽管当时更多的是瓦丽亚爱上密契克而对丈夫冷淡导致夫妻俩不欢而散，但此时密契克比较单纯、善良，知道这是由于自己的缘故，而他也被瓦丽亚吸引，因此在感到喜悦的同时还产生了负罪感。进而，面对莫罗兹卡的逼视，他更是觉得自己无比卑下，甚至可恶透顶："在他的陌生、沉重，由于憎恨而变得浑浊的目光下，密契克突然感到透不过气来。在这短暂的一瞬，他感到自己是那样的卑下，那样的可恶透顶，以致自己不禁突然开了口，而结果只是嘴唇动，却没有发出声音——他并没有话要说。"正因为如此，他一度深深吸引了瓦丽亚，使她狂热地爱上了他。另一方面，密契克骨子里却是极端自私自利的，太爱惜自己的一切，一旦外界的事物损及自己的利益，哪怕是让他付出一点辛劳、稍微吃一点苦，他都不愿意，更不用说危及生命的事情了。他面对残酷的现实产生了深深的失望甚至绝望，而极端自私自利更是最终导致他当了逃兵。可以说，《毁灭》合乎逻辑、步步深入地从心理角度揭示了密契克从极端自私自利的个人主义者变成逃兵的演变过程。

密契克是抱着极其浪漫的幻想，怀里揣着女人的照片，既想得到"安宁、睡梦、静谧"，又一心只想不费多大力气就可以捞到英名而参加革命的，"他兴致勃勃地吹着城里流行的快乐的小调，每根血管里都热血奔腾，希望战斗和活动"，因而成为"偶然被卷入到革命营垒中的"人。他满以为那些游击队员都是"穿着仿佛用硝烟和英勇事迹制成的服装"的传奇人物，然而"在他周围的人们，一点也不像他的热情奔放的想象力所创造出来的人物。这些人身上更脏，虱子更多，态度更为粗鲁生硬。他们互偷对方的子弹，为了一点小事就破口大骂，为了一块油脂也会打得头破血流"。他满以为他们会对他另眼相看、热烈欢迎，不料却受到游击队员的取笑和奚落，"他们动不动就取笑密契克——笑他的城市式样的大衣，笑他说话文绉绉的，笑他不会擦枪，甚至笑他一顿吃不下一磅面包"。

在医院养伤时，他"那种天真美好，然而是真诚的感情已经消失"，他只"以特殊的、病态的敏锐来感受周围人们对他的关怀和爱护"，因此他感到孤独。尽管由于瓦丽亚的爱情和鼓励，他一度试图振作起来，但想的却是不让别人欺侮和回到城里后让大家对他刮目相看：

"说实在的，我干吗要泄气呢？"密契克想道。此刻他的确感到丝毫没有泄气的理由。"应该立刻振作起来,显得跟别人一样:不要让别人欺侮……别让人觉得你胆小——这句话,她说得对极了。这儿的人跟那边的不一样,所以我也要想办法改变才对。……而且我一定要做到,"他怀着从未有过的决心想道,对瓦丽亚,对她的话,对她那番真诚的爱,他几乎是怀着儿子般的感激之情。"……那时一切都要按照新的样子……等我回到城里,大家对我都要刮目相看——我会成为一个完全不同的人……"

可见,他更在乎的还是自己。

后来,因为给他马匹"老废物"的事情,他被游击队战士看作"二流子和自高自大的人",很不得人心,更因"黄雀"的教唆,和如火如荼的部队生活漠不相关,尽管他外表上变得跟大伙一样,但依旧深感"我无论跟什么人都合不来,也得不到任何人的支持",就连莱奋生都认为他是个"软弱懒惰的窝囊废""无用的不结果实的空花"。当他看到游击队缺粮时常常用炸药去炸鱼吃,某些人却总是支使那些最窝囊的人下去,多数时候都是叫那个胆小口吃而且怕水怕得要命的当过猪倌的拉夫鲁什卡去时,他深感痛苦。后来杀朝鲜族老人的猪,也使他揪心,认为"太残酷"。毒死毫无生还希望的重伤员弗罗洛夫之事,更是深深刺激了他,以致连与瓦丽亚的爱情他都没有兴趣了。他只有一个念头,千方百计地设法尽快离开部队。

最后关头,他在昏昏欲睡的巡逻中,发现白军就在眼前:

> 密契克轻轻地惊呼一声,滑下马鞍,把身子卑劣可耻地扭动了几下,忽然飞快地滚下了斜坡。他两手撞在一段湿木头上,撞得很疼,他跳了起来又滑倒了——有几秒钟的工夫,他简直是吓得魂不附体,手脚乱划,最后总算把身子站直,顺着山谷跑下去,一路上不再感到自己的身子,碰到可以抓的东西就用双手抓住,还令人想象不到地纵跃了几下。

在这紧要关头,他竟然只想到自己逃命要紧,而没有想到自己的职责:巡逻、报警!他当了逃兵,害惨了游击队!也完成了最后的蜕变。

过于自私自利的人都非常在乎一些细小的事情,尤其在乎别人对自己的看法,小说在这方面花了不少笔墨,循序渐进地、一再地揭穿这位"唯我"主义者的面目。

排长库勃拉克照顾他不太会骑马,给了他一匹温顺的老母马,而他却完全从相反的角度去看待这事:

密契克嘴唇发抖,眼睛望着比马背高的地方,不去听他。他认为,他们从一开始就要贬低他,故意给他这样一匹叫人生气的、蹄子七歪八扭的母马。最近这个时期,密契克总是从他应该开始的那个新生活的角度来分析自己的所作所为。但现在他觉得,有了这匹可恨的马,压根儿就不必谈什么新生活。照目前这样,谁也看不出,他已经完全变了,变成一个坚强自信的人了,人们都会以为,他依然是原来那个可笑的密契克,连一匹好马都不能托付给他。

他甚至心想:"不,我要去找莱奋生,对他说我不愿意骑这样的马。……我完全没有义务替别人受罪(他愿意把自己想成是在为别人牺牲,心里才高兴)。不,我要把话都跟他讲个明白,叫他别以为……"他总是骄傲自大、孤芳自赏,总觉得别人应该高看他甚至以他为中心才对,稍微吃点亏都要把自己美化成是在为别人牺牲,小说的这段心理描写,形象、生动、简洁地揭示了密契克自私自利的心理。

正因为他认为给他老母马是贬低他,所以他毫不爱惜马儿,把它糟蹋得不成样子,被莱奋生发现后,他受到了批评。"密契克嘟嘟哝哝地说,由于感到屈辱而声音发抖;他感到屈辱,并不是因为自己把马糟蹋得不成样子,而是因为他不知为什么把那个沉甸甸的马鞍捧在手里,样子滑稽而丢人。"在这个时候,他并不反省自己尽情糟蹋堪托生死的马儿的错误,反而一心想着自己样子滑稽显得丢人。这入木三分地写出了他可笑又可憎的心理。

就连恋爱,他都是因为自私而胆怯,"他胆怯,是因为他从未接近过女性。他觉得,这件事他干起来不会像别人那样成功,而是会搞得非常丢人。即使他有时克服了这种胆怯,在他眼前就会突然出现莫罗兹卡挥着鞭子从森林里走出来的愤怒的形象,这时密契克就会体验到一种恐怖和欠情交织在一起的心情"。

极端自私自利者过于看重自己的一切,尤其是看重所谓的面子,因而必然变得虚伪。小说也花了一定的笔墨来揭穿密契克的虚伪性。

在他去找莱奋生要求换一匹马儿的时候,听见莱奋生和游击队战士正在讲淫猥的故事娱乐,小说接着写道:

密契克望着他,不由也跃跃欲试——虽然他认为这种故事是不能登大雅之堂的,而且拼命装出一副不屑一听的姿态,骨子里他却爱听这一类的东西。可是他又怕这样一来,会引得大伙带着诧异的神气看他,弄得他非常尴尬。结果他并没有加入，就这样怀着对自己的不满和对大伙、特别是对莱奋生的怨恨，走开了。

这段心理描写尤其精彩。首先，写出了密契克的表里不一，也就是虚伪，他表面上装高雅，骨子里爱听淫猥故事；其次，他既孤芳自赏，不愿跟别人过于接近，又自卑胆怯害怕别人看不起自己，哪怕是一点点异样的目光也不能接受；最后，他过于"自爱"，从而把一切不如意的事情都诿过于人，怨恨别人。

在杀朝鲜族老人的猪这件事上，更显出他的虚伪性，"密契克知道，换了他，他决计不会这样对待那个朝鲜人，可是猪肉他还是跟大伙一块吃了，因为他肚子饥饿。"

最后，他因为怕死当了逃兵，害死了不少游击队员，他明知自己当逃兵的无耻和对游击队的祸害，却还要自己欺骗自己，假装这并非自己的本意，为自己狡辩，在自己面前都玩起了虚伪：

"我做出了什么事啊，我怎么能做出这种事来，凭我，这样一个诚实的、对任何人都不存坏心的好人，——啊——啊——啊……我怎能做出这种事来！"他的行为愈是显得卑鄙丑恶，他就感觉到自己在没有做出这种行为之前愈是善良、纯洁和高尚。其实，他所以苦恼，与其说是因为他的这种行为断送了几十个信任他的人的性命，倒不如说是因为感到这种行为所留下的洗不掉的肮脏丑恶的污点，是跟他认为自身所具备的一切善良纯洁的品质是不相容的。……

他机械地拔出手枪，怀着踌躇和恐怖的心情对它望了好一会。但是他知道，他是决不会，也决不可能自杀的，因为他在世界上最爱的毕竟还是他自己——自己的白皙而肮脏的、无力的手，自己的唉声叹气的声音，自己的苦恼和自己的行为——甚至是最最丑恶的行为。

这个极端自私自利的人最看重、最珍爱的是自己，他是永远不会自杀的。罗曼宁柯指出："美蒂克的假高超的'美丽的'幻想是可鄙的，它建立在对自己本人和对自己在生活中的地位的虚幻假想的基础之上。美蒂克只珍爱自己，深深地鄙视他人。他走上叛变的道路是合乎逻辑的……他甚至为了这些'善良和纯洁'而不肯自杀。"①小说在此之后，进一步揭穿他的虚伪——密契克没有自杀，而是为即将到城里去而心生喜悦，但他又借自我怜

---

① 〔苏〕罗曼宁柯：《法捷耶夫》，第69页。

悯的想法来掩盖自己卑鄙的真面目,并且竭力为到城里去这种唤起个人希望和喜悦的想法抹上一层悲伤的、无可奈何的色彩,同时费力地压抑住喜悦、惭愧和唯恐这种希望会落空的恐惧。

小说就这样从心理层面一步步塑造了一个骄傲自大、孤芳自赏而又意志薄弱、怯懦无能并且自私自利、颇为虚伪的形象。鲁迅曾一针见血地指出,这部小说"解剖得最深刻的,恐怕要算对于外来的知识分子——首先自然是高中学生美蒂克了。他反对毒死病人,而并无更好的计谋,反对劫粮,而仍吃劫来的猪肉(因为肚子饿)。他以为别人都办得不对,但自己也无办法,也觉得自己不行,而别人却更不行。于是这不行的他,也就成为高尚,成为孤独了"①。密契克从革命的同路人最后蜕变成逃兵的过程,形象地说明:凡是抱着极端个人主义目的投机革命者偶然落到革命阵营中,必定会被革命的洪流所淘汰。

对于密契克形象,俄国当代学者有更富哲学高度的看法:"法捷耶夫完全像俄罗斯现实主义文学传统上所做的那样,把个人主义作为密契卡的缺点来加以揭露。密契卡是个极端的浪漫主义者,他对现实的浪漫激情、对个人生活中或社会上的异常之物的不懈追求,导致了他否定现实的存在,表现出对绝对必要之物的漠不关心,不善于珍视美与发现美。因此,他为了照片上那位陌生的漂亮女郎而拒绝了瓦丽亚的爱情,拒绝了普通的游击队战士们的友谊,结果陷入了浪漫主义者高傲的孤独之中。实际上正因为如此,作者用叛变惩罚了他(当然同样也因为他和普通游击队战士的格格不入)。"②

值得一提的是,《毁灭》中的某些心理描写,还有点意识流的特点,可能是受托尔斯泰《安娜·卡列尼娜》的影响,如:

> 这条长得没有尽头的道路,这些湿漉漉的树叶,还有这片现在似乎是死气沉沉的、使我讨厌的天空,都有什么用啊? ……现在我必须做什么呢? ……哦,我必须走到土陀—瓦卡盆地去……瓦……卡盆地……这名字真怪——瓦……卡盆地。……可是我真累得要命,我困极了!我快要困死了,这些人还能要求我做些什么呢? ……他说——巡逻……对啊,对啊,是要巡逻……他的头这么圆,这么好看,跟我儿子的头一样,是的,当然应该派巡逻,然后再睡觉……睡觉……可他的头跟我儿子的头又不一样,那末……怎么样呢? ……

---

① 《鲁迅全集》(第十卷),人民文学出版社2005年,第362页。

② 〔俄〕阿格诺索夫主编:《20世纪俄罗斯文学》,第148页。

这是游击队冲出麦杰里察牺牲的村子,冲出沼泽地后,莱奋生既病又缺睡眠,极其疲惫、昏昏欲睡、思绪混乱,无法集中精力思考问题,面对巴克拉诺夫提出的要派人巡逻时的一段心理描写,从眼前的不良处境,朦朦胧胧还能想到必须做点什么,想到要带部队去土陀—瓦卡盆地,然后居然联想到这个地名很怪,又跳到自己太累太困,别人不应该再无休止地要求自己做事,但巴克拉诺夫却提出要派人巡逻,他心里觉得这是对的,但马上下意识地走神,觉得这个人的头又圆又好看,跟自己的儿子一样,又马上转回来,想到应该派人巡逻然后再睡觉,可又马上想到这个人的头跟儿子的头又不一样……这段思绪,具有意识流色彩,把极度疲惫的莱奋生的潜意识表露无遗:他已感到疲惫,只想放下千斤重担,好好休息一下,但他毕竟又是一个极有责任感的指挥官,意识又不时跳出来让他觉得应该做点什么,应该听别人的良好建议,派出巡逻。随后他发现派密契克去巡逻隐隐有点不妥,但因为过于疲惫,这念头只是一闪而过,最终铸成大错,也是心理描写的妙笔:"他觉得派密契克去巡逻似乎有些不对头,但是又弄不清楚究竟不对在什么地方,并且转眼就把这件事忘掉了。"

小说在心理描写方面还有一个特点,这也是俄国19世纪经典文学名作的特点,就是景物描写与人物性格的发展和心理状态密切相关,寓情于景,甚至情景交融,主要包括四种类型:

景物衬托人物的心理。书中写道:"在银河的迷蒙僻静的小道上,星星仓皇地奔跑着。"这是敌人大兵压境,步步紧逼,人们慌乱不堪之时,莫罗兹卡向杜鲍夫报告远处有枪声后,杜鲍夫匆匆到院子里时所见的景象。迷蒙的小道、仓皇奔跑的星星更好地衬托了前途迷茫、人心惶惶的杜鲍夫等人的慌乱心态。

> 他看到,在没有割完的麦田里,还有一捆捆没有收走的大麦,一条匆忙中遗忘在麦捆上的女围裙,以及插在田埂上的一个铁耙。一只没精打采的乌鸦,孤苦伶仃地停在歪倒的麦垛上,不叫一声。……他拨开回忆上面多年的积尘,发现这些回忆一点都不使人高兴,而是毫无乐趣的、极其可恶的重担。他觉得自己是一个被遗弃的人,孤孤单单。他觉得自己仿佛是在一片辽阔无主的荒野上空飘荡,那令人惊惶不安的荒凉只不过格外衬托出他的孤单。

这是莫罗兹卡和爱上密契克的妻子分手后的情景,妻子的移情别恋使他深感孤独,荒凉的田野、孤苦的乌鸦,更好地衬托了他的孤独感。

景物反衬人物的心理。

> 太阳已经升到树林上面。霜早已融化。晴朗淡蓝的高空万里无云,像冰一般地澄澈。被潮湿的金光所笼罩的树木,遮盖着大路。这一天是温暖的,不像是秋天。莱奋生向这幅明净清澈、辉煌灿烂的美景投了漠然的一瞥,无动于衷。他看到自己的人数减少三分之二的部队,在大路上拉得很长地走着,形容疲惫,精神沮丧……

这是游击队遭受重大损失后,莱奋生和游击队见到的情景。晴朗亮丽的天空和明净清澈、辉煌灿烂的美景,反而加倍衬托出莱奋生和游击队员们因重大损失而产生的精神沮丧和心灵痛苦,其艺术效果类似于我国王夫之《姜斋诗话》所说的"以乐景写哀,以哀景写乐,一倍增其哀、乐"。

景物安慰或改变人的心理。

> 森林的边缘是一排夕照中的白桦,阳光透过树干中间鲜红的罅隙,直射到脸上。这里一尘不染,令人心旷神怡——跟那充满松鸦的聒噪的尘世喧嚣相比,简直是两个世界。莫罗兹卡的怒火平息了。他对密契克说过的,或是想说的那些气话早已失掉复仇的鲜艳翎毛,呈露出一副光秃秃的丑相,因为这都是些无理取闹、无足轻重的话。

这是莫罗兹卡在医院羞辱密契克后回家途中的情景,本来怒气冲冲的他面对纯净、宁静的大自然,平息了怒火,自然景物安慰了他并改变了他的心理。

景物是人的心理的象征。"晴朗的天气似乎也立刻起了急剧的变化,时而出太阳,时而下雨,满洲槭树最先感到即将来临的秋意,唱起了凄凉的歌。黑嘴的老啄木鸟非常猛烈地啄着树皮。"这是敌人大兵压境,游击队前途未卜,莱奋生在信中说了自己的忧虑,建议斯塔欣斯基将医院的人员逐步疏散,以免成为日后的拖累,院长斯塔欣斯基和其他的人心里喜忧交织,阴晴不定,但更多地染上了惊慌。自然景物仿佛就是医院院长和其他人的象征。这方面更精彩的当然是小说结尾的风景描写,译者磊然指出:"莱奋生的这个战斗单位像'星星之火'被保存下来了,剩下的十九个人将是重生的部队的核心。巴克拉诺夫、麦杰里察、莫罗兹卡虽然牺牲,还会有千千万万的巴克拉诺夫、麦杰里察、莫罗兹卡来继续他们未竟的事业。莱奋生的部队在遭受了暂时的失败、走出森林之后,在他们眼前呈现的一片无限美好的风光,象征着革命的光明远景。打麦场上的人们将是革命的新的生力军。"①

　　正因为上述特点,罗曼宁柯指出:"在法捷耶夫的作品中,描写自然都是和人及人的感受相联系的。在他的笔下,风景都是通过人——小说的主人公或作者自己——的感受而描绘出来的。"②并进而谈道:"法捷耶夫对四周景色的描写是经常与人的心情、思想、感觉相协调的,并有助于深入人物的内心世界。这不仅对个别主人公如此,而且对书中全体人物也是如此。"③

　　小说还有一个突出的特点,就是运用了托尔斯泰的"突出细节"手法,对此,有学者已通过其对"眼睛"的运用,撰写专文进行了详细论析,兹不赘述。④

　　值得一提的是,小说特别强调了党的领导。法捷耶夫指出:"在这个长篇里还有几个其他的副主题。副主题之一就是我注意到,在一些描写游击运动的小说中,游击运动都被描写成纯自发的运动、在城市和工人中的非常微弱的影响下面展开的农民运动。但是我根据自己的游击斗争的经验,认为在游击运动中即使有着很大的自发因素,但其中起着决定性的、组织性的作用的仍是工人布尔什维克。为了驳斥别人对游击运动的写法,我在长篇小说《毁灭》中强调这种看法。"⑤

　　作为法捷耶夫的第一部完整的长篇小说,《毁灭》当然也存在一些明显的不足,如关引光指出:"《毁灭》是法捷耶夫第一部完整的长篇小说,由于作者当时还非常年轻,创作技巧还没有达到炉火纯青的程度,又由于他在写作这部作品时过分强调历史的真实,因此,有些情节的描写,不免带上自然主义的缺点。作者过分强调莱奋生作为领导者的个人权威,如下令劫走朝鲜农民的家畜,威逼游击队员下河捞鱼,毒杀自己受伤的队员,以及过多地描写莱奋生身上的某些弱点等等,从而损害了莱奋生这一典型形象的完美。"⑥

　　而对这部小说宣扬的一些思想,俄国当代学者也有不同看法,他们认为,为了最高尚的目的可以牺牲个人、个性,这种"社会人道主义"的思想,使法捷耶夫的小说接近了范式现实主义。他们的思想一与生活结合,就会转变成对生活的强制,对生活的残酷。如果说革命是以劳动人民的名义和为

---

① 　磊然:《译者前记》,见〔苏〕法捷耶夫:《毁灭》,第9~10页。

② 　〔苏〕罗曼宁柯:《法捷耶夫》,第76页。

③ 　〔苏〕罗曼宁柯:《法捷耶夫》,第77页。

④ 　参阅〔美〕劳伦斯·哈埃因:《法捷耶夫的〈毁灭〉中对"眼睛"的运用》,君智译,《俄苏文学》1986年第6期。

⑤ 　〔苏〕法捷耶夫:《和初学写作者谈谈我的文学经验》,水夫译,见《苏联作家谈创作经验》,第53页。

⑥ 　关引光:《法捷耶夫和他的创作》,第98页。

了劳动人民而发动的,那为什么莱奋生的队伍的到来,导致了一位朝鲜族农民因被抢走自己唯一的一头猪,连同他的一家子遭受饿死的命运?这是因为"高尚的社会需要"(养活队伍并继续革命道路)比"抽象的人道主义"重要,战士们生命的价值要比一个朝鲜族人(或者甚至他的一家人)的价值更大。这里真像拉斯柯尔尼科夫那样发出一声感慨那样:这不成算术了吗!斯塔申斯基医生和莱奋生认为,必须弄死受伤的游击队员弗罗洛夫。他的死不可避免,因为伤势是致命的,不能带上他走,否则会减缓队伍的行军速度,使大家遭到毁灭。如果留下他,他就会落入日军之手,死得更加悲惨。为了减轻自己的主人公在做出决定时的沉重负担,法捷耶夫让弗罗洛夫看上去几乎像自杀似的自己吞下了毒药。一个人的生命所具有的价值比几个人的生命具有的价值小,陀思妥耶夫斯基在《罪与罚》里否定的不就是这种逻辑、这种算术吗?在小说的这个部分,法捷耶夫脱离了俄国现实主义的人道主义传统,宣扬了一种全新的伦理思想,它的基础就是以严格的理性态度来对待人和整个世界。小说的结局也不乏双关的含义。莱奋生依然活着并"履行着自己的职责",为的是从队伍毁灭后他所见到的还很遥远的人中间,从在大地上劳作、打出粮食的人中间,再召集起一支队伍。"把(这些农民)变成自己亲近的人,就像一个紧跟着一个默默行进的那十八个人一样",并沿着国内战争的道路引导他们走向新的毁灭,因为在这样的战争中从来不会有胜利者,全部毁灭的结局是不可避免的。法捷耶夫认为莱奋生的这一思想无可争议。①

值得一提的是,早在1931年,《毁灭》就被鲁迅翻译成中文出版,在中国产生了很大的影响,孙犁谈道:"那一个时期在中国影响最大的要算绥拉菲莫维支的《铁流》和法捷耶夫的《毁灭》。《铁流》以一种革命行动的风暴,激励着中国青年,《毁灭》则更多教给中国青年以革命的实际。《毁灭》以鲁迅先生的翻译,大大加强加深它对中国人民的教育力量,工人和知识分子的两种典型人物的对比描写,使中国青年在实际的斗争里,认识到自己需要克服的种种弱点。"②就连毛泽东在1942年《在延安文艺座谈会上的讲话》中也谈到这部作品:"法捷耶夫的《毁灭》,只写了一支很小的游击队,它并没有想去投合旧世界读者的口味,但是却产生了全世界的影响,至少在中国,像大家所知道的,产生了很大的影响。"③

---

① 参阅〔俄〕阿格诺索夫主编:《20世纪俄罗斯文学》,第148~149页。

② 孙犁:《苏联文学怎样教育了我们》,《孙犁全集》(第三卷),第314~315页。

③ 《毛泽东选集》(第三卷),人民出版社1969年,第876页。

第二章　炮火纷飞中的情感与自由

随着文学的发展，一些战争小说作家在描写残酷的阶级斗争中人的成长与改造之外，开始表现复杂的人性，描写炮火纷飞中的情感与自由。

一、概述

约从 1926 至 1940 年，在文化与文学传统及文学自律的影响下，苏联战争小说开始展示人性的复杂，表现在血与火的搏杀中显现出来的复杂的人性，尤其是人的情感与自由。

由于过于重视文学的意识形态性，重视文学为政治服务，在一个时期内苏联文学作品特别是小说越来越公式化，甚至僵化。这时，文学的自律开始起纠正作用，与此同时，重视描写复杂人性的俄国文学传统也发挥作用，一些作家便开始描写血与火的搏杀中复杂的人性，主要作品有《骑兵军》《第四十一》《静静的顿河》等，以及从人性角度较为独特地反映国内战争的布尔加科夫的长篇小说《白卫军》。

值得一提的是，在这个时期，也有一些战争小说继续描写苏联国内战争的红白搏杀，以及人物在战斗中的成长，比较著名的有阿·托尔斯泰的《保卫察里津》、毕尔文采夫的《柯楚别依》、布宾诺夫的《永垂不朽》、奥斯特洛夫斯基的《钢铁是怎样炼成的》。

《保卫察里津》（原名《粮食》，Хлеб，1935~1937）描写的是 1918 年春夏之交俄国复杂的局势。国内有反对革命的各种力量蠢蠢欲动甚至已经开始行动，国外有德国军队虎视眈眈。但列宁提出的暂时牺牲某些东西以换取新生革命政权生存和发展的意见不被接受，与德国和谈失败，德国军队仗着优势的装备和武器，在俄国境内横冲直撞，普斯科夫沦陷，彼得格勒危急，德国军队甚至占领了产粮区乌克兰，反革命哥萨克头目克拉斯诺夫在德国军队的支持下，侵占了粮仓顿河流域，直接威胁着战略要地、粮仓——伏尔加河下游的察里津。为了打消德国人和芬兰人一击而终结布尔什维克政府的企图,苏维埃大会做出决议,把首都迁到莫斯科。由于久经战争,全国都出现了粮食极其匮乏的局面。列宁和斯大林一边实行粮食等物资的配给制,一边果断地派出先进的工人队伍,到乡下去征集粮食。在顿河地区,伏罗希洛夫军长带领自己的部队保护征收来的粮食等,并负责把它们送往察里津,使物资能够从那里被送往莫斯科和全国其他地方。但由于部队成分复杂且混乱,再加上反动势力煽动叛乱和德国军队的支持,伏罗希洛夫在重围中浴血奋战,经受了巨大的损失,才终于冲出重围,把粮食和跟随苏维埃政府的百姓,安全地带到察里津。与此同时,为了整顿察里津的危险混乱局面,列宁委派斯大林为全权南俄粮务总领导者。斯大林到达察里津后,深入群众、深入工厂,在全面了解情况后,雷历风行地制订制度,处理一切。他强有力的领导,稳定了察里津的混乱局面;部队也得到了改组,彻底击溃了白军与德国侵略军,迫使他们退过顿河,稳固了察里津,并把粮食源源不断地运往莫斯科……①

这部小说尽管一度名气很大,但实际在艺术上成就不高(姑且不谈其历史真实问题)。总的来看,主要问题是情节杂乱,线索繁多而不够统一,描写口号化(如"红军部队有火热的作战准备"),而不是通过情节和行动本身去塑造人物,表现思想。战争叙事方面尤其拙劣,作者是一个完全不了解战争的人,所写的每次战斗都全无准备,都是一场混战。

阿尔卡季·阿列克谢耶维奇·毕尔文采夫(一译彼尔文采夫,Аркадий Алексеевич Первенцев,1905~1981),主要作品有:长篇小说《柯楚别依》(1937)、《火红的大地》(1945)、《从小要爱护荣誉》(1948,1949年获斯大林奖金)、《水兵们》(1961)等。

《柯楚别依》(Кочубей)的主人公柯楚别依是穷苦出身,参加过沙俄与土耳其的战争,后带领库班哥萨克骑兵主动投向革命,虽不曾入党,但忠于革命、忠于布尔什维克党,并成为苏俄内战时期库班的人民英雄。他作战勇猛而又智勇双全,几乎所向披靡。但十一军军长索罗金在察里津危急、库班革命部队也因失败而被迫从北高加索撤退的时候,拒不服从命令随大部队撤出库班,并下令抓捕柯楚别依、消灭他所率领的红色骑兵旅。尽管奥尔忠尼启则等革命领导人保护了柯楚别依,索罗金也被打死,但形势因此而更加严峻。柯楚别依的骑兵旅负责掩护大部队撤退的艰巨的后卫任务,遭遇敌军、暴风雪、沙漠和伤寒症的多重夹攻,损失惨重,但他们胜利完成了任务,撤退到阿斯特拉罕。不料不久后又遭到陷害,骑兵旅反倒被缴械。柯楚别依被

① 参阅〔苏〕阿·托尔斯泰:《保卫察里津》,曹靖华译,人民文学出版社1981年。

迫带领一部分战友试图冲出重围,想见到列宁说明一切,却不幸在途中先是患了伤寒,接着又被白军包围,他身边的战友全都英勇牺牲,只有小战士伏洛蒂加带着军旗突出重围。重病的柯楚别依被敌人俘虏,拒绝了白军高官厚禄的诱惑,英勇就义。他那残存的部队,成为正式的红军骑兵官兵,打败了白军的进攻,加入收复整个南方的队伍。[①]小说完全模仿《夏伯阳》,但作者缺乏战争经验,也缺乏创造性。小说中的柯楚别依是一个夏伯阳式的人物,虽然智勇双全,但是做事颇为鲁莽,脾气火暴,却深得官兵们的热爱。在政委康狄宾的帮助下,柯楚别依开始认识到自己的缺点,迅速成长为合格的革命军官。小说语言不够生动,更缺乏弹性,人物缺乏立体感,也不鲜活,线索太多,写得松散且颇为乏味,柯楚别依第二次被红军部队截杀的情节更是交代不清。

米哈伊尔·谢苗诺维奇·布宾诺夫(Михаил Семёнович Бубеннов,1909~1983),主要作品有中篇小说《永垂不朽》(1937~1940),长篇小说《白桦》(1947~1952)、《鹰的草原》(1964)、《悬崖》(1970)等。

《永垂不朽》(Бессмертие)描写1918年夏天,白军进攻卡马河流域,到处抓捕布尔什维克干部和党员,并把他们送到由拖轮拖着的"死驳船"上,沿着卡马河行驶。白军警卫队队长鲍戈洛夫中尉不时挑选被捕的人枪决或者于驳船的绞刑架上吊死,他们以此吓唬两岸的广大群众。主人公是米哈依尔·契列姆霍夫,诨名叫作玛玛依的小伙子,他本来不关心政治,逃避白军的征兵。他因为深爱丈夫阵亡的娜塔莎,被不同意这门婚事的父亲华西里·吉洪奈奇·契列姆霍夫引领村长等逮住,被征入白军。娜塔莎也因对白军不满而被抓住送到"死驳船"上。玛玛依有次在押送一个被白军侦察队捉住的布尔什维克领导——水兵什洛夫时,在草原上被他的歌声打动,放了他,结果自己被送上"死驳船",先是遭受鞭打,接着差点被吊死。他在关键时刻跳水逃生,回到家里。玛玛依的父亲华西里·吉洪奈奇靠自己的勤劳和聪明使家庭过上了比较富裕的日子,他一度因为不理解苏维埃政权建立后向他征收粮食而欢迎白军,没想到白军来了却抢走了他的一切,使他只能到河上捕鱼为生,就连捕到的鱼也时常被白军抢去,他因此转而心向苏维埃政权。他帮助儿子找到隐藏在山里的游击队员,并且巧妙地偷走了白军的枪支。他们一起划船悄悄偷袭"死驳船",但因为个别游击队员胆怯而失败。"死驳船"上机智的布尔什维克伊凡·别里斯基不断鼓舞大家的信心,并想方设法帮大家逃出去。最后,玛玛依找到什洛夫率领的红军舰艇,救出了"死驳船"上还活

---

① 参阅〔苏〕阿·毕尔文采夫:《柯楚别依》,李俍民译,上海译文出版社1984年。

着的布尔什维克和其他囚徒,但不幸娜塔莎死去了。玛玛依悲痛地埋葬了娜塔莎,跟着别里斯基率领的游击队歼灭了鲍戈洛夫中尉等白军。①

小说继承了上个阶段渲染阶级仇恨的传统,把白军描写得凶残无比、毫无人性,同时通过玛玛依父子投向革命的经历,进一步说明,即便不关心政治的人,甚至一度偏向白军的人,也被白军逼得心向革命、加入革命阵营,从而更突出了革命的正义性和必要性。在艺术上,小说虽然线索较多,但条理清晰,语言也颇为生动。

不过,小说标题《永垂不朽》有点莫名其妙,死了一些百姓及布尔什维克成员,但主要人物别里斯基不仅没死,而且当上了游击队长,并且歼灭了白军,不知为何还"永垂不朽"?

尼古拉·阿列克谢耶维奇·奥斯特洛夫斯基(Николай Алексеевич Островский,1904~1936),主要作品有长篇小说《钢铁是怎样炼成的》(1932~1934)、《暴风雨所诞生的》(1934~1936)。

在国内战争时期,奥斯特洛夫斯基英勇作战,多次受伤,在国民经济恢复时期,他全身心地投入劳动之中,由于劳累过度,再加上曾多次受伤,以致全身瘫痪、双目失明,但他以钢铁般的意志战胜病魔,创作了长篇小说《钢铁是怎样炼成的》(Как закалялась сталь)。《钢铁是怎样炼成的》是一部自传性的长篇小说,描写主人公普通工人子弟保尔·柯察金在共产党员朱赫来的帮助教育下成长为革命的钢铁战士的故事。保尔是苏联二三十年代著名的英雄,这本小说也被视为青年人的生活教科书,尤其是书中的这段名言,更是影响了社会主义国家不少的青年。

> 人最宝贵的是生命。生命每个人只有一次。人的一生应当这样度过:当回忆往事的时候,他不会因为虚度年华而悔恨,也不会因为碌碌无为而羞愧;在临死的时候,他能够说:"我的整个生命和全部精力,都已经献给了世界上最壮丽的事业——为人类的解放而斗争。"②

但这部小说重点塑造的是钢铁式的共产主义新英雄形象,战争描写不是太多(小说的主要篇幅还是保尔在战后的经济建设工作和文学创作)。

总体来看,这个阶段苏联战争小说有以下两个特点:

一是在思想上展示人性的复杂。《骑兵军》既描写红军官兵的机智英勇,

---

① 参阅〔苏〕布宾诺夫:《永垂不朽》,陈复庵译,新文艺出版社1958年。

② 〔苏〕奥斯特洛夫斯基:《钢铁是怎样炼成的》,梅益译,人民文学出版社2004年,第232页。

描写知识分子在骑兵军中的改变，又描写了骑兵军存在的种种问题，以及红军战士的人性欲望和独特个性。《第四十一》则在特别重视阶级斗争的年代里，从人性的高度别出心裁地讲述了一个仇敌相爱的故事。《静静的顿河》更是描写了一个两次投向红军、三次投向白军的格里高力，同时通过他及哥萨克群体，表现了在历史剧变时期追求独立自由的人性思考者的悲剧。《白卫军》既描写了战争不仅使生灵涂炭，让不少人死于战乱，而且毁坏家庭、毁灭文化、摧毁精神，体现了布尔加科夫突出的反战思想，又通过暴露白军内部的丑陋、腐朽，表达了进行革命的必要，更回归东正教传统，把当时被视为反动派的白军军官们作为主人公来描写，并以他们的生存困境和命运来表现战乱中人与文化的命运，进而表现了拒绝上帝作为"我们的灵魂和肉体"的唯一合法统治者的人之必然毁灭的主题。

二是艺术上善于吸收西方文学尤其是现代主义文学之长，创作独具特色的战争小说。如巴别尔的《骑兵军》把自然主义和现实主义有机地结合起来，并把简洁而诗化的语言、有所变换的视角引入创作中，从而达到了相当的艺术高度；《第四十一》则引进西方文学的荒岛模式，表现战争中复杂的人性促成仇敌相爱；《静静的顿河》更是把自然主义、象征主义与现实主义有机地结合起来，创作了宏大、深刻的"顿河史诗"；《白卫军》结合俄国和欧洲其他国家最古老的传统和最现代的文学技巧，并在当时极为难得地回归东正教传统，达到了相当的艺术高度。

二、巴别尔的《骑兵军》①

伊萨克·埃曼努伊洛维奇·巴别尔（Исаак Эммануилович Бабель，1894~1940），出生于敖德萨一个犹太农机商人家庭，幼年主要学习希伯来文、《圣经》和犹太法典，后就读于敖德萨商业学校，阅读了俄国古典作家的作品，并学习法语，"记熟了法国古典作家，同敖德萨的法国侨民接近并且从

---

① 目前该书的中文译本有两个译名，多种版本：〔苏〕巴别尔：《骑兵军》，孙越译，花城出版社1992年，文化发展出版社2016年；戴骢译，人民文学出版社2004年，漓江出版社2010年、2012年、2014年、2016年、2019年，文汇出版社2015年，陕西师范大学出版社2017年；张冰译，上海译文出版社2010年。《红色骑兵军》，傅仲选译，辽宁教育出版社2003年、2010年；戴骢译，浙江文艺出版社2003年，人民文学出版社2005年、2012年；袁琳译，凤凰文艺出版社2019年。戴骢译本又收入《巴别尔全集》（第二卷），戴骢译，漓江出版社2016年。本节所引用《骑兵军》的文字，均出自〔苏〕巴别尔：《骑兵军》，戴骢译，人民文学出版社2004年，为节省篇幅，不一一注出。

十五岁起开始用法语写作"①,尤其喜欢法国作家福楼拜,受其影响很大。②
后来去到基辅,1915年来到圣彼得堡,并开始向多家刊物投稿,但无一成功。
1916年底,遇到高尔基。巴别尔在《自传》中写道:"我的一切都归功于这次
会见,我至今都满怀爱戴和感激之情提到阿列克塞·马克西莫维奇(即高尔
基——引者)的名字。他在1916年11月的《年鉴》(一译《编年史》——引者)
上刊发了我的处女作……他教给我非凡的重要的东西,随后,当我的两三篇
还过得去的青年试作获得了偶然的成功时……阿列克塞·马克西莫维奇便
打发我到人间去了。"③接受高尔基深入生活、好好研究生活的劝告,巴别尔
从1917年开始在部队服役,到过罗马尼亚前线,随后在契卡和教育人民委
员部供职。1918年,参加了粮食征集工作。1920年加入布琼尼的第一骑兵
军,参加了波兰战役。后来,他先后在敖德萨、彼得堡、梯弗里斯工作过,当
过印刷厂排版负责人、新闻记者。七年后,他给高尔基寄去自己的作品,高
尔基看后回信说:"好了,你可以开始创作了……"④

　　1939年5月,巴别尔被捕,罪名是"积极参与反苏的托洛茨基组织的活
动",充当"法国和奥地利政府的间谍",在严刑拷打下,巴别尔屈打成招,违
心地承认了这些莫须有的罪名,但事后他三次致函检察院,称由于怯懦供词
中多有不实之处,而且诬告了无辜的人,要求申辩,但检察院根本不理睬他。
他留存下来的狱中绝笔体现了一个作家对创作的热爱和对自己无辜的声
明:"1916年,我写完我的第一篇故事拿给高尔基看……然后我参加了内战。
1921年我继续写作。近来我一直忙于到1938年底已完成第一稿的一部作
品的写作。我完全无罪,我从未做过间谍,我也没进行过任何反对苏维埃的
活动。审问时我的证词,是自我诽谤。我只有一个请求,那就是允许我完成
我最后的作品。"⑤关于巴别尔的死亡日期,有两种说法。一说他死于1941
年,苏联最高法院1954年为巴别尔平反昭雪,给他的遗孀佩罗什科娃的平
反书上写着:"巴别尔于1941年3月17日死于服刑期间。"一说他死于1940
年,这是后来公布的克格勃档案中记载的:"巴别尔于1940年1月27日在莫
斯科被枪决。埋葬地点不详。"一般认为,克格勃档案中的日期是巴别尔死

---

① 〔苏〕巴别尔:《自传》,见〔苏〕巴别尔:《骑兵军》,孙越译,花城出版社1992年,第209页。
② 巴别尔广泛吸收了俄国及西方尤其是法国文学之精华,俄国当代学者若尔科夫斯基、
　 雅姆博利斯基细致论析了他与托尔斯泰、陀思妥耶夫斯基、卢梭、莫泊桑等的文学关
　 系,详见 *Жолковский А. К.*,*Ямпольский М. Б.* Бабель. М.,1994.
③ 〔苏〕巴别尔:《骑兵军》,孙越译,花城出版社1992年,第210页。
④ *Левин Ф.М. И. Бабель*:Очерк творчества,М.,1972,С.4.
⑤ 〔苏〕巴别尔:《骑兵军》,孙越译,花城出版社1992年,第216页。

亡的确切日期。

　　巴别尔在《自传》中谈道："到1923年我才学会明了简洁地表达自己的思想，那时我重新开始写作""我认为我的文学创作开端是在1924年初"。① 因为在1924年，《红色处女地》《列夫》《俄罗斯现代人》等莫斯科杂志相继发表了巴别尔一系列描写骑兵军的小说，共三十多篇，这些作品使他一举成名，成为与当时著名的绥拉菲莫维奇、富尔曼诺夫、革拉特珂夫、维·伊万诺夫等相提并论的作家。②1924年10月，《真理报》发表评论，称巴别尔为苏联文学"冉冉升起的一颗新星"，就连一向态度粗暴的"拉普"评论家也对《骑兵军》青眼有加，列列维奇在《在岗位上》杂志1924年第1期发表文章，宣称在巴别尔之前，"还没有人在文艺作品里如此描绘过布琼尼的战士们的那种英雄主义，天生的革命性，以及哥萨克放荡不羁的游击习气"，称赞巴别尔的艺术才能，认为他"具有惊人的简洁，善于三言两语勾出完整的形象，新颖独特，内容与形式完全一致，语言无与伦比，生动形象，表现力强"，并且断言："《骑兵军》将永远是真实的而非臆造的革命性的典范。"③1926年，这些作品结集出版，定名为《骑兵军》。不过，《骑兵军》得到的不光是赞扬，也引发了一场激烈的争论，这就是20世纪20年代苏联文坛上轰动一时的"元帅与文豪之争"，即骑兵军统帅布琼尼与大文豪高尔基之间的公开争论。

　　布琼尼在《十月》杂志1924年第3期上发表文章，指责巴别尔描写的不是骑兵军，而是真正的马赫诺匪帮，巴别尔诬蔑和诽谤骑兵军，这样写红军的人只可能是白军和明显的阶级敌人，他还指出："小说作者使用'骑兵军'这样响亮的名字，目的显然是要唬人，使读者相信过时的谎言，即我们的革命是由一小撮匪徒和无耻的篡权者搞出来的。"④这当即遭到沃隆斯基等一批有声望的评论家的反驳，高尔基更是多年来一直维护巴别尔，反驳布琼尼，他在1924~1928年这五年里与许多作家通信，热情地称赞巴别尔的《骑兵军》，坚决驳斥布琼尼的指责，认为像《骑兵军》这样的作品是不能"站在马的高度"来批评的。

　　1928年9月30日，高尔基在《真理报》和《消息报》发表了《向工农通讯员和军队通讯员谈谈我是怎样学习写作的》，其中谈道："布琼尼同志已经攻击了巴别尔的《骑兵军》，而我不觉得他该这么干，因为布琼尼自己不但喜欢装饰他的战士们的外貌，而且也喜欢打扮他的马匹的外表。而巴别尔则美化

---

① 〔苏〕巴别尔:《骑兵军》,孙越译,花城出版社1992年,第210页。

② *Левин Ф.М. И. Бабель : Очерк творчества*, М., 1972, С.5.

③ 李明滨主编:《俄罗斯二十世纪非主潮文学》,第249~250页。

④ *Буденный С.* Бабизм Бабеля из 《Красной нови》. // 《Октябрь》, 1924. No.3.

了他的战士们的内心……人在很多方面还是野兽,而且在文化上,他还是一个少年,因此去赞美和美化他往往对他很有益。"

布琼尼不服,在同年10月26日的《真理报》上发表了《致马·高尔基的公开信》,首先承认在文学问题上自己无法与高尔基争辩,但自己攻击巴别尔的《骑兵军》是有道理的,因为巴别尔对骑兵军的描述,"只是发挥了老女人们的闲话,翻掘了老女人们的垃圾堆,然后带着恐惧散布什么红色战士拿人家的面包和鸡的谣言,他发明了从没发生过的事情,朝我们最优秀的共产党指挥员身上栽赃,听任自己肆无忌惮地瞎编滥造,简直就是扯谎",更为重要的是,"巴别尔小说的主题被这个有色情狂的作者的主观感觉扭曲了。他讲的故事从一个疯子犹太人的胡言乱语,到对天主教堂的打砸抢,到骑兵军鞭打自己的步兵,到一个有梅毒的红军战士的肖像,而以展现作者的科学好奇心结束,此时的他想看看一个被十名马赫诺的人强奸过的犹太女人是什么样的。正像他把生活当成有女人和马匹在那儿走动的五月的牧场,他也这样看待骑兵军的行动,而且,他是通过色情的棱镜看的"。

高尔基在11月27日的《真理报》发表《答谢·布琼尼》,一方面坚决抗议布琼尼的不公正评价,一方面回答了他讨论到的问题:"你谈到巴别尔是色情狂。我刚重读完巴别尔的书,我却没能在书中找到此病的症状,不过,当然了,我不想去否认他故事中某些情色细节的存在。而这是原本应当如此的。战争总是唤醒一种勃发的情欲。……我倾向于认为它是一种天然的,尽管也是反常的,对偷生保种的本能的强化,这种本能在面临死亡的人群中是常见的""我是一个细心的读者,但我没能在巴别尔的书中找到任何看上去像'挖苦'的东西。相反,他的书把红色骑兵军战士们展示成真正的英雄——他们无所畏惧,并且深切地体会到他们事业的伟大,这唤醒了我对他们的爱和尊重。我不知道还有比这更多彩、更生动地对各具特色的战士的塑造,我也想不出,还有谁对红军整体心理的描绘更能让我懂得那完成非凡战斗的力量,这在俄罗斯文学里真是无与伦比的。……巴别尔以这样的高才深化了我对一支军队的英雄主义的理解,这支军队是有史以来第一支知道它现在以及将来为何而战的军队"。而布琼尼批评中"粗鲁而有失公正的口吻"使一个年轻作家蒙受了"不白之冤",高尔基呼吁在这转折时期,更应该爱护像巴别尔这样本来就少的有才华的青年作家,"更不能践踏这些有才华而有益的人"。①

---

① 《Правда》,27 ноября 1928 г. 或见王天兵:《哥萨克的末日》,新星出版社 2008 年,第 295~300 页。

然而,布琼尼的指责使巴别尔感到了巨大的压力,创作热情受到了很大的抑制,《骑兵军》他原计划写五十篇,但被迫中止,此后他也只是出版了在《骑兵军》之前创作的短篇小说集《敖德萨故事》(1931),创作了零星几篇短篇小说(如《但丁街》《格拉苏》)、未完成的小说《巨井》,以及两个剧本《霞》(一译《日落》,1928)、《玛丽亚》(1938)。

巴别尔在短短的一生中,主要创作了《骑兵军》和《敖德萨故事》两本短篇小说集,此外,还有一些零星的小说。《敖德萨故事》包括八篇短篇小说:《国王》《带引号的公正》《哥萨克小娘子》《父亲》《日薄西山》《此人是怎样在敖德萨起家的》《养老院的末日》《弗洛伊姆·格拉奇》,主要描写革命前后敖德萨犹太人的生活,特别是敖德萨犹太黑帮的活动及其兴衰。这部小说集较早显示了作家的天才,巴别尔善于以表面冷静、简短、生动的方式讲述故事,写活了黑帮的首领及重要人物,而这是当时苏联文学中极少见的题材,具有创新性。不过,这个短篇小说集在艺术上赶不上《骑兵军》,影响也不及《骑兵军》,而只是如王天兵所说的:"《敖德萨故事》打开了通往《骑兵军》的语言之门。在后者中,语言更绚烂,曲调更激越,与残酷现实的反差更大。"[①]

《骑兵军》(Конармия,1923~1926)是巴别尔的成名作,也是他的代表作。这是根据他在骑兵军中的切身生活和深刻体验而创作的作品,也是其在骑兵军所写的日记加工而成的艺术品,写得客观、真实而含蕴丰富,写出了作家矛盾复杂的心态。因为"巴别尔在骑兵军中,看到偶像的破灭、理想的荒谬和人性的沦丧,在这无休止的苦难中,他穿着革命的外衣,扮演着多重矛盾的角色"[②]。

富尔曼诺夫的《恰巴耶夫》、绥拉菲莫维奇的《铁流》、法捷耶夫的《毁灭》曾经被称为苏联文学史上三大国内战争史诗。与这三部作品完全从正面歌颂革命、塑造正面的革命英雄形象不同,巴别尔更客观真实地描写了革命军人形象,既写出了他们的骁勇善战,也写出了他们的缺点与不足,并隐隐表达了自己矛盾复杂的心绪,从而在俄罗斯文学史上较早且真实地塑造了革命军人的形象,也使他对战争和革命的叙事成为一种中性的艺术叙事,一种写出了人性的真实、人性的优缺点的人性英雄型战争叙事。

《骑兵军》最初的版本包括三十四篇作品,作家生前再版时又增加了补写的《千里马》,死后再版时增入他补写的《吻》和此前写的《格里休克》《他们

---

① 王天兵:《到敖德萨去找巴别尔》,见(苏)巴别尔:《敖德萨故事》,戴骢译,人民文学出版社2007年,中译本序言第15页。

② 王天兵:《哥萨克的末日》,第202页。

曾经九个》，共三十八篇。这些作品主要包括以下几方面的内容：

一是描写骑兵军的机智英勇。《机枪车学》写骑兵军把普通的无篷轻便马车巧妙地改造成威力无穷的机枪车；《二旅旅长》写新提拔的二旅旅长科列斯尼科夫在战场上英勇杀敌；《政委康金》写康金以仅仅两人勇战八个敌人，并且获得了胜利。有学者甚至称他"创造了纯浪漫主义的《骑兵军》主人公形象"[1]。

二是描写知识分子在骑兵军中的改变，或者用苏联学者的话来说，写参加无产阶级革命的知识分子如何在其中寻找自己的位置并与革命人民一致。[2]《骑兵军》一个重要的内容是写"我"——彼得堡大学法学副博士，"一位在俄国寂寞无名的年轻作家基里尔·柳托夫，遵照政治部的派遣从敖德萨赶来"[3]，参加骑兵军对波兰的战事——在骑兵军中的改变，不止一次地采取趋同于战士们的行为。《我的第一只鹅》中，"我"架着眼镜，到骑兵军后受到战士们的蔑视与嘲笑，于是"我"利用向女房东——一位老太婆要吃的的机会，向他们表示"我"向他们的靠近：当老太婆说没有吃的时，"我"当胸给了她一拳，并且操起一把别人的马刀，一个箭步把在院子里踱着方步的鹅踩在脚下，然后用马刀拨弄着鹅，喝令女房东"把这鹅给我烤一烤"，从而赢得了战士们的好感——"这小子跟咱们还合得来"。在《札莫希奇市》中，"我"甚至放火烧另一位女房东的房子。《多尔古绍夫之死》写"我"不愿答应身负重伤、又深陷敌人重围中的战友多尔古绍夫开枪打死自己的请求，而排长阿弗尼卡在斥骂"你们这些四眼狗，可怜我们兄弟就像猫可怜耗子……"后，开枪打死了他。"我"因此而深受教育，知道了在特殊情况下，什么是真正的仁慈。《千里马》中，"我"驾驭不了千里马，也无法与千里马的主人——红军战士吉洪莫洛夫达成和解，但"千里马教会了我吉洪莫洛夫的骑式"，这使"哥萨克们不再在我身后不以为然地望着我和我的马"。因此，马克·斯洛宁指出："这个敏感的知识分子同凶暴的骑兵之间的冲突以及最后取得和解的情节构成了《红色骑兵》（即《骑兵军》——引者）中的两个主题之一。"[4]

三是描写骑兵军存在的问题。《战马后备处主任》写骑兵军强行要去庄稼汉的好马，而把累坏了的、不能做事的马交换给他们；《意大利的太阳》中西多罗夫不愿打仗，只想脱离军队去意大利享受那里的太阳；《一匹马的故事》写师长萨维茨基仗势夺取了骑兵连连长赫列勃尼科夫心爱的坐骑——

---

① *Левин Ф.М. И. Бабель：Очерк творчества*，М.，1972，С.6，125.

② *Левин Ф.М. И. Бабель：Очерк творчества*，М.，1972，С.6，53.

③ 〔苏〕伊萨克·巴别尔：《骑兵军日记》，王若行译，东方出版社2005年，第3页。

④ 〔美〕斯洛宁：《苏维埃俄罗斯文学（1917~1977）》，第68~69页。

一匹白色的公马,致使后者一怒之下复员退伍;《在圣瓦伦廷教堂》描写了骑兵军战士对当地民众宗教信仰的不尊重;《骑兵连长特隆诺夫》既描写了特隆诺夫的英勇,也写了他残杀俘虏的事情;《他们曾经九个》也描写工人出身的排长格罗夫残杀了九个俘虏;《契斯尼基村》则描写了革命军事委员会委员伏罗希洛夫不等配合部队到来,便下令向敌人进攻,结果导致失败。马克·斯洛宁指出:《骑兵军》的"另一个主题是残酷无情的'革命士兵'和他们的尽管含糊不清却是理想主义的愿望之间的矛盾。巴别尔以精炼的,常常近似心理自然主义的手法讲述人们身上那种非人的因素。他那些狂暴好斗的伙伴不仅蔑视他的温顺,还认为他们自己是平等和美好的生活的热情倡导者。他们的刀剑随着战斗口号'乌拉,世界革命'而左右飞舞。他们愿为这个口号而死,但在临死时还满口秽语或低级的戏谑语。杀人对他们说来只不过是家常便饭。在白俄罗斯一个遭到洗劫的村庄里,在一堆堆被波兰人在撤退时剖开肚子的老人和孕妇的尸体中……一位哥萨克红军,在割断一个被指控为间谍的犹太老人的喉管……一个年轻哥萨克阿方基·毕达(即阿弗尼卡·比达——引者)为了替他一匹在战斗中死去的爱马报仇,他纵火烧毁了波兰人的村庄,枪杀老人,抢劫农民。中尉特鲁诺夫(即骑兵连长特隆诺夫——引者)把他的马刀戳进战俘的咽喉,或者用冲锋枪把他们的脑壳打开花……"①

四是写革命与反革命间的斗争。这里有不同阶级间的斗争,如《马特韦·罗季奥内奇·巴甫利钦科传略》写牧童出身的将军马特韦·罗季奥内奇·巴甫利钦科活活踩死地主尼基京斯基而走上革命道路;还有亲人之间因为政治立场的不同而激烈搏杀,如《家书》写一对父子因在不同阵营而相互残杀:父亲是白军连长,凶残地杀死了自己的亲生儿子——红军战士费奥多尔,他的另一位红军儿子谢苗为替兄弟报仇,拼命追捕父亲,抓住父亲以后,杀死了他。

五是写骑兵军战士的人性欲望和独特个性。《夜》《寡妇》等写了骑兵军战士对女性的正常欲望;《阿弗尼卡·比达》的主人公阿弗尼卡在战斗中痛失爱马,离开部队,四处找马,甚至穷凶极恶地打家劫舍,最后找到了一匹魁伟的公马;《歌谣》既写了"我"为了吃的对女房东——一位很穷的寡妇进行恫吓,又写了民间歌谣的巨大力量,还写了萨什卡对女房东的情欲;《千里马》则表现了吉洪莫洛夫等骑兵军战士对战马的深挚感情——竟然因为"我"没有善待战马而准备揍扁"我",甚至要杀死"我"。

---

① 〔美〕斯洛宁:《苏维埃俄罗斯文学(1917~1977)》,第69页。

六是描写了骑兵军各宿营地的民众困境和地方风情。这部分作品主要描写民众生活的穷困与苦难,如《泅渡兹勃鲁契河》,描写了诺沃格拉德市犹太人的生活:怀孕的女人由于战乱和贫穷,用"两条骨瘦如柴的腿,支着她的大肚子",她的父亲被波兰人杀死,家里"几个柜子全给兜底翻过,好几件女式皮袄撕成了破布片,撂得一地都是,地上还有人粪和瓷器的碎片,这都是犹太人视为至宝的瓷器,每年过逾越节才拿出来用一次"。《基大利》则写了当地犹太人基大利发现革命和反革命同样朝他们开枪,人们只能"就着火药吞食"共产国际,"用最新鲜的血当佐料",因此深感困惑:"谁又能告诉基大利,革命与反革命的区别何在?"《札莫希奇市》既写了波兰人屠杀犹太人,又写了骑兵军战士用放火的方式逼迫当地农村老太婆拿出仅有的牛奶和面包。与此同时,小说也介绍了当地的风俗民情乃至艺术,这类作品有《诺沃格拉德的天主教堂》《科齐纳的墓葬地》《小城别列斯捷奇科》《潘·阿波廖克》《拉比之子》等。

正因为如此,张冰认为:巴别尔笔下的人物性格充满了矛盾,他们各种精神状态之间的边界模糊不清,不可捕捉,他们的行为怪异诡谲。作家热衷于表现现实生活的无穷复杂多样,表现人如何既可以是崇高的又可以是卑下的,既可以是日常的又可以是英雄的,既可以是残酷的也可以是善良的,既可以促生也可以杀生。作家巧妙地演奏着各种音节,让读者的审美心理依次穿越恐惧和喜悦、残忍与壮烈。在巴别尔眼中,革命的激情有着另外一副面孔:他明白革命是一种极端情境,它使得崇高和卑下互换了位置,它们的色彩和形象是如何在整个这场游戏进行过程中发生变幻的。革命这种极端情境最能揭示人身上的谜。他进而指出,整部《骑兵军》贯穿着这样一种思想:革命只有符合人道,才是美好的,革命一旦成为反人性的,就会变得十分丑陋。①邱华栋更是认为:"《骑兵军》涉及的主题小到苏联革命时期的战争动荡和内部纷争,中到文化、宗教和种族冲突,大到对人类的基本价值的怀疑和确认、对生命和死亡意义以及宗教的探询等等。"②

由上可见,《骑兵军》对红军官兵既有赞美也有揭短,确是一部对革命和战争中性叙事的作品,其在苏联战争小说中的创新,主要表现为:"巴别尔不是把艺术的表现中心放在战士的前线拼搏,所谓英雄的'闪光时刻',而是在战争的'日常生活'中,表现战士的性格和品质,这种写法,在20世纪的20年代,是非常独特的,别具一格的,但是在70年代,这种写法却成了表现反法

---

① 参阅〔苏〕巴别尔:《骑兵军》,张冰译,上海译文出版社2019年,序第7~8页。
② 邱华栋:《亲近文学大师的七十二堂课》(卷三),漓江出版社2014年,第22页。

西斯卫国战争题材的时尚写法。"①

为了更新颖、更形象、更有力地体现自己中性的战争叙事,《骑兵军》把自然主义、现实主义、现代艺术手法等有机地结合起来(早在这些作品发表之后不久,苏联文学批评者对其称呼就不一致,有人称他为现实主义者,有人称他为浪漫主义者,有人称他为自然主义者,还有人认为他是自然主义的浪漫主义者或浪漫主义的现实主义者、唯美主义者、异国风味的爱好者,有人说他是史诗作者,有人说他是抒情诗人)②,在艺术上有着相当突出的成就,并且很能体现巴别尔小说的艺术特色。刘文飞在《巴别尔全集》之《编者序:巴别尔的生活与创作》中认为,其作品有三个显著特点:简洁的语言、独特的写景(生动传神、别具一格的景色描写,是巴别尔小说最为醒目的识别符号,换句话说,高超、复杂的写景策略构成了巴别尔小说写作技巧中最为核心的部分。他的景色描写有这样几个突出特征:首先,是描写客体的主体化;其次,写景具有高度的隐喻性,具有强烈的情绪调节功能;最后,景色描写往往被赋予某种结构功能)和浓缩的结构(为了达到密实、凝缩的结构,巴别尔还引入了蒙太奇、突转等电影、戏剧表现手法)。③这个概括稍显抽象,除了显而易见的直笔白描和强烈对比外,这部小说主要有以下几个显著特点:

诗意与粗俗交织。《骑兵军》中许多地方充满诗意,有人的诗意情感、浪漫想象,也有极具特色而文字不多的自然景物描写,如:"我们迎着落日走去。夕照似沸腾的河流,沿着如同绣巾一般的农田滚滚前去。宁静透出玫瑰红的色彩,大地横卧在那里,活像猫的背脊,覆盖着闪闪发亮的庄稼的绒毛。"夕阳西下时的农田、大地本是一片宁静,但年轻的作家却以动感十足而又极具美感的简洁文字生动地描述出来。还有对事物的诗化描写,如"我一边往回走,一边很怕见到跟我同室的西多罗夫,每天夜里,他的忧愁就像毛茸茸的爪子整夜抓我"(《意大利的太阳》),这十分新鲜而又生动形象的诗的语言,既把忧愁这一抽象的情绪形象化,又相当含蓄而简洁地写出了西多罗夫本人发愁而且整夜影响别人。"歌声有气无力,好似行将干涸的溪水不死不活的流淌声"(《小城别列斯捷奇科》),也是出色的诗的语言,生动而又形象。这种诗意体现了作家所具有的诗人的灵气和年轻人的浪漫情怀。与此同时,小说也描写了许多粗俗、可怕的东西:脏话、极其血腥的战争场面、人的自然欲望等。这种粗俗实际上是一种严酷的真实,严酷得近乎自然主义

① 李毓榛:《反法西斯战争和苏联文学》,第24页。

② Левин Ф.М. И. Бабель : Очерк творчества, М., 1972, С.6, 12, 136.

③ 参阅刘文飞:《编者序:巴别尔的生活与创作》,见(苏)伊萨克·巴别尔:《巴别尔全集》第1卷,戴骢等译,漓江出版社2016年,第18~26页。

的真实。因此,有学者指出,在巴别尔的《骑兵军》中扑入眼帘的是许多自然主义的场景和图画,肉欲、渔色,有时甚至是达到极限的描写。[①]

有时,诗意的描写后面马上就是粗俗甚至丑陋的东西,如:

> 我们四周的田野里,盛开着紫红色的罂粟花,下午的熏风拂弄着日见黄熟的黑麦,而荞麦则宛若处子,伫立天陲,像是远方修道院的粉墙。静静的沃伦河逶迤西行,离开我们,朝白桦林珍珠般亮闪闪的雾霭而去,随后又爬上野花似锦的山冈,将困乏的双手胡乱地伸进啤酒草的草丛。橙黄色的太阳浮游天际,活像一颗被砍下的头颅,云缝中闪耀着柔和的夕晖,落霞好似一面面军旗,在我们头顶猎猎飘拂。在傍晚的凉意中,昨天血战的腥味和死马的尸臭滴滴答答地落下来。(《泗渡兹勃鲁契河》)

宁静的傍晚美景与血战的腥味、死马的尸臭同时出现在读者面前,这既是真实的战场情境,同时也给人一种更强烈、更新鲜的审美刺激。正是这种浪漫灵动的诗意与严酷真实的粗俗相结合,赋予这部小说集一种格外强烈的艺术魅力。马克·斯洛宁对此谈得更加深刻:"巴别尔的所有描写内战的故事都是恐怖的,可说是梦魇般的。他对暴行的描写是残忍的,有时是痛苦的。但是,这些悲惨情节又不断被突然出现的富有诗意的意外事件所冲淡。这种对大相径庭的情节的运用,正是巴别尔的风格和艺术的特点:他在描写粗鲁的同时,又描写温柔;在描写凶狠残忍的同时,又描写高尚的理想;在描写放荡和亵渎之后紧接着就是英雄的牺牲。尽管他的描述充满着令人如此反感的细节,以致被人指责为虐待狂、色情和玩世不恭,但是它们却是以优美的韵律散文、简练的词句表达出来的,他的富有诗意的想象具有抒情性质,感人至深。他的全部技巧建立在基调的冲突与感情的矛盾之上,也是建立在人与环境的冲突之上。为了描写爱情的觉醒和一个孩子的性爱的梦幻,他选择充满疾病、令人恶心的事物和暴民的扰乱为背景。在另一个故事中,他的主人公,一个犹太教教师的儿子成了共产党员,最后死于伤寒。他的公文夹里放着列宁和麦莫纳笛斯的画像,它们紧紧地靠在一起;一束姑娘的卷发夹在党的第六次代表大会的决议中;斜体的希伯来文的诗句写在俄语传单的空白处。就像他的主人公把子弹当作书签夹在《雅歌》中那样,巴别尔把抒情的章节和自然主义的叙述,诗意奔放的想象和对肉欲的赤裸裸描写

---

① *Левин Ф.М. И. Бабель: Очерк творчества*, М., 1972, С.11.

交织在一起。这种对立事物的互相抵触同样也给他的敖德萨故事带来一种独特的、浪漫的和相互矛盾的情调。"①这样，巴别尔就非常真实地"刻画了在充满矛盾、暴力、动荡和剧变的特定时代普通红军战士的崇高与卑琐、人性与本能、人性与义务、宽厚与残忍等种种心态"②，写出了有血有肉的、真实的普通红军战士形象。这种诗意与粗俗的交织，也体现在《敖德萨故事》中，如"窗外繁星散立，像是大兵们在随地拉屎拉尿，蓝色的穹宇间浮游着绿莹莹的星星"（《日薄西山》）。

视角多变，结构严谨。小说中很多篇章采用第一人称限知内视角，大多数情况下，作家设计了"我"——柳托夫，一个知识分子，奉命来到狂放不羁、野性十足但骁勇善战的骑兵军，通过"我"的眼光来展示骑兵军的方方面面，他们的优点与缺点，尤其展示了文明、人道主义的"我"与粗野、有点残暴的哥萨克骑兵战士的冲突，以及"我"的逐渐趋同于他们。"我"既是叙述者，也是小说中的一个重要角色，参与了许多重要事件。有时，也让作品中的主人公以第一人称的方式，作为叙述者来讲述故事。《政委康金》就是政委康金讲述自己怎样以两个人杀死八个敌人的故事；《盐》则以战士巴尔马绍夫给杂志主编写信讲述亲身经历的方式，述说了女走私者把盐伪装成婴儿欺骗战士的做法，以及她最后的死亡；《叛变》也是以巴尔马绍夫回答侦察员布尔坚科的问题的方式，讲述自己所见到的"叛变"。这种第一人称限知内视角的好处是叙述者知道得不比读者多，他的叙述因而更加集中、真实，让人有身临其境之感，能更好地写出战士们的一切。

与此同时，作家又精心安排，在不少篇章中变换视角，以更好地叙事。有时，巴别尔也采用第三人称全知视角，如《战马后备处主任》《寡妇》。有时，他精心安排双重视角，既有"我"的叙事，更有"我"转述或引述别人用第一人称讲述的故事，从而变成小说中的主人公代替柳托夫而作为叙述者以第一人称讲述故事。《家书》的整个框架是"我"在讲述一个叫库尔丘科夫的红军战士向"我"口授，由"我"代写一封家书，在此框架下，是库尔丘科夫以第一人称向母亲讲述亲人们因政治立场不同而自相残杀的惨烈故事；《马特韦·罗季奥内奇·巴甫利钦科传略》首先是叙述者"我"向大家要求熟悉这位红军将领的传略，然后视角一转，变成这位红军将领用第一人称讲述自己如何踩死地主尼基京斯基而投奔革命的经历；《普里绍夫》也是通过"我"与主人公同路，他在路上向"我"讲述他如何为了被白军杀死的父母，而向整个村

① 〔美〕斯洛宁：《苏维埃俄罗斯文学（1917~1977）》，第70~71页。
② 李明滨主编：《俄罗斯二十世纪非主潮文学》，第250页。

镇有关人士进行报复的事情。之所以让别人代替"我"来充当叙述者,是因为"我"对这些叙述者主人公的做法与观点并不赞同:这些叙述者"所讲述的事件要么骇人听闻,要么荒唐透顶,而叙述主体所表明的立场、看法,由于与事件的残酷、荒谬全然一致,仿佛是残酷或荒谬本身所发出的声音。譬如巴甫利钦科有关'活的滋味'的领悟(《马特韦·罗季奥内奇·巴甫利钦科传略》),巴尔马绍夫对枪杀女盐贩子的说明(《盐》),等等,若是由柳托夫来说,不会那么理所当然。所以,'我'只得暂时让出叙述者的位置"①。

其实,在《敖德萨故事》中,作家已开始注意变换视角,八个作品中有六个是作者用全知的叙述方式讲述的,但有两个作品已试图变换视角,《带引号的公正》让楚杰奇基斯以第一人称讲述"国王"的故事;《此人是怎样在敖德萨起家的》更富于变化:以第一人称"我"展开叙述——向阿里耶-莱伊勃拉比打听国王起家的事情,然后让阿里耶-莱伊勃拉比以见证人的视角讲述国王如何起家的故事,不仅叙述视角多变,而且形成了类似大故事套小故事的结构。这种多变的视角,往往造成一种特别的艺术效果:作者的态度相当客观、冷静,以致有人称,作者的态度"简直冷酷""不给一点倾向性",他"完全不动声色,道德观也好,伦理学也好,到了巴别尔那里都无效。善也好,恶也好,所有的判断全失灵"。②这种说法很有见地,但过于夸张,其实巴别尔还是有倾向性的。《敖德萨故事》的叙事视角初步探索在《骑兵军》中得到了进一步的发展,也显得更加成熟。

《骑兵军》的大多数小说结构严谨、情节生动、扣人心弦。如《盐》先写一个挺体面的妇女要求搭乘军用列车:"自从打仗以来,我成天抱着个吃奶的娃娃,在各地车站受苦受难,这回我想乘车去跟我丈夫团圆,可铁路上怎么也不让我搭车",然后写战士们出于怜悯之心,让她搭车,巴尔马绍夫甚至提醒大家不准欺负她,因为"你们自己也都是由你们的母亲奶大的"。然而,最后巴尔马绍夫竟然发现,她的婴儿既不吃奶,也不吵闹,很是可疑,抢过来一看,原来包着的是整整一普特③盐,这是一个女盐贩子。而且她被扔下列车后,竟然像铁打的一样,坐了一会,拍拍裙子,又去贩盐,于是在哥萨克的怂恿下,巴尔马绍夫一枪"从共和国的面容上洗去了这个耻辱"。彭克巽指出:"小说通过一个小景,将国内战争战场上的生活表现得十分生动,绘声绘色地描绘了当时红军的心理,对革命的热忱,对反动派和不法商人的憎恨,却也揭示他们看问题的过分简单化。小说中那战士说,这个欺骗红军的妇女

---

① 〔苏〕巴别尔:《骑兵军日记》,序第2页。

② 江弱水:《天地不仁巴别尔》,《读书》2008年第12期。

③ 沙皇时期俄国的重量单位,1普特约合16.38千克。

比白党将军更坏等等。"①《多尔古绍夫之死》也写得起伏跌宕,紧凑完整:先写战斗的激烈、红军的失败,再写电话兵多尔古绍夫负了重伤:"他的肚子给开了膛,肠子掉到了膝盖上,连心脏的跳动都能看见",他希望"我"给他一枪,以免被敌人逮住,但"我"不忍心朝战友开枪,让他非常伤心也十分痛苦,这时排长阿弗尼卡来了,他接过多尔古绍夫的证件,朝他的嘴里开了一枪,还痛骂了"我"一顿,差点没把"我"打死。《敖德萨故事》中的小说也大多如此。马克·斯洛宁指出:"巴别尔的短篇小说是严谨和精炼的。人们常常提起莫泊桑和契诃夫是他的老师。但是,巴别尔的小说不像契诃夫的小说那样,运用'拉长的故事情节'和过于谨慎的陈述技巧,而是具有生气勃勃的、急剧发展的情节,并具有戏剧性的、有时是十分荒谬的高潮。《红色骑兵》和《敖德萨的故事》中的特写是优美和简洁的,结构非常匀称。"②

语言准确、简洁而又新颖、鲜活。巴别尔小说的语言,经历了一个从华丽走向简洁、朴素的过程。他早年的小说,往往注重语言华丽,以致有人指出:"从语言上讲,巴别尔让我想到一个人,这就是莎士比亚。大家都说他像海明威,质朴无华。才不是呢,这家伙华丽得要命! 在巴别尔的行文中,经常有同样一个声音在说话,这就是莎士比亚的声音。"③刘文飞认为:"巴别尔小说语言的最大特征,就是绚丽和奇诡。"④不过,"三十年代初,巴别尔的创作出现了转折:他开始探索果戈理在写了系列乌克兰短篇故事之后所走的创作道路。他常常说,早先他写得过于华丽,滥用了形象,需要十二分的朴素"⑤。帕乌斯托夫斯基谈道:"我第一次读到的巴别尔作品,是他的手稿。我被那种情景震惊了,巴别尔的语言,和经典作家的语言一样,和其他作家的语言也一样,是更加饱满、更加成熟和生动的。巴别尔的语言以不同凡响的新颖紧凑使人震惊,或者更确切地说,使人入迷。这个人带着我们没有的那种新颖,观察并倾听着这个世界。"⑥博尔赫斯盛赞巴别尔,说他的短篇小说《盐》写得很优美,用的是诗一样的语言。⑦总体来说,巴别尔小说语言的特点是准确、简洁而又新颖、鲜活。

---

① 彭克巽:《苏联小说史》,第57页。

② 〔美〕斯洛宁:《苏维埃俄罗斯文学(1917~1977)》,第71页。

③ 江弱水:《天地不仁巴别尔》,《读书》2008年第12期。

④ 刘文飞:《编者序:巴别尔的生活与创作》,见〔苏〕伊萨克·巴别尔:《巴别尔全集》(第一卷),第18页。

⑤ 〔苏〕伊利亚·爱伦堡:《伊·埃·巴别尔》,见巴别尔《红色骑兵军》,傅仲选译,辽宁教育出版社2003年。

⑥ 〔苏〕帕乌斯托夫斯基:《文学肖像》,陈方、陈刚政译,人民文学出版社2002年,第212页。

⑦ 参阅〔苏〕巴别尔:《骑兵军》,第145页。

巴别尔曾说过,作品的语言"必须像战况公报或银行支票一样准确无误",宣称:"在恰当时刻使用一个句号,比任何尖刀都能更锋利地刺入人的心窝。"因此他特别注意小说语言的准确和简洁,帕乌斯托夫斯基说:"小说中每一个多余的词汇都会引起他简直是生理的憎恶。他把手稿上的多余词语恶狠狠地勾去,铅笔把纸都划破了。"[①]简洁是巴别尔小说突出的特点,他能用三言两语或几句简短的对话,就勾勒出一种景致,写活一个有个性的人物,或渲染出一种气氛。

与此同时,他又把优美典雅的诗意语言与方言俚语乃至各种粗话结合起来,大量运用各种修辞手法等形象的表现方式,使语言新颖、鲜活。"怯生生的贫困在我们地铺上方汇聚拢来"(《泅渡兹勃鲁契河》),用诗的语言让抽象的贫困鲜活起来,简洁而生动;"我爱不释手的文句沿着荆棘丛生的小道朝我走来"(《我的第一只鹅》),把静态的文句拟人化,让它像人一样在荆棘丛生的小道中挣扎前行,从而简洁而形象地写出了创作的艰难和作者的乐此不疲;"人皆有一死。永生的只有母亲。母亲一旦故世,会把对她的回忆留于世间,谁也不会亵渎这种回忆。对母亲的追念把同情灌输给我们,一如浩瀚的大海把水灌输给分割世界的河川……"(《拉比》),更是通过一连串比喻,把对母亲的感情表达得含蓄蕴藉,并且使母亲成为一种象征;"犹太小镇的一座墓葬地。在沃伦的榛莽中有亚述的存在,东方在其中神秘地阴燃"(《科齐纳的墓葬地》),则像跳跃的诗句一样,把犹太小镇墓地的悠远、古老的东方色彩生动、形象而又含蓄地表现出来;"被撤了职的师长孤家寡人般独自住在那里,各级指挥部里那些溜须拍马的人和他断绝了往来。各级指挥部里那些溜须拍马的人如今都把屁股对着这个战功赫赫的师长,胁肩谄笑地忙于从军长的微笑中钓取油滋滋的烧鸡"(《一匹马的故事》),用稍微有点重复的语言极其形象地表现了各级指挥部溜须拍马者们的丑态;"那是在大白天向着黄昏伛下身去的时候"(《政委康金》),"睡意像头逃避恶犬追逐的狼那样从睡铺上逃掉了"(《盐》),"月亮活像一头迷途的小牛犊,在乌云中跳动"(《哥萨克小娘子》),"黄昏贴着长凳兴冲冲地走了过去,落日熠熠闪光的眼睛堕入普里斯普区西面的大海,把天空染得一片通红,红得好似日历上的大红日子""残阳紫红色的眼睛扫视着下界,于入暮时分擒住了在大车底下打呼噜的格拉奇。一道稍纵即逝的夕晖射定在这个睡大觉的人脸上,火辣辣地数落着他,将他撵到了尘土飞扬、像风中的黑麦那样闪着光的达利尼茨街"(《父亲》),以拟人的手法简洁、形象地写活了景致;"晚霞好似开了膛

---

① 〔苏〕帕乌斯托夫斯基:《文学肖像》,第212页。

的野猪的血在乌云中流淌"(《日薄西山》),则以极其生活化的比喻,符合军人眼光地写出了乌云中的晚霞色彩。

因此戴骢指出:"巴别尔的文体朴质无华,而又鲜活无比……他的作品的语言洗练、简洁,没有浮泛之笔,寥寥数句便勾勒出了一个形神兼备的人物,塑造出了一个色彩鲜明的性格。他只需两三页就可以写出别人需要一本书来写的东西。能达到这样境界的作家,不少人认为除海明威外,怕只有巴别尔了。"①马克·斯洛宁更具体地指出,作者的写作技巧运用娴熟,而且他坚持尽量少用艺术性的手段。作为福楼拜的弟子,他精心锤炼句子,并非常重视每个短语的韵脚和词的搭配。作为一个真正的语言大师,他既精通优美雅致的语言,又精通千百万男女的半文半白的习语。②

江弱水承认巴别尔的洗练、简洁、鲜活、生动,并且认为在这方面,他远远胜过海明威,他说:"读巴别尔,让我想到了莎士比亚、拉伯雷,想到了《老子》《庄子》,想到了《水浒传》,可就是想不到海明威。大家老是把巴别尔跟海明威相提并论,我觉得,两个人的差距不可以道里计。是不是巴别尔说自己的语言'必须像战况公报或银行支票一样准确无误',让人想到海明威的'电报体'? 其实两者不完全一样。电报要的是'压缩',战况公报或银行支票要的是'准确'。海明威当然很质朴,但他刻意要用一种很酷的语言进行表述,有时便不免造作,比如《老人与海》,让人觉得'有点假'③,他又特别喜欢到处点睛。《老人与海》一开头就说老人桅杆上的破帆'看上去真像一面标志着永远失败的旗帜',中间又说海龟被剖开几个小时那颗心还在跳动,'老头儿却想:我也有这样一颗心';还一再说什么老人梦见了狮子,这都是'慧由己树,未足任也'的幼稚和矫揉。所以我每次读到下面这句话,就要失笑:'一个人并不是生来就要给打败的,你尽可以把他消灭,可就是打不败他。'这分明是自揭底牌嘛! 总之,海明威给自己注射了太多的雄性激素,可巴别尔衬出了他的娘娘腔。"④

此外,还有学者指出,巴别尔的小说还有早期象征主义的神话、心灵的戏剧布景式的图画、歌剧式的服装和风景、夸张离奇的色调。巴别尔在《骑兵军》中既是一个史诗作者,也是一个抒情诗人;既是现实主义者,也是浪漫主义者;既是嘲笑者,也是被可怕的伟大事件和人们震撼的人。⑤

---

① 〔苏〕巴别尔:《骑兵军》,第144页。

② 参阅〔美〕斯洛宁:《苏维埃俄罗斯文学(1917~1977)》,第71页。

③ 刘大任:《纽约客随笔》,辽宁教育出版社2001年,第72页。

④ 江弱水:《天地不仁巴别尔》,《读书》2008年第12期。

⑤ Левин Ф.М. И. Бабель:Очерк творчества,М.,1972,С.11~12,142.

正因为上述特点和艺术成就,巴别尔在俄国文学乃至世界文学中占有独特的地位。帕乌斯托夫斯基宣称:"巴别尔是作为一个胜利者和革新者、作为一个一级大师出现在文学中的。如果仅仅为后人保留他的两个短篇小说——《盐》和《戈达里》,那么,甚至仅用这两篇小说就可以证明,俄国文学步入完美的脚步是那样平稳,就像在托尔斯泰、契诃夫和高尔基的时代一样。"①马克·斯洛宁认为:"巴别尔无疑是二十世纪最有才华的俄国小说家之一,也是第一流的苏联散文作家。"②美国作家、评论家辛西娅·奥捷克在为2001年美国诺顿出版公司出版的《伊萨克·巴别尔全集》所写的"导言"中甚至提出:"人们现在应该将巴别尔和卡夫卡这两位思想敏锐的犹太作家放在一起考察……两人可被视为二十世纪欧洲具有同等地位的作家。"③

　　巴别尔对苏联文学既有继承,也对后者产生了较大的影响。爱伦堡在巴别尔选集重版序言中谈到他的继承,认为他的文体既源于果戈理、契诃夫和莫泊桑,又接近于海明威、斯坦贝克的风格,即不是讲述人物而是提示人物,回避作者的议论,注重人物对话等。④而"当代苏联文学中仍可以听到巴别尔的回声,比如说《骑兵军》的体裁:以'我'作为故事叙述人,虽然没有贯穿始终的情节线索,但人物、事件相互关联,由系列短篇小说构成一部长篇,这种灵活随意的结构方式承上可以追溯到屠格涅夫的《猎人笔记》,启下见于50年代特罗耶波利斯基《一个农艺师的札记》,70年代阿斯塔菲耶夫的《鱼王》等。其他如特里丰诺夫,多次谈到巴别尔那种'用点线勾勒'的方法对自己创作的影响"⑤。

---

① 〔苏〕帕乌斯托夫斯基:《文学肖像》,第214页。
② 〔美〕斯洛宁:《苏维埃俄罗斯文学(1917~1977)》,第73页。
③ 〔苏〕巴别尔:《骑兵军》,第145页。
④ 参阅彭克巽:《苏联小说史》,第62页。
⑤ 〔苏〕巴别尔《骑兵军》,译序第13~14页。

三、拉甫列尼约夫的《第四十一》[①]

鲍里斯·安德烈耶维奇·拉甫列尼约夫（一译拉夫列尼约夫，Борис Андреевич Лавренёв，1891~1959），出身于黑海边赫尔松省一个教师家庭，1915年毕业于莫斯科大学法律系。他广泛阅读了俄国和外国的文学名著，他曾这样谈到自己的阅读："在我们俄罗斯的经典文学中，我最爱莱蒙托夫的诗歌和莱蒙托夫的散文；我也喜爱列·托尔斯泰，尤其喜爱他的诸如《哥萨克》和《哈吉·穆拉特》这类的小说；还喜欢冈察洛夫的长篇小说，契诃夫的剧本，布宁的短篇小说，亚·勃洛克的诗歌。在法国文学方面，司汤达、福楼拜、梅里美、莫泊桑、法朗士等人的名字使我感到亲切。在英国作家中，我比较欣赏无与伦比的史蒂文森和狄更斯。"[②]拉甫列尼约夫从小喜爱绘画，并于1905年夏天，十四岁时开始写诗[③]，大学时期更是疯狂写诗，1911年开始发表诗作。其诗歌创作深受未来主义的影响，同时带有象征主义色彩。第一次世界大战时应征入伍，后来升为炮兵军官，并加入红军，参加了国内战争。1919年因伤退伍，先后在《红星报》《土尔斯坦真理报》工作。1924年发表第一部短篇小说，1925年开始戏剧创作。此后，既创作小说又写作剧本，主要作品有：中篇小说《风》（1924）、《第四十一》（1924，1927、1956年被改编成同名电影）、《一件普通事情的故事》（1927）、《第七位旅伴》（1927）、《版画》（一译《木刻》，1928）、《大地》（1935），长篇小说《伊特尔共和国的覆灭》（1925），话剧《决裂》（1927）、《黑海舰队海员之歌》（一译《黑海水兵之歌》，1943）、《为海上的人们祝福》（1945，获1946年国家文学奖金）、《美国之音》（1950，获1950年国家文学奖金）。他20年代的作品主要描写为自身解放而斗争的下层人民群众，反映十月革命和国内战争时期的生活，或者表现知识分子与人民以及革命的关系，情节紧张，扣人心弦，场面丰富，矛盾冲突尖锐，心理描

---

① 该书目前有三个中文译本：曹靖华译，未名社1929年，良友图书印刷公司1939年，生生出版社1944年，冀南书店1946年，三户图书社1947年，光华书店1949年，人民文学出版社1958年，外国文学出版社1985年，上海译文出版社1985年，人民文学出版社2000年，黄山书社2015年（与《虹》合集），北方文艺出版社2017年；孙亚娴译，中国致公出版社2003年、2005年；娄莹莹等译，江苏文艺出版社2012年。本节所引用的《第四十一》中的文字，均出自〔苏〕拉甫列尼约夫：《第四十一》，曹靖华译，外国文学出版社1985年，为节省篇幅，不一一注出。

② 〔苏〕拉甫列尼约夫：《自传》，见《世界文学》编辑部编：《苏联作家自述》（第一册），第634页。

③ 参阅〔苏〕拉甫列尼约夫：《自传》，见《世界文学》编辑部编：《苏联作家自述》（第一册），第632页。

写复杂而深刻。其晚年的作品主要表现日常生活中的英雄主义,批判资本主义社会。在其作品中,最有影响的是中篇小说《第四十一》,可以说既是他的成名作,也是他的代表作。

《第四十一》(Сорок первый),讲述了苏俄国内战争时期的一个悲剧故事。身材苗条的漂亮红军女战士马柳特卡心地善良,酷爱幻想,喜欢写诗,是一个神枪手,她在战斗中已经击毙了四十个白军官兵。在一次战斗中,她所在的部队活捉了一个白军中尉戈沃鲁–奥特罗克。政委叶甫秀可夫审讯他时得知他是高尔察克上将所任命的邓尼金将军里海东部政府的全权代表,负有重要的秘密使命,于是命令马柳特卡与另外两个战士渡过阿尔拉海,从海路乘渔船把这位俘虏押送到司令部去受审。途中他们遇到了恶劣的天气,两名战士被风暴卷入海中,牺牲了,马柳特卡和白军中尉则漂到了孤岛上,继而相爱了。但当白军的船出现,中尉飞跑过去,马柳特卡在大声劝阻无效后举枪射击,应声倒下的中尉成为被她击毙的第四十一个白军。

这么一部几万字的中篇小说,时至今日,却有着诸多不同的评论。在20世纪60年代以前主要有两种观点,一种认为作品诅咒革命和革命战争的"不人道",即革命战争破坏了爱情、破坏了个人幸福;另一种认为作品表明无产阶级革命利益高于一切,为了革命应摒弃个人情感因素。新时期以来,人们的观点在此基础上有所变化,更为丰富。有人认为,这是一部描写"阶级性战胜抽象人性"的作品。[1]有人认为,这部作品是从战争与爱情的冲突中来表现"人性"的复苏。[2]有人认为,这是一部与弗洛伊德精神分析学说异曲同工的作品,描写的是马柳特卡的人格在不断完善过程中所体现出的本我、自我与超我之间的冲突。[3]有人认为,这部作品是"走向女性主义中心的范例",在荒岛上,个人与社会、野性与文明、敌与我、爱与恨的二元对立都成了"不在场"的因素,男与女成为文本的根本存在,他们面对的是白天与黑夜、生存与死亡,具体表现为:量上,男性生命的消失,女性生命中心的建立;质上,男性生命的萎缩,女性生命中心的建立。[4]有人认为,小说不只是写了你死我活的战争和战火中的爱情,更遵循俄国文学源远流长的宗教传统,在人物、语言、意象、情节等方面都可以找出与《圣经》的对应关系,他进而总结

① 参阅张先瑞:《阶级性战胜抽象人性的严峻形象:重评苏联小说〈第四十一〉》,《零陵师专学报》1982年第1期。
② 参阅马峰、普正芳:《理智与情感的交锋:浅析多层冲突绘构下的〈第四十一〉》,《文山师范高等专科学校学报》2007年第3期。
③ 参阅肖沁浪:《〈第四十一〉的心理学分析》,《南昌大学学报》2005年第5期。
④ 参阅张培勇:《〈第四十一〉:走向女性主义中心的范例》,《社会科学家》1995年第5期。

道:就今天来看,这部作品之所以有争议,是因为它抒写了复杂难解的人性人情,展示了错综莫辨的爱恨生死,以及隐藏在字里行间强烈的悲剧意识和浓郁的宗教意味,使整部作品纠缠着男性与女性、阶级与爱情、理智与情感、精神与肉体、人类与自然、战争与和平、野蛮与文明、宗教与革命的种种矛盾对峙,成为一个寓意深刻而丰富的象征结构,读者仿佛置身于斗争旋涡的中心,既增加了解读的难度,也平添了解读的乐趣。①

但以上所有观点几乎全都针对的是小说的主题思想,而很少涉及小说的艺术形式。应该指出的是,这是一部战争小说。诚然,小说相当生动而深刻地描写了人性与阶级意识在女主人公身上的尖锐冲突,较为大胆而超前地描写了阶级斗争中也有真正的人性——一种超越阶级的爱。但它是通过战争小说的方式表现出来的。迄今为止,似乎还只有肖沁浪在其《精华欲掩料应难:〈第四十一〉的文体分析》一文中谈到这篇小说的形式问题。该文通过《第四十一》与《毁灭》《夏伯阳》的比较,来突出《第四十一》在艺术描写方面的创新性。文章指出,《毁灭》和《夏伯阳》以宏大的叙事风格,突出革命对人的改造作用这个主题,其小说的人物形象体系、情节结构安排都为揭示这一主题服务,因而作品具有全景性规模,反映了较广阔的战争场面,人物较多,多条情节线索同时展开又互为补充。《第四十一》则以爱情心理为叙事结构的主线,重在分析、揭示爱情心理发展,叙事的重点因之转向人物的内心世界,从心理感受、情感领域特别是性欲本能这个角度,抒写了战争对人性的摧残。小说家把马柳特卡的心理状态分解为性格心理、爱情心理和政治心理,并以其性格心理为中心,细腻地展示了马柳特卡丰富复杂而又特色鲜明的心理现象。《毁灭》和《夏伯阳》符合写实文体的主要审美形态:真实性、形象性和典型性,《第四十一》则独树一帜。它具备某些现实主义的特征:在理性与现实的对立中,更倾向于现实;对待情感与理智的矛盾时,让理智占了上风。但在小说世界的构筑方面,作家又以自己的审美理想来重塑现实,叙述了一件在现实中未必发生但又符合生活逻辑的事情——异乎寻常的红军战士爱上白军军官的故事。正是不同阶级间的爱情这一非常情境的选用,在阶级性限制一切的时代,充分体现出作者巨大的艺术胆略和艺术才华。正因为如此,小说才更真实而又严肃地反映了现实,才更真实而又完整地反映出现实中人性的复杂,从而使之摆脱了时代的束缚。②

---

① 参阅孙建芳:《爱情十字架背负的宗教情结:〈第四十一个〉的宗教象征意义初探》,《遵义师范学院学报》2002年第2期。

② 参阅肖沁浪:《精华欲掩料应难:〈第四十一〉的文体分析》,《作家杂志》2008年第8期。

然而，这篇文章只谈到了《第四十一》成功的某些部分，还有更为重要的一部分——战争叙事——未曾触及。而要真正看清这篇作品的成功之处，还得把它放在整个20世纪20年代苏联战争小说的大背景下来加以考察。

纵观20世纪20年代的苏联战争小说，大约有如下几种类型：

自发式群像型。代表性的作品主要有：皮利尼亚克的《荒年》，弗·伊万诺夫的《游击队员》《铁甲车》，李别进斯基的《一周间》，马雷什金的中篇小说《攻克达伊尔》。这些作品都描写了革命爆发后人民群众自发地起来推翻压迫者、反抗地主资产阶级的反攻倒算，塑造了人民群众英勇战斗的群像，在艺术形式上大多没有以往小说那种以一两个中心人物的经历为线索，通过曲折多变的情节来展开全书的结构方式，而是以众多人物轮流出现加以描写，有些甚至没有连贯的故事情节，语言也往往是跳跃性的并具有散文诗般的优美。

战斗中成长型。代表作品主要有：富尔曼诺夫的长篇小说《夏伯阳》，奥斯特洛夫斯基的长篇小说《钢铁是怎样炼成的》（1923年第一部），绥拉菲莫维奇的长篇小说《铁流》，法捷耶夫的长篇小说《毁灭》。这些作品大多以一两个人物为中心，围绕他们传奇式的经历，引人入胜地塑造其在战斗中成长的英雄形象。

人性的英雄型。代表作品是巴别尔的《骑兵军》。这部作品更客观真实地描写了革命军人形象，从多方面写出了其有血有肉，既有优点也有缺点的鲜活形象。在艺术形式，《骑兵军》塑造的是骑兵军群像，但是每一篇作品都有其侧重的中心人物，而且这一人物有着他独特的经历，或在平淡中略微出奇（如《我的第一只鹅》），或峰回路转（如《盐》），或惊心动魄（如《一封家书》）……

《第四十一》的艺术创新在于，它走的是与巴别尔同样的人性道路，牢牢把握住"文学是人学"这一根本，在特别重视阶级斗争的年代里，从人性的高度别出心裁地描写了一个仇敌相爱的故事，同时也继承了以往战争小说传奇情节的传统。

小说首先强调性地描写女主人公马柳特卡出身于一个"芦苇丛生的渔村"的渔家，是个孤女，根正苗红，而且很好地接受了革命的教育，写诗的主要内容也是"革命""斗争"和"领袖"；其次，特意描写了政委叶甫秀可夫领导的这支一百多人红军队伍的战斗失利，被白军打得只剩下二十余人。正因为如此，马柳特卡对革命事业十分坚贞，对白军充满了仇恨。然而就是这样一个人，居然与白军军官相爱了！这是一个相当传奇的情节，和作家试图大胆地表现战争中复杂的人性从而精心进行构思有关。为了表现战争中复杂的人性促成仇敌相爱这一不可能发生的事情的发生，拉甫列尼约夫别出心裁地把荒岛模式引进了小说之中。

在文学史上，荒岛模式都是作家为了自己那独特的思想观念而精心设置的。最早全篇采用荒岛模式的，是英国大文豪莎士比亚，他在被称为其"诗的遗嘱"的名剧《暴风雨》中，让主人公普洛斯彼罗和女儿流落荒岛，他在那里练成法术，并且惩恶扬善，荒岛因之成为莎翁"精心设计的人性善恶较量的精神舞台"①，以便宣扬其晚年那宽恕、仁爱的思想。18世纪英国的笛福则创作了长篇小说《鲁滨孙漂流记》，通过鲁滨孙流落荒岛后"不成功决不放手"的执着奋斗精神，通过其与人斗、与大自然斗，不断创造和积累财富，终于在二十八年里建立起了庞大的鲁滨孙王国，从而把鲁滨孙塑造成一个"在重商主义、经济个人主义社会背景下不断进取、顽强向上的资产者形象的化身"，表达了作家那"强调人性对自然——野蛮状态中的荒岛的改造"的思想。②

拉甫列尼约夫在《第四十一》中设置的荒岛模式，明显受到笛福《鲁滨孙漂流记》的影响，小说在第五章的开头特意写道："这一章除了鲁滨孙没有好久地等待礼拜五以外，完全是剽窃丹尼尔·笛福的。"后来又让白军中尉一再说起"礼拜五陪着鲁滨孙"或"鲁滨孙和礼拜五"，说明拉甫列尼约夫确实是借用英国小说的荒岛模式来表现自己那独特而复杂的思想观念的。仔细考察，作家刻意设置荒岛模式，其用意主要有三：

一是制造极限情景，让敌对的双方男女相爱成为可能。所谓极限情景，就是把男女主人公抛到荒岛上。在荒岛上，远离了社会，远离了政治，远离了斗争，马柳特卡和白军中尉戈沃鲁-奥特罗克成为一对自然人，他们首先要面对的是如何战胜险恶的自然环境，生存下来。因此，两人必须抛弃社会、政治等各个方面的成见，同心协力，互帮互助。正是在这一过程中，两人慢慢消除了隔阂，产生了情愫。为了促进他们感情的产生，更好地消除他们之间的隔阂，作家还特意安排戈沃鲁-奥特罗克生病发烧昏迷一星期，充分激发马柳特卡的母性、怜悯心，让她温存地说出："我的蓝眼睛的小傻瓜！"拼命救护他，精心照料他，从而更合理地让其心理从仇恨、防备转化为同情、怜悯和爱。

二是为了表现人性战胜了阶级性、消泯了敌对性。在当时的社会中，正在进行红白大搏杀，政治斗争相当激烈，阶级仇恨凌驾于人性之上。然而，

---

① 魏颖超：《英国荒岛文学》，外语教学与研究出版社2001年，第7页。

② 参阅魏颖超：《英国荒岛文学》，第261页。

到了荒岛上,没有了人群,没有了阶级,也没有了仇恨,有的只是一对青年男女,面对着恶劣的生存环境,必须互帮互助甚至相濡以沫,才能共同生存下去。白军中尉首先放下敌对姿态,而表现出绅士风度,为照顾女性,他抢先去拿很重的三支枪,而"我拿枪,是怕你带着太重了";甚至在冻得浑身发抖的情况下,还坚持让马柳特卡先烤干衣服,自己"去那边等一会儿",过后再烤,怕赤身裸体让对方"不方便"。而他那一场长达一星期的高烧,更是促进了他与马柳特卡的感情,本来已被他那双蓝湛湛的眼睛吸引的马柳特卡("你的眼睛真活像海水一样蓝""刚俘虏你的时候,我就想:他那是一对什么眼睛啊?你的眼睛真危险呀!⋯⋯对女人危险。一见就钻到人心里去了!真是撩人的眼睛呀!"),不仅被他烘烤衣服时露出的雪白皮肤打动(马柳特卡目不转睛地盯着中尉雪白、滑腻、瘦削的脊背,哼了一声:"你可真白,遭鱼瘟的!简直像鲜奶油里洗过的!"),而且在照料他的过程中激发了母性和怜悯心进而发展到爱意,如当白军中尉高烧昏迷时,小说这样写道:"她俯向发高烧的人,对那变得模糊的蓝眼睛看了一下。她一阵心酸,伸出手轻轻抚摩中尉蓬乱的鬈发。她用双手抱住他的头,温存地低声说:'我的蓝眼睛的小傻瓜!'"在白军军官病好后,小说还特意写出了如下一段:

> "可是你要知道,我是白党军官⋯⋯是敌人。干吗还照顾我?自己的命还保不住呢。"马柳特卡迟疑了一下,打了个寒噤。她把手一挥,笑着说:"哪里还是敌人?连手都抬不起来了,算什么敌人?我和你是命该如此。没有一枪把你打死,我生来第一次打空了,哦,那我就照顾你到死。"

"照顾你到死"这话从一个姑娘嘴中说出,说明马柳特卡已经爱上了敌对的中尉。小说进而写到,马柳特卡甚至把写有心爱的诗歌的纸张都给了白军中尉,让他卷烟抽。说明她在此时已经完全放下了敌对性,超越了阶级仇恨,而回归到正常的人性,并且已经由爱怜渐渐升华为爱情了——"照顾你到死"已露出苗头,把写有心爱的诗歌的纸张都拿出来,就更说明中尉在她心目中的地位已经超过热爱的诗歌。最后她已经无法控制自己的感情,竟然主动亲吻起中尉来:"他这一看,把马柳特卡心里的情火煽起来了。她不由自主地低下头,俯到中尉枯瘦的面颊上,用自己发裂的干嘴唇,在他那没有剃的硬髭胡上,紧紧地吻起来。"于是,她对他产生了"温柔的爱情",本来应该是马柳特卡生死簿上第四十一名的白军中尉,却成了她爱情簿上的第一名了。

三是在某种程度上还表现了文明的力量。白军军官戈沃鲁－奥特罗克生长在贵族家庭,受过良好的教育,热爱生命、渴望和平,还喜欢文学,读过俄国和外国不少文学作品,对诗歌有颇高的鉴赏力,能触景生情随口背出莱蒙托夫的名诗,用马柳特卡的话说就是"有学问的人"。他的文学修养、诗歌鉴赏水平和学问,深深打动并吸引了马柳特卡。他被俘不久就指出马柳特卡的诗歌虽然情感丰富、真情流露,但"诗写得很不好。粗糙,不成熟",赢得了马柳特卡的尊敬,主动向他请教,他则指导说:"诗……是艺术。一切艺术都需要学习,它有自己的法则和规律""才能也靠学习发展的",从而使她意识到自己需要学习,并且决定:"打完仗,我一定去上学,去学作诗",并在对方发誓不逃跑后主动解开了捆绑其双手的驼毛绳子。流落到荒岛后,中尉利用自己所学的知识,首先向她指出,当务之急是寻找"渔民盖的屯鱼的木仓"即鱼仓,后来又给她讲鲁滨孙的故事和"许多故事",使她变得更加温柔——每天晚上,"当夕阳从那略带春意的天空沉下去以后,她就躲在床角缩着身子,温存地紧贴着中尉的肩膀,听讲故事",情意绵绵地度过了不少艰难的日子。因此,马柳特卡爱上白军中尉,还有另一种原因,那就是没有多少文化的她对文明的向往,而"有学问的"白军军官能给她这些。这样,小说在某种程度上也就表现了文明的力量。

　　就这样,荒岛、中尉的蓝眼睛和雪白的皮肤及高雅的修养,再加上春天的作用(小说一再强调这是美丽而热烈的春天,如"三月的太阳含着春意。蔚蓝的、天鹅绒似的阿拉尔海上,三月的太阳用炽热的嘴唇温存地刺激着人的血液"),就促成一对仇敌超越阶级仇恨消泯敌对性,回归到正常的人性,产生了爱情。

　　与此同时,小说在艺术上也由此前许多小说大量战争行动的描写更多地转向心理描写。有人甚至认为《第四十一》不重外部环境的叙事,而以爱情心理为叙事结构的主线,重心理分析,揭示爱情心理发展,具备了心理小说的特点,多方面多层次地表现了人的复杂的心理流程,抒发感情、展露心态、倾泻被压抑的各种心理活动,从而展现自我、本我和超我之间的纠葛。①这一说法过于夸大了小说心理描写的特点。因为有人早就指出,虽然迫于人物性格自身的发展逻辑,故事中叙述了马柳特卡个人情感上的冲突、对中尉的好感以至爱情,但读者很难听到马柳特卡复杂的内心世界,特别是在个人情感和意识形态冲突最为激烈的最后一幕,当马柳特卡看见中尉跑向白军船只而端起枪的时候,叙述者只让马柳特卡记忆里闪现出政委"不能交活

---

　　① 参阅肖沁浪:《精华欲掩料应难:〈第四十一〉的文体分析》,《作家杂志》2008年第8期。

的给他们"的话,没有丝毫犹豫,就"响起了地球毁灭似的轰响"。人物丰富的内心世界,尤其是恋人与敌人、开枪还是不开枪的激烈斗争没有充分地表现出来,让阶级意识毫不费力地战胜了个人情感,配合了当时政治的需要,却牺牲了人物性格的丰富性。①总体看来,小说在人物心理尤其是女主人公马柳特卡的心理描写方面虽然没有展示其丰富的内心世界(这可能跟小说篇幅的限制有关,更可能与作家在当时的政治环境下无法放手描写有关),但较之此前的战争小说确实有了很大的推进,恐怕只有后来法捷耶夫的《毁灭》的心理描写能与之媲美。

综上所述,《第四十一》在20世纪20年代苏联的战争小说中,在自发式群像型、战斗中成长型和人性的英雄型几种类型之外,另辟蹊径,引进荒岛模式,开辟了一种仇敌相爱型或荒岛相爱型的小说模式,并且在主题上有了较大的突破,较为深入地展示了复杂的人性,表现了人性对阶级性、敌对性的胜利,从而既刷新了苏联战争小说的叙事模式,又深化了其主题内涵。阎连科甚至宣称:"在苏联的战争文学中,在那一大批优秀战争文学的中篇小说中,我认为能够进入世界文学行列的应该首推《第四十一》。这部早在1924年问世的小说,是那样早期、明确地通过战争来深入地探讨枪口下的人性。它的深刻与明确,对后来苏联'前线一代'作家的'战壕文学'产生了深远的影响,使我们在阅读许多有关卫国战争的小说时,会想到'卫国文学'中涉及的人性都与《第四十一》有某种联系。而在描写人性这一点上,后来者也只有拉斯普京的《活下去,并且要记住》能够和拉夫列尼约夫(又译拉甫列涅夫)的《第四十一》相提并论。"②

四、布尔加科夫的《白卫军》③

米哈伊尔·阿法纳西耶维奇·布尔加科夫(Михаил Афанасьевич Булгаков,1891~1940),1891年5月15日生于基辅一个知识分子家庭,是家庭七个子女中的长子,祖父、外祖父都是俄国东正教的牧师,父亲是基辅神学院的一名讲师,主要从事古代历史和西欧宗教的研究,后来由于工作出

---

① 参阅丁智才:《关于俘虏故事的不同讲述:〈第四十一〉与〈中篇1或短篇2〉的文本比较》,《俄罗斯文艺》2006年第1期。

② 阎连科:《纸上红日:读拉夫列尼约夫〈第四十一〉》,见阎连科:《作家们的作家》,译林出版社2021年,第60页。

③ 本节所引用的《白卫军》中的文字,均出自〔俄〕布尔加科夫:《白卫军》,见《布尔加科夫文集》(第三卷),许贤绪译,作家出版社1998年,为节省篇幅,不一一注出。

色,晋升为神学博士、教授。母亲瓦尔瓦拉曾是女子中学教师。父母组成了一个祥和、民主、好学、自尊、热爱艺术、追求真理、崇尚思考、鄙薄媚世、不畏权势、淡泊名利的知识分子家庭。在父亲的影响下,布尔加科夫自幼对文学、音乐、历史、基督教很感兴趣,并且七岁就创作了第一个短篇笑话《斯维特兰娜的奇遇》。1901年进入当时著名的亚历山大第一中学读书,受不少一流教师的影响,开始对人文科学感兴趣,阅读了大量俄国和世界文学名著。1909年至1916年,他就读于基辅大学医学系,毕业后还没拿到证书,便作为红十字志愿者奔赴俄德战场西南前线。1916年从前线被派往斯摩棱斯克省偏僻的斯科尔斯克乡村医院,成为一名乡村医生,后转至县城,在维亚济马市迎接了十月革命。在多年的行医过程中,他所见到的俄国社会从上到下、形形色色的愚昧无知使他震撼,也使他后来下定决心弃医从文,试图唤醒全民的觉醒。

　　1918年,他回到基辅开业行医,经历了多次政权更迭。1919年,他被邓尼金分子裹胁到北高加索,被征入邓尼金的志愿军当医生,并开始在北高加索报纸上发表作品。他的兄弟们也都参加了白军,在内战结束后,除了他本人以外,都流落到巴黎。

　　1920年,布尔加科夫毅然放弃医学投身文学。1921年,他几经辗转,身无分文地来到莫斯科并试图留下来发展。在莫斯科,他为许多报纸撰稿,但固定的服务单位是铁路工人的报纸《汽笛报》。在《汽笛报》报社,他结识了许多有威望的人。1922年至1923年间,布尔加科夫有许多小品文、特写和短篇小说不断见报,还发表了中篇自传体小说《袖口手记》的片段。20年代中期,他开始喜欢英国作家赫伯特·乔治·威尔斯的作品,并写了一些带有科幻风格的小说。

　　1923年至1925年间创作的短篇小说集《恶魔纪》(一译《魔障》《魔鬼》)和中篇小说《不祥的蛋》《狗心》(1987年才在苏联发表)(这三部作品被称为"魔幻三部曲"),讽刺现实中的反常现象,引起文坛注意。在这三年里,布尔加科夫先后创作了大量小品和篇幅长短不等的小说,开始确立了自己在苏联文坛的文学地位。《红色王冠》《狗心》《不祥的蛋》都是此时具有代表性的作品。他的第一部长篇小说《白卫军》也是在这一时期创作的。同期,他还根据自己在1916年到1919年间当战地医生的经验,写了一系列短篇小说,收入《一个年轻医生的手记》。

　　1925年,《俄罗斯》杂志刊载了长篇小说《白卫军》的前几章,后来杂志停办,使读者没能看到小说的结尾(1927年至1929年才得以见到《白卫军》的全貌,在苏联出版则是1966年的事了)。不久,布尔加科夫将小说《白卫军》

改写为戏剧《图尔宾一家的生活》(一译《土尔宾一家的日子》),并且由此开始了自己的戏剧创作。1926年,莫斯科艺术剧院上演了话剧《图尔宾一家的生活》,为作家带来了一定的声誉和短暂的好运,并得到了斯大林的赞赏,称该剧"显示了布尔什维克无坚不摧的力量"。

从1927年开始,他被批评为作品严重反对苏维埃,作品在一片谩骂声中被禁演。到1929年,他的任何作品都无法通过审查,创作、改编的许多剧本都被禁止上演。1930年3月28日,贫困潦倒的布尔加科夫给斯大林写了一封信,其中谈到,在他十年文学生涯里舆论界关于其创作的301条评论中:"赞扬的有3篇,恶意辱骂的有298篇"。两天后他又致信斯大林:"在苏联我成了俄罗斯文艺旷野上唯一一匹文学恶狼。有人劝我将皮毛染一下,这是一个愚蠢的建议。狼无论是染了颜色还是剪了毛,都绝对不会成为一只卷毛狗。"他希望得到莫斯科艺术剧院一个助理导演的职位。后来,在斯大林的干预和安排下,布尔加科夫做了剧院的助理导演,但创作上被迫沉默。这令作家难以忍受,不过他仍然笔耕不辍,悄悄地潜心创作他最优秀的长篇小说《大师与玛格丽特》。这部小说的写作几乎是从1928年开始,一直持续到1940年2月,到作家逝世前一个月才结束,其间八易其稿。但是直到作家离开这个世界,这部作品也没有和世人见面。1940年3月10日,年仅三十九岁的布尔加科夫因病在莫斯科去世。

布尔加科夫的主要作品有短篇小说集《恶魔纪》,中篇小说《不祥的蛋》《狗心》,长篇小说《白卫军》《大师与玛格丽特》。

在苏联时代的国内战争小说中,布尔加科夫的长篇小说《白卫军》(Белая гвардия)是一部名作,也是作家自称"最喜爱的长篇小说"[1],它以编年史的形式讲述了1918年末至1919年初乌克兰一个白卫军军官一家的遭遇和命运。

基辅城图尔宾家的母亲去世了,大儿子阿列克谢、小儿子尼科尔卡、女儿叶列娜(一译叶莲娜)都十分悲伤。这时,德国人支持的白卫军、乌克兰共和军彼得留拉(一译彼特留拉)分子、苏联红军三方开始争夺基辅。白卫军和共和军首先发生了激战。阿列克谢参加了白卫军,当了一名军医,尼科尔卡则是白卫军军校的士官生。他们的朋友陆军中尉维克多·梅什拉耶夫斯基、近卫军骑兵团中尉列昂尼德·舍尔文斯基等都卷入了这场战争。由于乌克兰首领盖特曼等不少上层人物仓皇逃亡德国,白卫军在战斗中失败,彼得

---

① *С. Н. Степанов*. О мире видимом и невидимом в произведениях М. Булгакова. Санкт-Петербург,2011,C.48.

留拉部队占领城市。纳伊-土尔斯(一译纳斯-图尔斯)上校为掩护士官生安全撤离而牺牲。尼科尔卡死里逃生后,设法找到了上校的家属,帮他们寻找到并掩埋了上校的尸体。阿列克谢在战斗中身受重伤,被尤莉娅·列伊斯救出,并送回家中。而叶列娜的丈夫塔尔贝格在战斗最激烈的时候扔下她逃到了德国,并在德国另外成家。失败后的白卫军军官梅什拉耶夫斯基、舍尔文斯基等不愿逃离祖国,和尼科尔卡、阿列克谢,以及他们那来自外地的堂兄拉里昂西克齐聚在图尔宾家里。在叶列娜的虔诚祈祷下,重伤后又染上重病的阿列克谢奇迹般地活了下来。所有活着的人都发生了极大的变化。

俄国有学者宣称:"布尔加科夫在其作品中谈到了俄罗斯的政治和社会局势,并提出了战争带来的恐怖和破坏等问题。他的医生的职业使他在工作实践中认识到什么是战争。在他的小说《白卫军》中,他反对他曾参与过的极端残暴的国内战争。"[①]我国学者温玉霞则认为,在这部小说中,布尔加科夫采用写实笔法写人叙事,运用梦中套梦的意识流手法,展示图尔宾一家在战争中经历的事件:死亡的威胁、战争的恐惧、精神的折磨和痛苦,真实地表达了白卫军知识分子对无产阶级革命和战争的评价,再现他们心态变化的过程。以失利的白卫军军官和士兵的逃亡,逃亡中慌张、惊恐的心理变化为基点,表现革命后的俄罗斯文化、俄罗斯知识分子及俄罗斯国家的命运;通过俄国贵族知识分子在这场战争中的失败、悲伤,展示人所具有的正常感情和不可回避的精神痛苦。作品通过图尔宾一家的命运,间接地批评了暴力革命带给人民的灾难,一方面暴露白卫军内部的丑陋、腐朽,另一方面也表达进行革命的必要,既反映作者对革命的心情,也承认白卫军必将灭亡的结局。[②]周湘鲁指出,面对将俄罗斯整个颠倒倾覆的革命和内战,小说中没有习见的狂热和激情,更多是沉重的历史思考。旧世界倒塌了,伴随着新时代而来的除了正义,还有暴力、血腥和野蛮。生命的夭折、美与高贵的丧失,这一切引起作者的惋惜和同情。它在一个大变动的年代探讨生命的终极意义,思索善与恶、永恒与上帝。[③]

但从战争小说的角度考察,《白卫军》在苏联当时的战争叙事方面另辟蹊径,别具一格,具体表现为:东正教背景下史诗式的现代战争叙事。

布尔加科夫出生于一个宗教家庭,母亲来自神职人员家庭,"祖父及外

---

① *Санаи Наргес* Русская литература XX века и её распространение в Иране (Литература о войне). /Отечественная словесность о войне . Проблема национального сознания . M., 2015. C.225.

② 参阅温玉霞:《布尔加科夫创作论》,复旦大学出版社2008年,第108~109页。

③ 参阅周湘鲁:《与时代对话:米·布尔加科夫戏剧研究》,厦门大学出版社2011年,第22页。

祖父均为俄国东正教堂牧师,他的父亲,阿法纳西·伊凡诺维奇·布尔加科夫是基辅神学院的讲师。他在该院讲授古代历史,同时还从事西欧宗教的研究"①。家庭的影响不仅使未来的作家出生后就接受洗礼成为一名教徒,而且让东正教对其思想产生了深刻的影响。尽管无神论思想曾在青少年时代对他思想产生过较大冲击,但家庭的影响、从小的耳濡目染,再加上面对残酷战争的无奈,使得作家在心灵深处依旧保持着东正教的某些信仰。这在《白卫军》中有突出表现,从而构成了这部小说的东正教背景。

关于《白卫军》与东正教的关系,中国学界已多有论述。谢周指出,图尔宾和阿列克谢内心中对战争的创伤记忆、图尔宾梦中传达出来的关于众生平等的记忆、马克西姆的因果报应、鲁萨科夫的忏悔,都能找到源头,那就是深藏在俄罗斯人心里那份宗教文化记忆中的启示录思想。②俄罗斯人对圣母索菲亚的崇拜也体现在《白卫军》中,这样的永恒女性有两个,一个是图尔宾兄妹的母亲,另一个是叶列娜。超脱于人世,佑护生灵的圣母,关爱亲人,无私奉献的图尔宾的母亲和妹妹,都是作者心中永恒的女性,都是爱的化身。在最危难的时刻,她们总能给人们带来温暖和慰藉。③王双双更具体地谈道:"土尔宾兄妹和作家本人的记忆根植于他们内心所潜藏的宗教文化记忆。启示录思想使得土尔宾兄妹背负着精神的十字架,也使得战争中的人们不断去忏悔,去寻求心灵的救赎。而圣母索菲亚崇拜是战乱中人们的慰藉和依靠,土尔宾的妹妹叶列娜就是以这样的形象出现的。宗教文化记忆影响着小说中的主人公对战争和对生命的思索,对生活的态度,也指引着布尔加科夫创作出属于自己的心灵启示录。"④夏晓方认为,在这部小说没有"定论"的"多声部"中,有一种"声音"显然高过其他声音,那就是"末日审判"思想。卷首引语之一是《启示录》:"于是死人们都按各自做过的事情和书中所写的内容受审。"这句话在小说结尾再次出现。"随着他(鲁萨科夫)阅读这本惊心动魄的书(《圣经》),他的智慧逐渐变成一把闪闪放光的刺透黑暗的剑。"鲁萨科夫不仅超越了"疾病和痛苦"缠身的自我和当下,还"看见了蓝色的、深不见底的无数个世纪的烟尘,看见了无数个千年的走廊"。这里不仅有宗教信仰和宗教体验,还有了一种宗教性历史观。这表明,布尔加科夫在试图把握和评判现实世界时,感到需要一种"标尺",一种不为现实舆论所动

① 〔英〕米尔恩:《布尔加科夫评传》,第1页。
② 参阅谢周:《滑稽面具下的文学骑士:布尔加科夫小说创作研究》,重庆出版社2009年,第37页。
③ 参阅谢周:《滑稽面具下的文学骑士:布尔加科夫小说创作研究》,第39~40页。
④ 王双双:《〈白卫军〉中的"记忆"初探》,南京师范大学硕士学位论文2011年。

摇的参照系,他在欧洲的历史文化(包括古典的和基督教的)中找到了针对个人德行的"末日审判"思想。小说中反复出现的圣弗拉基米尔十字架,也正是基督教思想文化的象征。[1]俄国学者斯杰潘诺夫也认为,小说表现了拒绝上帝作为"我们的灵魂和肉体"的唯一合法统治者的人之必然毁灭的主题。[2]

除上述外,从战争小说角度来看,东正教对《白卫军》还别具意义。众所周知,东正教较多地保留着早期基督教的人道主义传统,主要表现为上帝"道成肉身"拯救人类、"爱上帝、爱邻人"的教义、"上帝是父亲,人人是兄弟"的精神、对社会不公的抗议、对弱者和受欺凌受侮辱者甚至罪人的同情与怜悯。正是这种人道主义的影响,使布尔加科夫在《白卫军》中把当时苏联视为反动派的白卫军军官们作为主人公来描写,并以他们的生存困境和命运来表现战乱中人与文化的命运,从而在当时苏联的战争小说中别具一格——以"敌人"作为小说的主人公来进行战争叙事。而且,这种人道主义思想在某种程度上又促使作家采用了史诗式的方式来表现战争(周湘鲁指出:"事实上,在用一个'旧知识分子'的眼光审视历史、观察现实的时候,布尔加科夫仰赖的不是简单化'敌我'标准,而是俄罗斯文学深厚的人道主义传统"[3])。

布尔加科夫在1930年3月28日致苏联政府的一封信中,承认《白卫军》的文学传统来自《战争与和平》:"坚持把俄罗斯知识分子作为我国最优秀的阶层进行描写,尤其是以《战争与和平》的传统来描写国内战争期间被不可抗拒的历史命运抛入了白卫军阵营的贵族知识分子家庭。对于一个与知识分子血肉相连的作家,这样的描写是自然而然的。"[4]中俄论者往往因此而称《白卫军》为"微型的《战争与和平》"。但仔细阅读原作就会发现,《白卫军》的史诗式战争叙事,除了受《战争与和平》的影响外,更多地来源于荷马史诗,尤其是描写特洛伊战争的《伊利亚特》。具体表现为以下三个方面:

一是时间高度浓缩,而且对战争的重点描写都集中于几天。

《伊利亚特》描写的是十年特洛伊战争,但并未将十年的战争按照时间顺序一一写来,而只截取最后五十一天的事情。就是这五十一天的战事,也并非面面俱到,而是突出中心事件,重点描写的只有四天,集中突出地描写四天中最激烈最紧张的战争场面:第二十二天是战争的远景画面,第二十五

---

① 参阅夏晓方:《俄罗斯"完整世界观"与布尔加科夫》,《浙江工商职业技术学院学报》2003年第3期。

② С. Н. Степанов. О мире видимом и невидимом в произведениях М. Булгакова. Санкт-Петербург.2011,С.49.

③ 周湘鲁:《与时代对话:米·布尔加科夫戏剧研究》,第10页。

④ Булгакова М.А. Собрание сочинений в 8 томах,М.,1990,Т.8,С.447.

至二十七天是激战,这四天的战争描写约占全书二分之一的篇幅。史诗以希腊联军最英勇的大将阿喀琉斯的两次愤怒为情节枢纽,他第一次发怒,退出战场,拉开了战争的帷幕,展示了两军兵力的宏大阵容,并借此机会表现其他将领的英勇,展示众多英雄的光辉业绩;第二次是因好友帕特洛克罗斯被赫克托耳杀死而发怒,复出战斗,力挽狂澜,打败了敌军。①

《白卫军》描写的是乌克兰首都基辅自1917年十月革命后到小说结束的1919年2月一年多的战争与生活。在这段时间中,战乱频仍,事变蜂起,德国人、彼得留拉的军队、白卫军、红军走马灯般地在城市里出现。俄国学者指出,《白卫军》的背景是布列斯特条约引发的一系列事件,该条约承认乌克兰是独立国家。于是出现了以盖特曼(一译黑特曼)·斯科罗帕茨基为首的"乌克兰国",其主要依靠的是俄罗斯军官和士官生组成的志愿军团。1918年11月13日,苏维埃政府撕毁了布列斯特条约。德国因一些内部问题("家变",恺撒军的瓦解)被迫向现实情况屈服,停止支援斯科罗帕茨基,撤离基辅,并与彼特留拉匪帮秘密签订转移政权的合约。成千上万的前沙皇军队军官、士官生、军校学生,以及参加义勇军的中学生和大学生因此成为这一举动的牺牲品。12月14日盖特曼政权瓦解了,乌克兰执政内阁的军队入驻城市;1919年1月16日,彼特留拉向苏俄宣战。红军在基辅附近打败彼特留拉军队,并于1919年2月5日占领城市。《白卫军》中的故事就发生在这屈指可数的几个月里。故事开始于彼特留拉匪帮占领基辅的前两天,即1918年12月12日,结束于布尔什维克占领城市的前夜(从2月2日晚上到3日)。②但"小说的情节发生在1918年12月至1919年2月,在此期间为争夺乌克兰而战的军事力量有三方,即:白卫军与军政府、布尔什维克、乌克兰社会主义共和国的支持者。自1918年2月布尔什维克占领基辅后,这座城市曾经历了数次被占领、沦陷、政变的变故,在这一切都烟消云散之后,布尔加科夫以泰然旁观及嘲讽的口吻回忆道:'对于那时的情况我只能说一件事:据基辅人统计,他们经历了18次政权变动。有几位旅行传记作家说是12

---

① 近年有学者对此质疑,认为"《伊利亚特》的结构是从一系列的拒绝怜悯到最后阿喀琉斯的怜悯展开叙述",也就是说史诗是以怜悯来结构全篇的,通过史诗开始一系列的拒绝怜悯(阿伽门农拒绝怜悯克律塞斯,阿喀琉斯拒绝阿伽门农使团乞求怜悯)和史诗最后的怜悯(怜悯特洛伊王、老人普里阿摩斯)的对比,诗人将叙述的重点落在了阿喀琉斯的怜悯之上,体现了阿喀琉斯的英雄品质从愤怒到对愤怒的克制,即怜悯的升华。详见蒋保、魏林:《荷马史诗结构新论》,《苏州科技大学学报(社会科学版)》2017年第3期。

② 参阅〔俄〕谢·伊·科尔米洛夫主编:《二十世纪俄罗斯文学史:20—90年代主要作家》,赵丹等译,南京大学出版社2017年,第298页。

次,我可以肯定地说是 14 次,我个人曾亲身经历了其中的 10 次.'"①也就是说,面对一年多的战乱和十几次政变,布尔加科夫细加剪裁,精心选择,把一年多的苏俄国内战争浓缩在 1918 年 12 月中旬至 1919 年 2 月初两个多月内,而且以基辅为中心,只重点描写了 1918 年 12 月 13 日、14 日、15 日这三天时间的战乱,表现了黑特曼统治慢慢瓦解、支持白卫军的德国人渐渐退出、彼得留拉的部队攻入基辅随后又撤离、布尔什维克即将占领基辅的风云不断变幻的局势,展示了以上多种军事政治力量彼此之间的冲突乃至战争。尤其是具体描写了 12 月 13 日、14 日、15 日这三天,面对彼得留拉分子的攻城,白卫军上层仓皇逃跑,丢弃下层官兵不管,下层官兵虽然进行了抵抗,但最终知道真相后马上土崩瓦解的多场战斗的场面,其中包括纳伊–土尔斯为掩护部下撤退而英勇战死、阿列克谢遵令逃跑而身负重伤、尼科尔卡从战斗中死里逃生等重要场景。

二是对交战双方一视同仁地描写。

张世君指出,《伊利亚特》这部"史诗以描写战争为中心,无论在诗人的直接叙述中,还是在人物的语言和行动中,处处都洋溢着对战争双方的热情歌颂和肯定,没有表露对战争双方的道义观念的评价"。首先,在诗人的叙述语言中,他称希腊联军将领阿喀琉斯是"伟大的、捷足的",阿伽门农是"至尊的",俄底修斯是"机智敏捷的",埃阿斯是"显赫的";称特洛伊将领赫克托耳是"伟大的、头盔闪亮的",波吕达马斯是"无敌的",阿革诺耳是"高贵的",埃涅阿斯是"尊敬如神的"。对双方都予称赞,无所偏颇。其次,在人物语言中,双方对自己的敌人也竭尽赞颂之词。特洛伊老王普里阿摩斯在城楼观察希腊人战阵,第一次看到阿伽门农时,就称他为"幸运的阿特柔斯之子""神所祝福的幸运之骄子",钦羡之情溢于言表。他还由衷称赞俄底修斯能言善辩,机智敏捷。而阿喀琉斯在谈到赫克托耳时,同样冠以"贤明的"称呼。在人物行动中,双方也没有战争的道义是非观念。按照我们今天的道义观念,战争是你死我活的生死搏斗,战场上敌对双方是无交情可言的。可是在史诗中,战场上敌对双方可以握手言欢,互赠礼物,互交朋友,并且让人人都知道。②

布尔加科夫曾宣称,他在《白卫军》中"竭力做到超越于红军与白军之上的冷静"③。这在小说中具体体现为对交战双方一视同仁地加以描写,甚至

---

① 〔英〕米尔恩:《布尔加科夫评传》,第 8 页。

② 参阅张世君:《论〈伊利亚特〉的战争观念》,《湘潭大学学报》1981 年第 2 期。

③ *Булгакова М.А. Собрание сочинений в 8 томах*,М.,1990,Т.8,С.217.

把当时视为反动派的白卫军作为正面主人公。正因为如此,周湘鲁认为,在作品中,作家站在"失败者"的一方,从一个旧俄罗斯贵族知识分子的角度表达了"他们"对十月革命的理解。[1]温玉霞指出,布尔加科夫在作品中真实地描写国内战争,细致地刻画"反面人物"的性格,以新的视角叙述了国内战争期间白卫军知识分子的命运,揭示战争的残酷,思考祖国的命运,也指出了白卫军灭亡的必然性。更重要的是,在《白卫军》中,布尔加科夫既不站在德国人支持的白卫军一边,又不站在乌克兰共和军彼得留拉分子一边,同时,也不站在红军一边,而是以一个理智的旁观者的眼光,客观观察、真实描写战争,揭示历史事件的悲剧性。作者本着真实性原则,忠实于历史,宣传人道主义,深刻思考生与死、正义与非正义的问题。《白卫军》不仅是一部真实表现战争悲剧的历史小说,也是展现人性的一曲"性灵"之歌。[2]

　　而更能体现作家对交战双方一视同仁态度的,是《白卫军》中专门设置的一个场景,即小说专门设置的图尔宾在梦里听骑兵司务长日林叙说自己在天堂因听说上帝为不信神的布尔什维克也准备了营房时与上帝谈话的场景:"我说,上帝,你的神父们怎么搞的,他们怎么说布尔什维克要进地狱?这,我说,到底是怎么回事?他们不相信你,而你却替他们准备好了这样的营房。""'真的,他们不相信?'上帝问。……'他们不相信,那有什么办法?让他们去。要知道这对我毫无影响。而且对你也毫无影响,而且对他们也同样如此。因为我从你们的相信中也是既未得利也未吃亏。一个人相信,另一个人不相信,而你们大家的行为都一样:互相扼对方的喉咙。而至于营房,日林,这事要这样来理解,你们大家,日林,都是一样的——在战场上被打死的。这,日林,必须明白,而这不是随便什么人都能明白的。……'"上帝竟然在天堂里给红军白军这交战双方都安排了"营房",而没有让不信神的布尔什维克一方下地狱!这里,不仅体现了作家对交战双方一视同仁的态度,还体现了东正教的人道主义精神。在上帝看来,万物都是平等的,红白双方也不例外。他们首先是人,双方是平等的,而且都是战死的,因此应该给予同等的尊重。至于信不信上帝,在死亡面前,在天国的永恒面前,都是过眼烟云,都会成为历史,而且都微不足道,对什么都不会产生影响。正因为小说这种对交战双方一视同仁的态度,在苏联时代,布尔加科夫在这部小说中所体现的政治立场——究竟是保皇主义的还是布尔什维克的,一直是文学评论界关注和争论的焦点。

---

①　参阅周湘鲁:《与时代对话:米·布尔加科夫戏剧研究》,第10页。
②　参阅温玉霞:《布尔加科夫创作论》,第106页。

三是展现史诗式的场景。

史诗通常以英雄传说或重大的真实历史事件为题材或背景,比较全面地反映某时期的社会面貌和生活画面,描写的多是对本民族具有重大或普遍意义的事件,形式庄严、风格崇高、篇幅宏大、结构复杂、画面广阔、内容丰富。《伊利亚特》描写的是希腊联军与特洛伊的十年大战,这场战争关系到特洛伊的存亡,而且奥林匹斯山上的众神也分成两方,分别支持希腊联军和特洛伊。这样,史诗不仅在希腊与特洛伊之间的十年大战中展开,而且场景时而天上时而人间,场面宏大、人物众多、内容丰富、风格崇高。

如前所述,《白卫军》描写的是苏俄国内战争时期的战乱生活,表现了对国家的发展、文化的前途和以知识分子为代表的人的命运的思考。作家精心安排、巧妙结构,把地点集中在基辅这个城市,把复杂的国内战争形势通过德国人支持的白卫军、乌克兰共和军彼得留拉分子、苏联红军三方的斗争,把这个惨烈的剧变时代社会、政治、心理的变化通过一个家庭的几个月的生活,浓缩而深刻、形象又生动地表现出来,从而场面宏大、画面广阔,不仅描写了基辅乃至乌克兰人民在战乱中的苦难生活,而且通过以图尔宾一家为代表的知识分子的命运,象征性地表现了文化、道德和人在战争中的命运,因而具有突出的史诗特征。

由上可知,《白卫军》在诸多方面借鉴了《伊利亚特》这部史诗,因而具有自己艺术上最重要的特征——史诗性,或者说史诗式特征。这种史诗式特征使得这部小说在国内战争小说中别具一格,极富创新性。

如果只是体现出史诗式特征,那么这一作品就是一部颇为传统的小说了,然而,这部小说又具有相当的现代性,也就是说,它在战争叙事方面,在东正教、史诗性等基础上,更融汇了现代文学尤其是现代主义的一些艺术技巧,大体表现如下:

梦或梦幻的大量使用。英国学者莱斯莉·米尔恩指出,布尔加科夫所器重的一个艺术手段是梦,他在20世纪20年代末提及《白卫军》时曾对帕维尔·波波夫这样说道:"对我来说梦扮演着至关重要的角色。"①在《白卫军》中,布尔加科夫使用了十来个不同的梦:瓦西利萨关于盗贼的梦及夏天幸福和小猪的梦,阿列克谢关于穿着大格子裤子的怪物之梦、关于城市和天堂的两个梦、关于自己和尤莉娅在一起时被人打死的梦,尼科尔卡关于蜘蛛网的梦,小说最后军人(日林)的梦、叶列娜梦见尼科尔卡要死了的梦及彼季卡的钻石梦。这些梦不仅影响小说结构,而且揭示人物深层心理,并深化主题。

---

① 〔英〕米尔恩:《布尔加科夫评传》,第44页。

对此,中国学者已多有论述。

王双双指出,梦是小说《白卫军》故事情节的重要组成部分,梦的作用是强大的。首先,布尔加科夫选择以梦的形式从另一个侧面描写了社会现实。通过对主人公梦境的描写,将主人公记忆的时空体进行扩展,进一步拓宽了小说的叙事空间,丰富了小说的故事情节,提升了小说的审美内涵。其次,梦使得记忆得以轻松地完成时空转换,全方位地向我们展示了1918年至1919年乌克兰内战给主人公及作者本人内心世界所留下的深刻的创伤记忆。"城市之梦"、尼科尔卡的梦、日林的梦,以及彼季卡的梦观照的都是梦境背后残酷的现实世界,着重表现了战争对主人公内心的伤害。在记忆的时空转换中,我们看见了主人公细腻的内心世界,也体会到了作者本人的思想情感。[①]王宏起更具体地指出,通过巧妙地运用各种梦幻,作者既准确生动地描绘了时代的特征,又深刻细腻地揭示了主人公的内心世界,还微妙地表达了自己的思想理念。《白卫军》中的梦幻不仅与小说的结构有一定的关系,而且对小说的主题同样起着揭示和升华作用。在布尔加科夫的作品中有大量的梦幻情节,按照它们呈现的形态,又可分为噩梦、警告提醒梦、愿望梦、预示梦等。《白卫军》除了最后点明了作品的主题意旨外,几乎全篇都让读者跟主人公一起经历着走马灯般变幻不定的时代的迷茫和难以选择人生道路的困惑,那以一个个梦幻为中心弥漫开来的挥之不去的朦胧雾色,既准确生动地描绘了时代的特征,又深刻细腻地揭示了主人公的内心世界,还微妙地表达了作者的思想理念。所以说,对梦幻的全方位运用是这部小说最大的艺术特色。[②]

意识流手法的运用。《白卫军》较多地运用意识流手法来揭示人物幽秘复杂的情感与内心世界乃至潜意识,如阿列克谢梦中的意识流动。

> 呸,见你的鬼……很可能,他根本没有在勃朗纳雅街上走过。莫斯科是个大城市,勃朗纳雅街上多雾,有雾凇,鬼影……一把吉他……阳光下的土耳其人……水烟袋……吉他——叮咚-叮咚……一片模糊,昏暗……啊,周围是多么昏暗和可怕。……在走着,在唱着歌……血淋淋的鬼影在走着,从旁边走过,幻影在奔跑,姑娘们散乱的辫子,监狱,射击,还有严寒,还有半夜里的弗拉基米尔的十字架。从勃朗纳雅街跳到

---

① 参阅王双双:《〈白卫军〉中的"记忆"初探》,南京师范大学硕士学位论文2011年,第25~26页。

② 参阅王宏起:《〈白卫军〉中的梦幻解析》,《四川外语学院学报》2003年第6期。

莫斯科,又跳到吉他、土耳其人、水烟袋、鬼影、监狱、射击……各种互不相关的想法纷至沓来。最典型的例子,则是阿列克谢从重伤和重病中恢复过来,在窗前的一段意识流:"佩土尔拉……今天夜里,不会更晚,就要结束了,再也不会有佩土尔拉了……可是,有过他吗?或许这都是我做梦梦见的?不清楚,无法检验。拉里昂西克很可爱,他在家里不妨碍,不,应该说是很需要。必须谢谢他的护理……而舍尔文斯基呢?唉,鬼知道他……女人真是难以理解。叶列娜一定会和他结合,确定无疑……可是他有什么好的地方?除非是嗓子?嗓子是极好,但是要知道,嗓子这东西,即使不嫁给他,也是可以听的,不是吗……不过,这不重要,那么什么重要呢?就是那个舍尔文斯基说过,他们在高筒皮帽上缀着红星……大概,城里将很恐怖?噢,对了……总之,今天夜里……可能,现在装载物资的大车已经在街上走了……尽管如此,我要去,白天去……送给她……丁零零。抓住他!我是凶手。不对,我是在战斗中开的枪。或许只是把他打伤了……她和谁一起生活?她的丈夫在哪里?丁零零。马雷舍夫。他现在在哪里?他钻到地下去了。还有马克西姆……亚历山大一世呢?

由彼得留拉即将退出基辅城跳到突然来到家里寄住的拉里昂西克,再跳到舍尔文斯基,再跳到即将进城的高筒皮帽上缀着红星的红军,再跳到白天应该去看望救了自己性命的尤莉娅,再跳到自己曾经开枪打过人,再跳到马雷舍夫上校、马克西姆乃至亚历山大一世,可谓真正的意识随意流动,展示了阿列克谢幽秘复杂的内心世界。作家甚至巧妙利用意识流手法,使之与幻觉一起构成心理和文字的跳跃,如写白卫军军官们酒醉的一个片段,就把酒醉者的感觉和心理通过幻觉和意识流动的方式,十分形象生动地表现出来。

"尼科尔卡!"他重复喊了一次。厕所的白色墙壁摇晃了一下,变成了绿色。"天啊,天啊,多么恶心,难过。我发誓,再也不把伏特加和葡萄酒混合在一起喝。尼科尔……"……一条黑缝扩大了,黑缝中出现了尼科尔卡的脑袋和袖标。……尼科尔卡怜悯地摇着头并且使出力气。半死的身体摇摆着,脚向两边分开,在地板上拖,死气沉沉的脑袋像挂在一根线上。嘀嗒。钟从墙上爬下来,又爬回去。茶碗上的小花跳着舞,成了花束。叶列娜的脸燃烧着红斑,一绺头发在右眉上面舞蹈。

较多运用象征。象征贯穿整部小说,小说开篇题记中所出现的"暴风雪"既象征着生死,也预示着战争。谢周进而认为,布尔加科夫赋予暴风雪的寓意是不可逃避,同时也无须逃避的命运。在这预示着末日审判、具有毁灭性的暴风雪面前,人只要不躲避自己的命运,坦然地成为命运的牺牲者,那么他都有资格穿越暴风雪而接受上帝的最终审判,到达一片新天地——而这也正是引自于圣经启示录的、小说第二段卷首词的含义。①而开头一段:"那是伟大的一年,又是可怕的一年。按耶稣降生算起那一年是1918年,而从革命开始算起则是第二年。那一年夏天阳光灿烂而冬天多雪,天空中有两颗星挂得特别高:牧人之星——晚上的金星和红色的、抖动的火星。"其中,火星明显是战争的象征,金星则是幸福与爱的象征。俄国当代学者指出:"同过去的古典浪漫主义作家一样,布尔加科夫希望用爱、善、公正、诚实和创作来战胜对人类和世界的忧心和失望。从《白卫军》到《大师与玛格丽特》,在作家的所有的作品中都可看到充满爱情和舒适的田园式家庭生活,墙上是淡黄色的窗帘,一盏绿色的灯吊在桌子上方,鲜花、音乐,还有这一环境中必不可少的书籍。"②因此,小说中关于家庭器具及家庭陈设等的描写也具有象征意义,是温馨的家庭生活的象征,而家又是爱、幸福、道德的象征,更是精神传统和文化传统的象征。科尔米洛夫等指出:"日常生活成为稳定不变的生存之象征。布尔加科夫的这部长篇小说将日常生活加以诗化,这使得它与十月革命后的文学形成对立。十月革命后的文学原则上回避家庭,反感家园情愫,追求能让人超拔于孤独与漂泊之感的远大目标。当然,图尔宾家不仅仅是指坚固持久的日常生活,还有生活于其间的人们,这是一个家庭,是作者刻意维护的特定心理与文化的生活方式",并进而阐述道:"图尔宾一家人最可怕的处境是他们丧失了自己的社会角色,丧失了牢不可破的评价体系,这令他们陷入困境,无法解决尊严的问题:帝国垮台,没有军队没有武器,没有理想。历史'变成了巨大的兽笼中的可怕怪物',嘲笑着图尔宾一家:'光溜溜侧身在刺猬身上是坐不住的!……神圣罗斯,是个麻木的、贫穷的……危机重重的国家,而名誉对于俄罗斯人来说只是多余的负担。'在布尔加科夫看来,当撒旦面孔转向世人之时,什么样的行为才是道德行为?看来,应该延续人类的历史,坚守人的文化力量。"③

正因为如此,俄国学者蒲日尼克宣称:"珍惜精神、道德和文化传统的主题贯穿于整部小说,这一主题最明显、最直接地体现在对于作家而言尤为宝

① 参阅谢周:《滑稽面具下的文学骑士:布尔加科夫小说创作研究》,第69页。
② 〔俄〕阿格诺索夫主编:《20世纪俄罗斯文学》,第316页。
③ 〔俄〕科尔米洛夫主编:《二十世纪俄罗斯文学史:20—90年代主要作家》,第299、301页。

贵、尤为重要的形象,亦即'家'的形象之中……土尔宾的家园在小说中被描绘为一个堡垒,它被围困,却不投降。"①小说结尾的彼季卡则是未来的象征,他的钻石梦更寓意着未来是灿烂光明的,极其美好的,因为彼季卡是个孩子,他"对布尔什维克,对彼得留拉,对恶魔"都没有概念,纯真而美好。小说的结尾也富有象征意义:"一切都会过去。忧患,痛苦,血,饥饿,瘟疫。当我们的身体和事业在大地上影踪全无的时候,而这些星星将留下来。没有一个人不知道这一点。那么我们不愿意把自己的目光投向星星?为什么?"寓意着一切尘世的东西都是短暂的,哪怕是给人带来极大灾难的战争,只有天空是永恒的,因此人应该学会超越尘世,追求精神的天国。

诗意语言。《白卫军》虽然是小说,但运用了现代诗歌的一些手法,如用拟人、象征、隐喻等来构成诗意的语言。布尔加科夫最擅长以拟人的手法构成诗意的语言,如:"在北方,暴风雪在不停地狂吼,而在这里,被惊动了的大地的腹内深处也在人们脚下隐隐地发出轻微的隆隆声和咕咕声。1918年正在向自己的终点飞去,而且每一天都变得更加令人恐惧,更加张牙舞爪。"就把大地和抽象的1918年拟人化了。又如:"雾,雾,雾。嘀嗒-嘀嗒……嘀嗒-嘀嗒……伏特加已经不能再喝了,葡萄酒已经不能再喝了,酒喝进了灵魂里面又回到外面来。在小小厕所的狭谷里灯像中了魔法似的在天花板上跳着舞蹈,一切都模糊不清并剧烈抖动……"把酒和灯也拟人化。再如:

> 阿列克谢耶夫斜坡街上的一栋房子,也就是那栋盖着白色将军帽的房子,早就睡了,而且睡得很暖和。浓浓的睡意在帘子后面走动,在影子里面飘荡。窗外夜色正浓,冰冷的夜无声地漂浮在大地上空。星星们在游戏,互相挤成一堆和散开去,天上特别高的是一颗红色的并且有五只角的星——火星。在暖和的房间里梦安家落户了。

把睡意、星星们、梦都拟人化了。作家还善于运用《伊戈尔远征记》民间否定性的比拟("先知鲍扬不是放出十只苍鹰去捕捉一群天鹅,而是把他那灵巧的手指按在活的琴弦上")来构成诗意语言:"这不是有蛇一般肚皮的灰色乌云在城里翻滚,这不是棕黄的浑浊的河流在古老的街道上流淌——这是彼得留拉的不可计数的车队在走向古老的索菲亚广场接受检阅。"甚至还运用音乐的跳荡节奏来构成诗意的语言,如描写尼科尔卡弹吉他:

---

① *Бузник. В. В.* Возвращение к себе(о романе М. А. Булгакова《Белая гвардия》), Литеромура в школе.1998,No.1. С.50.

吉他在行军，从琴弦上落下一个连队，工程士官生们行走着——一，二，一！尼科尔卡的眼睛在回忆。军校。表层脱落的亚历山大式圆柱，大炮。士官生们匍匐着在一个个窗口间爬来爬去，还击着。窗口架着机枪。一片乌云般的士兵包围了军校，嘿，真像一大片乌云。有什么办法。博戈罗季茨基将军害怕了，就投降了，带着士官生们一起投降。可——耻……

《白卫军》的发表，使得布尔加科夫成为知名作家，并得到当时苏联的两家著名剧院——莫斯科艺术剧院和瓦赫坦戈夫剧院的关注。布尔加科夫亲自将这部小说改写为戏剧《图尔宾一家的生活》，将小说中医生图尔宾的身份改为炮兵上校，成为该剧的核心人物。剧本的结尾则被强加上"越来越响亮的《国际歌》乐曲声"，以强调布尔什维克的胜利，而且让图尔宾这个白军军官改变了立场，在白卫军失败后明确宣布要投身于布尔什维克红军队伍。1926年，莫斯科艺术剧院上演了话剧《图尔宾一家的生活》，为作家带来了较大的声誉和短暂的好运，并得到了斯大林的赞赏："就这个剧本本身来说，它并不那么坏，因为它给我们的益处比害处多。不要忘记，这个剧本留给观众的主要印象是对布尔什维克有利的印象：如果像土尔宾这样的一家人都承认自己的事业已经彻底失败，不得不放下武器，服从人民的意志，那就是说，布尔什维克是不可战胜的，他们对布尔什维克是毫无办法的。《土尔宾一家的日子》显示了布尔什维克无坚不摧的力量。"[①]

值得一提的是，《白卫军》描写了战争不仅使生灵涂炭，让不少人死于战乱，而且毁坏家庭、毁灭文化、摧毁精神，这也体现了布尔加科夫突出的反战思想。而这是他此前作品同类思想的继续，俄国当代学者索科洛夫指出："在《医生奇遇》中，布尔加科夫表达了他历经第一次世界大战和国内战争之后所形成的坚定的反战立场"[②]，他还谈到，在短篇小说《红色王冠》中，"布尔加科夫认为，反对暴力——这是任何一个知识分子的道德义务"[③]，这里的"暴力"指的就是战争。

综上所述，《白卫军》在苏联的国内战争小说中的确是极具创新性，它结合俄国和其他欧洲地区最古老的传统和最现代的技巧，另辟蹊径，以敌人为主人公，同时又在当时极为难得地回归东正教传统，使之具有宗教哲学和人

① 周湘鲁：《与时代对话：米·布尔加科夫戏剧研究》，第20~24页。

② Соколов.Б.В. Булгаков.Энциклопедия.М.，2003，С.388.

③ Соколов.Б.В. Булгаков.Энциклопедия.М.，2003，С.268.

性深度,还把现代主义的一些文学技巧运用到作品中,从而使整部作品既有浓厚的传统色彩,又有突出的现代色彩,在国内战争小说中真正别出心裁,独树一帜,达到了颇高的艺术境界。

此外,玛丽埃塔·丘达科娃指出,这部小说受到什克洛夫斯基1923年出版的自传作品《感伤的旅行》在描写基辅及白卫军方面的某些影响。[①]

五、肖洛霍夫的《静静的顿河》[②]

米哈伊尔·亚历山大洛维奇·肖洛霍夫(Михаил Александрович Шолохов,1905~1984),由于出色地描写顿河哥萨克的生活与命运,广泛地反映了20世纪初到中后期的俄国社会生活,而且在艺术上独树一帜,成为一位具有世界影响力的俄罗斯当代作家。1965年,因"在描写俄国人民生活各历史阶段的顿河史诗中所表现的艺术力量和正直品格"而荣获诺贝尔文学奖,成为继1933年蒲宁(一译布宁)、1958年帕斯捷尔纳克后获得诺贝尔文学奖的第三位俄国作家。

肖洛霍夫生于顿河沿岸维约申斯克镇克鲁日林村。生父是哥萨克,在自传中肖洛霍夫曾指出:"我是哥萨克的儿子",并且一再强调母亲与哥萨克的关系:"母亲半是哥萨克女子、半是农妇""母亲和我有土地,因为她是哥萨克的寡妇"[③]。尽管未来的作家是由并非哥萨克人的继父亚历山大·米哈伊洛维奇·肖洛霍夫抚养成人,但这种哥萨克血统和从小在顿河草原哥萨克人中长大的经历,使得肖洛霍夫熟悉哥萨克、热爱哥萨克,并且在一生中主要描写哥萨克,创作了反映哥萨克生活的史诗。

肖洛霍夫的继父是从北方的梁赞省迁来的外来户,终生没有固定职业,先后做过牲口贩子、商店店员,耕种过从哥萨克手中买来的土地,也当过蒸汽磨坊经理。母亲是农奴的女儿,从十二岁起就离家去帮人做事,出嫁前一

---

① 参阅〔俄〕玛丽埃塔·丘达科娃:《布尔加科夫传》下,李晓萌等译,中央编译出版社2021年,第438~445页。

② 该书目前有多个中文译本:贺非译,神州国光社1931年(第一卷),上海三联书店2017年;赵洵、黄一然译,光明书局1939年(第一卷);金人译,光明书局1940~1948年,人民文学出版社1956、1957、1980、1988、2001、2015、2020年;力冈译,漓江出版社1986、1988、1991、1992年,长江文艺出版社2018年;译林出版社2010、2020年。本节中所引用的《静静的顿河》中的文字,均出自2010年版《静静的顿河》,为节省篇幅,不一一注出。

③ 〔苏〕米哈依尔·肖洛霍夫:《自传》,见孙美玲编选:《肖洛霍夫研究》,外语教学与研究出版社1982年,第456页。

直在一个老地主寡妇家当女仆。因此,家庭生活比较贫困。幸好,继父是位平民知识分子,爱好文艺,喜欢藏书,家中藏有大量文艺期刊和俄国及欧美许多经典作家的文学作品,培养了小肖洛霍夫对文学的浓厚兴趣。母亲常常讲述的美妙动人的故事,也给儿子以最初的文学熏陶。顿河两岸美丽的自然景色、哥萨克人古老而独特的风俗和民间创作,不仅培育了未来作家的诗心,而且为其创作提供了丰富的素材。

肖洛霍夫只受过六年中小学正规教育,基本上是靠刻苦钻研、自学成才。1911年,他开始上小学。1914年,他小学未毕业就转到莫斯科一家中学读了二三年级,后来又转到波古恰尔和维约申斯克读中学。1918年,国内战争爆发,他被迫辍学回家,阅读了大量俄国和欧洲的文学名著,并且在1919年目睹了顿河上游地区大规模的哥萨克暴动,留下了深刻印象。1920年顿河建立革命政权,十五岁的肖洛霍夫便开始工作,先后当过扫盲教师、统计员、装卸工、粮食检查员、泥水匠、会计、办事员、记者,还参加过业余剧团演出。他在工作之余总是努力自学,并且尝试着进行文学创作,写过剧本《他们的风俗与习惯》《常胜将军》。1921年8月起,他先后担任顿河粮食委员会采办处粮食征集员、检查员,后志愿参加卡尔金镇的粮食征集队,担任机枪手,在草原上和叛乱的匪帮多次血战,曾被马赫诺匪帮俘虏,受到匪首马赫诺的亲自审讯,因为年幼而获释。这些经历,为他日后的创作积累了丰富的素材。

1922年10月,肖洛霍夫来到莫斯科,一边干各种杂活维持生活,一边刻苦学习,并加入了共青团的作家团体"青年近卫军",接着又加入了无产阶级作家协会("拉普")。1923年9月,他发表了处女作——小品文《考验》。1924年12月,他发表第一篇短篇小说《胎记》,被多家报刊转载,产生了较大影响,他深受鼓舞,创作热情高涨,发表了二十多篇短篇小说。1925年,他从莫斯科返回维约申斯克定居,专心于创作,他的一生基本就在家乡度过。1926年,他出版了两部短篇小说集《顿河故事》《浅蓝色的原野》(后来又合为一集,统称为《顿河故事》)。著名作家绥拉菲莫维奇在序言中指出:"肖洛霍夫同志的短篇小说像草原上的鲜花一样,生气勃勃,色彩鲜艳。朴素、鲜明,所讲的故事使人感同身受,仿佛就在眼前。语言形象,是哥萨克说话所用的那种富有色彩的语言。简洁,而这种简洁却充满着生活气息,紧张和真实",并预言作者"将会发展成一个可贵的作家"。①

《顿河故事》(Донские рассказы)收录了二十多篇小说,比较集中深入

---

① 〔苏〕绥拉菲莫维奇:《〈顿河故事〉序言》,见孙美玲编选:《肖洛霍夫研究》,第14页。

而又客观严峻地描写了顿河哥萨克人"由于战争和革命的结果在生活上和人的心理上所发生的那些变化",表现尖锐激烈的阶级斗争和战争对人性的压抑与扭曲,反映了比较丰富的社会生活。这里有严酷的阶级斗争和敌人的凶残(《牧童》),也有敌我双方殊死的搏杀(《粮食委员》《阿廖沙的心》),更有渗透到家庭内部乃至血亲中间的生死较量。《希巴洛克的种》写红军战士希巴洛克在恋人达里娅生下自己的孩子后坚决处死了叛变的达里娅,《胎记》《看瓜田的人》《漩涡》则写了分属敌我双方的父子兄弟之间的生死斗争,或者是当匪首的父亲杀死儿子(《胎记》),或者是当红军的儿子杀死反动的父亲(《看瓜田的人》),或者是当白军的儿子杀死倾向红军的父亲和兄弟(《漩涡》)。科尔米洛夫等指出:"《顿河故事》的字里行间充满了浓重的血腥,而且这鲜血常常来自自己的亲人。肖洛霍夫笔下的'兄弟相残''父子相残'都得到真正意义上的再现。……这位初出茅庐的作家对于描绘近亲之间不共戴天的敌意特别迷恋,这自然首先表现出他作为共产主义新教徒的思想——不赞同世界范围内的阶级意识形态本质高于血缘关系。'集子中大概三分之一的小说(十九篇中的六篇)给我们介绍了顿河地区血腥的阶级斗争在单个家庭中的剧烈体现。'"[①]《顿河故事》中的作品大多忠于生活,地方色彩和悲剧色彩浓厚,大胆甚至残酷地反映现实,情节紧张、文笔简练,善于简要有力地塑造人物形象,也善于细腻生动地描写自然景物,给文坛带来一股"严峻的现实主义"的气息。"《顿河故事》吸引读者的不仅是其独特的内容,鲜明的生活素材,更主要的是,它呈现出的作家的创作个性特征。这种个性特征体现在其直接又纯洁的世界观中。他善于描写大自然的迷人景色,展现阶级斗争中发生的悲剧事件,书写充满磨难与痛苦,短暂的快乐和希望的生活诗篇。"[②]当然,其艺术技巧还有些稚嫩,也有些作品较为单薄。

1926年,肖洛霍夫开始创作一部描写哥萨克生活的长篇小说,几经变易,最后定名为《静静的顿河》。1928年发表第一部,1929年发表第二部。这是真正成熟的大师之作,综合融会了俄国文学传统和西欧文学之长,把自然主义、象征主义有机地化入现实主义之中,生动形象有力地塑造了出色的人物形象,描绘了哥萨克族群的风俗史诗,从而震撼了苏联文坛。作家在获得广泛赞誉的同时,也饱受指责与打击:有人污蔑他剽窃白卫军军官的手稿,更有人说他用作品反对党的农民政策、纵容富农,是富农和反苏分子的

① 〔俄〕科尔米洛夫主编:《二十世纪俄罗斯文学史:20—90年代主要作家》,第470页。

② 〔苏〕亚·赫瓦托夫:《以人民生活为重:论肖洛霍夫的创作个性》,见刘亚丁编选:《肖洛霍夫研究文集》,译林出版社2014年,第106页。

同谋。高尔基充分肯定了《静静的顿河》，并介绍肖洛霍夫见到了斯大林，从而保护了肖洛霍夫。受斯大林谈话的鼓舞，肖洛霍夫中断《静静的顿河》的创作，而积极参加顿河地区的农业集体化运动，开始创作反映组建集体农庄的新长篇小说《新垦地》（一译《被开垦的处女地》）。1932年，《新垦地》出版第一部，获得巨大的成功，但直到1958年，第二部才完成。

1932年，发表《静静的顿河》第三部。1934年，肖洛霍夫出席第一次全苏作家大会，当选为苏联作协理事和理事会主席团成员。1937年，当选为苏联最高苏维埃代表。1939年，当选为苏联科学院院士。1940年，发表《静静的顿河》第四部。

1941年卫国战争爆发后，肖洛霍夫以上校的军衔作为《真理报》的军事记者，上了前线，发表了许多通讯报道、政论文章，创作了反映卫国战争的短篇小说《学会仇恨》（1942）、长篇小说《他们为祖国而战》的部分章节（1943、1944）。

50年代，肖洛霍夫继续创作《他们为祖国而战》。1956年底1957年初，在《真理报》发表短篇小说《一个人的遭遇》，在世界上产生了巨大的影响（详后）。

1961年，肖洛霍夫当选为苏共中央委员。六七十年代，他继续创作《他们为祖国而战》。1969年，完成小说的第一部。该小说原定写三部，但后两部直到作家去世也未完成，已发表部分评论家褒贬不一，但否定意见居多。1984年2月21日，肖洛霍夫逝世，享年79岁。

《静静的顿河》（Тихий Дон，1926~1940），是肖洛霍夫用了十四五年心血创作出来的长篇巨著，它使作家赢得了广泛的声誉，并荣获诺贝尔文学奖。其主要情节如下：

格里高力·麦列霍夫出生于鞑靼村富裕的哥萨克家庭，正直善良、热情开朗、热爱生活、热爱劳动，充满青春活力。他爱上了邻居司捷潘·阿司塔霍夫的妻子阿克西妮亚，他们的热恋在村里引得人们议论纷纷。父亲为了避免麻烦，给他娶了村里首富的女儿、美丽贤淑的娜塔莉亚。全家都喜欢娜塔莉亚，可格里高力却不喜欢过于端庄的娜塔莉亚，依旧迷恋热情似火的阿克西妮亚，和父亲发生了冲突，因此宁愿放弃比较富足的生活，带着阿克西妮亚私奔，到李斯特尼茨基将军家打工。娜塔莉亚在失望之余企图自杀，但未成功。

第一次世界大战爆发后，格里高力应征入伍，但是战争的残酷尤其是杀人，使他痛苦而迷茫。当他在前线出生入死时，在后方的阿克西妮亚却在少主人李斯特尼茨基的诱惑下，与他热恋起来。受伤返乡、得知此事的格里高力，在愤怒之余痛打李斯特尼茨基一顿，便回到顿河岸边父亲的家里。当他获得十字勋章，又重回战场时，娜塔莉亚已生下一对孪生子女。后来，俄国发生大革命,哥萨克人都离开部队,回到自己的家乡,只有格里高力在加兰扎、波乔尔科夫的影响下,在十月革命初参加了红军,担任队长。由于对波乔尔科夫残杀白军俘虏不满,他借再度受伤返乡的机会离开了红军。

内战风暴逐渐逼近顿河沿岸,哥萨克人为了抵御红军,保护村庄,也奋勇作战,格里高力的哥哥彼得罗被红军杀死,为给哥哥报仇,也为了保卫哥萨克人的土地,他又被迫参加白军,与红军征战不休。有一次,他与阿克西妮亚重逢,又燃起了激情。不久,由于他奋勇作战,被提升为师长,经常一有机会就接阿克西妮亚过来相聚。已怀有身孕的娜塔莉亚得知丈夫的心又回到阿克西妮亚身上,企图堕胎,却因失败而死亡。在此期间,格里高力的父母、嫂嫂、女儿相继死去,妹妹杜尼娅则嫁给了曾杀死哥哥彼得罗的科舍沃伊。

后来,红军排山倒海般很快控制了整个顿河流域,身为叛军的格里高力只好带着阿克西妮亚混在逃难的人群里逃亡,但逃到诺瓦洛西斯特时,不得不投降,转而投入布琼尼的红色骑兵军。他作战英勇,从连长一直升到副团长。从部队复员回家乡后,由于村苏维埃主席——妹夫科舍沃伊的过左政策,他再次被迫加入福明匪帮,与红军对抗。福明匪帮被彻底打垮后,他带着阿克西妮亚四处逃亡,寻找属于两人的新天地。不料在一次暗夜骑马逃走时,遇到余粮征集队,阿克西妮亚中弹身亡。他在草原上伤心欲绝地流浪了三天三夜后,听说政府将实行"五一"大特赦,由于极度想念儿子,他提前回到家里,站在自家的大门口,手里抱着他唯一的亲人——儿子米沙,这是他生活中剩下的一切……

作品情节复杂、线索繁多、内容丰富、思想深刻,有论者指出:"战争的先兆、1905年革命风暴在人民中引起的反响经常出现在作品中。帝国主义战争的血腥和残酷、战壕中的忧郁、数百万民众的觉醒,这一切在作品中都得到了广泛而详尽的描写。士兵的战壕、最高统帅的大本营、军官的地窖、开往前线的列车——没有什么不在作家的视野中。事件不断增加,事件发展的速度不断加快,所描绘的历史生活的范围越来越大。君主专制的衰亡、科尔尼洛夫叛乱、彼得格勒7月3日枪杀工人事件、各地民众建立苏维埃政权、顿河上游的反革命暴乱、粉碎白军和武装干涉者的斗争,这些重大事件构成了小说的情节和作品的时间背景。革命影响下的世界之中发生的诸多问题则间接通过人物对话和思考,或是作者的抒情插笔表现出来。对短暂人生、不断更新的大自然的深刻思考,关于祖国母亲的激动人心的词语,对大自然美景、人性的魅力、人的残酷、在为真理而战斗时获得的充满磨难的幸福、迷失的悲剧的体悟——这一切使得该作品成为一部精神丰富、情感饱满的史诗性作品。"①冯玉芝、杨淑华进而谈道:"从主题阐释上来看,完成了以下任务:(1)恢复已失去的世界的状态——肖洛霍夫的小说是立足为哥萨克这个'族际体'唱挽歌的心态,以哥萨克的心态回溯历史;(2)出现了战争中的多余人的主题;(3)出现了父与子战争阵营的对立;(4)帝王将相在历史中退居次要地位,骂骂咧咧的白丁因战争与革命走上历史的舞台。"②

小说在艺术上则炉火纯青,不愧为作家的代表作,也不愧为战争小说的名作。塔马尔钦科甚至认为:"就描写俄国革命和国内战争的真实性而言,肖洛霍夫的这部长篇小说是无可比拟的,这一点远没有得到充分认识。"③小说在战争叙事上的创新表现在:在战争与自然的对照中来描写人,展示人的命运、人的生存困境,进而在一定程度上反思战争——人与自然本是和谐一体的,战争破坏了这种和谐,使人陷入无所适从的困境,甚至使人家破人亡死于非命。(阿·托尔斯泰指出:"葛利高里·麦列霍夫家破人亡,他赖以为生的一切,都永远地破灭了……"④但战争毕竟是短暂的,只有大自然是永恒的。全书共四部的情节内容安排,很好地体现了作家的这一战争叙事的创新。第一部背景是1912~1916年,其中包括第一次世界大战。作家详细地叙述了哥萨克的历史传统、几乎是天人合一式的生活方式,其中重点描写了人与自然和谐的生活和淳朴的风俗民情。第二部描写1916~1918年春天所发生的重大事变,包括二月革命、科尔尼洛夫叛乱,十月革命到顿河地区内战开始。第一次世界大战已经使不少哥萨克背井离乡,外出作战。顿河地区的战争更是发生在哥萨克生活的地方,使他们与自然和谐的生活被打破。第三部主要描写1918~1919年5月国内战争最激烈的阶段。战争和政治的强烈影响,甚至渗透到亲人朋友之间,导致亲人反目,朋友成为敌人,战争不仅破坏了人与自然的和谐及和谐宁静的自然生活,而且进一步撕裂了人性。第四部描写1919年5月到1922年春,白军的彻底失败和苏维埃政权在顿河地区的确立,进一步描写红白战争的残酷与激烈,格里高力由于摇摆在红白双方之间而遭到清算,迫使他不得不逃亡甚至反抗。

作家这种战争叙事的目的,是试图表现顿河地区哥萨克在战争中的命

---

① 〔苏〕亚·赫瓦托夫:《以人民生活为重:论肖洛霍夫的创作个性》,见刘亚丁编选:《肖洛霍夫研究文集》,第113页。

② 冯玉芝、杨淑华:《从全景史诗到生命图腾:论俄罗斯战争文学流变》,《外语研究》2018年第5期。

③ 〔苏〕塔马尔钦科:《〈静静的顿河〉中的真理思想》,见刘亚丁编选:《肖洛霍夫研究文集》,译林出版社2014年,第136页。

④ 〔苏〕阿·托尔斯泰:《论小说〈静静的顿河〉》,见孙美玲编选:《肖洛霍夫研究》,第23页。

运,要使读者明白:"为什么哥萨克会参加镇压革命? 哥萨克到底是些什么人? 顿河军屯州是个什么样的地区?"通过描写哥萨克在两次战争中(第一次世界大战和国内战争)与两次革命(二月革命和十月革命)中的历史,揭示"顿河地区社会各阶层的居民由于战争和革命而在日常生活风习、社会生活和人的心理中所产生的巨大变化",并揭示"卷进1914~1921年间所发生的各种事件的最强烈漩涡中的个别人的悲剧命运"。[①]刘亚丁指出:"在小说中,作家既肯定了红军平息叛乱的必要性,歌颂了为建立和巩固苏维埃政权而流血牺牲的布尔什维克和红色哥萨克;也披露了斗争过程中一部分红军指战员的过火行为所造成的不必要的损失,更展示了许多普通哥萨克在战争中成为牺牲品的悲剧。 这是肖洛霍夫的独特的立场。"[②]西蒙诺夫指出:"肖洛霍夫把来自人民的人,或者如大家所说的,普通的人,引进了文学,并且在他的小说里让这些人不是坐在边座上,也不是坐在后排远座上,而是在这个拥挤的大厅里居于正中的位置。 他迫使大家注视他们,首先注视他们。"[③]因此小说通过主人公格里高力及其他角色的痛苦经历,反映了1912~1921年间战争频繁、革命不断、政权更替、动荡不已的广阔社会生活——第一次世界大战、十月革命、国内战争,表现了社会大动荡时期顿河哥萨克群体的悲惨命运、他们的情感和独特的生活风习,特别是揭示了历史剧变时期巨大的历史事变中尤其是战争中"个别人的悲剧命运"。这样,要理解小说的主题,必须首先理解格里高力形象,而由于这一形象是一个富有魅力的复杂艺术形象,迄今为止,中俄两国学者见仁见智,尚有一些不同看法。

这些不同观点的产生,首先在于格里高力是一个塑造得十分成功的复杂形象;其次,这在很大程度上,也与作家肖洛霍夫本人在不同的时候关于这一形象的说法能引起不同理解有关。

俄苏学者(也包括在俄国出生并在俄国受教育、长大的美籍俄裔学者马克·斯洛宁)关于格里高力形象的观点,与肖洛霍夫言论有关的大约有以下几种。

1951年,肖洛霍夫谈道:"写作《静静的顿河》的主要任务,是表现顿河边疆区的人们的生活。许多人问我,像格里高力·麦列霍夫这一类型的人的前

---

① 〔苏〕伊·艾克斯列尔:《肖洛霍夫访问记》,《消息报》1937年12月31日,见孙美玲编选:《肖洛霍夫研究》,第411、418页。

② 刘亚丁:《顿河激流》,第35页。

③ 转引自 *Щербина В.Р.* Человек перед лицом,Слово о Шолохове:Сборник статей о великом художнике современности:к восьмидесятилетию со дня рождения,М.,1985,С.26.

途命运如何？苏维埃政权已经把这种类型的人从他们所处的死胡同里解脱出来。他们中间的某些人选择了同苏联现实彻底决裂的道路，但多数人则靠近了苏维埃政权。在卫国战争时他们加入了苏联军队，现在他们参加了人民的建设……"①这段话，可以有多种理解。

其一，格里高力"同苏联现实彻底决裂"，成为苏维埃政权和人民的背叛者。因此，苏联学者"最初占优势的观点认为，这是背叛者的悲剧，说他走上了反对人民的路，因而失去了一切人性，成了一只孤独的狼，一只野兽"②，后来觉得这一观点太绝对，又加以修正为：格里高力是一个脱离了人民的出色的人，其悲剧成因在于他脱离了人民。季莫菲耶夫指出："格里高力是一个非凡的、出色的人，他意志坚强，对生活抱着真挚诚实的态度，感受深刻而强烈""就个人的特性——性格的力量、勇气、真诚和无畏精神来说，格里高力是一个出色的人""但是他的卓越的品质都化为乌有。他脱离人民之后，就找不到他在生活中的真正的位置""一个人，不管他有怎样的优点，如果他脱离了人民，如果他不和自己的祖国一起前进，不为祖国从事和平劳动与建立战斗伟绩，那么这些优点对他仍旧没有帮助。正是这种和祖国人民的脱节，毁了格里高力"，并且得出结论："肖洛霍夫通过他显示出这样一个人的悲剧性道路，他脱离了人民，因而毁了自己的一生，没有发挥他所赋有的那些才干。"③

其二，格里高力虽然徘徊不定，但他历尽苦难之后可能靠近苏维埃政权，参加人民的建设。美籍俄裔学者马克·斯洛宁认为："肖洛霍夫的主人公是千百万在红军与白军之间如此犹豫不决的人们的化身。他属于这样一代人：他们的生活和家园在内战中化为灰烬，他们在20年代的任务就是恢复工作和重建一切。难怪俄国的读者能从格里高力的苦难和错误中认出他们自己和他们不久前的遭遇。"④

1957年肖洛霍夫又宣称："格里高力是中农哥萨克的一个独特的象征。那些了解顿河国内战争的历史、了解它的过程的人，都知道在1920年以前不是一个格里高力·麦列霍夫，也不是几十个格里高力·麦列霍夫曾经动摇

① 《肖洛霍夫答索非亚作家和读者》，保加利亚《文学战线》1951年7月12日，见孙美玲编选：《肖洛霍夫研究》，第470页。
② 〔俄〕阿格诺索夫主编：《20世纪俄罗斯文学》，第441页。
③ 〔苏〕季莫菲耶夫：《苏联文学史》（下卷），第394~395页。
④ 〔美〕斯洛宁：《苏维埃俄罗斯文学（1917~1977）》，第197页。或见〔美〕斯洛宁：《现代俄国文学史》，第380~381页。

过。"①由此,苏联学者提出了"历史迷误说"和"个人反叛说"及后来出现的"综合说"。

"历史迷误说"以勃里吉科夫为代表。他认为格里高力是一个哥萨克,而"哥萨克阶层所特有的经济实质最终决定了这一阶层组织上、思想上的及其他方面的一些特点",因而他的悲剧表现了顿河地区以中农为代表的广大小资产阶级群众在走向社会主义革命时所经历的动摇、反复和痛苦,一般小私有者的社会本质,在叛乱者的命运里特别是格里高力的命运里反映了出来,"使格里高力最感痛苦的,亦即使群众所痛苦的,是错误地理解了真理,是历史的迷误""格里高力迷误的根源在于劳动者——小私有者的两重性(由于哥萨克族的特殊性而复杂化了)"②。

"个人反叛说"以雅基缅科为代表。他认为格里高力的悲剧恰恰在于:当大多数哥萨克人在经过一系列动摇和迷误之后,终于承认了苏维埃政权,而他却继续"孤独地在歧路上徘徊""他不仅与人民决裂,也脱离了哥萨克群众,成了一个反叛者",尽管"他在艰难的生活阅历中懂得了反对革命的斗争的反人民、反民族的意义,但他并未走向在生活中为布尔什维克们所证实的、伟大的、人民的真理",进而指出:"肖洛霍夫把格里高力·麦列霍夫这个出身于中等阶层的人放到史诗作品的中心,从而有可能来阐明我们革命中的一个最重要问题,在感人至深的艺术形式中表达出它的巨大的社会政治经验。肖洛霍夫勇敢地、无畏地揭示了一个来自人民、富有才干、本应走向与革命力量联合而未能这样做的人的悲剧,从而成了我们文学中的一个发现。"③

中国学者一度介绍、呼应"历史迷误说"和"个人反叛说",但很快便提出了"综合说"。他们把"历史迷误说"和"个人反叛说"两种观点综合起来,认为格里高力悲剧的实质,既有"历史的迷误",又有"个人反叛的因素"。这方面的代表是李树森和徐家荣。李树森认为:"格里高力所以没能走上革命道路,成了一个悲剧人物,除了小资产阶级动摇性的这个内因之外,还有其他外部条件""这首先是几个世纪以来沙皇政权给哥萨克群众所灌输的那种愚昧的偏见和特权思想""造成格里高力悲剧的另一个原因,在肖洛霍夫看来,

---

① 〔苏〕库鲁宾:《在肖洛霍夫家作客》,《苏维埃俄罗斯报》1957年8月25日,转引自孙美玲:《肖洛霍夫的艺术世界》,第47页。
② 〔苏〕勃里吉科夫:《〈静静的顿河〉思想艺术构思中的格里高力·麦列霍夫形象》,见孙美玲编选:《肖洛霍夫研究》,第100~160页。
③ 〔苏〕雅基缅科:《论肖洛霍夫〈静静的顿河〉中的悲剧因素》,见孙美玲编选:《肖洛霍夫研究》,第161~172页。

是红军和苏维埃政权的错误"①。徐家荣十分赞同"综合说",并且因此把格里高力悲剧的成因归纳为"社会历史根源""阶级出身根源"和"个人主观原因"。前两者与其他论述区别不大,在"个人主观原因"中,他指出:"格里高力在独特环境中形成的哥萨克勇敢、剽悍的性格,刚愎自用、独立不羁的野马般的个性,暴躁易怒、狂风般的脾气,动辄感情用事、任性胡为、反复无常,不断同各种社会力量的代表人物发生尖锐的冲突",以上三方面原因,导致了格里高力一生的悲剧和最后的毁灭。②

肖洛霍夫1934年在给英文版《静静的顿河》写的序言中指出:"使我感到有些不安的是,小说在英国竟被看成一部'异域情调'的作品。如果英国读者通过这种对于欧洲人陌生的哥萨克生活的描写,还能看到另外一点:即由于战争和革命的结果,在生活和人的心理上所发生的那些巨大变化,那么我将会感到幸福的",并且具体谈到,他写这部作品的目的是"展现两次战争和革命时期顿河居民中各种不同的社会阶层""探索陷入1914~1921年事变得强大漩涡中的个别人的悲剧命运"。③1935年他进而谈道:"麦列霍夫有着十分特殊的个人命运,我无论如何也不想在他身上体现中层哥萨克。"④1957年肖洛霍夫更具体地说明:"对于作家来说——他本身首先需要的是把人的心灵的运动表达出来。我在格里高力·麦列霍夫的身上就想表现出人的这种魅力……"⑤由此,俄、中两国学者提出了"人的魅力说"和"追求真理说"。

"人的魅力说"以科瓦廖夫等人和我国著名的翻译家力冈为代表。科瓦廖夫等人指出:"在《静静的顿河》中,格里高力·麦列霍夫的生活道路坎坷不平,最后以悲剧告终。他究竟是一个什么样的人?是一个被沉重的复仇欲念所葬送的牺牲品,抑或一个脱离人民,并背叛了人民的个人主义者?格里高力·麦列霍夫的悲剧,常常被批评界看作是一个脱离人民、背叛了人民的人的悲剧,或者被看作是一种历史的谬误。果如此,那么这样的人就只会引起人们的反感和藐视。可是在读者的心目中,格里高力·麦列霍夫仍然是一个性格鲜明和强有力的人物。在这个人物形象身上,作者不仅力图表现出他那由私有制社会的偏见所造成的极为有害的行动,而且极力表现出'人的

① 李树森:《肖洛霍夫的思想与艺术》,第31~32页。
② 参阅徐家荣:《肖洛霍夫创作研究》,第47~51页。
③ 孙美玲编选:《肖洛霍夫研究》,第418页。
④ 〔苏〕吉尔:《同肖洛霍夫谈话》,苏联《消息报》1935年3月10日,见孙美玲编选:《肖洛霍夫研究》,第470页。
⑤ 《苏维埃俄罗斯报》1957年8月25日,见孙美玲编选:《肖洛霍夫研究》,第471页。

魅力'。"①力冈在其《美好的悲剧形象——论"顿河"主人公格里高力》一文中也谈道:"这部作品的实质,这部作品的核心是什么呢? 作者肖洛霍夫说得很清楚,就是要表现人的魅力。人的魅力就是人性美和性格美,特别是中心人物格里高力的人性美和性格美。作家说到做到,他在作品中确实非常成功、非常有力地表现了中心人物的人性和性格美。"②我国近些年新出的一些文学史也大多持这一观点。③

"追求真理说"是当代俄罗斯学者比较有代表性的一种观点。普里伊玛在《〈静静的顿河〉的世界意义》一文中认为:"葛利高里的形象是俄罗斯人的悲剧性命运的综合形象,他体现了人民的痛苦和愿望,他是真理的探索者、劳动者,他走遍了但丁的层层地狱,最后从自己身上找到了同儿子、同村人、同我们一起面向未来的精神力量。"④叶尔绍夫指出:"关于格里高力的'背叛'或是历史迷误的争论无助于对造成其悲剧命运的原因找出答案。不能按分析中农情况的那种生硬的社会学公式去分析格里高力的形象,说他是个劳动者,所以同人民、同土地有着紧密的联系,但作为一个私有者,他对苏维埃政权持怀疑动摇的态度,所以个人利益又占了上风。我认为不能把麦列霍夫解释成'一个不理解革命也不接受革命的叛匪'。的确,动摇不定是麦列霍夫固有的特征,但他与很多人不同,他感到在革命的本质中有着某种更为重要的东西。格里高力·麦列霍夫不仅是为土地和自由而进行斗争的。他还想知道:十月革命除了在经济和权利方面,在精神道德方面究竟会给哥萨克带来什么新东西""对于格里高力来说,探索真理是最主要的事""格里高力·麦列霍夫是一个秉性骄傲和酷爱自由的人,同时又是一个哲理的探索者。对于麦列霍夫来说,革命的伟大和必然性应该通过生活的整个进程显示出来并予以证明"。⑤阿格诺索夫等学者更具体地谈道:"与'背叛论'差别不大的,是把格里高力悲剧解释成迷途。这种解释有正确的一面,即格里高力身上体现着很多俄罗斯民族性格的特征,俄国农民的特征。但再往下就是利用引语随意发挥了。列宁(在关于列夫·托尔斯泰的文章中)曾说过,农民一半是私有者,一半是劳动者,他的特点就是动摇。格里高力也动摇过,但最后迷失了方向。因此他既应该受到谴责(他没能选择正确的道路),又

---

① 〔苏〕科瓦廖夫主编:《苏联文学史》,第407~408页。

② 〔苏〕肖洛霍夫:《静静的顿河》,漓江出版社1992年,译本前言第15页。

③ 参阅李辉凡、张捷:《20世纪俄罗斯文学史》,青岛出版社1998年,第210~211页;李毓榛主编:《20世纪俄罗斯文学史》,北京大学出版社2000年,第166~169页。

④ 孙美玲编选:《肖洛霍夫研究》,第97页。

⑤ 〔苏〕叶尔绍夫:《苏联文学史》,第537~542页。

值得同情（一个有杰出才能的人死了）。任何一个熟读小说的人会轻而易举地发现，格里高力的迷惘并非因为他是私有者，而是因为在交战的任何一方他都找不到道义上的绝对真理。可是他对这一真理的寻求，是抱着俄罗斯人特有的那种务求完美的态度""格里高力身上异常鲜明地体现着个性的基础，体现着俄罗斯人的道义上的完美主义，追根究底却不肯半途而废，不会向打破生活自然进程的任何行为妥协""格里高力追求真正的生活理想的道路，是一条充满了收获、错误、损失的悲剧性道路，这也正是俄罗斯人民所走过的道路"。①瓦连京·奥西波夫更具体地指出："肖洛霍夫用自己的艺术作品，宣传不要推开那些寻找真理的人们。他给了所有的人——遵守教规者，摇摆分子和敌人——发表自己信念的权利。""我在米哈伊尔·肖洛霍夫身上看到了格里高力·麦列霍夫的影子，怪不得这是他心爱的人物。正如我现在明白的，他们俩为寻求真理都经历了巨大的磨难。"②

我国的肖洛霍夫专家孙美玲在某种程度上则综合了"历史迷误说"和"追求真理说"，她指出："格里高力在整个国内战争中，从一个营垒投入另一个营垒，反反复复，企图寻找正确道路而终不可得，长期在历史的十字路口徘徊，最后才悟出历史的必然，终于回到了家，回到苏维埃现实中来"，"格里高力为寻求'真理'痛苦地从一方到另一方。他走的是一条曲折而复杂的道路，每一步都充满了矛盾；当他走在正确道路上的时候，却包含有内在的将要离开这条道路的因素，当他步入歧途、在歧途上行走的时候，又同样包含有离开这条歧途、向往走上正路的因素。格里高力的生活道路典型地表现了哥萨克在革命中悲剧性的、曲折的历史道路，然而他的道路又与哥萨克的道路不完全一致。当哥萨克经历了曲折回到正确道路上来的时候，格里高力仍然站在历史的十字路口上。他的特殊性加深了他的典型意义，他的悲剧更深刻地反映了哥萨克在国内战争中的历史的曲折。肖洛霍夫通过格里高力的悲剧道路，表现了作家对人和革命、人和历史的关系以及对党关于哥萨克政策的看法，从而也把长篇小说的主题发掘得更深入。"③

刘亚丁、何云波的"三套话语"则综合了"追求真理说"（只是"真理"的内涵与俄罗斯学者有所不同，因此在一定程度上隐含了"历史迷误说"的内蕴）和"人的魅力说"。他们认为，这部小说有三套话语："一是关于真理的话语，作品有一个预设的任务就是展现哥萨克人如何通过战争、痛苦和流血，走向

---

① 〔俄〕阿格诺索夫主编：《20世纪俄罗斯文学》，第441~444页。

② 〔俄〕奥西波夫：《肖洛霍夫的秘密生平》，第510页。

③ 孙美玲：《肖洛霍夫的艺术世界》，第47页。

社会主义,作品把拥护苏维埃,迈进社会主义称为'伟大的人类真理'";二是"关于'人的魅力'的话语,它确立的评价人物的标准是——该人物是否富于人性,是否显示出性格特点中某种优于他人的品质";三是"关于乡土的话语。肖洛霍夫自小生活在顿河哥萨克中,对顿河乡土有着本能的亲切感。在小说中,充满生命活力的顿河草原,往往构成了与那个血腥、动荡的世界相抗衡的另一世界,也成了主人公漫漫漂泊征途中的精神皈依。也许,高尔基正是在这个意义上把《静静的顿河》称作是'地方文学'"。①

以上各种说法都以作家的言论为依据,可谓言出有据,然而由于作家当时主要处在一种不那么正常的政治环境中,他的言论大多是从社会政治角度出发的,有时甚至可能是言不由衷的,只有一部分是发自内心和从人的角度来谈的,后者才是真正有意义和价值的。倘若仅以社会政治模式去研究文学,往往会遮蔽了对丰富而复杂的人的困惑、人生问题、人的心灵、人性等的认识。由此看来,从人的魅力和探寻真理这一角度去研究格里高力形象的意义应该更大。我们赞同"人的魅力说"和"探寻真理说",但觉得这两种说法还稍嫌简单,而没有更多地从人性尤其是从历史剧变时期战争处境中追求独立与自由、人道主义、思考者这一角度去思考。如果从这一角度去思考问题,将会带来更为开阔的视野,也更能说明格里高力悲剧的原因及其悲剧的普遍意义。我们认为,格里高力这一形象反映了历史剧变时期战争处境中一个追求独立与自由的人性思考者的悲剧。

历史剧变时期的战争处境中,各种思想纷纷登场,人们空前的活跃,也空前的迷惘。尤其是当历史进行到革命与反革命的大搏杀阶段,往往逼迫人们不能再观望徘徊,跳出中间圈子,作出单向选择。然而大多数平民百姓并没有很高的政治觉悟,更无窥破历史发展的远见,他们只想过平安、幸福的日子,不免犹豫不决,甚至坐观其变。卢卡契非常公正、客观地指出:"历史上没有哪一次内战能够激烈到把全体人民毫无例外地变成敌对阵营的这一方或另一方的狂热支持者。总是有一大群人站在两个阵营之间,犹豫不决,有时同情这一方,有时又同情另一方。"②因此生活在历史剧变时期战争处境中的人们是非常痛苦的。

历史的剧变和战争状态使他们脱离了生活的常规,感到无所适从。格

---

① 刘亚丁、何云波:《在中心与边缘之间:关于肖洛霍夫的对话》,《俄罗斯文艺》2000年第1期;或见何云波、彭亚静:《对话:文化视野中的文学》,安徽文艺出版社2003年,第7~8页。

② 〔匈〕卢卡契:《历史小说的古典形式》,见《司各特研究》,外语教学与研究出版社1982年,第105页。

里高力的父亲潘捷莱老头的感受说出了当时绝大多数平民百姓的心声："如果说,他以前过日子,处世做人,就像驾驭着一匹训练有素的马在崎岖不平的大道上奔跑,那么现在,生活就像一匹跑得满身汗沫的发了狂的马,驮着他在飞跑,他已经驾驭不住这匹马,而是无可奈何地在颠来颠去的马背上摇晃着,只求不跌下去。"也说自己"好像大风雪中在草原上迷了路"。

同时,革命与反革命的搏杀,迫使他们不得不作出对他们来说相当艰难的抉择(小说中的哥萨克人伊兹瓦林一针见血地对感到无所适从因而迷茫的格里高力指出:"现实会逼着你去弄清楚,而且不仅逼着你弄清楚,还要逼着你朝某一方面走。")——因为他们大多不知道谁代表真理,更不知道历史的风将往哪个方向吹,无法拿定主意站在哪一方面。俄国大将瓦连尼科夫以切身体会非常真实地谈到这种情况:"当时的特点是什么呢?政权一再易手。对于被俘的敌方人员、同情者和往往完全无辜的人们实施极其残酷的迫害。大多数居民完全不明白事实上发生的一切,不明白双方的目的。"①在这样一个特殊的时期,只有历史的车轮和战争的机器轰轰震响,向前飞奔,人的意志、犹豫甚至人性,只能被风驰电掣的历史车轮和战争的机器碾得粉碎。而格里高力却在这样一个特殊时期成为一个追求独立自由的人性思考者! 他的命运自然只能是悲剧性的。下面,我们来对此加以具体的分析。

格里高力充分体现了人的魅力。外貌上,他高个子,身材匀称、体格健壮,长着鹰钩鼻子,全身洋溢着青春活力,充满健康美、青春美。虽然他暴躁易怒,感情用事,但他更多的是性格开朗、乐观热情、刚毅自信、独立不羁、热爱劳动、热爱生活,并从一个天不怕地不怕的十九岁小伙子成长为一个性格丰满复杂的哥萨克英雄,虽然一度有人性的扭曲,但一直在探索人生的道路、寻找真理,性格充满魅力。

其一,格里高力在红军和白军拼死搏杀、决定社会发展方向的历史剧变时期、战争处境中,追求独立与自由,这也是其最可贵、体现人的魅力之处。他所追求的独立自由,包括两个方面:

他个人的独立与自由。在这方面,小说通过他对爱情和他人的态度表现出来。

格里高力在爱情方面,极力追求自由,半点也不愿勉强自己的感情。他倾心所爱的人是阿克西妮亚。而阿克西妮亚是邻居司捷潘的妻子。格里高力的父亲为了避免麻烦,为他娶了本村首富柯尔叔诺夫家美丽的女儿娜塔

---

① 〔俄〕瓦·瓦连尼科夫:《人·战争·梦想》,赵云平、孙越译,解放军文艺出版社2005年,第4页。

莉亚。格里高力并不爱娜塔莉亚,他之所以娶她主要是依从习俗和父亲,在某种程度上可能还出于年轻人对于结婚的好奇。因此,在新婚的时候他不仅未感到新婚的甜蜜和幸福,反而觉得从此失去了独立和自由。"一个钟头之后,格里高力就和烛光下显得分外美丽的娜塔莉亚并排站在教堂里了。他手里捏着蜡烛杆儿,心不在焉地用眼睛扫了一下嘁嘁喳喳的、厚厚的人墙,脑子里回响着撵也撵不走的一句话:'不能随便逛荡啦……不能随便逛荡啦。'……格里高力木木的。"婚后,他为了自己行动与情感上的独立与自由,不惜顶着巨大的道德与舆论压力,抛下父母和家庭,远离生于斯长于斯的村子,带着自己所爱的阿克西妮亚私奔,放弃富足的生活,跑到地主李斯特尼次基家当雇工。尽管后来几经曲折,也曾与娜塔莉亚和好,对她产生了一定程度的爱,但他从不勉强、压制自己的感情,依旧追求、热爱阿克西妮亚,一再把她悄悄地接出来和自己团聚,直到阿克西妮亚死去。

在和他人相处时,格里高力的独立和自由首先表现为十分看重自己的尊严。如进入部队不久,有一个司务长仗势欺人,动辄打人,而被打的士兵往往只能忍气吞声,因此他的气焰十分嚣张。有一次,当他借故想打格里高力时,格里高力的脸色"白得像石灰一样",义正词严地对他说:"如果你敢打我,我非把你打死不可!"吓得司务长滑滑跌跌地离开了。在白军的军官中,格里高力更是以看重自己的尊严著称。其次,他这种独立和自由,在某种程度上表现为野性十足、桀骜不驯。参军体检时,军医们一见到他就认为他是"一副强盗相……太野啦",受伤后住院时,"医院院长在接受格里高力入院的时候,匆匆打量了一下他那张非俄罗斯型的脸,就下了断语:'是个不安分的家伙。'"

格里高力所追求的个人独立和自由,用俄国当代学者李维诺夫的话来说就是"个性独立""爱好自由",他还指出,格里高力"从少年时代起就表现出我行我素和坚定果断的作风,具备哥萨克特有的重视友谊、独立自主、襟怀坦白的情感以及厌恶所有道德卑鄙、感情脆弱和自私自利的人的态度"[1]。

哥萨克人的独立和自由。"哥萨克(Казак)"源于突厥语,本意是"自由的人""勇敢的人",15~17世纪,一批批俄罗斯中部的逃亡农民来到顿河、第聂伯河、伏尔加河及草原地区,组成了自由哥萨克自治村社,自成一体,形成了哥萨克这一特殊的群体,尤其珍爱独立和自由。因此当红军解放顿河流域时,哥萨克人普遍认为自己的领地遭到了侵犯,再加上当时的极左政策,更使得哥萨克人为了自己的独立和自由拿起武器,拼死保卫自己的家园,并且和白军站到了同一战壕里。有学者指出:"哥萨克人对于革命始终是浅尝辄止的,

---

① 〔俄〕李维诺夫:《肖洛霍夫评传》,第85~86页。

他们对革命的涉足仅仅停留在表面。最深沉的直觉告诉他们,任何破坏传统传承、扰乱血统沿袭的行为,都是致命的。面对横扫俄国的变革之风,哥萨克人在社会与心理上都表现出坚不可摧的态势,这促成了他们1917年总体瓦解前夕更为激烈的抵抗,并且对之后共产党重整社会的计划抱有普遍的敌意。哥萨克人拥有足够顽强的精神,去英勇地反抗那必将发生的一切。这一切便是哥萨克史诗极其生动有趣而又富于悲剧色彩的原因。"①

格里高力像成千上万的哥萨克一样,为哥萨克的独立和自由而战②,"格里高力渐渐痛恨起布尔什维克来。布尔什维克跟他作对,使他背井离乡!他看出:其余的哥萨克也怀着这样的心情。他们都觉得,这次战争全怪布尔什维克,怪只怪他们侵犯顿河地区"。他认为:"古时候,鞑靼人侵犯过顿河,来抢夺土地,压迫老百姓。现在,是俄罗斯来啦。不行!我决不容许!他们是我、是所有哥萨克的敌人。"他为此甚至加入了白军。但他又早已觉醒,不可能和那些将军老爷们沆瀣一气。很早以前,在革命者贾兰沙的教育下,格里高力就明白自己参加战斗,是为地主老爷、沙皇官吏们送命——"就是他们,就为了他们过得快活,才把我们从家里赶出来,叫我们去送死……他们都吃得肥肥的,都要冒油啦"。现在,他发现那些将军、老爷们也不过是在利用他们,"我们……上了老爷们的当啦。他们叫我们不能好好地过日子,用我们的手去干他们的事情。什么事都不能相信人啦……"因此,他"站在两方面斗争的边缘,两方面他都反对"。他宣称:"庄稼佬的政府,庄稼佬才用得着。……不管是共产党,还是将军——都是套脖子的圈套。""不论革命还是反革命,我都讨厌。"尽管他也明白,"咱们要么靠拢白军,要么靠拢红军。站在当中是不行的,他们会把咱们挤碎",并且两次投向红军,三次倒向白军。但他那种过于追求独立与自由的个性和他所走的弯路,使他无论是在白军那里还是在红军这边都成为异类,得不到信任,他后来对自己的经历总结说:"我总是很羡慕像李斯特尼茨基少爷和咱们的柯晒沃依那样的人……他们一开头就什么都明明白白,可是我到如今还是糊里糊涂。他们两个都走的是直路,都有自己的目的,可是我从1917年起就走的是弯来弯去的路,

---

① 〔美〕斯图尔科:《肖洛霍夫的哥萨克世界》,见刘亚丁编选:《肖洛霍夫研究文集》,译林出版社2014年,第199页。

② 在1917~1921年间顿河哥萨克曾多次组织起来,试图捍卫自己的独立和自由,其中最有名的代表是菲利普·米罗诺夫,他曾为苏维埃政府和白军浴血奋战立下赫赫战功,后来因试图捍卫哥萨克的独立和自由被苏联政府枪毙,详见〔俄〕B.丹尼洛夫等编:《菲利普·米罗诺夫:1917~1921年时期的静静的顿河》,乌传衮、温耀平译,人民出版社2010年。

就像醉汉一样摇来摆去……离开白军，可是又不靠拢红军，荡来荡去，就像冰窟窿里的粪蛋子……起初……我实心实意为苏维埃政府干，可是后来就一下子变了……在白军里面，在他们的司令部里，我是一个外人，他们始终对我不信任……可是后来在红军里也是这样。"这样，他只能有悲剧的结局。

其二，格里高力力求做一个人道主义者，然而革命和反革命的搏杀迫使人们作出选择，互相分化，这样人与人的关系陡然间复杂起来。人们不得不各怀心思，各有选择，相互失去信任，格里高力的哥哥彼特罗说："人和人都分群啦……就好像用犁头犁了一下子：有的翻到这一边，有的翻到那一边。日子不像日子，年头不像年头！谁也猜不透谁的心思……你是我的亲弟弟，可是我不了解你的心思，实在不了解！"甚至变得残酷无情，不仅要消灭敌人，而且要消灭同情敌人的人，要杀死同情心。坚定的革命者彭楚克告诫自己有同情心的同志说："不是他们杀死咱们，就是咱们杀死他们！……没有中间道路可走。血债就要用血来还。问题就在于谁打死谁……明白了吗？像加尔梅柯夫这样的人，就得打死、消灭，像对待毒蛇一样。对那些同情他们的人也要开枪……明白吗？为什么要同情？你要咬住牙！心肠要硬！……"而且，革命与反革命的较量，在敌对双方看来，都是一场既"不认亲戚，也不认兄弟"的战争。

可格里高力正因为高自尊，对别人也很尊重，富于人道情怀，在残酷无情、消灭人性的战争中，他却要做一个人道主义者。首先，他反对抢劫。战争期间，一片混乱，其他的部队抢劫成风，"但是不知为什么格里高力干不惯这种事——他只拿点儿吃的东西和马料，心里隐隐地害怕动别人的东西，很憎恶抢劫的行为。他看到自己的哥萨克抢劫，特别反感。他对自己的连管得很严。……他从没有下过命令枪杀俘虏和剥俘虏的衣服。他这种过分的温厚，引起哥萨克和团首长的不满。还把他叫到师部去问原因"。但他坚持到底，甚至严正地反对父亲的抢劫要求说："你别跟我说这些啦！要不然我马上把你撵走！为这号事儿我打过哥萨克的嘴巴，可是我爹现在来叫我去抢人家！"战争中的杀人，更是使他十分难受，在参战之初，他对哥哥彼特罗说："叫人互相残杀，太残酷啦！人变得比狼还坏。穷凶极恶。""我无缘无故砍死了一个人，所以我一想到他，心里就十分难受。每天夜里都梦见他，甩都甩不脱。"正因为如此，他特别反对枪杀俘虏，痛恨滥杀无辜，甚至敢于冒生命危险阻止这类事情的发生。在红军部队里，他为了被杀的俘虏，要不是被人拉住，差点和波得捷尔科夫拼命；在白军里，他又勇闯监牢，放出了被囚禁的红军家属。因此在红军里，他是一个值得怀疑的异类；在白军里，他又是"一只受到歧视的白老鸹"。

其三,格里高力尽力用自己的头脑去思考。科尔米洛夫等指出:"格里戈里在后来的叙述中一直是一个追求正义的人,他反对抢劫、反对虐待俘虏,他思索着生活中的一切体制,思索着自己个人对生活的责任。"[1]显然,在他的处境中,头脑简单者和思想单一者比较幸福。如娜塔莉亚的哥哥米佳,他的头脑十分简单:"饿了的时候,可以去偷,而且应该去偷,哪怕是偷同伴的东西也行,而且在饥饿的时候他就偷过;靴子穿破了,干脆就从德国俘虏的脚上往下剥;犯了错误,应该赎罪,于是米佳就去赎罪:多次出去侦察,多次带回他捉来的半死不活的德国哨兵,多次自告奋勇去干冒险的事情。"因此"他的生活道路很简单,很直,就像一条垄沟,他大模大样地顺着垄沟往前走就行了"。格里高力的朋友米沙和白军军官李斯特尼茨基的思想则比较单一。他们一个坚信布尔什维克,一个相信沙皇和白军,都有稳定、单纯的信念,在生活的道路上直来直去,向前挺进。而格里高力的思想比较复杂,他力求寻找一条独立自由的道路,探索对哥萨克人有利的途径,他变成了一个思考者。他思考了不少问题,其中最重要的问题就是"为什么打仗"。"格里高力苦闷异常。他一整天在马上晃来晃去,断断续续地想着以后的事情",最后,"他打仗也打厌了。真想远远地离开这个充满了仇恨和敌视的难以理解的世界。过去的一切都稀里糊涂,矛盾重重,探索一条该走的路是很难的;就好像走在一条遍地泥沼的小路上,脚底下的泥土不住地摇晃着,走着走着,小路又分成了两条,于是就没有把握了,不知道该走哪一条"。在这样一个动乱多变的时期,思考根本解决不了任何问题,因为历史的运行在这个时候需要的只是盲目地参与,过多地思考只会给思考者带来痛苦、犹疑、迷惘,甚至毁掉思考者。格里高力的思考正是如此,它不仅使他在历史剧变的关头痛苦不堪、徘徊不定,而且使他对白军和红军都心怀不满,成为两边都不讨好的人物,从而注定了他最后悲剧的结局。

然而即使到最后,格里高力发觉自己的思考和探索全都是枉费心思,徒劳无益,他依旧是一个人道主义者,反对仇杀,捍卫独立和自由。

现在他觉得那些探索是白费心思,没有一点意思。有什么好想的呢?为什么自己的心要像一只被围捕的狼那样,为了寻找出路,解决矛盾,老是撞来撞去?世上的事本来是很好笑、很简单的。现在他觉得,世上根本就没有对任何人都适用的道理,于是他无比恼恨地想:各人有各人的道理,各人有各人的路嘛。为了一块面包,为了一块土地,为了

---

① 〔俄〕科尔米洛夫主编:《二十世纪俄罗斯文学史:20—90年代主要作家》,第484页。

活下去，人和人一直在你争我夺，而且只要还有太阳照耀着，只要血管里还流着热血，还要一直争下去。应当和那些想要人的命、不叫人活下去的人拼了；要坚决地拼，不能摇来摆去，而深仇大恨和决心也都是斗争出来的。只是不能叫爱情受束缚，要想爱谁就爱谁，想怎样爱就怎样爱——那就好了。

因此，李维诺夫指出："不论格里高力·麦列霍夫的心灵在战争中受到多么严重的创伤，但独立、爱好自由、人道主义始终是他这个人的鲜明特点。"[1]

的确，个性突出、追求独立自由、爱思考的人道主义者和真理的探索者格里高力，具有丰富的多面性和丰满性，是一个相当复杂、极其成功的形象。"格里高力在全书中，几乎是其他人物眼中、脑中、耳中、口中'过滤'出来的'异物'。我们在格里高力的大半生中，不断看到试图对他的行为、思想意识与处事方法进行修正与评判的人物。娶亲之前，是父亲眼里行为不端、'叫老子丢人'的儿子；体检时，是军医眼里'一副强盗相'不能进御林军的哥萨克；村民大会上，是被同村人信不过的'红肚子'；观看俘虏时，被波得捷尔科夫讽为'倒戈者'；当上了暴动军师长时，被自己的参谋长考佩洛夫评价为'一个极其偶然闯入军官界的军官'；在传令兵普罗霍尔·泽柯夫喋喋不休的讲述中，是一位战斗在红军中的'赎罪者'；在米沙的'最后通牒'中，是一位'如果万一有什么风吹草动，你就会投到另一方面去'的政治上不可靠的朋友和亲戚。"[2]这一形象的意义，首先在于通过他写出了历史剧变时期、战争处境中大多数平民百姓的犹豫与痛苦；其次，也写出了历史前进的脚步总是以牺牲部分百姓的利益为前提的，这是自普希金的《波尔塔瓦》《铜骑士》等作品以来，俄国文学的一个重要主题[3]；最后，进而写出了当时的人道主义、追求独立自由者和思考者的悲剧。这与帕斯捷尔纳克的《日瓦戈医生》可谓异曲同工，从不同的角度表达了共同的思考和相同的主题。同时，这也可能是生长于顿河哥萨克中、十分热爱酷爱独立自由的哥萨克的肖洛霍夫，为顿河哥萨克所唱的一曲深沉悲戚的挽歌。冯玉芝等进而指出："在你死我活的国内战争中，'中间状态的人'独特地诠释了某一个别世界的整体，使历史叙事与人类心理的开掘互为表里，这里对战争与革命的自省，就不再是一般个人的自省，而是融入了更为深广的对历史和时代的省察。从顿河的族际体

---

① 〔俄〕李维诺夫：《肖洛霍夫评传》，第102页。

② 冯玉芝：《肖洛霍夫小说诗学研究》，第78~79页。

③ 参阅曾思艺：《文化土壤里的情感之花》，东方出版社2002年，第68~76页。

扩展到俄罗斯民族,再上升到人类在20世纪的生存境遇,因而这个自省的价值也就决定了小说的世界意义。"①

人物的悲剧在同人与自然和谐的生活尤其是独具顿河哥萨克特色的风俗民情的生活、与大自然的对比中,显得更加深刻、动人心弦。

肖洛霍夫宣称:"《静静的顿河》的主要创作任务是反映顿河地区的生活、风俗和人。"②因此这部小说的一个突出特点是与大自然十分和谐的浓郁的顿河风情。小说开头即引用了两首哥萨克古歌,既为作品奠定了主题的基调,更拉开了哥萨克生活风习的序幕。随后,小说生动、细致地描绘了顿河哥萨克的日常生活和风俗民情,既描绘了哥萨克群体的日常农业生产劳动和参军培训的情况,也展示了哥萨克民间节日、婚宴、葬礼、晚会、服装、歌舞的种种场面,穿插了幽默风趣的民间传说、活泼多致的讽刺玩笑和生动优美近三十首之多的古歌、民谣、小调乃至儿歌、摇篮曲,同时细致地描写了哥萨克人的衣饰打扮等,甚至还有不少对源自民间多神教和巫术传统的迷信习俗的描写,从而原生态地表现了顿河的农村风俗。因此,小说有浓郁的顿河地方色彩,顿河流域的自然风光,顿河两岸哥萨克的风俗习惯、世态人情、婚丧嫁娶,都写得栩栩如生,多姿多彩。有论者认为:"在描写哥萨克古老的民间习俗时,肖洛霍夫可谓不惜笔墨。艺术家留神的眼睛没有漏过任何东西:我们可以看到哥萨克男女平日和节日里的着装、去服兵役的哥萨克带的家什。肖洛霍夫细心地描写了经过劳动和艰难困苦的军旅生活后形成的习俗和规矩。哥萨克对自己的马匹的眷恋、对打仗用的兵器的保养、对所有传统生活行为准则的尊重——这一切在作家笔下都得到诗意的描写。"③正因为如此,阿·托尔斯泰指出:"米哈依尔·肖洛霍夫是我们文学中另一个非凡的现象……他在《静静的顿河》中,展示了哥萨克生活的史诗般的、充满土地气息的、生动绮丽的画卷。"④比留科夫更是因此称肖洛霍夫为顿河地区的"风俗派作家,编年史家"⑤。

更重要的是,小说表现了顿河哥萨克群体在历史剧变时期的心理痛苦

---

① 冯玉芝、杨淑华:《从全景史诗到生命图腾:论俄罗斯战争文学流变》,《外语研究》2018年第5期。

② 《肖洛霍夫传记资料》(一),见孙美玲编选:《肖洛霍夫研究》,第413页。

③ 〔苏〕亚·赫瓦托夫:《以人民生活为重:论肖洛霍夫的创作个性》,见刘亚丁编选:《肖洛霍夫研究文集》,第115页。

④ 〔苏〕阿·托尔斯泰:《四分之一世纪以来的苏联文学》,见孙美玲编选:《肖洛霍夫研究》,第24页;或见《肖洛霍夫中短篇小说选》,马龙闪等译,新华出版社1985年,第238页。

⑤ *Бирюков Ф.Г.* Шолохов(Второе издание),М.,2000,С.4.

和精神变化，也就是卢那察尔斯基所说的，"表现父与子的冲突，表现顿河的解体，表现一部分哥萨克起来反对大多数哥萨克、外乡人在红军的支持下同土生土长的哥萨克展开残酷斗争的严峻的历程"①，由此体现出对人的命运的关注。因此小说被人叫作反映哥萨克生活和风土人情、精神面貌的"百科全书"，作家也被称为"亲爱故乡的编制史家"，法国学者乔治·阿尔特曼宣称："在这部农民的交响乐里，最动人心弦的是葛利高里和阿克西尼娅的爱情的乐章，他们的爱的激情洋溢着春日和夏日的气息，使广阔的乡村天地焕然一新，它仿佛同解冻的大河的喧闹的河水汇合在一起、挟卷着残存的冰块涌向大海……《静静的顿河》是一部散发着自然气息、充满了激烈情感的、从而使我们返回到生活真正源泉中去的书籍。"②

特别需要指出的是，小说大力描写哥萨克人与大自然十分和谐的种种风俗民情，就是为了以此反衬战争的荒诞与残酷，它破坏了人与自然的和谐，打破了人与自然、人与人相亲的和平生活，迫使人拿起武器，自相残杀，毁灭了人们之间相亲相爱的关系。"说也奇怪，麦列霍夫家的情形变得好厉害呀！从前，一切都有条有理，共同分担欢乐与痛苦，在各方面都表现出多年来的和睦和融洽。本来是一个十分团结的家庭，可是从春天起，一切都改变了。杜尼娅头一个发生离心力……娜塔莉亚也和两位老人家疏远了……妲丽亚就更不用说了……她经常顶撞公公，根本不把婆婆放在眼里，常常无缘无故对家里人发脾气……家庭关系突然很快地破裂了，相互之间的亲热没有了，说话中越来越带着火气和疏远的口气……大家同坐在一张饭桌前，不再像过去那样，是一个和睦一致的家庭，倒像是一些偶然凑在一起的人了"，而"这一切的根源就是打仗"。因此，塔马尔钦科指出："在肖洛霍夫的这部长篇小说中可以看到家庭世界和传统的牢固家庭联系的全面崩溃。"③

同时，战争也毁了人自身——格里高力对娜塔莉亚说："我现在无法安慰你啦。我沾的别人的血太多，不管痛惜谁的心都没有啦。就连孩子们，我差不多也不心疼啦；我对我自己，连想都不想啦。战争把我的一切都吸干啦。我自己都害怕自己啦……如果朝我的心里看看，里面黑洞洞的，就像一口枯井……"曹海艳指出："在战争的阴霾下，不分敌我，人民的苦痛都是相

---

① 〔苏〕卢那察尔斯基：《十月革命后的俄罗斯文学》，见孙美玲编选：《肖洛霍夫研究》，第20页。

② 〔法〕乔治·阿尔特曼：《关于〈静静的顿河〉》，见孙美玲编选：《肖洛霍夫研究》，第449页。

③ 〔苏〕塔马尔钦科：《〈静静的顿河〉中的真理思想》，见刘亚丁编选：《肖洛霍夫研究文集》，第138页。

似的。战争带给人们的不仅是生命的消逝,更多的则是对精神与心灵的伤害。在此,肖洛霍夫对战争、对人民命运的关注早已超越一国的界限,扩展到全人类的范畴,从而使作品所表现的思想深度也得以再度提升。在肖洛霍夫将思想的触角由顿河哥萨克的生活转向俄罗斯人民乃至人类命运的过程中,他向读者充分展示了人们肉体和精神所遭受的双重苦难。"[1]

战争还损坏了大自然尤其是破坏了人与自然的和谐关系。小说曾特意写到"自幼就培养起了对土地、劳动、自然、动物的热爱之情"[2]的格里高力,在战争中渴望远离战争去过和平宁静的农家生活:"格里高力真希望能休息休息,美美地睡上一觉!然后就扶着犁把,顺着刚刚犁起的松软的犁沟往前走,对着老牛打几声口哨,听听仙鹤那悠远而嘹亮的叫声,轻轻地拂下微风吹到脸上的银色蛛丝,尽情地闻一闻新犁起来的秋天的土地那种葡萄酒一般的气味。"退伍回家时,他更是一门心思想着在大自然中劳作与大自然和谐相处:"格里高力美滋滋地幻想着,他回到家里怎样脱去军大衣和皮靴,穿上肥大的布靴子,按照哥萨克的习惯,把裤腿掖进白毛袜筒里,把粗布外套套到棉袄上,就下地干活儿去。手扶犁把,跟着犁顺着潮乎乎的垄沟往前走,拿鼻子拼命吸着犁起来的泥土那淡淡的潮湿味儿和犁断的青草那种苦丝丝的味儿,真是痛快极了。"

正因为如此,小说费了不少笔墨,大量描写大自然景物,作家以生花妙笔描绘了大自然绚丽多彩的优美景象,把顿河草原的花卉草木、鱼兽虫鸟、河流池塘、日月星辰和四季变化等写得细腻、逼真、生动、形象、优美,展现了顿河一带千姿百态的迷人风光,因此被称为"顿河草原的歌手"。

大自然花开花落、春夏秋冬、暑热寒凉、昼来夜往,循序渐进、十分自然。

这一年春天格外绚丽多彩。四月的天气又晴和又像玻璃一样明净。一行行大雁、一群群叫声像铜号的仙鹤,在高高的天空里追赶着白云,飞呀,飞呀,飞向北方。淡绿色的草原上,水塘旁边,一只只落下来打食儿的天鹅,亮闪闪的,就像撒在地上的珍珠。顿河边滩地上又是咯咯声,又是喝喝声,鸟叫声响成一片。在淹了水的草地上,在没有淹水的土垅和土包上,都有鹅在互相召唤,扑打着翅膀要飞;动了春情的公鸭子在河柳丛里一个劲儿地呷呷叫唤。柳树芽儿绿了,杨树上那黏黏的、芳香的芽苞儿鼓了起来。草原刚刚开始发绿,充满了解冻的黑土地

① 曹海艳:《顿河哥萨克的群体精神探寻与历史悲剧:〈静静的顿河〉新论》,第108页。

② Бирюков Ф.Г. Шолохов(Второе издание),М.,2000,C.34.

的陈腐气息和永远新鲜的嫩草气息,这时候的草原分外迷人。

……

各种各色的野花都开过了。冈头上的野蒿晒得无精打采地垂下了头。短短的夜过得很快。每天夜里,漆黑的天上都闪烁着无数的星星;一弯新月,这哥萨克的小太阳,放射着微弱的白光;宽宽的银河与其他一些星群纵横交错。酸涩的空气浓浓的,风又干,又带有野蒿气味;土地也吸饱了到处称霸的野蒿的苦味,很希望凉爽凉爽。一条条星路不停地闪烁着,一副高傲的神气,因为既没有马蹄践踏,又没有人足去踩;星星就像麦粒儿撒在天空干燥的黑土里,不发芽也不吐穗,撒过就没有了;月亮泛着干碱土颜色,草原上到处干透了,到处是枯萎的野草,到处有鹌鹑闹闹嚷嚷、拼死拼活地打架,还有又尖又响的蝈蝈叫声……白天里,又热又闷,到处烟雾蒙蒙。淡蓝色的天上,是火辣辣的太阳,万里晴空,再就是像一张棕色铁弓似的张大了翅膀的老鹰。草原上到处是银光闪闪的羽茅草,到处是没有光泽的、像褐色骆驼毛似的、晒得发烫的杂草;老鹰侧歪着身子在蓝天中盘旋,它的巨大的影子在下面草地上无声无息地滑过。

大自然也充满活力。

东风在顿河草原上狂吼。大雪掩埋了峡谷。沟沟坎坎都填平了。看不见大路,也看不见小道。四面望去,是一片白茫茫、光秃秃、被风舔得光溜溜的平原。草原好像死去了。……然而大雪覆盖下的草原还是在生活着。那白雪皑皑的耕地,就像冻结的浪涛;秋天就耙过的土地,就像僵死的水波;可是就在这些地方,被大雪压倒在地的冬小麦还在生活着,生命力很强的根拼命地往土里钻。绿油油、周身都凝聚着露水珠儿的冬小麦,瑟瑟缩缩地贴在松软的黑土地上,吮吸着土地那肥沃的黑血,等待着春天,等待着太阳,好冲破渐渐融化的像蜘蛛网一样薄的晶亮的冰壳子站起来,好在五月里变成诱人的翠绿色。时间一到,冬小麦要站起来的! 那时候鹌鹑就要在小麦地里欢跳,四月里的百灵鸟就要在麦地上空唱歌。太阳会一直照耀着它,春风会一直吹拂着它。

就连顿河水中的生活也宁静而充满活力。

深深的、平静的顿河水渐渐铺展开来。水流弯弯曲曲,就像鬈发似的。顿河晃晃悠悠地流着,慢慢地、静静地向两边泛着。黑鱼成群结队地在坚硬的沙石河底游来游去;鲟鱼到夜里就来浅水里打食儿,鲤鱼在岸边碧绿的水藻丛里翻滚;灰鱼和鲈鱼追逐着白鱼,鲇鱼往贝壳堆里乱钻,有时鲇鱼会翻起一片绿色的水波,摆动着金光闪闪的尾鳍,在一片月光下露一露面,就又沉下去,把长胡子的大脑袋扎到贝壳堆里,以便在黑黑的、光溜溜的树根丛中睡上一觉,一直睡到天亮。

在这优美而又充满活力的大自然中生活的哥萨克人本来自然、自由而又幸福,然而战争毁掉了这一切,从而相当生动有力地揭露了战争的荒诞与极大的破坏性。与此同时,大自然年复一年依旧生机如故,反衬了战争的短暂。小说的标题"静静的顿河"和作品中大量的风景画一般的自然景物描写更是构成了出色的象征,意在表明:自然是永恒的、宁静的,土地才是生命的源泉,战争等都是喧嚣一时的、违反人性的,因为"和平的劳动,繁衍后代,人与自然融为一体——这些就是肖洛霍夫的理想,历史应把这当作音叉来进行调音。一切背离这祖祖辈辈安排好的生活,背离人民经验的举动,都会引起不可预料的后果,导致人民的悲剧,个人的悲剧"[1]。亚·纳扎罗夫更具体地谈道:"肖洛霍夫的平静的叙述充满了哥萨克村庄的泥土、马汗和夜晚燃起的粪土的气息。人物身上焕发着动物般的'活力',有力地感染着读者。在他的小说里到处都有对阳光明媚的、广阔无垠的、粗犷的顿河大草原的描写,这草原静静地浮现在和平与战争之上。"[2]塔马尔钦科也谈道:"在《静静的顿河》中,自然的生命总是在与社会生活(和平、战争和革命)的交织中来展示的。自然崇高的循环性和规律性、周而复始的生活中生命的最终胜利——死,得到了强调。这是包容人类世界的宇宙生命,这是不管人类世界失调而顾自庆祝自己胜利的宇宙生命。"[3]

正如小说中所描写的,大自然四季依旧,景色也依旧。

(春天)黄黄的、和煦的阳光,像一头温和可爱的牛犊,安安生生地躺在解了冻的山冈上,土地渐渐松软了,顿河边一座山冈伸出的几道山

---

① 〔俄〕符·维·阿格诺索夫主编:《20世纪俄罗斯文学》,凌建候等译,中国人民大学出版社2001年,第436页。

② 〔美〕亚·纳扎罗夫:《肖洛霍夫关于战斗的哥萨克的史诗》,见孙美玲编选:《肖洛霍夫研究》,第452页。

③ 〔苏〕塔马尔钦科:《〈静静的顿河〉中的真理思想》,见刘亚丁编选:《肖洛霍夫研究文集》,第137页。

嘴上,已经长出翡翠般碧绿的嫩草。

(夏天)太阳升到了村庄的当头,村庄热得好像昏迷了似的。大地晒得滚烫,冒着腾腾的热气。青草和柳树叶子被毒热的阳光晒得无精打采地耷拉着,可是在溪边柳荫下却是一片阴凉,牛蒡草和潮湿的土地滋润着的另外一些茂草翠绿翠绿的;小水湾里的浮萍亮闪闪的,就像心爱的姑娘的笑靥;一处大水湾过去,有几只鸭子在泅水和拍打翅膀。

(秋天)河那边的树林里已经是一片寂寥而宁静的秋色。干枯的杨树叶子沙沙地往下落。一丛丛的野蔷薇就好像是着了火,那一串串红红的蔷薇果在稀稀的叶丛里,就像是红红的火舌。潮湿的橡树皮那种格外浓烈的苦味在树林里到处回荡着。密密丛丛的黑莓爬得遍地都是;一嘟噜一嘟噜熟透了的烟灰色的黑莓,很巧妙地藏在一丛丛的枝蔓下面躲避太阳。背阴处的枯草上一直到中午还有露水,挂满露水珠儿的蜘蛛网闪烁着银光。搅动这一片宁静的只有啄木鸟那认真的啄木声和画眉的啁啾声。

(冬天)风卷起松松的、凉得扎人的积雪,银色的雪粉唰唰地满院子飞舞。花坛外面的树上挂着轻柔的、像流苏一样的白霜。风把霜吹离枝头,霜向下落,松散开来,经阳光一照,放射出虹霓般的、像童话里那种光怪陆离的色彩。屋顶上,黑乎乎的烟囱里冒出的烟被风吹得歪歪倒倒的,有几只冻得瑟瑟发抖的寒鸦在烟囱旁边哇哇叫着。寒鸦听到脚步声,惊得飞了起来,像几个灰蓝色的棉花球似的在屋子上空盘旋了一阵子,就朝西边的教堂飞去,一只只瓦蓝色的寒鸦,在清晨淡紫色的天空里显得非常清楚。

德国学者奥皮茨指出:"相应于农民小说传统的是,一年四季的时间流程构成了情节线索……这种同自然进程关联在一起的活动具有内在的平衡、和谐;正是这种内在的平衡、和谐决定着农民的生活需求与心情……"他进而谈道:"在《静静的顿河》中,展现大自然的景象,并不仅仅是为了让我们赞叹大自然的美;我们必须认识生活进程的永恒性……'顿河秋水漠然地向大海流去',这是小说开头在对鞑靼村哥萨克各种各样的问题作了概览、简述之后出现的一句话;而在小说的结尾则是这样的话:'到了耕田和种地的时候啦。土地在召唤,召唤人们去干活……'"[1]

---

[1] 〔德〕奥皮茨:《论〈静静的顿河〉中的辩证矛盾》,见刘亚丁编选:《肖洛霍夫研究文集》,第270、271页。

自然永恒,而人的生命相当短暂:"青草会掩没坟墓,时间会掩没痛苦。清风已经舔净出征人的脚印,时间也会舔净那些没有回来,而且永远也不会回来的人留下的痕迹,因为人的一生是短促的,我们每个人能践踏的青草都不多……"人死了,人的坟墓也好,供牌也好,最终都会消失,只有大自然的生机依旧——各种生命一如既往地繁衍。

> 五月里,野鸭子在供牌旁边打架,在瓦灰色的野蒿里做窝儿,把附近快要成熟的冰草压成一片绿毡:那是野鸭子厮打的战场,争的是母鸭子,争的是生存、爱情和生儿育女的权利。过了不久,就在这供牌附近,在一个小土包脚下,在乱蓬蓬的老蒿底下,一只母鸭子生下九个蓝中带黄的花蛋,母鸭子便卧在这些蛋上,用自己身体的温暖来孵化,用灿烂有光的翅膀保护着。

这是作家在战争叙事方面最有意思的东西,对瓦西里耶夫的《这里的黎明静悄悄……》等有很大的影响。这种艺术手法,与哈代的《写在"万国破裂"之时》一诗可谓异曲同工。

> 1.独自一人犁地,/缓慢无声前移,/一匹老马,拖着蹒跚的步履,/半在瞌睡半在拉犁。// 2. 没有火光的几缕青烟/从野草堆上袅袅升起,/然而这将延续不断,/任凭朝代推移。// 3.那边,走过一对男女青年,/悄声细语,情意绵绵,/战争的风烟即将隐没黑夜,/他们的故事却永远讲不完。[①]

值得一提的是,《静静的顿河》深受托尔斯泰小说的影响,它同托尔斯泰的《战争与和平》在艺术上有不少近似的地方,彭克巽指出:"首先表现在小说结构上围绕几个家族生活的描写来开展故事情节的艺术手法。在这些描写中人物在战场时的严峻生活和回到家园时悲欢离合的感情生活相交织。托尔斯泰卓越地展现了四个贵族家庭生活的悲喜剧,肖洛霍夫虽然比较集中地描写中农葛利高里一家的悲剧性命运,但以它为中心也分明地刻画了娜达莉娅出身的富农家庭,阿克西妮亚及其丈夫斯捷潘一家,以及地主李斯特尼茨基一家的生活,即描绘了四个主要的家族生活的悲喜剧。其次,肖洛霍夫的小说与托尔斯泰的小说相接近的,还有那不慌不忙的、从容不迫的所

---

① 《托马斯·哈代诗选》,蓝仁哲译,四川文艺出版社1987年,第93~94页。

谓'大河小说'的叙述风格,近似自然的生活流程的艺术风格,史诗风格。所以具有这些共同特征是因为这两个作家都非常熟悉他们所描写的社会生活形态。托尔斯泰非常熟悉宗法制贵族地主的庄园生活,肖洛霍夫挚爱剽悍、纯朴的哥萨克劳动人民,而正像托尔斯泰看到宗法制庄园生活不可避免的瓦解趋势那样,肖洛霍夫站在十月革命的立场看到哥萨克部落制度是个历史的悲剧。"①马克·斯洛宁也谈道:"他的这部巨著显然是在托尔所泰的影响下构思和完成的。使人想起《战争与和平》的,不仅是肖洛霍夫作品的广阔范围,还有它的结构、艺术手法,以及对主人公的心理刻画。……肖洛霍夫仿效了他的大师,把传记与历史、战争场面与家庭琐事、群众运动和个人情感的波动交织在一起。他展现了社会动乱怎样改变个人的命运,政治斗争怎样决定各种不同人物的祸福。"②他进而具体分析道:《静静的顿河》是写革命与内战的第一部范围广阔,人物、山川、社会变迁无所不有的作品,是用托尔斯泰的史诗体裁(意指《战争与和平》)写就,不但情节动人,而且对人物的刻画也极高明,文笔细腻入微,气魄雄浑。它之所以使人想起《战争与和平》,不仅在于篇幅之长,它的结构以及笔法亦与托尔斯泰的不朽之作相似。肖洛霍夫仿效托尔斯泰把人物生平与历史糅合在一起,以战场景色及群众动态与家庭事件互相掺杂,从一个个人的眼睛里写出社会大动荡与政局之变化,而这些人的爱、幸福或毁灭,都取决于阶级斗争及革命的潜在力量。③

---

① 彭克巽:《苏联小说史》,第89页。
② 〔美〕斯洛宁:《苏维埃俄罗斯文学(1917~1977)》,第195页。其中最关键的几句也写作:"效仿托尔斯泰,把人物生平与历史糅合在一起,以战场景色及群众动态与家庭事件互相掺杂",详见〔美〕斯洛宁:《现代俄国文学史》,第379页。
③ 参阅〔美〕斯洛宁:《现代俄国文学史》,第378~379页。

第三章　卫国战争初期的民族存亡

1941年6月22日凌晨,希特勒撕毁《苏德互不侵犯条约》,出动190个师、3700辆坦克、4900架飞机、47000门大炮和190艘战舰,分为北方、中央、南方三个集团军群,在北起波罗的海,南至黑海的2000多千米的漫长战线上,分三路以闪电战的方式,向苏联发动突然袭击。①苏联政府和人民奋起战斗,保家卫国。终于在1945年5月8日,迫使德国无条件投降,从而获得了战争的胜利。这场战争,历时将近四年,历经大小战役数百次,最有名的大战役主要有:莫斯科会战、斯大林格勒会战、列宁格勒围困战、库尔斯克会战和柏林战役,等等,为苏联战争小说提供了取之不尽的素材,苏联卫国战争小说十分繁盛地出现了。

一、概述

面对德国军队的悍然入侵,苏联军民奋起抵抗,作家们也迅速用笔杆子投入战斗,尤其是在战争爆发之初,出现了大量以民族存亡为主题的战争小说,即便后来苏联红军转入反攻,甚至获得了胜利,依然有一些战争小说表现这一主题。因此,约从1941年至1945年出现了描写卫国战争初期民族存亡的战争小说。此时,民族存亡压倒一切,战争小说一方面渲染德军的凶恶残暴,以唤起人民的战斗激情,另一方面描写人民的宁死不屈、红军官兵的英勇作战,宣扬爱国主义、民族精神、英雄主义,充满战胜德国法西斯的坚定信念,正如陈思和所说的那样:"战争文化要求把文学创作纳入军事轨道,成为夺取战争胜利的一种动力。"②主要作品有《虹》《人民是不朽的》《日日夜夜》等。此外,比较著名的还有巴甫连科的《森林游击队》、戈尔巴托夫《不屈

---

① 参阅〔俄〕鲍里斯·瓦季莫维奇·索科洛夫:《二战秘密档案》,张凤译,中国广播电视出版社2005年,第21页。

② 《陈思和自选集》,广西师范大学出版社1997年,第187页。

的人们》、别克的《恐惧与无畏》等作品。

彼得·安德烈耶维奇·巴甫连科（Петр Андреевич Павленко，1899~1951），小说家、剧作家，主要作品有中篇小说《森林游击队》（1942）、《草原上的太阳》（1949），长篇小说《幸福》（1947），电影剧本《亚历山大·涅夫斯基》（1938）、《宣誓》（1946）、《攻克柏林》（1949）等。

《森林游击队》讲述的是森林游击队长珂罗斯节列夫率领的游击队活跃在德军后方，给德军以沉重的打击。在一次夜袭时，一切本已安排妥当，不料游击队员苏霍夫在俄奸波查罗夫的劝诱下准备逃跑，还抛下了自己负伤的战友，为了营救陷在敌军中的战友，队长带头冲入包围中，结果负伤牺牲，游击队群龙无首，被打散了。苏霍夫趁机煽动大家逃往后方，守林人涅夫斯基坚决制止了他们的逃跑，并且教育了自己的儿子巴维尔，然后组织大家成立了新的游击队，并且将之发展到拥有七个分队，给德军极大的打击。在一次歼灭当地德军司令部的战斗中，涅夫斯基负伤被捕，他的儿子也被苏霍夫等抓住，涅夫斯基宁死不屈，醒悟过来的巴维尔也假装害怕，向德军军官告发苏霍夫和波查罗夫作假，把一个不是他父亲的人说成是游击队长，借敌人之手，消灭了叛徒，结果自己和父亲都英勇牺牲，游击队则获得了胜利。[1]小说写作的目的是教育人民群众，写得比较匆忙，因而显得有点简单、粗糙，人物形象较为模糊。

鲍里斯·列昂季耶维奇·戈尔巴托夫（Борис Леонтьевич Горбатов，1908~1954），作家，苏联作协书记，主要作品有：短篇小说集《平凡的北极地区》（1937~1940），中篇小说《不屈的人们》（1943），长篇小说《我们的城市》（1930），电影剧本《顿巴斯矿工》（1950）、《一夜》（1956）等。

《不屈的人们》（一译《宁死不屈》，Непокорённые）叙述的是1942年苏军大撤退时，德国人占领了顿巴斯矿区石滩城，这个城里的人们从害怕、自保到自觉反抗的不屈历程。主要讲述的是老冶金工人达拉斯·雅成柯一家的故事。达拉斯起初只求洁身自好、问心无愧，加固门锁，躲在家里不出去，然而德国人逼上门来，杀人、抢劫，逼他们去做工，这使他觉醒过来，在上工时消极怠工。后来，更是以为家里寻找食物为借口，到外面去了。在广阔的俄罗斯大地，他亲眼看到了德军的烧杀抢掠，看到了神圣的土地遭到践踏，也看到了人民的痛苦与不幸，同时也了解到红军在斯大林格勒已经取得了

---

① 参阅〔苏〕巴甫连科：《森林游击队》，王仲年译，详见〔苏〕彼·里多夫：《丹娘》，佚名译，东方出版社2005年，第101~203页。这个作品是巴甫连科《俄罗斯故事》（Русская повесть，1942）中的一个部分，现在的标题是译者所取。

胜利,更坚定了斗争的信心。他的二儿子安德烈参军后,在一次战斗中被德军包围,由于害怕向敌人投降,结果被关进集中营,后来侥幸逃回,受到了父亲的严厉训斥和极度轻蔑,终于觉醒,又投入军队,勇敢作战,获得了勇毅勋章。大儿子斯吉邦是州委书记,和妻子一直留在敌后率领人们进行游击战,他在路上见到父亲,父亲鼓励了他,并且告诉他,妹妹娜斯佳也在游击队做地下工作。三儿子尼基福尔在部队里英勇作战,负了重伤,不能再上战场,但他毫不气馁,充满信心,因为他已真正了解到:"活下去是为了伟大的生活,为了劳动。"小女儿娜斯佳才十八岁,平时沉默寡言,却在帮助大哥悄悄进行地下工作,最后被德军抓住,活活绞死。①

小说通过这一家人的经历,以及对其他人物的辅助性描写,说明了苏联人民是勇敢坚强、热爱祖国、永不屈服的,这样的人民是永远不可战胜的。就连外国人都看到了这一点:"一种对国家抱有的深刻和坚定不移的热爱,是苏联最强大的团结力量,是巩固苏联社会的浑然一体的全部忠诚感情中最关键的因素。"②

当然,小说也写了像费里柯夫、尼基达、崔普里亚柯夫这样的叛徒,还有为了生存和享乐而甘愿与德国兵寻欢作乐的莉兹卡。小说在战争叙事方面的特点是:结构比较完整,线索清晰,有主线也有枝干,文笔生动优美,充满抒情色彩,尤其是每一章的最后一两句,成为另一章的前几句,这就有诗歌的反复和顶真的效果,构成了小说的抒情性和跳跃性。此外,曹靖华等还指出:"《不屈的人们》描写敌占区人民的抵抗运动。戈尔巴托夫采用了果戈理的《塔拉斯·布尔巴》那种民间传说的传统,在作品中刻画了主人公老塔拉斯从敌人进城时的袖手旁观逐步转变为不屈不挠的抵抗战士,塑造了老塔拉斯的儿子斯捷潘这一坚强的共产党员形象。"③其在苏联卫国战争小说中的作用,正如捷明岂耶夫等指出的:"最先叙述了苏维埃人在敌占区的斗争。"④

不过,小说过多甚至过分渲染爱国主义,有些情节显得过于夸张,尤其是将近结尾,德军即将逃跑的时候,达拉斯居然会率领赤手空拳的人们去杀武装到牙齿的德军,而且面对有着机枪、大炮、坦克的德军,达拉斯居然只是向德军高举着手杖……这就太过于夸张、过于戏剧化乃至儿戏了,削弱了小说的艺术感染力。马克·斯洛宁指出,在许多事例中,这种对民族的坚韧不

① 参阅〔苏〕戈尔巴托夫:《不屈的人们》,水夫译,东方出版社2005年。
② 〔美〕赫德里克·史密斯:《俄国人》(下册),上海《国际问题资料》编辑组译,上海人民出版社1977年,第52页。
③ 曹靖华主编:《俄苏文学史》(第二卷),第330页。
④ 〔苏〕捷明岂耶夫等:《俄罗斯苏维埃文学》,第526页。

拔精神的颂扬导致了伤感主义、冗长累赘、爱国主义的激昂辞藻和刺耳的语调。极大部分战争题材的小说(甚至在当时风行一时的中篇小说中)都是慷慨激昂的,作者直接向读者发表演说以激励他们。波兰血统的女作家达·瓦西列夫斯卡娅的《虹》和鲍里斯·戈尔巴托夫的《不屈的人们》就是这样。这两部作品都获得了斯大林奖金,并获得巨大的声誉,读者们在这些作品中,就像在其他许多类似作品中那样,不是得到美学上的满足,而是得到感情上的抒发并以能在现实生活中看到类似情况而满足。《不屈的人们》虽然是建立在真人真事的基础上,但是它却被书中夸张的风格、粗糙的人物塑造和浪漫主义的感情色彩所损坏。在许多描写游击队员、人民大众在德军惨无人道的统治下遭受的苦难,以及俄国人进行反攻终于击溃德军的作品中,同样可以发现这些不足之处。①

亚历山大·阿尔弗雷多维奇·别克(Александр Альфредович Бек,1903~1972),主要作品有:中篇小说《库拉科》(1934)、《恐惧与无畏》(1943~1944)及其续篇《几天》(1961),长篇小说《别列日科夫的一生》(1956)等。

《恐惧与无畏》(原名《沃洛科拉姆斯克大道》,Волоколамское шоссе)以团长——哈萨克人包尔占·莫梅史·乌雷讲故事的方式展开:“我”们在1941年10月15日夜间至16日进行的第一次莫斯科附近的战斗是一次惊恐的会战。“我”们步兵的三一六师潘菲洛夫师是新组建的,都是一些非正式军人,只经过短暂的训练就投入了战斗。“我”原是炮兵部队的,但潘菲洛夫师长把“我”选中,并且任命“我”担任步兵营长。“我”奉命守住沃洛科拉姆斯克大道三十千米处的卢查河。在战前,“我”看到战士们比较害怕、懒散,于是故意搞了一次突然警报,结果“我”最喜欢的战士和老乡——机枪班班长巴兰巴耶夫带头逃跑,并且故意用枪把自己的手打伤,为了严明纪律,“我”不得不当众枪毙了他。经过严格要求和训练,部队纪律严明,斗志昂扬。“我”告诉战士们:如果你们想战后回家去看望父母妻子,那你就得学会灵活机动而又勇敢果决地杀死敌人,而要做到这一点,必须平时认真训练,并且挖好战壕修好工事。战斗开始了,敌人从各个方面向我们进攻,“我”遵照将军的指示,灵活地派两小队战士到树林中去主动伏击敌人。战斗越来越激烈,团部被迫撤退,而“我”们和团部失去了联系,完全被敌人包围。“我”没有接到撤退的命令,于是继续坚守阵地,并且主动向敌人发动进攻。后来接到撤退的命令后,又主动截击向莫斯科方向进攻的德军,牵制了敌人的进攻。并且在敌人的包围中,采用大胆的方式,率领全营安全地撤退到指定的沃洛科拉姆

---

① 参阅〔美〕斯洛宁:《苏维埃俄罗斯文学(1917~1977)》,第311~312页。

斯克城,受到了师长潘菲洛夫的表扬。①

　　小说的叙述方式比较独特,以团长作为叙述者,而"我"只是一个新闻记者,把他的故事记述下来。小说的战争叙事也颇独特:第一,写到了战士们如何从恐惧到无畏的心理变化过程;第二,战前动员,不再讲革命大道理,而是讲战后能否见到父母妻子,更有人性真实;第三,团长和师长的个性都塑造得比较成功。曹靖华等指出,《沃洛科拉姆斯克大道》"描写了1941年冬的莫斯科城下之战,主人公是潘菲洛夫师的28名战士,他们都为保卫莫斯科而献出了生命。作品语言精练,风格纯朴,气氛悲壮。但由于作者过分注重纪实,有的地方显得枯燥平淡"②。陈敬咏说得更加全面、通透:别克的《沃洛科拉姆斯克大道》成功地把真人真事与艺术想象结合在一起,继承了以真实的历史为基础描写国内战争的苏联文学,如富尔曼诺夫的《恰巴耶夫》、绥拉菲莫维奇的《铁流》等的优良传统,并又有所发扬,以作者再现生活的艺术角度为例。《铁流》中,作者是以第三人称的身份站在主观的立场上描写并颂扬了达曼军队的胜利大转移;《恰巴耶夫》中,作者本人就是事件的经历者(小说中以政委克雷奇科夫的身份出现),也还是以第三人称的口吻叙述传奇式人物恰巴耶夫和恰巴耶夫师的英雄事迹。所以《铁流》和《恰巴耶夫》都只有一个叙述角度,而《沃洛科拉姆斯克大道》则是双叙述角度,故事讲述者既是经历者莫梅什-乌雷,又是"记事者"——作者本人。莫梅什-乌雷在讲述营队历史的"内心独白"中常常坠入沉思,欲言又止或言不尽意,于是"记事者"就积极介入,三言两语,把话题延续下去。这样,主人公的独白与"记事者"的插话互为补充,主人公的视角与"记事者"的视角相互交叉,能够更加全面地反映历史事件,更加深刻地表现人物心理,这使《沃洛科拉姆斯克大道》成为卫国战争时期最偏重于心理描写的一部中篇小说。③

　　这个阶段的卫国战争小说大都具有以下一些共同特点。

　　一是刻意渲染德军的残暴。

　　杰缅季耶夫等指出:"读者面前闪过了以非常熟练的技巧和非常鲜明的色彩勾画出来的希特勒强盗蹂躏我国神圣土地的侵略场面。骇人听闻的枪杀、赶去做苦工、抢劫和殴打、希特勒兵士的经常的侮辱——这就是法西斯'新秩序'带来的事情。"④《不屈的人们》中,"在沦陷地区,德军建立起他们的秩序,在这种秩序下,'无法生活,无法喘气'。德军把学校、医院、剧院都改

---

① 参阅〔苏〕别克:《恐惧与无畏》,铁弦译,文化工作社1952年。
② 曹靖华主编:《俄苏文学史》(第二卷),第329页。
③ 参阅陈敬咏:《苏联反法西斯战争小说史》,第33~34页。
④ 〔苏〕杰缅季耶夫等:《法捷耶夫的创作》,第32页。

成折磨人的工具,学校里经常发生对儿童的暴行,医院里的恶棍医生经常害死伤员,劳动介绍所和剧院都成了罪恶的渊薮"①。《虹》更加具体地写出了德军的惨无人道:不仅杀害百姓,甚至虐待孕妇,杀死孩子,残杀新生婴儿。在此基础上,由前两个阶段的大力宣扬阶级仇变为大力宣扬民族恨,如《日日夜夜》中写到萨布洛夫营长面对大火熊熊的斯大林格勒和成千上万的逃难人民,"这一切此刻使萨布洛夫产生的不是关于战争是无益和可怕的那种世代相传的总结论,而是对德国人的简单而明白的仇恨感"②。《人民是不朽的》更是通过一个古老小城被德国飞机轰炸后的惨状,表现了这一切。

> 他又决不能忘记,一个失掉神智的年轻女人站在火光照耀空无一人的广场中央,臂弯里抱着已经死了的小女孩。再有忘不了的,是一匹躺在街角的垂死的马。在这马的快要发暗但还晶莹的眼瞳上照出了这燃烧中的城市。这马的深沉而含着眼泪的充满了痛苦的眼睛,就像一面镜子,它摄进了房顶上的跳跃的火头,满空飞卷的烟阵,断垣颓壁间余烬的红晕,以及烧空了房屋的地段上那矗立如林、高而且瘦的烟囱。突然间,包加列夫也觉得这座和平古城一夜间的整个毁灭,都收摄在自己心上。"只要我还活着,我还有一口气,我还能动一动我的手指,我还能说出一个字……"他自己对自己说,同时一股缓慢而严肃的思潮,像庄严的誓言一般,充盈着他那激昂的头脑。"我将以军人为我唯一的职志,而且我将尽我全力唤起仇恨与报复!"③

正因为如此,作家瓦西里耶夫宣称:"我们的文学在整个战争期间渗透着这样一个主题:尽快地教会人们憎恨侵入国土的法西斯匪徒,并给予最严厉,最无情的惩罚。战争应该也可以教会人们憎恨。缺乏这种仇恨,就不可能取胜。"④

二是宣传苏联人对祖国的爱与英勇,进而借此宣扬苏联制度的优越性。

瓦西里耶夫谈道:"德国军队经过严格的军事训练和长期战争准备,他们武装到了牙齿。但是,他们缺少一种因素,缺少爱。我们的军队则渗透着爱,这不仅是部队战士、军官之间的兄弟友爱,而且是对祖国和人民的神圣的爱。正是这种建立在对入侵敌人的刻骨仇恨的基础上的伟大的爱把我国

---

① 〔苏〕季莫菲耶夫主编:《俄罗斯苏维埃文学史》,第634页。
② 〔苏〕康·西蒙诺夫:《日日夜夜》,磊然译,人民文学出版社2015年,第15页。
③ 〔苏〕格罗斯曼:《人民是不朽的》,茅盾译,生活·读书·新知三联书店,2019年,第48页。
④ 刘宁:《访苏联作家鲍·瓦西里耶夫》,《苏联文学》1986年第1期。

军民团结成像一个人一样。"①苏联有学者进而指出:"战争显示了苏维埃制度在军事上、经济上和政治上的优越性,它也显示了苏联人民的惊人的精神品质。""在《青年近卫军》里,法捷耶夫表现出,苏联人的伟大精神力量、他们的爱国主义、他们的坚毅精神、精神上的美和伟大如何在困苦万分的敌人侵略的条件下完全显露了出来。同时,作家也显示出,苏联人的这些崇高的品质乃是整个苏维埃制度、整个我们的教育制度和苏联人生活条件本身的合乎规律的果实。"②因此,小说中的敌我描写,往往"建立在苏联人的光明、崇高、高贵的世界和黑暗丑恶的法西斯势力之间的鲜明对比上",并且通过这种对比强调产生黑暗势力的"那种制度和那种秩序将要崩溃的历史必然性,也强调指出体现在苏联人身上和共产主义社会里的博爱精神和理性必然胜利的历史规律"。③而以上两点,都跟当时苏联政府的要求密切相关:"作家,是'人类灵魂的工程师',他们直接参与与敌人的战斗:支撑苏联士兵的道德精神,厘清并确认最有效的心理行为模式,塑造社会主义国家保卫者的个性。对奔赴前线作战的士兵、期待能够正式入伍的新兵和志愿兵、注定要忍受苦难的民众、被疏散的人群、俘虏等进行思想教育,成为文学的首要任务。"④

三是从特写、短篇小说慢慢过渡到中篇小说,再到长篇小说。

战争开始后,为了更快地号召人民奋起保卫家园和祖国,鼓舞百姓和士兵的斗志,作家们尽量采用短小的作品形式来表现战争,同时也由于作家们对战争感受、了解还不够深入,因此篇幅不大的特写,或者类似于随笔特写的纪实小说和短篇小说一时之间如雨后春笋纷纷涌现。福金认为:"战争初期的文学作品具有随笔性质。他们表现的事件如摄影般真实。那时它们具有海报特征的鲜明表现力。在某些方面有着'塔斯社之窗'的美学风格:一两个、最多三个人物;动作感强的情节;感人的情境;不多但容易记住的细节;缺少心理描写;情感冲突;将我方英雄化;将敌方漫画式丑化。特写与宣传画纪录性的结合是当时散文的特征。这是要面向没有经验、头脑简单的读者的大众文学。"⑤钱善行指出:"这个阶段最活跃的,当然是篇幅短小、灵活机动的短篇小说。西蒙诺夫的《第三个副官》(1941)、肖洛霍夫的《学会仇

---

① 刘宁:《访苏联作家鲍·瓦西里耶夫》,《苏联文学》1986年第1期。

② 〔苏〕杰缅季耶夫等:《法捷耶夫的创作》,第31、32页。

③ 〔苏〕杰缅季耶夫等:《法捷耶夫的创作》,第44、45页。

④ 〔俄〕帕·福金:《苏联散文(1941~1945)中的胜利概念》,韩万舟译,《俄罗斯文艺》2020年第3期。

⑤ 〔俄〕帕·福金:《苏联散文(1941~1945)中的胜利概念》,韩万舟译,《俄罗斯文艺》2020年第3期。

恨》(1942)和尼古拉耶娃的《集团军司令之死》(1945)，各自具体叙述战争中的一人一事，形式似特写，均以严峻的写实手法表现斗争的残酷，以及红军指战员由于对法西斯的愤怒和仇恨而产生的强大力量。索波列夫的《四个人的营》(1942)讲述了四名红军战士抱着一个重伤员冲出数百敌人包围的经过；索洛维耶夫的《军舰之魂》(1943)写了主人公海军战士三次死去、三次复活，坚持打击敌人的故事。两篇作品的情节富有传奇色彩，格调高亢，显然属于浪漫主义风格。柯热符尼科夫的《三至四月》(1942)着力描写了一个表面纤弱的年轻姑娘在敌后执行任务时的勇敢和通常阴沉冷漠的上尉对她的悉心关怀；阿·托尔斯泰的《俄罗斯性格》(1944)集中叙述了一个英俊的青年坦克手负伤康复后重返前线杀敌，以及他的未婚妻发现自己的情人成了面目可怕的'丑八怪'仍发誓继续爱他的故事。两部作品更突出表现的，是当时普通苏维埃儿女高尚完美的内在本质。"[①]

随着作家们对战争的认识不断地加深，以及为创作所积累的素材不断丰富，中篇小说开始占据主导地位。叶尔绍夫指出，仅在卫国战争爆发的头两年"就出版了二百多部中篇小说"，并且在随后的战争年代逐渐成为人们喜爱的一种小说体裁，"散文体作品中，就受欢迎的程度而言，只有特写和短篇小说能够与中篇相比"。[②]随后，长篇小说也开始出现。

总之，这个阶段的战争小说都因作家有着太强的责任感和使命感，为了当时在国破家亡的处境中紧跟时代政治、军事、社会复杂背景下的文艺政策，为了鼓舞士气鼓舞人民群众而创作，揭露敌人的灭绝人性，歌颂红军战士的骁勇善战和人民群众的宁死不屈，过于重视主题的突出或者说过于重视宣教作用，而较少考虑艺术问题，因而大多写得比较简单、粗糙，相对于俄国传统战争小说，甚至是表现复杂人性的苏联国内战争小说艺术作品，在某种程度上是一种倒退。陈敬咏在谈到《人民是不朽的》《虹》《不屈的人们》这三部作品时所归纳的优缺点，也适用于这一阶段所有战争小说：这三部在战争前期问世、富有浪漫主义色彩的中篇小说都是写法西斯德军入侵后苏联国土上的浩劫。紧跟战争的足迹写战争，以艺术的笔触再现现实，为后代留下国家与民族危在旦夕之际的人民的苦难与斗争史，这就是战争前期三部中篇小说的最主要的特点及其历史功绩。但是由于创作时间比较紧迫，难免出现一些不足之处，如人物性格的粗线条的斧凿、过于袒露的鼓动性语调

---

① 钱善行：《常写常新，多姿多采：前苏联反法西斯小说创作印象记》，《外国文学评论》1995年第3期。

② 〔苏〕叶尔绍夫：《苏联文学史》，第358~359页。

等等，从中不难看出战争期间盛极一时的政论和特写的痕迹。三部作品都是有限的中篇，但是三位作者都能在有限的体裁框架中取得具有史诗性的最大限度的宏伟规模。从谢苗·伊格纳季耶夫、奥廖娜·科斯秋克、塔拉斯·亚岑科这些庄重高大的人物形象中可以看出面临苦难与厄运的苏联人民所呈现出来的坚贞不屈的性格和强大无比的力量。这些形象与俄罗斯英雄史诗和俄罗斯古典文学中具有象征含义的传统人物形象有着血缘联系。同时，也应当看到，如果作品的人物多成为象征性的形象，那么他们就容易失之于抽象化。这在这些作品的某些人物身上不难觉察到，如《人民是不朽的》中的司令员叶廖明、师政委切列德尼琴科等。这种有损于人物形象个性化的倾向总的说在战争后期的作品中得到了纠正。[1]

二、格罗斯曼的《人民是不朽的》[2]

瓦西里·谢苗诺维奇·格罗斯曼（Василий Семёнович Гроссман，1905～1964），1905年生于乌克兰的别尔季切夫市，母亲是犹太人，别尔季切夫则是受犹太文化影响极深的地方，这对他后来为人类争取自由的思想不无影响。1929年，格罗斯曼毕业于莫斯科大学数学物理系，分配到著名的顿巴斯矿区任化学工程师，与此同时，他开始文学创作。1932年，他将自己描写革命者和矿工生活的第一部中篇小说《格柳卡乌夫》寄给高尔基，希望得到这位大师指导，很快便收到回信。高尔基称赞其作品非常写实，毫无浪漫、传奇色彩，指点他必须删除作品中多余的话语，更合理地组织素材，同时要克服描写顿巴斯矿工日常生活和工作上的自然主义。格罗斯曼深受教益，花了整整一年时间进行修改，1934年这篇小说在《文学顿巴斯》上发表。同年，他的第一篇短篇小说《在别尔季切夫城》发表在《文学报》上，引起高尔基的重视，约他见面。格罗斯曼后来回忆道，这次会面在很大程度上影响了他此后的生活道路。

格罗斯曼深受鼓舞，创作力空前旺盛，随后几年接连出版了几部短篇小说集：《幸福》（1935）、《四天》（1936）、《短篇小说集》（1937），以及中篇小说

---

① 参阅陈敬咏：《苏联反法西斯战争小说史》，第23页。

② 一译《人民不死》，Народ бессмертен，1942。该书目前有三个中文译本：《人民是不朽的》，茅盾译，文光书店1945、1949、1951、1953年，晋察冀军区政治部1946年，生活·读书·新知三联书店2019年；《不朽的人民》，林陵译，文光书店1944年；海观译，正风出版社1945、1950年。本节中所引用的《人民是不朽的》中的文字，均出自2019年版《人民是不朽的》，为节省篇幅，不一一注出。

《厨娘》(1937)，但影响不大。第一部长篇小说、长达四卷的《斯捷潘·科尔丘金》(1937~1940)，描写在矿工村长大的青年工人斯捷潘·科尔丘金，如何走上革命的道路，成长为真正的布尔什维克，表现了工人为本阶级进行斗争的必然性，使他一举成名。

卫国战争爆发后，他的母亲在敌占区惨遭毒手，格罗斯曼作为《红星报》军事记者，活跃于前线，亲身经历了战争的全过程，尤其是亲自参加了斯大林格勒大会战。这段经历，使他积累了大量的创作素材，写出了大量的通讯、特写和小说，出版了短篇小说集《生活》(1943)，谴责德国法西斯的暴行，歌颂苏联人民保家卫国的英雄主义和大无畏精神，并且逐渐形成了自己的创作风格(他的好友爱伦堡指出："他在战争期间找到了自己的风格，早先写的那些作品只不过是对自己的题材和自己的语言进行的探索罢了"[①])，颇有影响的作品有报告文学集《斯大林格勒保卫战》(包括《伏尔加—斯大林格勒》《年轻的汤姆枪手》《一个红军战士的灵魂》《斯大林格勒之战》《察里津—斯大林格勒》《如柴可夫所看到的》《主力线上》《斯大林格勒的反攻》《军事委员会》《斯大林格勒部队》《斯大林格勒前线》十一篇报告文学)[②]和《主突方向》《特雷布林的地狱》(这部作品以采访少数逃出集中营的幸存者和部分纳粹军官的形式写成，被公认为他最具影响的篇章，曾在战后的纽伦堡审判中被引为证据)，短篇小说集《生活》(一译《生命》，1943)，而长篇小说《人民是不朽的》更成为苏联战争文学的经典作品。

1943年，格罗斯曼开始构思并动笔创作关于斯大林格勒战役的两部曲长篇小说。战后，他又花了整整五年工夫，写成了两部曲的第一部《为了正义的事业》(За правое дело, 1952)。小说线索较多、人物繁杂，但主要情节以沙波什尼科夫和施特鲁姆两个家庭为中心展开。

1942年4月，希特勒约墨索里尼到奥地利的萨尔茨堡晤谈，商量意大利为德军即将在苏联发动的夏季攻势提供物资和军队支援的有关事宜。在莫斯科战役失败、列宁格勒久攻不下的情况下，希特勒决定发动夏季攻势，一举解决苏联战场的问题。他准备改变以往全面进攻的方案，重点进攻南方，夺取顿巴斯的煤、巴库的石油和伏尔加河流域的粮食。7月，德军打到南方的战略要地斯大林格勒市。

亚历山德拉·弗拉基米罗夫娜·沙波什尼科娃一家生活在斯大林格勒。她的丈夫沙波什尼科夫是位老革命家，已经去世，留下三个女儿一个儿子。

---

① 〔苏〕爱伦堡：《人·岁月·生活》(下)，冯南江、秦顺新译，海南出版社1999年，第143页。
② 参阅〔苏〕格罗斯曼：《斯大林格勒保卫战》，吴人珊译，上海出版公司1954年。

大女儿柳德米拉在大学一年级时嫁给了同学阿巴尔丘克。阿巴尔丘克外号"系里的罗伯斯庇尔"，是个极其严格的革命者，曾率领一排人攻打过冬宫，在乌拉尔一带作战时曾被高尔察克的部队抓住集体枪毙，大难不死，逃回红军。他对妻子的非无产阶级思想极其不满，和她离婚，并且不让儿子托利亚姓自己的姓。1924年清洗大学生队伍，他提出要开除柳德米拉。她被迫多次去说明自己的情况，因而认识了成绩优异但同样因被开除而来系里说明情况的同学施特鲁姆。两人产生了爱情，一年后结婚。1936年，著名的物理学家施特鲁姆被选为苏联科学院通讯院士，柳德米拉也不再工作，成为家庭主妇，而阿巴尔丘克早在第一个五年计划期间被逮捕，下落不明。卫国战争爆发后，柳德米拉随丈夫及其研究所迁往喀山。从此，施特鲁姆来往于喀山与莫斯科两地，为科研工作劳碌奔波。托利亚则在炮兵学校学习，斯大林格勒战役前夕，他从学校毕业，获得中尉军衔，路过斯大林格勒，来看望外祖母。

　　二女儿玛丽娅是个教师，嫁给斯大林格勒发电厂厂长斯皮里顿诺夫，生了一个女儿维拉，嫁给一个歼击机飞行员，此时已经怀孕。发电厂是德军重要的轰炸目标，斯皮里顿诺夫把妻子女儿送到市区岳母家里，自己则坚守岗位，留在厂里。

　　小女儿仁尼娅毕业于美术学院，嫁给了大自己十三岁的共产国际工作人员克雷莫夫，但1940年在未办离婚手续的情况下离开了他，和一个年轻的上校军官诺维科夫两情相悦，不久也分手。1942年7月，仁尼娅回到斯大林格勒母亲家里，在西南方面军司令部作战处工作的诺维科夫刚好进驻这里，连夜就去找她。诺维科夫很有现代化战争观念，总结出一套用坦克作机动防御的思想，受到装甲兵司令的欣赏，被派往后方编练一个新的坦克军并担任军长。克雷莫夫则在1941年8月上了前线，先后担任摩托化团政委和反坦克旅政委。1942年8月，反坦克旅奉命开往后方改编，他留在斯大林格勒方面军司令部工作。

　　儿子德米特里与妻子一同在1937年肃反运动中被捕，下落不明。他们的儿子谢廖沙在祖母的抚养下长大，当德军逼近斯大林格勒时，尽管尚未成年，谢廖沙依然报名参军。

　　1942年9月底，德军攻占了伏尔加河右岸斯大林格勒的几乎全部市区，红军被挤压在紧贴岸边的一条狭长地带内。在斯大林格勒车站，红军进行了相当严酷的防御战，一个营的战士用生命捍卫自己国家的领土，血战到最后一人。德军一再发动猛攻，但无法占领这块狭长的地带，而红军的增援部队源源不断地从左岸补充进来。双方陷入僵持状态，但红军的大包围圈正开始慢慢在斯大林格勒外围形成。①

《为了正义的事业》塑造了施特鲁姆、克雷莫夫、诺维科夫等主要人物形象，描写了苏联社会多方面的广阔生活，表现了苏联人民、在苏联共产党及其领导、普通党员的带领下英勇抗击德国法西斯侵略军的斗争，保卫斯大林格勒市的红军战士、工人民兵、全体居民的浴血奋战、坚忍不拔，产生了不少惊心动魄的篇章，如撼人心魂的斯大林格勒车站防御战，整整一个营的战士血战到最后一人，没有任何人动摇、退却和生还。格罗斯曼宣称，自己在这部小说中致力于表现"在众多战斗中组织红军的战斗力激活其道德力的共产党，它的中央委员会，师和团的政委们，连和排的政治指导员们，普通的共产党员们"②。小说也描写了德国空军对斯大林格勒疯狂的八月轰炸和战争中苏联人民的悲惨命运。苏联学者利普金认为，格罗斯曼在创作这部小说时是盯着托尔斯泰的《战争与和平》的，尽管不是这部小说而是作家的《生存与命运》，达到了《战争与和平》的高度，但《为了正义的事业》依然是苏联时期俄罗斯文学中最优秀的长篇小说之一。③

1950年小说完成后，格罗斯曼把文稿送到《新世界》编辑部，主编西蒙诺夫决定退稿。但正巧此时编辑部进行改组，特瓦尔多夫斯基接替西蒙诺夫担任主编，看了文稿后非常欣赏，再加上作协总书记法捷耶夫也十分欣赏这部作品，于是在法捷耶夫的支持下，于1952年分四期把小说刊载于《新世界》。小说发表后，立即获得高度评价，被称为"苏维埃生活的百科全书"，是苏联"文学步向新的、更高阶段的标志"。同年7月，乌克兰诗人巴让去信向格罗斯曼表示诚挚的谢意，感谢他创作了这样一部富有人性的、深邃的、不说恭维话的作品。1953年初，一位列宁格勒读者给作家写信说，最近十年没有一部作品能像《为了正义的事业》那样深深打动她的心。爱伦堡也认为："这不是一部四平八稳的长篇小说，其中有格罗斯曼的一切优点和一切缺点：有一些几乎是被迫出场的人物，有一些冗长的议论，但是也有一些惊心动魄的篇章。我永远不会忘记在渡往伏尔加河右岸之前的那一夜和查看行囊里的小玩意的那个少年军官。只有大作家才能写出这样的场面。"④

但小说后来受到批判。1954年，小说出版单行本时，格罗斯曼被迫大加修改，但依旧难逃厄运。1956年以后，他的作品不准出版和再版。

苏共二十大召开后，苏联社会开始"解冻"，并且出现了盛极一时的"解

---

① *Василий Гроссман. За правое дело；Жизнь и судьба. М.，2013，С.7~686.*

② *Семен Липкин. Жизнь и судьба Василия Гроссмана. М.，1990，С.9~10.*

③ *Семен Липкин. Жизнь и судьба Василия Гроссмана. М.，1990，С.18.*

④ 〔苏〕爱伦堡：《人·岁月·生活》（下），第144页。

冻文学"。格罗斯曼精神振奋,思想也发生了深刻的变化,决心重新审视和反思历史,用文学作品来表达自己新的历史哲学观点。于是,他开始创作两部曲的第二部《生存与命运》。从1953年至1961年,格罗斯曼花费了整整八年时间,完成了这部长达七十余万字的长篇小说。但被告知不能出版,作家心情抑郁,1964年因患癌症去世。在去世前的几年里,他忍受着作品被禁的精神创痛和癌症的痛苦折磨,依旧笔耕不辍。

　　除上述作品外,格罗斯曼的其他作品,还有剧本《如果相信毕达哥拉斯派》(1946),以及晚年在病中创作的短篇小说《你们好》(1962~1963,1988年发表),中篇小说《一切都在流动》(1955~1963,1989年发表)。此外,格罗斯曼的私人笔记,经由英国历史学家安东尼·比沃(Antony Beevor)重新编辑,取名为《战争中的作家:瓦西里·格罗斯曼与红军1941~1945》(A Writer at War Vasily Grossman with the Red Army 1941~1945)以英文出版。该书记载的是作家当年以《红星报》随军记者的身份,从苏联到国外征战时目睹的一些真实情况:残酷的斯大林格勒战役,德军占领下百姓所遭受的痛苦,波兰境内纳粹集中营的情形……也对苏联面对纳粹突然袭击时缺乏防备、将领们好大喜功,以及一部分苏联公民与纳粹勾结等现象,做了含蓄的批评。还写到纳粹在别尔季切夫残杀了两三万名犹太人,作家的母亲也未能幸免于难,而大屠杀期间乌克兰人扮演了帮凶角色。还记录了纳粹设在波兰特雷布林卡的死亡营,营中遇害者多达八十万人。

　　《人民是不朽的》(一译《人民不死》,Народ бессмертен,1942),是苏联战争文学尤其是卫国战争小说中的经典作品。这部作品之所以获得成功,与作家此前在战争前线的亲身经历和创作实践密切相关。如前所述,作为军事记者和作家,格罗斯曼写出了大量的通讯、特写,创作了一定数量的短篇小说,谴责德国法西斯的暴行,歌颂苏联人民保家卫国的英雄主义和大无畏精神。1942年2月,格罗斯曼发表了第一篇关于战争的小说《老头儿》。主人公养蜂老人最初不愿加入游击队,认为战争与自己无关,而且自己心软,连马都不愿打,更不用说去杀人了。后来,目睹德国士兵枪杀自己身受重伤的邻居,因而觉醒,他拿着粗棒子,冲向德国兵,将之打倒在地。[1]此后,格罗斯曼创作了一系列关于斯大林格勒战役的短篇小说,"格罗斯曼关于斯大林格勒战役的文章和散文侧重于战士的战争成长之路,即细致表现了庄稼汉如何逐渐变成战士,使其能面对前线的现实,战胜恐惧、消除怀疑等。这些散文的篇名为:《红军战士的灵魂》《弗拉索夫》《契诃夫的眼睛》等,包含

---

　　① *Бочаров А. Василий Гроссман:жизнь·творчество·судьба*,М.,1990,C.107.

有关战士的传记，以及他们个人成长的故事"①。

在此基础上，格罗斯曼创作了长篇小说（苏联也有人把它称为中篇小说）《人民是不朽的》。这部作品讲述的是1941年8月，苏联红军某步兵团任命了新的军事委员谢尔盖·亚历山大洛维奇·包加列夫（一译博加列夫、波加列夫），他原是莫斯科某大学的哲学教授，主讲马列主义讲座，并且对研究工作十分着迷，入伍后担任过某战线的政治部对敌工作科的代理科长、营委员。在去团部就职的路上，包加列夫经历了德军的轰炸，亲眼看到一座历史文化底蕴颇为深厚的古老城镇一夜之间变成废墟，无辜的百姓死伤无数，这更激发了他把敌人彻底赶出国境的斗志。来到团部后，他发现团长迈尔采洛夫（一译梅尔察洛夫、麦察洛夫）——这位苏联英雄、芬兰战争中的宿将勇猛果敢、善于战斗，但是过于自满自信。他们的部队被德军包围了，副参谋长弥香斯基中尉害怕德军，在团部会议上大讲德军的强大，包加列夫怒斥了他的论调。在激烈的战斗中，他们团发动袭击，获得了局部胜利，但包加列夫向团长指出了他们的几点不足，尤其是没有很好地让参加袭击的几支队伍互相配合，消灭敌人和敌人的坦克，并且在肯定团长勇敢善战、不怕死的同时，指出其缺点，使团长警醒过来。师团准备突围出去，他们团另加一个榴弹炮中队，负责在退却中掩护大路。他抢过了团长的任务，主动来到了最危险的一营，紧紧依靠一营营长巴巴姜梁、榴弹炮队指挥官路米扬采夫和军事委员聂夫士洛夫，和德军进行了殊死的搏斗，许多官兵包括巴巴姜梁、聂夫士洛夫都牺牲了。他鼓励、帮助多才多艺、聪明灵活但有点轻浮的列兵伊格那底也夫（一译伊格纳季耶夫、伊格纳迪夫）变得稳重成熟，立下了战功。他把剩余的部队带进森林中隐藏起来，并主动整饬军纪，撤销了在战斗中撕掉军官肩章、贪生怕死的弥香斯基的职务，并且派他和那些怕死的战士去执行艰巨的任务，以锻炼他们。最后，他带领部队配合师团部的反攻，自己冲锋在前，虽然负伤，却赢得了胜利。

此外，小说还写了团长迈尔采洛夫从喜欢带兵冲锋到能冷静地在团部指挥全局的转变；列兵伊格那底也夫从一个有点轻浮、懒散的人成长为一个勇敢善战、建立军功的出色战士；师委员乞列特尼成科知人善任、说话不多但直奔要害，其母亲死于德军的烧杀，儿子逃出敌占区，历尽艰辛，回到父亲身边。小说有着以上多条线索，但包加列夫是一条主线，把所有人都串联起来。

---

① *Щелокова Л. И.* Парадигма подвига в публицистике о великой отечественной войне./Отечественная словесность о войне. Проблема национального сознания.М., 2015,С.70.

这部作品虽是苏联战争文学的名作，但我国对其研究的文章却很少，基本上都集中于其代表作《生存与命运》。实际上，在格罗斯曼的创作中，《人民是不朽的》《为了正义的事业》《生存与命运》三部作品相互关联，在思想和艺术上逐步发展与深化：一部比一部篇幅更长、场面更广阔、思想更深刻、艺术更复杂。因此，深入研究《人民是不朽的》，对理解和研究其后两部作品，尤其是其代表作《生存与命运》是颇有意义的。本书试图抛砖引玉，以期推进和深化对格罗斯曼作品的研究。

在笔者看来，《人民是不朽的》作为苏联战争小说的代表性作品，其最大的特点就是以抒情和政论的手法在战争伦理中表现人民的主题。当然，作为小说尤其是战争小说，叙事肯定是首位的，但这是小说应有的手法或方式，所以本书不拟过多探讨，而更多着力于其在战争小说叙事方面的创新，那就是在叙事中大量引入抒情和政论手法来充分表现战争伦理中的人民主题，甚至可以说这就是一篇表现战争伦理中人民主题的抒情政论性战争小说。

"战争伦理主要论及战争如何受到道德强制，或者说，它涉及道德的进步如何影响到战争，以及战争为道德所窒息的条件是什么，为什么道德限定最后会发展为理性限定。"①本书中的战争伦理则主要指战争中的正义及相关问题。因为"战争伦理中最重要的是'正义'问题"②。苏德战争的本质是希特勒德国背信弃义，公然侵入苏联领土，显然德方发动的侵略战争是不正义的，而苏联的保卫战是正义的。但这是理论上的。要让全体苏联军民都知道这一点，还须通过各方面的大力宣传，其中文学作品作用很大。"作家，是'人类灵魂的工程师'，他们直接参与与敌人的战斗：支撑苏联士兵的道德精神，厘清并确认最有效的心理行为模式，塑造社会主义国家保卫者的个性。对奔赴前线作战的士兵、期待能够正式入伍的新兵和志愿兵、注定要忍受苦难的民众、被疏散的人群、俘虏等进行思想教育，成为文学的首要任务。"③《人民是不朽的》"这部作品抓住了战争初期一个迫切的现实问题：如何克服德军强力进攻所带来的惊慌失措，并学会战胜敌人"④。也就是说，这部作品主要是教会人民发现敌人的不足与弱点，发现自身的特点或优点，从而满怀信心，打败敌人。因此，小说从正义或伦理的角度来表现人民的主题，具体表现为强调恨与爱的科学。

---

① 刘载锋、曾华锋：《战争伦理：一种世界观念》，《伦理学研究》2006年第4期。

② 左高山：《战争镜像与伦理话语》，湖南大学出版社2008年，第30页。

③ 〔俄〕帕·福金：《苏联散文（1941~1945）中的胜利概念》，韩万舟译，《俄罗斯文艺》2020年第3期。

④ *Бочаров А.Г. Василий Гроссман：Жизнь·творчество·судьба，М.，1990，С.117~118.*

一是恨的科学。

从战争的第一天开始,人民被迫进入战壕和工厂,战争不仅彻底改变了人民生活和工作的方式和节奏,而且破坏了和平,毁灭了希望,毁灭生命与文化。因此苏联军民在战斗初期对德军都充满了仇恨,而文学作品必须用动人的情节和人物,更进一步让人民懂得仇恨,用阿·托尔斯泰的一个短篇小说的名称来说,就是《学会恨》或《仇恨的科学》。这一"学会恨"或"仇恨的科学"包括以下两个方面:

极力宣扬德军的非正义性或侵略性,并突出德军的庸俗、卑劣与邪恶。 因为"要想激发起支持自己一方事业的道德上的热情和对敌人的仇视,战争必须从自我立场看是正义的,从敌人的立场看是非正义的。因此,为了从肉体上消灭敌人,就必须把敌人与人性的恶以及道德上的非正义捆绑在一起"[1]。《人民是不朽的》首先通过包加列夫的观察和研究,指出德军官兵的庸俗卑劣性(详后),接着进一步极力描写了侵略者非理性且毫无人性地杀害无辜的生命、剥夺人类生存的权利,使得安居乐业的人们居无定所、生无所依、骨肉分离甚至家破人亡,还毁灭人类古老的文明。不仅军人因为战争伤亡,更可怕的是手无寸铁的平民百姓死于非命:爱好读书和音乐的老律师在宁静的夜晚死于轰炸,一再逃难的乌克兰少女薇娜也未能幸免,就连小女孩都难逃厄运。大量的平民百姓被迫逃离家园、骨肉分离。小说的主要人物之一伊格那底也夫本是五个儿子中父母最宠爱的一个,也是弟兄辈中最伶俐活泼、招人爱的一个,他热爱家乡,热爱父母兄弟,却不得不离开心爱的家乡、心爱的姑娘和亲人,拿起枪来转战各地。小说特意描写了古老文明在战争中的毁灭:一座峙立河畔的美丽的古城,已有九个世纪的历史,拥有着三百年前建立的古建筑神学院和白色教堂,几百年来有着高超手艺的铜匠、家具木匠、皮革匠、点心司务、裁缝、石匠和油漆匠所工作的地方,却在一夜之间被四十架德国飞机用炸弹和燃烧弹烧得精光!

在上述基础上,宣扬对敌的仇恨。 "仇恨是原始敌意固化后的最强烈、最持久、最复杂的一种情感形式,它既含有认知的成分,也带有非理性的内容。它的最突出的一个特点就是使仇恨者丧失对被仇恨者的情感领受力。当仇恨存在的时候,被仇恨者常常得不到丝毫的怜悯和同情,甚至还会出现倒错的情感领受情况——仇恨者以被仇恨者的痛苦为乐。"[2]包加列夫在目睹德军飞机轰炸后的惨况时发誓:"只要我还活着,我还有一口气,我还能动一动

---

① 左高山:《战争镜像与伦理话语》,第19页。

② 左高山:《战争镜像与伦理话语》,第14页。

我的手指,我还能说出一个字……我将以军人为我唯一的职志,而且我将尽我全力唤起仇恨与报复!"伊格那底也夫也是在经历了轰炸惨案和目睹德国侵略者奴役俄国百姓后,学会了深深的仇恨。

二是爱的科学。

小说写得更多的是爱的科学,具体表现为对祖国的爱的具体化、人性化和文明化。与战前抽象而宏伟的祖国观念不同,在战争时期祖国观念有了很大的变化,对此俄国学者和作家多有论述。列昂诺夫指出:"对祖国的爱,有了富有个性的改变——家、乡村、城市。"[①]爱伦堡更具体阐明:"这种爱的源泉,就是故乡的房屋,密森森树林下的长凳,小小的胡同。"[②]福金进而谈道:"祖国——这不仅仅是国家的领土,作家强调,祖国,这是一个历史—文化的聚合体,由上百万家庭的命运交织在一起,他们的祖先记忆,多少个世纪累积的经验和传统。苏联战争保卫的不仅是自己的父母、自己的妻儿,还有先辈的光辉与荣耀。"[③]《人民是不朽的》中对以上内容都有生动形象的表现,主要体现为以下四点:

热爱故园或家乡。师委员乞列特尼成科的母亲马利亚·铁木菲也芙娜将近七十岁了,拒绝了儿子让她进城享福的请求,一个人守着自己热爱的故土,参加农村的集体劳动,自己养活自己。红军战士伊格那底也夫更是下层百姓的代表,也可以说是人民的代表。他本是图拉的农民,心灵手巧,多才多艺,热爱劳动,不知疲倦,而且还是一个出色的干活能手,不论什么工具一到他手里,简直就像活的一样。他有一种惊人的本领,工作时又轻快又老到。他热爱自己的家乡,到图拉城里的工厂工作不久,就想念农村并且回到农村务农。但战争迫使他离开家乡,转战祖国各地。不仅百姓热爱故土热爱祖国,所有红军官兵都是如此。小说通过包加列夫写出:"包加列夫以他全身的每根纤维爱这土地,经过内战的艰苦,受过饥荒的这块土地。尽管这还是个穷地方,还是得刻苦工作、刻苦生活的地方,然而他爱这土地。"更通过战线司令官叶利明写道:"在司令官看来,打仗绝不是在地图的方块上进行的,是在俄罗斯土地上打仗。是在有不见天日的森林,有浓重的早雾,有薄暮时的闪烁不定的反光,有广大田野中尚未刈割的茂密的大麻以及高而摇曳的小麦,有干草堆和谷仓,有陡峭的河岸蹲着小小的茅棚,有丛莽密布的峡谷……这样的国土上打仗。……他熟悉他的国土,他爱他的国土……"

---

① *Леонов*. Русская литература о великой отечественной войне, М., 2010, С.42.

② *Леонов*. Русская литература о великой отечественной войне, М., 2010, С.43.

③ 〔俄〕帕·福金:《苏联散文(1941~1945)中的胜利概念》,韩万舟译,《俄罗斯文艺》2020年第3期。

百姓对苏联红军官兵的爱。即使在苏联红军被迫大撤退，放弃大片土地时，百姓们依旧爱着他们，把自己最好的东西送给撤退的官兵，小说写道：村落的老头儿、老太婆和孩子们送着退走的士兵们，对他们说："喝点牛奶去吧，亲爱的……吃了这乳酪……拿了这些饼子去吧，好孩子……带点黄瓜在路上吃吧。"老太婆们把装着礼物的小小的白布包，送到士兵们面前，而且恳求道："拿去，拿了去吧，好孩子，你们都是跟我亲生的骨肉一样的。"茅盾还谈道："爱人类，爱每一个忠实地为了自己也为了全人类的福利而勤恳劳动的人。这是苏维埃人民的信条。正唯其有这样伟大的爱，故对于侮辱人的尊严，想要奴役别人，只待坐享别人劳动成果的恶兽，不论他是褐色的纳粹或是其他涂着各种保护色的丑类，苏维埃人民一律彻骨地憎恨。从博大的崇高的爱一脉派生的，便是对于卑劣、自私、残酷、强暴等的无可和解的彻骨地憎恨。"[①]

全民大团结，友爱如兄弟。小说描写了人民（包括百姓、军民、官兵）在战争中空前团结友爱如兄弟，拧成一股绳，心往一处想，劲往一处使。小说特意在三处写到这一点。一处是老城被德国飞机烧毁后，留在城内的所有人都去救火，"他们在救火，他们把沙土掷在燃烧弹上，他们从火焰中抢救老年人。红军士兵、救火员、民团、工人和艺徒，衣服都在冒烟，脸被烟煤熏得又黑又狰狞，为了他们的城市在拼命，竭尽全力，能够抢救下多少算多少。包加列夫眼前立刻出现了这一班人，他们从黑烟和烈焰中出来了，他们被伟大的兄弟之爱团结为一体，他们共同尽力于伟大的事业，他们刚从烈焰腾腾的一所房子里冲出来，立即又投身于另一火的地狱，他们不提自己的名字，也不问被救者姓甚名谁"。一处是写红军官兵团结作战，"炮手们工作着，怒不可遏而又激昂万状。在他们那协力的动作中，他们那兄弟之爱所联结起来的思想和目标的一致中，表现了协调而配合的劳动有怎样雄伟的威力。这里没有个别的人了，这不是个别的人在工作……这是合众人而为一人……"另一处在小说结尾，包加列夫率领部队冲出森林，与团长的部队会合，消灭德军："包加列夫领着头冲向前去，一种无可名状的激情抓住了他的全身。是他带着部下冲锋，然而，和他成为统一的永不可分的一体，他的部下也似乎在推动他向前。他听得到背后的他们的沉重的喘息，而他们的心的热烈而迅速的跳动也传达到他的心上。这是奋战以求光复土地的人民。包加列夫听得见那些靴子的踏步声，而这是从守势改取攻势的全俄罗斯人民的步伐的声音。"郭沫若因之认为："这是真正的民主主义，人民本位文化的塑像。……

---

① 茅盾：《关于〈人民是不朽的〉》，见〔苏〕格罗斯曼：《人民是不朽的》，第8~9页。

人民是不朽的，解除了镣铐的人民的力量是无限量的。对于人类理智与自由活动的敬爱加紧了骨肉的情谊使苏联七十多种民族化成了一种坚韧无比的合金钢，它不仅抵挡着有史以来最反动的法西斯兽军的侵略，而且还要摧毁它，绝灭它，把人类解放的福音传遍全欧洲，全世界。"[1]

对祖先的文化记忆、先辈的光辉与荣耀，也就是民族历史与文化的爱。小说指出，这次战争是史无前例的，"这一战争中的敌人要把人民的生活整个踏在脚底下，要夷平了我们父母的坟墓，烧掉了孩子们的书籍，蹂躏了祖父们亲手种植着苹果和黑樱桃的果园，是要把他们的钉铁靴跟重重扼住了老太太们的颈子的。这些老太太们就是常常把金冠雄鸡的故事讲给骨碌碌的圆眼睛的孩子们听的。这些战争中的敌人是要把村子里的铁匠、箍桶匠、打更的老公公们吊死了的。这是乌克兰、白俄罗斯、俄罗斯土地上从来不会有过的。这是苏维埃国土上从来不会有过的"。

由于以上四方面的原因，小说中的百姓和军人都奋起战斗。百姓们尽力干自己力所能及的事，"千千万万的人民奋起抵抗了：从清澈的奥卡河，从宽阔的伏尔加河，从黄澄澄的严峻的卡马河以及飞湍喷沫的伊尔特斯河，从哈萨克斯坦的大草原，从顿巴斯和刻赤，从阿斯特拉罕和佛罗内兹。千千万万忠实的劳动人民的手，挖掘那些反坦克壕、战壕、掩蔽处、土坑"。军人们更是浴血奋战，不怕牺牲，"列兵李亚蒲康战至最后一弹，政治指导员叶莱吉克打死了十多个敌人，然后毅然决然把自己炸死，上兵格鲁希可夫被敌人包围但至死不屈，机关枪射击手格拉戈列夫和卡尔达新流血过多几致晕眩，但当他们无力的手指还能按住枪机，他们那昏蒙的眼睛还能在硝烟阵中瞄准目标的时候，他们没有放弃战斗"，从而充分表现了决心战到最后一息的人民的力量，那种沉着而朴质的自尊自觉的力量。

正因为如此，这部小说作为苏联卫国战争时期"第一个中篇"[2]，茅盾指出，它在苏联文坛上的发表是一件大事，1943年5月苏联作家协会的扩大会议总结过去二十二个月中苏联作家对于爱国战争的贡献时，就曾宣布：《人民是不朽的》这部小说是各战线的红军士兵最欢迎的读物，其需要之广大仅次于瓦西列夫斯卡的《虹》，并认为这部作品的特点在于它"不是普通的战争小说""绝不以描写士兵的英烈为唯一的能事"，而是在把握与表现战时民众的思想情绪方面显示了杰出的才能。[3]后来爱伦堡也谈道："其他许多人也

---

① 郭沫若：序《不朽的人民》，见〔苏〕格罗斯曼：《不朽的人民》，朱海观译，正风出版社1950年，第1~2页。

② 〔苏〕捷明岂耶夫：《俄罗斯苏维埃文学》，第524页。

③ 参阅〔苏〕格罗斯曼：《人民是不朽的》，译者序言第11页。

写过这次战役,但只有涅克拉索夫(他当时是一名工兵军官)和格罗斯曼才能够表达出整个壮烈的氛围和斯大林格勒战役参加者的全部伟大精神。"①这部小说在几十年后的苏联文学史上,也有较高的评价,"彼得·巴甫连科的《俄罗斯的故事》(1942)和瓦西里·格罗斯曼的中篇小说《人民是不朽的》(1942)力图揭示战争头几个月严酷而痛苦的真实情况,同时在塑造英雄人物的性格方面也取得了成就。但是这两部作品在体现主题的手法上有所不同。彼得·巴甫连科的小说以描写事件与情节为主,展现战士的心理活动为辅。中篇小说《人民是不朽的》则更为丰满和深刻地再现了普通士兵(谢苗·伊格纳吉也夫)和军官(包格列夫、密尔察洛夫)的形象"②。

从战争小说的艺术表现方面来看,这部小说的最大特点是抒情政论性的战争小说。对此,俄国学者鲍恰洛夫指出,《人民是不朽的》是一部思索型的中篇小说,表现作者对战争进程的思索,法西斯失败的必然性,获胜的人民不可战胜的原因。看来,格罗斯曼也能像特瓦尔多夫斯基一样说:这本关于战争的书是我的抒情诗,我的政论作品,歌曲与教诲……③中国学者对此也有所论述。曹靖华等指出:"《人民不死》再现了战时第一个秋天广阔的战争图景,赋予主人公谢苗以人民性格中的一切优秀品质,如大胆无畏、机智灵活、慷慨大度、美丽健壮等。《人民不死》由于其抒情色彩和最先提出了战争时期一些尖锐复杂的问题而被称为'抒情政论小说'。"④陈敬咏更具体地谈到,这是一部政论和抒情色彩十分浓烈的小说,作者的身影(特别是与包加列夫的身影融合一体时)处处可见,政论插曲、抒情插曲(包括间接插曲)大量出现。这些插曲触及小说中描写的许许多多事件和现象:尘土飞扬的公路上部队的撤退、德国法西斯军队的特性、夜色苍茫中一个和平城市的毁灭、亲密无间的火线生活、战壕背后广袤美丽的国土,等等。此外,军民的生活琐事的写实(特别是与伊格纳底也夫的活动有关的章节)与规模宏伟的人民战争的再现,充满幽默的士兵对话与军事会议关于严峻形势的分析和战斗计划的讨论等也得到类似的处理而紧密结合一起,从而使《人民是不朽的》成为一部格调多样、色彩斑斓的作品。⑤以上观点,可谓准确深刻地把握了这部战争小说的根本特点,可惜仅仅点到为止。笔者赞同这一观点,并拟对此展开具体深入的论析。

---

① 〔苏〕爱伦堡:《人·岁月·生活》(下),第144页。

② 〔苏〕叶尔绍夫:《苏联文学史》,第359页。

③ *Бочаров А.Г.* Василий Гроссман:жизнь·творчество·судьба,М.,1990,С.119.

④ 曹靖华主编:《俄苏文学史》(第二卷),第329~330页。

⑤ 参阅陈敬咏:《苏联反法西斯战争小说史》,第15~16页。

小说由于其独特的文体而具有相当大的自由,不仅可以叙事,可以抒情,而且可以议论,这在俄国文学史上早有传统,普希金的诗体长篇小说《叶甫盖尼·奥涅金》较早创立了一种熔抒情、议论、叙事于一炉的独特叙事方式。受普希金的影响,果戈理在其《死魂灵》中也以抒情、叙事、议论相结合的方式来表现生活以及自己的思想。托尔斯泰的《战争与和平》更是在战争小说中首创历史事件、家庭纪事、哲学说教三结合的叙事方式。《人民是不朽的》继承了俄国文学的这一传统,把叙事、政论、抒情三者较好地结合起来,其政论色彩尤为突出,因此这里先谈谈其政论特色。小说中的政论特色表现在以下几个方面:

一是德国官兵与苏联红军官兵的对比。

在法西斯的统治下,德国官兵绝大多数没有精神追求,无聊乏味,只有物质欲望和小市民庸俗卑劣性,小说写道:

> 他们的家信之无聊,也使包加列夫惊愕不止。德兵写回家的信中,总是详细列举他们如何烧烤鸡和猪肉,吃过多少干酪和蜂蜜,再就是地方风光的景色的描写。而从他们家里寄出来的信呢,那是十足的商业性,简直像是百货店的发票:"寄来的绸子、香水、女裤等等,都收到了。谢谢。下次寄邮包时,请寄一件厚汗衫给祖父,再要毛线几束,童鞋数双……"等等,等等。

而且尽管他们组织技能卓越,计划十分精密,执行不折不扣,但由于他们极少读书,没有头脑,更没有自由精神,因而没有主动性更缺乏创造性,只知道机械地服从命令遵从计划。

> 包加列夫问过他们许多话。他们读过的书少得惊人,他们不但不知道本国的大名鼎鼎的人物如歌德和贝多芬,甚至连德国政治史上的巨头如俾斯麦,或者德国著名的军事家如毛奇和希利芬,也都不知道。他们知道的,只有他们所住地方的国社党支部书记的名氏。包加列夫仔细研究过德军指挥部的命令,在这些命令中他注意到非常卓越的组织的技能。德军的焚掠、抢劫、轰炸,是有计划有组织地进行的,他们会在露营时有组织地收集吃空了的罐头,他们也能编制巨大纵队的最复杂的行动的计划,订出了无数的详细节目,而以数字般的精密,丝毫不变不漏地付诸执行。然而在他们的这种机械地遵从计划,盲目地作鹅步而行进的才能中,在他们的这种不要思想单凭纪律以指挥数百万大

军的复杂而庞大的行动之中,却有着一些退化的东西和与人的自由精神不相容的东西。他们的不是理智的文化而是本能的行为,在性质上是与蚂蚁及牲畜的组织性有些相同的。

深入了解这一切后,包加列夫得出了结论:

> 他们永远不能,永远不能征服我们这国度。他们在琐碎细微环节上的计算愈精确,他们的行动愈算术式,则他们对于最主要事物之了解将愈感不足,而横在他们前途上的灾难便将更加严重而无可救药。他们计划着琐细节目,但他们的思索方式却是二度空间的(平面的)。他们只是个计划匠。他们不认识他们所开始的这场战争之历史发展的法则,并且像他们这样本能地庸俗卑劣地追求功利的人们,也不可能把握这历史发展的那些规则的。

并且,政论般地对弥香斯基和其他官兵长篇大论道:

> 我们知道,我们是在对付欧洲最强大的军队,而这军队在技术上,我直截了当告诉你,在战争的现阶段,是比我们优越了许许多多的。一句话,我们是在对付德国人,这就够明白了。可是弥香斯基同志,刚才我注意听了你的话,我便觉得恐怕不能不跟你来一次长谈。现在看来,这是必要的。必须使你了解法西斯之可鄙,你必须认准,法西斯是地球上最恶劣、最下作、最反动的东西。它那肮脏的思想意识中间没有一星儿创造的元素。我们必须从心底里鄙视它,这一点你明白了吗?请你听我说,他们的社会学的观念是最蠢的陈旧的东西,车尔尼雪夫斯基和恩格斯在当年就嘲笑过的。法西斯的全部军事教条是一字不改地抄袭了希利芬所草拟的德国参谋本部的老计划。它们那叫你害怕的坦克和伞兵也是剽窃来的。坦克从英国偷来,伞兵从我们。法西斯之异常的缺乏创造力,老教我惊异。他们没有一点新的军事方法! 什么全是抄来的。没有一件大的发明! 什么全是偷来的。没有一件新型的武器! 什么全是模仿别人的。他们是蚂蚁,不是人类。德国民族的创造力在各方面都被法西斯消灭了。法西斯没有能力发明,没有能力制作音乐、诗歌,以及其他学术作品。他们像一池死水! 他们带到历史上和政治上唯一的新东西就是有组织的兽行和劫掠! 我们必须鄙夷他们这种头脑的贫乏。弥香斯基同志,你明白不明白我的意思? 整个红军,从上而

下，整个国家，都必须渗透着这种精神。

而苏联红军战士热爱祖国，为保卫自己的祖国、家园、土地而战，沉着冷静、英勇无畏，敢于冲锋在前，不怕牺牲，甚至决心用自己的血肉之躯挡住敌人坦克。

> 在他们背后，在小山的斜坡上，是掩蔽在盖沟内的机关枪手。更后更高，在机关枪手之后，是在壕沟里的来复枪手。再远，在来复枪手之后，是炮兵的阵地。炮兵阵地之后则是指挥岗和急救站……在他们之后，是司令部、飞机场、后备兵、道路、哨兵、森林，以及灯火管制的火车站和城市，而那边就有莫斯科。再远去，更后，是伏尔加河，是通宵灯炬辉煌的后方的工厂，玻璃窗上连十字形的纸条也不贴的，是卡马河中的耀亮的白色的轮船。整个华丽光荣的国土是在他们背后。而这里，他们站在土坑里，他们前面没有人。……

他们能够充分发挥自己的主观能动性，勇敢灵活地参加战斗，打击敌人，典型代表是包加列夫。小说比较成功地塑造了包加列夫形象。他是营军事委员，是红军政治工作人员，他不仅具有颇高的理论修养，善于从理论高度分析社会现实问题，并给人指明方向，而且对军事科学也有深入的钻研，深刻认识到用现代化的军事思想来指挥战争的重要性。更难能可贵的是，他不仅有高深的理论修养，有高瞻远瞩的目光，而且还能脚踏实地、随机应变、多谋善断、机智勇敢。当部队深陷敌人后方时，他根据具体情况，坚持在敌后作战，整顿队伍，严明军纪，灵活采用不同方式，调动了所有人的积极性，并且主动寻找"敌人的装备给养集中得最多的地方"发起突袭，既破坏了敌人的后勤工作，又为部队挣得了装备给养。等到大部队发起攻击时，他又指挥部队适时加以配合，并且不怕牺牲、冲锋在前，赢得战斗的胜利。

红军官兵还能够在战斗中改正缺点，变得成熟，团长迈尔采洛夫、士兵伊格那底也夫就是他们的典型代表。这类形象的意义正如雷成德等指出的："团长迈尔采洛夫在战争中的成长，反映了当时苏联红军中一部分过去立过战功的指挥员自觉地克服保守思想，努力学习新事物，把自己锻炼成为新型指挥员的过程。"[①]

红军军官不仅有爱国热情，工作积极主动，而且即使在戎马倥偬中也抓

---

① 雷成德主编：《苏联文学史》，第334页。

紧时间读书,充实和提高自己,"在开战以来短短的日子内,包加列夫已经设法读过了十来本关于军事的书籍,总结了过去的伟大战争经验的一些专门著述。有一天晚上他借着大火灾的亮光读完了一篇杂志上的论文。读书的需要,在他已是习惯成为自然,成为这样的生理机能的一部分,因而他并没因为嗜读而弄坏了眼睛。他有极好的目力,从不需要戴眼镜"。

更重要的是,如前所述,苏联红军由于对祖国的爱有共同的伟大目标,有一种兄弟之爱,真正能做到万众一心,大家都齐心协力、争先恐后地打击敌人,往往配合默契,十分协调。德苏两国官兵两相对照,孰优孰劣,谁胜谁负,基本上已经一目了然了。

二是真实地描写战争初期红军的失败,提出红军总是撤退的问题。

小说在描写苏联官兵英勇作战,在一个个小小战斗中取得胜利的同时,也一再写到红军的失败。小说除了描写苏联红军被迫一再撤退外,还通过参谋长的介绍,写出红军的失败:"那时候,正是德国法西斯军的钳形攻势突进了我军的两翼,我军有被包围的威胁,我军部队向后撤到了新的防线。在每一渡口,在每一丘陵地带的每一小块,我们都浴血激战了好多日子。然而敌人采取的依然是攻势,而我军是且战且退。敌人占领了我们许多城市和大块的土地。"也通过包加列夫的心声进一步表现这一点:"包加列夫心里明白,这一个突然的,匆匆忙忙准备成的,向这国营农场的袭击,不过是我们在长程退却之中一个小小的插曲。他只要一闭眼就看到了我们所放弃的土地有多么广大。他知道,在过去数月内,我们已经失却了几千的村庄……"甚至通过被德国飞机轰炸的城市的百姓提出疑问:"我们已经放弃了明斯克、包波鲁伊斯克、什托密尔、谢彼托夫卡。我们怎能够挡住他们?你们看他们的作为,一夜工夫把一个城炸成这个模样,然后就飞回去了。"

政论性在作品中还有诸多体现,如包加列夫谈到团长迈尔采洛夫突袭德军的行动是"完全失败"了,他指出问题时,也是分析式的,带有浓厚的政论性。

　　为什么!因为敌人的坦克逃走了!你以为这是开玩笑吗?我们的动作要是配合得更好些,敌人的坦克没有一辆能够逃走的。可是事实上我们的各营营长自管自行动,各人不知道他的邻人在做什么。哦,结果是齐奔中央,那是坦克集中的地方。这是第一点。第二呢,德国人开始退却了,炮队的火力应当转向敌人赖以撤退的道路,我们很可以把他们消灭在这些路上。但是我们的炮队在进攻的准备射击以后就停止开火了,好像我们和炮队的联系就此断了,因而他们得不到新的任务。我们很可以把德国人粉碎，扫荡掉，可是给他们逃走了。而且，没有注意到的地方多着呢。例如，有些机关枪应当伏在敌人阵地的后方。可不是，那边的小林子简直是天造地设给我们这样用的。机关枪应当恭候在那里欢迎那败退下来的敌人。然而我们的做法却是尽其所有都用在正面的攻击，一头猛冲了去，而在两翼简直一无作为。

……

你是勇敢的人，你不怕死，可是你指挥这个团却指挥得不好。这战争是一桩错综复杂的事情。这包括了空军、坦克、各种火器和各种大炮的动作，而一切动作都是迅速而且互相配合的。在战场上，问题不断地发生，都比象棋中发生的问题要复杂得多，而且都是非解决不可的。

……

在这人民的战争中，光有了军事的算术的知识是不够的，要打垮德国人，你还得弄懂高级数学才行。

即便是一些带有抒情色彩的思考问题的片段也往往是政论性的，下面的例子就非常典型。

在这里，在树林的边沿，包加列夫能够很清楚地想象得到那邪恶的势力如何在人民的土地上爬行着。这是属于人民的土地！这是在托马斯·莫尔的乌托邦思想、奥文的憧憬、伟大的法兰西哲人的作品、十二月党人的言论、倍林斯基与赫尔岑的论文、席略鲍夫与米海洛夫的通信、织工阿列克赛夫的发言中，所曾渴望于人类的一块不知有奴役而人人以理性与公道相处的土地。这是一块为人民所共有的土地，这是永久消灭了主与奴的阶级，人人平等的土地。为了争取和保持这一块自由乐土，成千成万的俄罗斯革命志士曾经捐弃了他们的生命。包加列夫认识他们有如认识自己的同胞兄弟。他读过所有的关于他们的书，诵过他们的遗言，他们给自己母亲和孩子们的信札。他熟知他们的日记和秘密的谈话，那是幸而能活着获得自由的朋友们给记下来的。他知道他们被放逐到西伯利亚所走过的道路，宿夜的驿站，以及把他们上了镣枷的监牢。他爱这些人尊敬这些人，就同他最亲最爱的骨肉一样。他们中间有许多是基辅的工人、明斯克的印刷工人、维尔纳的裁缝、别洛斯托克的织工。这些城市现在是被法西斯所侵占了的。

这种政论性甚至在小说的名称上也鲜明地体现出来,俄国学者鲍恰洛夫指出,稍晚格罗斯曼为自己长篇小说的名称选择了一个政论观点,而非形象:《为了正义的事业》。如果合并两个标题,那就会得到一个完整的公式:"人民是不朽的,如果为了正义的事业而斗争。"①他还进而指出:"两条主线贯穿中篇小说《人民是不朽的》,成为他此后描写的基础——全民战争的图景和对战争智慧、其主导力量和战略的思考。作者塑造了与此适应的两个中心人物——战士伊格那底也夫和营军事委员包加列夫,形象地体现这两条主线。"②

《人民是不朽的》除了突出的政论色彩外,还有强烈的抒情色彩,具体表现主要有三点:

一是通过小说中人物的眼光和心理等进行抒情。

> 夕阳照耀着老年女主人的勤劳的手种植在街台上的红熟了的番茄,夕阳也照着那些滋蔓在屋子前面的野花,也照着那些果子。树干全刷得雪白,撑住了那茂密的枝条。在篱笆的栅门上,横着一个设计得很精致巧妙的门闩。在菜园子里,西瓜在绿叶丛中耀着金光,玉蜀黍的白黍粒绽出在淡绿色的包皮外,大豆和豌豆的肥荚沉甸甸地下垂,向日葵的圆圆的黑眼睛定定地在瞧。马利亚·铁木菲也芙娜走进那被弃的房子。这房里,也是处处都留着安静生活的痕迹,都留着女主人的爱好整洁和爱花的痕迹。窗台上有盛开的玫瑰,碗橱顶上有柠檬的盆景,以及两盆枣椰树的移接的幼枝。屋子里的每一物件,曾为灼热的铁壶烫起了圆的黑印的厨房里的桌子,绘有白色雏菊的绿色的洗脸台,放着从没用过的杯子的杯碟橱,挂在墙头的旧画片。这一切物件都诉说了这一座现在没有人住的屋子有过如何久长的历史,都诉说了乃祖考妣以至在桌上留下了他们的教科书的孙儿女们曾经如何生活于斯,曾经度过了多少安静的严冬炎夏的黄昏。而像这样的白色的乌克兰农舍,现在是成千地被放弃了,而建筑这些房屋的,在屋子周围种植树木的人们,现在都痛心疾首在黄尘扑面的大路上向东方撤退。

通过热爱家园不愿离开故土的老太太马利亚·铁木菲也芙娜所见和心理活动,抒发了对故乡美丽宁静的大自然尤其是田园风光的赞美,以及祖先留下

---

①　*Бочаров А.Г. Василий Гроссман：жизнь·творчество·судьба*，М.，1990，С.120~121.

②　*Бочаров А.Г. Василий Гроссман：жизнь·творчество·судьба*，М.，1990，С.117.

传统、后代学习生活、自己留下许多美好过去的故园或家的无比留恋之情，并表现了被迫放弃的痛心疾首。又如：

> 惨厉的痛苦、悲哀和愤怒，煎熬着伊格那底也夫的心。不论是在德国人烧掉那城市的一夜，还是在被毁灭的村庄，乃至在血肉横飞的战场，从来不曾像这清风丽日的此时此际激动了伊格那底也夫的感情。这一些舒舒服服地在苏维埃村庄里休息的德国人比在战场上的，可怕到一千倍。……伊格那底也夫看着这些休息中的德国人，恨入了骨髓。忽然他想象到战争已经告终，德国人就如他现在所见似的在那里洗澡，听夜莺娇啼，在林子里空地上散步，采集红莓和黑莓，各色草菇，在村舍里喝茶，在苹果树下玩弄丝竹，吆喝着小姑娘们来往伺候，而当这样的想象闪过脑中的时候，他，曾经受过战争的一切恐怖，曾经当德军坦克在他头上怒吼时蜷伏在土坑底，曾经在前线的尘土漫天的路上走过几千里，曾经天天出生入死的伊格那底也夫，便从他的心底深处，从他的每一滴血液，认清了今天这一场战争非打到最后把德国人赶出苏维埃国土不可。大火的烈焰，炸弹的霹雳，空战，这一切，比起这一幅法西斯在占领的村庄中安闲自得的图画来，实在要好受得多。这一幅法西斯安闲自得的景象，会使人血液凝冻。

红军战士伊格那底也夫在侦察敌情时，发现德军在被他们侵占的俄国土地上逍遥自在、安闲自得、舒舒服服地享受休息时光，顿时燃炽起如火的激情：撕心的痛苦、深深的悲哀、满腔的怒火、刻骨的仇恨，这种抒情表现了红军战士对祖国的热爱和对敌人的仇恨。再如："包加列夫在电话中听得远远的声音在校正射击的准点。在这些只说着数目字的缓慢而拉长了的声调中，却表现着整个战斗的激烈和凶猛。数目字奏着凯歌了，数目字在咆哮了，数目字有了生命，激动着，冷如冰而同时又烈焰腾腾。"这是作为红军军官的包加列夫在电话里听到红军炮兵按照指令痛击德军时的心理感受，接连三个"数目字……"的排比句，生动形象地表达了包加列夫知悉炮兵痛击敌人后的欢欣畅快之情。

二是从作者或叙述者的角度抒情。

> 千千万万的人民为了自由而毅然舍生，正像他们曾经毅然担起了工作的重担。在广阔的疆场上这样崇高、朴质、严肃而成仁，有这样的人民真正是伟大的！他们倒下了，永远地安息了，就跟这伟大的土地曾

经有过的他们的祖辈,劳作了一生的木匠、矿工、织工、农夫等等一样,永远地安息了。他们曾经把多少血汗的劳动贡献给这国土,他们的贡献有时简直超过了他们的精力的可能。一旦战争来了,他们又贡献了血,贡献了他们的生命。呜呼,愿劳动和理知,光荣和自由,永远使我国土流芳万世! 愿世间更无它字能比"人民"更伟大而神圣!

叙述者热情洋溢地赞美了伟大而神圣的人民,他们在和平时期辛勤劳动、挥洒血汗,极力建设祖国和家园,面对强敌入侵,他们又毅然决然拿起枪炮、冲上前线,为了自由而不惜牺牲!因此,叙述者认为他们是"这样崇高、朴质、严肃而成仁",这样伟大而神圣! 前述"这一战争中的敌人"的一大段抒情也是如此:面对德军疯狂推进,大量侵占苏联领土,并且残杀人民、烧毁家园、毁灭文化,叙述者忍不住亲自"现身",抒发对祖国的爱对敌人的恨,尤其是通过这抒情唤起苏联军民保家卫国,捍卫自己的文化。

三是通过景物来抒情。这又表现为以下几个方面:

描写景物的诗意与美。作者以此来描绘祖国的美好山河,含蓄表达对祖国大地的热爱之情。如:

> 太阳出来的时候,指挥官们爬登一个小山顶。……从黑夜出来的大地,呈现着平坦的蓬勃愉快的图画。清沁的晨气,晶莹的露珠,轻飘的早雾,蝈蝈儿的短促而清脆的叫声,这一切都使得包加列夫沉醉而畅快。黑色的甲虫们十分正经地在沙土上匆匆忙忙爬着,蚂蚁也出来工作了。一群小鸟扑簌簌地从树枝中飞了出来,似乎想在那刚受到阳光的照射而还没怎样温暖的尘土中晒一回太阳,但终于啾啾地叫着一阵儿飞向小溪去了。

祖国大地的清晨是如此宁静而美好,本来只适宜过和平的劳动生活,但德国法西斯把战火悍然烧到祖国的大地上,因此红军指战员就更加仇恨德军,并拼死捍卫自己美丽的山河。在此基础上,作家还往往借景抒情:

> 啊!这时候的大地多么可爱呀!它那大起大落的陵谷,它那枯黄的山坡,它那长满了牛蒡的深谷,它那林间的空地,这全是多么宝贵呀!从泥土里发散出来的气味多么神奇,树叶霉烂的气味,干燥的尘埃的气味,树木深处的潮气,烂泥和微菌的气味,干了的浆果以及落在地上的曾经几度的湿了又燥、燥了又湿的枯枝的气味和风从田野吹来了落花

枯草暖烘烘得使人怅惘的气味。半明不暗的林子里,突然射进一条太阳光来了,蛛网上的露珠于是绽开了一道游尘翱翔着的彩虹,好像要显一显和平与静穆的神奇。

这是战斗后晴朗早晨的宁静、美丽,它更反衬出德国法西斯发动侵略战争的可恨。

情景交融地表达感情。这在小说中运用最为广泛。或者以大自然的景物正面衬托人物的思想感情,如:

> 这一夜是阴暗而寂静充满了惶恐的。惶恐在那些闪闪抖动的星光,惶恐也在哨兵的脚下嚓嚓轻响,惶恐又潜伏在不动的树木的阴森森的影子里。惶恐并且煮然碎裂了枯枝,飘然从斥候兵的身旁滑过,而且跟着他,直到他经过了哨兵线而走近团司令部。惶恐也在水磨的小潭的黑水里啵啵地咕咕地响。总之,到处有惶恐,天上,地下,水中。

这是红军陷入德军重围时小说中的一段描写。到处都是德军,死亡随时阴森森地猛扑过来,在阴暗而寂静的夜里这更加令人恐惧。这段描写生动形象、情景交融地表现了这一情境,堪称大师之笔。又如:

> 这一天晚上,白俄罗斯共产党的中央执行委员会在林中的一片草地上开会。灿烂的夜空透过了橡树的枝叶,照耀着。好像是主妇细心的手所撒布似的,灰色的干枯的树叶在那软软的富于弹性的深绿色的苔藓地上给铺了一床贵重的毡子。谁能传摹这在白俄罗斯森林中最后一片自由土地上这一次会议的肃穆淳朴呢?风,从白俄罗斯吹来的风,庄严而悲哀,低声呜咽。执委会和人民委员会的委员们,满面风尘,穿着军服,简单地说话。而簌簌地吹动那些黑簇簇的树叶的晚风发着镇定而悲壮的声音,像一个人知道今日之事不自由毋宁死,别无选择。

大自然尤其是风,仿佛就是执委会和人民委员会的委员们的心声,肃穆淳朴,庄严而悲哀,镇定又悲壮,通过这一情景交融,形象生动地写出了白俄罗斯共产党的中央执行委员会既要斗争到底,但迫于情势不得不撤离的复杂心境。

或者用自然景物进行反衬。

强有力的拖拉机，拖着那些大炮穿过村庄的街道。大炮们隆隆然碾过静谧的黄昏的村街，经过那些刷得雪白的村舍。村舍门前小巧的庭园中，红的芍药和毛茸茸金色的球状花辉映着落日的余光。女人们和灰白胡子的老头儿坐在门前台阶上。牛在哞哞，狗在汪汪，大炮们沉重地拖过。对照这一切，看来是多么怪样。

静谧的黄昏、鲜花盛开的村庄、正常和平的生活，却被绵绵不绝的大炮沉重地拖过的隆隆声碾碎！这种反衬烘托出旁观者包加列夫等人仇恨敌人、珍爱和平，坚决把德军赶出家门的心情。又如：

　　　一个睡着的城市暴露在照明弹的白光下。这是住着几万的老年人和妇孺的城市。这是已有九世纪的历史而拥有三百年前的古建筑神学院和白色教堂的城市。这是多少年来快乐的学生们在那里做研究工作的城市。在古老的日子，长列的牛车常常穿城而过，而长胡子的舟子撑着他们的木筏慢慢地经过了那些白色的房屋，望着那教堂的圆顶划着十字。这是个曾经逼迫着阴森森的林木退却了的光荣的城市。这是几百年来高手的铜匠、家具木匠、皮革匠、点心司务、裁缝、石匠和油漆匠所工作的地方。这一座峙立河畔的美丽的古城，在暗蒙蒙的八月夜，被照明弹的化学品的强光照在早在白天就准备好了这次的袭击。

历史悠久、多有文物而且有着和平幸福生活的古老城市，尽管住在这里的已经只是几万的老年人和妇孺，却依旧遭到德国飞机的狂轰滥炸！此情此景，怎能不激起红军官兵的满腔痛恨以及誓死与敌斗争的决心！
　　或者正衬和反衬结合，以自然景物更好地表现人物的情感，如：

　　　一会儿工夫，城市落在他们后边了。夏日的早晨以它全部的庄严而恬静的光华迎接他们。午前，他们在树林里打尖。一条溪水，澄清见底，流得慢慢的，轻松地潺潺地流过那些岩石，蜿蜒穿过了树林。清凉之气抚慰了热得冒火的皮肤，眼睛停息在高大橡树的宁静的浓荫里。包加列夫看到了草间的一簇白色的蕈儿。这些蕈儿亭亭而立，躯干肥厚而白，昂起了略为黧黑些的头。……士兵们在那条溪水里洗澡。……他在树林中间缓步走来走去。眼前的不染尘俗的美丽的景色，树叶的簌簌絮语，丰盛得都使他欣喜又觉得辛酸。

战斗的间歇里,美好、庄严、恬静的自然风光既正面衬托了包加列夫喜爱美好风光,热爱和平宁静的生活的心情,同时因为这又极其短暂,战斗随时爆发会毁灭这美与宁静,而祖国的美好自然和平宁静生活,活生生被德国侵略军破坏,这又从反面衬托出包加列夫的爱国之情以及与敌人斗争到底的决心。又如:

> 迈尔采洛夫登上小山,瞭望那无边的天空和展开在他面前的大地。风吹拂着小麦,麦秆动荡,簌簌地,霍霍地。丰满的黄色的麦穗低低下垂,露出了灰白色的麦秆。整片田野都变了色,从金黄变成湖绿。好像是被一片死色罩住了,好像是生命的泉源枯竭了,好像是大地为了红军的撤退而惊骇而变色了。而小麦在低声絮语,在哀求,在鞠躬叩头,然后又抬起身来,显示它那一切的丰饶和被太阳晒成的黄铜色的艳丽。迈尔采洛夫凝眸望着这土地,望着那田地里三三两两地闪着白光的女人的白头巾,望着那远处的磨坊,望着那远得很的小村子里的闪闪发亮的茅舍。他望着天空,奶青色的夏季的天空,他从儿童时代就熟悉了的。小块的蓬松的云彩正在天空飘浮,这些云是如此稀薄,以至天的蓝色也透出来了。而这广漠的大地,这无边的闷热的天,正在倾诉它的无限的悲痛,正在呼吁那些沿着炎热的大路在尘土中拖着沉重脚步的队伍给以援助。而云也老是从西向东移动,似乎有一个看不见的人正在驱赶大群的白羊走过这被德国人占夺了的天空。而那些小麦在低声诉说,俯伏在红军士兵们的脚旁。

丰收的金秋,异常美丽,这是迈尔采洛夫自童年就熟悉的动人景象,因此这些美景正面衬托了他的热爱家乡、热爱祖国之情,然而如今他们却被迫撤退,把这美好的土地、美好的景致丢下,因此就连这美景也变了色,一切都带上悲哀之色,哀求红军官兵解救它们。一喜一哀,以正面和反面衬托的方式,相当形象生动地表现了迈尔采洛夫等红军官兵的复杂情绪。

正因为以上原因,雷成德等指出:"小说《人民是不朽的》有一个特色,就是随着战事的发展,作者插入不少自然景物的生动描写。这有助于揭示苏联官兵对国土的挚爱,以及对蹂躏自己国土的敌人的无比仇恨。"[①]

上述政论性与抒情性的有机结合,使《人民是不朽的》这部小说在当时乃至以后的苏联战争小说中独具特色,而且达到了较高的艺术水准,成为苏

---

① 雷成德主编:《苏联文学史》,第334页。

联战争小说中的一部经典。

　　不过,这部小说也有一些不足或缺点:第一,结构过于松散,一会儿是包加列夫,一会儿是迈尔采洛夫,一会儿是伊格那底也夫,一会儿是师委员乞列特尼成科,一会儿又是他的儿子辽尼亚,中间还穿插了一章,专门写德军上校勃鲁赫牟勒和格伦上校,这样就使结构显得过于松散;第二,小说说教过多,具体描写不够细致,缺乏真正的深度,还只是停留在简单的爱国主义层面,尽管也试图从哲学高度来思考战争,但不成功。但总的说来,这部作品的艺术成就应该略高于《虹》和《日日夜夜》。

　　值得一提的是,人民的主题是格罗斯曼不少小说,尤其是其代表作的一根红线,而且在不断地发展和深化。描写敌后突围的短篇小说《生命》,表现了"苏联人民的民族自尊心和自信力"[1]。长篇小说《为了正义的事业》表现了苏联人民英勇抗击德国法西斯侵略军的斗争,描写了保卫斯大林格勒市的红军战士、工人民兵、全体居民的浴血奋战、坚忍不拔。作家曾宣称,他在这部作品中描写的是斯大林格勒即将毁灭的致命时刻,在鲜血和连石头都烧得炽热的烟雾中产生的不是被奴役的俄罗斯,不是它的毁灭……而是苏联人无法遏制的活力以及顽强地获胜的力量。[2]长篇小说《生存与命运》则除了相当真实、具体地描写了斯大林格勒守卫者——人民的浴血战斗之外,在思想上发展到历史的、哲学的高度——更多地表现了人民与自由的关系。鲍恰洛夫指出,在《为了正义的事业》中作家还把人民描写为具体的个人,到了《生存与命运》里作家已跳出这一逻辑,而让人民成为社会性、哲学性的概念,以便更好地揭示人民的历史命运,他还进而谈道:"对于格罗斯曼而言,人民的命运通常是人类的命运,而自由的人民是自由的个体的统一。因此'爱人民'成为他小说中的世界观,因此,人民形象的描写一定伴随着感动,在这种感动的烘托下,伟大的人们变得更加伟大""格罗斯曼的信仰体现——人民、人民的命运、人民的英勇无私、人民的创造力、人民对自由的渴望、人民的内在精神上的自我革新能力。他以人民的命运来检验每一种思想,每一种力量和行为的正确性与复杂性"[3]。

---

① 茅盾:《关于〈人民是不朽的〉》,见〔苏〕格罗斯曼:《人民是不朽的》,第11页。

② С.Липкин. Жизнь и судьба Василия Гроссмана, М.,1990,С.18.

③ Бочаров.А.Г. Василий Гроссман:Жизнь,творчество,судьба.М.,1990,С.263,219.

三、瓦西列夫斯卡娅的《虹》①

　　万达·利沃夫娜·瓦希列夫斯卡娅（一译瓦西列芙斯卡雅、华西列夫斯卡娅，Ванда Львовна Василевская，1905~1964），女作家，社会活动家，1905 年生于波兰克拉科夫，但童年在农村度过，1917 年底回到城里读书。中学时开始写诗，1921 年开始发表诗作。大学时一边从事文学创作，一边参加学生与工人运动。1927 年毕业于克拉科夫大学语文系，获得哲学博士学位。1934 年写了反映波兰社会下层人民困苦生活的中篇小说《日子》（一译《白昼的面貌》《时代的面貌》），引起社会广泛关注，她深受鼓舞，接着出版了长篇小说《祖国》（1935）、中篇小说《大地的苦难》（1938）。1939 年因德国法西斯侵占波兰，她来到苏联，加入了苏联国籍，并与苏联著名剧作家柯涅楚克结婚。卫国战争期间在苏军政治部当宣传员，写下了纪实性的报道《党证》《一个德国士兵的日记》《为了胜利》等，并创作了中篇小说《虹》（1942，获 1943 年斯大林奖金）。此后的作品还有：中篇小说《只不过是爱情》（1944，获 1946 年斯大林奖金）、《何时灯才会亮》（1946），以及由长篇小说《沼泽地上的火焰》（1940）、《湖里的繁星》（1945）、《河流在燃烧》（1951）等组成的三部曲《水上歌声》（1951，获 1952 年斯大林奖金）。

　　中篇小说《虹》（Радуга，1942）发表后，被苏联评论界誉为"苏联文坛上的重大收获"，产生了颇大的反响，获得了颇高的评价。阿·托尔斯泰在 1942 年 11 月 18 日在苏联科学院所作报告《二十五年来之苏联文学》中宣称："今天的苏联文学，达到了道德和战斗的俄国人民的英勇事业的最高峰。今天的苏联文学，是真正的人民的文学，是全体人民所需要的高超的人道主义的艺术。这样的作品，如万·瓦西列夫斯卡娅的《虹》等……"②译者曹靖华也认为："《虹》的出版，是苏联文学史上的一件大事，是卫国战争中，苏联文坛上一部辉煌的巨著，被誉为'社会主义现实主义的典范作品'。"③这本小说最初发表在 1942 年秋的《消息报》和《十月》杂志上，同年出版了单行本，俄文版

---

① 该书目前有曹靖华翻译的多个出版社版本：人民文学出版社 1952 年；《曹靖华译著文集》（第二卷），河南教育出版社、北京大学出版社 1990 年；《第四十一 虹》，黄山书社 2015 年；生活·读书·新知三联书店 2018 年。本节中所引用的《虹》的文字，均出自〔苏〕瓦希列夫斯卡娅：《虹》，见《曹靖华译著文集》（第二卷），河南教育出版社、北京大学出版社 1990 年，为节省篇幅，不一一注出。

② 转引自〔苏〕瓦希列夫斯卡娅：《虹》，见《曹靖华译著文集》（第二卷），译者序，第 314 页。

③ 〔苏〕瓦希列夫斯卡娅：《虹》，见《曹靖华译著文集》（第二卷），译者序，第 314 页。

连续再版二十次,还被翻译成乌克兰文、白俄罗斯文以及苏联其他民族文字,甚至还被世界其他国家翻译出版。[①]如1943年由曹靖华翻译成中文并于同年10月由重庆新知书店初版,1944年再版;1945年新华书店晋察冀分店、1946年北平新知书店、1947年上海新知书店先后再版,1949、1951年由三联书店再版,1952年由人民文学出版社再版,也在中国尤其是抗日战争时期产生了较大的影响,正如曹靖华指出的:"《虹》是一部小说,是用心血凝成的一部最现实的艺术上的杰作,同时也是强有力的战斗号召,它号召爱好和平,爱好自由的人民,万众一心,有我无彼地毁灭最野蛮、最凶残、最黑暗的人类的公敌——法西斯侵略者。"[②]但时至今日,我国学界对这部小说很少关注,相关研究似还少见。本书进行初步研究,以期抛砖引玉。

从苏联战争小说的发展过程来考察,《虹》是一部精心构思的写实战争小说。

追求真实是瓦希列夫斯卡娅的一贯艺术追求。在《大地在苦难中》一书的后记里,她曾宣称:"我没有写过一件不真实的事件,我的人物没有一个不是从活生生的现实里取来的。"[③]这就决定了《虹》的写实性。《虹》的写实表现在以下两个方面:

其一,取材真实。小说取材于苏联卫国战争中乌克兰农村发生的真实故事。普通的农妇亚历山德娜·戴丽曼(小说中改名"娥琳娜",一译"奥廖娜")在德军占领村子后参加了游击队,和游击队一起打击敌人,经常担任侦察工作。但部队里的官兵都没想到她是位孕妇。产期临近,她回村子去生孩子的时候被敌人抓住,在冰天雪地里被驱赶着赤身裸体行走,还让她指出哪些是游击队员的家庭,但她誓死不泄露游击队的任何消息。后来,她在柴棚里生下一个儿子,德国人利用儿子来威胁她,她依旧坚贞不屈。于是德国人当着她的面打死了出生还不到一天的婴儿,并把她也投进了冰河里……《虹》在此基础上进行了艺术加工,描写的是乌克兰一个乡村被德军占领,德军在此烧杀抢掠,老百姓对他们充满仇恨。费多霞大婶的儿子瓦西里参加了红军,被德军杀死,暴尸河边,不准掩埋,她满怀悲愤,只能每天挑水的时候偷偷去看儿子的尸体,恨不能杀光德军。女游击队员娥琳娜因为生产期临近,潜回村里,被德军逮捕,他们严刑拷打,没有效果,等她生下儿子后,又以其儿子要挟,没有成功,就残忍地杀死了婴儿和娥琳娜。玛柳琪十岁的儿子米什卡因为给娥琳娜送面包,被德军残酷打死。而同村的年轻女子普霞

① Усиевич Е. Ванда Василевская: критико-биографический очерк. М., 1953, С.88.
② 〔苏〕瓦希列夫斯卡娅:《虹》,见《曹靖华译著文集》(第二卷),译者序,第325页。
③ 〔苏〕瓦希列夫斯卡娅:《虹》,见《曹靖华译著文集》(第二卷),译者序,第310页。

因为贪生怕死并贪图享受而做了德国军官顾尔泰的情妇,另一个外村人贾波里则被德国人任命为村长,他们都干着出卖同胞和国家的勾当。德国人为了搜寻米什卡的尸体和逼迫老百姓交出粮食,抓了白兰秋、叶度牟、鄂西普、马丽亚、马兰五个人作为人质,威胁全体村民如果三天内不交出这些,不仅将杀死这五个人,而且要杀光全村人。村里百姓决定采取行动,他们悄悄杀死了为虎作伥的村长。恰在这时,普霞的丈夫红军中尉夏洛夫带领队伍回来解放村子。他们在费多霞的帮助下,偷偷摸进村子,经过一场激战,终于全歼了两百多德军,夏洛夫则亲手处决了叛变投敌的妻子普霞。人们隆重地埋葬了英勇牺牲的红军战士、游击队战士和战死的村民,全村都唱起歌来,尽情歌唱斗争的胜利⋯⋯

其二,描写真实。《虹》一方面真实地描绘了德国侵略者的穷凶极恶,毫无人性。他们强奸妇女,欺辱村民,更疯狂地屠杀苏联人民:

> 烧得一干二净的列凡尼约夫卡村,在那儿因为有人向德国士兵打冷枪,德国人就四处点火烧房子,向从火里往外跳的农民射击,当着母亲的面,把孩子投到火里。沙特村的幻影,在那儿全村居民有一百五十人,把他们赶到从前取土做砖的坑里,用手榴弹炸死了。在科锦克村所有的男人都被枪杀了,把只穿着一件小衫的妇孺驱赶到零下四十度的严寒里,他们都在往柳村去逃命的路上冻死了。

更有甚者,他们还不准掩埋反抗者和阵亡者的尸体。小说重点描写的这个村广场边的绞架上吊着一个十六岁的反抗者柳纽克,都吊了一个月了;费多霞的儿子瓦西里牺牲后也长时间陈尸荒野。德国人想以此来警戒和恐吓苏联人民。他们甚至对即将做母亲的孕妇娥琳娜都肆意凌辱:

> 这时明月如昼。月光把全世界都变成了一块天青色的冰块。费多霞清清楚楚看见,一个裸体女人在通往广场的路上跑着。不,她不是在跑,她是向前欠着身子,吃力地迈着小步,蹒跚着。她的大肚子在月光下看得分外清楚。一个德国士兵在她后边跟着。他的步枪的刺刀尖,闪着亮晶晶的寒光。每当女人稍停一下,枪刺就照她脊背上刺去。士兵吆喝着,他的两个同伴吼叫着,怀孕的女人又拼着力气向前走,弯着身子,打算跑起来。向前跑五十米,那士兵强迫他的牺牲者转过身来。向后跑五十米,于是又照样,照样做起来。刽子手们笑着,他们粗野的笑声,传到屋里来。

这是娥琳娜，"在产前的一两天，裸着身子，光着脚，在雪地里向前跑五十米，向后跑五十米。士兵在狞笑，刺刀戳着脊背"。德国侵略者这样做，仿佛"要故意显一显身手。仿佛想表明他们的残忍是无止境的"。他们连给娥琳娜送点面包的小孩子都残酷杀死，甚至还残杀了娥琳娜新生的婴儿！

与此同时，小说也真实地描写了德国下层官兵的情况。他们厌倦长久战争，在一个无法征服的国度里满心恐惧，因为在这个国家每个人的眼里都隐藏着憎恨，没有任何力量能使他们面带德国人所需要的恐怖与顺从，而且因为游击队和严寒（"可怕的、无情的严寒，折磨他们已经三个月了"），部队的人数大减，"山谷里，游击队在戒备着他们，德国士兵一天天地衰弱着，病号一天天多起来，同他一块从法国调来的那一队人，几乎一个也不剩了，从德累斯顿来的朋友里，除了石马荷一个人而外，统统都死光了"。

《虹》另一方面又真实地刻画了苏联人民对敌人的刻骨仇恨、宁死不屈与英勇斗争。面对德国侵略者的残暴，人民群众毫不屈服，更无任何软弱的表现，他们把眼泪强压心底，对敌人充满了刻骨的仇恨。面对被敌人杀死的儿子的尸体，费多霞"没有哭。干巴巴的眼睛望着，看着，感受着儿子黑铁似的面孔。感受着太阳穴上的小孔，脱落的脚掌和那表现出临死痛苦的唯一迹象——那像弯爪似的痉挛地插入雪中的手指"；对德国卫兵，"她从旁边走过去，仿佛没看见他似的"；对德国军官，"她的脸像石头似的冷凝着"。玛柳琪强压悲痛，冒死偷偷运回自己被打死的大儿子米什卡，并和小女儿芝娜、小儿子萨沙一起把尸体悄悄埋在自家的门洞里，不让德国人发现，她告诉芝娜："你别哭了，米什卡是同红军士兵一样死去的，你明白吗？他是为了正义的事业牺牲的，德国的子弹把他打死了，你明白吗？"而即将生产的娥琳娜在被德军逼着裸体在村里走动，惨遭凌辱，不断跌倒时，她"跌倒了又爬起来，爬起来又跌下去。她从哪来的这股劲呢？费多霞知道从哪来的。她晓得，她感觉到娥琳娜心里也凝结着黑血，凝结着憎恨的血，这给了她力量"，而且"在每座房子里，在上了冻的窗子后边，都站着人，他们隔着用哈气融解的小圆孔看着。他们同娥琳娜一块儿在雪地上跑，同她一块儿跌倒，一块儿爬起来，一块儿感觉到刺刀的刺，听着刽子手们粗野、刺心的狞笑"。他们更奋起斗争。他们把粮食远远地深埋起来，宁肯自己挨饿，也不给敌人，而留给红军。娥琳娜在敌人占领村子后，参加了游击队，侦察情报，炸毁桥梁。当红军的先头部队来到时，村里的妇孺老弱，全都拿起禾叉、斧头杀向敌人，而惨遭德军强奸的马兰更是逮住机会，杀死了当地的德军司令官顾尔泰上尉。

小说塑造得最为真实而又突出的形象是娥琳娜。她的丈夫在战争爆发后战死在前线，敌人占领村庄后，她马上逃出去，参加了游击队。最初，她为游击队洗衣、做饭、照顾伤病员，就像一位慈母，大家都亲切地叫她"母亲"，她还经常外出侦察敌情，带回不少有用的情报。后来，因为产期将至，她不得不离开游击队，偷偷回到村里，没想到不到两天，便被德军逮捕。无论德国人对她怎样威逼恐吓，甚至严刑拷打，她都不透露游击队的一点信息。敌人剥光她的衣服，让她裸体在广场上行走，还用枪托打她，她照样毫不屈服。生下孩子后，敌人进而用杀死孩子来威胁她。尽管这是她与丈夫爱的唯一结晶，也是她四十岁时才生的第一个孩子，但她想到不能因为这一个孩子，而让游击队里那"好多好多儿子"牺牲，因此依旧毫不屈服。敌人杀死她的孩子后，她想到游击队正在战斗，消灭德国侵略者，便克制了自己的悲痛。敌人恼羞成怒，最后杀死了她。可以说，娥琳娜形象既是敌占区人民苦难的象征，又是不可战胜的俄罗斯祖国母亲的象征。

　　值得一提的是，小说不仅写得真实，而且这种真实还写得运笔如刀，苍劲有力。曹靖华指出，这部作品就像"雕刻家用刻刀在钢板上刻出的一幅钢刻。作者的崇高思想，通过明快的刀锋，表现得非常苍劲，突出，真切，感人。"瓦西涅夫斯卡娅像一个雕刻家一样，运笔如刀，刻画了在法西斯铁蹄蹂躏下奋起抗争的人物群像："这些妇孺老弱，在这惨痛的教训里，个个都抱着头可断，血可流，身可杀，家可毁，此志不可屈，祖国不能亡的决心。大家都一心一德，众志成城，同敌人作有我无彼的斗争！"写得更真切感人。因此，曹靖华认为："她的手法是真实，勇敢，锋利，明快。"①

　　除了真实，《虹》更是一部精心构思的战争小说。其精心构思之处主要有三：

　　第一，不正面描写战场上的枪林弹雨、冒死拼杀，而通过敌后一个村庄人民的苦难与反抗，来巧妙表现战争，而且以片段、场面体现人民反抗的群体性，表现爱国主义主题。

　　如前所述，《虹》描写的是乌克兰敌后一个"村里有三百户人，每户都有人去从军"的村庄的百姓在德军占领后的苦难和反抗。德国侵略者突然袭击占领村庄后，强占老百姓的住房，疯狂掠夺百姓的物资，尤其是吃的东西，搜刮牛奶，抢去牛、羊、鸡、猪和粮食。他们更残酷奴役百姓，枪杀反抗者，还惨无人道地不准掩埋死者的尸体。百姓们生活在水深火热的苦难的深渊。

---

① 〔苏〕瓦希列夫斯卡娅：《虹》，见《曹靖华译著文集》（第二卷），译者序，第314、317、320、310页。

但百姓们毫不畏惧，他们对自己的家园、家乡和祖国充满深情，自觉自动地与敌人周旋、斗争，保卫自己的家乡，保卫自己的祖国。他们首先自觉地设法不让德国人得到粮食。除了留点应急的日常粮食外，他们把丰收的大量粮食等都远远地埋藏起来，"除了这一点土豆和藏在楼顶上的一点黑麦，家里什么也没有了。粮食、土豆、猪油、一小桶蜂蜜，——所有这些都埋在距家很远的地里，都上冻了，被雪盖起来了⋯⋯"而且，他们还意识到，交出粮食，这就意味着交出土地，交出自己和自己的一切，承认眼前的整个世界，承认德国人是乌克兰大地尤其是乌克兰乡村的主人。只有捍卫自己的土地，捍卫人的一切权利，才能捍卫生活也捍卫自己。[①]因此，大家都有与德军斗争到底的想法。玛柳琪的丈夫普拉东虽然年纪较大，但主动参加了游击队去打击敌人，临走前还不忘告诫她："老太婆，沉住气，不得已，就拿起木棒、斧子，有什么拿什么干吧，只要别屈服。现在是大家都得去打仗的时候了。老头子、女人，连孩子都得去拼！"在暴风雪之夜，德国人抓了五个人质，威胁全体村民交出藏起来了的粮食，不仅这五个人质全都不说粮食在哪里，那些回到家里的村民更是"在这天夜里，人人都晓得，都想着一件事；都不交谈，都不商量，每个人都自己作出坚决的绝对不改的决定，把粮食留到地下，不让德国人的爪子把它们从地窖里挖出来，这比生命还宝贵"。他们认识到："你只要胆怯一次，人家就会为所欲为，对付你了。⋯⋯德国人⋯⋯他们最重要的手段就是恐吓人。如果你怕，那就糟了。如果你一点都不怕，那德国人，对你就一点办法也没有。⋯⋯力量在于坚持到底，决不让步。"他们更明白，"敌人对我们一点办法也没有，让他们折磨、绞杀、枪决吧——他杀一个，杀两个，可是他不能把一切人都杀光⋯⋯目前我们的队伍，还没回来，我们应当坚持下去，咬着牙坚持下去⋯⋯"

只要可能采取行动，他们绝对不会放过任何一个机会。就在敌人抓了五个人质威胁全村时，叶芙罗霞、娜塔丽、白莱葛几个女人和跛子马夫亚历山大深夜趁机悄悄抓住俄奸贾波里，审判"这个被德军司令部委任的村长"，为了正义的事业而判处其死刑，既伸张了正义，又打掉了德军的耳目。当一个月来红军的第一架飞机从村子上飞过时，村子里"到处都是人山人海。屋前是跪着的女人们，马路上孩子们像大群麻雀在乱蹦乱跳，老头子们向空中飞翔的铁鸟挥着手""他们欢天喜地地笑着，女人们聚精会神的、庄严的面孔上流着眼泪"。当被俘的红军战士经过村子并说出一个礼拜没吃东西时，"所有的人都跑回家去，都扑到贮藏室里，用发抖的手，从包袱里，瓦罐里，从

① *Усиевич Е.* Ванда Василевская：критико-биографический очерк.М.，1953，С.94.

神像后边的暗厨里,把他们所剩的一切食物都拿出来了"。全村群体性的毫不屈服,使得德国军官顾尔泰深感:"这个表面上沉睡了的村子,对上尉发出一种潜在的威胁。不,最好还是上前线面对面同敌人打仗。在这儿坐着,在占领的村子里整顿秩序——这叫作休息。秩序可真不错——把布尔什维克赶走已经一个月了,可是到现在什么事情也做不成。一切计划,一切命令,一切的一切,都完全被这至死不屈的、顽强的、沉默的反抗粉碎了。"最后,全体村民拿起刀斧等简陋武器,配合红军全歼了村里的德军。

需要指出的是,上面所有与德军的周旋、反抗都是群体性的,为了突出这种群体性,小说还特意点明,无论在敌人的淫威之下,还是胜利之后,"人们的眼光是镇静的,是的,这是战争呵。铁、血、火,袭击到村子上。可是这儿所有的人,都充满了坚决的信心,这信心在最可怕、最惨痛的日子里,支持了这村子。那就是,相信自己的军队会来,相信最后的胜利属于他们"。这部小说有一个显著的特点,那就是全书没有一个贯穿始终的主人公,而是由一个个片段或场面组成,几乎是逐一描写了这个村子众多的人对法西斯侵略者的仇恨与抗争,因此陈敬咏指出:"从结构上看,小说是由一个个片段、系列场面组成的,这些片段和场面是为了表达这样一个主题:在大片国土沦丧的空前艰难的条件下人民团结一致的抗争力量和爱国主义行动是如何形成的,它的潜力又是多么深厚与强大。"[1]而这部小说在战争叙事方面的创新之处恰恰在于:"作者取一个暂时被德军占领的乌克兰的村庄做例子,来写敌后妇孺老弱的英勇苦斗,来显示苏联人民在空前艰苦的考验里所表现的团结、自信、坚决与英勇无比的爱国主义。"[2]

第二,精心设置了种种对比以强化艺术感染力。这部小说精心设置了以下种种对比:

人与人之间的对比。如贪生怕死且贪图享受的普霞与热爱家乡热爱祖国、宁死不屈的村民的对比;又如德国兵温暖的生活、恐惧的心理与村民们寒冷的生活与仇恨的心理的对比;甚至还有顾尔泰把情人普霞与妻子露莎进行对比:一个只会撒娇连房子甚至床铺都不收拾,一个把家里收拾得多么洁净,一切都井然有序。

特殊情境中所产生的对比。如当德国上尉顾尔泰用手抓起娥琳娜初生的婴儿时,"娥琳娜呆住了。手脚像冰一般。房屋高大起来,德国人在她面前也不断高大起来。现在对着她站在桌子后边的,已经不是从前同她说话

① 陈敬咏:《苏联反法西斯战争小说史》,第17页。
② 〔苏〕瓦希列夫斯卡娅:《虹》,见《曹靖华译著文集》(第二卷),译者序,第316页。

的那个人，而是头挨着云，奇大无比的怪物。在这不断延伸的无边无际的空中，只有她那孤零零的，赤裸裸的粉红色的小儿子，悬在天与地之间战栗着。大概绷紧的肉皮，使他上不来气了。他不哭了，什么声音也发不出来了，只有小腿在痉挛地抖动，小拳头一捏一放像在捕捉空气"。奇大无比的怪物与孤零零、赤裸裸的小小婴儿的对比，相当生动而又深刻地写出了娥琳娜作为母亲的无助、悲愤与绝望的心情，也突出了德国侵略者的残忍与毫无人性。又如抓走五个人质的那夜，被死亡深深威胁的村民们尽管感到"德国的死神狂笑着，呻吟着，吼叫着，在旋风呼哨里，在村上飞舞。可怕的、喧嚣的、残酷的、狞笑的死神，在自己的牺牲者头上飞舞，家家户户都听见这个声音了"，却宁死不屈；而表面控制一切的德国兵则十分害怕。

> 这天夜里上岗的德国士兵们冻得要命，胆怯地张望着，尽力悄悄地在雪上走着。他们也听见了死神。它躲藏着，偷偷地溜到紧跟前，把无声的冰冷的气息，哈到他们脸上。他们感觉到它躲在沟里，藏在屋角后边，无声地爬到草屋顶上。它紧闭着嘴唇，用千百只冰一般的眼睛望着他们，无言地宣告他们的死刑。它悄悄越过村子的篱垣，停到栅栏跟前，在井上弯着腰。到处都有它，德国士兵们处处都感觉到它。死神同他们在村里并排走着。同他们一齐停在房子跟前，伴着他们回到屋里，把噩梦的黑幔，张在他们的眼睛上。他们在自己身上也感觉到它冰冷的眼光，它那望不见的眼睛，刺着他们，它那望不见的口中的呼吸，冻着他们。他们的骨头缝里都感觉到它，都感觉到这沉默的顽强的乌克兰的死神，它在用那瘦骨嶙峋的手指，算计着他们呢。

两相对照，更写出了乌克兰人民的热爱祖国、不怕死亡，也写出了德国侵略者面对这不屈服的人民、不屈服的土地，而从内心深处产生的死亡恐惧。

有些对比还达到了以乐景写哀而倍增其哀的艺术功效。如费多霞大婶偷看儿子的尸体回来本已痛苦不堪，又对普霞告发自己忧心忡忡，而此时普霞所放音乐唱片却一而再再而三地唱着"惋惜过去的温存，爱情、缠绵，对我的幻想……"这种缠绵温情的音乐使费多霞大婶的痛苦和忧心越发沉重；又如全村最好最漂亮的姑娘马兰以前恋爱的幸福与被德国兵强暴怀孕后被自己人蔑视的痛苦的对比，在小说中写得较多，从下面两段可以略见一斑：

> 她想起一个夏天，一个天朗气清，百花盛开，芬芳洋溢的夏天，银白

色的露夜,截腰深的野草,河岸上的割草场,茅棚里的夜宿,在草香中,在繁星闪烁下,那些短暂的,神魂颠倒的夜。那些接吻都没有使她受孕。甜蜜的愉快的夜,喁喁私语,牙上的血味,幸福的心的颤动——这一切的一切,都无影无踪地消失了,仿佛什么都不曾有过似的。在整个割草期间,有多少这样的夜呵。

德国人会把她们打死,绞死,枪决吗?马兰不相信会发生这种事。死在敌人手里倒是很好,很幸福呢。不,她不相信这个。拘留起来,或许还想出可怕的,比死更可怕的办法,可是死是不会的;从德国人手里向来不会有任何好处,从德国人手中得到幸福是没有的事。而死——却是一种幸福。于是她又数起日子来——一天,两天,三天。数到第十天,身体又痛苦得痉挛起来,弯曲起来。马上心都要炸了,支持不住了——连一分钟也支持不住了。可是心没有炸,太阳穴又用小锤子敲起来。

战前自由幸福的恋爱生活和今日不仅惨遭德国兵的轮奸而且不幸怀孕、即将生产的恐惧,尤其是因此被人蔑视的痛苦心理形成了鲜明的对照,昔日的幸福使今天的痛苦倍加沉重。

第三,富于象征性,且善于以小见大。这部小说之所以取得颇大的成功,还得力于善于运用象征,或者说富于象征性,且善于以小见大。

小说中有不少象征。如前所述,娥琳娜形象既是敌占区人民苦难的象征,又是不可战胜的俄罗斯祖国母亲的象征(李毓榛也谈道:"奥廖娜的苦难和英勇不屈是乌克兰人民的象征和化身……奥廖娜这个坚强的母亲形象成了不可战胜的祖国的形象"①)。又如:"严寒钳制着天和地,严寒把静卧在十字路口的村子,紧紧地控制在自己的掌握里。""严寒"是德国侵略者的象征,他们死死控制着占领区的一切。小说还点明,死神的象征就是德国人的枪口:"死神在等着自己的时刻,用沙嗓子哈哈大笑着,在村子上空盘旋。人们都听见了。家家户户都没有睡。他们都凝然不动地躺在被窝里,眼巴巴地瞪着顶棚。他们在黑暗里听见呼啸着的德国死神。它,这德国死神高兴得哈哈大笑,磨着爪子,它期待着丰盛的收获。这已经不仅是在山谷里被枪杀的柏楚克,不仅是吊在德国绞首架上的柳纽克。这是悬在每个人头上的德国的绞首架,这是对准每个人心口的黑沉沉的步枪口。"但整部小说,运用得最出色的象征,是作为小说标题的"虹"。乌克兰冬天从不出现的虹竟然在

---

① 李毓榛:《反法西斯战争和苏联文学》,第49页。

小说中多次出现,从而使虹不仅富有象征意义,而且具有一定的结构功能。综观整部小说,虹一共出现了三次。

第一次,是顾尔泰最先发现虹并指给普霞看。

　　她站住,向顾尔泰指的地方望了一眼。在那遥远的地方,在琉璃色的平原同冰冷的琉璃色的天空交融的地方,展开了一道柱子似的放着彩色光辉的虹,一直向上升去,消失在那可望而不可即的高空里。青红紫绿的颜色,水晶般的透明,像花的柔毛一般,轻飘而且洁净。……在这几分钟里,那彩柱伸长起来,弯起来,虹就像凯旋门似的高架在大地上,红绿紫的颜色,闪着金色的透明的光辉,发射着光芒。天成了玻璃色的弯形,像玻璃罩似的把大地罩起来。

第二次是红军战士打败村里的德国兵,全村最漂亮的马兰杀死了顾尔泰之后,自己也被子弹打中,临死前她看见了虹。

　　这晨曦把虹唤醒了。它那彻夜出现在天空里的苍白的半圆形,看上去像一条模糊的白带子。在高空里若隐若现。现在太阳给它注满了光,热,色,在天空里放出了纯洁无比的光,温润得像花的柔毛。虹倾泻着蔷薇瓣似的色,闪着早春紫丁香的色,发着鲜莴苣叶的翠绿,射着铃铛花的紫蓝色,映着玫瑰花鲜艳的深红色和剪秋萝花瓣的金黄色。它的周身放射着温慈透明的,不灭的光辉。

　　(虹是)直通远天的一条闪光的道路。这条路不知通到何处。这条欢快的路,愈来愈明亮,愈来愈充满阳光。

第三次是夏洛夫带领红军上前线离开村庄时。

　　他望见天上有一道虹,像一条鲜明的、光灿灿的路那样明丽的虹,倾泻着花的柔毛似的各种光泽和色彩,倾泻着粉蔷薇和红玫瑰的颜色,倾泻着白丁香和堇菜的颜色。发着向日葵花瓣金黄色和刚刚绽开的白杨叶的嫩绿色。一种温柔的、晴朗的光辉,贯穿了这一切。虹从东方伸向西方,这条光辉灿烂的带子,把天与地连接起来。

曹靖华指出:"作者拿虹作为这部杰作的象征,'虹是一种吉兆',这是胜利的象征,是胜利的预兆。像鲜花瓣似的温润,柔和,纯净而灿烂的虹光,照彻着这部作品,照彻着这部作品人物的胜利的信念。"①李毓榛认为,虹"象征着人们对美好未来的向往和胜利之日即将来临"②。有学者对此阐发道:"在小说中多次描写天空出现彩虹。据民间传说,这是'一种吉兆',它是用来象征光明战胜黑暗,象征苏维埃人必定战胜德军,预示光辉灿烂的未来是属于苏维埃人的。由于作者成功地运用这种象征手法,使作品从头到尾流露着革命乐观主义精神。"③曹靖华进而指出,在当时,德军长驱直入,苏联军队节节败退,作家用文学作品来唤醒人民群众,鼓舞广大红军战士。因此,"虹,这儿充满着全民对敌作战的胜利的信心,充满着崇高的爱国的热情。字里行间都贯穿着一种思想,都充满着一种热情:苏联人民是不可征服的,苏联人民永远不会做德国人的奴隶!灿烂的虹光,照耀着人民反侵略者的伟大胜利的前途!"④其实,不仅仅如此,"虹"在小说中的象征意义颇为丰富,"虹在这部作品里,是一种象征。这是光明战胜黑暗,文明战胜野蛮,人道战胜暴力,公理战胜强权的象征。是人性战胜兽性的象征"⑤。

值得一提的是,虹不仅有颇为丰富的象征意义,而且具有一定的结构功能,它三次在小说中出现,使小说前后呼应,贯通了小说的片段和场面,使小说相互照应,结构严谨,而小说结尾所写"部队沿着大路,向无限远的眩惑人目的白茫茫的雪原,向虹的光辉照耀着的远极走去了",而乡亲们目送着他们,"直到这支战斗部队消失在碧蓝的远极,消失在那白茫茫的旷野,消失在那五光十色、吞没一切虹的光辉里"。不仅紧扣住了标题《虹》,而且提升了小说的境界,展示了苏联人民光辉美好的未来,在艺术上也余音袅袅,回味无穷。

当然,象征往往含蕴丰富,也含有以小见大的意思,但小说除此以外,还专门写了不少以小见大的事情。如:"这不是娥琳娜,而是全村裸着身子,被士兵的狞笑声追逐着,在雪地上走。这不是娥琳娜,是全村人的脸跌倒在雪地里,被枪托打着,又艰难地爬起来。这不是从娥琳娜腿上,往冰冻的雪上流着血,这是全村在德国人的铁拳下,在德国人的铁蹄下,在德国强盗的奴役下流着血。"从娥琳娜个人的受辱联系到全村受德国人的奴役,从而能更好地唤醒麻木者,激励人民的斗志。同类的还有:"不仅她,不仅马兰,不,整个乌克兰的土地被奸污,被污辱,被唾弃,被蹂躏了。城市都变成了废墟,风扬起乡村的灰烬,到处是没有掩埋的尸体,尸体在绞首架上摇摆。大地被血

---

① 〔苏〕瓦希列夫斯卡娅:《虹》,见《曹靖华译著文集》(第二卷),译者序,第322页。
② 李毓榛:《反法西斯战争和苏联文学》,第49~50页。
③ 雷成德主编:《苏联文学史》,第336页。
④ 〔苏〕瓦希列夫斯卡娅:《虹》,见《曹靖华译著文集》(第二卷),译者序,第324页。
⑤ 〔苏〕瓦希列夫斯卡娅:《虹》,见《曹靖华译著文集》(第二卷),译者序,第325页。

浸透了，被泪洒遍了。"从马兰个人的悲惨遭遇联系到整个乌克兰的惨状，真实而富有震撼力。又如小说由向德国人交粮食这件小事生发开去，表现更大的爱国问题。

> 地里藏着的是令德国人贪婪的眼睛可望而不可即的祖国的黄金的心。地里藏着的是土地酬谢农民辛勤劳动的丰收，藏着土地的花和沉甸甸的金果实。交粮食就是把面包交给德国军队。交粮食就是养活那些满身虱子的德国佬，就是填饱他们的饿肚皮，温暖他们那化了脓的冻伤的身子。交粮食就是打击那些在严寒里，在风雪里同敌人英勇苦斗的人们的心。交粮食就是把国土出卖给敌人，就是叛逆，就是在全世界面前承认德国人是生产黄金的乌克兰土地的主人，是乌克兰村镇的主人。交粮食就是出卖自己和自己人，就是不奉行那道飞遍了所有村庄，尽人皆知而且刻骨铭心的命令：一块面包也不交给敌人！交粮食就是背叛祖国，卖身投靠敌人，就是背叛那些在这次战争中，在国内战争中，在1918年以及这以前阵亡的人，就是背叛一切为人类自由而斗争，用自己的心血争取自由的人。

再如：

> 他（瓦西里——引者）为自己的家乡，为自己的国土，为自己的语言，为人们的自由与幸福牺牲了。德国人的手是不能从人们的记忆里把这些抹杀掉的。他死后他们还不给他安宁，在他死后还糟蹋他的尸体，人们也都会记着。不独是母亲的心记着这个，人民会记着的。为了他的每一滴血，为了他光着身子躺在冰天雪地里的每一分钟，为德国人的皮靴每踢他一脚，他们命中注定要百倍地偿还。

把奋勇杀敌、英勇牺牲的瓦西里个体的牺牲升华到为家乡为祖国战斗而牺牲的高度，指出这种斗争和牺牲的巨大意义，以此来鼓舞人民的斗志，很有艺术感染力，也很有说服力。

综上所述，《虹》的确是一部精心构思的写实战争小说，具有颇强的艺术感染力，曹靖华甚至认为："在艺术手法上，作者在这部作品里，也达到了极高的境界。"[1]苏联学者乌西耶维奇也谈到，这是一本充满巨大能量的中篇小

---

① 〔苏〕瓦希列夫斯卡娅：《虹》，见《曹靖华译著文集》（第二卷），译者序，第316页。

说,它有着对侵略者的如火的愤怒和痛恨,并且力求燃起读者的这种痛恨,唤起他们对自由的热爱,以及对死亡的蔑视;它充满了对坚忍不拔的人民不可战胜的信心,对苏联祖国的无比忠诚,对不可战胜的苏联社会主义制度的信心。①

但由于过于写实,《虹》也存在一些不足。有些描写是模式化的,如德国军官发现娥琳娜"下巴的线条是顽强的,嘴唇的轮廓是自信而且坚决的",而费多霞则"用穿不透的愤怒的钢甲,把自己武装起来,去抵御一切的打击"。甚至是简单化的,如强暴马兰的三个德国士兵的"三副嘴脸——没有剃的棕色的胡子,干裂的嘴唇,露着野兽獠牙似的牙齿,粗野的眼睛"。而"为了丝袜和法国酒出卖了祖国,出卖了亲友,出卖了当指挥官的亲丈夫,出卖了牺牲在山谷里的那些人"的叛徒普霞,其形象更是简单的小兽或费多霞暗暗称呼的"黑耗子","她用孩子似的手,把头发掠到耳后。这两只耳朵真可笑,窄窄的,像小兽的耳朵,成一个小三角形,牙齿也是三角形的",就连她睡觉也"像小兽似的"。对德国人形象的刻画也有点单调,甚至过于平淡,如:"卫兵还在房前踩脚,尽力地暖和一下……他看见军官,就立正。军官由他跟前过去。拐向广场去了。"或者过于空洞和抽象,如:"突然,一阵难耐的、难于摆脱的、绝望的苦闷,把他笼罩起来。"这是写德国军官顾尔泰的,只有空洞的几个形容词,和抽象的"苦闷",读者很难产生生动形象的艺术感觉。此外,小说的切入角度虽然较新,但战争叙事手法却相当传统,大多数人物都是类型化的,包括苏联的军民和德国官兵。还有些细节经不起推敲,如德国人在村子里已经一个多月了,居然还弄不清全村有多少人。

四、西蒙诺夫的《日日夜夜》②

康斯坦丁·米哈伊洛维奇·西蒙夫(Константин Михайлович Симонов,1915~1979),1915 年 11 月 28 日生于彼得格勒一个军官家庭,父亲在第一次世界大战中失踪,母亲出身贵族,丈夫失踪后改嫁一位红军军官,并在丈夫任教的军事学校当打字员和办事员。西蒙诺夫生长在军人家庭和军人环境里,从小就十分崇敬军人精神,他后来在自传中说:"这种童稚

① *Усиевич Е.* Ванда Василевская: критико-биографический очерк.М.,1953,C.89.

② 该书目前有多个中文译本:苍木(昌浩)、继纯译,外国文书籍出版社 1945、1949、1951年,新华书店 1947、1949 年;磊然译,苏商时代出版社 1946 年,人民文学出版社 2005、2015 年;陈昌浩、张锡俦译,时代出版社 1953 年;孙凌齐译,东方出版社 2015 年。本节所引《日日夜夜》的文字,基本出自 2015 年版《日日夜夜》,为节省篇幅,不一一注出。

的、尚未完全意识到的感情,正如后来所证实,已经融化在血液里,扎根在心灵中了。"

　　1930年春,西蒙诺夫从萨拉托夫中学毕业,进技工学校学习,毕业后当了车工,并利用业余时间开始写诗。1931年秋,随父母迁居莫斯科。1934年进高尔基文学院工人夜校诗歌创作班学习,半工半读,并1936年开始发表诗歌作品。1938年毕业于高尔基文学院。1939年秋任军事记者,被派往蒙古,参加了苏联和日本的哈勒欣河战役。李毓榛指出:"如果说哈勒欣之战为朱可夫成为一个具有创新精神的战无不胜的军事将领奠定了基础,那么,对西蒙诺夫来说,哈勒欣的经历是对他的一次真正的血与火的战争洗礼,对他一生的文学创作、审美情致、艺术观、人生观,都产生了深刻的、终生难忘的影响,在他之后所写的作品中都留下了鲜明的痕迹",尤其是"认识到战争不仅需要流血牺牲,还需要艰辛的劳动和极度的精神紧张。英勇无畏的冲锋陷阵,横扫敌人'如卷席',是值得赞颂的战士的英雄主义精神,同样的,持久的'日常'劳动,长途跋涉的紧急行军;忍饥挨饿和极度疲劳的坚持,也是值得赞颂的战士的英雄主义精神。没有众多战士这种'平常'的劳动和付出,就不可能取得战役乃至整个战争的胜利"。①

　　卫国战争爆发后一直到1946年秋,西蒙诺夫以《红星报》军事记者的身份奔赴前线,主要从事军事题材的创作,发表了大量诗歌、剧本、小说和通讯报道,以多种体裁描绘了苏维埃人民的精神面貌,其中剧本《我城一少年》表达了对即将来临的战争的必胜信心,使他一举成名。战争期间创作的中篇小说《日日夜夜》、抒情诗《等着我吧……》《打死他》《请你记住,阿辽沙,斯摩棱斯克的大道……》在苏联国内尤其是士兵中广为流传,激发了人们的爱国主义热情。西蒙诺夫于1942年加入共产党,苏德战争后期,随苏军打进东欧各国,直至攻克柏林。

　　战后,西蒙诺夫作为世界闻名的作家和记者,积极参加保卫世界和平的活动,访问了西欧、日本、美国和加拿大。1949年10月西蒙诺夫率苏联文化代表团访问中国,1950年出版《战斗的中国》一书,描写中国人民的解放战争。斯大林逝世后,西蒙诺夫因崇拜斯大林,被赫鲁晓夫撤去《文学报》总编的职务。这使他深刻反省自己,思想和文学观点发生了很大的变化,积极批判个人崇拜,揭露现实问题。因此他又受到重用,并继续进行文学创作,直到去世前不久,还躺在病床上口授了最后一部作品《我这一代眼里的斯大林》(1988年发表)。1979年8月28日,他因病去世。

----

　　① 李毓榛:《西蒙诺夫评传》,第22、70页。

西蒙诺夫在世时几乎一直走红,历经斯大林、赫鲁晓夫、勃列日涅夫三个时代,都颇为得意,十年内六次获得"斯大林文学奖",曾任《文学报》主编(1938,1950~1954)、《新世界》杂志主编(1946~1950,1954~1958),苏联作家协会副总书记(1946~1954)、书记(1954~1959,1967~1979)以及苏共中央候补委员(1952~1956)、监察委员(1956~1961,1977~1979)等职,堪称"三朝元老"。不过,他是一个有良知的人,晚年不断反思与检讨自己的过去,撰写回忆录,对自己的一些做法进行了深刻的反思。索尔仁尼琴这样说他:"西蒙诺夫是一个多面人,既是一个高贵的文学殉道者,又是一个能在官场到处左右逢源的保守派大佬。"历史学家奥兰多·费吉斯认为:"西蒙诺夫身上有许多美好的人性。……他诚实、诚恳、平凡而严守纪律,却又不乏温情与魅力。生性和教育使他成为一个活跃的人……具有他这一代人的所有道德冲突和困境。理解他的想法和行为也许也就是理解他那个时代。"①

西蒙诺夫以毕生的精力从事军事题材的文学创作,他具有多方面的文学才华,在诗歌、戏剧、散文、小说方面都有较高成就。在诗歌方面主要有:长诗《冰湖大战》(1937)、《胜利者》(1937)、《巴维尔·切尔内依》(1938)、《苏沃洛夫》(1939)、《在遥远的东方》(1939~1941),诗集《真正的人》(1938)、《前线诗抄》(1942)、《悲欢离合》(1942)、《战争》(1944)、《友与敌》(1948)、《抒情诗五千行》(1976)、《三本诗稿摘编》(1979);戏剧方面,有剧本《恋爱记》(1940)、《我城一少年》(1941)、《俄罗斯人》(1942)、《望穿秋水》(一译《等着我吧……》,是根据抒情诗《等着我吧……》改编的戏剧,1943)、《必将实现》(1944)、《在布拉格栗树下》(1945)、《俄罗斯问题》(1946)、《异邦暗影》(1948~1949)、《第四名》(1961);散文方面则有特写和短篇故事集《从黑海到波伦支海》(4卷,1942~1945),演讲集《和同志们的谈话》(1976)、《今昔》(1976),日记和笔记《战争年代不同的日子》(1977)等。

在西蒙诺夫各类体裁的文学创作中,小说的成就最高,其突出代表又是战争小说尤其是卫国战争小说,他对苏联文学的贡献主要体现在这方面。俄国学者加列耶夫宣称:"伟大的卫国战争主题贯穿了西蒙诺夫的全部创作。"②我国学者李明滨等进而谈道:"他的爱国主义激情,塑造具有英雄气质的正面人物,真实地描写战争,重视写战争中的'日常生活',都对苏联的军

---

① 〔英〕奥兰多·费吉斯:《耳语者:斯大林时代苏联的私人生活》,毛俊杰译,广西师范大学出版社2014年,第11~12页。

② *Гареев М. А.* Константин Симонов как военный писатель : История Великой Отечественной войны в творчестве Симонова и ее современные толкования. М., 2006,С.186.

事题材文学创作产生了深远的影响。"①

　　西蒙诺夫在卫国战争期间开始小说创作,最初写作的是一些接近特写的短篇小说,以真人真事为基础,进行适当的虚构和加工,如《第三个副官》(1942)、《步兵们》(1943)、《贝尔格莱德上空》(1944)等。接着转向中篇和长篇小说的创作,主要有中篇小说《日日夜夜》(1943~1944)、《祖国的炊烟》(1947),长篇小说《战友们》(1952)、三部曲《生者与死者》(1959~1971)等。60年代中期到70年代后期,陆续以战时札记的形式发表了一系列中篇小说,最早的是《班杰列耶夫》(1957)、《列瓦绍夫》(1957)(这两部小说1961年以《南方的故事》或《南方小说》出版,并收入《洛帕京日记摘抄》)、《伊诺泽姆采夫》(1963)、《妻子来了……》(1964)四篇,取名为《洛帕京日记摘抄》(一译《洛巴金札记》)(1965);后来又增加了《没有战争的二十天》(一译《离开战场二十天》,1972)作为第二部,《你我不会再相逢……》(一译《你我不会再见面》,1978)作为第三部,而把以前发表的四个中篇小说命名为《四步》作为第一部,这个三部曲总题为《所谓的个人生活——洛帕京日记摘抄,几部中篇小说组成的长篇小说》(1978)。②这部由系列中篇小说组成的长篇小说,通过战地记者洛帕京在战地和后方的穿梭采访,展示了战争年代形形色色的私人日常生活,带有浓厚的自传色彩和突出的真情实感。而在西蒙诺夫的全部小说创作中,颇为重要、影响很大的是《日日夜夜》和三部曲《生者与死者》(详见后)。

　　著名战争长篇小说③《日日夜夜》(Дни и ночи)描写的是著名的斯大林格勒保卫战。1942年夏,德军在南线发起进攻,占领了克里木半岛,接着便攻向斯大林格勒,拉开了斯大林格勒战役的序幕。战役开始阶段,苏军处境十分被动,而德军第六集团军则长驱直入。崔可夫的第六十二集团军固守城区,步步为营,与优势德军展开血腥的巷战,直至斯大林的战略预备队大举反攻合围德军为止。西蒙诺夫曾深入战地采访,亲身经历了斯大林格勒战役的日日夜夜。《日日夜夜》就是为了"纪念斯大林格勒保卫战的牺牲者"而创作的。小说撷取了城区保卫战的一个侧面,描写了斯大林格勒保卫战中苏军某营营长沙布洛夫(一译萨布洛夫)大尉率领全营坚守斯大林格勒阵

---

　　①　李明滨、李毓榛主编:《苏联当代文学概观》,北京大学出版社1988年,第121页。
　　②　参阅〔苏〕K. 西蒙诺夫:《洛帕京日记摘抄》(第一、二、三部),山东大学外文系俄苏文学研究室译,上海译文出版社,1983~1984年。
　　③　俄国学者对此说法不一,有人称为中篇小说,有人称为长篇小说。这部小说中文翻译最新版本都在二十万字以上:磊然译本二十万字(人民文学出版社2015年),孙凌齐译本二十四万余字(东方出版社2005年),按中国文坛惯例,应属长篇小说。

地的七十个战斗的日夜,以及他与十八岁的护士安娜(一译安尼亚、安娘、安妮、阿尼雅)的恋爱。小说以凝练的笔墨通过对营长萨布洛夫大尉和战士们的刻画,表现出斯大林格勒保卫者与敌人血战到底的顽强意志,以及寸土不让、誓死保卫祖国的爱国主义精神。正因为如此,俄国西蒙诺夫专家拉扎列夫认为:"中篇小说《日日夜夜》就是奉献给这些在大地燃烧、钢铁熔化的地方拼死坚持的人的。他们才是我们取得胜利的主要'秘密'。"①李毓榛更是宣称:"西蒙诺夫以集中而凝练的笔法展现出苏联人民的爱国热情,刚强不屈和必胜的信心。"②

这部小说获得了很大的成功,一度被称为"西蒙诺夫影响最大、流传最广、令人最难忘的作品"③,有人甚至宣称,苏联战争文学中"第一浪潮"的中长篇小说精品斑斓纷呈,获得斯大林文学奖的就有戈尔巴托夫的《宁死不屈》、西蒙诺夫的《日日夜夜》、法捷耶夫的《青年近卫军》、卡达耶夫的《团的儿子》、潘诺娃的《旅伴》、涅克拉索夫的《在斯大林格勒的战壕里》、波列伏依的《真正的人》、布宾诺夫的《白桦》、爱伦堡的《暴风雨》、卡扎凯维奇的《星》《奥德河上的春天》……但无论从思想内容,还是从艺术技巧来说,西蒙诺夫的《日日夜夜》和法捷耶夫的《青年近卫军》都堪称"第一浪潮"中最优秀的作品。④然而,迄今为止,中国学界对这个作品的专门研究很少,大多是在一些相关文章中附带谈到,因此本书拟从战争小说的角度对此进行初步研究,以期抛砖引玉,深化对这部小说乃至对苏联战争小说的认识。

《日日夜夜》是一部战争事件小说。所谓事件小说,指的是小说以事件为主要描写对象,并且"在艺术描写上突出了对事件的因果和人物的理智的分析,具有一种分析性的艺术倾向"⑤。作为战争事件小说的《日日夜夜》,在战争叙事方面,大约有以下三个突出的特点:

一是纪实性。小说取材于西蒙诺夫在斯大林格勒战役中的亲身经历,描写的几乎都是真人真事。作家后来曾自述,1943年春,他着手通过回忆恢复斯大林格勒的日记,但代替日记的却是"写出了关于斯大林格勒防线的中篇小说,这个中篇小说在某种程度上也是我的斯大林格勒日记"⑥,"当我构

① *Лазалев. Военная проза Константина Симонова*,М.,1975,С.117.

② 李毓榛:《反法西斯战争和苏联文学》,第68页。

③ 〔苏〕西蒙诺夫:《日日夜夜》,再版前记第1页。

④ 参阅林建华:《西蒙诺夫:军事文学作家中闪光的名字(苏联文学新论之三)》,《广西大学学报(哲学社会科学版)》1997年第4期。

⑤ 彭克巽:《苏联小说史》,第184页。

⑥ *Лазалев. Военная проза Константина Симонова*,М.,1975,С.86.

思这小说的结构时,对于我,小说结构的主要因素是从头到尾经过了六十个白昼和六十个黑夜。这小说第一次草稿就叫作《六十昼夜》(两个月)"①。因此,小说具有很强的纪实性,它采用新闻体的手法,真实而且具体、细致地描写了萨布洛夫营保卫斯大林格勒两个多月的战争生活:修筑工事,与敌人短兵相接进行巷战,在两个多月里通过大量的攻坚战、阻击战,反复争夺和防守已成废墟的楼房,一直到红军大部队最后完成对德军的大包围。小说的基本情节虽然是1942年冬所进行的斯大林格勒保卫战,但小说并未写战争的全景,只写了一个营,守卫三座楼房的废墟的两个多月的战斗。之所以这样,作家曾做出过解释:"斯大林格勒保卫战实质上是许多小的碉堡连接成的链条。合起来,在总的规模上这是一次宏伟的保卫战,但它是由数十次、数百次发生在身边的人数不多的城市保卫者的战斗小组的残酷搏斗构成的……一个小组的覆灭、溃败就引发总体的灾难。因为德国人在一个地段突破伏尔加河,在一个又一个的地段突破伏尔加河,最终的结果就会威胁着整个保卫战。……最好的表现形式就是再现少数士兵和军官在保卫斯大林格勒三座无名楼房的废墟时那种誓死固守的图景……"②

小说甚至还颇为真实地描写了德军一度深入突破到了伏尔加河边,苏联各个部队被敌人分割包围中断联系,斯大林格勒危在旦夕;也相当真实地描写了一些战士由最初的惊慌失措变成后来英勇杀敌的英雄的历程,体现了小说中说的:"战争爆发一年来,他坚信人们在战争中变得更质朴,更纯洁,更聪明了。"③其中最典型的形象就是斯捷潘诺夫。三十岁的农民斯捷潘诺夫,被征入伍后,立即来到斯大林格勒参加战斗。在一次迎击德军时,他带着副手用反坦克枪射击敌军坦克,没有打中,但敌坦克却冲过来把副手在他面前活活碾死,他吓晕了,不顾一切地爬出战壕。他在被人找着后,没有隐瞒事情的经过,把一切都说了出来。团长巴柏琴科(一译泊洛青柯)上校向师部报告他这是临阵脱逃,师部在战斗最激烈的时候,派来侦察员审问斯捷潘诺夫。他再次一五一十地承认了一切,并且说自己只是吓晕了,清醒后一定会自己返回来的。正在这时,德军发动了多次猛烈进攻,前两次侦察员去参加战斗,第三次斯捷潘诺夫也参加了战斗,杀死了几个德国人,并且救了负伤的侦察员,这使得他的审讯结束了,从而继续作战。李毓榛指出:"事实证明斯捷潘诺夫不是逃兵,而是一个勇敢的斯大林格勒保卫者。西蒙诺

① 刘白羽:《西蒙诺夫谈〈日日夜夜〉的创作》,见《苏联作家谈创作经验》,第275页。

② *Лазалев.* Военная проза Константина Симонова,М.,1975,С.118.

③ 〔苏〕康·西蒙诺夫:《日日夜夜》,孙凌齐译,东方出版社2005年,第108页。

夫在这里表现出他的一个理念:战争不仅制造了伤亡和损失,也把朴实的、胆小的普通农民培养成敢于拼杀、大胆无畏的英雄。多年之后他的这个理念成了他的一部长篇小说的标题《军人不是天生的》。"①

总体来看,小说里的人物大多是苏军的普通官兵,作者真实地写了他们的战斗历程,他们的性格和个人感情,他们在战场上的心理活动,每一笔都浓缩了作者细致、深刻的观察和凝重的思考,可以看成真实的纪实性战地文献,具有珍贵的历史价值。因此彭克巽认为,小说是青年作家西蒙诺夫(当时二十七岁)作为随军记者亲自参加斯大林格勒大会战的产物,以描写的真实性和新鲜性而吸引读者。②加列耶夫则认为:"在西蒙诺夫的中篇小说《日日夜夜》中战时情势下道德–心理的紧张和我国人民的道德力量表现得特别鲜明。"③李毓榛指出,这部中篇小说以其严格的历史真实性而经受了时间的考验,并对苏联当代军事题材小说产生了深远的影响。50至60年代大量发表的有关斯大林格勒战役的历史资料,以及军政要人和斯大林格勒保卫战参加者的回忆录,更以具体事实进一步证明了《日日夜夜》的真实可信。④西蒙诺夫研究专家拉扎列夫更是认为,苏联文坛后来出现了大量描写斯大林格勒战役的作品,但所有作品"都无法遮挡这部中篇小说的光辉。即便到今天它对读者的吸引力仍然丝毫不减:小说依旧保持着那种率直真挚、富于激情的感染力……"⑤

二是分析性或事件性。彭克巽指出,《日日夜夜》所以产生巨大的反响,固然是由于它描写了举世闻名的斯大林格勒战役,同时也是由于小说中表现出的理性的、分析性的艺术倾向,即在一种带有分析性特点的艺术描写中,探讨了苏军击败入侵斯大林格勒的德军的原因。西蒙诺夫在1949年来北京参加世界保卫和平大会时曾说,他在小说中所要表现的是那场战争,并不是由那些"没有理智地将自己置于枪林弹雨之下的人"(如小说中的巴甫琴科),而是由像沙布洛夫那样"镇静、坚强,对自己(军人)的天职抱着镇静的、熟悉业务的态度的人们"所赢得的。这种分析倾向使小说带有严峻的现实主义,而不是浪漫主义的特征,同时又表现为注重战争事件本身的描绘,

---

① 李毓榛:《西蒙诺夫评传》,第79页。

② 参阅彭克巽:《苏联小说史》,第184页。

③ *М . А . Гареев*. Константин Симонов как военный писатель : История Великой Отечественной войны в творчестве Симонова и ее современные толкования. М., 2006,C.232~233.

④ 参阅李毓榛:《西蒙诺夫和他的军事题材小说》,《社会科学战线》1985年第4期。

⑤ *Лазалев*. Военная проза Константина Симонова,М.,1975,C.120.

而不是注重人物性格的刻画。这样小说就具有西蒙诺夫后来所说的"事件小说"的特征。因此,西蒙诺夫在描写斯大林格勒战役时选择了典型的事件(一座座楼房的争夺)进行分析描写。以事件的发展为情节、为线索,而不是以主人公的命运为线索。在展开人物性格冲突时,注重于人物之间在对待事件的理性判断上的冲突,而不是感情的冲突。小说着重揭示了墨守成规、理性活动迟缓的团长巴甫琴科同善于思考、善于从战争中学会战争的营长沙布洛夫的冲突。小说通过沙布洛夫对一幅战时苏联儿童的绘画的沉思等场面,批判过分天真的浪漫主义,呼吁将高昂的爱国主义感情同冷静的现实主义结合起来,这就是这部分析性小说的基调。彭克巽还谈道,西蒙诺夫原先准备把这部小说命名为《恐惧与无畏的故事》。他理智地分析恐惧心理,并指出人们在为祖国而前进的过程中将能战胜恐惧而成为无畏的战士。[①]

三是象征性或暗示性。西蒙诺夫最初是以诗人身份登上文坛的,他的小说中必然渗入诗的韵味,在《日日夜夜》中,主要表现为某些象征性或暗示性。

小说中的三座楼房,象征着斯大林格勒甚至俄罗斯(李毓榛宣称:"小说中的三座楼房的形象成了俄罗斯祖国的象征"[②])。有学者指出,这部小说描写的是举世闻名的斯大林格勒保卫战,"不过它没有描绘这场保卫战的全景图,只写其中的一个局部,即营长萨布罗夫大尉率领部队回三座几乎已成废墟的楼房后坚守到转入反攻的战斗场景。这三座楼房实际上已成为在敌人猛烈攻击下始终巍然屹立的斯大林格勒的象征"[③]。而小说又以小见大,让斯大林格勒成为俄罗斯的象征:"他不知道南北的情形怎样,虽然从炮轰的声音判断起来,周围到处都进行着战斗,——可是有一件事他坚决地知道并且更坚决地感觉到:这三所房子、被击破的窗户、被击破的房间、他、他的死去的和活着的兵士们、地窖里带着三个孩子的妇人,——所有的这一切就是俄罗斯,而他,萨布洛夫就在保卫它。"这样,萨布洛夫就象征着斯大林保卫者,"小说突出表现沙布洛夫的勇敢机智、稳重坚定的性格特征,在这个人物身上集中体现了斯大林格保卫者的坚毅精神"[④],而整个保卫斯大林格勒的部队就象征着全体斯大林格勒人。

正如小说中说的:

在斯大林格勒保卫者的心里形成了某种不变的倔强的抵抗力量,

---

① 参阅彭克巽:《苏联小说史》,第185~187页。
② 李毓榛:《反法西斯战争和苏联文学》,第69页。
③ 李辉凡、张捷:《20世纪俄罗斯文学史》,第363页。
④ 李明滨、李毓榛主编:《苏联当代文学概观》,第118页。

这种力量的构成是种种不同原因的总的结果——因为愈往后,后退的可能性就愈少;因为要后退就等于在这次后退中立刻无目的地牺牲;因为敌人的逼近以及对于每个人几乎都是同样的、固定的危险性,形成了如果不是习惯它,就是认为危险是不可避免的感觉;因为他们所有被挤在这一块小地方的人们,在这里,比在任何地方都更亲切地彼此知道各人的一切优缺点。所有这一切情形归纳起来,逐渐形成了那股顽强的力量,它的名字是"斯大林格勒人"……

而斯大林格勒保卫者的精神又是俄罗斯民族性格、意志、精神和信心的象征,评论家芬克明确地指出:"许多人觉得斯大林格勒保卫者的这种刚毅是一种不可解释的奇迹,是一个解不开的谜。实际上没有任何奇迹。战斗在斯大林格勒的是人民的性格、他们的意志、精神和思想。在斯大林格勒,为每一条街,每一栋房子,每一座废墟,都进行着争夺,正是俄罗斯民族的性格、意志和精神筑成了坚不可摧的战斗堡垒,使斯大林格勒成了法西斯侵略军的坟墓。"①捷明岂耶夫等也谈道:"受辱的民族的尊严感、在与法西斯斗争中对自己的正义性的意识、俄罗斯不能被征服的意识、敌人迟早必将而且注定灭亡的确定不移的信心——这就是在西蒙诺夫的长篇小说里揭示的我们军队所以战胜的心理基础。"②

象征性当然也包含了暗示性,但小说还有明显的暗示性,主要表现为以小见大。小说并未描写整个斯大林格勒保卫战,而只描写沙布洛夫这个营在三座废墟里进行巷战的"日日夜夜",以小见大,由此可以透视整个战争。而小说关于苏军即将大获全胜,德军即将被歼灭,也是通过暗示表现出来的:"长篇中并未描写斯大林格勒附近法西斯军队的崩溃和粉碎。事件是以这个大的毁灭刚刚开始的日子结束的。但作家指出在被围的斯大林格勒城下长出了,巩固了那种终于消灭了德军的巨大的力量。"③作家自己也谈道:"那时,我们已经明白,斯大林格勒是我们未来的胜利的象征。并且,假如我们继续这样作战,像在斯大林格勒作战一样,那么,我们一定会胜利。"④

正因为如此,这部小说获得了很大的成功,并在当时产生了很大的影响。有学者指出:"《日日夜夜》是苏联文学中第一部直接描写卫国战争的大型作品,它发表于战争中期,对鼓舞苏联军民夺取战争胜利发挥了相当大的

---

① 转引自李毓榛:《反法西斯战争和苏联文学》,第70页。
② 〔苏〕捷明岂耶夫等:《俄罗斯苏维埃文学》,第525页。
③ 〔苏〕捷明岂耶夫等:《俄罗斯苏维埃文学》,第525页。
④ 刘白羽:《西蒙诺夫谈〈日日夜夜〉的创作》,见《苏联作家谈创作经验》,第274页。

作用。"①许贤绪谈道:"他的第一部长篇小说《日日夜夜》却成了最受欢迎的一部战争小说,因为这部小说是他在斯大林格勒战役刚结束后趁热打铁写成的,满足了苏联人民要了解战争的'日常面貌'的渴望。"②季莫菲耶夫更明确地指出:这个作品的意义在于,"他向读者显示出斯大林格勒大战中的全部紧张气氛和极度的困难,显示出那些不顾一切地保卫斯大林格勒并且取得了胜利的苏维埃爱国者"③。

然而跟此前的苏联战争小说相比,《日日夜夜》只是苏联文学中反映卫国战争比较成功的一部作品,这部小说也有不少缺点。

首先,人物形象比较平面,缺乏《第四十一》和《静静的顿河》那种人性深度和心理深度。苏联学者是这样评价男主人公沙布洛夫的:"目标的明晰、判定方位的迅速、冷静的求实精神、与全体战士的血肉联系、善于正确无误地评价每一个战士和军官的本领、本人的大无畏精神——就是这些性格特点决定了萨布洛夫指挥自己部队时所获得的成功。"④陈敬咏则认为:"毫无条件地接受任务,毫无保留地作出奉献,而且把战斗任务当作习以为常的工作去认认真真地完成,这就是萨布洛夫的英雄主义。"⑤而以上这些,可以说是苏联红军优秀指挥员乃至战士的普遍特点,也就是说男主人公形象只有共性,而缺乏自己独有的个性特色,因此这个形象比较平面而缺乏立体感,借用英国著名小说家福斯特《小说面面观》中的话来说,在某种程度上是个"扁平人物"。这和作家创作时急于宣教有一定的关系,作家曾谈到,沙布洛夫这个形象虽然"集合了许多人的特点",但"我将自己的思想灌注给他。他是我思想的传声筒。他是我对战争的看法的宣传者。通过他,用他的话,我说出了对战争的看法,说出了要怎样对待事业,对待妇女和对待同志等等"。⑥另一人物师长也同样如此:"高级指挥员普罗琴科师长在爱护人、关心人方面,与沙布洛夫相同。……普罗琴科循循善诱,自然而然地把自己的意图灌输给沙布洛夫。他不像巴柏琴科那样以命令威逼下属,而拒绝倾听下级合理的申诉。普罗琴科全面关心人、爱护人,在沙布洛夫执行任务时,他心神不安,为沙布洛夫的安全忧虑;而在下属的私生活方面,即使在战火

---

① 李辉凡、张捷:《20世纪俄罗斯文学史》,第363页。
② 许贤绪:《当代苏联小说史》,上海外语教育出版社1991年,第350页。
③ 〔苏〕季莫菲耶夫:《苏联文学史》(下卷),第469页。
④ 〔苏〕费契索夫、西尼亚夫斯基:《伟大卫国战争年代的苏联文学》,见〔苏〕季莫菲耶夫主编:《论苏联文学》(下卷),人民文学出版社1958年,第730页。
⑤ 陈敬咏:《苏联反法西斯战争小说史》,第26页。
⑥ 刘白羽:《西蒙诺夫谈〈日日夜夜〉的创作》,见《苏联作家谈创作经验》,第278页。

纷飞,硝烟弥漫的战场,他也给予必要的关注。他主动把安娘调到沙布洛夫身边,还要喝沙布洛夫的喜酒。这些富有生活谐趣的细节,活现了红军高级指挥员对胜利的乐观信念与平易近人的民主作风。"①苏联学者还明确指出:"作家对于康纽柯夫(一译柯纽柯夫、孔纽科夫——引者)的性格的刻画显然是失败了,因为作家虽然使他具有一个老兵的传统的特征,却未能把这个按构思说来应该是风趣的人物从他同斯大林格勒大战情势的活生生的紧密联系中加以个性化。"②

其次,小说的写作手法相当传统甚至单一,小说基本采用新闻体来写作,"心理分析差,人物语言个性化不够"③,而且相当匆促,往往采用新闻式的概括方式去写人写物写事件。就连最能出彩的沙布洛夫和女护士安娜(安娘)的爱情,小说都是用概括的方式非常简单地描写的,"由于题材与情节的特殊性,所以长篇小说里难以用大段的语言去详细剖析人物的内心活动,描绘人物的肖像特征。艺术家以匆促的笔调,采用概括的叙述语言,直接触及人物的性格。例如,在沙布洛夫初次见到安娘时,这个年轻的姑娘摒弃了正常情况下流露心曲时的羞怯,直接明白地表述自己不愿死:因为她连生活中的美还没有享受到,她还没有享受过热烈的吻。这话说得直接,径直把心曲的秘密一下子托出,情节的急迫,形势的险峻,不容许用滞凝的笔调,静态的描写。因此,西蒙诺夫多用概括的方式,这既符合作品情节,又能充分地显示主题"④。这种新闻式的写作手法,既是小说的特点,也充分暴露了小说的不足:手法传统单一,描写匆促,难以真正深入心理与人性。

此外,马克·斯洛宁指出,《日日夜夜》是一部记叙斯大林格勒战役的史诗,描写了那些投入枪林弹雨,为每寸土地而殊死战斗的普通人的日常生活和思想。这部小说情节开展缓慢,有时显得头重脚轻,半真半假,虽没有达到高度的艺术水平,但还有真实感,是一幅描绘各种军事事件的非常感人的画面。⑤

《日日夜夜》作为一部比较成功的战争小说,不仅在当时对苏联军民产生了很大的鼓舞作用,有很强的现实作用和意义,而且对此后苏联战争小说

① 雷成德主编:《苏联文学史》,第409页。
② 〔苏〕费契索夫、西尼亚夫斯基:《伟大卫国战争年代的苏联文学》,见〔苏〕季莫菲耶夫主编:《论苏联文学》(下卷),第730页。
③ 许贤绪:《当代苏联小说史》,第350页。
④ 雷成德主编:《苏联文学史》,第410~411页。
⑤ 参阅〔美〕斯洛宁:《苏维埃俄罗斯文学(1917~1977)》,第313页。这段话在另一本书中略有不同:"西蒙诺夫的《日日夜夜》是关于苏联军民英勇守卫斯大林格勒的史诗,讲空袭与轰击之间战士们每日的生活与思想。这本小说写得很沉着,情节发展很慢,叙述十分详细,有时候会头重脚轻。"详见〔美〕斯洛宁:《现代俄国文学史》,第436页。

的创作至少还有四个方面的影响。

一是既要打胜仗,更要爱惜士兵生命的人道主义观念。这通过沙布洛夫与巴柏琴科的争执表现出来。在战斗中,团长巴柏琴科只知机械地执行"不许后退一步"的命令,根本不考虑士兵的死活,仓库库房失守后,他竟然否定沙布洛夫晚上6点钟趁天黑夺回阵地的意见,而强令下午2点钟不惜一切代价发动进攻,结果导致本就不多的战士白白牺牲了十一个,他还不汲取经验教训,最后连自己都送了命。对此有学者指出,进行战争更需要爱护人、珍惜人、重视人,这一战争观却不是所有的人都能具有的。《日日夜夜》的可贵之处,正在于写战争激烈、残酷的同时,也表现出这一深刻的哲理性的观念。沙布洛夫和巴柏琴科为夺回仓库所发生的争执,就是这种分歧的艺术表现。从表面看,争论的焦点是夺回仓库的时间;而实质却不仅在于时间,更重要的是对人是否爱惜。沙布洛夫善于审时度势,善于决策,勇于冲锋,这固然是他高出巴柏琴科之处,尤为重要的却是他爱惜人,爱惜战士。①这种爱惜人的人道主义思想在此后西蒙诺夫的《生者与死者》三部曲中有更深入的表现,更在此后其他作家的战争小说中得到多方面的表现。

二是如前所述,小说描写的时间不长,只描写了1941年9月至11月两个多月时间的战争,出场人物不多,活动领域也不大,基本上主要描写的是三座楼房的争夺战——"时间和生命已经都要用米来测量"。它既写三栋楼房的争夺战,也就是写弹丸之地的战斗;也写师部乃至司令部的运筹帷幄之中、决胜千里之外,因而既为后来的"战壕派"提供了范例,也为"全景派"打下了基础。

三是写中下层军官和女护士的纯真恋爱,这更是此后苏联战争小说大量此类写法的滥觞。

四是善于通过日常生活的描写来表现苏联军人的英雄主义精神。西蒙诺夫宣称,要"以非常现实主义的笔调描写战争,通过士兵和军官们的日常劳动和生活表现英雄主义"②。他善于通过日常生活的描写来表现苏联军人的英雄主义精神。陈敬咏指出,《日日夜夜》作为现实主义作品的重要特色之一就是把战争写成司空见惯的日常现象,即每日每时都在发生的日常生活,每日每时都在进行的繁重劳动,而这种"生活""劳动"之艰苦几乎是人力难以支撑的,因此完成这种"劳动",度过这种"生活"也就建树了功勋。描写

---

① 参阅雷成德主编:《苏联文学史》,第408页。
② 〔苏〕西蒙诺夫:《既是自白,也是宣传》,《文学问题》1978年第12期,转引自李毓榛:《西蒙诺夫和他的军事题材小说》,《社会科学战线》1985年第4期。

战争的这一原则决定了表现手法上的日常的、平凡的与战时的、崇高的紧密结合:在占据三座楼房的夜以继日的战斗中,出现了一个带着孩子躲藏在掩蔽部地下室里并给部队煮白菜汤的女人,集团军阵地被德军截成几段后,形势危急的情况下,插写了被调往交通学院训练班学习的交通连连长的辞行,等等。而不论是"前线的日常生活"画面还是血与火的战斗场面,都是用严峻的、冷静的写实笔调写成的。①李毓榛进而指出,西蒙诺夫在这样的"日常生活"中看到了普通战士的英雄主义精神。西蒙诺夫把描写斯大林格勒战役的小说题名为《日日夜夜》,因为在斯大林格勒保卫者们看来,那些出生入死、紧张激烈的战斗时日,不过是平平常常的"日日夜夜"。正如卫生员安娜,每天在敌人的炮火下往返于伏尔加河上运送伤员,随时都有生命危险,但她却像平常上班一样,很平常地看待这件工作。通过这样的"日常生活"描写表现出苏维埃战士的高尚品质。西蒙诺夫的这一创作特点对苏联军事题材文学的发展产生了影响,在20世纪70年代,描写战争中普通战士的日常生活形成了一股潮流。②

此外,薛君智指出,在安娜形象中作家放进了在他诗歌和戏剧创作中早已形成的理想女主人公所应具备的各种美德:在战斗岗位上,忠于职责、刻苦耐劳、热爱同志、富有自我牺牲精神;在个人生活中,纯朴坦率、热情勇敢、坚贞不渝、能经受各种考验。③陈敬咏还指出这部小说有如下的特点及影响:《日日夜夜》中塑造的久经沙场和初出茅庐的一对青年军官(指沙布洛夫及其营参谋长马斯连尼科夫)的形象在战后的战争文学,特别是"战壕真实"的小说中成为十分流行的形象;《日日夜夜》真实而感人地描写了战争中难以预料的巧遇和纯洁无瑕的爱情,这一主题后来在西蒙诺夫以及其他作家的作品中也经常出现。④

---

① 参阅陈敬咏:《苏联反法西斯战争小说史》,第28页。
② 参阅李毓榛:《西蒙诺夫和他的军事题材小说》,《社会科学战线》1985年4期。
③ 参阅薛君智:《西蒙诺夫》,见叶水夫主编:《苏联文学史》(第三卷),第414页。
④ 参阅陈敬咏:《苏联反法西斯战争小说史》,第27、28页。

第四章　大战胜利后的凯旋颂歌

战胜德军后,苏联战争小说的主题转变为描写苏联上层的英明和苏军官兵的英勇,他们不仅恢复了苏联国土,而且解放其他国家,甚至拯救了世界,于是苏联战争小说中出现了大战胜利后的凯旋颂歌,这些小说大都写作于1945~1956年。

一、概述

战胜德国法西斯大大激发了苏联人的民族自豪感,再加上政治的需要,战争小说在歌颂红军将士的英勇之余,进而描写苏联红军解放东欧及与德国的战争,最具代表性的作品有:涅克拉索夫的《在斯大林格勒战壕里》、冈察尔的《旗手》三部曲、卡扎凯维奇的《星》《奥德河上的春天》等,还有爱伦堡的《暴风雨》、布宾诺夫的《白桦》、法捷耶夫的《青年近卫军》、波列伏依的《真正的人》、潘诺娃的《旅伴》、毕尔文采夫的《从小要爱护名誉》等。

伊利亚·格里戈里耶维奇·爱伦堡(Илья Григорьевич Эренбур,1891~1967)的主要作品有长篇小说《巴黎的陷落》(1941)、《暴风雨》(1946~1947)、《巨浪》(1951~1952)、《解冻》(1954~1956),回忆性散文《人·岁月·生活》(1961~1965)等。其战争小说的代表作《暴风雨》(Буря)①主要有两条线索。一条围绕着苏联工程师弗拉科夫展开,他在巴黎与法国资本家郎西安谈生意时,认识了后者的女儿美达,并与之恋爱,后独自回国。苏德战争爆发后,他马上从军,一直从苏联打到南斯拉夫,不幸牺牲。另一条是郎西安一家人的线索。德国入侵法国时,贝当政府投降,巴黎被德国人占领。郎西安对此安之若素,其儿子路易奋起抵抗,壮烈战死,美达也加入了法国抵抗组织,并亲手处死了叛国投敌的丈夫贝蒂。小说的最后是德国投降,莫斯科欢庆胜

---

① 参阅〔苏〕爱伦堡:《暴风雨》,罗稷南译,文化工作社 1951 年;时代出版社 1953 年;百花文艺出版社 1997 年。

利。斯大林对这个作品评价颇为客观,他认为:"如果说爱伦堡的小说中法国人写得比俄国人强,那是不确实的。也许爱伦堡更熟悉法国,这是可能的。当然,他有缺点,写得不匀称,有时过于匆忙,然而《暴风雨》是一部大作。至于人嘛,描写的都是中间人物。有的作家不描写大人物,而描写中间人物、普通人。爱伦堡属于这类作家。他的小说很好地表现出有缺点的人、小人物,乃至有点恶劣的人,在战争的进程中觉醒了发生了变化,成为另一种人。好就好在小说能表现出这一点。"①

布宾诺夫的长篇小说《白桦》(Белая береза,1947~1952)共三部,主要描写作者亲身经历的莫斯科近郊战役。

第一部写红军鲍罗廷将军的某团,随着大军一再撤退,终于在离莫斯科不远的瓦须沙桥一带停了下来,准备阻击德军。在副团长奥齐洛夫上尉的精心安排下,战士们挖好了战壕和伪装的战壕,但没想到德军的侦察队刚一出现,团长伏洛辛少校就下令开火,结果过早暴露自己的火力,很快就被敌军突破防线,整个团乃至师只得撤退,团长心脏病发作去世。洛兹涅伏中尉率领的第一营更是被打散,这位贪生怕死的营长匆匆换上死去士兵的服装,并且冒了这个士兵的名字,逃跑了。勇敢的战士安德烈尽管深爱自己的家、自己极其美丽的妻子玛丽迦,但也只是请假在家里待了一晚,就毅然随军行动,继续参加战斗。玛特维·尤金中士,他们的班长,更是勇敢善战。奥齐洛夫把陷入敌人包围中的战士号召过来,率领他们开始悄悄向莫斯科方向突围,去和大部队会合。

第二部写安德烈的家乡奥尔霍夫卡村的人们,在部队撤退时,不少人也随之撤退,但一些人在路上被德军飞机炸死,一些人因为被阻,只好返回村子。安德烈的父亲艾罗菲·库兹密奇比较自私,不愿损失自己的财产,留在村里,把所有值钱的东西都藏了起来,还想分掉集体农庄的麦子。恰巧,曾在他家休息过一夜的营长洛兹涅夫和勤务兵柯斯蒂亚被德军俘虏,玛丽迦见洛兹涅夫被德军打得奄奄一息,就勇敢地站出来,冒认他是自己的丈夫,而忠诚的柯斯蒂亚随即冒死逃脱,来保护自己的营长。他们都住在安德烈家里。勇敢的人们开始讨论要烧掉没有收割的麦子,决不留给敌人。玛丽迦的母亲——健壮的寡妇安菲沙·玛尔科芙娜勇敢地承担了这一任务。德军占领了村子,追究纵火者,严刑拷打又老又残废的管理员奥西帕·米海洛维奇,后者为了保护村里的人们,防止敌人滥杀,勇敢地承认是自己放的火,

---

① 〔苏〕康·西蒙诺夫:《我这一代人眼里的斯大林》,裴家勤、李毓榛译,中国新闻出版社1989年,第139页。

结果被德军绞死。柯斯蒂亚看穿了营长的真面目，毅然离开他，投奔游击队。而库兹密奇利用洛兹涅夫的害怕心理，让他装哑巴，变成了自己家里的一个不花钱的长工，最后还让他当了德国人的警察。而他自己被德国人任命为村长，这才认识到德国人的可怕，他采取拖延的办法，敷衍着德国人，同时也尽可能地保护村里人的利益。与此同时，在苏军后撤时逃跑回来的艾芬·齐尔涅夫金却叛变投敌。

第三部中，团政委亚赫诺和副团长奥齐洛夫所率领的全团残余人马会合了，他们共同担负起指挥全团的任务，在做通战士们的思想工作后，他们率领大家从森林、河流、沼泽穿越，向莫斯科前进。他们克服了重重艰险，尤其是阴雨和寒冷的侵袭，来到一个村子里，不料被德军包围。愤怒的战士们奋起反击，打了一个漂亮的歼灭战，消灭了德军来犯的一个连，并且俘虏了连长路道尔夫·米特曼中尉，然后，奥齐洛夫施巧计，假装俘虏，逼迫米特曼假装押解他们这些"俘虏"去前线修建工事，从而轻松地穿过了德国人的防区。然而当他们进入自己人的阵地后，却遭到不明真相的苏军的炮轰，团政委亚赫诺中炮牺牲。奥齐诺夫因为历经一个月把一团战士从敌占区带回来而升任少校团长，班长尤金升为排长，安德烈也因为作战勇敢而当了班长。他们的部队得到了新的装备，并且在休整三天后进入前线阵地。班长奥列尼克仇恨苏维埃政权，总是伺机逃到德军那边去，并且劝说同乡——胆小鬼亚尔齐夫一起过去，亚尔齐夫不愿投奔德国人，但悄悄临阵脱逃，最终被抓住，当众枪决。德军在 11 月 7 日早晨发动了大规模的进攻，人员、武器都大大加强的苏军打败了敌人的进攻，并且转入反攻……①

小说写得比较细腻生动，风景描写也较为优美，还能情景交融，因此有一定的艺术性。但过多拘泥于政治宣传，影响了作品的深度。同时，写了两处场景：一个是军队，一个是农村，结果过于分散，不够集中，因而结构散乱，人物形象也不能深入描写，除了奥齐洛夫描写得比较集中、深入一些外，其他的人物大都通过作者的议论性描写表现出来，很不生动。

法捷耶夫的《青年近卫军》②（Молодая гвардия，1945~1951）写于第二次世界大战结束后，讲述了小城克拉斯诺顿的一群青年自发组织起来，对德国侵略者进行地下抵抗的故事。这些青年都是共青团员，他们自发地组织起来，处死叛徒，收听苏军战报，转移红军伤员，张贴《真理报》，散发传单，并

---

① 参阅〔苏〕布宾诺夫：《白桦》，徐克刚译，文化工作社 1952 年。
② 《青年近卫军》目前有两个完整的中文译本：叶水夫译，人民文学出版社 1954、1975、1987、1994、2000 年多次出版；王士燮译，译林出版社 2006 年。

且成立了"青年近卫军"组织,悄悄收集武器,营救被俘同志,夺取德军物资,杀死德军的散兵游勇,破坏敌人的交通。但在苏联红军反攻该城的前夕,因有人叛变,大部分青年近卫军战士被捕,英勇牺牲。小说于1945年出版后,受到热烈欢迎。有学者指出:"法捷耶夫的长篇小说《青年近卫军》(1945)是描写苏维埃人民与法西斯强盗斗争的杰出作品。作家在具体历史事实的基础上创作了具有巨大艺术性和综合意义的作品。在奥列格·柯歇伏亦、邬丽亚·葛洛摩娃、万尼亚·席姆奴霍夫、刘巴·谢夫卓娃、谢尔盖·邱列宁和其他青年近卫军的形象中,他描出了起而保卫可爱的祖国的荣誉、自由、独立的苏维埃人整个青年一代的面貌。"[①]更有学者强调,这个长篇的意义,不仅仅在于作为编年史作者的法捷耶夫能够小心地替后代保存了关于伟大卫国战争中一个出色的插曲的记忆,也不仅仅在于他能够复制出"青年近卫军"活动成员的非常可爱的形象。……法捷耶夫在他这个长篇中越出了他所讲述的那一历史条件的直接界限,把自己的人物描绘成这样,使他们身上显露出苏维埃时代青年人最重要的特征。而这些特征又表达出在苏联社会中形成并且是苏联文学竭力要在其青年心中培养的那种人类理想。……法捷耶夫的功绩就在于:他把作为他这部长篇小说的基础的那一历史事件,同当代主要的政治、社会和哲学问题联系起来。这部长篇小说显示出伟大卫国战争中个别事件的全民意义,把克拉斯诺顿青年的品质当作完全了解苏维埃制度和苏维埃博爱精神的基础的苏联年轻一代的品质来揭示。[②]1946年小说获得了斯大林文学奖一等奖,并被拍成电影。但斯大林看过电影后十分愤怒,于是《真理报》遵旨发表题为《"青年近卫军"在小说里和舞台上》的文章,在肯定作者"成功地再现了克拉斯诺顿的英雄们的面貌"的同时指出:"小说没有写出能说明共青团的生活、成长和工作的最主要的东西——这就是党和党组织的领导和教育的作用……在法捷耶夫的小说里有个别从事地下工作的布尔什维克——可是没有布尔什维克的地下'管理部门',没有组织。"与此同时,《文化与生活报》也刊登《在我国舞台上的"青年近卫军"》一文,提出了类似的批评。[③]这样,法捷耶夫从1948年开始修改和重写,一共进行了三次修改,直到1951年才完成并出版新的版本。新版本强调了党组织在对敌斗争中的领导作用和对青年的教育作用,着力塑造了州党委书记和地下区委书记的形象。

---

① 〔苏〕捷明岂耶夫:《俄罗斯苏维埃文学》,第527页。

② 参阅〔苏〕季莫菲耶夫:《苏联文学史》(下卷),第489页。

③ 参阅张捷:《法捷耶夫的悲剧》,刘文飞编:《苏联文学反思》,中国社会科学出版社2005年,第480~481页。

尽管《法捷耶夫传》的作者茹科夫和部分学者认为新的版本更好，但大多数学者和作家都肯定描写青年自发斗争的第一版本更好。著名作家西蒙诺夫更是在《纪念法捷耶夫》一文（载《新世界》1956年第6期）中批评新版本"把愿望当作现实"，认为"第一个版本具有较大的内在完整性，更加符合最初的意图"①，杰缅季耶夫、博博雷金、恰尔内等学者都持相同的观点，如博博雷金比较含蓄地指出："1951年出版的《青年近卫军》新版本对青年人和他们反对侵略者的斗争，对他们的心情、思想和感情的描述几乎没有什么变化。虽然奥列格·柯舍沃伊的一些过于成熟的思想被删去了，出现了一些使青年地下工作者的斗争具有更加紧张激烈的某些新的情节和场面，还对原来的部分情节作了修改。但是这对基本的、描写青年这条主线的性质并无影响或几乎没有影响。不过，党对群众的领导这个主题得到了新的阐述。这绝不是要求作家对具有重要价值的东西重新进行评价或对所写过的事件重新加以认识。本来他只要摈弃那些极端的东西，摈弃那种有损于对这些事件进行冷静分析和对这些事件过分激动的解释就够了。"②

　　鲍里斯·尼古拉耶维奇·波列伏依（Борис Николаевич Полевой，1908~1981）的主要作品有：短篇小说集《我们都是苏维埃人》（1948），中篇小说《安纽泰》（1977），长篇小说《真正的人》（1946）、《大后方》（1958）、《薇拉医生》（1966）等。《真正的人》（Повесть о настоящем человеке）是其成名作，也是其代表作。小说描写歼击机驾驶员密列西耶夫（一译阿列克谢·梅列西耶夫，Алексей Петрович Маресьев）在空战中被敌机击落，跳伞降落在森林里，腿部受伤。他与熊搏斗，开枪打死了熊，在冰天雪地里爬行十八个昼夜后，被游击队救起，但两腿由于伤势过重，不得不做了截肢手术，因而失去双足。而失去双足，就意味着从此要告别自己酷爱的飞行事业，要永远告别蓝天，因而他一度对生活失去了信心。后来在同病室的一个老布尔什维克的鼓励下，他经历了痛苦的思想斗争，立志成为一个真正的苏维埃人。他以钢铁般的意志，长期艰苦训练，顽强地锻炼身体，终于能够灵活运用假腿，重上蓝天，在卫国战争中立下卓绝功勋，成为航空史上罕见的无脚飞行员。③小说在战争叙事方面的特点在于，根据真人真事写成，着重表现主人公正视空前灾难、战胜自我、实现精神升华的可贵思想品质，因此更像是一部励志小说。

---

　　①　*Симонов К.* Помяти А. А. Фадеева. Новый мир，1956，No.6.

　　②　〔苏〕博博雷金：《亚历山大·法捷耶夫》，第132页。

　　③　参阅〔苏〕波列伏依：《真正的人》，磊然译，人民文学出版社1983年。

薇拉·费奥多罗夫娜·潘诺娃（Вера Фёдоровна Панова，1905~1973）的主要作品有：中篇小说《旅伴》（1946，1947年获斯大林奖金）、《光明的河岸》（1949，1950年获斯大林奖金），长篇小说《一年四季》（1943），剧本《送走白夜》（1961），电影剧本《叶夫多基娅》（1961）等。

《旅伴》（Спутники）是一部独特的卫国战争小说。它主要描写了一辆战时医疗救护列车上的人员从1941年到1945年的故事，他们救护的是因为战争负伤乃至残疾的官兵，"我们车里的客人不是普通的旅客，我们的都是高贵的人，为我们失去了健康和精力的人们，他们因为流血而身体衰弱，需要温暖"①。主要写的人物有如下几位：丹尼洛夫，原来参过军，后来是莫斯科一家公司的经理，战争爆发后，主动参军，被任命为救护列车的政委，他精明能干，体贴下属，但要求严格，迅速挑选和组织了救护列车的一切，包括人员，他年轻时曾爱上自己的中学老师法依娜，但遭到拒绝，深受打击，后来变得现实，娶了磨坊主的女儿杜司雅，生下了儿子，但他挚爱儿子却对妻子较为冷漠，经过多年出生入死，战争结束后，他决定好好对待妻子；列车司令、医师贝洛夫，与妻子十分恩爱，但妻子宠爱儿子，他却喜欢女儿，因此搞得父子之间有了隔阂，战争中妻子和女儿在列宁格勒被德军炸死，只剩下在前线作战的儿子，两人开始醒悟；林娜，本是一个优秀的体育教师，却被派到列车上担任看护，她童年不幸，父亲死了，被母亲抛弃，后来好不容易找了一个她很爱的丈夫，她一直为他而活着，却在战争结束前，偶然在一个车站遇到一直不给她来信的丈夫，他告诉她自己已经和另一个女人结合了；优秀的护士尤丽亚，工作非常认真出色，总是希望爱着什么人，但总是失败，在火车上，这位四十四岁的单身女士爱上了耳鼻喉科医生苏帕鲁高夫，但这位十分自私、害怕承担任何责任的男人，虽一度在战火中有较好的表现，战后又恢复了本性，辜负了她……小说还写了其他一些人员，并写了一些负伤的战士的生活及其性格。

作者称这部小说是"一部关于爱和仁慈的业绩的书"。小说在战争叙事方面的创新是不直接描写战争，而描写对战争中伤残人员的救护，体现人对人的"爱和仁慈"，同时"将电影艺术和小说艺术有机地结合在一起，并且开拓了抒情小说的新领域"。②具体而言，潘诺娃像爱伦堡那样用简洁的语言提示生活事实，但是同爱伦堡比较超脱、冷静和客观的艺术风格不同，她采取紧贴在小说人物身边，用同他们共忧患、共欢乐的态度来揭示他们的内心世界，即倾注自己的全部感情来进行描写。潘诺娃的小说像爱伦堡的小说

---

① 〔苏〕潘诺娃：《旅伴》，朱惠译，开明书店1951年，第189页。

② 彭克巽：《苏联小说史》，第173页。

那样采取电影剪辑艺术那种迅速的时空转换法,却避免了万花筒般的现象罗列,以层次分明的章法,围绕着一个个主人公的生活故事,进行时空转换,保持了小说的叙事风格,维持了小说不能等同于电影的特征。潘诺娃的艺术探新使作品的内容和形式处在和谐统一的状态,符合现代读者首先要求知道不加粉饰的真实,然后再加以判断的审美要求。潘诺娃的小说具有契诃夫式的抒情现实主义小说的一些风格。①正因为如此,小说发表后,作为"清新、纯洁的散文"在苏联国内引起巨大反响,在国外也评价较高,并被翻译成多国文字,美国学者布朗称其为"优秀小说"②。

毕尔文采夫的长篇小说《从小要爱护名誉》(Честь смолоду,1948,1949年获斯大林奖金)写老红军的儿子谢廖沙·拉古洛夫从童年居住的海边搬到库班,过农耕日子,随担任集体农庄主席的父亲创办集体农庄,度过了"黄金般的童年时代"。1941年卫国战争开始时,他二十岁,正在海军航空部队服役,但他不安心当伞兵,便设法成为步兵,并且担任侦察兵,然后又到游击队作战,参加了塞瓦斯托波尔保卫战、斯大林格勒保卫战、库尔斯克大会战以及解放欧洲的不少战役。他饱经战火,屡立功勋,从一个冲动、不太守纪律、个人主义的普通士兵逐渐成长为一个上尉直至近卫军少校,说明了革命队伍对人的帮助和教育。小说写得拖沓、冗长,情节也不够生动,且过于注重意识形态方面的教育,未能写出人性的复杂(尽管也写了各种各样的俄罗斯士兵:勇敢作战不怕牺牲的、胆小怕事的,甚至还有派维尔·费森科这样一向善于讨好、谄媚别人,最后成为逃兵的士兵,也写了混入革命队伍的奸细)。③

这个阶段苏联战争小说的特点,主要有以下几个方面:

一是描写苏联军人和人民的勇敢顽强,不怕牺牲。正如朱可夫元帅指出的:"我国各民族,都为着一个最崇高的爱国主义目标——保卫自己的祖国站起来了""德国法西斯军队刚一踏上我国领土就遇到了什么呢?妨碍他们以惯常的速度前进的首先是什么呢?可以肯定地说,主要是我军的集体英雄主义,是他们猛烈的抵抗和顽强不屈,是军队和人民的最伟大的爱国主义精神。"④著名作家瓦西里耶夫更是认为:"苏联人民在卫国战争中的勇敢和坚强精神,是属于好几代人的最重要的道义上的经历。这是克服困难的

① 彭克巽:《苏联小说史》,第198页。
② 〔美〕布朗:《斯大林逝世后的苏联文学》,见北京大学俄语系俄罗斯苏联文学研究室编译:《西方论苏联当代文学》,北京大学出版社1982年,第84页。
③ 参阅〔苏〕毕尔文采夫:《从小要爱护名誉》,林秀译,人民文学出版社1983年。
④ 〔苏〕Г.К.朱可夫:《回忆与思考》(上),中国人民解放军军事科学院外国军事研究部译,中国对外翻译出版公司,1984年,第301、379页。

毅力的最杰出的榜样。"①因此这个阶段每一部苏联战争小说都极力宣扬苏联军人的勇敢顽强、不怕牺牲，而以《真正的人》和《青年近卫军》最为突出。

二是开始宣扬苏联军人和人民的人道主义是最高贵的理想。如有学者在谈到《青年近卫军》时指出："法捷耶夫这个长篇使我们懂得，这里的问题不仅仅在于天性——勇敢、机智、牺牲精神，总之是直接建立功勋所需要的一切。这里的问题是在于：苏维埃人已经意识到在我国获得体现的那些就人道主义来说是最高贵的理想。为了这些理想，苏维埃人才与敌人斗争；这些理想把苏维埃人提到前所未见的英勇精神的高峰——这不仅仅是个别人物的英勇精神，而是群众的英勇精神，千百万人的英勇精神，人民的英勇精神。"②

三是宣扬国际主义并走向大国沙文主义。卡扎凯维奇在《致我的中国读者》一文中宣称："苏联作家的思想——这是共产主义的思想，他的理想是一个把人类从不公平中和压迫下解放出来的理想，他的作品的主人公们都是争取人民幸福的战士……苏联作家认为自己就是争取全世界人类幸福的战士们的伟大队伍里的一个士兵。"③竭力宣扬国际主义，并且隐然表现出解放全人类，争取全世界幸福的救世主思想。小说中也出现了类似的思想："欧罗巴觉得自己获得了自由而兴高采烈，它又感到自豪，因为苏联师团为解放它而开到了这儿，这些师团像不可阻挡的洪流似的沿德国所有的道路疾进着"，进而巧妙地以共产主义来粉饰拯救世界、当世界救主的思想，"由共产党领导的苏维埃军队把全世界从法西斯主义统治下解放了出来。……共产主义——这是一种解放全世界的力量，苏维埃人必领向一切别的人显示履行义务、精神纯洁——生活在这个自由的国度所培养成的一切的品质——的榜样"，并在即将攻进柏林时宣称："我们决不隐瞒：我们觉得很骄傲，因为天才的智慧所做的关于俄罗斯的伟大前途的预言已经实现了，因为现在一切最进步的人士都在用俄罗斯语言——列宁和托尔斯泰的语言讲话。"④这方面最典型的代表是冈察尔的《旗手》三部曲（详后），在六七十年代的苏联战争小说中也有明显的表现，如贝科夫的《阿尔卑斯山颂歌》就通过红军士兵伊凡之口宣称："苏联，它既救意大利，又救法国，也救德国……其中也包括即便是资产阶级。要知道，除了我们，还有谁去制止希特勒呢？"⑤

① 北京师范大学苏联文学研究所编译：《苏联当代作家谈创作》，北京师范大学出版社1984年，第220页。
② 〔苏〕季莫菲耶夫：《苏联文学史》（下卷），第491页。
③ 〔苏〕卡扎凯维奇：《奥德河上的春天》，岳麟译，人民文学出版社1959年，第1页。
④ 〔苏〕卡扎凯维奇：《奥德河上的春天》，第185、189、389页。
⑤ 〔苏〕瓦·贝柯夫：《阿尔卑斯山颂歌》，靳戈译，湖南人民出版社1984年，第167页。

四是作品良莠不齐。有些作品在艺术上颇有创新，而有些作品相当平庸。如《从小要爱护名誉》写作出版时正是苏联思想禁锢最严的时候，因而其内容主要是政治思想方面的东西，缺少对人生乃至命运的真正思索，是相当平庸的作品。

二、涅克拉索夫的《在斯大林格勒战壕里》

维克多·普拉东诺维奇·涅克拉索夫（Виктор Платонович Некрасов，1911~1987）出生于基辅一个医生家庭，母亲是安娜·阿赫玛托娃的远亲。1912年全家去往国外，在巴黎等地待到1915年，又回到基辅。他在基辅中学毕业后，1930年进入基辅建筑学院建筑系学习，1936年大学毕业后又到基辅俄罗斯剧院附设的戏剧学校学习，并当过剧团演员和美工。1940~1941年，他在顿河罗斯托夫参加了红军剧团，成为演员。卫国战争开始后，他在前线担任工兵营副营长和团级工程师，参加过哈尔科夫战役，尤其是斯大林格勒保卫战，曾在著名的马马耶夫岗（一译玛玛耶夫高地）战斗过。受伤后复员，1945~1947年在基辅当新闻记者。1946年发表中篇小说《在斯大林格勒战壕里》而一举成名，1947年获斯大林奖金，作品被翻译成三十六种语言。1948~1950年，他在《文学报》工作，并继续发表文学作品，如中篇小说《在故乡的城市》（1954）、《基拉·格奥尔吉耶夫娜》（1961），短篇小说集《瓦夏·科纳科夫》（1961）。由于特写《初次相识》（1958）、《在大洋两岸》（1962）、《法国一月行》（1965）表达了与当时官方思想不同的观念，他被报刊批判，并在1963年被开除出苏联共产党，更在1974年被苏联作协开除，获准出境，移居法国，在多家俄罗斯报刊工作，并有文学作品《斯大林格勒》（1981）、《小小的忧伤故事》（1986）等。1987年病逝于巴黎。

涅克拉索夫的成名作和代表作都是反映苏联卫国战争的小长篇或者说中篇小说《在斯大林格勒战壕里》（В окопах Сталинграда）①。小说分为两部，以第一人称"我"——建筑工程师、中尉凯尔任采夫（一译柯然契夫，俄国学者卡尔京认为，小说的主人公凯尔任采夫具有三重身份：主人公、叙述者、作者②）

---

① 该小说目前有两个中文译本：《在斯大林格勒战壕中》，李霁野译，文化工作社1953年；《在斯大林格勒战壕里》，李辉凡译，见李辉凡编《世界反法西斯文学书系·苏联卷》（第六卷），重庆出版社1994年。本节所引《在斯大林格勒战壕里》的文字，均出自〔苏〕维·涅克拉索夫：《在斯大林格勒战壕里》，李辉凡译，见《世界反法西斯文学书系·苏联卷》（第六卷），重庆出版社1994年，为节省篇幅，不一一注出。

② *Кардин В.* Виктор Некрасов и Юрий Керженцев // Вопросы литературы. 1981. No.4.

讲述故事。"我"原属三十八师,防守在渥斯科尔河边。我们正在紧张地修筑工事,却突然接到了撤退的命令。我们团命运艰苦,一再换防一再退却,只打了六星期的倒霉仗,便已经缺人,而且没有大炮,一个营只有两三挺机枪。现在,"我"和营长什里亚耶夫(一译希雅叶夫)中尉奉令率领第一营(实际上"可以作战的人——二十七个。连车夫和病人计算在内,一共有四十五人")掩护大部队撤退。我们浴血奋战,完成任务后失去了与大部队的联系,而且团长、政委都已阵亡。我们最后突围出去,只剩下四个人:伊戈尔、"我"的勤务兵瓦列加、谢迪赫(一译西得海)和"我",连什里亚耶夫都失散了。"我"们四人几经周折,到处奔波,寻找三十八师,但没有找到,后来听说三十八师已经到了斯大林格勒,于是"我"们来到了斯大林格勒。这时,战火才刚刚触及这个美丽的城市。"我"们在这里休整了一两天,然后被派到特别服务团,任务并不复杂:准备好所需的一切东西,在必要时炸毁城里的工业目标。8月过去了,9月来临,德国人疯狂轰炸并进攻斯大林格勒,形势逼人。"我"被派到河对岸敌占区的一八四师去担任工程师。然而在渡过伏尔加河的时候,营长牺牲了,"我"只好主动担当起代理营长的职务,在侦察队长丘马克(一译裘玛克)、连长法尔贝尔(一译法白尔)等的配合下,指挥全营数十个战士占领并坚守住了五金制品厂(一译米提兹工厂)废墟。不久,"我"又奉令率领几十个战士冲出战壕,趁夜夺取了玛玛耶夫高地的一片德军阵地,并且守住了它。然后"我"奉令换防到河边休息。接防的正是"我"久已不见的什里亚耶夫。"我"休假归来,参加了团长鲍罗金(一译鲍罗丁)指挥的一场反击战,然而团参谋长阿勃拉西莫夫(一译阿布罗西莫夫)机械执行命令,并且把个人的权威看得很重,篡改了团长的命令,让战士们冒死冲锋,结果牺牲了全营的一半——二十六个人,"我"、什里亚耶夫等都负了伤。阿勃拉西莫夫受到军事法庭的审判,被降为普通士兵,调走了。"我"伤好后返回部队,发现我们已转入反攻,德军正在节节败退……

这部小说以种种真实的细节,表现了战争的残酷,尤其是下层军官和士兵经历的严酷的血与火的考验,继承并发展了托尔斯泰的《塞瓦斯托波尔故事集》、迦尔洵描写俄土战争的名篇《四天》和《胆小鬼》写战争真实的传统(俄国学者谢罗科娃撰文详细论述了这部小说对托尔斯泰的《塞瓦斯托波尔故事集》的继承和发展)[1],后来被苏联评论家称为最早的"战壕真实"小说。

---

① Щелокова Л. И. От правды будней Севастополя к окопной правде Сталинграда : опыт сопоставления 《Севастопольских рассказов》 Л. Н. Толстого и 《В окопах Сталинграда》 В. П. Некрасова. Cross – Cultural Studies: Education and Science (CCS&ES). Volume 3, Issue Ⅲ, September 2018.

作为战后真实反映卫国战争最早的作品之一,《在斯大林格勒战壕里》对后来的前线的一代或"尉官散文"或"战壕真实派"有较大的影响。

从战争叙事的角度来看,这部小说的突出特点是在多重对照中表现战壕真实彰显人性,具体表现在以下几个方面:

一是广袤的国土与狭小的战壕的对照。

小说一开始就描写苏军被迫在广袤的国土上不断撤退。"我"所在的团从哈尔科夫附近不停地撤退,经过一个个村庄和山岗,走过一片片草原,过了顿河,一直来到斯大林格勒。其他地方也在不断地被德国侵略军占领:乌克兰、白俄罗斯以及俄罗斯的不少土地,战火烧遍了苏联的许多地方。

土地是生于斯长于斯的故乡所在,也是鲜活的生活的象征,广大的土地丢失,战士们心里充满乡愁,行军时也小声地甚至带点忧伤地唱着关于第聂伯河和仙鹤的歌曲,思念着自己失去的故土。但他们也因此满怀对敌人的仇恨与英勇战斗的决心,小说写道:

> 战士们正在路旁槐树下被踩过的草地上休息,烟卷的火光时而闪现,在树林后面传来年轻人的小声的谈话声:"不,瓦西……你别说了……你哪里也找不到比我们的更好的地方了。真的,土地真正肥沃得像黄油。"他的嘴巴甚至特别地吧嗒一下。"庄稼——都高出你的头啦……"在这歌颂肥沃得像黄油一样的土地、长得比你的头还高的庄稼的简单词句的歌谣中含蕴着某种东西……我不知道管这种东西叫什么。托尔斯泰管它叫爱国主义的潜能。可能这是最正确的定语。可能这就是格奥尔基·阿基莫维奇所期望的奇迹,比德军的组织性和坦克及其黑十字更为有力的奇迹。

然而,在残酷的保家卫国的战斗中,军人们却不得不经常置身于狭小的战壕里。有时是较长时间挖修的一块防御阵地,有时就是一座毁坏了一半的石板棚。在斯大林格勒,战壕更是狭小,"我们师的地段最长——纵深一公里半。我们的左边,沿河岸的狭窄地带是罗季姆采夫的第十三近卫军部队,它几乎延伸到城区,像一条弯弯曲曲的窄带子直至码头,狭长,最宽的地方不超过二百米。右边,在'红十月'工厂,是第三十九近卫军部队和第四十五师。这真够他们受的。在地图上,前方的红线正好沿工厂的白点通过"。就连团长鲍罗金少校也只能住在一间很小的像鸡窝一样的透风的窑洞里。"我"担任代理营长后,起初是以一个营防守大约六百米的地段,"这是很糟糕的地段。它被很高的铁路路基切断,铁路又沿着土丘的山脚蜿蜒,上面停满了车厢。从左翼几乎看不到右翼，只看到峡谷的顶端部分。没有任何的战壕、堑沟，给我们让出地方的第一营的战士们躲在一些洼地和弹坑里，靠各种废铁堆来掩护自己。在路基的另一面总算有一些类似战壕的窑洞，但是却没有任何连接通道"；接着是玛玛耶夫岗的一个小丘岗；最后被挤压到伏尔加河边更狭窄的地方。

广袤的国土与狭小的战壕，两相对照，一方面真实地写出了苏联战争初期的军事失利，另一方面更重要的是凸显了战争的残酷，同时也为红军官兵的誓死不屈、奋勇杀敌打下了基础，因为战壕不仅是战斗的空间（躲避子弹和炮弹等），保卫祖国和家园的空间，而且是战斗官兵的成长空间，他们在这里举行自己的成年仪式，战胜恐惧、疼痛、饥饿，战胜自己，打退甚至消灭敌人，完成英勇行为，建立伟大功勋，表现出强烈的爱国之心和突出的英雄主义，彰显了人性中保家卫国、捍卫正义的正能量。

二是和平温馨的生活与紧张激烈的战斗的对照。

和平温馨的生活在小说中通过三个方面体现出来：

主人公凯尔任采夫所回忆的战前平凡而和平美好的生活。既有美丽城市里自由自在的快乐时光。"可亲、可爱的基辅啊！……我多么怀念你那宽阔的街道，那美丽的栗子树，那黄色的砖墙和大学的暗红色的圆柱啊！我多么喜欢你那第聂伯河的斜坡啊！冬天，我们在那里滑雪；夏天，我们躺在草地上数星星，谛听夜班船的懒洋洋的汽笛……然后我们顺着静穆的克列沙季克街回来，这时街道上橱窗的灯光已经熄灭……"又有文化生活和精神盛宴。

> 在这个尚切尔影院里我度过了多少幸福的时刻啊！……《印度的陵墓》《巴格达的小偷》《"Ｚ"字标记》……天啊，真激动人！……再下去一点，靠近普罗列兹纳亚街，是不对号入座的非常拥挤的"科尔索"影院，这里放映美国西部牛仔电影：追捕、枪杀、野马、柯尔特手枪、穿裤子的女人、留小胡子笑里藏刀的歹徒……而在"简易"影院里——后来不知何故改成了"国家第二影院"——放映的是沙龙式轻松影片，如波拉·涅格利、阿斯塔·尼尔森、奥丽迦·契珂娃主演的片子……"

更有美丽环境中琐细、平凡而温馨的家庭生活。

> 我想起了我们的街道——一条栽着粗壮的栗树的林荫道，根深叶茂的树木组成了一个拱顶。春天，满布白色和粉红色的花朵，宛如万支

烛光;秋天,扫院子的人焚烧树叶,孩子们的口袋里则装满了板栗。我也曾经拾过栗子。我们把几百个栗子带回家里。这些整齐干净、外皮光泽的栗子装满了一抽屉……特别是我经常把许多栗子放在长沙发下面。这是一张很好的沙发——柔软、宽敞。我就睡在沙发上……午饭后奶奶总是在这个沙发上休息,我用旧大衣盖在她身上(这件大衣是为此专用的),我还给她随便一本回忆录或者《安娜·卡列尼娜》,然后替她找眼镜。眼镜通常都放在餐柜上,或是在抽屉里同勺子放在一起,等我把眼镜找到时,奶奶已经睡着了。老公猫弗拉卡斯则带着其烧焦了的胡须从一块掉了毛的皮领子下面眯缝着眼睛……

斯大林格勒战火燃起前的和平生活。当"我"和战友们到达斯大林格勒时,看到的是:

马车欢快地沿着卵石路辘辘走去。破旧的电车叮叮当当地迎面驶来……在光秃的布满掩壕的小公园里则是时刻戒备着直指天空的高射炮。市场上是堆积如山的西红柿和黄瓜,大瓶大瓶的金黄色的熟牛奶;西服上衣,帽子,乃至领带,琳琅满目。我很久没有见过这些东西了。妇女们也像以前一样抹着口红。透过满布灰尘的橱窗,看到一个穿白大褂的理发师在为顾客的下巴抹肥皂。电影院上映《生气的安东·伊万诺维奇》,每天12点、2点、4点、6点演四场。看院子的人用很大的簸箕在清除牲口粪便。从安装在电车电线杆上的黑色扬声器里传来一种诚挚感人的声音,只是不知道是男人还是女人的声音,此人在讲述九岁小孩万卡·茄科夫在圣诞节前夕给自己乡下的祖父写信的故事。而在这一切之上,是碧蓝色的天空。到处是灰尘……纤细的洋槐和雕着玩具公鸡的小木房,上面还有个字牌——"不要入内,当心恶犬"。旁边是大瓦房,房子正面有一座手里托着什么东西的女人像。各种办事机构有:"伏尔加下游工业合作供销社""粘补套鞋""修理煤油灯""莫洛托夫地区检察员"……街道拐向右边,往下通到桥头。桥面宽阔,装有路灯……从桥上可以看到伏尔加河的一小段——码头、驳船、无穷无尽的木筏。

而我们在原伊戈尔后备团连长的姐姐——一位特别能干的人的家里享受到了很久没有享受到的温馨舒适的家庭生活。

我们在外廊铺着桌布的桌子边坐下来,吃非常好吃的菜豆汤。我们是四个人,他们给我们添了又添。由于做厨房工作,玛丽娜·库兹米尼奇娜的手变得粗糙,并且裂了口子。她身上的围裙却是雪白的,煤油炉子和挂在墙上的果酱盆,看来也是天天用白灰擦洗过。玛丽娜·库兹米尼奇娜头上的灰白头发盘成一个发髻,架在鼻梁上的眼镜用一块棉花裹着。吃完菜汤我们又喝茶。她告诉我们,她的丈夫尼古拉·尼古拉耶维奇将回家吃午饭,他在车库里工作,那只鹅是她的兄弟捎给她的,她兄弟仍在后备团工作。她还说,如果我们旅行后想好好洗一洗的话,那么在院子里可以淋浴,只是先要把水桶的水注满,而我们的内衣她当天就能洗好,毫不费事。我们每人喝了三杯茶,然后给桶里注水,在狭小的用木板隔起来的浴室里连笑带闹哗啦啦地洗起来,真说不出有多么舒服啦。

并且,到对面邻居女医生柳霞家里享受精神文化生活。

我们坐在客厅里的丝绒面、弧形小腿的沙发上。我们是那么笨拙、那么粗鲁,大家都害怕把这样脆弱、雅致的沙发坐断了。墙上挂着一幅勃克林的《死岛》,钢琴上放着贝多芬的半身像。柳霞弹一曲李斯特的《康帕内拉》。……她的手指在琴键上快速地跳动……我听着《康帕内拉》,望着勃克林的画和贝多芬的石膏像,看看餐柜里摆着的那一长串头尾相接的乌拉尔的玩具像,但是,不知为什么,所有这一切我都觉得陌生、遥远,仿佛是蒙上了一层雾。在前线,我多少次梦想过这样的时刻啊:在你的周围没有枪声,没有爆炸声,你能坐在沙发上听听音乐,在你身边有一个漂亮的姑娘。我现在就坐在沙发上,听着音乐……

宁静美丽的自然景象。战前,斯大林格勒的自然景象宁静而美丽。"在这一切的后面便是伏尔加河——寂静、平稳,却又是多么的宽阔、肃穆。对面的河岸上绿草蓊郁、枝繁叶茂,从那里还可以看见一座座小房子和那全然是紫色的远方。"即便是在战争的间隙中,斯大林格勒的自然景象还是有着宁静美丽的时候。

爽朗、碧蓝的9月过去了——它有5月一般的温暖,有使人神往的清晨,有令人沉思的紫罗兰般的晚霞。早晨的伏尔加河,鱼儿跳跃,镜子似的水面上一个个涟漪在扩展、放大,一群群迟暮的仙鹤从高高的天空中飞过,发出声声鹤鸣。左边的河岸上,绿色渐渐染上了黄色,然后变成微红的金色。黎明,在我们的炮火第一次齐射之前,整个河岸笼罩在破晓前的一片透明的雾霭之中,平静、开阔、无牵无挂,远处的森林朦胧似带,像水彩画一样,柔和秀美。

即使是在战斗中,大自然有时也不减其宁静美丽,"天空是蔚蓝色的,没有一丝云彩,阳光耀眼。一座有绿色尖顶的雪白的教堂出现在对岸金色的山杨树林里"。

和平自由的战前生活、温馨舒适的家庭生活、宁静美丽的自然景象,被德军的侵略战争破坏了。而战争却是那样无情而残酷,在战斗中军人随时都可能负伤,"我们有两人受伤——一个被打断了腿,另一个被打掉一只眼睛";负伤了甚至有时还很无助,"一个非常有力的东西打中了我的左手,接着又打中我一条腿。我将头埋进雪里,雪是冷的……塞满了我的嘴、鼻子、耳朵……牙齿咬得咯吱响……完了……什么都没有了……"更可能的是被打死,小说写到一个被德军打死的蓝眼睛战士,"子弹直接打中他的脑门,在两条眉毛中间。他被抬了过来。穿着肥大的靴子的两条细腿在地上拼命地挣扎着"。而更可怕的是,"我记得一个阵亡的战士,他仰面躺着,胳膊伸开,嘴唇上还粘着一个烟头,烟头很小,还在冒烟。这是我在战前和战后所看到的最可怕的事了,比城市被毁、开膛破肚和四肢被断更可怕。伸开的胳膊和嘴上的烟头。一分钟前还活着,有思维,有想望,现在——却死了"。战争不但毁灭农村、城市,致人伤残甚至死命,而且殃及大自然中无辜的生命,"德军像原来一样喜欢用迫击炮,从歼击机上发炮,攻击渡口。炮轰后,伏尔加河里被震死的鱼的银白色的鱼肚许久都在闪闪发光"。残酷无情的战争更凸显了战争的非理性与反人性,对照出和平自由的战前生活、温馨舒适的家庭生活、宁静美丽的自然景象的珍贵与可爱,也更增加红军官兵们誓死保卫家园、故土、国家,以迎来和平生活的战斗决心。

在此基础上,作家从多个方面描写了战争的真实。

除了上面所说描写战争的残酷无情,也写平凡无奇的战争日常生活,如:"晚上,我把所有在前沿阵地上闲着的人都派去运地雷。真不错,我们有板车。有板车我们在夜里也仍旧可以把地雷拉到土堤上,当然要冒点险,但还是可以做到。从那里再用手搬,就不那么困难了。到 10 点钟的时候我们已经运来将近三百颗地雷了,堆在大管子旁边。这时工兵也来了——四个战士和一个中士……"又如:

不知为什么,打一清早起就事事都使我生气。大概是我的情绪不好。跳蚤钻到了包脚布里,怎么也抖不掉它。哈尔拉莫夫又把综合报告丢失了。他站在我面前,眨巴着一双亚美尼亚人的黑眼睛,双手一摊说:"我放在箱子里,现在却不见了……"而且腐臭的黍米饭汤我也讨厌了——每天早晚都吃这个。烟叶也是潮湿的,没法抽。已经三天没有看到莫斯科的报纸了。从岸上又送来八个残废人。

更写了战斗中最真实的感觉,如:

我随便向前面黑暗的地方扔出一颗手榴弹,猛地冲过去,我感到了身上的每一筋肉、每条神经的活动。一群像受惊的鸟一样的人形在黑暗中闪动,一些叫喊声,沉重的撞击声,枪声、骂娘声、壕沟、崩塌的泥土,机枪的子弹在脚下搞乱了,一种柔软的、温暖的、有黏性的东西……一种高大的东西出现在眼前,又消失了……一场夜战。一场最复杂的战斗,肉搏战。在这里,战士便是一切,他的权力是无限的,主动精神、勇敢、本能、嗅觉、机智——这就是决定出路的东西。这里没有白天进攻的那种群体的忘我的狂热,没有相互支援的精神。没有"乌拉"的喊声——这种"乌拉"可以使人轻松,可以抵挡一切,可以鼓励人。没有绿色的军大衣,没有钢盔,没有脑门上缠着小小的靶标帽徽的船形帽;没有宽阔的视野,也无路可退,而且不知道哪里是前哪里是后。你看不到战斗的结尾,但可以感觉到它。以后也很难记住什么东西,无法描写这种夜战,也无法讲述它。早晨你发现身上有擦伤、青紫斑和血,但当时你却是什么也不知道。只有掩壕……拐弯处……某个人……打击……射击……手指下面的扳机和枪托……后退一步,又是打击。然后是静寂。这是谁?自己人……我们的人在哪里?走了。站住!我们的人,我们的人,你叫喊什么……难道我们已经占领了土丘?不可能。德军在哪里?他们躲到哪里去了?我们是从这方面爬过来的。卡尔纳乌霍夫在哪里?

这是"我"率领士兵夜袭玛玛耶夫岗,并占领其中一个丘岗时的夜战情景,没有不少小说中常见的英雄豪情,只有真实到极其朴实的战斗描写和意识流般的心理感觉。还写了战斗中由于物资供应不上,官兵们所面临的窘境和困苦,"烟瘾上来,头却发晕了。瓦列加从德军尸体那里找到一支揉皱了的潮湿的纸烟,我们轮流着,每人深深地吸上一口,闭上眼睛,手指头都被烧坏了。两个钟头后我们也想喝水了。保温瓶里最多不超过两公升水——这是绝对保证给机枪用的水"。

　　正因为如此,俄国学者沃罗比约娃指出:"作品讲述了1942年秋冬至1943年初,斯大林格勒防守最为戏剧性的几个月,在涅克拉索夫笔下大多是例行描写:撤退之路,军队的日常生活,鲜血和死亡,痛苦——这一切都被作者真实地描绘出来的,虽然没有多余的激情和歇斯底里,但是却引发无比精准的想象,致使对其叙述的真实性无法提出半点质疑。"[①]卡尔波夫宣称:"他(涅克拉索夫——引者)进入文学圈根本不是作为文学家,而是作为经历了战争的日常生活的士兵,并且力求只是讲述它的真实情况,关于这些灰色的、痛苦的、流血的真实情况,从某个方面来说是一种想象的无法忍受,但事实上早已成为习以为常的任何日常事务。"[②]

　　更为重要的是,小说还真实地描写了苏联当时在战争中存在的一些问题。

　　一是对于战争准备不够。这在斯大林格勒表现得尤其明显。战争都快打了一年了,但这个城市的防御工作还是不太充分。面对气势汹汹的德军,上面准备在必要时炸毁城市的工业设施。但这只是临时才做出的决定,而且还得临时制定埋置炸药的分布示意图,计算炸药的必需量和规定引爆的办法,并对工厂里专门挑选出来的爆破手进行指导。然而,"炸药不好对付。三硝基甲苯很少,主要是二硝基萘炸药,堆着受潮了。雷管又不能计量,电路无法检查,没有欧姆计……""传爆引线呢?""答应明天给。欧姆计也明天给。一切东西都要明天才有。而爆破却是今天。"而且一些关键行动没有计划,也没有组织。"瞧,现在德军用迫击炮使劲地打我们,弹片击断了我们的电线——完了。我们的所有线路都被毁了。我说过多少次了——把韦斯通电桥放在保险柜里是愚蠢的。可就不听,怕小偷。知道吗,这是全斯大林格勒唯一的仪器,瞧,现在你就毫无把握地坐着等待吧。"上面决定死守斯大林格勒,残酷的战斗消耗大量物资,更让红军官兵大量减员,必须从伏尔加河对岸运送战备物资和新的部队,然而,"整个右边的河岸原来只有一个渡口,即第六十三号渡口在工作——两只带驳船的快艇。一夜最多只能渡六次,第七次就很费劲了。而这对于等待在对岸的八个或十个师来说——只是沧海一粟罢了。"

　　二是部队不断撤退。小说的第一部描写的是塞瓦斯托波尔失守了,乌

---

① *Воробьева С. Ю.* повесть В.Некрасова《В окопах Сталинграда》:Опыт современного прочтения. Отечественная словесность о войне ./Проблема национального сознания. М.,2015,С.350.

② *Карпов А. С.* Жанровое своеобразие прозы В.Некрасова // Филологические науки. 1998. No.4.

克兰、白俄罗斯等也相继不保，"我"所在的团不断撤退。

　　我们的团不走运，只打了一个半月的倒霉仗，人员、大炮就都没了，现在一个营只有两三挺机枪……就在不久前——5月20日，我们在捷尔诺瓦亚，在哈尔科夫附近，队伍一到就立即投入了战斗。我们这些头一回上前线、没有打过仗的人被调来调去，先是被安插在防御阵地上，后又撤下来，转移到别的地方，然后又调到防御阵地上。这是在春季哈尔科夫进攻时期。我们张皇失措，自身很乱，也搅乱了别人，老是害怕敌人的轰炸。

后来，即便参加战斗，也是短暂的。

　　把我们调到了更南的库皮扬斯克附近的布拉采洛夫卡地区，在那里待了两星期，挖掘壕沟的内崖和外崖、埋地雷、修筑土木发射点。后来德军转入进攻，坦克开过来了，多得不得了，向我们投掷炸弹。我们完全不知所措，打哆嗦，向后退……简而言之，我们被撤出了战斗，换上了近卫军军人，把我们调到了库皮扬斯克。在那里，还是修筑土木发射点，挖内崖和外崖，直到顶住了德军为止。我们防守城市的时间不长——只有两天，就接到命令：向左岸撤退。我们炸毁了铁路和浮桥，躲进芦苇里。

我们不断撤退，却在撤退中不断接到命令，不断修筑防御阵地，然后又放弃，继续撤退。

　　奥斯科尔的防御阵地再也不存在了。昨天大家还是那么生气勃勃、端着机枪和步枪射击，在示意图上画出纤细的红色弧线、曲线相交叉扇面。我们花了十三个昼夜挖成的、用三块或四块盖板盖住并竭力用草和树枝伪装起来的工事——现在一切都没有用了。再过几天，它就会变成藏满污泥臭水、青蛙出没的地方了，就要坍塌了；到了春天，就会长满青草，只有爱玩水的孩子们才会跑到这个曾经安放过远程和近射机枪的地方来游玩，收集那些生了锈的子弹。而这一切都是我们未经战斗、未放一枪而留下来的。

甚至已经第三次挖洞了，却连一次也没有住宿过。

三是人员和武器损失惨重。准备参加阻击战的营长什里亚耶夫的整个营的情况是："可以作战的有二十七人,加上车夫和病号——总共四十五人。""装备呢?""两挺'马克沁'重机枪,三挺'杰格佳廖夫'机枪,82型迫击炮三门。"小说还通过从死亡线上回来的伊戈尔写道:"少校阵亡了……政委也阵亡了……现在第二营不知在哪里……第三营也所剩无几了。炮兵队也没有了,只剩下一门45毫米口径炮,而且还被打坏了一个轮子……现在团里最多只有一百人了,说得更确切一点,我离开的时候还剩一百人。这是连仓库管理员和炊事员统统算在一起了。"在斯大林格勒人员损失更是厉害,"那个师现在不会超过一百人,他们在对岸已经战斗两星期了"。

四是红军中存在的一些问题。既有逃兵问题,如第一步兵连的西多连科和第二连的克瓦斯特趁夜间开溜了,逃得不知去向。也有各个部门未能协调好,各提要求,下层官兵不知所从的问题,"再没有比待在防御阵地上更糟糕的了。每天都有检查员来,而且每个检查员都各有所好,这是一定的:这个认为战壕挖得过窄,运送伤员困难,机枪拖不进去;那个认为战壕挖得太宽,弹片会飞进来;第三个则认为胸墙筑得太矮:要筑四十度高,你们看,你们的胸墙还不及二十度高;第四个又命令把胸墙全部铲平,据说会暴露目标"。还有某些军官醉生梦死,贪图享受,贪生怕死,却又在部队里混得不错,如后勤机关的助理卡鲁日斯基经常满身酒味,制服没有扣上,修刮过眉毛的平滑的脸显得又红又亮。他认为德国人很快就能获胜,因此,在撤退途中他一心只考虑如何更好地保全自己,"昨天他已在村子里换了三套平民衣服、衬衣、裤子和鞋",而且理由冠冕堂皇,"魔鬼是不开玩笑的,什么事情都可能发生。要保全自己——我们对祖国还会有用的"。即便到了斯大林格勒,还是依旧想办法不参加战斗以保住自己的小命。更有团参谋长大尉阿勃罗西莫夫这样一心想为自己立大功的军官,甚至为了立功,在不了解战场双方的情况下,却根本不听了解具体情况且有最好对策的下层军官的意见,而越权瞎指挥,让他们放弃最好的进攻方法,驱使官兵们正面进攻。在发动进攻失败后,德军防守的火力依旧十分强大,少校建议不正面进攻,可阿勃罗西莫夫不顾士兵死活,不听军官什里亚耶夫的建议和解释,一再逼迫官兵再次马上进攻,结果再次失败,损失了本就不多的人中的将近一半人,最后被罢了官,送进惩戒营。对此,少校团长鲍罗金说得具体而明确:

> 他越出了自己的权力范围,他取消了我的命令,而且是两次都取消了。早晨他用电话取消了我的命令,然后又亲自驱赶官兵们去进攻。……官兵们要去进攻,但不是按你想要的方式去进攻。他们是用脑子的,作

了周密安排,而你干了什么呢? 你已经看到了第一次进攻的结果,不过当时是没有别的办法。我们原指望炮火掩护,应当在敌人明白过来之前就立即给予打击。还是没有成功……敌人比我们想象的要有力得多。狡猾得多,我们没有能把敌人的火力点压住。后来我派工程师到第二营去。那边有什里亚耶夫. 他是一个很有头脑的人。他从夜里就已经准备好了夺取德军战壕的一切计划,而且做得很聪明。

　　总的来看,《在斯大林格勒战壕里》这部小说虽然人物塑造有点简单,而且写得较为松散——第一部仅仅写了从遥远的渥斯科尔河一路撤退来到斯大林格勒,第二部写得也不太集中,既写了前线的战斗,也写了战斗后的休整。不过,它比较早地真实地写到了红军的大撤退、红军下层官兵在战斗中的多方面表现和心理感受,尤其是比较早而且生动、如实地写出了战壕的真实,表现了战争的残酷,尤其是下层军官和士兵经历的严酷的血与火的考验,以及在这严酷考验中所表现出的爱国主义和英雄主义精神以及某些人性的弱点,继承和发展了托尔斯泰和迦尔洵描写战争真实的传统,因而对后来战争文学的发展有一定的影响,尤其是战壕真实派的小说。而这也是这部小说在苏联战争小说方面的新贡献。对此,中俄学者多有论述。

　　俄国当代学者普斯托瓦娅指出,这部小说与"表现卫国战争的当代战争散文家有着最为近似的思维"[①],苏赫伊赫更具体地谈到,小说在时空方面表现了事件的局部性和人物活动密集性的特征,展示很短的时间片段和有限空间里不多一些人的命运,从而体现出"战壕真实"的特点,进而断言:战后描写战争散文的新的一页从维克多·涅克拉索夫的《在斯大林格勒战壕里》开始。[②]莫伊谢耶娃更是宣称:"尉官散文或第二浪潮散文宣告出现于1950年代后半期。在这一流派的先驱作家中,评论家极其明确地指明是涅克拉索夫,而这派的作家们更是公开声明,他们全都来自涅克拉索夫的《在斯大林格勒战壕里》。"[③]阿列克谢耶维奇更具体地指出,《在斯大林格勒战壕里》

① *Пустовая В.Е.* Человек с ружьем : смертник , бунтарь , писатель // Новый мир. 2005. No.5.

② *Сухих. С. И.* Сло̀жная простота (проблематика и поэтика повести В. Некрасова 《В окопах Сталинграда》). //Вестник Нижегородского университета им. Н. И. Лобачевского, 2013. No.5 .

③ *Моисеева В.Г.* Слова 《Великие》и 《Простые》о великой отечественной войне: к вопросу об эволюции русской 《военной》 прозы второй половины XX века. // Вестник Московского университета. Филология. 2015. No.3.

奠定了从 1950 年代末期开始阿斯塔菲耶夫、巴克兰诺夫、邦达列夫、贝科夫、沃罗比约夫等前线作家和其他一些作品后来被批评家称为"尉官散文"的作家硕果累累地持续发展的传统。①

钱善行认为:"涅克拉索夫的《在斯大林格勒战壕里》取材于著名的斯大林格勒保卫战。它的最大特点在于和当时许多以同一战役为题材的作品不同,作者把自己的艺术视野完全集中在一个狭小的战壕里。情节的场面不大,人物都是基层指战员,而且不着力塑造高大完美的英雄人物形象。这部中篇自始至终都以淡淡的素描式的笔墨,通过诸如搬运弹药、修筑工事乃至用餐抽烟等等平凡有时甚至显得琐碎的日常战壕活动的具体描绘,勾画出一个个普通战士的精神面貌,展现出他们的英雄本质,读来特别真切感人。正是这种独特的视野和叙述风格,使它开了后来苏联反法西斯小说创作中风靡一时的'战壕真实派'的先河。"②彭克巽更具体地谈道:"涅克拉索夫的《在斯大林格勒战壕里》,是一部所谓'战壕真实'的作品,具有类似西方的'新现实主义'的艺术特征""这部小说表现出苏联战争小说中的新倾向,所谓写'真实'的艺术倾向。这部小说的艺术特征在于将作者在战争中的直接经验、感受和印象,真实准确地还原为文字记载。作者采用的是回忆录式的笔记体,一方面接近于陀思妥耶夫斯基在《死屋手记》中的那种笔法,既细致地记录在特定时间和空间中发生的事件和人物的感受,又经常插入笔记者的判断和感想,另一方面又接近海明威小说的艺术手法,竭力使小说时间的流程同生活中的时间流程、同读者的时间感觉相一致""总之,把战争的实情,个人的感受,按着时间流程的顺序,真实地传达给读者,使读者分享其战争生活经验。这种艺术流派照亮了在概括性、典型性很强的作品中往往触及不到的细节情景,因而显得更加真切。同时,小说不是照传统的艺术虚构的格式,而是按照回忆录式的笔记体裁铺开,这也加强了它的真实感。这样就使得《在斯大林格勒战壕里》的问世,引起文学界的注目和研究。另一方面,由于它是不注重典型概括,而注重于个人经验和感受的表达,因而作者的世界观、思想感情问题就比一般作品显得更加突出。"③

沃罗比约娃对此说得更为全面也更加透彻:俄罗斯 20 世纪的历史充斥着血腥事件,其中伟大的卫国战争至今仍占据着特殊的地位:对千百万为祖

---

① *Владимир Алексеевич.*《На самой трудной должности … 》—— Размышления о творчестве и судьбе Вячеслава Кондратьева[J]. Литература в школе. 2015. No.12.

② 钱善行:《常写常新,多姿多采:前苏联反法西斯小说创作印象记》,《外国文学评论》1995 年第 3 期。

③ 彭克巽:《苏联小说史》,第 173、190、191 页。

国献身的生命的追忆,我们同胞几代人的丧亲之痛,迫使作家们寻找发自内心的特殊词汇来谈论这场战争。从这个意义上来讲,维克多·涅克拉索夫的著作《在斯大林格勒战壕里》的重要意义无论怎样强调都不为过。由于它在苏联文学中的出现,文学界等形成了对伟大卫国战争事件的新看法,这种看法在20世纪60年代以后形成了完整的流派——"尉官散文"。其中,呈现出战争真相的不仅仅是可怕、悲惨、赤裸裸的客观事实,还包含了任何时候都"不可分割且永恒"的不可思议之人类灵魂的多个方面。直到现在,维克多·涅克拉索夫的书仍然给人留下深刻的印象。[①]

值得一提的是,涅克拉索夫在卫国战争期间创作的短篇小说《列兵留季科夫》。写一个平时多病、胆怯、毫不出众的新兵,最后完成了别人无法完成的任务——炸毁了部队很久无法炸毁的德国大炮,并为此牺牲了生命。小说试图从平凡人身上发现其英勇气概,比肖洛霍夫的《一个人的遭遇》更早描写这方面的题材。

三、冈察尔的《旗手》三部曲

奥列希·冈察尔(Олесь Гончар,真名亚历山大·杰连季耶维奇·冈察尔,Александр Терентьевич Гончар,1918~1995),出生于乌克兰波尔塔瓦州一个工人家庭[②],幼年丧母。中学毕业后,他当过区报编辑,不久被派往哈尔科夫奥斯特洛夫斯基新闻专科学校进修三年。1933年开始尝试从事文学创作。1937年开始发表作品,1938年秋天考入哈尔科夫市的国立高尔基大学语文系。1941年卫国战争爆发后,他从学校直接参加了红军,在炮兵部队担任迫击炮手,跟随部队收复失地,解放东欧。他作战勇敢,多次负伤,曾三次获苏联政府颁发的勋章、奖章。战后,他于1946年毕业于第聂伯罗彼得罗夫斯克大学,同年进乌克兰科学院文学研究所当研究生。1960年起为乌克兰共产党中央委员,1976年任苏共中央候补委员。1978年获"社会主义劳动英雄"称号,并当选为乌克兰科学院院士,曾担任乌克兰作协副主席、主席和苏联作协书记。

---

① *Воробьева С. Ю.* повесть В. Некрасова《В окопах Сталинграда》:Опыт современного прочтения./ Отечественная словесность о войне. / Проблема национального сознания.М.,2015,С.350.

② 中国一般认为他出身于农民家庭(如《苏联文学词典》:"出身于农民家庭",详见廖鸿钧等编译:《苏联文学词典》,江苏人民出版社1984年,第62页),但俄国网站上关于冈察尔的多种介绍,都认为他出身于工人家庭(в семье рабочих)。

冈察尔的主要作品有：短篇小说《繁茂的樱桃树》（一译《甜樱桃在开花》，最早以民族风格和浓郁诗情引起文坛注目）、《永不掉队》(1949)，短篇小说集《从维尔霍维纳来的玛莎》(1954)，中篇小说《塔弗里亚》(1952)、《让火花燃烧起来吧》(1954)、《两桅船》(1973)，长篇小说《旗手》三部曲(1946~1948)、《大地怒吼》(1947)、《彼列柯普》(1957)、《人和武器》(1960，获1962年乌克兰国家奖金)、《小铃铛》(1963，获1964年列宁奖金)、《大教堂》(1968)、《飓风》(1970)、《爱情之岸》(1976，获1978年全苏工人题材优秀作品奖)、《你的朝霞》(1980，获1982年苏联国家奖金)。

在战后一段时间里，冈察尔创作的是歌颂苏联军民英勇作战的战争小说，主要有《大地怒吼》和《旗手》三部曲，这些作品都写作于斯大林时代，因而紧跟时代，歌颂苏联军民的不怕牺牲、勇敢作战，乃至苏联红军的拯救世界的国际主义精神。

长篇小说《大地怒吼》（一译《大地在咆哮》，Земля гудит）描写德国占领乌克兰的波尔塔瓦省后，波尔塔瓦的地下工作者们的英勇斗争。主人公是女英雄莲莲·乌比沃夫克。她原是哈尔科夫大学天文系的大学生，共青团员，奉省委书记的指命，留在波尔塔瓦进行地下工作。她发展了谢辽沙·伊列夫斯基、瓦林金·苏罗卡、波利斯·谢尔格，并且吸收了伤愈的坦克手列昂尼特，组织了地下组织"不屈服的波尔塔瓦人"，散发传单，鼓舞人们的斗志，并且不断扩大队伍，还与省委书记和游击队取得了联系，奉命在深夜发射信号弹，指引红军的飞机轰炸德军。最后，他们的直接领导库帕里扬及其游击队被德军包围，全部战死后，他们决心到森林中重建游击队，既加强人们的信心，又打击敌人。他们计划的第一部分成功了，维赛洛夫斯基医生带领军事战俘营诊疗所里的十一个伤员成功地逃入森林，而就在成功的前夕，他们派去联系省委书记的女护士嘉琳娜·戈罗列科娃被捕叛变了，于是他们五人，再加上谢尔盖·沙彼加，六个中心人物全部被德军逮捕，他们经受了严刑拷打，但是毫不屈服，最终被德军残酷杀害……①

小说根据真实人物经历创作，但是正因为如此，受到拘束，没有放开笔墨，写活人物，而且因为他们没有什么重大任务，所以很不吸引人，同时可能还模仿法捷耶夫的《青年近卫军》，但是却没有法捷耶夫的那种才气和笔力，因此是一部相当平庸的作品。

《旗手》（Знаменосцы）三部曲是冈察尔早年的代表作之一，包括《阿尔卑斯山》（Альпы，1946)、《蓝色的多瑙河》（Голубой Дунай，1947)、《金色的

---

① 参阅〔苏〕冈察尔：《大地怒吼》，范霞译，新文艺出版社1957年。

布拉格》(Злата Прага,1948)①,前两部获 1947 年斯大林奖金,第三部获 1948 年斯大林奖金。②三部曲讲述苏联红军乌克兰第二方面军打出国门,从德军统治下解放欧洲的战争故事。

《阿尔卑斯山》主要讲述苏联红军解放罗马尼亚的经过。从军事学院毕业分配到部队去的丘尼希(一译切尔内什)少尉在边境遇到了伤愈归队的侦察兵卡萨科夫(一译卡扎科夫)中士,他们结伴找到了挺进到罗马尼亚的部队。丘尼希报到后,拜访了团长——近卫军赛米叶夫(一译萨米耶夫)中校、副团长(一译团政治部副主任)——苏联英雄伏隆佐夫(一译沃龙佐夫)少校,他谢绝团长这位父亲的熟人和自己的老乡安排他当团参谋的建议,主动要求到炮兵排去参加战斗,于是他被分配到第三营迫击炮连。近卫军上尉勃良斯基(一译布良斯基)连长安排他当排长。勃良斯基年轻英俊,做事井井有条,极有分寸,而且对战士们要求严格,不允许发生一点偏差,但战士们非常爱戴他。丘尼希还认识了一排排长沙加达(一译萨盖达)中尉,这是一位老战士,充满激情,但也容易冲动。他还认识了罗曼和丹尼斯兄弟、霍麦(一译霍马)等战士,电话员马各凡楚克(一译马科韦伊),司务长巴基罗夫(一译巴吉罗夫)。部队里大多数是新兵,大家有点害怕。第一次进攻战打响了,他们拿下了一个高地,虽然牺牲了几个战友,但大家都经受住了考验。他们继续向前挺进,进入了德兰斯瓦尼亚阿尔卑斯山脉,习惯于在平原作战的红军学会了山区作战,战前受做地质学家的父亲的影响成为登山运动员的丘尼希,更是利用自己登山的特长,带领一支小分队,爬上悬崖,歼灭德军,肃清了前进的通道。勃良斯基善于思考,他开始总结经验,改变平原炮战的观察方法,学会了用"新的方法去观察",并且严格地教会了战士们。他和丘尼希成了好朋友,并且给他看了自己的未婚妻、美丽的秀拉(一译舒拉)的照片,还嘱咐他,要是自己牺牲了,丘尼希一定要继续他对炮战的研究。

---

① 三部曲在中国的翻译,第一部《阿尔卑斯山》有两个译本:袁水拍、史慎微译,见《旗手》,上海文艺出版社 1959 年;乌兰汗译,见《世界反法西斯文学书系·苏联卷》(第五卷),重庆出版社 1994 年。第二部《蓝色的多瑙河》也有两个译本:徐克刚译,上海新华书店,1950 年;袁水拍、史慎微译,见《旗手》,上海文艺出版社 1959 年。第三部《金色的布拉格》有三个译本:朱葆光译,晨光出版社 1950 年;徐克刚译(《黄金的布拉格》),新文艺出版社 1951 年;袁水拍、史慎微译(《黄金的布拉格》),见《旗手》,上海文艺出版社 1959 年。本节所引用的《旗手》的文字,第一部出自〔苏〕冈察尔:《阿尔卑斯山》,乌兰汗译,见《世界反法西斯文学书系·苏联卷》(第五卷),重庆出版社 1994 年;第二、三部出自〔苏〕冈察尔:《旗手》,袁水拍、史慎微译,上海文艺出版社 1959 年;为节省篇幅,不一一注出。

② 参阅〔苏〕卡拉布金柯:《作者小传》,见〔苏〕冈察尔:《旗手》,袁水拍、史慎微译,上海文艺出版社 1959 年,第 559 页。

在夺取八〇五号高地的战斗中,勃良斯基不幸牺牲了。万分悲痛的丘尼希随部队前进到山区的一所大院,一部分人不幸被德军包围,但他们在丘尼希、沙加达和卡萨科夫的指挥下,顽强抵抗,直到大部队赶来支援,打垮敌人,丘尼希头部和腰部负了重伤,被送到后方医院,但因为他作战勇敢,被提升为中尉。

第二部《蓝色的多瑙河》描写解放匈牙利的情况。在部队医院工作的秀拉,偶然从负伤的传令兵肖弗根(一译绍夫孔)口里得知了勃良斯基的消息,请求上前线,得到了批准。然而,当她来到勃良斯基所在的迫击炮连后,却发现他早已去世,但战士们依然怀念自己的连长,把自己的连称为"勃良斯基连",并且按照他的要求认真工作,英勇战斗。她感到了欣慰和自豪,并且拒绝了一批追求者。部队挺进到布达佩斯,丘尼希伤愈归队,继续担任排长,现在的连长是伊凡·安东诺维奇。他们在匈牙利艺术家费伦茨的帮助下,从地下室的通道攻入了佩斯城,进而占领了布达,解放了匈牙利。

第三部《金色的布拉格》描写解放捷克斯洛伐克的情形。部队乘胜前进,攻入捷克斯洛伐克。非常聪明能干的巴基罗夫被调到团部当旗手,现在是成熟的霍麦担任了司务长,他工作得十分出色。由于对勃良斯基的感情,秀拉和丘尼希越来越接近,感情越来越深了。在强渡莫拉瓦河后保护桥头堡激烈的战斗中,伊凡·安东诺维奇战死了,老排长沙加达请求丘尼希担负起连长的职位,指挥自己和部队战斗,因为他才能比自己强、活动范围也比自己广,比自己更有远见、考虑问题更细致周到。丘尼希出色地完成了任务,战后被任命为连长。他更加尽职地工作,同时发挥所长,研究了排炮速射的战法,大大提高了炮火的战斗力,获得了极大的成功。然而,秀拉负伤了。当她伤愈出院回到部队后,他俩真正相爱了。他们解放了布拉格,然而在德军投降,部队追击残敌时,秀拉却因在前线救护伤员,而被德军打死。丘尼希悲痛万分……

《旗手》三部曲全都获得了斯大林奖金,在苏联文学史上产生过较大影响,在苏联解体前的乌克兰地位更高,"著名的语言大师、社会活动家、科学院院士奥列西·冈察尔曾经以普通战士的身份经历了伟大卫国战争的整个过程,参加了把被奴役的欧洲各民族从法西斯手中解放出来的战斗。那时,这个年轻战士由于勇敢和英雄主义曾被授予光荣勋章和三枚'无畏'奖章。战后,也就是四十年前,他立即写出了自己的巨著——《旗手》三部曲,创造了许多苏联解放战士的美好形象。这部在乌克兰苏维埃文学中非常重要的作品已经再版了一百五十次,被译成世界上许多民族的文字,然而它的凯旋并未到此为止,在卫国战争胜利四十周年之际,千万读者又再度把它拿了起来,并又出了新的版本和译文。长篇小说《旗手》决定了整个乌克兰散文很多年内的发展,它以浪漫主义的激情武装了乌克兰文学,开创了新的艺术样式,提供了对现实的敏锐的理解和深刻的心理分析"①。《旗手》翻译成中文后在中国也产生了颇大的影响。但我国学术界关于它的研究专文似还少见,一般是在论文和著作中顺便提及,如"苏联的现代军事文学起始于40年代中期,这时期产生了一大批英雄颂歌式的作品,如法捷耶夫的《青年近卫军》、西蒙诺夫的《日日夜夜》、冈察尔的《旗手》、波列伏依的《真正的人》、布宾诺夫的《白桦》以及卡扎凯维奇的《星》等等。这些作品以宏观的气魄写战争中的大事件,以高昂的激情来激励民心,鼓舞士气,以高大正面的英雄形象来表现爱国主义和英雄主义精神,众多的作品对同一主题进行反复的阐释,作品中的人物、事件、背景等虽有差别,但性格、题旨、结局却大同小异"②。

从当代多元时代的角度来看,这部小说的突出特点是大国沙文主义的赞歌,这也是《旗手》在苏联战争小说史上的创新之处。这里所说的大国沙文主义,主要指的是把苏军乃至苏联人塑造成世界上最优秀的,并且是欧洲乃至世界文明的救星;丑化敌人,贬低盟军;把被解放的东欧各民族普遍描写成可怜的弱者。作者通过精心设置的种种对比,从苏军与德军、苏军与盟军、苏军乃至苏联人与被解放的东欧各国的军队及各民族等多重对比,反复深化这一主题。具体表现为如下几个方面:

一是设置大量的对比,突出苏军的伟大。

与德军的对比。往往用德军的凶残、怯懦、一路溃败衬托出苏军的仁爱、勇猛、所向无敌。

小说一再写到德军的凶残。布达佩斯"市中心到处都在穷凶极恶地抢劫,人民在挨饿。法西斯匪徒把居民的存粮都抢走了,把所有的人都赶去筑街垒,筑防御坦克工事。逃避工作的人都立刻就地枪决"。德军的凶残更表现在两次杀害"用自己的一只手举起人道的旗帜,感到用自己一个人的生命代价可以拯救几十万妇孺的生命,使博物馆、教堂、公园、桥梁免于毁灭"的前去谈判的两个苏联军使,并且作家不惜现身说法,"只有法西斯分子才会这样干的。他们一贯干强盗的勾当。自古以来,在所有的战争中,军使享有不可侵犯的神圣权利。但是现在他们的鲜血竟洒在多瑙河左右两岸,洒在欧洲的首都的城郊。那两面被撕碎的白旗掉在潮湿的马路上,它本来可以

① 〔苏〕维·科瓦利:《乌克兰文学揽胜》,连铗译,《苏联文学》1987年第2期。

② 袁亚伦、张晓松:《中苏现代军事文学的比较与思考》,《贵州教育学院学报(社会科学版)》1987年第4期。

保全成千成万人的性命,挽救这个大城市免于毁灭的厄运。现在只剩下讨伐的一条路了"。与之相反的是,同样在布达佩斯,"人们头一次看到苏军战士,他们看着战士们,好像看着另一个陌生世界里来的使者。这是够奇怪的:他们既不杀,又不抢,穿得整整齐齐,都有很好的武器,全都身强力壮,神采焕发"。苏联红军不仅爱护被解放国的人民,还爱护他们的出色建筑,甚至连人民喜爱的树木都加以保护。小说精心设置了下面这个小小情节:当苏军攻打布达佩斯时,一些栗树挡住了开炮,应该砍掉这些栗树。但匈牙利年轻的女人们请求不要砍掉它们,因为"这是无产者的宿舍,在夏天孩子们除了看见这几棵栗树以外是看不见其他树木的"。于是,连长"伊凡·安东诺维奇从容不迫地把院子看了一下,仿佛是一个正在设计屋子某些修建部分的房屋管理员。'好吧,'他对代表团说。'让这几棵栗树活着吧!让你们的孩子们战后在绿荫下游玩,说我们几句亲切的好话吧。同志们,这样好不好?''好!'炮手们回答'好!'于是上尉命令把迫击炮放得高一些,安置在屋子里窗子对面。在这个位置上,栗树就不再妨碍迫击炮开炮了"。

在不少苏联战争小说中战术不错、作战凶猛的德军官兵,在这部小说中却很怯懦,一旦战斗起来,"德国鬼子逃得好快呀——连骑马也追不上"。即便是以穷凶极恶、作战能力强著称的党卫军也是。

成群的党卫军弯着身子跟在坦克后面走。他们慢吞吞地向前走去,一面漫无目标地开枪,把信号弹一束束向天空射去,仿佛他们在这明亮的春日中仍旧感到黑暗似的。"德军部队更是不堪一击,而苏军则一往无前,所向披靡:"敌人的两个筑垒地域:特尔古-弗鲁莫和雅西,都被突破了。三百五十个钢筋混凝土防御工事,他们原以为是从帕希卡尼到雅西的一堵攻不克的铜墙铁壁,如今也已留在我们战士们的背后了。乌克兰第二方面军的攻坚部队,参与了突击战役。他们一路打击敌人、消灭沿路的敌人后备军,很快就接近了瓦斯卢伊市。他们占领了这座城市之后,迅速向南挺进。罗曼市、巴克乌市、巴拉德市、胡希市相继被攻克。在洛普什纳——列乌希尼地区,乌克兰第二方面军来到普鲁特河畔和乌克兰第三方面军会师了。这几天,第三方面军从本德尔附近的登陆场出发,一直沿着著名的特罗亚墙向西挺进。这样一来,我军就从南方和西南方包抄了德国法西斯军队的基什尼奥夫集团军。乌克兰两军会师之后,把敌人基什尼奥夫集团军紧紧地包围住了,并开始有计划地、无情地缩小这个巨大的包围圈。陷入包围的除罗马尼亚军队之外,还有德国的"南乌克兰"集团军的十五个师。伟大的卫国战争中最辉煌的战役之一打响了。我们的部队施行了几次打击,把包围中的敌人师团分割成几部分。有的部分像斩成几段的毒蛇,一时还活着,这时我军就将它们分别消灭。大家都知道,最后的结局是:包围圈中的几万人,没有一个团,没有一个分队,得以冲出去。

正因为如此,小说一再通过今昔对比或类似今昔对比的方式描写红军官兵解放欧洲的自豪感。小说一开篇就写道:

> 国境线啊! 我们又回到了这里,哨兵又站在1941年6月22日他站过的地方。我们无所遗忘,我们学会了很多。我们仍然健在,种种经历使我们成长壮大,变得聪明练达了。而你,胸前挂着铁十字勋章的敌国飞行员,还活在人间吗? 在那久远的黑色的星期日,是你,从自己的飞机上把第一颗炸弹投在我们国境的岗哨上,你还活着吗? 当时,你可想到,过不了三几年,在战火中新诞生的乌克兰第二方面军的战士们,身穿绿色的永生的军服,将要重新出现在这条河的岸边,并横渡过去? 也许你会说——"这是命运!"对! 正义之师的命运一向是美好的。
>
> 切尔内什在这一瞬间比任何时候都更为自己是如此强大国家的儿子而感到自豪。他自豪的是乌拉尔的钢铁在他的眼前摧毁着、震撼着敌人的堡垒;他自豪的是近卫军迫击炮弹从背后飞了过去,用一条条宽宽的火带划开了天空。谁也阻止不了闪电,什么东西也挡不住"喀秋莎"在高空中飞驰的火红的大道! 不停地、不可遏止地、急速地在飞奔,好像命运本身指引它们在天空上从东往西前进,给欧洲各国人民送去喜庆的红色的海燕:解放的时刻临近了!

但事实上,德军打得颇为顽强:"在两个选定突破地段中的每个地段上,马利诺夫斯基和托尔布欣都集中了两个齐装满员的集团军,各辖有九个步兵师、充足的炮兵单位,以及承担支援任务的装甲兵;其中甚至包括专门用于支援步兵的IS-2重型坦克。尽管集结了如此雄厚的兵力,苏军在发起于1944年8月20日的进攻中仍然不太顺利。在南面宾杰里的突破地段上,两个德军步兵师在数天内一直死战不退",即使"面对着崩溃的局面,被孤立的德军仍在以其一以贯之的作战技巧和勇气不断迟滞对手"[①];而苏军进攻得颇为艰

---

① 〔英〕戴维·M.格兰茨、〔英〕乔纳森·M.豪斯:《巨人的碰撞:一部全新的苏德战争史》,赵玮、赵国星译,江苏凤凰文艺出版社2020年,第313~314页。

难，而且付出的代价很高："德国人顽强据守着克罗斯诺，苏军打开的突破口9月9日被德军迅速封闭"，在另一方向，"科涅夫决定利用莫斯卡连科的左翼部队在德军防线上打开的一个小缺口（宽度约为两千码），缺口位于杜克拉东面利萨古拉与格洛伊斯采村之间，受到德军机枪和迫击炮的掩护。近卫骑兵第一军奉命进入这个缺口，翻越山脉后冲入德军后方，这个危险的任务能否成功，取决于保持狭窄'通道'的畅通。近卫骑兵第一军在9月12日夜间出发，跨过山坡朝山脉而去。……在这些骑兵身后，莫斯卡连科派军属炮兵尽快向前；炮手们推动大炮翻越山坡，击退了掩护着道路接近地的德军机枪手，而马拉大车搭载着有限的弹药努力向前行进。就在苏军部队前进之际，身后的德国人堵住了缺口；9月15日夜间，狭窄的'通道'在近卫骑兵第一军身后被封闭，现在，这骑兵军与第三十八集团军主力之间的联系被彻底切断，只能依靠运输机为他们空投弹药、食物和药品"[1]，"莫斯卡连科的部下们站在翁达瓦河畔，他们经历了争夺山口的激战，伤亡高达八万人，其中近两万人阵亡"[2]。在匈牙利，"10月21~26日，德军第一、第十三和第二十三装甲师合围并消灭了普利耶夫的部队，宣称共击毁苏军两个集群三百八十九辆坦克和自行火炮中的二百辆。到10月27日，弹尽粮绝且人困马乏的普利耶夫和戈尔什科夫放弃了此前占领的地区和绝大部分技术装备，开始向南退却……在匈牙利北部和东部歼灭德国及匈牙利军队的行动失败后，10月28日，苏联最高统帅部大本营别无选择，只得指示马利诺夫斯基以其左翼从塞格德出发，向布达佩斯推进"[3]。

而且，苏军在战斗过程中还犯过不够协调从而导致德军大量逃出包围圈甚至造成己方代价高昂的损失之错误。

对遭到马利诺夫斯基和托尔布欣包围的德军师而言，最后的逃生机会在于守住普鲁特河上的渡口，苏军一个代价高昂的错误给德国人这个绝望的计划帮了大忙：马利诺夫斯基麾下的近卫第四集团军沿普鲁特河而下，与托尔布欣麾下别尔扎林的突击第五集团军混杂在一起，两个集团军的分界线发生了混淆，导致近卫第四集团军过快脱离战斗。……拼死逃生的德国军队设法在突击第五集团军和第三十七集团军形成的"铁钳"上打开了一个小缺口，两个德国军溜过这条通

① 〔英〕约翰·埃里克森：《通往柏林之路》，小小冰人译，台海出版社2016年，第334~335页。
② 〔英〕埃里克森：《通往柏林之路》，第339页。
③ 〔英〕格兰茨、〔英〕豪斯：《巨人的碰撞：一部全新的苏德战争史》，第319页。

道,渡过普鲁特河,进入胡希周边林地。这么一大股德军与第五十二集团军的后方单位发生激战,给马利诺夫斯基的后方造成了极大的危机。面包师、司机、机修工冲上去坚守突然间成为前线的阵地,而德国人在坦克和重武器(这些装备已被带过普鲁特河)的支援下冲向他们。苏军的伤亡者中包括坦克第十八军军长Ⅴ.波洛兹科夫少将,他在8月28日的战斗中阵亡。①

与盟军的对比。用盟军的战斗力不够强、战斗目标不够准确,衬托出苏联红军的骁勇善战与目标明确。小说特意写道:"'那边他们正在猛烈进攻,'霍麦用严肃的声调说,'在激烈的战斗以后,同盟国的三个师冲到乡村的一个居民点。有一个德国人被俘虏了。'"

盟军三个师猛烈进攻,经过激烈的战斗后,才攻下乡村的一个居民点!而苏联红军不仅一路高歌猛进,所向无敌,而且即便是几乎不可能完成的战斗任务,他们都能想方设法,圆满完成。小说特意花笔墨描写了进入德兰斯瓦尼亚阿尔卑斯山脉后,德军埋伏在最高的山口上,并把一个个山村变成了强大的火力点,山坡、公路、小路都被大批橡树鹿砦严严实实地堵住,上下还有几层堑壕、隐蔽的和不隐蔽的永备火力点,高地山脚下则围绕着铁丝网障碍物。根本不可能正面夺取山口!但切尔内什却充分利用自己曾是登山运动员之长,从敌人意想不到的花岗石峭壁上艰难地攀缘上去,带领小分队闯出了一条通道,赢得了战斗的胜利。

小说还特意写到盟军战斗目标不够准确,出现了误炸。

霍麦的马一停下,那些身上满是煤灰、情绪很是激动的工人就把他围住了。霍麦从他们嘴里知道工厂在一小时以前被炸,这可不是德国人而是美国的"飞行堡垒"炸的。美国的炸弹在各车间之间炸成了这样深的弹坑,以致地下水在坑底里涌了出来——工人们现在正用水龙带子吸取地下水来救火。

起初霍麦很欣赏盟国飞机的这种行动。"真棒,早就该这么做的!……"但是工人们很快地使他的兴头冷了下去。原来美国人来轰炸这些工厂时,德国人已不在这儿了。

---

① 〔英〕埃里克森:《通往柏林之路》,第402页。格兰茨、豪斯的《巨人的碰撞:一部全新的苏德战争史》更具体地指明原因:托尔布欣无意中帮了德军一个忙,他请求最高统帅部将进入乌克兰第三方面军地段的乌克兰第二方面军所属近卫第四集团军调走。详见该书第314页。

"看来他们是错过了时机，"霍麦惋惜地说。"他们算错了。"

工人们的意见可不是这样。显然，这次轰炸不但没有使他们高兴，反而引起他们的悲痛和愤慨，虽然他们竭力控制住了这种感情。霍麦从他们的声音中辨别出这种痛苦的音调，感到很难过。

相比之下，苏联红军在斯大林的指挥下，目标明确，挺进罗马尼亚，鏖战匈牙利，解放捷克斯洛伐克，最后挥师直捣柏林，越战越勇，且战无不胜。

然而，这种对盟军的描写是不符合历史事实的，且不说盟军开辟第二战场牵制并消灭了许多德军，光是飞机轰炸这件事，盟军也大大减少了德军的油料供给，在某种程度上大大减轻了德军对苏军的军事压力："盟军轰炸机已经对罗马尼亚发起空袭，5月5日的大规模轰炸使罗马尼亚的石油产量减少了一半。"①

与"所解放国"军队和人民的对比。往往以"所解放国"军队的贪生怕死、不愿作战和人民的贫穷、奴性来反衬苏联军队英勇的解放者形象以及苏联人民的自由、幸福。

小说特意写到，在自己的祖国即将摆脱德国统治的关键时候，匈牙利军官们却不愿作战，穿上平民服装准备逃亡，而全靠苏联红军浴血奋战，把他们的国家从德国的铁蹄下解救出来。事实上，被解放国有不少人参加了解放自己国家的战斗，而且付出了巨大的牺牲。如在捷克斯洛伐克，除游击队外，还有正规军参加战斗，"1944年1月，捷克斯洛伐克第二伞兵旅在苏联的监督下开始组建；斯洛伐克人成为这支部队的核心力量。4月中旬前这些捷克斯洛伐克伞兵被派去接受特别训练。……这个新组建的军是一支编制为一万六千人（外加三百五十名苏方人员和八百名妇女）的机械化部队，拥有四个旅和支援性武器……"②在解放捷克斯洛伐克的战斗中，"卢德维克·斯沃博达将军的捷克斯洛伐克第一军，与第三十八集团军并肩奋战，为了在祖国的土地上争夺一块立足之地，他们遭受的损失甚至更加严重。第一军许多将士牺牲时，只看见几米的国土。捷克斯洛伐克第一旅旅长维德拉将军刚刚跨过国境线几码便被一颗地雷炸为碎片；他的名字被添加到捷克斯洛伐克阵亡者名单中——共计六千五百人阵亡，几乎是捷克斯洛伐克第一军总兵力的半数"③。

---

① 〔英〕埃里克森：《通往柏林之路》，第371页。

② 〔英〕埃里克森：《通往柏林之路》，第323页。

③ 〔英〕埃里克森：《通往柏林之路》，第339页。

而被解放国的人民生活落后而贫穷,在罗马尼亚的乡村里,农民吃的东西很少,连刀子都没有,用线来切玉米饼,孩子们则又黑又脏,还胆小,来了客人,都躲在墙旮旯里。而且,红军战士所见到的"这些罗马尼亚人被太阳晒得黧黑,长得又干又瘦,他们疲惫不堪,凸着一双忧伤的眼睛,活像永远伫立在他们国家大路边上的白色十字架上的受难像"。几乎所有罗马尼亚人都胆小怕事,颇具奴性,小说特意写道:

> 罗马尼亚牧羊人来到大路上讨烟草。他们脱掉帽子,低头哈腰,伸出骨瘦如柴、晒得黝黑的手。
> "你们为什么要低头哈腰?"切尔内什看到他们那种样子,不能无动于衷。"挺起腰杆来,跟我们一块儿走!"
> 可是牧羊人以为俄罗斯军官在嘲笑他们的贫穷,怯生生地往后退缩。

小说还在开篇不久专门写了一个场景,写出被解放国人民由于颇具奴性而形成的讨好、阿谀之风,甚至连一向把自由看得比生命还重要的茨冈人都不能例外。

> 空空荡荡的村里,突然响起了叮铃铃鼓声,提琴也吱哑吱哑地叫了起来。在一个墙皮脱落的破烂不堪的茅屋前,有一群追赶部队的战士们围成一个圈。土台上坐着一个茨冈老汉,他的胡子下边夹着提琴,身旁有一个手拿着铃鼓的小青年,瞪着一对金鱼眼睛;两个茨冈孩子——一男一女,在这两个奏乐人的前边拼命地跳舞,弄得泥水四溅。这两个孩子头发卷曲蓬松,他们把粗布汗衫撩得高高的,不时地甩动自己的大腿,使得看热闹的人不禁哈哈大笑起来。老汉喊喊叫叫,给孩子们加油打气。拉提琴的老汉一眼发现切尔内什身上的军官肩章,急忙朝着他跳了过来。老汉像弓一样弯下身子,奏起了《喀秋莎》。切尔内什为这位老汉,为他们阿谀的样子,为这两个孩子的可怜的舞蹈感到羞愧。

正因为如此,为了一块面包,两个匈牙利姑娘愿意主动献身给丘尼希,而相比俄罗斯姑娘秀拉,丘尼希认为:"难道她会做这种事情吗?甚至饥饿到受到死亡威胁时会这样吗?绝对不会的!"也正因为如此,伏隆佐夫少校才在匈牙利豪情万丈、极其骄傲地公开向战士们宣称:"他们中谁比我们更富……他们中哪一个有太阳一样为全人类照亮了道路的学说呢?……他们中哪一个有这样的一个能在这样的狂风暴雨中像峭壁一样屹立不动的国家呢？……他们中哪一个有像我们那样经受得住一切痛苦而不屈服的人民呢？”

二是巧妙地以劳动人民（无产阶级）乃至人类、爱、自由等粉饰大国沙文主义，甚至隐然以救世主自居。

俄国当代学者鲍里斯·瓦季莫维奇·索科洛夫指出：“无论是苏联，还是希特勒都一样追求的是世界霸权。”[1]不仅如此，苏联还尽可能地追求扩大自己的领土和获取更多利益，“1940年，苏联占领比萨拉比亚和北布科维纳，加剧了罗马尼亚统治集团和知识阶层持久的、历史性的反苏情绪”[2]。而在苏军解放了罗马尼亚之后，“1944年9月12日，停战协议签字……苏联与罗马尼亚的停战协议成为一种模式，将来的协议和规定都以此为基础。协议的三个特点给盟国内部留下一些印象，实际上，罗马尼亚已被交给苏联，完完全全不折不扣罗马尼亚军队将听命于苏联的指挥，罗马尼亚正式割让比萨拉比亚和北布科维纳（作为回报，苏联将撤销维也纳仲裁裁决，把北特兰西瓦尼亚归还罗马尼亚），罗马尼亚支付给苏联的赔款定为三亿美元，分六年付清（以货物和原材料支付），另外还有强加给罗马尼亚的占领费用。这份不公正的停战协议刺痛了罗马尼亚人……”[3]

然而《旗手》三部曲却对苏联的霸权主义和大国沙文主义巧加粉饰，把苏军精心描写成仁爱之师，巧妙打扮成他国劳动人民（无产阶级）乃至全体人类的解放者，以及带来爱和自由的使者，甚至隐然以救世主自居。

首先，小说花大量的笔墨一再描写苏军每到一国甚至一地，都受到被解放国人民的夹道欢迎，突出苏军解放者的崇高地位，如苏军进入罗马尼亚时：

> 他们马不停蹄地全速前进。他们像一阵暴风骤雨冲进了没有遭到破坏的整洁的城市。家家户户的门廊上、阳台上挂出了一面面表示投降的白旗。切尔内什自豪地望着这种唯命是从的标志。这种标志似乎确认了他具有无限的权限，肯定了他的意志的合法性和战无不胜的威力。市民们站在人行道的两旁，宛如一堵堵篱笆墙。他们惊愕地望着这支陌生的军队怎样轰轰隆隆地穿过大街小巷。这支军队有说有笑，精力旺盛，所向披靡。

---

① 〔俄〕索科洛夫：《二战秘密档案》，第8页。
② 〔英〕埃里克森：《通往柏林之路》，第373页。
③ 〔英〕埃里克森：《通往柏林之路》，第409页。

作家在第三部《金色的布拉格》中更是陶醉得为苏军进入捷克斯洛伐克深受人民欢迎唱了一曲动人的抒情曲。

> 各团集中编成了纵队,急速向前开去。他们越过火热的、热得懒洋洋的田野,迎面而来的是路面上洒过了水的沥青路。穿着节日衣服的捷克男女不知疲倦地从早到晚一直在洒水,使路上的灰尘不能飞扬,使灰尘不落到解放者的身上。
>
> 洁净美丽的村落和城镇隐没在一片嫩绿色的树木中,屋子上都升起了红色美丽的苏联国旗和三色的捷克国旗,好像大港里许许多多军舰上的桅杆旗。整个世界立刻变得特别艳丽,特别眩目。激动的军队络绎不断地从人们兴奋的喧声中走过去。
>
> "那兹达!"解放了的捷克男女同心一意地欢呼着。"那兹达! 那兹达! 那兹达!"……全世界的节日就要到来,这节日仿佛不会有完结似的。每家门前洗得干干净净的长凳上,放着一桶桶冷开水和酒味醇浓的家酿啤酒。而那些比较富有人家的门前则放着一桶桶牛奶和啤酒。精神饱满、心境愉快的人民,不知疲倦地招待着期待已久的客人。广场上许许多多的小孩子捧着灌得满满的铁桶,毫不畏惧地在汽车和马车中走来走去,热情地、争先恐后地把斟得满到杯子边上的酒杯递给每个战士……当战士在马上弯下身子从他们手中笑着接过杯子,并咕嘟咕嘟大口地喝着时,在那些孩子们的明亮的眼睛中闪烁着多么幸福的光芒呀!

进而,小说一再通过被解放国人民的言行,进一步深化这些观念。匈牙利艺术家费伦茨赞美和欢迎苏军说:"你们总是帮助别人,现在你们的军队在我们匈牙利的田野里流血。……所有匈牙利的正直人民都在等待你们的军队……"捷克人迫不及待地对苏军说:"赶快些,先生同志,去解放我们那黄金的布拉格……那边的人殷切地期待着你们呢!"被解放国的普通百姓更是以实际行动热烈欢迎苏军,老态龙钟的驼背的斯洛伐克女人拦住沙加达,"富人们今天打开了大桶的酒,宴请亲爱的解放我们的人",她的嘴唇好像受到委屈似的抖动着。"可是我是个穷苦的斯洛伐克女人,什么也没有,全被德国人吃光喝光了……但我也想迎接俄国战士贵宾,请他们坐在上座……不要推辞……请到我家去一趟罢……"

其次,小说经常借主人公或小说中其他人物之口,反复表现上述观念。切尔内什先是谈道:"这场战争之后,无论是我们的孩子,还是他们的孩子,还是别的国家的孩子,都不会再在灰烬里爬来爬去了,人们再不会像今天拉提琴的老汉那样弯腰了……这场战争之后人人都应当成为……名副其实的人。"说明苏军所进行的解放战争是为了全世界无产阶级的人们尤其是其后代做一个"名副其实的人",后来更是骄傲地宣称,苏军是"人类的先锋队","人类会像唱歌那样颂扬你们,并且会永远铭刻在心,因为你们是人类第一支春天的歌曲……"并且激动地对战士们说:

> 你渡过莫拉瓦河,冲到一块广阔的战略土地。你首先到达多年来人们等候着你的地方……他们从未见过你,可是却早就想着你了。他们需要你,他们把你当作自己人。你知道那里将怎样迎接你?你看见过斯洛伐克人是怎样欢迎我们的吗?他们用钟声、鲜花和开朗的心胸迎接我们!你将成为他们最亲近、最亲爱、最亲切的人!他们将首先向你致谢,首先向你致敬,首先把人民的爱献给你。因为你是先进中最先进的人物,你是解放者!……

小说还通过其他人物,甚至是无名战士进一步强化这些观念,以说明这是苏军的普遍认识或共同思想——他们是爱与自由的使者,负有解放世界一切劳动人民,给各族人民以自由的光荣而神圣的使命。

> "马尔丁诺夫,你说这是仇恨……可是我以为不尽是仇恨,首先是爱在推动我们的军队前进。"一个挂着中士章的人说。"这个爱是艰苦的,我们为它流出了鲜血……这种爱是对于所有被压迫者的爱,对于世界上一切劳动人民的爱。马尔丁诺夫,有了这种爱,我们就有力量,比任何其他军队更有力量……"
> "爱推动军队前进……爱人民——这就是幸福!……当然是要爱值得爱的人,爱真正的人,就像……这些人。"沙加达兴奋地看着他的同团的弟兄们……他还从没有在任何地方有如在这儿斯洛伐克土地上那样深刻地感到过自己的价值和作为一个解放者的作用,因为这儿的人已经等着他有"六个漫长的年头"了……

最后,作家或叙述者有时还情不自禁地站出来阐明这一点,如:

> 消灭法西斯主义,各族人民自由!极北的木匠,俄罗斯人,乌克兰人,以及巴尔干半岛上斯拉夫族的远方弟兄好像都在这个布达佩斯地

下室的冰冷暖气锅炉旁边会合了。每个人都敏锐地感到他正在这个辽阔的战场上参加一个什么伟大的斗争,而且人类对他寄托着一个什么希望。给各族人民自由！战士们热烈地和姑娘握手,仿佛这只温暖的纤手把他们和爱好自由的巴尔干各族人民都团结在一起了。

在此基础上,小说进而写出了苏军官兵普遍感到自己是欧洲乃至世界文明的救星或者创造世界历史的主人,隐然以救世主自居。红军战士绍夫孔和另一位战士罗曼反复谈道:"我们好像一生下来,命中就注定要永远去解放和拯救所有人""欧罗巴在这儿过得也不轻松。暴徒们欺负它,奚落它……只好等我们来拯救了"。排长萨盖达则说出了他听过不止一次的话:"欧洲受压迫的人民在盼望我们,我们是被派来解放他们的。"新任连司务长霍麦对战士们说:"你们是伟大的人物！全世界的人都注意你们,看你们怎样坐,怎样站,怎样动,怎样走！……这一切你们都应该永远记住,而且要神气地昂起头,挺起胸。……我们是踩着别人耳朵前进的人！"副团长沃龙佐夫少校向战士宣称:"你们在回来时是新人物了,是世界著名的人物了,是意识到自己是直接参加创造世界历史的人物了……"他还对被俘的匈牙利大尉因为不满一个苏联中士强迫他不止一次向他敬礼的控告,骄傲地回答道:"您没有理由可以发怒,完全没有理由。您,一个被打败了的军队的军官,向这位中士行敬礼,这一点也没有屈辱您。……您可知道今天俘虏您的这个中士是怎么样的一个人吗？他是顿巴斯的矿工,斯大林格勒的保卫者！……您懂不懂？他是欧洲的救星,世界文明的救星……这样难道不值得您向他敬礼吗？"

然而事实上,苏军士兵在被解放国做过一些并不光彩的事情:"11月11日,苏军对布达佩斯发起第二次进攻,激战持续了十六天。……匈牙利遭到可怕的蹂躏,布达佩斯这座双子城被可怖的命运所笼罩,火焰和炮击使她满目疮痍,杀戮、劫掠、谋杀和强奸使她沦为人间炼狱。对斯大林来说,布达佩斯成了一个极其敏感的话题,打电话给各位将领时,他竭力避免提及它。"①正因为如此,刘亚丁颇为客观而公正地指出:"同中国人民抗击日本侵略者的伟大历史功绩一样,苏联人民在反法西斯战争中也居功至伟,阻止了人类的倒退。因此对有关苏联卫国战争文学中的异国书写的部分,我们要给予特别的关注。比如在冈察尔的《旗手》中表现了苏联红军对被德国法西斯蹂躏的罗马尼亚、匈牙利和捷克人民的解放,这在某种程度上反映了苏联人民

---

① 〔英〕埃里克森:《通往柏林之路》,第428页。

在阻止历史向后倒退的历史作用。在苏联官方的宣传中,关于苏军进军布拉格和侵略阿富汗的事件,是以'革命'名义,以'国际主义义务'来文过饰非的,作为研究者自然应该不为所惑,同时更应该注意挖掘在苏联文学的大范围内的体现人类正义之声的资料。与官方宣传相背离,一些苏联作家则站在人类正义的立场,表达出了公正的义愤,如叶甫图申科在《坦克开进布拉格》一诗中写道:'坦克开进布拉格,在血色染红的黎明,坦克碾碎了报纸所掩盖的真理。'"①

三是把苏联红军官兵塑造得近乎完美,而且都普遍有胸怀世界、忘记自我,甚至牺牲自我的国际主义精神。

正因为作家认为苏军官兵是欧洲乃至世界文明的救星或者创造世界历史的主人,因此他们的形象必须是高大甚至完美的,这就使得作家在小说中把苏联官兵塑造得人情味十足,而且近乎完美。

近卫军中校、塔吉克人萨米耶夫团长表面上是个性情严厉、脾气固执的人,常像火药似的爆发起来,但实际上像个慈爱、温情的父亲,当他见到好友的儿子丘尼希时,他请后者落座,对方推辞,他就亲手把他按着坐下。他在蔽弹所里跑来跑去,激动、兴奋,时而用抚爱的目光打量丘尼希,好像在这儿,在异国他乡,又见到了自己遥远的青春岁月。近卫军少校伏隆佐夫则像母亲。这位斯大林格勒郊外战役时的连政治指导员,强渡第聂伯河的英雄,如今已升为副团长,负责政治工作。这支近卫军步兵团根本不能想象没有伏隆佐夫。伏隆佐夫从来不抱怨,可是别人都来找他发牢骚,他自己觉得这样做是天经地义的事。派他去学习,他谢绝了,于是派了别人。前线司令部调他去工作,他推辞了,这件事也没有人感到有什么值得惊奇的。难道能够不这么做吗?伏隆佐夫就像团这部复杂机构中最重要、最不可缺少的部件。他在团里如同母亲在家庭里一样。母亲必须安慰每个人,聆听他们的倾诉,医治他们的病痛,责备他们,抚育他们,这是理所当然的事,可是自己任何时候也不能躺倒不干。他已如此习以为常,如此体贴入微……而且,他关心自己的战士,也像关心自己的亲生儿子一样——他像关心自己的亲生儿子一般,关心勃良斯基这位有才华的青年军官的成长。身体强壮的陆军少将师长更是平易近人,在布达佩斯攻坚战中,他深入部队,检查情况,细听战士的意见,和战士们开玩笑,甚至为了检验战士,还让他们向他"进攻",即使被战士打翻在地,也"真正感到满意了"。

---

① 刘亚丁:《苏联文学研究中一块等待复垦的丢荒地:苏联文学异国书写辨析》,《俄罗斯文艺》2009年第1期。

苏军下层官兵几乎都外貌英俊,如勃良斯基面貌青嫩、漂亮,眉清目秀,虽缺乏血色,但并不瘦削。一双淡蓝色的没有光泽的眼睛从发亮的长睫毛下仔细窥视着别人……腰间紧束着皮带,头上留着蓬松的额发,站在那里,全身洒满夕阳的余晖。丘尼希心里想,他"活像一朵盛开的向日葵"。又如因为采花而被地雷炸死的战士加伊,大家发现他是多么俊俏、匀称、胸脯宽大——一个名副其实的美男子,他那两条又软又亮的眉毛在沾满烟灰的脸上,显得格外突出,那眉毛好像两根羽茅草,好像狂风从东方草原上吹到这里来的会唱歌的野草。这个战士甚至在死后还是很自信地略显惊奇地望着清澈的蓝天。他的眼睛比蓝天要蓝,透明得如同一对蓝宝石。

苏军官兵更有着美好的道德品质。他们都普遍正直善良、纯洁忠贞、充满爱心、大公无私,为了解放欧洲,勇敢善战,不惜抛头颅洒热血,牺牲自己。并且他们有着很好的修养。小说写到勃良斯基的未婚妻秀拉在他牺牲后来到他的连队,"当秀拉在阵地上时,任何人没有讲过一句粗鲁的话。这不仅在谈话方面,甚至在战士们的眼光中也露出一种谦逊的道德高尚的特种神色。最使伊凡·安东诺维奇感到满意的是没有人事先告诉过他们应该这样做。这完全是自然而然的事,只因为在他们面前的是他们已故的英雄连长的未婚妻,因为她是贞女,因为她以自己的忠贞和少女的纯洁也在别人的眼睛里保持了他们连队的光荣和应有的骄傲"。

即便是情敌,也是非常友爱甚至见贤思齐的:"意中人!……马各凡楚克以含着柔情的嫉妒的眼光望着丘尼希,暗地里妒忌着他钟情于秀拉,但是即使他在妒忌中尉,却不含有一丝敌意。秀拉爱上了丘尼希,在马各凡楚克看来,他敬爱的首长更加值得尊敬。在中尉所有的优良品质上,又加上一种特别的品质。这种特别的、珍贵的品质的明朗反光,经过金色的雨和蓝色的响雷以后,就留在丘尼希身上了。秀拉的明亮眼光至今好像还在他身上闪烁,把马各凡楚克迷住了。""我也要尽力做到具有她所喜欢的一切品质,"这个激动的小伙子对自己肯定说,"我要成为一个大公无私,正直勇敢且有学问的人……"

而且,苏军官兵都普遍有胸怀世界、忘记自我,甚至牺牲自我的国际主义精神。面对伏隆佐夫责怪自己不常给家里写信,霍麦悲痛地喊道:"近卫少校同志……我们许多人死了!牺牲了!您还怪我不常写信……可是写什么呢?我们必须快些打击那些该死的东西!我告诉您真话,近卫军少校同志,以前我脑袋里老想着小犊,而现在越来越少想到它了。我的山羊已怀孕了……让它平安地生产吧!……当整个欧洲等待着我们,等待着恢复秩序的时候,难道现在我能只想这个吗?"正因为如此,有学者指出:"在小说《旗手》中,通过主人公对周围世界和人性的哲理性思考和情感感受,全面揭示了人性的各个方面""小说的中心思想之一,即一个拥有深厚精神根基的民族是坚不可摧的。道德和精神是他永生的写作追求"。①

苏军部队中的士兵因为品德高尚,富有人道主义情怀,而且一心只想给欧洲乃至世界以自由,因此他们之间的关系是十分友爱、融洽的,小说写道:

> 迫击炮连的这些战士绝大多数是文尼察、波多斯克、德涅斯特上游地区的集体农庄庄员。他们忠于职守,勤于劳动。他们中间有同村人,有邻居,甚至还有亲兄弟。他们同心同德,一起回忆在家园里和在后备团里的事,他们相互间招呼名字。晚上,如果连里的士兵们不去挖堑壕,又不去搬运枕木盖棚顶,那么他们就会长时间地倾诉衷肠。那时,战士们怀着忐忑不安的心,潜入久远久远的、尽是私人隐情的、充满和平景象的海洋,在那里心驰神往地畅游。

不仅战士,军官之间的关系也十分融洽,勃良斯基和丘尼希是好朋友甚至堪称知音,而少校副团长"伏隆佐夫和团长很要好,他爱他在战斗中赤胆忠心、敢作敢为的精神,爱他那急躁的脾气。当团长指挥作战时,伏隆佐夫十分欣赏'自己的塔吉克人'。指挥战斗这是一种真正的艺术——要有信心,经常要有创造性,而且还要指挥准确"。

因此,乌克兰当代学者指出:"在三部曲小说《旗手》中,作者已经完美地再现了环境,但缺乏人物内心的塑造。这是由于所有角色都是积极向上的,没有内心挣扎,内心都很平和,即没有'心灵的辩证法'。因此,作者不得不用外在的悲惨事件来弥补角色内在的这种平淡,其中最让人悲痛的是舒拉·亚斯诺戈尔斯卡亚的去世。"②

小说进而写出苏军离祖国越远,战友情越深,祖国情通过具体的战友情表现出来,"祖国土地离他越远,分开他们的里数越多,切尔内什越感到战友的可贵。这些战友们好像给了他祖国土地的温暖,好像是用故乡的语言跟他讲话,给他带来了故乡的忠贞信念。这种兄弟情谊似乎也充溢着其他战士的胸房,他们剩下的人数越少,这种情谊表现得越明显,越突出"。

---

① *Калмикова Н. В., Чернишова Л. I.* нацiональний характер в романi Олеся Гончаря 《Прапороносцi》. //Вестник донбасской национальной академии строительства и архитектуры, 2010. No.4.

② *Васькiв М.С.* Поешi романи О. Гончара як результат творчого пошуку й еволюцiï. //Вiсник Запорiзького державного унiверситету, 2002. No.1.

实际上,苏军官兵之间不可能像小说所描写的那样和谐美好,而是存在矛盾的,甚至友邻部队都相互存在着敌意。"彼得罗夫麾下的近卫第一集团军、第十八和第三十八集团军穿过了喀尔巴阡山主山艰巨的地形加剧了苏军指挥部内的紧张感,这是莫斯卡连科与格列奇科相互间敌意造成的,他们俩分别指挥着相邻的两个集团军——第三十八集团军和近卫第一集团军。"①

为了美化苏军官兵,小说写到苏军官兵即使偶有不足或缺点,也是微不足道,可以一笑置之的,如:

> 当侦察兵们和其他战士们在一起时,一眼就可以把他们认出来。他们走路时大摇大摆,信心十足,他们讲话时动作中都有一种士兵式的老爷架势。全团都喜欢他们,都溺爱他们,因此他们的行为中便渐渐养成了一种敢作敢为和无比自信的劲头儿。团早已成了他们的家,他们到了团里就像回到了家中,随随便便。他们向领导汇报时或者给领导敬礼时,也流露出一种特殊的家庭成员的作风。

即便犯错,也是为了集体,而非为了一己之利,如司务长巴基罗夫经常耍滑头甚至偷偷换别人的东西,被逮住后挨打受罚,但他这样做完全是为了集体。

> 连队的利益,连队的荣誉,变成了他个人的利益。他意志坚强,活泼机灵,善于找窍门,愿为部队尽一切力量。他和别人打交道,耍滑头,竭力想办法,只希望他的战士吃得好,穿得好,有充足的军火。例如他竭尽全力使迫击炮手骑最好的马,引起整个团队的羡慕。巴基罗夫时常神秘地夜间骑马出去,第二天早晨回来时浑身都是伤痕,耳朵浮肿,所骑的已经不是出去时的坐骑,而是一匹马毛零零落落的劣马。

而且对于自己的偷马行为,巴基罗夫总是用战斗来赎罪:"他在作战中的无比勇敢是全团皆知"。

小说还描写了苏军官兵普遍有着一种狂热的爱国主义热情。年轻军官勃良斯基在沉思中情不自禁地说:"我们把一切,把一切都献给你呀,祖国,把一切!甚至我们的心。谁没有享受到这种幸福的滋味,这种……忠贞的美,谁就没有真正地生活过。"在战斗英勇牺牲前,他更是高喊:"为了祖国!

---

① 〔英〕埃里克森:《通往柏林之路》,第430页。

前进!"并且通过丘尼希的内心活动,表现苏军官兵的普遍心声。

　　无论是在这以前或以后,切尔内什从没有听见过如此喊出来的这句话。这句话在这里响得是有特殊力量和特别意义,它把所有人团结成一个铁拳头。祖国! 于是,国境线上的河,河对岸阳光照耀的田野,中学毕业时的晚会,肩上披着披肩的妈妈,沙漠上长长的骆驼队,还有一些模糊不清但无比美好的东西,在这一刹那间像礼花一般都闪现在他的眼前,这一切对他来说,一下子都变得易于理解了。

小说进而在对照中进一步突出祖国的重要性:"霍麦,让他们感谢我们吧! 难道他们自己能够挣脱德国人的桎梏吗? 这无论如何是不行的!""不解放就会过这种日子:表面上好像在家里,实际上是当雇工。没有比当一个流浪汉更悲哀的了! ……你记得勃良斯基上尉在临死前大声对我们说的一句话:'为了祖国!'那时连他的声音也是不平常的……这是什么意思——祖国! 只要你有祖国,你就有财富,你就有力量,大家都需要你。罗曼……千万别失掉祖国,如果失掉祖国,那时你就得认为什么都没有……"

　　小说所体现的这种大国沙文主义思想,在苏联后来的战争小说中也有明显的表现,如《围困》开篇描写苏芬战争,本来是苏联政府为了自己的利益(保护列宁格勒北方的安全),而强迫芬兰割让卡累利阿地峡的大片领土,遭到芬兰拒绝后,苏联政府就派出大批军队,付出惨重代价后才打败芬兰,得到了卡累利阿。但在小说中却是这样写的:"会上的发言讲到一项反击芬兰的军事行动计划,因为政府通过和平途径来解决国家西北边界安全问题的一切尝试都没有得到实际的效果,可是芬兰人在边界上的武装挑衅仍旧连续不断。"更能体现苏联的大国沙文主义思想的,是小说写到斯大林与英国外交大臣艾登谈判战后苏联边界问题,为"1939年边界"还是"1941年边界"所产生的争执。小说极富热情地描写了斯大林坚持必须承认苏联"1941年边界"的立场,因为这样1940年"划归"苏联的爱沙尼亚、拉脱维亚、立陶宛等三个波罗的海沿岸国家就收入了苏联囊中。①

　　除此之外,小说场面宏大,人物众多,线索比较清晰,描写也颇生动,尤其是景物描写和出色比喻,颇有诗的韵味,如写德国飞机轰炸说:"天空带着刺耳的啸声压了下来,迅雷不及掩耳地冲向地面。"当秀拉遇到勃良斯基连

---

① 参阅(苏)亚·恰科夫斯基:《围困》,叶雯等译,上海译文出版社1978年,第一卷,第27页;第五卷下,第571~588页。

的司务长,想到马上能听到久别多年的勃良斯基的消息时,"无数的希望向她飞来,像鸽子一样停在肩膀上和手上"。又如"平原无边无际地奔驰过来,遥远的边缘消失在黄昏的薄雾中。孤零零的匈牙利农场,仿佛是古代的帆船,在草原上摇晃着,直到天际。卡车在灰色的像海洋一样的草原上疾驶。农场上远远近近的白杨,像高耸的桅杆在摇晃着,隐没在薄雾之中"。正因为如此,这个三部曲才的的确确是作者精心吟唱的大国沙文主义赞歌。

然而,过于宣传苏联红军的救世主形象,过于狭隘的爱国主义思想和阶级意识,使这部作品缺少真正的人性深度,同时也没能真正写活一个人物。

此外值得一提的是,冈察尔此后还有另一种战争小说,在表现苏联军民的英勇的同时,更致力于表现战争的残酷,反对战争。战争的大规模杀伤,无辜的战友血染疆场,本人在战场中留下的创伤,使冈察尔从内心诅咒战争,再加上赫鲁晓夫的反对个人崇拜和"解冻"思潮等的影响,使他从60年代起开始反思战争,表现战争的残酷,乃至反对战争,这时的主要作品有《人和武器》《飓风》等。

长篇小说《人和武器》(Человек и оружие)描写了苏德战争刚刚爆发及战争初期的故事,尤其是苏联红军的溃退。小说取材于作家的自身经历,讲述哈尔科夫大学的男女学生们正在享受美好的和平生活,学习、恋爱、休闲,但战争突然降临,他们出于爱国热情都报名参军。但是,他们只进行了短期的训练后就被派到前线。而战争是如此残酷,苏军内部又是那样混乱,他们一个个都受尽了种种苦难,甚至有不少人付出了生命的代价。[①]小说通过一群可爱、美好的青年学生突然间被拖入战争,而且遭受种种苦难,甚至牺牲生命,揭示了战争不仅是"人类的自相残杀",而且是"摧毁文化的原因之一",进而表达了希望世界成为一个"没有武器,没有军队,没有战争"的"三无世界",从而表现了鲜明而强烈的反战态度。

长篇小说《飓风》(Циклон)共两部。

第一部写电影工作者"我"(高洛索夫斯基)和电影摄影师谢尔盖,来到海滨小城,为手中平庸的电影脚本苦恼,最终"我"决定就以自己在心里酝酿很久的卫国战争中的经历为题材,拍摄一个全新的影片:拍一部讲述最痛心的事情的影片,使那些死去的从未上过电影的人复活过来并出现在银幕上。"我"于是向谢尔盖讲述了自己的经历和战友们的故事。"我"和战友们被德军囚禁在乌克兰某城市上方冷山的一个战俘集中营,"我"们生活的环境极差,吃得极少而且极坏——就一点点发臭的汤水!创伤、疾病、饥饿、奴役,

---

① *Олесь Гончар.*Человек и оружие.М.,1962.

随时毁坏"我"们。冷山恶名远扬,乌克兰最大的法西斯集中营就设在冷山,但"我"们大多数人没有失去希望。列兵雷舍脱涅克曾经冲出德军的重围,还救出并保护了自己负伤的连长,然后因负伤同"我"在西伯利亚一个军医院相识,伤愈后一同上前线,又一同在别尔戈罗德负伤被俘关进冷山,他总是满怀希望,冒着挨打的危险跑到集中营门前,盼望妻子卡特丽娅抱着儿子来看他,并且顽强地向妇女们偷偷投去写着自己在冷山集中营的纸条,这给了我们生存的希望和信心;能干的沙米尔则利用各种能够偷偷到手的东西,制作新的饭盒。后来,我们被德国人送到一个农场,去为他们生产粮食。"我"们一方面巧妙地消极怠工,一方面与游击队取得联系,在巴依达西奈的指挥下,利用黑夜,偷偷除掉了一心投敌、为虎作伥的俄奸姚纳,炸死为非作歹的伪警察,破坏德军的交通运输。与此同时,卡特丽娅终于收到了一张纸条,历尽千辛万苦,找到了雷舍脱涅克;而沙米尔也和巴依达西奈美丽的妹妹普丽霞相爱了。后来,普丽霞被德国人剃去头发,送到德国去做苦工,沙米尔也在一次夜间任务中牺牲,"我"们终于成功地冲出集中营,加入了反攻的部队。雷舍脱涅克在战斗中牺牲了,"我"则一直随部队攻占柏林,然后转业,最后当了电影工作者。

第二部主要讲述"我"和谢尔盖决定拍摄这部影片,为了表现德国人的残忍——他们把一些身体好的苏联姑娘送到德国去做苦工,不少美丽健康的姑娘在深夜跑到湖边的小岛,赤身裸体拥抱长满疥疮的马儿,希望染上疥疮,留在家乡。我们选中了美丽出色的女演员雅罗斯拉娃,我们出发到外地去拍摄影片。然而遇到飓风带来暴雨,山洪暴发,房屋、桥梁、道路被毁,人、牲畜、庄稼纷纷被淹。大家投入紧张的抢险斗争,雷舍脱涅克的儿子雷舍脱涅克大尉也带领红军前来救援。而谢尔盖为了拍摄这真实感人的抢险救人场面,被洪水吞噬了生命……①

小说在写法上对以前的小说有所突破,不再拘泥于从头至尾、平铺直叙地讲故事,而运用了较为现代、比较灵活的写法:时而现在,时而过去,时而是全知视角,时而是有限视角。小说的主题也有所深化:不再仅仅拘泥于宣传爱国主义,而站在更高的人性层次,反思为什么会出现法西斯、出现战争、出现人奴役人的现象,并表达了反思战争乃至反对战争的思想。

不过,小说的毛病也很明显。首先,第一部和第二部没有很好地衔接起来,显得一盘散沙,可能是作者想把战争比喻成人类非理性的飓风,而自然灾害的飓风也同样可怕,但相互之间的贯通却没有草蛇灰线的联结;其次,对人

---

① 参阅〔苏〕冈察尔:《飓风》,郑文樾、朱逸森译,安徽人民出版社1982年。

性层面的反思还流于表面,不够深刻,没有更好地与人物和情节融为一体。

四、卡扎凯维奇的《星》

埃马努伊尔·根里维奇·卡扎凯维奇(Эммануил Генрихович Казакевич,1913~1962)出生于乌克兰克烈缅楚格的一个犹太教师家庭,1930年毕业于哈尔科夫机器制造中等技术学校后,先后担任过工地主任、集体农庄主席、剧院经理、地方报社记者。卫国战争开始后,参加苏联红军,担任过侦察兵,1944年加入苏联共产党。

20世纪30年代中期卡扎凯维奇开始用犹太文进行文学创作,并发表了一些短诗、长诗、歌曲作品。首次用俄文创作的中篇小说《星》(1947)描写卫国战争期间苏联红军一支侦察小队经历了极其困难的处境,虽然最终全部英勇牺牲,但最终把重要情报传送到最高司令部,从而挫败了德军的阴谋,使红军避免了重大伤亡,歌颂了苏联侦察员的英雄主义,于1948年获斯大林奖金。长篇小说《奥德河上的春天》(1949),描写苏联红军解放波兰后,克服重重困难,与德军斗智斗勇,终于巧妙地强渡奥得河,并成功地攻占柏林,又在1950年获斯大林奖金。作家因此声名大噪,于1956年担任《莫斯科文集》主编。卡扎凯维奇的作品还有:中篇小说《草原上的两个人》(1948)、《朋友的心》(1953)、《光天化日之下》(1961)、《蓝色笔记本》(1961,描写1917年十月革命前夕列宁在拉兹里夫湖畔的工作和生活,1964年改编成同名电影),长篇小说《广场上的房子》(1956)等。他还曾把普希金、莱蒙托夫、马雅可夫斯基等人的作品译成犹太文。

侦察兵在部队作战中发挥着独特而巨大的作用,在苏德战争的后期更是如此:"苏军从步兵团到方面军都配有侦察方面的专家。德军兵力不足的防线常被其单兵或小分队渗透进去,侦察兵和负责牵制的特种部队小组会找出关键目标并摧毁桥梁等薄弱环节。正如1943年对奥廖尔突出部发起的'库图佐夫战役'那样,苏军侦察兵针对德军以尽可能少的部队把守前沿阵地的传统战术采取了相应策略。到1944年,这些侦察兵在每场大规模攻势开始前往往都会展开战斗侦察。在突击正式发起前二十四小时,营连级侦察分队将夺取或扰乱德军的一线防御阵地,从而确保真正的攻势可以直接打击防御方主要阵地。"①但在此前的苏联战争小说中却没有专门描写侦察兵的作品。侦察兵出身的作家卡扎凯维奇填补了这一空白——他曾说

---

① 〔英〕格兰茨、〔英〕豪斯:《巨人的碰撞:一部全新的苏德战争史》,第261~262页。

过,没有这种军队生活,也许他就不能创作出《星》和《奥德河上的春天》。①

卡扎凯维奇的中篇小说《星》(Звезда)②主要叙说侦察员特拉夫金中尉在苏军挺进西乌克兰某森林的时候,率领安尼康诺夫、布拉日尼科夫、马莫奇金等六人渡河深入敌军后方侦察,侦察小分队的联系代号是"星",师部则是"地球",结果发现德国党卫军第五坦克师"维金"这支最精锐的部队偷偷集结在森林里,准备用出其不意的奇袭,解除被苏联人封锁着的科威尔城之围,把苏联军队切成许多孤立的小股,迫使他们退到两条著名的大河斯托霍德与斯蒂尔方面,再予以歼灭。他们把这一情报报告给师部,师部震动了,赶忙报告给方面军司令部,方面军司令部又把它报告给最高统帅部,于是苏军调整了战略部署,增加了森林的坦克部队和炮兵部队,粉碎了德军的阴谋。但是,"星"小队在敌后被敌人发现,人数被夸大后报到敌军司令部,并且从每个营里调出一个连,还出动了师的整个侦察部队,搜捕"星"小队,"星"小队全部英勇牺牲……这部小说由于其较为独特的题材和较高的艺术成就,1948年获得了斯大林奖金,产生了较大的影响。

彭克巽指出:"卡扎凯维奇(1913年~1962年)发表了著名的中篇小说《星》。它表现了写'战壕真实'的另一种倾向。卡扎凯维奇同涅克拉索夫一样富于实战经验,作为侦察兵军官参加了从莫斯科保卫战到攻克柏林的战役。卡扎凯维奇的艺术倾向相当接近于巴别尔。他曾说:'我想成为像我描写的生活那样粗犷和深刻、像一条钢轨那样简要和集中。'中篇小说《星》运用简洁、明快的故事体小说的形式,描绘1944年苏军反攻,进逼波兰前线,由特拉夫金中尉率领的一支侦察队(代号为'星'),深入到德军精锐部队集结的森林中侦察的情形。卡扎凯维奇的文笔像行云流水那样流畅,清晰地展示出战地生活的生动图画。"③

尽管这部中篇小说也描写了苏联红军中存在的一些问题。魁梧的、四肢匀称的费克季斯托夫怕死,为了逃避深入敌后侦察敌情的任务,故意在大冷天洗冷水澡让自己感冒咳嗽;侦察兵马莫奇金没有把借老乡的两匹马送

① Казакевич Г. О. ,Любельский В. Л. Военный путь Э. Г. Казакевича. /Литуроное наследство.1966,Т.78,No.–2.С.413.

② 该书目前有三个译者的四个不同版本的中文译本:〔苏〕卡扎凯维奇:《星》,蒋路译,时代书报出版社1949年;人民文学出版社1955年;又收入《世界反法西斯文学书系·苏联卷》(第六卷),重庆出版社1994年;〔苏〕卡扎凯维奇:《星》,张香山译,晨光出版公司1949、1953年;〔苏〕卡扎克维奇:《星》,王溪译,东北书店1949年。本节所引用《星》的文字,均出自〔苏〕卡扎凯维奇:《星》,蒋路译,见《世界反法西斯文学书系·苏联卷》(第六卷),重庆出版社1994年,为节省篇幅,不一一注出。

③ 彭克巽:《苏联小说史》,第192页。

归原主,而是"暂时"借给一个老农夫使用,以此向老头索取各种食品;巴拉什金大尉不仅以粗野和懒散著称,而且心理阴暗,竟然因自己喜爱的女性卡佳热恋特拉夫金而派他去敌后侦察,想借此除掉"情敌"。不过,总体看来,《星》不仅在题材上填补了苏联战争小说的一个空白,在艺术上也颇为成功。其作为战争小说的成功之处,主要表现为它是一部充满诗意的严谨战争小说,这主要体现在以下几个方面:

一是抒情色彩。作为一部叙事性的战争小说,这部篇幅不大的中篇小说却具有浓厚的抒情色彩。

有些表现为直接抒情,如"在森林中漂泊两天以后,再看见伸向朦胧的远方的轨道、臂扳信号机和乌黑的铁路道岔扳子,是多么愉快啊"。这是特拉夫金的侦察小分队深入敌占区,结果不小心被德军发现,在森林里奔跑了两天后,来到一个小火车站附近的感受,这一抒情表达了战士们那种"山重水复疑无路,柳暗花明又一村"的瞬间快乐感。又如:

> 他们有气无力地走着,不知能不能返防。但重要的不是这个。重要的是,集结在这片森林里、企图偷偷给苏军一记打击、冠有令人生畏的"海盗"之名的精锐之师,是注定要灭亡了。汽车、坦克、装甲运输车、那个戴着凛凛闪光的夹鼻眼镜的党卫军分子、那两个用大车运送活猪的德国人,总之是,所有这些贪吃的、乱喊乱叫的、把周围的树林弄得乌七八糟的德国人,所有这些希勒、米伦康普、加尔盖斯们,所有这些钻营者和弹压者、绞刑吏和刽子手,都在沿着林间大道直接奔向自己的末日,死神已经把它惩罚的手伸到这一万五千个脑袋上来了。

这是侦察分队最后一次在书中出现,他们即将被搜索网越来越小的德军杀死,但这段富有抒情色彩的描述却形象地表达了他们在完成任务后的自豪之情和视死如归的革命豪情。因为辗转收到他们的情报后,"统帅部立刻明白这件事后面隐藏着一个更严重的东西:德国人企图来一次反扑,阻挠我军向波兰突进。于是,加强方面军的左翼,把统帅部后备队的一个坦克集团军、一个骑兵军和几个炮兵师调往左翼的指示发出了",而"方面军司令部命令空军去侦察和轰炸指定的地区,又给某集团军增加几支坦克和炮兵部队",德军即将被歼灭。当然,也有小说中人物的抒情:"他带着类似真正的妒忌的感情,看着一群乌黑的白嘴鸦在敌我两方的前沿之间逍遥自在地飞来飞去。对于它们,这些可怕的障碍是不存在的。只有它们能道出德军方面发生的一切!他梦想着一只会说话的白嘴鸦,可以做侦察员的白嘴鸦,如果能变成这样的白嘴鸦,他情愿舍弃人的外貌。"这是特拉夫金观察河对岸德军的阵地时的情感,非常真实地表达了红军战士尤其是侦察兵希望像鸟儿一样自由飞翔,超越障碍,痛歼敌人的心情。

更多的则是在叙述中饱含感情甚至抒情,如:

> 每个侦察员的出身和战前生活,全在他们的行为和脾性上留下了印记——西伯利亚人阿尼卡诺夫的农民式的顽强作风,五金工人马尔钦科的机警和精明,港口人马莫奇金的豪放不羁。但过去已经离得非常遥远。他们一心一意打仗,不知道战争还要拖延多久。打仗成了他们的日常生活,这个排变成他们唯一的家庭了。家庭!这是一个奇异的家庭,它的成员享受共同生活并不太久。有的进了医院,还有的走得更远,走到那人人一去不复还的地方去了。这个家庭有过一段代代相传的、短促然而光辉的历史。

在叙述这个排每个侦察战士的不同个性时,由他们共同组成的奇异家庭而抒发感情,同时也使前面的叙述带有感情色彩,表现了在革命同志组成的大家庭里的温馨温暖。又如:

> 穿起伪装衣,紧紧地结好一切带子——脚上的、腹部的、下巴底下以及后脑上面的带子,侦察员摆脱了日常的操劳和大大小小的事务,他已经不属于自己或首长,也无心回忆往事。他把手榴弹和匕首系在腰带上,手枪揣进怀里。他抛开人类的全部常规惯例,置身于法律保障之外,今后只能依靠自己。他把他所有的文件、书信、照片、勋章和奖章交给司务长,党证或团证交给党小组长。于是他抛开自己的过去和将来,只在内心珍藏着这一切了。他没有名字,好比林中的鸟儿。他也完全可以舍弃清晰的人类语言,仅仅用啁啾的鸟叫声向同志们传递信息。他跟原野、森林、峡谷融为一体,变成这些地区的精灵——处境危险的、时刻戒备着的精灵,他的头脑深处只蕴涵着一个念头:自己的任务。一场古代竞技就这样开台,其中只有两个登场人物:人与死神。

前面是客观的叙述,但后面写侦察员"跟原野、森林、峡谷融为一体,变成这些地区的精灵",则充满了抒情色彩,表达了对侦察兵的热爱与赞美之情。

二是象征手法。小说又一富于诗意的表现是运用了象征手法,使得小说含蓄深沉,富有韵味。其中最突出的象征是:侦察小分队的代号"星",师的代号"地球"（一译"土地"）。"星"的象征意义颇为丰富，小说中写道："特拉夫金一次又一次地注视同志们的脸孔。他们已经不是部下，而是相依为命的同志，作指挥员的他感觉他们已经不是跟他有所区别的旁人，而是自己躯体的一部分。如果说在'地球'时他还能赋予他们一项权利，让他们过各自的生活和保持自己的嗜好的话，那末，在这里，在这孤零零的'星'上，他们和他却构成一个整体了。特拉夫金挺满意他自己——增殖到七倍的自己。"显然，"星"在这里是紧密团结如一人的革命侦察兵战士的象征。钱善行进而指出："情节开展中，'星'和'土地'既是军事行动中通常的代号，又是含意深刻的象征：星照耀着英勇的侦察员们的道路，土地则是祖国的化身，是侦察勇士的坚强后盾和力量的源泉。和瓦西列夫斯卡娅的《虹》一样，《星》不但书名带有明显的象征意义，其具体形象也具有鲜明的象征性。此外，两部中篇的故事都比较奇特、惊险而且极其紧张，它们的主人公都牺牲了，但叙述的基调始终是明朗乐观的，语言同样富有强烈的主观抒情色彩，因此都被认为是优秀的浪漫主义代表作。"①

三是新颖别致。小说的题材本已新颖别致，描写了此前无人专门描写过的侦察兵，并且在描写时角度也新颖别致，它只巧写侦察小分队的侦察工作，详细描述了侦察的准备工作，深入敌后出乎意料的新发现，以及被敌人发现后在森林中与敌人的几天周旋，但不像绝大多数战争小说尤其是"战壕真实派"那样极力渲染战争的苦难与死亡，甚至侦察兵的牺牲都以虚写的方式交代出来：首先是马尔钦科带领两个工兵到敌方去侦察，特拉夫金守候几天也没有归来；最后是特拉夫金的小分队，师部尤其是卡佳守候了许多天也不见回音……结尾更是富有余味：首先，尽管侦察小分队几天毫无音讯，大家都失了信心，但卡佳"仍然充满着希望和坚定不移的顽强精神，等待着。谁也不再等待了，她还等待着"；其次，在1944年夏天苏联红军挺进波兰时曾经想加入侦察小分队的梅舍斯基中尉带领侦察兵走在队伍的最前面，暗示特拉夫金后继有人，也说明红军后继有人。

四是浪漫乐观。这部小说最后虽然整个侦察小分队全部壮烈牺牲，但整部作品并不低沉、压抑，也不忧郁悲伤，反而充满了浪漫乐观之情。

首先，这当然是因为大形势非常乐观——当时苏联红军已经牢牢掌握了战争的主动权，而且已经开始收复西乌克兰，马上就要解放苏联全境，把敌人赶出国土。

---

① 钱善行：《常写常新，多姿多采：前苏联反法西斯小说创作印象记》，《外国文学评论》1995年第3期。

其次，这是作家刻意营造的。其表现有三：

作家把特拉夫金的七人侦察小分队放在郁郁葱葱、茫茫林海的美丽、清新大自然中展开侦察活动，本身就神秘而充满诗意，具有浪漫气氛。

在侦察活动中，作家还刻意描写了自以为隐秘的德军官兵突然发现七人小分队经过身边时认为他们是"绿衣幽灵"的神秘感受，进一步加强浪漫气氛：

> 这时发生了一件可怕的事。他们真的突然撞见三个德国人，三个没有睡觉的德国人。这三人在一辆卡车上面斜倚着，身上裹着被子，正在交谈。其中的一个偶然向附近的森林边缘瞧了一眼，不禁愣住了。有七个装束特别的人排成一种奇异而凄凉的行列，沿着小路静悄悄地、目不旁瞬地走去——他们不是人，而是七个穿着宽大的绿色外衣的游魂，他们的脸色非常严肃，在极度苍白中透出一点青绿。
>
> 这些绿衣游魂的神怪外貌，或者是他们在蒙蒙晨雾中的身姿的模糊轮廓，使那德国人觉得他们是个超现实的、妖魔般的东西。他一下子简直没有联想到俄国人，没有把这个幻象跟"敌人"的概念连在一起。
>
> "绿衣幽灵！"他恐慌地嘟哝道。

通过卡佳对特拉夫金的爱恋和最后的等待，营造浪漫乐观的气氛。在紧张的战斗间隙里，女通信兵卡佳对特拉夫金几乎是一见钟情，而且深深爱恋，而这小伙子虽然在战斗中勇猛善战，却是一个性格内向的人，在面对女性时颇为羞涩腼腆甚至不解风情，一心只想着如何更好地完成任务消灭敌人，从而让少女苦恼不已。但卡佳认定了他，此情不渝。这件事本身就有点喜剧气氛。再加上书中的一些描写，就更有浪漫情趣了，如：

> 特拉夫金离开以后，卡佳再也坐不住，很快就告辞了。那是一个暖和的月明之夜，只有远方的爆炸声或者孤独的卡车的嘟嘟声，偶尔打破森林中深沉的、完全的寂静。她挺幸福。她觉得今天特拉夫金看她的时候比往常亲切。她想，万能的师长既然对她这样好，一定能说服特拉夫金，让他相信她卡佳并不是什么坏女孩，她也具有值得尊重的优点。她在这月明之夜四处寻觅自己的情人，嘴里轻轻地念着一些古老的词句，几乎像是"雅歌"中的词句，虽然她从没读过或听过"雅歌"。

寂静的森林中暖和的月明之夜,一个感到幸福的少女,情不自禁地哼着爱情歌曲,情调浪漫而乐观。小说的结尾更是耐人寻味,富于革命的浪漫精神。"卡佳恐惧地猛然想起:她坐在这架电台旁边,不断地向'星'呼唤,也许是白费气力。星陨落了,熄灭了。但她怎么能离开这里? 如果他说起话来,可怎么办? 如果他是隐蔽在某个森林深处,可怎么办? 于是她仍然充满着希望和坚定不移的顽强精神,等待着。谁也不再等待了,她还等待着,好在攻势开始以前,谁也不敢撤掉这架电台。"

正因为如此,苏联文学史家叶尔绍夫称这部小说为"浪漫主义中篇小说",并且指出:"'过去的战争的回声'是埃马努伊尔·卡扎凯维奇的浪漫主义中篇小说《星》的感人力量之所在。"① 陈敬咏也认为《星》"是一部富有抒情和浪漫色彩的作品"②。帕乌斯托夫斯基更认为作家本质上是一个诗人,而且几乎是一出场就十分成熟:"卡扎凯维奇,一个十分有趣的诗人,他带着各个方面都如此成熟的作品加入散文创作之中。"③ 恰尔马耶夫更是明确地宣称,这部小说在整体上是真实而富有诗意的。④

五是简洁生动。这部小说既描写了师长及参谋们的活动,也描写了苏联红军的进军情景,更详细描写了七人小分队的敌后侦察战斗,与此同时,还描写了青年的恋爱、部队里的某些不良习气。如此丰富的内容,如果放开来写,足足可以写上好几十万字。但卡扎凯维奇却只写了一篇短短几万字的中篇小说,因此整部小说一个显著的特点就是简洁。达成简洁的方法,在小说中有以下几种:

描写主人公特拉夫金的方式较为独特而简洁。 小说不像许多战争小说那样,由叙述者去面面俱到地描绘主人公的一切,而是从领导、士兵、卡佳、敌人等众多角度描写特拉夫金。在师长谢比钦科上校眼中,他不仅长得好像漂亮的林神,而且是"好小子,特拉夫金"。工兵连长布戈科夫中尉喜欢他的同乡特拉夫金,因为他虽然成了有名的侦察兵,却仍旧像他们初次会面时一样,是个文静谦虚的青年。侦察兵马莫奇金敬爱特拉夫金,是因为他具有马莫奇金本人所缺少的品质:对工作的忘我精神和绝对的大公无私。他不胜惊奇地观察过,特拉夫金怎样精细地分配他们领到的伏特加,给自己斟得

---

① 〔苏〕叶尔绍夫:《苏联文学史》,第376页。

② 陈敬咏:《苏联反法西斯战争小说史》,第70页。

③ *Казакевич Г. О.,Любельский В. Л. Военный путь Э. Г. Казакевича. /Литературоное наследство.*1966,Т.78,No.-2.С.412.

④ *Чалмаев В. А. На войне остаться человеком:Фронтовые страницы русской прозы* 1960~1990~х годов,М.,2018,С.40.

少,给其余一切人斟得多,他休息的时间也比大家少。卡佳眼中的特拉夫金则是一个英俊的青年,而且聪明、严肃,有文化,将来会成为学者。在德军眼中,特拉夫金及其侦察小分队是神出鬼没的"绿衣幽灵"。这种描写人物的方式,既从不同角度表现主人公不同方面的特点,从而在动态中展现其全貌,又避免了叙述者面面俱到的静态描写,相当简洁地一点点展示出人物的性格与品质。

语言简洁。整部小说语言都颇为简洁,哪怕是写侦察兵经历的极度危险也是如此。"侦察员们迈着平稳从容的步子,走过惊慌的德国人身边。直到在小树林中隐没以后,特拉夫金才急急忙忙朝周围扫一眼,拔腿奔跑。他们迅速冲过小树林,来到一片牧场,惊起沼泽中的鸟儿,进入下一个小树林。他们在这里歇了口气。"这是小分队进入敌区,发现森林中竟然挤满了德军,几乎是从酣睡的德国人身上爬过去一般,爬行了一千五百米之后,却突然迎面碰上了德国人,他们的沉着冷静使得德国人把他们当作"绿衣幽灵"。这本是可以大肆渲染的,但作家却只是极其简洁地描写清楚即可。即使描写人物的复杂心态,依旧十分简洁,如:乌克兰"老大娘的小儿子确实在绿林中拦路抢劫,大儿子却参加了红色游击队。作为土匪的母亲,她心怀敌意地沉默着,而作为游击队员的母亲,她却殷勤地为战士们敞开了她那小屋的门。她给侦察员端来煎猪油和一瓦罐清凉饮料打打尖,接着,游击队员的母亲又让位给了土匪的母亲:她露出黑沉沉的脸色,在一架占据半个房间的织布机旁边坐了下来"。

总体来看,整部小说无论是叙事,还是写景,都点到即止,却又富有韵味。如"被迫无所作为的日子对侦察员起了极坏的影响,懒散与粗疏这一危险的蜘蛛网已经缠住他们"。"这是一个冷森森、雾蒙蒙的黎明时分,连四处回荡的鸟啼声也透着一股凉气。"甚至在最能体现俄罗斯文学的特点——大力描写优美的风景时也惜墨如金。"他们来到一个景色优美的湖泽地区。这里有大大小小的湖泊星罗棋布,湖水清凉,蛙声呱呱,湖边是桦树林子。""天真是亮了。粉红的光点在湖面荡漾。"

小说的语言不仅简洁,而且还很生动。

　　战争变成了一只巨大的土拨鼠。趁着五颜六色的德国信号弹的光亮,趁着德军炮弹在附近村庄中引起的熊熊大火的光亮,挖战壕的工作连夜进行着。一座由大大小小的兽穴构成的错综的迷宫,正在地底下扩展。整个地形很快改观了。这已经不是长满芦苇与水藻的小河的树林茂密的河岸,而是被弹片和炮弹弄成千疮百孔的"前沿",它像但丁笔下的地狱一样分为许多层面,光秃秃的不见草木,它被人挖了又挖,早已失去它原有的特色。寒风,从这里呼呼吹过。

甚至有一种诗意的优美,如:"雷雨开始向森林袭来。长满嫩叶的橡树在阵阵狂风中呼呼作响,千百条细流像一群耗子似的在脚边奔窜。""大雨冲洗过的森林散发着醉人的芳香。从吸满水分的树叶和青草上,再也感觉不到带有严冬气息的四月的凉意。真正的春天就这样来到了。和畅的惠风仿佛也让过去的大雨洗净了似的,它轻轻地吹动着这无数翠绿的草木,发出饱含春意的沙沙声。"

结构设计精心。这使得小说整体严谨而又紧凑,形成小说最关键的简洁。

小说的严谨主要表现为精心安排事件和人物,使作品贯穿紧密,前后呼应,甚至还写出了情势的改变,或是人的改变。

小说描写的是苏联红军在西乌克兰地区即将进行的一场战役,重点描写的是为这场战役所进行的侦察活动。但为了使作品不至于单调、松散,作家精心安排了作品的事件和结构。

事件中最主要的当然是侦察活动,这是全书的一条主线。但为了使作品更紧凑,作家特意安排了两匹马的事件。小说开始不久,因为需要,侦察兵找当地百姓借了一些马匹。用完后,让马莫奇金去归还。而他为了改善自己和侦察兵的生活,却留下了两匹马,把它们借给一位老农,换取各种食物。在敌后侦察被德军发现后,他深深后悔,并向特拉夫金忏悔了这件事,表示如果能胜利回还,将接受惩罚。小说将近结尾时,还写到上面派侦查员叶西金大尉来调查此事。可以说,两匹马贯穿小说始终,使得小说更富波折,同时也更紧凑。

小说还精心安排结构。小说的开头专门写道:"师长谢比钦科上校乘坐一辆吉普,追上这样一群侦察员。他慢慢地下了车,站在泥泞的、被破坏过的道路中间,双手叉腰,嘲弄地微笑着。"他对侦察兵没有及时找到敌人送来可靠的情报表示不满。小说的尾声又特意写道:"谢比钦科少将乘坐他的吉普车,追上了一群侦察员。……将军认出那个领头的侦察员是梅舍斯基中尉。他停下车,像平常看见侦察员的时候一样,脸上光彩焕发……"不仅结构上前后呼应,而且还写出了师长谢比钦科从上校到少将的职务提升。

卡佳这个人物的出现,也不仅有着增加小说浪漫乐观气氛的作用,有着用爱情来打破小说只有单一的战争描写之单调的作用,而且还有着一定的结构作用。她最初主动追求特拉夫金,只要一有机会,就往侦察兵那里跑。当侦察兵深入敌后,她作为通信兵,总是与他们保持联系。最后,在侦察兵全部英勇牺牲后,她凭着对特拉夫金的深情,依旧在等待。因此她也是一个贯穿始终的人物,使小说前后呼应,结构严谨。而且,小说还描写了她的改变。最初,她以老练的小浪漫派自命,在军旅当中,为了一时的好感,或者只是为了解解闷,随便接受人家的亲吻和拥抱,又顺带回报人家——她就把这叫作人生!而后来,在爱上特拉夫金后,她懂得了什么是真正的爱情,非常严肃执着地爱恋着,她不仅拒绝了巴拉什金大尉的追求,而且在别人都不再等待时依旧等待着特拉夫金。

上面几方面的有机结合,使这部小说成为一部富于诗意的严谨战争小说,在苏联战争小说中别开生面,另有成就。正因为如此,爱伦堡认为:"《在斯大林格勒战壕里》和《星》——两部不同的作品;它们的区别在哪里?不在于主题:为斯大林格勒而战就像在敌后的侦察兵一样要求同样的英雄主义。不在人物的精神境界:我看到《星》的主人公和涅克拉索夫的工兵们是在同样的土窑里,他们相互了解。这里没有把世界分成两半,而只有艺术的多样。"[①]

不过,这部小说尽管当时获得了斯大林文学奖金,但从今天的眼光来看,还是写得比较平实,情节虽有起伏,但不惊险,人物形象塑造得一般,没有真正写活人物。特拉夫金是重点人物;但给人留下的印象并不太深。马莫奇金起初犯错误,借用农民的马不还,而用它去跟没马的农民换东西吃,在临死前突然觉悟忏悔,也太突然……

长篇小说《奥德河上的春天》(Весна на Одере)共分为三部。

第一部《近卫军少校》。讲述的是第二次世界大战末期,1944年的冬天,苏联红军乘胜追击,解放波兰,打入德国,准备强渡奥德河。师团侦察队长近卫军少校罗宾卓夫谢绝了上级领导让他到莫斯科军事学院学习的安排,返回部队。在路上,他搭上了一辆精致的老式马车,在这辆车上遇到了年轻的乔霍夫上尉,青年女医师、上尉军医丹尼雅。他和丹尼雅早在1941年在莫斯科附近的一次突围战中便相遇过,在同一支部队里相处了六天。当时罗宾卓夫还只是一个二十二岁的中尉,正带领自己的一排人从德军的包围中突围,而年轻的丹尼雅刚从医学院来到战场,罗宾霍夫鼓励她、帮助她,并且带领大家突出了重围,并对她产生了相当的好感,但丹尼雅已经结婚了。这次相遇,两人都很激动,美丽的丹尼雅告诉他,她的丈夫已经在前线牺牲了。他们在不同的师团工作:丹尼雅在伏罗彪夫上校的师团担任外科主任医师;罗宾卓夫则在赛李达少将、师长的部队工作。罗宾卓夫朴实、诚挚、勇敢、机敏,深得师长乃至军事委员会委员西沙克里洛夫中将的喜爱,也深得

---

① Бочаров А. Эммануил Казакевич, М.,1965,C.23.

战士们的爱戴。他每次侦察都细致周到,在红军攻占德军防守严密的希纳特摩尔要塞时,他不仅精心了解了一切情况,而且亲自带领一些侦察兵深入敌后,掌握了相当准确的情报,在被敌发现后他受了重伤,坚持了三天,最后炸毁敌军的机枪火力点,让红军攻占了此地。此前他去找过丹尼雅,但听说师参谋长克拉西科夫正在追求她,而她也经常与他相会,只好黯然离去。而丹尼雅发现克拉西科夫已经有了妻子和女儿,相当自私,拒绝了他的追求,却误听到罗宾卓夫的死讯,十分痛苦。

第二部《白旗》中,红军继续向前挺进,乔霍夫上尉作战勇敢,指挥果断,率先进入希纳特摩尔,获得了奖章。他一直作战英勇,但由于一家人都惨死在德军的侵略中,对德军充满仇恨,对别人也表现得过于阴郁,因此总是得不到提升。他们解放了一些外国人,其中一个美丽的荷兰姑娘玛格兰特爱上了他,他也对她很是喜欢。他真正了解了罗宾卓夫,原来的不满消失了,对他充满了尊敬与爱。而罗宾卓夫伤愈后,也拄着拐杖,开始侦察工作。1945年春天,他们挺进到奥德河边。

第三部《直捣柏林》中,罗宾卓夫在奥德河边精心侦察,巧妙安排,终于从防守严密的对岸抓来一个"舌头",了解了情况。红军巧妙安排,打过了奥德河,向柏林进军。希特勒试图顽抗到底,命令文克将军率军回援柏林,也被红军击溃,于是自杀。柏林守军向红军投降了,但一部分顽固的党卫队员却煽动部分德军,试图突围而去,顽抗到底。罗宾卓夫为了减少红军的伤亡,建议派懂德语的人劝说德国人投降。得到上级批准后,他亲自带队上前线劝说,成功地劝说了五百多德军投降,但却被顽固的德国特务勃克打成重伤。此前,他在军事委员会委员西沙克里洛夫的鼓励下,去看望了丹尼雅,他们相爱了。丹尼雅知道他负伤后,守在他的床前。①

小说人物众多,除了以上两条线索外,还讲述了军事委员会委员西沙克里洛夫的故事,他认真负责,精明果敢,自己的独子英勇牺牲在前线,他强压悲痛,继续工作;营长范赛尔恰科夫作战勇敢,与医疗站上士葛拉霞恋爱,此外还有德国特务温格尔和勃克,乃至希特勒等人的活动。

不过,小说虽然场面广大,人物众多,写得却并不太出色。第一是意识形态过于浓厚;第二是描写手法较为陈旧,而且写得比较粗疏,缺乏深厚的笔力。

---

① 该书有两个中文译本:《奥得河上的春天》,孙梁、徐迟译,泥土社1954年;《奥德河上的春天》,岳麟译,人民文学出版社1959年。

第五章　战争风云中人的命运

　　约从1956年至1984年,历经多次苏共政策的变化,卫国战争小说从政治反思(反个人崇拜等)、关心人的命运逐渐转为以正面描写为主,主要作品类型有"战壕小说"(《人的命运》拉开序幕,后有《请求炮火支援》《一寸土》等一系列作品)、"全景小说"(《生者与死者》三部曲、《热的雪》《围困》《战争》)等。

一、概述

　　1956年12月31日和1957年1月1日,《真理报》连载了肖洛霍夫的短篇小说《人的命运》(Судьба человека,一译《一个人的遭遇》)。小说的主人公安德烈·索科洛夫是20世纪的同龄人,家境贫寒,父母很早在饥荒中亡故,他参加红军,和人民一起赢得了国内战争的胜利。战后成为一名普通工人,娶了贤惠能干的妻子,生了聪明可爱的两个女儿和一个儿子,有了一个美满幸福的家庭。但是,卫国战争爆发了,他毅然离妻别子,加入保卫祖国的行列,在一个汽车连当司机。但他不久就因受伤被俘,关进了德国集中营。面对法西斯的折辱,他极力捍卫自己人的尊严,并且勇敢地杀死企图出卖同志的叛徒。他多次逃跑,最后利用开车的机会,把坐车的德国少校军官俘虏回国,带回重要情报。然而他的家园早已毁于德国的轰炸,妻女都死于其中,唯一的亲人——当上炮兵大尉的儿子也在胜利前夕牺牲在柏林。战后,他继续当司机,满怀信心与爱,坚强地生活着,并收养了一个在战争中失去亲人的孤儿,两人相依为命……①苏联学者维霍采夫认为:"安德烈·索科洛夫的遭遇体现了人民的功勋和人类的巨大悲剧。"②

---

　　①　参阅〔苏〕肖洛霍夫等:《人的命运》,冯加等译,四川文艺出版社1996年;或见〔苏〕肖洛霍夫:《一个人的遭遇》,草婴译,人民文学出版社2001年;或见《肖洛霍夫文集》第一卷,草婴译,人民文学出版社2000年,第413~449页。

　　②　〔苏〕П.维霍采夫:《五十一六十年代的苏联文学》,北京大学俄语系俄罗斯苏联文学研究室编译,北京大学出版社1981年,第9页。

不仅如此,小说通过所塑造的普通人索科洛夫形象,展示了人的魅力:勇敢坚强地面对悲惨现实和残酷命运的种种打击,始终保持人的尊严,即使失去全部亲人,仍然坚强地生活着,对未来充满信心,热爱生活,关心人、爱护人……并以此形象地说明:人不是命运的奴隶,而是命运的主人,人的命运就在人自己手里。刘亚丁进而指出:"战争摧毁了附属于他的一切,却赋予他心灵的丰厚和人格的升华。肖洛霍夫渲染了索科洛夫家庭生活的融融之乐,却又谱写了战争境遇中的人性升华的颂歌。"①俄国学者鲍列夫还谈道:"人和社会的人道主义的相互关系,在肖洛霍夫的短篇小说《人的命运》(即《一个人的遭遇》)里得到确认。作者揭示为别人而活着的人的精神的丰富性和美,并宣告他有得到幸福的权利。小说对为祖国和人类作了众多贡献的人的勇敢、大公无私和宽厚豁达充满了赞美","肖洛霍夫在自己的作品中说明一个人对祖国对人民所负的责任,同时也肯定,祖国和人民对每一个人的幸福负有责任"。②

　　小说写得凝重深厚、结构严谨、语言简练,叙事也比较灵活,既继承了俄国从契诃夫以来的大故事套小故事的叙事结构,又把现代人写平凡人的英勇、博爱的写法用得颇为生动,在简短的篇幅里包含了丰富深刻的内蕴,达到了相当的艺术高度,被评论界誉为"长篇史诗式的短篇小说",在苏联国内外受到高度评价。尤其是它着重于对普通人物的塑造,思考战争中人的命运、人的价值,在苏联国内引起了十分广泛、极其强烈的反响,对此后的苏联战争小说产生了巨大影响。"'空前强烈的风暴',用作者的话来说,袭击了千百万苏联人当中的一个人——'暴风雨中的一棵白杨'——的命运。在小说中这风暴是以一种富有战斗性的人道主义和生气勃勃的乐观精神展现出来的,因而使这一悲剧性的题材变成了一支人民精神不可摧毁的颂歌。在这方面《一个人的遭遇》与特瓦尔多夫斯基的《路旁之家》、戈尔巴托夫的《宁死不屈》、A.托尔斯泰的《俄罗斯性格》、伊萨柯夫斯基的诗《敌人烧毁了我们的村庄》,以及其他一些战争题材的作品十分相近。而且这一短篇小说还开创了描写一般战争的新方法。作家们仿佛从新的角度,即从总结时代的严酷教训的角度,更加深入地研究战争年代苏联人的精神世界,给战争史册增补了不足的篇章。"③恰尔马耶夫也指出,肖洛霍夫的这篇小说和长篇小说《他们为祖国而战》,影响了后来的一系列长篇小说,如布宾诺夫的《白桦》(1947),科洛瓦罗

①　刘亚丁:《〈一个人的遭遇〉:小说或默示录》,《解放军艺术学院学报》2008年第4期。
②　〔苏〕鲍列夫:《苏联文学的人道主义与二十世纪的文学过程》,李辉凡译,见李辉凡主编:《当代苏联文学中的人道主义问题》,第112、115页。
③　〔苏〕维霍采夫:《五十一六十年代的苏联文学》,第55~56页。

夫的《起源》(1959)，阿库洛夫的《洗礼》(1970)，普罗斯库林的《命运》(1977)等。①张文焕更具体地谈道："《一个人的遭遇》是第一个体现了关于战争和人的命运的新思考。作品不写指挥部的运筹帷幄和英雄的视死如归，而是通过战争中普通人的命运、心灵的创伤、所遭遇的磨难与不幸，来表现战争给人投下的巨大的阴影。因此，与其说是描写战争，不如说是反思战争，表达了作者对战争的感受和对历史的深沉的思考。《一个人的遭遇》的问世，是现实主义深化的表现，此后出现了一系列从新的角度、用新的调子反映卫国战争的作品。这些作品一方面肯定卫国战争的正义性，历史进步性；一方面则对人性、对人的自我价值进行探讨，开始了战争文学的新时期。苏联评论界称它'拟定了从思想上、艺术上处理战争题材的新路线'。"②的确，正是《人的命运》这种描写战争的新方法，引发了苏联战争文学新的浪潮。

首先出现的是"战壕真实派"。这派作家以类似古典主义"三一律"的方式描写战争，以中短篇小说的形式，围绕主人公集中、真实地描写一个"弹丸之地"一昼夜或几昼夜间发生的一次小战斗，主要作家作品有：邦达列夫的中篇小说《请求炮火支援》(1957)、《最后的炮轰》(1959)，巴克兰诺夫的《一寸土》(1959)，贝科夫的《第三颗信号弹》(1962)等。陈敬咏指出，"战壕真实派"创作的最大特点可以用四个字概括："现身说法"，其突出表现是"真实地再现战争"；"作品的体裁基本上是中、短篇小说"，而且"战争多发生在'弹丸之地''一寸土'上，即不超过'缩两俄里为一英寸的地图'的范围内""故事时间一般都比较短暂，一昼夜或几昼夜""人物不多，少则三两个或一个班，多则一个连，最多也不超过一个团""小说的事件——往往是一场小战斗——都围绕着主人公展开""总之，有限的活动地点、短暂的故事时间、为数不多的人物以及围绕中心人物展开事件，这是'战壕真实'小说共同的特点之一……因此有的评论家把它称为'新三一律'""与四五十年代的战争文学（包括全景性小说）相比，在再现前线生活的真实画面上，在刻画经受战火考验的人物的内心世界、塑造普通战士的形象上，都有明显的开拓精神。这是现实主义艺术的新的突破"。③俄国当代学者别列斯托夫斯卡雅更精简地概括为——战壕真实派的特点就是"战争作为英雄业绩和悲剧性的体现"④。

① Чалмаев В. А. На войне остаться человеком: Фронтовые страницы русской прозы 1960~1990~х годов, М., 2018, С.37.

② 张文焕：《苏联战争文学的三次浪潮》，《俄罗斯文艺》2003年第6期。

③ 陈敬咏：《苏联反法西斯战争小说史》，第124~129页。

④ Берестовская Д. С. Героическое и трагическое в военной прозе Григория Бакланова. //Современные проблемы гуманитарных и общественных наук.2014. No.3.

由于"战壕真实派"过于注意描写胆小鬼、怯懦者、小人物、受难者,过于渲染战争的残酷,具有陶醉于琐细事物书写的特点,苏联政府认为其给文学界带来了不良影响,因此在1964年与文艺工作者举行会谈,"要求作家、艺术家'应当特别注意反映战斗功勋、武装力量的战斗史和现代生活问题',指责文艺作品中'出现了和平主义和抽象地反对战争的主题'并'过分着意描写痛苦和惧怯、恐惧和混乱',反对把渺小的仓皇失措的人物搬上舞台"①。

这样,60年代中期以后,苏联战争文学出现新变化,致力于表现苏联军人的爱国热情、高度的责任心、使命感和优秀品质,同时也写出他们真实的人性和生命活力。战争小说朝两个方面发展:一方面是战壕真实向局部真实发展,并且上升到更为明确也更高层次反思战争的高度,如瓦西里耶夫的《这里的黎明静悄悄……》(1969);另一方面则出现了"全景小说"(也称"全景性小说""全景–史诗式作品""卫国战争史诗""多层次、多事件的长篇小说"),其特点是:描写卫国战争规模宏大的重大战役和战争过程,既写普通士兵浴血奋战的战壕真实,又写军事统帅运筹帷幄的司令部真实,从而构成战争的"全景图",卷帙浩繁,画面广阔,人物众多,情节复杂,时间较长,具有史诗规模,让真实的历史人物与虚构的艺术形象相互结合,既有文献性、纪实性,更有艺术虚构性,代表了苏联战争文学的新成就,在苏联文学史上占有重要地位,代表作家和作品有:西蒙诺夫的三部曲《生者与死者》(1959)、《军人不是天生的》(1964)、《最后一个夏天》(1971),邦达列夫的《热的雪》(1969),恰科夫斯基的《围困》(1968~1975),斯塔德纽克的《战争》(1970~1980)。张文焕指出:"这类战争文学作品,力图对生活进行综合和概括,规模宏大,人物众多。它把'战壕真实'和'司令部真实'结合起来,从红军到德军,从双方的最高统帅到普通士兵,从军事布局到外交角逐,构成一幅战争的'全景图'。小说中的人物形象,克服了早期小说中片面性、概念化的弊病,力求在典型的战争环境中充分显示人物性格的各个方面。作品鲜明的论战性,是作者对当时苏联社会生活中一些重要问题表明自己的看法。"②

其实早在肖洛霍夫之前,安德烈·普拉东诺维奇·普拉东诺夫(Андрей Платонович Платонов,1899~1951)已创作过这方面的作品。1946年,少校普拉东诺夫因严重内伤退役,但他仍坚持工作,继续创作。同年,发表短篇小说《伊万诺夫一家》(Семья Иванова,后改名《回归》,一译《归来》)。小说写禁卫军大尉伊万诺夫在战争结束后复员,对家庭生活充满期望,满怀深

---

① 苏联《红星报》中的话,转引自陈敬咏:《当代苏联战争文学评论》,第17页。

② 张文焕:《苏联战争文学的三次浪潮》,《俄罗斯文艺》2003年第6期。

情,回家后发现他的两个孩子十一岁的儿子彼佳和五岁的女儿娜斯佳都很懂事也很能干,但彼佳过早成熟。而妻子在极端难熬的艰难岁月里,一度接近过追求她的区工会指导员,后来又有一个男子谢苗–叶夫谢常来关照两个孩子和他的妻子,妻子对后者也满怀柔情,但仍然爱着丈夫。伊万诺夫心里十分难受,决定离家远走,去找同自己一起回乡的玛莎。当他坐上火车后,发现儿子彼佳拖着妹妹跌跌撞撞地奔来,正在追赶自己,深受感动,于是跳下车来,向儿女们走去。①俄国当代学者波尔塔芙泽娃在《普拉东诺夫50年代儿童小说中的文本和互文性文本》一文中认为:"《归来》以其短小的叙事规模取得了如托尔斯泰《战争与和平》般宏大的史诗般的叙述效果,主人公从英雄的史诗中走进了平凡的日常生活。"英国学者利温克斯通指出,就归来的主题而言,小说《伊万诺夫一家》与荷马的史诗作品《奥德赛》具有同等重要的意义和地位,并且普拉东诺夫的归来主题表现得比《奥德赛》更丰富和深刻,其中不仅有时空上的归来,而且有心理和精神上的归来。②淡修安更具体地谈到,小说在二战后的苏联文坛第一次摒弃了苏维埃文学中传统的神圣英雄题材,从另一个角度表现了"从战争回归和平生活"这一主题。与当时大量充斥着胜利喜悦与节日欢庆基调的、描写战后和平幸福生活的作品迥然不同,《伊万诺夫一家》真实地反映了二战后艰难、复杂和悲苦的现实生活,触及了战争造成的家庭不幸和心灵创伤,凸显了战争状态下人的心灵和个性的扭曲和错位,强调从战争回归和平生活是一段充满艰辛和苦痛的漫长历程。《伊万诺夫一家》是普拉东诺夫对战争罪恶的深刻而严厉的谴责,对因战争而扭曲的人性的无限惋惜和痛心,对世人以宽容之心包容和医治战争创伤的号召,对回归和平生活的深情呼吁。③

《伊万诺夫一家》是苏联文学中最早揭露战争给人们心灵带来创伤的文学作品,比肖洛霍夫的《一个人的遭遇》早十年表现了战争给人们带来的巨大灾难和精神创伤,却在发表不久后即遭到猛烈的批判,批评家叶尔米洛夫甚至宣称这是一篇"诽谤"之作,他说:"只有厚颜无耻的人才会写出这么一篇诽谤我国生活,诽谤我国人民和苏联家庭的短篇小说。"④这种粗暴的批

---

① 参阅(苏)普拉东诺夫:《回归》,收入《美好而狂暴的世界:普拉东诺夫小说》,徐振亚译,浙江文艺出版社2003年,第99~126页。

② 以上论述均见Творчество Андрея Платонова:Исследования и материалы,том 2,СПБ,2000,C.64~65。

③ 参阅淡修安:《普拉东诺夫的世界:个体和整体存在意义的求索》,世界知识出版社2009年,第26页。

④ *Чалмаев В. А.* На войне остаться человеком:Фронтовые страницы русской прозы 1960~1990~х годов,М.,2018,C.22.

评,使身体很差的普拉东诺夫再也无法进行自己的小说创作,只好转而整理、加工民间故事。而肖洛霍夫同类题材作品却获得了巨大的成功,产生了巨大的影响。这是因为时势不同的缘故。当普拉东诺夫发表《伊万诺夫一家》时,苏联卫国战争获胜不久,全国都陶醉在胜利的喜悦之中,民族自豪感乃至大国沙文主义达到了顶点,最高领导更是只希望听到一片赞歌,因此普拉东诺夫的作品显得特别不合时宜。而肖洛霍夫发表《一个人的遭遇》时,苏联已出现"解冻",人的命运受到关注,这篇小说可以说是应运而生,因此备受欢迎,大获成功。两篇作品的不同命运,充分说明时势的重大影响。

在这个阶段,重要的卫国战争小说还有《生存与命运》和卡尔波夫的《统帅》等。

《生存与命运》(Жизнь и судьба,1953~1961)①是《为了正义的事业》的续篇,继续写斯大林格勒战役,沙波什尼科夫一家人仍是小说的中心之一,以这一家的几个人物为线索,串联起其他较多的人物。主要人物有苏军政工人员克雷莫夫、坦克军长诺维科夫、核物理学家施特鲁姆,以及与之相关的柳德米拉、叶尼娅等女性,还写到苏联的最高统帅斯大林和德国首脑希特勒,苏德双方的军事将领叶廖缅科、崔可夫、保卢斯,坚守斯大林格勒的苏联军官格列科夫及士兵们,德国战俘集中营里的老布尔什维克莫斯托夫斯基、苏军军官叶尔绍夫、老孟什维克切尔涅佐夫,以及苏联劳改营里的革命家囚徒阿巴尔久克等。既全景式地描写了斯大林格勒战役中苏军的坚守与最后保卢斯集团的覆灭、后方人民生活的艰辛、德国战俘集中营惨无人道的黑暗,以及苏联劳改营与安全部门的内幕等,又相当真实、具体地描写了斯大林格勒守卫者的浴血战斗、德国法西斯迫害犹太人令人发指的罪行。具体来看,这部作品大约有以下几条主要线索:

第一条围绕克雷莫夫展开。克雷莫夫是守卫斯大林格勒的别列兹金团的营级政治委员,他被派往坚守拖拉机厂一个孤楼的格列科夫大尉领导的小分队去加强领导。一方面,他对靠吃烂土豆、喝锅炉水而打退了德军几十次的进攻的格列科夫及其战友心怀敬佩,另一方面他虽然隐隐赞同格列科夫他们对时政的非议,但依旧写报告告发了格列科夫。但不久德军发起猛攻,孤楼里的官兵全部壮烈牺牲。后来,克雷莫夫也由于别人诬告他曾在斯

---

① 该书目前中国有五个译本:《生活与命运》,王福曾等译,中国友谊出版公司1989年;《生存与命运》,严永兴、郑海凌译,工人出版社1989年,译林出版社2000年,中信出版社2015年;《风雨人生》,力冈译,漓江出版社1991年,又名《生活与命运》,四川文艺出版社2020年;《生活与命运》,翁本泽等译,上海译文出版社1993年;《生活与命运》,黄秀铭译,作家出版社2023年。

大林格勒孤楼里怂恿格列科夫叛变投敌而被捕,被关进卢布扬卡监狱。他的妻子叶尼娅听到丈夫被捕的消息,赶来莫斯科,天天去探监,希望见到他。

第二条线索写德国集中营的战俘们,包括俄国现代史上不同派系的人们:老布尔什维克莫斯托夫斯基、托尔斯泰主义者伊孔尼科夫、旅级政委奥西波夫、少校叶尔绍夫等,还有孟什维克分子、东正教神父、天主教僧侣,战争的苦难如此深重,但他们仍旧无法相互理解和沟通,反而在为善与恶、人的价值、生命的价值大加争论,甚至在关键时候宁肯把同胞扔向深渊(奥西波夫因怀疑叶尔绍夫是地下抵抗组织的不可靠分子,借法西斯分子之手把他送上断头台)。还有大量的犹太人和战俘在集中营被毒死。

第三条写施特鲁姆。他随研究所疏散到喀山后,研究工作殊少进展,他十分痛苦,晚上经常到熟人和同事家里聊天、争论。自由的交谈使他的思想变得活跃。于是他闭门谢客,潜心研究,终于取得了重大突破。但当他带着妻子柳德米拉和女儿回到莫斯科后,他的科研成就反而遭到非议和批判。正当他心惊肉跳地担心要被逮捕时,斯大林亲自给他打来电话,向他问好,祝他工作取得成功。于是,他的命运改变了。

第四条写上校诺维科夫军长。他和格特马诺夫政委率领坦克军开往斯大林格勒。在古比雪夫,他会见了思念已久的情人叶尼娅,引发了她的痛苦:该如何在丈夫克雷莫夫和情人诺维科夫之间进行选择。诺维科夫率领部队参加了大反攻,迫使保卢斯及其麾下的德军投降,解放了斯大林格勒。他率领部队继续向前挺进,但当他的坦克军将首先解放乌克兰时,政委格特马诺夫写信控告他延误战机,三周后他被解除了职务。

《生存与命运》是格罗斯曼最著名的小说作品,曾被法国《世界报》誉为"20世纪最伟大的俄语小说"。该书完成于1959年,1988年方在苏联发表。小说是多层次的,既相当真实地描写了残酷的斯大林格勒战役,更极其真实地描写了普通人的遭遇,尤其是书中的沙波什尼科夫一家。"作品以斯大林格勒保卫战为中轴,以沙波什尼科夫一家的活动为主线,描绘出从前线到后方、从战前到战后、从城市到乡村、从高层到基层、从莫斯科到柏林、从希特勒的集中营到斯大林的劳改营……的广阔社会生活画面。"①小说以第二次世界大战的转折点斯大林格勒战役为背景,艺术地再现了苏联军民取得卫国战争决定性胜利的过程。作者以凝重的历史笔墨展示了敌我双方以战争为中心的广阔的社会生活图景,对当时苏联社会存在的个人迷信、肃反扩大化、全盘集体化、官僚主义、特权、腐败、不重视知识人才、德国战俘营中战俘

---

① 〔苏〕格罗斯曼:《生活与命运》,力冈译,四川人民出版社2020年,译者序第17页。

的悲惨命运乃至大俄罗斯主义和民族歧视等种种现象和弊端给予无情的揭露和批评,同时也通过交战双方的生死,相当细腻真实地表现了战争的残酷,揭示了人们在战争与极权双重碾压下的悲惨命运。

关于《生存与命运》,俄国学者尼奇波洛夫认为:"战事画家格罗斯曼理性写作的既定目标,就是通过复杂的个人思想意识这面镜子来认知战争描写的现实意义。主要战争画面的呈现有赖于对精选的众多事件参加者和分析者的直接理解:克雷洛夫、扎哈罗娃、埃雷门科、诺维科娃、克里莫娃、保卢斯等。……格罗斯曼把战斗场面和历史的整体进程纳入存在坐标体系,作为艺术研究中心点的与其说是激发人物行为的英雄情结,不如说是他们内心的动摇和道德的煎熬,揭示了真正的现实。"[1]译者王福曾指出:"格罗斯曼是一位使命感和忧患意识十分强烈的作家,他热爱人民,关心国家命运,他在这部小说中,回顾历史上的悲剧,思索现实中的积弊,写战争的残酷,写德国集中营的屠戮,写苏联劳改营的血泪,写政治迫害的暴虐,写苏联社会中的个人迷信,思想禁锢和践踏民主与法治。他百感交集,痛定思痛,上下求索,抒尽了他胸中的块垒和积郁,完成了这部思索型的小说。苏联一位著名的批评家曾说:'格罗斯曼在1960年就懂得了今天我们才懂的东西。'"[2]严永兴更是宣称:"书中充满强烈的反思意识,格罗斯曼对历史,对历史事件,对战争,对斯大林格勒战役,对千百万人的命运和造成他们悲惨命运的缘由进行了深刻反思,大胆而尖锐地提出了自己的见解和看法。""格罗斯曼在《生存与命运》中所要表现的,并非单纯的善与恶、生与死的问题,而是自由与暴力的抗争。"[3]爱伦堡则认为:"格罗斯曼在文学上的老师是列夫·托尔斯泰。瓦西里·谢苗诺维奇细心地、认真地描写主人公,爱用长句子,不怕使用大量的副句。格罗斯曼爱用很长的沉思来中断叙述。"[4]李建军更是认为:"格罗斯曼长篇小说写作的成就是巨大的。他的《生存与命运》,以斯大林格勒保卫战为背景,叙述了苏德战争的惨烈和艰难,同时以深刻而细腻的笔触,叙写了战争背后广阔而复杂的生活。他像托尔斯泰那样,既写前线,也写后方;既写己方,也写敌方;既写战争,也写政治;既赞美善和爱情,也审判恶

① *Ничипоров И. Б.* Поэтика батальных картин в романе В. Гроссмана《жизнь и судьба》. / Отечественная словесность о войне .Проблема национального сознания.М.，2015，С.141~142.

② 〔苏〕格罗斯曼:《生活与命运》译者序,王福曾等译,中国友谊出版公司1989年,第2页。

③ 严永兴:《二十世纪的〈战争与和平〉》序言,见〔苏〕格罗斯曼:《生存与命运》,严永兴、郑海凌译,译林出版社2000年,第11、20页。

④ 〔苏〕爱伦堡:《人·岁月·生活》(下),第143页。

和罪孽。他肯定人的尊严、自由和权利，批判任何形式的极权和暴力。……《生存与命运》是波澜壮阔的史诗，也是震撼人心的悲剧和照亮人心的启示录。在很多方面，它都远远地超越了寻常意义上的'战争文学'。"①

卡尔波夫（Владимир Васильевич Карпов，1922~2010），主要作品有：中篇小说《指挥员们的头发斑白得太早》（1960）、《侦察员生活中的二十四小时》（1970），长篇小说《永恒的战斗》（1967）、《元帅杖》（1970）、《抓活的！》（1970）、《统帅》（1984）等。

《统帅》（Полководец）②是一部在战争叙事上颇为独特的小说。第一，它采用传记的方式，塑造了苏军大将彼得罗夫的形象，而且更多的是采用他人的讲述、书籍和档案中的材料，用事实说话；第二，更多地从军事学尤其是从战略学、战术学的角度，来展示作为大将的彼得罗夫的形象，显得专业而到位；第三，既写出了彼得罗夫的许多优点，也适当写出了他的不足与失误，为他一再蒙受不公正的待遇而鸣不平。尽管有许多实证性的材料，但由于作者充满感情，而且又把叙述与倒叙结合起来，再加上彼得罗夫在卫国战争中的曲折经历和传奇事迹，使得这部材料很多的传记式小说也很吸引人，让你想一口气读完。小说还指出了斯大林乃至一直被人们颂扬的朱可夫元帅的失误，当然也更多地、客观地写出了他们在卫国战争中的功绩。

总的看来，这个阶段的卫国战争小说，尽管也有整个苏联战争文学的共同特点："苏联文学中献给战争的最好的创作——这是巨大的精神、道德力量，它给世界带来了关于人之美、人民的功勋的真理，讲述了奠基于社会公正思想之上的制度的不可战胜。"③但由于文学的自律，也由于政治相对的宽松，出现了大批战争小说，它们对政治进行反思，表现战争的残酷性，呼吁爱护人，宣扬人道主义，在艺术上也开始吸收现代主义的一些手法，如意识流、象征等，因而在艺术上较前两个阶段的卫国战争小说更新颖，也更具探索性，艺术成就也更高。

二、邦达列夫的《请求炮火支援》《最后的炮轰》《热的雪》

尤里·瓦西里耶维奇·邦达列夫（Юрий Васильевич Бондарев，1924~

---

① 李建军：《二十世纪真正的〈战争与和平〉：论格罗斯曼的〈生存与命运〉》，《名作欣赏》2015年第8期。

② 参阅（苏）弗·卡尔波夫：《统帅》，何金铠、刘善继译，解放军文艺出版社1988年。

③ *Синельников М.* Диктует время:очерк творчества Александра Чаковского. М.，1983，С.147.

2020），1924年3月15日生于俄罗斯乌拉尔南部与哈萨克斯坦相邻的奥尔斯克市一个职员家庭。母亲是幼儿老师，父亲是共产党员、人民法院的侦察员。由于父亲的工作需要，邦达列夫一家人时常迁居：从南乌拉尔的奥尔斯克迁往中亚一带，1931年才从中亚经乌兹别克的塔什干，终于定居在莫斯科，在市内莫斯科河南岸区僻静的新铁匠胡同住了整整十年。乌拉尔、中亚一带古木参天的森林、广阔无垠的草原和时而巨浪滔天时而平静如镜的河流，莫斯科河南岸质朴的胡同、矮小而结实的木屋、搭在院子里的鸽子窝、椴树树荫下的大庭院，都在邦达列夫童年和少年时代给他留下了永生难忘的美好印象，也对其创作产生了有益的影响。

邦达列夫在莫斯科第516中学就阅读了不少俄罗斯和外国的文学作品，其中契诃夫和屠格涅夫的小说给他留下了深刻的印象："在中学期间契诃夫的《草原》和屠格涅夫的中篇小说《僻静的角落》留给我的印象至今难忘。"并开始学习写作，曾在班上朗读创作的第一篇短篇小说。卫国战争开始后，他撤退到哈萨克斯坦，先在集体农庄当垛麦工，后来又到阿克秋宾州的一个矿区当采煤工。1942年8月，十八岁的邦达列夫入伍，在阿克秋宾市的别尔季切夫第二步兵学校培训三个月后，马上作为第二近卫军编制战斗员被派往斯大林格勒战线，参加了举世闻名的斯大林格勒会战。在战斗中他左腿负伤，入院治疗，1943年4月初康复后编入炮兵部队，参加了库尔斯克、第聂伯河、基辅、日托米尔等一系列重大战役，当过炮兵指挥官。1943年11月在解放乌克兰日托米尔市的战役中再次负伤入院治疗，1944年1月出院后又随部队进入乌克兰西部，越过苏、捷、波、罗交界的喀尔巴阡山脉，进军波兰、捷克。1944年加入共产党，年底被派回祖国，到奥伦堡市的契卡洛夫炮兵学校深造。1945年12月31日，因旧伤复发以少尉的身份退役。

退役后为确定人生道路，他进行了多种尝试，参加过驾驶员训练班、航空技术学院预备班等。一位好友看了他描写战争的一些小说草稿，认定他天生是个作家，建议他去报考文学院。这样，1946年邦达列夫就成了苏联作家协会所属高尔基文学院的学生，其所在讲习班的导师是杰出的抒情散文作家、《金蔷薇》和《面向秋野》的作者帕乌斯托夫斯基。帕乌斯托夫斯基是个优秀的作家，也是一个出色的教师，他心地善良，富有人道精神，善于创作富有抒情色彩的短篇小说，善于从普通人身上发现永恒的人性之光和心灵美的光彩，善于简洁细腻地刻画人物纯洁善良的心灵，语言清丽、流畅，富有音乐性和绘画感，也极其善于发现并培养学生，尤其强调在"文学中主要是要说出自己的话"。邦达列夫后来深情地回忆道："帕乌斯托夫斯基的感染力，看来不仅可以用他那并未拔高的主人公那种天生高尚的气度和纯洁的人性，而且可以用作家善于创造独特的气氛、情绪、主人公周围那种物质的以及有时是非物质的世界来解释……这种令人惊讶的光照、色彩、音响、气味准确结合的技巧以及节奏、音调都是我们文学中并非常见的，令人羡慕的技能""现在看来在我们的文学中还没有另外一个能培养出这么多学生的巨匠。他首先发现了多少无名的天才，他使多少人热爱极其繁重的创作劳动！至于名望、金钱、捧场、舞台上的辉煌，这些正是帕乌斯托夫斯基经常提醒我们大学生注意的：当穿上钉着鞋掌的靴子走在冰面上时，必要的正是那种小心谨慎"。1951年，邦达列夫毕业于高尔基文学院，他的导师帕乌斯托夫斯基称他"是个有自己的主题和独特写作风格的、有才华的青年作家"。他的作品深得帕乌斯托夫斯基抒情散文的真谛，和纳吉宾、巴克兰诺夫、卡扎科夫等形成了某些评论家所推崇的"帕乌斯托夫斯基派"①。

　　1956年，邦达列夫发表第一部中篇小说《指挥员的青春》，受到评论界的重视。1957年，他发表中篇小说《请求炮火支援》，产生了较大的影响，引起文坛的关注。1959年，发表中篇小说《最后的炮轰》使他一举成名，该小说也成为"战壕真实派"的代表作之一。1969年发表的长篇小说《热的雪》，不仅是邦达列夫创作道路上的一个新转折，而且也是其创作史上的一个里程碑。小说创新之处在于把"战壕真实"与"司令部真实"结合起来，成为"全景小说"的代表作，并且获得1975年俄罗斯联邦国家奖金。1970年邦达列夫与奥泽洛夫、库尔加诺夫一起创作了大型史诗电影《解放》(1970~1972)，获1972年列宁奖金。从70年代开始，邦达列夫在创作中进行综合性的探索。70年代后，陆续发表以《瞬间》为总标题的多篇哲理抒情散文，文笔优美，寓意深刻。80年代至90年代，邦达列夫先后担任苏联作协机关报《文学报》编委、苏联作协军事文学委员会主席、苏联作协理事会书记处常务书记、俄罗斯苏维埃联邦社会主义共和国作协理事会副主席、俄罗斯文学和文化爱好者团结协会会长等职。

　　在80年代中后期的苏联改革时期，邦达列夫对改革持批判与反对态度，被称为"保守派的首领"。1994年，他拒绝了俄罗斯联邦总统叶利钦为祝贺其七十岁生日而颁发的民族友谊勋章，并且拍了一封回电："今天，这东西（勋章）已经无益于我们伟大祖国各族人民之间的亲密、和睦与友谊了。"与此同时，他加紧创作，出版了四部长篇小说。

　　邦达列夫1949年首次在报刊上发表短篇小说《路上》（一译《在途中》），

---

① 〔苏〕帕乌斯托夫斯基：《烟雨霏霏的黎明》，曹苏玲、沈念驹译，人民文学出版社2002年，前言第2页。

由此步入文坛,笔耕不辍,直到逝世,其创作生涯长达半个多世纪。综观邦达列夫的创作历程,大体可以分为三个阶段。

第一阶段是1949年至1969年,作家主要致力于战争题材小说的创作,注重感性、形象地反映战争,凭《最后的炮轰》一举成名,并取得巨大成就,成为"战壕真实派"和"全景文学派"的代表作家,主要作品有:中篇小说《请求炮火支援》(1957)、《最后的炮轰》(1959)、《亲戚们》(1969),长篇小说《寂静》(1962)及其续篇《两个人》(1964)、《热的雪》(1969),短篇小说集《迟暮》(1962)。但最早的作品短篇小说集《在大河上》(1953)、中篇小说《指挥员的青春》(1956)描写的是和平时期的生活,"基本上没有触及战争事件"①。有论者指出:"60年代上半期,邦达列夫把注意力转向了前线归来者战后年代的生活和遭遇,创作了长篇小说《寂静》(第一、二部,1962;第三部,1964)。小说分为三部,第一、二部分别写1945年和1949年发生的事情,处于叙事中心的是战后复员的青年军官沃赫明采夫;第三部原为一部独立的小说,名叫《两个人》,并入《寂静》后,标题改为《一九五三年》,其中叙事的中心转移到沃赫明采夫的好友柯拉别利尼科夫大尉身上。这部小说通过对主人公复员后遭遇的描写,展示了战后苏联社会的比较阴暗的画面,揭露了政治生活中的不正常现象。小说最后以追悼斯大林逝世的场面结束,通过一位老党员之口,预言苏联社会将会发生重大变化。从小说的整个内容可以看出,反对个人崇拜是其重要主题之一。这个主题也贯穿在中篇小说《亲戚们》(写于1965年,1969年发表)之中。"②值得一提的是,长篇小说《寂静》(1962)及续集《两个人》(1964)因为描写个人崇拜在人与人的关系上造成的恶果,一度引起文学界的激烈争鸣。

第二阶段是70~80年代,邦达列夫的创作走向综合探索,把战争文学融入现代生活题材之中,并注重"形象与智性相结合",对社会生活和人类命运进行哲理思考和探究,在题材和手法上都有新的开拓,开创了苏联战争文学中题材融合、篇幅集约的新倾向,对以后苏联文学的发展产生了深远的影响,主要作品有《岸》(1975)、《选择》(1980)和《影视内外》(1985)三部曲,以及散文集《瞬间》。

第三阶段是90年代至21世纪初,主要针对俄苏的社会现实问题进行反思和批判。90年代,苏联解体后,邦达列夫挺身而出,连续推出《诱惑》(一译《考验》,1991)、《不抵抗》(1994~1995)、《百慕大三角》(1999)、《慈悲不再》

---

① 许贤绪:《苏联当代小说史》,上海外语教育出版社1991年,第124页。

② 李辉凡、张捷:《20世纪俄罗斯文学史》,第377页。

（2004）以及剧本《政变》，对戈尔巴乔夫和叶利钦的"改革"以及苏联的解体进行了反思与批判。尤其是《百慕大三角》对叶利钦一手导演的1993年"十月惨案"——炮轰白宫事件，作了彻底的否定，成了世界上第一个社会主义国家苏联解体后的一个重大历史事件的艺术见证。第三阶段小说因与战争小说关系不大，兹不赘述。

邦达列夫是以战争小说成名的，他的代表作品大多与战争有关。在20世纪五六十年代，他最有名的战争小说是《请求炮火支援》《最后的炮轰》《热的雪》，这些作品的突出特点是以出色的艺术手法描写战争、展示人性，其中的战争描写是发展变化的，而且极具开拓性。

邦达列夫在苏联文学中是"尉官散文"的代表作家，而"尉官散文作者的目的，用列夫·托尔斯泰的话来说，是'战争的真正表现形式，就是流血、痛苦、死亡'。"①邦达列夫充分认识到："战争使人失去爱情、失去希望、失去生命——它是致命的，它既不怜惜青春，也不怜惜温情，它既不怜惜最崇高的情感，也不怜惜天才。"②因此邦达列夫在其战争小说中极力描写战壕真实，他宣称："战壕真实对我来说，是放在首位的，这是最高的真实。"③50年代末他创作的两部中篇战争小说《请求炮火支援》《最后的炮轰》，致力于描写基层官兵的严酷战斗，产生了重大影响。这两部作品把邦达列夫"推进到苏联一流作家的行列，确立了他作为艺术大师和语言大师的地位"④，并形成了苏联文学中的"战壕真实派"。

《请求炮火支援》（一译《营请求火力支援》，Батальоны просят огня）描写1943年苏军大反攻中某部解放第聂伯罗夫市时，遇到德军的猛烈抵抗，师长伊韦尔泽夫命令古里亚耶夫团的两个营不惜任何代价强渡第聂伯河，深入敌后，在南边造成主攻的假象，以牵制敌人，配合大部队发动总攻，全歼德军，师里则准备以师炮兵营的猛烈炮火支援他们。但后来战况发生变化，德军主要力量在北方，只好把炮火全部调到北方。结果因未得到炮火支援，强渡第聂伯河深入敌后对岸，已占领桥头阵地的两个营损失惨重：布利巴纽

---

① *Аристов Д. В.* О Природе реализмав современной русской прозе о войне. // Вестник пермского университета.2011.No.2.

② *Овчаренко А. И.* Большая литература : Основные тенденции развития советской художественной прозы 1945~1985 годов. М., 1988, С.46.

③ *Бондарев Ю. В.* Стенограмма совместного Пленума комиссии по военно－художественной литературе Правления СП СССР и правления Московского отделения СП РСФСР, посвященного Дню Победы. 28~29 апреля 1965. Т.II. С.116.

④ *Коробов В. И.* Юрий Бондарев : Страницы жизни, страницы творчества, М., 1984, С.93.

克带领的那个营加上叶尔马科夫大尉的炮兵班，只剩下叶尔马科夫等五人突围出来；马克西莫夫率领的那个营也仅剩六十二人。两个营的营级干部全部牺牲。

作为"战壕真实派"的开创性之作，小说真实地描写了苏军两个营渡河深入敌后，在敌众我寡而且德军有飞机、坦克等优势武器的情况下，依然浴血奋战，特别是叶尔马科夫率领的炮兵班更是以两门炮摧毁了德军的多辆坦克和装甲车，表现出突出的全局观念、顽强的英雄主义精神，以及对于祖国的忘我的爱。与此同时，小说也相当真实甚至严酷地描写了战争的残酷。

这种残酷，首先表现为了师里全局的胜利，两个营的官兵在对师部炮火支援的期盼中几乎全部牺牲！因此，戈尔布洛娃指出："邦达列夫的中篇小说，实质上讲述了一场惨烈的悲剧性的战斗。每小时都在减员的损失惨重的营到最终都没有放弃对师部支援的希望，他们战斗着，没有想到死亡，也不相信自己那显而易见的毁灭。"[1]

其次，小说更自然主义式地具体描写了战争中流血牺牲的种种场景。

> 所有的一切——河水、天空、雨中灰蒙蒙的河岸——都在眼前轰鸣，沸腾，摇晃，歪斜着急急飞驰，就像在昏昏沉沉的高烧中的感觉一样。旁边有人跌倒了，奇怪地抬起下巴，把手伸向前面，自动枪落到地上。失去武器的、背囊撞击着男孩般瘦瘦的后背的士兵，用手指捂住被子弹打穿的手掌，赶到鲍里斯前面。突然，他惊讶地张开嘴，瞪大恐惧的眼睛，瘫倒在水里，用手慢慢摸了摸脸，接着就消失了，好像他从未存在过似的。[2]

这是叶尔马科夫最后率领残存的士兵突围过河时的所见所闻。此时，残存的士兵们借着大雨的掩护，奋力冲向河边，极力游回对岸自己部队所在地，而德军疯狂开枪开炮加以阻击，一些曾经逃出敌人重围的战士在此时牺牲了，叶尔马科夫痛苦地亲眼看着那个男孩般的士兵在眼前倒下。又如：

> 他们走过迫击炮手的火力阵地，四个遭到炮击的士兵姿势很不舒适地躺在一些空炮弹箱周围，鲍里斯不大熟悉的一个沉默寡言的中尉

---

① *Горбурова Е.* Юрий Бондарев：Очерк творчества，М.，1989，C.49.

② 本节所有《请求炮火支援》的文字，均出自〔苏〕邦达列夫等：《请求炮火支援：当代苏联中篇小说选辑》，张勉、程家钧译，上海译文出版社1986年，为节省篇幅，不一一注出。

排长,肩膀靠着一个完好无损的迫击炮炮筒,一动不动地耷拉着脑袋,坐在地上。打碎了的眼镜被踩入污泥里。显然,他一直在开炮,一直打到最后一发炮弹,后来已经没有眼镜了,没看见自己的死亡。他是个近视眼。而自动枪手,看来一直爬到了堑壕的边缘上。

这是叶尔马科夫带领炮兵班的部分战士去清理和搜集残存的战士时所目睹的情形。迫击炮班的战士英勇战斗,直到耗尽弹药,全部战死。

小说更具体真实地描写了官兵们在激战中的心理感受,如:

当套在一起的几匹马急剧转弯,冲垮篱笆,奔进最近的院子时,叶罗申中尉记得自己发布了口令,但自己也已听不见这些口令。压倒一切的巨响震耳欲聋,他摔倒了,好几次从地面上颠起来,焦味、梯恩梯气味和汗味使喉咙和胸口透不过气来,接着他似乎被滑腻腻的苦胆汁弄得恶心了。叶罗申啐着唾沫,咳嗽着,又对自己的软弱觉得反感,他眼里噙满泪水,终于抬起像铁一般沉重的脑袋,低空中令人压抑的吼鸣声、时断时续的机枪声似乎在扑打着他的脸。他看见一只银色的"蜘蛛"急速地直接向院子斜冲下来,这"蜘蛛"有好几条火光闪闪的爪子,从玻璃脑袋的左右两侧伸向他。一股热风扑向叶罗申,他在等待这只向下坠落的"蜘蛛"的肚子下黑蛋的同时,发现有人从地上跳起来,奔向农舍后面。

这是两个营渡河深入敌后,被敌人发现后,在敌军飞机疯狂轰炸时叶罗申中尉临死之前对战斗的真实感受,与美国作家克莱恩的《红色的英勇勋章》、海明威的《永别了,武器》以及德国作家雷马克的《西线无战事》等的自然主义战争描写相比,毫不逊色!

《最后的炮轰》(一译《最后一次炮轰》,Последние залпы)①描写的是1944年苏军把战争推进到波兰的卡斯诺市,炮兵大尉诺维科夫奉命率领炮兵连守住高地,阻止德国法西斯部队逃入捷克斯洛伐克镇压那里的人民起义,并保证友邻部队对其的围歼。他们坚持了几天几夜,打退了德军坦克和部队的多次进攻,最后炮兵连的战士虽然所剩无几,但他们完成了任务。可

---

① 该书目前有两个中文译本:吴德艺等译,花山文艺出版社1983年;孟庆枢译,南方出版社2003年。本节所引用《最后的炮轰》的文字,均出自〔苏〕邦达列夫:《最后的炮轰》,吴德艺等译,花山文艺出版社1983年,为节省篇幅,不一一注出。

是，诺维科夫在胜利前夕突然牺牲了。

作为"战壕真实派"的代表作之一，这部小说同样相当真实地描写了血肉横飞的战壕严酷真实。

> 在前方浑浊不清的天空中，有个东西就像彗星的尾巴一样，短暂地闪烁了一下，六门迫击炮的粗暴的狂叫声震撼着空气，朝高地压过来，好像有个巨大的、令人窒息的东西压住了不断震颤的大炮。诺维科夫朝地上啐了一口，耳里灌满了隆隆巨声，他用惊恐的眼睛向炮班扫视了一眼——大伙儿趴在炮架之间的烟雾中。最初，他的喉咙都哽住了，看来，火力点被直接命中了。巴卡金科夫那黑乎乎的，一动也不动的躯体靠着胸墙，坐在离诺维科夫一公尺的地方。他眼睛紧闭着，肩头奇怪地皱了起来，膝盖上还放着一颗被遗忘了的炮弹。
> 诺维科夫……跨过了被炮弹炸去一半的胸墙，眼前是一个骇人的、炸得乱七八糟的弹坑所形成的大穴洞，在月光下这个穴洞泛着白色。大炮歪斜在洞里，护板打碎了，复进机掉了下来。炮门打开了，并悬吊着。大炮的后身上有一个又圆又大的窟窿，好像一个喊救命的人张开的大口。德军梯恩梯的臭味仿佛凝聚在一个硕大无朋的酒杯之中，一天一夜还未消失。诺维科夫四下张望，希望找到他的战士和他的炮手班——他正是为此而冒险来的啊！但是他落空了。他看到的只是令人毛骨悚然的，血迹斑斑的，不成样子的东西。它们一个个血肉模糊，面目全非，叫人无法辨认。被炮弹炸得粉碎的弹箱碎片、大衣的碎布烂絮以及七零八落地钻在泥土里的弹头混杂在一起，撒得满地都是。

上面两个场面，既有真实恐怖的战斗场景，又有战斗后战场血肉模糊、各种碎片遍布的骇人情形。正因为如此，费吉指出："邦达列夫善于准确而有力地描写在战斗和轰炸时，以及极端情境时人的心理感受。"①

相对于《请求炮火支援》，《最后的炮轰》更注意描写战士们在战场上的心理感受尤其是心理变化。邦达列夫曾经谈道："一个人距离做出英勇的举动有时只有一步之遥，也许他一生都在为迈出这最后一步做准备，但是也可能基于多种原因，他惊慌失措，丧失了坚强的意志。描写自觉地迈出这决定性步伐的一瞬间，从黑暗到光明、从否定到肯定的最后一个动作，这就是艺术的一个重要的任务，也就是对人类心灵的自我矛盾进行分析的实质所

---

① *Федь Н.М.* Художественные открытия Бондарева, М., 1988, С.16.

在。"①正因为如此,他在《最后的炮轰》中重点描写了烈麦什科夫和奥夫钦尼科夫在战斗中的心理感受和变化。

烈麦什科夫是个装填手,二十五六岁,沉默寡言,性格孤僻,前不久因负重伤在梁赞市的家里休养了半年。这半年休养使他过惯了热炕头的轻松生活,外加有老婆陪伴,心宽体胖,满面红光,也更顾惜自己,更害怕战斗任务。因此,对诺维科夫命令他随自己去前沿阵地,他尽力找借口加以推脱。到了前沿阵地后,刚刚遇到炮击,他就恐惧得大喊大叫,在壕壁旁瑟瑟发抖,两手抱住脑袋,用一种空虚的、搜索的目光望着诺维科夫。他甚至希望诺维科夫负伤,以便他们不用再冒着炮火走向前线。但他不得不跟着诺维科夫朝前走,"他感到胸部冷得发抖,喘不过气来,两腿软得走不动路",于是能拖延就尽量拖延,并且总是愁眉苦脸,哼哼唧唧。他寻思着:"我要左边看看,右边瞧瞧。这样就不会被打死,否则……"于是他就开始先看右边,再望左边。不过,在诺维科夫的严厉要求下,他在一昼夜里成长起来,在一系列战斗中慢慢战胜恐惧,在去高地救回伤员时勇敢地杀死了一个德国兵,随后又自告奋勇担负起掩护诺维科夫的任务。小说非常真实地描写了烈麦什科夫高地之行克服怯懦的过程。起初他还是有点害怕,祈求圣母娘娘保佑自己,真正行动时,也还慌里慌张。"烈麦什科夫跳了起来,好像是大地把他托起来似的。他把枪从胸前摘下来,枪带先碰到衣领,然后又碰到了耳朵。他站到了诺维科夫跟前,两腿发软。"后来当他与德国兵狭路相逢,德国兵想掐死他时,一种强烈的求生欲使他为之一震,给他注入无穷的力量,他奋起反抗,开枪打死敌人,"由于处在一种平生未有的残暴狂热之中而瑟瑟发抖。他准备自卫,准备射击,他四下环顾",此后他就主动英勇作战了。

奥夫钦尼科夫中尉在高地能以身作则带头挖战壕,当一大群坦克、装甲运输车像一堵墙一般把他们包围时,他最初也能带领战士英勇反击,坚守高地,摧毁了德军的十辆坦克。后来一门炮被击毁后,他一度惊慌失措,逃离大炮和战友,面如土色,死气沉沉。以致诺维科夫"直到最后一分钟都不敢相信,奥夫钦尼科夫,甚至在遭受毁灭性打击的情况下,会离开大炮,会把还活着的战士们丢在那里……"当他受到诺维科夫的训斥并发现还有战友在坚守阵地时,马上觉悟到自己的职责,又毅然冒着枪林弹雨,飞奔回阵地。尽管他因为负伤而不幸被德军俘虏,但他毫不屈服并试图毁掉火力配置图,最终惨遭敌人杀害。

石国雄指出,苏联卫国战争和战后初期文学中描写的军人往往都是已

---

① *Бондарев Ю. В.* Поиск истины. М.,1979,C.77.

经形成的英雄人物,而邦达列夫呈现给我们的则是战场上的人怎么克服怯懦、求生、怕死、惊慌失措,怎么克服没有经验,心理障碍……作家认为,战场上能够战胜自己的弱点,就是功勋。"在战争中没有体验过自我保存和可能会死的自然感情的人是不正常的现象,在生死存亡的危险时刻,人们的想象是异常鲜明、紧张的:在自己的想象中人可能死上好几回,有时候便产生胆小鬼。一个人善于克服恐惧的力量,每天都能够有勇气。我认为这就是英雄主义的因素。"应该说,邦达列夫揭示的是战争中普遍的英雄主义,每个前线的战士身上都会有这种英雄主义,这种群众性的英雄主义奠定了胜利的基础。[①]正因为如此,科洛勃夫指出:"《最后的炮轰》确立了战争散文的高度、心理的复杂性和人性,使邦达列夫拥有革新者和首创者的称号。"[②]

长篇小说《热的雪》(Горячий снег)[③]描写斯大林格勒战役苏军开始战略反攻时,苏集团军司令别宋诺夫奉最高统帅部命令,率领新组建的集团军赶赴斯大林格勒,在梅什科瓦河边苦苦坚守了一天一夜,成功地阻断了曼施坦因率领的坦克部队和机械化部队对被围困在斯大林格勒城里德军元帅保卢斯几十万德军的增援,为苏军其他部队全歼保卢斯部队创造了条件。

这部小说无论对于邦达列夫还是苏联战争小说来说,都是新的突破。

首先,它描写了此前苏联战争小说描写不多的"司令部真实"。小说描写了苏联最高统帅部特别是斯大林对斯大林格勒战役围歼保卢斯集团军的整体布局——"天王星行动",尤其是最高统帅斯大林为此亲自接见别宋诺夫,征询其意见。更具体细致地描写了集团军司令别宋诺夫的运筹帷幄、巧于安排、善于等待——他把最精锐的坦克部队和机械化部队留到德军所有预备队都已打得最为疲惫的时候才猛力出击,虽然让其他部队承受了巨大压力与牺牲,但赢得了胜利。

与此同时,小说又更多地写了"战壕的真实",描写苏联某炮兵连面对数百辆德军坦克的猛攻,坚持激战,最后整个炮兵连只剩下一门炮和五个人,但为大部队发起反攻击溃德军创造了条件。小说既相当真实地描写了战士

---

① 参阅石国雄:《深邃隽永的艺术世界:当代俄罗斯著名作家尤·邦达列夫的创作个性》,《南京大学学报(哲学社会科学版)》1994年第4期。

② *Коробов В. И.* Юрий Бондарев:Страницы жизни,страницы творчества,М.,1984,С.88.

③ 该书目前有两个中文译本:上海外国语学院《热的雪》翻译组译,上海人民出版社1976年;朱纯等译,上海译文出版社1984年、1995年。本节所引《热的雪》的文字,均出自〔苏〕尤里·邦达列夫:《热的雪》,朱纯等译,上海译文出版社1984年,为节省篇幅,不一一注出。

们艰苦劳累的行军过程,如:

> 又走了好多个小时,部队终于来到这个被烧毁的镇子。但当盼望已久的"休息"命令从队伍前边飞传下来时,却没有一个人感到体力上的轻松。冻僵了的驭手从冒着热气的马背上爬下来,拖着麻木的腿,头重脚轻、跟跟跄跄地走到路边,哆嗦着,随地解了个小溲。炮兵们则无力地躺到雪地上——有的在马车后面,有的在大炮旁边——大家腰碰腰、背靠背地挤在一起,忧郁地打量着这不久前还存在过的镇子……然而,在这名存实亡的镇子街道上休息既不能取暖,又没有饭吃……

更大量描写了战壕的真实,尤其是战争的惨烈,如:

> 他(库兹涅佐夫——引者)在达夫拉强阵地上一眼看到的和感觉到的简直太可怕了。地上有两个很深的新弹坑,尸体纵横在炮架之间、弹筒堆里和胸墙附近,炮兵们蜷缩在地上,姿势很怪。他们的脸孔惨白,又黑又硬的胡子仿佛粘在脸上,有的脸埋在泥土中,有的藏在叉开着的苍白的手指间;他们的腿蜷缩在腹下,肩膀缩拢,好像要用这种姿势来保存生命中最后的一点热;从这些佝偻的身体和黑白分明的脸上散发出冰冷的死亡气息。

陆人豪因此认为:"《热的雪》中最好的篇章还是对连队战壕生活的描写和战争中人的本质的揭示。邦达列夫把一场空前规模的大战斗集中到极有限的时间内来描写,一天一夜的战斗前、战斗中和战斗后的战壕生活写得十分详尽生动。强行军后连续作战的疲劳,零下三十度透骨透心的严寒,临战前的紧张,战斗中的激情,坦克压顶的惨状,被炮声震聋后的茫然,战士被迫执行错误命令的复杂心情,目睹战友作无谓牺牲的悲愤……一句话,残酷的战斗实景和战斗者的实感,一切历历在目,扣人心弦。"[①]

这部取材于斯大林格勒保卫战的长篇小说,在苏联战争小说发展史上开创了将战壕真实与司令部真实结合起来的战争小说新模式,突破了此前"战壕真实"小说的"一寸土"格局,描绘出一幅从基层官兵到集团军将领乃至最高统帅部的既气势雄伟又细节真实的战争鸟瞰图,是邦达列夫创作道

---

① 陆人豪:《战争文学领域的开拓型作家:略论尤里·邦达列夫的创作》,《求是学刊》1988年第4期。

路上的里程碑,被誉为"全景文学"或"全景小说"的第一部代表作,形成了苏联战争小说史上著名的"全景小说"派,并获 1975 年俄罗斯联邦国家奖金。

邦达列夫五六十年代的战争小说不只是描写战争,更通过战争中每个人对战争的态度、行为、心理来展示人性。人性往往通过两个方面体现出来。

一是爱情。邦达列夫五六十年代的三部战争小说名作都描写了爱情,而且正如恰尔马耶夫指出的那样,"邦达列夫的所有恋爱关系都是一个模式:起初是恐慌、嫌恶,随后是意外的接近,主人公的死亡"①。更具体地说,这一恋爱模式往往是炮兵大尉(连长)、中尉(排长)与女卫生指导员的三角恋爱,女方或男方对另一方先是恐慌甚至嫌恶,而两个"情敌"之间则往往产生嫉妒和矛盾,最后或者是大尉惨死,或者是卫生指导员惨死。《请求炮火支援》中是卫生指导员舒拉与大尉叶尔马科夫、一排长康德拉季耶夫的感情纠葛;《最后的炮轰》中是大尉诺维科夫、中尉奥夫钦尼科夫和卫生指导员莲娜的爱情;《热的雪》中则是中尉库兹涅佐夫、大尉德罗兹多夫斯基与卫生指导员卓娅的复杂情感关系。

爱情是人性的试金石,恋爱最能展现一个人人性的本质。在这种类似三角恋爱的关系中,通过对比,更能看出人的本性。《请求炮火支援》首创这种"三角恋"模式,但还没有有意通过这种模式展示人性,因为舒拉转向单纯善良的康德拉季耶夫是因为叶尔马科夫起初对她有点大大咧咧,不够严肃,后来经过九死一生之后,叶尔马科夫真正爱上了她,他们两人炽热地相爱了。

《最后的炮轰》则通过奥夫钦尼科夫和诺维科夫对莲娜的不同的爱,表现出人性的不同。孟庆枢指出,奥夫钦尼科夫的突出弱点是"自私"和对人的"冷漠"。在战争里,特别是在胜利前夕,他为自己想得多了(小说是以他过二十六岁生日开始的),他对莲娜的追求也带有利己主义的私欲,为此莲娜才鄙视他。由于他的这些弱点,他在关键时刻"脆弱"了,没有顶得住。他丢下受伤的战友,包括追求过的莲娜脱逃了。②而莲娜之所以接近他,则是因为诺维科夫对她过于冷漠。但诺维科夫早已在不知不觉中被莲娜打动,爱上了她:"这个女人呀,不管他如何抵抗,总是在他内心之中引起驱除不去、如针扎般的痛苦、不安的感情。"由于受莲娜与侦察员"绯闻"的影响,也由于他颇为内向的性格,他一直对她颇为冷漠甚至严厉。在战火纷飞中,他们经历了从高地撤离的生死与共,真正互相了解,也真正相爱了。

<hr />

① Чалмаев В. А. На войне остаться человеком : Фронтовые страницы русской прозы 1960~1990~х годов, М., 2018, С.48.

② 参阅(苏)邦达列夫:《最后的炮轰》,孟庆枢译,南方出版社 2003 年,译序第 3~4 页。或见孟庆枢:《谈邦达列夫的两部"战壕真实派"作品》,《外国问题研究》1986 年第 1 期。

自从她在掩蔽所里把额头依偎在他的脖子上以后，自从在迫击炮弹爆炸时，她小心翼翼地坐在草地上，用手轻轻地揉着胸口以后，他就感到，一种温柔而又痛苦的情感一直灼着他的心，始终没有离开过他。而且她那甜蜜的微笑、她那熟练地为他卷好的烟卷以及她那淡淡的短发（这头发总是披落到面颊上，妨碍着她），使他产生了一种陌生而又痛苦的柔情，而且这种柔情在他的心中渐渐地增长起来。

　　诺维科夫对莲娜的爱真诚、热烈而无私。可惜，不久他就死于自己人的炮火。

　　《热的雪》则通过德罗兹多夫斯基与库兹涅佐夫对卓娅的爱情，表现了两人的本性。德罗兹多夫斯基对卓娅更多的是一种自私的占有：他虽然已经得到了卓娅，但还是经常对她产生一种莫名其妙的怀疑和强烈的醋意；甚至激烈战斗的间隙里，还力图满足自己那无法抑制的欲火，遭到卓娅拒绝后，他不是设身处地为她着想，反而想方设法厌弃她；而且在德军严密封锁的地段，他不仅没有想办法阻止卓娅以身犯险，甚至连怎么保护她都没想过；卓娅负了重伤，他不知道，卓娅牺牲了，他还在吃库兹涅佐夫的醋。库兹涅佐夫对卓娅的爱则纯洁而忘我，他知道卓娅对德罗兹多夫斯基满怀深情，但仍然默默地爱着她，关心她，每当去到最危险的地方，总是想法让卓娅留在相对安全的地方，甚至冒着生命危险在枪林弹雨中救了她。两相对比，德罗兹多夫斯基的心胸狭窄、过分自私更衬托出库兹涅佐夫的心地善良、纯洁高尚。

　　二是对他人、对祖国是否有责任感。邦达列夫宣称："我写战争并不只是由于它对人类是最严峻的考验，因为对我来讲，极为重要的是要在最复杂、最紧张的境况中看到我的人物。在这种境况下道德价值要经受极严格的考验。"①在《最后的炮轰》中他更具体地指出："在战争中，一个人的生命只有在他为了别人而不偷生，不滑头，不逃避的时候，才具有最大的价值。"因此，他在五六十年代的战争小说中较多地通过战斗中对别人、对祖国是否有责任感来展示人在生与死、怯懦与勇敢、自我与责任之间的选择以揭示人性。

　　《最后的炮轰》通过烈麦什科夫和奥夫钦尼科夫表现这一主题。如前所述，烈麦什科夫在后方养伤回到前线后，一直想法逃避去前沿阵地执行任务，逃避自己作为军人应尽的职责，而希望别人冲在前面，暴露了他的怯懦和自私，后来在诺维科夫的严厉要求下，他改变了。奥夫钦尼科夫则有明显

---

　　① 转引自岳凤麟：《〈岸〉的哲理探索和艺术美》，《苏联文学》1988年第2期。

的自私表现，首先如上所述他对莲娜的爱是自私的，以致在生死关头可以为了自己保命弃爱人于敌人重围之中；其次，他来打仗有自己追求职位的目的，他嫉妒诺维科夫比自己年轻得多，生活上似乎又毫无经验，而偏偏不是他奥夫钦尼科夫，二十六岁的中尉，而是诺维科夫来指挥这个炮兵连。他把这一切看作自己生不逢时，命运不济。面对即将结束的战争，"他时常陷入沉思，模模糊糊地体验着一种惘然若失的，夙愿未偿的感觉。这使他焦急不安，沮丧消沉。在这场战争中，他还没有完成别人所完成的某种重要的事情，这更加使他深感苦恼"。这种自私使得他在真正被德军包围时因慌乱抛下战友与心爱的女人，自顾自逃跑了。好在诺维科夫的训斥和坚守阵地的战友的英勇行为很快使他醒悟，他马上重返战场。陆人豪指出："《最后的炮轰》中处理得最好的就是排长奥夫钦尼科夫和战士戈尔巴切夫在关键时刻的不同表现。奥夫钦尼科夫在遭到冲过防线的德军坦克直接射击的情况下丢下伤员和大炮逃跑到连长所在的阵地，战士戈尔巴切夫跟着排长跑到半路折回去了。奥夫钦尼科夫对连长的申斥正要辩解，忽然看见自己的阵地上炮火一闪，'中尉可怕地抽搐着的脸上立即布满了土灰色。"戈尔巴一切夫？"奥夫钦尼科夫好不容易挤出一句话。"他返回炮位了？"他用古怪的眼神看了看诺维科夫，突然像彻底明白了一切似的，猛力一冲，敏捷地、像匹马似的跨过胸墙，用巨大的、超人力的步子沿着斜坡往大炮的方向飞奔而去。'军人的责任感刹那间泯灭，又刹那间复萌；军人的价值刹那间丧失，又刹那间复得。奥夫钦尼科夫意识到这一点是在他返回炮位途中受伤被俘之后，他为重新获得苏维埃战士的价值付出了惨痛的代价。"①

《热的雪》更是塑造了一个对他人对祖国毫无责任感，一心只想着自己的威比索夫形象。王培青指出，在《热的雪》中，作家以极大的真诚写出了战争中人们对生与死、怯懦与勇敢、自我与责任的选择。只有那些对社会主义祖国不负严肃的公民责任，道德上堕落的人才会做出错误的选择。炮兵威比索夫就是这样的人。他曾经在德军俘虏营里待过，胆小怕事、为人虚伪，对人总是"老远就露出了事先准备好的、固定不变的微笑"。在行军中，他总是垂头丧气地走在马车后面。在敌机轰炸时，他吓得面如土色，两眼发愣，祈求上帝："我有孩子呀，我没有权利死。"在战争中，他失魂落魄，胡乱开枪，误伤了自己人。在执行战斗任务时，他吓得目瞪口呆，"连肚子上的肌肉也因此颤抖起来"。在战斗的紧要关头，他拒绝服从命令，像一条丧家犬似的，

---

① 陆人豪：《战争文学领域的开拓型作家：略论尤里·邦达列夫的创作》，《求是学刊》1988年第4期。

爬回阵地去,保全了生命。作家描绘了一个贪生怕死的胆小鬼的丑恶嘴脸。作家认为,像戚比索夫这样的人,生命已经失去了价值。他"被无穷无尽的苦难所吓倒",内心世界像脓疮一样破裂,肮脏的东西暴露无遗了。对这样的人,"只能把他们看作死人"。①

因此,费吉在谈到《请求炮火支援》时指出:"邦达列夫的主人公每一个都有自己独有的特征——面容,性格,话语,命运。但他们全都被责任感和对祖国的忘我的爱连接在一起。"在谈到《热的雪》时他再次强调:"这些下层官兵每个人都有自己各不相同的性格和生活观念,但所有人都面临一个共同的灾难——战争,所有人都有一个共同的职责和一件神圣的事情——保卫祖国。"②维霍采夫也认为:"当代描写战争题材的最有才华的长篇小说之一是Ю.邦达列夫的《热的雪》。这部小说展示的主题是:一旦人们把祖国的自由和责任感视同自己的生命,那么就会产生无穷无尽的力量。"③

由此,引发出邦达列夫五六十年代战争小说的又一个重要主题——对人负责,尤其是爱护人。恰尔马耶夫指出,邦达列夫认为:"人的生命是珍贵的……作家始终与战争中人的命运是命中注定的这一观点格格不入,根据这种观点,人去打仗就是去赴死,'士兵去战斗并不是去死,而是要更好地活!'传奇将军潘菲洛夫如是说。"④正因为人的生命是珍贵的,因此邦达列夫认为即便在战争中也要尽量保护人,这是崇高人性的体现。

《请求炮火支援》最早表现这一主题。一方面,如前所述,小说写出了战争的变化性、残酷性,写出了战壕残酷的真实(但没有巴克兰诺夫那么严酷的自然主义);另一方面通过尊重人、关心人、爱护人的叶尔马科夫等人对士兵的关爱,以及师长对人的冷漠,揭露某些高级指挥人员不珍重士兵的生命,呼吁"对人要爱惜"⑤,表现了爱护人关心人的人道主义主题。费吉更是认为:"胜利的价值和人的生命的价值。难道为了胜利可以不可避免地付出人的生命和人的善愿?这个问题突出地表现在叶尔马科夫和伊韦尔泽夫的冲突中,代表着两种不可调和的原则。在这里我们首次遇到邦达列夫在社会与个人、善与恶、选择的自由与职责之关系问题上大无畏的观点。"⑥对战

① 王培青:《论邦达列夫的长篇小说〈热的雪〉》,《西北师范大学学报(社会科学版)》1988年第1期。

② Федь Н.М. Художественные открытия Бондарева,М.,1988,С.11,47.

③ 〔苏〕维霍采夫:《五十一六十年代的苏联文学》,第62页。

④ Виктор Чалмаев. Свод радуги: Литературные портреты. М.,1987,С.288.

⑤ 〔苏〕邦达列夫等:《请求炮火支援:当代苏联中篇小说选辑》,第55页。

⑥ Федь Н.М. Художественные открытия Бондарева,М.,1988,С.20.

壕真实的出色描写、战争中也要爱护人的新主题,再加上小说语言简洁、优美、生动,把战争的残酷与大自然的美好宁静进行对照,富有艺术感染力,因此,小说在《青年近卫军》杂志刊载后,引起了很大反响,整个莫斯科到处都在谈论这部小说,在编辑部,在图书馆,甚至在餐桌上,专业文学工作者以及读者都在谈论甚至争论这部作品。①伊达什金在其《才华的特征:论邦达列夫的创作》一书中指出:"《请求炮火支援》一下子把邦达列夫推入最受读者欢迎的作家行列,他们带着浓烈的兴趣和迫不及待的心情渴盼着他的每一部作品。"②另一位著名的"前线一代"作家贝科夫据此把邦达列夫视为"战壕真实派"的领军人物,并模仿陀思妥耶夫斯基"我们全都来自《外套》"的说法,宣称:我们"前线一代"作家"全都来自邦达列夫的《请求炮火支援》……"③这部小说作为最早最有特色的描写战壕真实的小说,开辟了苏联战争小说的新阶段④,引发了苏联战争小说的一个"新浪潮",产生了苏联文学史上著名的"战壕真实派"。⑤

《最后的炮轰》主要通过诺维科夫来表现这一主题。科洛勃夫指出:"作为战士,指挥员,诺维科夫近似叶尔马科夫。但在人性范围,他高于《请求炮火支援》的主人公。叶尔马科夫活得更轻松,更自信,更自由,也更容易妥协。诺维科夫对人们更为关心,而对自己要求严格。"⑥诺维科夫认为,当"一个人的生命在战场上如果不能对别人负责时,就失去了价值",因此"他考虑别人多于自己,处处为别人着想。他所拒绝的,有时却允许别人去做",特别关心人。小说一开始就写道:"最近一个星期,诺维科夫不止一次地感到悲戚,而且总是在夜间,在短暂的沉寂之中。其主要原因是不难解释的,因为四天前,在攻克卡斯诺城的时候,他的炮兵连破天荒第一次有九人阵亡,其中包括驾驶排排长。诺维科夫无论如何也无法宽恕自己。"攻克城市是攻坚战,牺牲战士势所难免,但诺维科夫富有人性,认为可能跟自己指挥不当有关,因此深深谴责自己,感到悲戚。后来在他发现通信兵牺牲后,"他非常痛

① *Горбурова Е.* Юрий Бондарев:Очерк творчества,М.,1989,С.38;*Коробов В.И.*Юрий Бондарев:Страницы жизни,страницы творчества,М.,1984,С.72.

② *Идашкин Ю. В.* Грани таланта:о творчестве Юрия Бондарева,М.,1983,С.17.

③ *Коробов В. И.* Юрий Бондарев:Страницы жизни,страницы творчества,М.,1984,С.71. 或见 *Бондарев Ю.В.* Собрание сочинений в 4 томах,М.,1973~1974,том1,С.8.

④ *Федь Н.М.* Художественные открытия Бондарева,М.,1988,С.9,43.

⑤ *Коробов В. И.* Юрий Бондарев:Страницы жизни,страницы творчества,М.,1984,С.71~72.

⑥ *Коробов В. И.* Юрий Бондарев:Страницы жизни,страницы творчества,М.,1984,С.91.

苦地想到，倘若他诺维科夫当时不派科洛科利契可夫去检修线路，那么此人就不会牺牲。有多少次，迫于形势的严峻，他把人们派到谁也无法返回的地方去了！有多少次，他得知他派去的人牺牲的消息后，他曾彻夜不寐，痛苦不堪"。唯其如此，他冒死亲自带人冲上高地，把伤员及仅存的几个战士包括莲娜，在德军的严密封锁下带回安全地带。

《热的雪》则通过德罗兹多夫斯基和库兹涅佐夫的对比来表现这一主题。德罗兹多夫斯基遇事沉不住气，又自以为是，不懂得爱护战士（用战士乌汉诺夫的话说，就是把炮兵连的人"全都看得一钱不值"），他因指挥不当，过早暴露达拉夫强炮兵排的炮位，白白造成这个炮兵排的重大伤亡和自己负伤；可他继续漠视生命，刚愎自用，又使得年轻的驭手舍尔柯宁夫白白牺牲，甚至导致深爱自己的女人卓娅负伤死亡。库兹涅佐夫则尊重他人、重视生命、心地善良、纯洁高尚、爱护战士，既富有人情味，又处事冷静、作战勇猛。他设法抵制了德罗兹多夫斯基要他过早开炮的错误命令，力保战士们不做无谓的牺牲。在激烈的战斗中，他以身作则，带领全排勇敢地坚守阵地，甚至主动代替战友去完成危险的任务。他带领仅存的三个战士，以仅有的一门炮坚守在敌后孤军奋战，一直到取得最后胜利。陆人豪认为，渗透于这一切之中的是两种军人道德的冲突。连长德罗兹多夫斯基外表干练、声色俱厉，实际上既缺乏实战指挥能力，又刚愎自用，不珍惜战士的生命，强迫命令战士去执行不可能完成的任务，作毫无意义的牺牲。这个浸透虚荣感的灵魂被暴露得十分彻底，受到作者和读者的严厉的道德审判。排长库兹涅佐夫单纯善良、勇敢顽强，在战斗中以身作则，团结全排坚守阵地，是小说中最有光彩的英雄形象。他从自己热爱生活、珍惜生命的感情出发来看待每个战士的命运，不顾一切抵制连长的错误命令，尽量减少无谓的牺牲。战士们甘愿同他共生死，连胆小的老兵戚比索夫都在他的精神感召下奋勇杀敌。邦达列夫在回答读者关于《热的雪》的问题时说："只有道德观念才能使人最终成为一个人""一个或一连串尽到职责和良心的完美的行动表现了人性"。库兹涅佐夫是邦达列夫关于军人道德理想的体现，在他同德罗兹多夫斯基的矛盾中反映了人性美丑的冲突。①

陈敬咏指出："在瞬息万变的战场上，每时每刻，甚至每分每秒都会发生流血和死亡。因此，如何对待自身和他人的性命是每个指战员的职责问题，不仅是职责，而且是道德，甚至是有无人性的问题，把这一问题提到如此的

---

① 参阅陆人豪：《战争文学领域的开拓型作家：略论尤里·邦达列夫的创作》，《求是学刊》1988年第4期。

高度,在苏联战争小说中邦达列夫是第一人。"①贝尔纳迪尼更是宣称:"在《热的雪》中,作家对事件和人物的描绘达到了史诗的广度,没有华丽的辞藻,却提出了许多目前没有答案的尖锐问题。"②

而邦达列夫以上五六十年代的战争小说都是以出色的艺术手法描写出来的。其出色的艺术手法,主要表现在以下三个方面:

运用"新三一律"的方法,使小说布局紧凑、结构严谨。"新三一律"原则有助于布局谋篇,使作品显得紧凑,富有节奏,并且使作者能集中笔力对战斗的激烈场面和战地的日常生活、对人物的思想感情和行为动作加以精雕细刻,塑造出有血有肉的、真实生动的人物形象。③邦达列夫的上述三部战争小说,全都按照"新三一律"布局谋篇。

《请求炮火支援》和《最后的炮轰》是"战壕真实派"的开创性作品和代表性作品,属于典型的"新三一律"战争小说。《请求炮火支援》主要描写布利巴纽克和马克西莫夫两个营在第聂伯罗夫市以南成功楔入新米哈伊洛夫卡和别洛哈特卡地区的居民点后大约一天一夜的战斗,虽然规模是两个营,但真正写到的也就二三十人。《最后的炮轰》则更为集中:具体而微地描写了诺维科夫炮兵连从进入波兰卡斯诺市高地阵地这"一寸土"的地方,直到诺维科夫死于自己人炮火的三天战斗过程。两部小说都是情节单一紧凑,时间不长,结构颇为严谨。

《热的雪》首次把"司令部真实"与"战壕真实"结合起来,既写司令部的运筹帷幄,又写基层官兵的浴血奋战,要用"新三一律"布局谋篇,有一定的难度。但邦达列夫精心布局、巧加安排,集中描写了别宋诺夫集团军尤其是德罗兹多夫斯基的炮兵连在梅什科瓦河边一天一夜阻击德国坦克部队的战斗,出色地运用了"新三一律",使作品既规模宏大,又结构严谨。

小说既写了集团军司令别宋诺夫接受最高统帅斯大林的安排,率领新组建的集团军星夜赶往斯大林格勒,阻击曼施坦因的坦克救援部队,以保证苏军对保卢斯几十万德军的全部围歼,为此别宋诺夫巧妙筹谋、精心安排,把坦克部队作为预备队,留到德国增援部队强弩之末时奋力出击,从而胜利地完成了阻击任务,因此奥夫恰连科指出:"邦达列夫是一位卓越的战事画家,善于创造战争场面,就像是一个以旁观者视角来看整场战事,而又知悉指挥部所见的战争亲历者。作家也是一位高明的心理学家,他既会表达思

---

① 参阅陈敬咏:《邦达列夫创作论》,第28~29页。

② *Овчаренко А. И.* Большая литература : Основные тенденции развития советской художественной прозы 1945~1985 годов. М., 1988, С.74.

③ 陈敬咏:《邦达列夫创作论》,第51页。

考过程,又可以传递感情波动。整部小说展现了集团军司令战略任务决策如何产生和完善、杰耶夫师团和霍特部队在战斗中如何将其实施,同时如前文所述,也展现了别宋诺夫将军的才智和意志与曼施坦因元帅的计谋与方略之间的激烈交锋"[1];又写了以库兹涅佐夫为代表的苏军基层官兵,他们在数百辆德国坦克和飞机的疯狂进攻下,拼死坚守阵地,哪怕最后整个炮兵连只剩下一门大炮、四个人仍然战斗不息,用血肉之躯和英勇无畏的精神真正阻住了敌人,为别宋诺夫精心安排的大部队发起反攻、击溃德军创造了条件。这样,整部小说就以别宋诺夫和库兹涅佐夫为中心,形成了司令部和基层两个方面、两组人物相对独立的情节线索。

但小说精心安排别宋诺夫三次深入基层,甚至亲临前线,从而使两组人物、两个方面有机地衔接起来:首先是运输军列在火车站遇到德国飞机轰炸时,别宋诺夫下车监察部队,发表讲话,并且发现库兹涅佐夫炮兵排有人(炮长乌汉诺夫)点名时缺席;激烈的战斗开始后,别宋诺夫坚守在前沿阵地的杰耶夫师部,还深入基层视察,并且纠正德罗兹多夫斯基宣称的"我们准备战死在这条战线上"。"为什么要死呢?希望您用一个好得多的词'坚持'来代替'战死'这个词。用不到这么坚决地准备牺牲";战斗胜利后,别宋诺夫发现还有炮兵坚守在敌后,于是亲自带人去察看,再次见到库兹涅佐夫、乌汉诺夫、鲁宾、涅恰耶夫四个炮兵和全连仅存的一门大炮,并衷心地感谢他们打掉了德国人的坦克。别宋诺夫的深入基层,使两组人物两条情节线索有机地衔接起来,既描写了宏观的司令部真实,又展示了微观的战壕真实。尤其是别宋诺夫的两次见到库兹涅佐夫,更具有很强的结构意义。首先,它们正好发生在小说的开始和结尾,从而使小说首尾相通、前后呼应、结构严谨;其次,第一次见面炮兵排纪律不够严谨,炮长乌汉诺夫擅自脱离部队到老百姓家里去了,第二次见面则是炮兵排官兵尤其是乌汉诺夫,在战斗中真正成熟了,并且用血肉之躯阻击敌人,赢得了胜利,两相对照,不仅前后呼应,结构严谨,而且写出了炮兵排官兵精神上的成长或成熟。正因为如此,陈敬咏指出:"空间的扩大和时间的限制的矛盾是由独特的情节结构统一起来的。这就是围绕以库兹涅佐夫为核心和以别宋诺夫为核心的两条情节线索的并行发展,并形成两个相对独立的故事,借助于别宋诺夫将军接受任命的追述和先后三次下连队的描写,把包括最高统帅部集团军和连队的三个层面的两个相对独立的故事联结在一起,构成一部完整的长篇小说。这种

---

① *Овчаренко А. И.* Большая литература: Основные тенденции развития советской художественной прозы 1945~1985 годов. М.,1988,C.73.

结构方式不仅解决了时空矛盾而且巧妙地表现了作品的主旨。……因此，《热的雪》虽然保持了'战壕真实'的一些特点，但从小说中宏伟的构思、历史事件的再现、历史真实人物的写照和塑造、描写范围的扩大等方面看，应该说是一部'全景战争小说'的佳作。"①

恰尔马耶夫还谈道："年轻的军官成长为指挥官……在小说中这个成长过程是通过德罗兹多夫斯基的坎坷的命运、杰耶夫的开阔视野、库兹涅佐夫的真实多变的情绪描写展现出来的。军队本身就是苏联人民性格最全面、最突出的体现。在《最后的炮轰》中，起初只是诺维科夫一个人能够经常思考一些超出一般人个人经验的东西。这就使他在精神上能够为士兵当家做主，正是这一点使他与一些士兵产生了些许的距离感，因为这些士兵并没有马上明白向周围的奥夫钦尼科夫式士兵开枪的道理，也没有领悟到这个强硬决定的深刻意义。在《热的雪》中，每个人物考虑的不仅仅是自己。曼施坦因向斯大林格勒进攻中所遇到苏军的那种不可战胜性，既体现在年轻的炮兵身上，也体现在百折不挠捕获俘虏的侦察兵身上。"②

对于《热的雪》精妙的结构艺术，苏中学者多有论述。郑永旺指出："《热的雪》沿两条线路展开，一条是以炮兵排长库兹涅佐夫为中心的前沿阵地的战斗，一条是以集团军司令别宋诺夫为中心的司令部活动，两条线索时分时合，而以集团军司令亲临前线作为交会点，形成了完整的艺术结构，典型地体现了'战壕真实'与'司令部真实'的结合。作家对战争多层次多线索的描写使小说有立体感和全景性的效果。"③诺维科夫则认为："别宋诺夫的集团军在极端困难的条件在行进中仓促投入战斗，抵抗早有准备且早已顺利展开突击的敌方坦克部队，别宋诺夫的集团军要解决极为复杂的任务，它不仅要拦阻法西斯军队的进攻，而且要把它们消灭。不仅别宋诺夫，而且每个普通战士、参战人员，都像库兹涅佐夫中尉那样非常懂得，他们的自我牺牲精神、坚强意志和英雄主义将决定斯大林格勒战役的胜负。'大'（战事总进程）和'小'（库兹涅佐夫炮兵连战士们的功勋）的这种融合，赋予邦达列夫小说的叙述与整个描写体系以史诗性和艺术魅力。"④而"文艺学家们把像《热的雪》一样描述发生在一昼夜之内的事件的作品称为'一日小说'。邦达列夫

① 陈敬咏：《邦达列夫创作论》，第95~96页。

② *Виктор Чалмаев. Свод радуги: Литературные портреты.* М.，1987，C.306.

③ 郑永旺：《试论邦达列夫〈营请求火力支援〉和〈热的雪〉中的情绪空间》，《齐齐哈尔社会科学》1996年第3期。

④ 〔苏〕华西里·诺维科夫：《现阶段的苏联文学》，北京大学俄语系俄罗斯苏联文学研究室译，中国社会科学出版社1981年，第45页。

表现的'一日真理'就是'世纪真理',他所反映的苏联反抗法西斯的极度艰难就是无与伦比的英雄主义。作品动感十足,引人入胜,尽管其中既没有妙趣横生的情节,也不存在主人公的神秘命运,相反,一切都像只有在战争中才可能的那样简单得可怕"①。

塑造了出色的人物形象。孟庆枢认为:"邦达列夫素以文笔简练、优美、准确著称。在作家笔下无论是主要人物还是次要人物都栩栩如生""作家笔下的人物形形色色,他们每个人都有自己的个性"。②在这三部小说中,邦达列夫塑造了不少出色的人物形象,体现了颇为新颖、深刻的思想,表现了人物丰富的内心世界,费吉认为:"邦达列夫的文学肖像给人最清晰的感觉,成为充满思想和心理内涵的艺术形象。"③如前述之叶尔马科夫、诺维科夫、库兹涅佐夫等,都是如此。有些人物性格还是发展变化的:"库兹涅佐夫形象是发展变化的,最初他是一个天真的青年,到最后他变成了一个成熟、深沉的人。……在小说的结尾,库兹涅佐夫思维更广阔,感情更深刻。邦达列夫试图通过这一形象,塑造一个最接近人民的性格,他成功了。库兹涅佐夫是一个拥有丰富心灵世界的个性特点、达到了相当艺术高度的独特形象。"④

尤为难得的是,邦达列夫笔下有些人物不仅出色,而且具有立体感,恰尔马耶夫指出:"作家塑造的典型人物形象是流畅、多面、立体的,而且往往通过战争及发生的系列事件勾勒、刻画出人物的种种爱恨和心灵的轨迹。"⑤典型代表是伊韦尔泽夫和别宋诺夫。

小说1957年发表后,伊韦尔泽夫形象苏中学术界有一定的争议。苏联有些评论者认定伊韦尔泽夫或多或少是有罪的,有些评论家甚至认为他不配苏联军官这一称号⑥,另有学者则认为:"须知,按照军事战斗条例和战争的规律,伊韦尔泽夫做得正确。可依照社会主义的人道和良心,也许,还可以用另一种方式处理?"⑦我国的孟庆枢也认为:"作家没有简单化地把伊维尔扎夫写成一个'反面'人物(作家反对在作品中写什么'正面'和'反面'人物),他在性格上与叶尔马科夫也有许多相近之处。他忠于职守,意志刚毅,

---

① *Овчаренко А. И.* Большая литература : Основные тенденции развития советской художественной прозы 1945~1985 годов. М., 1988, С.68.

② 〔苏〕邦达列夫:《最后的炮轰》,孟庆枢译,南方出版社2003年,译序第5~6页;或见孟庆枢:《谈邦达列夫的两部"战壕真实派"作品》,《外国问题研究》1986年第1期。

③ *Федь Н.М.* Художественные открытия Бондарева, М., 1988, С.38.

④ *Федь Н.М.* Художественные открытия Бондарева, М., 1988, С.47、49.

⑤ *Виктор Чалмаев.* Свод радуги : Литературные портреты. М., 1987, С.275.

⑥ *Идашкин Ю. В.* Грани таланта : о творчестве Юрия Бондарева, М., 1983, С.52.

⑦ *Горбурова Е.* Юрий Бондарев : Очерк творчества, М., 1989, С.54~55.

也很勇敢。但是,他的最大的弱点是对人的冷漠。在小说里写两个营深入敌后,在处境十分危险的情况下,他只是发出'坚持到最后一个人'的命令。他所坚持的逻辑是'复杂艰苦的形势要求营队这样做'。这里显然有一定程度的漠视战士生命的味道。营长布里巴尤克不无针对性地说:'我想,有这样一些人,他们指靠的是俄罗斯幅员广阔,牺牲个一二百人有啥重要呢!'叶尔马科夫最不能容忍的是在师长眼里,'人'有时只被当作'数字'。当他和四名战士死里逃生,向师长报告时,这位师长只是冷淡地说可以'补充'营队,这不能不使叶尔马科夫怒火中烧。于是,他愤怒地指责师长'简直是个面包干,我不能把您看作个活人和军官!'"①但1959年小说修改后②,这一形象则较有立体感。

伊韦尔泽夫外表冷漠甚至傲慢,不容易让人接近,"伊韦尔泽夫带着冷漠的、捉摸不透的神色站起身,他的表情仍是那么傲慢和倔强,下级见到他时总是这样,这使他们对他产生不愉快的感觉"。但实际上,他外冷内热,总是把战士放在心里,修改后的小说有好几处特别写到这一点。

> 当伊韦尔泽夫命令炮兵指挥员撤走准备支援布利巴纽克和马克西莫夫营的炮兵营,并立刻将它从左岸调往北部时,他已经知道这两个营在胜利强渡后,已在新米哈伊洛夫卡和别洛哈特卡地区打响战斗了,营请求炮火支援,接着他痛苦地感到内心阵阵发冷,由于强忍着紧张心情,他甚至觉得不寒而栗。……可是,当伊韦尔泽夫作出这样的决定,并完全意识到想必会发生、想必具有决定意义的一切既严酷又势在必行的同时,尽管他内心很想轻松一下,但总轻松不起来。'人,人,那里……那里有我的人,'伊韦尔泽夫心想。他怀着焦急、忧郁的预感考虑了这些,没有为自己寻找辩护词;在自己的良心面前,即使用生命的代价,也开脱不了。

尽管他明白这是战场形势变化所逼,不得不这么做,但他依旧心里十分难受,想着自己的"人"——那深入敌后的两个营!

他还特意提醒军官们:"无论如何,要爱惜人,要隐藏在地下,不要进行

① 〔苏〕邦达列夫:《最后的炮轰》,孟庆枢译,南方出版社2003年,译序第2页;或见孟庆枢:《谈邦达列夫的两部"战壕真实派"作品》,《外国问题研究》1986年第1期。

② 争议的原因在于1957年发表的小说写了他一些负面的东西,因此1959年重版时作家对作品进行了修改,陈敬咏对此有相当详细的探析,详见陈敬咏:《邦达列夫创作论》,第27~31页。

任何反攻！决不能神经过敏。"当他听到为增援两个营而身负重伤的康德拉季耶夫汇报情况，并声明"上校同志，我们带着尺标"时，小说写道："'我要标尺干吗？'上校痛心地打断他的话。'我要标尺干吗？我亲爱的军官，炮会有的，可是人……'"并马上提出要报请授予康德拉季耶夫英雄称号，以致"康德拉季耶夫突然感到喉咙里一阵既痛苦又甜蜜的抽搐，因为在这个世界上，他的生命对于某些人来说竟是如此需要和必不可少"。当他听了从河那边突围出来的叶尔马科夫汇报情况后，虽然当时用铿锵有力的声音说："那两个营完成了伟大的事业。明天，军官同志们，将要拿下第聂伯罗夫"，但当他独自一人时：

> 他几乎怀着切肤之痛，又烦躁地踱起步来，思念着牺牲了的营，他明白：在当时情况下能做的一切，他都做了。可是，已发生的情况痛苦地压抑着他。……当他试图客观地用铁的逻辑推理来安慰自己时，他感到：对这位目睹全营毁灭的军官来说，按人之常情还很难理解新米哈伊洛夫卡和别洛哈特卡之战在师的第聂伯罗夫总战役中具有何种意义。这位军官自有道理——道理就是他对营的覆灭负有责任；而他，伊韦尔泽夫则更有道理——他要对全师负责。布利巴纽克营和马克西莫夫营的坚韧不拔，对他这师长来说，是快速挺进第聂伯罗夫的重大步骤，是在很大程度上保证战役胜利的必要手腕。但这一点，他对叶尔马科夫大尉只字未提，尽管他作为师长对这一切早已明白了。然而，这种通顺的论理的逻辑并不能使伊韦尔泽夫得到安慰。

当他亲临第聂伯罗夫前线，目睹官兵们的血战后，马上下命令："要给少校和优秀士兵请功！战斗结束后马上请功！请关心一下奖金的事……"而在攻占第聂伯罗夫市后，他在布利巴纽克、奥尔洛夫和马克西莫夫三个姓名旁边，用流畅的草体补写道："已故。为攻占第聂伯罗夫。红旗勋章。"并吩咐："单独给叶尔马科夫大尉发奖状。"

伊韦尔泽夫不仅内心总是想着战士，而且具有冷静的判断力和果决的指挥力。他清楚地知道，布利巴纽克和马克西莫夫两个营在新米哈伊洛夫卡和别洛哈特卡地区的行动具有非常重要的辅助作用，能把德军预备力量从北部据点吸引过去，使德国人产生错觉，以为俄军正在第聂伯罗夫以南积极行动，准备进攻，而与此同时，将发起主攻的恰恰是集中了师的主力和物资、大军即将赶到的北部据点。然而战场形势瞬息万变，正当这两个营在南部开始战斗的夜晚，德军却在最大的北部据点上发起了冲击。伊韦尔泽夫对此以铁一般的逻辑进行了连贯性的思考。他认定当布利巴纽克和马克西莫夫在城市以南成功地楔入新米哈伊洛夫卡和别洛哈特卡地区之际,德军在这两个营极为活跃的情势下,势必在俄军真正的主攻方向上发生动摇,将部分兵力调往南方,从而削弱北部据点上的行动。他也意识到,在炮兵营撤离左岸后,这两个营将无法像预想的那样得到炮火支援,可他在目前情况下没找到也找不到能使他安心的其他出路。他作为师长,现在无法用炮火支援布利巴纽克营和马克西莫夫营,因为所有的火器,直到最后一门炮,都必须用以解决整个师、整个北部据点的命运;倘若丧失这个据点,不仅南部据点上两个营的行动,而且整个战役的行动都将变得没有意义了。因此,他不能不从全局考虑,不得不果断地采用类似丢车保帅的办法来保证胜利。

伊韦尔泽夫还深入部队,亲临前线,随时了解部队情况,与官兵们共患难。小说多次写到他把师观察所迁移到前沿,甚至带领军官们到各条堑壕去察看。可以说,在这一形象身上,已有别宋诺夫形象的雏形。

小说通过展示伊韦尔泽夫与叶尔马科夫两人的某些不同观念和想法,既表现了珍惜人、爱护人的主题,又写出了战争的残酷性——有时万般无奈不能不做出残忍的牺牲。小说通过叶尔马科夫后来的认识点明了这一点,"他此刻回忆起从占领村庄至德军坦克冲向营的整个新米哈伊洛夫卡的战役,已不是凭一时冲动去评价那里出现的情势了,他开始清醒地认识到,即便得到及时的炮火支援,承受德军如此可怕攻击的营也没有生路"。

别宋诺夫是一个比伊韦尔泽夫更多面、更复杂,也更成功的艺术形象。对此,苏联和中国学者已多有论述,而且颇为精辟。

费吉概括性地指出:"别宋诺夫是一个复杂多面的性格。这是一个善于细致分析的人,既勇敢又睿智的军事长官,对自己和周围的人都毫不留情地严厉。外表虽然枯燥严厉,内心却总是为每一个接受他的命令流血牺牲的人而痛苦。经常思考善与恶的问题,思考人的生命的意义……"[①]奥夫恰连科更具体地谈到,言行严厉、强硬、内敛的集团军司令别宋诺夫,是一个非常完整、非常复杂的形象,这一形象既有广度又有深度。作家通过几个维度创造出了他的多面形象。而这在邦达列夫的创作中是一种创新。别宋诺夫个人生活坎坷,军旅之路艰难,性格乖僻。为了揭示这种性格的本质,作家让主人公经历了最复杂而又多样的情况。我们能听到别宋诺夫与斯大林之间并不轻松的交谈,他与军事委员会委员维斯宁的对话,与各师、团、营的指挥官乃至与士兵的对话。对于德罗兹多夫斯基的发言,他用他那冷静而又刺

---

① *Федь Н.М.* Художественные открытия Бондарева, М., 1988, С.52.

耳的声音回应说:"希望您用'坚守'来代替'战死',因为这个词要好得多。"别宋诺夫在对话中用词非常简练、犀利且毫不妥协。而这一切都让别宋诺夫在我们眼中变得更加高大……更加人性化。我们也开始几乎能切身感受到,正是由于别宋诺夫钢铁般的意志,再加上从杰耶夫到库兹涅佐夫、乌汉诺夫、裴巴利柯夫等所有部下无比坚忍的意志,德军的反攻才会溃败。除却武器,这也是两种世界观、两种战略、两种意志的碰撞。别宋诺夫和他的部下们要对付的敌人不仅武器精良,而且聪明、狡猾、阴险。①

王培青更全面具体地指出,作家在塑造别宋诺夫的形象时,特别突出了一个高级军事指挥员的精神气魄、意志力量和卓越的指挥才能。他在深入连队、前线侦察中了解了自己,熟悉了敌人,从而形成了非凡的谋略。他坚决执行了"主要是牵制德国人并消灭他们的坦克""绝不后退一步"的阻击战原则。他指挥战斗时又善于掌握战机和使用兵力,从而使这场阻击战取得了预期的胜利。这样,作家在表现人与战争的关系时,写出了别宋诺夫促进战争、支配战争的一个方面。在别宋诺夫身上表现了一个高级将领在战争中的自我牺牲精神和对苏维埃社会主义祖国高度的责任感。他是带着难以想象的肉体上和精神上的痛苦来参加阻击战的(他那条受伤的腿受冻就疼得厉害,他那十八岁的独生子维克多6月份在沃尔霍夫前线失踪了——引者)。这样,作家就揭开了主人公内心世界的奥秘,再现了一个高级将领在特定战争环境里的真正面貌。别宋诺夫面对着残酷的战争,内心是充满着复杂矛盾的。当他看到行军的战士时,立刻想到:"也许他们每五个人中就有一个要死亡,死得比他们自己想象的要早。"他总是克制着自己的感情。当阻击战胜利结束时,面对着炮兵连活着的五个人,他也哭了。作家在别宋诺夫的行为和内心活动的相互对照中,写出了战争中一个高级将领心理调整的过程,从而深刻地揭示了人与战争的关系。别宋诺夫是作家精心塑造的一个高级将领,一个英雄人物。但作家并没有把他写成一个高大、完美和非凡超人的"天神",而是一个普通的人。他是一个"消瘦的、面带病容、貌不惊人、穿着黑皮袄""五十岁左右的饱经风霜的人"。由于作家描写的主人公的外貌真实可信,自然就增强了形象的艺术感染力。可以说,作家所塑造的别宋诺夫的形象,一反那种把高级将领神秘化、标准化的模式,写出了一个高级将领的个性和人性,从而使文学更加接近人学。应该说,这一人物形

---

① *Овчаренко А. И.* Большая литература : Основные тенденции развития советской художественной прозы 1945~1985 годов. М. ,1988 ,С. 69~70.

象是苏联卫国战争题材小说的重要成就之一。①

诺维科夫则总结道:"作品中的人物,首先是别宋诺夫将军,乃是体现了时代特征的艺术典型。这种特征在战争的新阶段,即在决定战争进程的形势下特别强烈地表现出来。别宋诺夫对自己的下属要求严格,因为他懂得,只有无条件地完成他的战略意图(把杰耶夫师留在战役的楔尖地带作为掩护部队,同时集中全部兵力从两翼打击已经突破防线的敌军部队)才能取得胜利。他亲临战斗最危险的地段——杰耶夫的师司令部。他的意志力量、智慧、自我牺牲精神、高度的责任感(他了解曼施坦因部队的坦克向我军撞击的全部危险性)像一股脉冲一样传达到全体参战人员,特别是年轻而刚烈的杰耶夫身上。别宋诺夫的意志力量,他的不屈不挠,严于要求,甚至粗暴态度都不单是主人公性格的个性特点。别宋诺夫是经历过1941年严酷战斗的熔炉锻炼的军人,他非常懂得有组织的作战的必要性。战略问题和参战者人人知道自己在战斗中的位置的问题——这些问题,如同戏剧中的最高任务,推动邦达列夫小说的故事发展,把所有情节联结起来,组成一幅总的、完整的图画。"②

善于描写自然风景,而且往往能情景交融。恰尔马耶夫指出:"邦达列夫结合痛苦的亚历山大·格林及帕乌斯托夫斯基之长而创作了自己颇负盛名的风景。……风景在邦达列夫的长篇小说中是最为有力的一环——它不只是背景(环境),而且还是鲜活的、永恒的大自然,刻意使人的敏感性、有限性、死亡性显得更加明显。在这风景中有心灵的历史,富有特征的双重性,风景与心理学的双声。"③费吉则认为:"邦达列夫的大自然丰富多彩,它那光与声的长长序列丰富而多变。"④他进而指出:"从《请求炮火支援》开始,邦达列夫的风景就与主人公内在的心理过程相互呼应。这大都是心理风景,有时拥有一种作用于具体的人的心灵的难以说清的威力。"⑤限于篇幅,此处只谈谈其风景描写与人物心理的关系。

邦达列夫笔下的风景有时体现人物的心境:"这是一个安静而寒冷的早晨,冷风朝敞开的车厢门吹进来;在黎明时已经停止了的这场暴风雪之后,一动不动地隆起着绵延不尽的雪堆,好似晶莹的浪涛直伸到远方地平线上。

① 参阅王培青:《论邦达列夫的长篇小说〈热的雪〉》,《西北师范大学学报》1988年第1期。

② 〔苏〕诺维科夫:《现阶段的苏联文学》,第45~46页。

③ *Чалмаев В. А.* На войне остаться человеком:Фронтовые страницы русской прозы 1960~1990~х годов,М.,2018,С.43.

④ *Федь Н. М.* Художественные открытия Бондарева,М.,1988,С.40.

⑤ *Федь Н. М.* Художественные открытия Бондарева,М.,1988,С.62.

黯淡的太阳像一只沉重的紫红色圆球,低悬在雪堆上空。所有的一切——包括车门铁皮上的浓霜和空气中碎云母似的雪尘——都亮闪闪地刺人眼目。"这是库兹涅佐夫经过长时间的列车行军尤其是夜间行军后,醒来后突然发现的早晨风景。宁静、银白的早晨风景,表现了库兹涅佐夫宁静和纯洁的心境,但"黯淡的太阳"又预示着面临战争时的心理压抑。"月亮从树丛后面露出一道光亮,照亮了道路,密林中,光秃秃的白杨树潮湿的树干忧郁而暗淡地闪着光。整个森林都蒙上了一层青色的、死气沉沉的金属光泽。树叶的簌簌声、冷冷的飘游不定的月亮、荒芜的道路上的黑影,显得那么哀愁,令人怅然若失。这一切要将人引向何方?哪里是这孤独感的尽头,这茫茫秋夜的尽头?"这是叶尔马科夫跟随布利巴纽克营长渡河到新米哈伊洛夫卡时所见的自然风景,这风景非常契合他们冒险渡河深入敌后前途未卜的暗淡心境。

有时风景起着反衬作用,如:

百年的椴树在潮湿的林荫路上投下红色的光带,带着水汽的落叶晶莹闪光,私家独宅完好无损的玻璃熠熠闪烁,晾台前清晨的水池波平如镜,水汽袅袅升起。这儿的一切都那么宁馨。秋日的雾气,被露水洗刷过的树叶的芳香,凛冽的清晨——这一切构成一幅和平的美景。

莹晶寒冷的高空之中,山风吹拂,极其柔和的夏季的白云渐渐消失、融化。白云的下面,松树静寂不动地、沉沉欲睡地呈现出黄色,被太阳晒得暖烘烘的非秋天的湖水微微发光,泛着浅蓝色。湖上腾起的团团雾气升到树林之上、喀尔巴阡山脉之巅。

这是《最后的炮轰》中大自然以及人文建筑等所构成的和平、宁静、美丽的风景,反衬出战争的极大破坏性和毁灭性,凸显了战争的荒诞、残酷。

邦达列夫的语言简洁、准确,同时又生动、优美。"俄罗斯好像充满某种永不消失的喜悦的疼痛之感,留在那烟雾笼罩的波兰平原的后方,留在那广袤无垠的大地之上。"用诗的比喻和诗一样富于韵味的语言,表现了苏军官兵对祖国的深情。"这位突然遭到死神袭击的人,拧着身子躺着。一只纤细、苍白、瘦小的手从制服衣袖里笨拙地露了出来,向高地伸去,脑袋疲惫地、天真地向下耷拉着,就像熟睡的鸟儿一样。被死神击落的,烧坏的帽子也掉在这里,上面落满了闪闪发光的露珠儿。死者的双腿蜷曲一团,好像他临死前感到的寒冷迫使他瑟缩起来,这样躺着,以便保存最后的体温似的。"这是诺维科夫发现自己的通信兵科洛科利契可夫牺牲时的描写,生动、形象,充满情感,表现了诺维科夫对死者的怜爱、惋惜之情。费吉还指出:"从《请求炮火支援》开始,邦达列夫就使用的是充满力量的语言,其中固有的特点是:话语语调节奏分明,句子确切而又感情丰富意味深长,且有动人的节奏。"[①]限于篇幅,兹不赘述。

综观苏联的反法西斯战争文学,从1941年诞生之日起至1991年苏联解体止,经历了整整半个世纪的发展历程,其中有两个起伏与邦达列夫密切相关。一是四五十年代的起伏。众所周知,40年代后半期因为保家卫国和政治形势的需要,苏联战争文学迅速发展,出现高潮,但到50年代前半期又降入低谷。肖洛霍夫的《人的命运》拉开了卫国战争小说"第二个浪潮"的序幕,但影响更大、作为"第二个浪潮"标志、最能表现"战壕真实"小说的代表作却是邦达列夫的《请求炮火支援》。二是六七十年代的起伏。60年代后半期卫国战争文学再次降到低潮,但不久出现的"全景小说"取代"战壕真实"小说而掀起新的高潮,邦达列夫的长篇小说《热的雪》又成为"全景小说"的第一部代表作(戈尔布洛娃还指出,《热的雪》是苏联文学中社会-哲学型的叙事长篇小说形式发展新高潮的先兆)[②]。由此可见,邦达列夫在五六十年代战争小说方面独特的成就与较大的贡献。

值得一提的是,《最后的炮轰》刻意渲染战争的残酷性和生命的偶然性,如在结尾刻意安排主人公诺维科夫在胜利前夕护送完负伤的莲娜而返回阵地的途中,在苏军给敌人歼灭性打击的"最后的炮轰"中被自己部队的喀秋莎火箭炮打死。这对此后的苏联战争小说也产生了一定的影响,如巴克兰诺夫小说中的巴宾营长之死、西蒙诺夫《生者与死者》三部曲中谢尔皮林之死,即为显例。而苏联学者戈尔布洛娃指出,在苏联描写斯大林格勒战役的著名小说,如西蒙诺夫的《日日夜夜》、肖洛霍夫的《他们为祖国而战》、格罗斯曼的《为了正义的事业》等一系列作品中,邦达列夫的《热的雪》描写了斯大林格勒战役的新阶段,即苏联卫国战争红军进攻并围歼保卢斯集团军的阶段。[③]

三、西蒙诺夫的《生者与死者》三部曲

《生者与死者》(1959~1971)是一部长篇三部曲,包括《生者与死者》

① Федь Н. М. Художественные открытия Бондарева,М.,1988,С.31.

② Горбурова Е. Юрий Бондарев:Очерк творчества,М.,1989,С.163.

③ Горбурова Е. Юрий Бондарев:Очерк творчества,М.,1989,С.180~181.

（Живые и мертвые,1959）、《军人不是天生的》（Солдатами не рождаются,1964）、《最后一个夏天》（Последнее лето,1971）三部长篇小说①,是西蒙诺夫的代表作,也是苏联战争文学中"全景小说"的代表作,曾获1974年列宁奖金。苏联学者别拉雅指出,西蒙诺夫的《生者与死者》三部曲是一部战争史事编年史,其内容从悲惨的1941年6月开始（《生者与死者》),经过卫国战争最高潮——斯大林格勒大会战（《军人不是天生的》),到最严峻的巴格拉季昂战役,再到1944年在白俄罗斯领土上展开的即将大获全胜的战役（《最后的夏天》)。其写作是通过对战争文献资料的长期细致研究、同参与战争的人进行交谈或者是对战争时期的记事进行分析而完成的。②

　　的确,这三部曲描写了苏军从1941年夏天失利被迫防御,到1944年夏天转入全线反攻、德军被赶出国境的战争生活,几乎囊括了苏德战争的全部进程,包括:1941年夏德军突然入侵,苏联西部边境战争失利;德军进逼莫斯科,苏军组织反击;斯大林格勒战役;库尔斯克战役;1944年在白俄罗斯即将取得胜利的战役。如此众多的战争大事件,小说巧妙地以两位主要人物贯穿始终,使之连成一体:原军报记者、后任集团军司令副官的辛佐夫;30年代被关押坐牢四年、战争开始后相继担任旅长、师长最终担任集团军司令的谢尔皮林将军。同时三部曲也通过描写这两位主人公及相关人物的经历和遭遇,画面广阔、包罗万象,既全景式地反映了有头有尾的战争全过程——前方的激战,后方繁重的劳作、艰辛与全力支持,敌后游击战,乃至战俘营的悲惨景象;又重点描绘了具有战略意义的莫斯科大会战,斯大林格勒大会战,白俄罗斯大会战等大的会战;人物也形形色色,上至最高统帅下至平民百姓——从最高统帅斯大林到各级指挥官,从辛佐夫、塔尼雅等普通军官到众多平民百姓,纵横交织,形成了斑斓多彩的战争生活画面。俄国学者指出:"谢尔皮林和辛佐夫这两个主人公,将军和新闻记者——政治指导员——列兵——营长——副官,是作家的'第二个自我'。战争画面正是因为他们才得以再现,不论是从斯大林办公室到斯摩棱斯克地区的沼泽和森林,还是从

---

① 三部曲目前每一部都有至少两个中文译本,包括:《生者与死者》,谢素台等译,外国文学出版社1988年;郑泽生译,上海译文出版社1993年;王灏、李如钰译,东方出版社2005年。《军人不是天生的》,丰一吟等译,作家出版社1965年;赵桂莲等译,东方出版社2005年。《最后一个夏天》,上海外国语学院俄语系译,上海人民出版社1975年;李如钰、李浩译,东方出版社2005年。

② *Белая Г. А. Художественный мир современной прозы.*М.,1983,С.13.

莫斯科附近的森林和小树林到斯大林格勒的废墟。"①另有学者谈道:"康斯坦丁·西蒙诺夫的《生者与死者》三部曲讲述了昔日爱好和平的男孩们如何成为士兵,肩负起国家使命。他们每个人都有自己的命运,自己的性格和不同形式的军功表现,把他们团结在一起的是捍卫自己国家的博大精神。"②李毓榛更是认为:"《生者与死者》三部曲这样一部长篇巨著,其内容是十分丰富、十分复杂的。它涉及战争期间,乃至战前年代苏联社会生活的许多方面,可以说是苏联战争年代社会生活的一部百科全书。"③

这三部曲创作的时间长达十几年(1959~1971),苏联社会在发展变化,作家的思想也随着时代的发展变化而相应地有一定的变化(如对斯大林的感情最初严峻后来温和),但有一个根本的思想贯穿全书,这就是人道主义视野下人的主题,这是三部曲最重要也最基本的主题,并且在三部曲中是有所侧重和变化的——从相信人到爱惜人再到尊重人。

1954年12月,苏联作家协会第二次代表大会在莫斯科召开,苏共中央在给大会的祝词中要求作家"深入地研究现实""揭示生活的矛盾和冲突",公开反对形式主义和粉饰现实,大会批判了此前著名的"无冲突论",提出文学创作要"积极干预生活",并号召"写真实"。这次大会标志着苏联文学新时期的开端。随后,苏共中央为在肃反扩大化中及其他场合受到批判的文艺界人士恢复名誉,文艺界的一大批冤假错案得到平反。作家们欢欣鼓舞,苏联文学出现了空前繁荣的局面。在这个时期,苏联文学重新重视人道主义思想,表现人的命运,从历史和现实中揭示人的价值。有学者具体指出,这个时期苏联文学思潮的主导思想是社会主义的、战斗的人道主义,一方面它充分尊重人的自由,爱护人,一方面它对损害人的侵略战争和剥削人、压迫人的势力进行不屈的斗争,对蔑视人、伤害人、不信任人、不关心人的观念和行为进行斗争。在这种思想指导下的创作有下列特点:第一,抨击个人崇拜,抨击官僚主义,它们都是以不信任人,不尊重人为主要特征的;第二,把个人命运作为描写的中心,揭示普通人灵魂的美;第三,反对片面强调个人

---

① *Поль Д. В.* Герой – Защитник в художественном мире М. А. Шолохова и К. М. Симонова. /Отечественная словесность о войне. Проблема национального сознания . М., 2015, С.24.

② *Чжэнлин Цуй*. Константы народного сознания в поэме К. М. Симонова "Сын артиллериста". / Отечественная словесность о войне. Проблема национального сознания .М., 2015, С.215.

③ 李毓榛:《西蒙诺夫评传》,第168页。

对社会尽义务,而忽视社会也应该对个人承担责任。①

在此背景下,三部曲第一部《生者与死者》主要写苏军的失利及其在战争考验中的成长,特别是通过下级军官、军报记者辛佐夫的曲折经历和中层干部谢尔皮林(旅长)的率部突围,写出了苏联卫国战争初期广阔而真实的战争生活场面,写得真实、细致、动人,有较高的艺术价值,尤其是写出了战争初期苏联的毫无准备和一败再败,当然更写出了战士们和将官们的爱国热情和忘我牺牲精神。不过,这部小说写得最多、表现得最深刻的是相信人的问题,这几乎贯穿整部小说。

小说开始不久,就写到因为迅速败退,再加上很多人在外出差或被派往前线,而到处乱成了一锅粥,与此同时,德国人又派遣特务潜入后方,搞破坏和暗杀,因此某些领导神经过敏,对来自敌占区的人尤其是没有证件的人一律不相信,扣留、审问,甚至枪毙。小说写道:"而主要的却是,几乎所有被扣留的人,都不是破坏分子,也不是间谍,又不是逃兵。他们不过是从某地来,到某地去,找什么人,办什么事,人没找到,事没办成,因为一切都乱了套,都挪了位。有些人,碰到轰炸和扫射,耳朵里灌满了关于德国空降部队和坦克如何可怕的传说,怕真的当了俘虏,就把证件埋了,有的还把证件撕了。"当然,"在被扣留的人当中,有两个特别可疑。他们穿着军服,但没有任何证件,问他们是什么人,从什么地方来,到什么地方去,问了半天,也没从他们嘴里问出可信的回答。于是认定是破坏分子,判处枪决。押解他们去林边执刑的人事后说,其中一个痛哭流涕,请求等一等,他一再说,问题能够搞清楚;另一个开头也要求等一等,但最后一刻,枪口已经对准他的时候,他喊了一声:'希特勒万岁!'"②然而,混入后方的敌特毕竟是极少数,如此普遍地公开不信任人,审查人,甚至枪毙人,引起了人们极大的恐慌,同时,这也表现出了当时苏联政府的惊慌失措。

更可怕的是,对历尽千辛万苦、熬过千难万险,好不容易杀出德军重重包围死里逃生的成批的官兵也毫不相信。一个个都要审查审问,而问的问题又简直可笑:"你是谁?从哪儿来?为什么会陷在包围圈里?为什么要突围?"小说花了较长的篇幅,描写了跟随谢尔皮林杀出重围的几百人的遭遇和悲剧。在谢尔皮林的带领下,全团浴血奋战,杀出重围,只剩一百五十人,然后一路收留其他被打散的突围部队,最后突出敌人的包围见到坦克旅长克利莫维奇时,剩下三百二十人。小说写道:"早晨同克利莫维奇谈过话后,

---

① 参阅何瑞编著:《1950~80年代的苏联文学》,花山文艺出版社2009年,第40~42页。

② 本节所引《生者与死者》的文字,均出自1993年版《生者与死者》,为节省篇幅,不一一注出。

辛佐夫就警惕起来。按照他的想法,首先应该让他们这些手执武器、扛着军旗、冲出包围的指战员集合站队,隆重地举行阅兵式,嘉奖他们,可现在,不知为什么,却把他们和战士分开,单独集合到大帐篷……辛佐夫突然感到,事情并不像他所希望的那样,一定会搞到令人难堪。"结果在官兵分开开会后,首先下令收缴所有人的武器,不管它是自己原有的,还是缴获的;然后用车子把这些突围出来的官兵全都遣送到后方的整编处去。

尽管团政委什马科夫据理力争说:"他们自己已经回答了您的问题,他们没有留在德国人那儿,而是出生入死地打回自己人身边来了。"但派来执行任务的边防军少校丹尼洛夫依旧说:"他们回到自己人身边,这是事实,对您,对我都一样。但是,您的人是遵照命令行动的,在这种情况下,有的人也跟着别的人一块出来了,他们本来不想突围,但在命令的支配下,他们不得不随着大伙儿往外冲。然而,由于这种或那种原因,他们仍然得不到指挥部的信任,您这儿没有这种人吗?"什马科夫强调说:"第一,据我看,没有,第二,我们越过前线,我们终于到了家……"可少校还是咬住不放说:"我要对自己的工作负责,我还关心一个问题:和您一起突围出来的人中间,有没有这样的人,他们参加您的队伍,抱有自己的目的。他们随您越过战线,已经部分地达到目的,而在今后,再想办法达到自己的全部目的,在接受各种审查之前,就从路上溜掉,我不知道,您这儿有没有这样的人,但经验提醒我们,这种人可能有。最好还是现在就考虑这个问题,免得以后出了事再考虑,那可就晚了。"什马科夫气得真想说:"亲爱的同志,我们最近一个时期对于'某某人不可靠'往往考虑得过多,也过早,而以后,对于'某某人毕竟还可靠'又醒悟得太晚。"他考虑再三,最后说:"对自己人要信任,没有信任,那已经不是警惕,而是怀疑,是张皇失措!"但都无济于事,最后这些从前线突围出来的官兵被迫乘坐三十辆卡车送往整编处。但是在路上遇到德国飞机轰炸,桥被炸断,已经过去的车辆和没有过去的车辆上的人,就这样被人为地分成了生者与死者——后面一百多人被德国坦克部队包围,没有武器自卫,基本成为活靶子,几乎全部白白送死。

丹尼洛夫看见手无寸铁在路上乱窜的人,一个个被德国鬼子迎面打死。他们是被他,被他丹尼洛夫解除武装的啊。只有少数几个人在倒下死去之前还绝望地开了两三枪,而绝大多数的人都是赤手空拳被打死的,他们在死前连还手捞本的最后一点点做人的痛苦欢乐也被剥夺了。他们逃跑,德国鬼子从背后把他们撂倒,他们举起双手,德国鬼子迎面把他们打死。

只有辛佐夫等几人历尽千难万险,逃得性命。小说继什马科夫以后,在此通过辛佐夫的心理活动,再次奏响应该相信人的主旋律。"如果是一个人,两个人,三个人,不穿军服,不带证件,从包围圈出来,那是一回事;如果是整个部队,有证件,有番号,手执武器冲出来,那又是另外一回事,凭良心说,即使是开回后方,也完全应该让他们把这些战利品留在身边,让他们自豪地开回去。以后那就是我们的事了——按规定办事,在他们中间,进行审查,不伤害他们的自尊心,万一在他们中间发现什么败类,那时再清除也不迟。"

小说进而通过辛佐夫的一系列遭遇,更生动深刻地阐发了应该相信人或信任人的主题。辛佐夫因为负伤昏死而被佐洛塔廖夫把证件带走,因此不仅被柳辛在进入莫斯科时丢下不管,而且在莫斯科几乎无法生存。幸亏了解他的玛里宁相信他,让他加入了志愿上前线的共产主义大队。在保卫砖厂高地的战斗中,辛佐夫击毁多辆德国坦克,战绩突出,上级因他的战功授予他上士军衔,提升他为炮兵班长,并授予勋章。但因为没有证件,他恢复党籍的事却被搁置了,辛佐夫气愤地说:"什么更重要些,是人还是纸片?"尤为可怕的是,在激烈的战斗中他们竟然还把他叫出来,到师部去处理他的申述。

小说还写到,这种不相信人的做法,在苏联早已有之:"费多尔·费多罗维奇·谢尔皮林,也就是同意辛佐夫留在他团里的那个人,有着一段宁折不弯的历史。在他的履历表上,记载着很多工作变动,但实际上,他一生只从事一种工作:恪尽军人的天职,尽其所能为革命服务。他在对德战争中为革命服务,在内战时为革命服务,他指挥过团,指挥过师,他在军事学院学习过,并在那里执过教,甚至当命运不怀善意地把他抛到科雷马河的时候,他也在为革命服务。"就是这样一位老革命,而且是非常坚定、时时刻刻、一心一意为革命服务的革命者谢尔皮林,竟然也得不到基本的信任,在1937年突然被捕,逮捕他的直接原因是他在讲课时提出了不符合当时潮流的警告——希特勒复活的国防军在战术观点上有某些长处,更可笑的是,就连学德语和搜查时在他住宅搜到的原版德文军事条令竟然也构成一条罪状。这样一个老革命,而且仅仅是善意地就客观事实加以提醒,却被逮捕,并且惊动叶若夫本人两次亲自过问他的口供。最后,实际上未经审理,就判了他十年。因此,李毓榛指出:"在《生者与死者》三部曲中除了展现卫国战争的历史进程之外,更为重要的是深刻揭示社会生活中更深层的内在矛盾,展现人们的思想、精神和伦理道德等。小说中以相当的篇幅描绘了20世纪30年代末苏联肃反扩大化在社会生活中,在一般人的心理、思想意识中所造成的不良影响。最突出的就是明哲保身,对人的猜疑、不信任。因此小说中大声疾呼地提出了应该相信人、爱护人的问题(应当明确,这里所说的'人'不是泛指的人,也不是敌人,而是自己人、自己的朋友和同志)。"①

对于自始至终一心扑在革命上的老革命,高层干部都如此不相信,可想而知,这种不信任人的做法,到了战火纷飞、一片混乱的战争时期,自然会愈演愈烈。相反,不说真话、毫无原则、一意奉迎者却能如鱼得水,甚至飞黄腾达。

> 巴兰诺夫不乏蝇营狗苟的本领,他关心的不是军队的利益,而是他个人的飞黄腾达。在科学院任教的时候,巴兰诺夫今天支持这个学说,明天赞成那个理论,白的可以说成黑的,黑的可以说成白的。凡是能够讨"上边"喜欢的,他都巧妙地随声附和,他甚至不择手段支持那些由于对事实一无所知而发出的谬论,尽管他很清楚这些事实。他的拿手好戏就是作有关预测敌人情况的报告和介绍。他千方百计寻找敌人的真弱点和假弱点,为了迎合某些人的观点,他故意抹杀未来敌人的强大和危险的一面。

类似的还有自私自利、一心往上爬的柳辛和巴斯特留科夫等人。

正因为如此,菲利波夫指出,小说基本的道德哲理性的主题是"人在战争中的遭遇。全书贯穿着对人的生命的价值,对人的信赖这一人道主义的见解"②。

1961年10月,苏共召开第二十二次代表大会,会上提出"一切为了人,为了人的幸福"和"人与人是朋友、同志和兄弟"的口号,从此人道主义更加鲜明地成为苏联文学创作的中心。1964年10月,苏共中央举行全会,勃列日涅夫担任第一书记,决定继续贯彻苏共二十大、二十二大的路线,加强党对文艺界的领导与控制,强调写正面人物,写"时代的真实"和"生活中的美",提倡"社会主义的人道主义"。文学创作的主题从第一阶段的暴露个人迷信及其危害,发展为全面揭露和批判官僚主义,充分肯定个性的独立和个人选择自己生活的权利。对人的爱护,成为当时苏联文学尤其是小说创作的一个突出的亮点。在此背景下,西蒙诺夫三部曲的第二部《军人不是天生的》也更突出地表现了关心人、爱惜人的主题。

《军人不是天生的》主要写1942~1943年苏联军民的反法西斯战争中的生活,特别是斯大林格勒战役的反攻,已提拔为师长的谢尔皮林取代辛佐夫

---

① 李毓榛:《西蒙诺夫评传》,第170页。
② 〔苏〕弗·菲利波夫:《西蒙诺夫创作述评》,闻英译,《文化译丛》1987年第1期。

成为主人公,但也穿插了其他人的故事。具体来看,小说围绕斯大林格勒战役展开三条交错的情节线索。第一条线索以谢尔皮林为中心,这也是小说的主线,主要描述了袭击高地、解救苏军战俘、北顿河方面军和斯大林格勒方面军的会合、德国保卢斯集团被切成两半等重大事件,更充分地刻画了谢尔皮林的性格。他在指挥中时刻考虑如何减少牺牲,爱护士兵,他不惜失去职务而违背必须在建军节之际发动准备不充分的进攻的命令;为了指挥重要战斗,他没有及时探望病重的妻子;为给在肃反中蒙冤的战友申诉,他敢于冒险向斯大林上书。第二条线索则通过辛佐夫在战斗中如何从一个文弱记者成长为真正的军人,点明书名《军人不是天生的》的含义。辛佐夫在谢尔皮林集团军中靠自己的战功从排长升为营长,还亲自率领侦察兵潜入德军指挥部俘虏了一名少将军官,立了大功。第三条线索通过军医塔尼雅(一译塔尼娅)的经历展开。她在莫吉廖夫部队突围后送往后方整编途中和辛佐夫等一起在林中从德国人的包围圈里逃脱,因病被安置在一个伐木工人家里。后在敌占区当了游击队员,受伤后先在莫斯科治疗,后回塔什干家中休养。战时后方人民生活极为困难,妇女儿童都从事极其繁重的劳动,拼命生产前线需要的各种物品,尤其是武器装备。塔尼雅的父亲活活累死在车床前,母亲带病挣扎着工作。她伤愈后来到谢尔皮林的部队,被派往刚解放的一个苏军战俘营去接收伤病员。恰巧辛佐夫有事来到医院,他和塔尼娅相会并且相恋。三个主人公在北顿河方面军和斯大林格勒方面军胜利会师时会合了。

《军人不是天生的》反映的生活面相当广,不仅反映了前方军官与士兵的痛苦,并且关注到后方人们既要在物资极其匮乏的条件下省吃俭用以支持前线,又要超负荷地生产前线所需要的一切的艰难与痛苦,并因此特别强调要关心人、爱护人。这个主题,主要通过以下几个方面表现出来:

第一,大量描写"不爱惜人"的事例,从反面强调"爱惜人"的重要性。这种"不爱惜人"的具体表现有四:

为了逞能或自己出风头,置士兵或别人的生死于不顾。小说在这方面至少写了四个典型的例子:

第一个是别列日诺依等人。别列日诺依在新年前夜前线的寂静中希望主动发起攻击,谢尔皮林对此的反应是:"别列日诺依的话激恼了他。人们竟还有这样愚蠢的习惯:来到前沿阵地,如果此刻那儿恰好是静悄悄的,他就非得开火而引起对方回击不可,仿佛当兵的所经受的遭遇还嫌不够似的。别列日诺依说这是'提高积极性',实际上不过是顽童的轻举妄动。况且就年龄来说也不相称:他都快四十啦!你要冒自己生命危险和别人的生命危险来逞能，只怕逞不了多久吧！"而且，有这种想法的还不止他一人。

　　我昨天在司令那儿开会，就听见过这个绝妙的主张，说是要在今天夜里闹它一阵子，不让德国人太太平平过新年。同时也不让自己太太平平过新年。我听了这话就反对。我提出自己的看法，说如果要利用新年前夜正式进攻，那是有道理的。可是如果仅仅为了闹一阵子，那就应该体恤自己，也体恤战士们，别搞掉他们这一夜了。再说，德国人过新年，没有过圣诞节那么隆重。在圣诞节的时候，倒是该闹它一阵子。幸亏军委支持我。可我刚把上面顶回去，你又从下面冒出来……①

　　第二个是巴拉班诺夫。他"是竭力想用蛮勇来弥补自己一切缺点的那种人。这是一种危险分子。他有勇无谋，喜欢发号施令，不容异见。除此以外，他还是个酒鬼"。巴拉班诺夫一心想快一点显显团长的身手，好几次强求上级准许他攻取那个矗立在团前面的碍事的高地，但谢尔皮林一直没有同意。在新年之际，他打算出出风头，攻下这块高地。他喝得酩酊大醉，来到营里，又大喝一番，然后组织兵力强令夺取土岗。结果，土岗没有夺下来——起初他们误入布雷区，后来被迫击炮和机枪的火力打中，好容易才退回来，十一个人受伤，其中有重伤员（后来死了三人），营长塔拉霍夫斯基大尉也给打死了，而他才三十二岁，有妻子和五个子女。

　　第三个是席良诺夫："他仗着自己有经验，结果孤军深入，差点儿吃了德国人的大亏。他老是想显显颜色。从一方面看固然好，从另一方面看却不好。冒冒失失能把命送掉，而且还不只是他自己的一条命……"

　　第四个是柳辛。辛佐夫接任营长后，前任营长捡回来的一个孤儿（家人全被德国人杀害）——十四岁的小传令兵被暂时收留了，在去攻占一个高地时，辛佐夫准备把他留在掩蔽部里，因为"他可不能把自己那个小传令兵随身带去，必须把他留在这儿。他究竟是个孩子啊。在防守时跟在指挥员屁股后面打转是一回事，在作战时那就是另一回事了。跟我一天已经比跟了我一月还难受，不管他怎么哭，明天就送他去后方"。然而，柳辛为了自己采访到第一线的新闻，竟然把这孩子也带上了火线，而且一点也不管他的死活，导致孩子受了重伤，为了救回孩子，一个老传令兵牺牲了，辛佐夫的手也受了伤。救回孩子后，小说写了这样一段，充分表现了柳辛这种人对人的毫

－－－－－－－－－－

① 　本节所引《军人不是天生的》文字，均出自1965年版《军人不是天生的》，为节省篇幅，不一一注出。

不爱惜及冷漠自私。

　　"我们伤亡了两个人。"辛佐夫望着柳辛苍白的脸咬牙切齿地说。虽然辛佐夫用的字眼很普通,他的脸部表情却不容怀疑:他说这话完全不是指德国人,而是针对着他,针对着柳辛说的。

　　"可是孩子究竟活了命。"柳辛说。

　　这句答话中的某种含义更加激起了辛佐夫对柳辛的敌意。对那个打死的老传令兵,柳辛连想也不想,根本把他从他的头脑中取消了。"孩子究竟活了命。"可是老传令兵呢? 这个老战士在几分钟内替这个别人家的孩子干的事情,要比不论哪一个父亲为他亲生儿子一辈子干的一切还要多! 他为了救孩子,没有奉到命令就跳了出去,而且为此献出了生命。不但他自己送了命,在这几分钟内还使他自己的亲生儿女成了孤儿! 可是柳辛这家伙却连想也不想到他了!

　　"谁准许你把孩子带出来的? 你要来,可以自己来! 干吗拿别人的生命当儿戏,你有什么权力这么干?"辛佐夫说。

　　"这是他自己愿意的,他自告奋勇陪我到您这儿来。"柳辛惊惶失措地说。

　　拉扎列夫指出,柳辛在穿过德国人射击范围内的地带时居然带着男孩,而且都没发现男孩受伤了,躺在德国人控制的地方,也没想过转身去救他。而老传令兵不等发令,主动去救男孩,牺牲了,辛佐夫也奋勇上前,把男孩救了出来,但手因此负伤。为了他来前线,导致一人死亡两人负伤,而柳辛想的却只是自己,因此,"记者柳辛1941年在辛佐夫遭遇不幸时抛下他而去,为的是不给自己惹麻烦。在斯大林格勒,他依旧未变,还是像以前一样,想的只是自己"[1]。

　　为了炫耀胜利,或者为了追求政治效果,不从实际出发,甚至滥用权威,追求表面成绩,造成无谓的流血。

　　最高统帅部副总参谋长伊万·阿列克谢耶维奇私下对谢尔皮林说:"眼下,在科帖耳尼科沃的战役结束后,德国鬼子冲破包围的危险性实际上已经消除了,在这种情况下,请问,为什么不能推迟一个月夺取斯大林格勒呢? 既然有这么良好的开端,并且展开了战斗,现在只要静悄悄地在自己后方,以少量兵力,把他们当作臭虫饿死、饿死,而把那几个腾出来的集团军在尽

---

　　① *Лазалев.* Военная проза Константина Симонова, М., 1975, С.207.

可能短的时期内调出去补充即将解决今后战斗任务的那些方面军,或者重新配置作为它们的预备队。在这样的时候,为什么会突然丧失耐心呢?"而"我建议用较少的兵力封锁斯大林格勒,在某一点上也可以归结为避免可以避免的伤亡。"他进而说道:"你常常一下子弄不明白那钢铁一般的意志和那不可思议的固执之间的界限。这种固执的代价是牺牲几万条人命和损失大批武器。"也就是说,尽快解决斯大林格勒包围圈中的几十万德国人是最高领导的意志,主要是为了政治效果,为了早日让西方人看到苏联红军的战绩而不考虑部队实际情况,急于求成。在部队的具体战斗中,这类情况更多,如为了庆祝某个有纪念意义的革命节日,上级往往不顾实际情况而下令下级部队提前攻克什么地方或者获得某项胜利而根本不考虑伤亡(详后)。

谢尔皮林对斯大林汇报时,更明确地谈到另一问题:"导致伤亡过大的原因往往是那种一味追求全线推进的老一套还没有根除。上级的指示要求每天在任何地方向前推进,哪怕是前进一步也好!这样做有时得付出很高的代价。为了占领几百米不解决任何问题的地带,往往要白白牺牲不少人的生命,其实这几百米地在占领某一关键性阵地以后立刻就能够转到我们手里。"而"据圈内人透露,压力来自最高当局,有时候它驱使着下面的人追求表面的成绩,造成无谓的流血。"谢尔皮林后来还谈到更可怕的事情,由于战争开始时被德国人突袭,造成诸多重大伤亡,因此现在虽然掌握了战场的主动权,但已经不把伤亡当回事,甚至对重大伤亡也无所谓了:"我们有些人从战争开始以来好像对于巨大的伤亡习以为常了;改变这种局面所需要的决心,还不是经常可以看到。"

工作不认真导致的对人不爱惜。如在一次战斗中,军医匆匆结束了对阵地上伤病员的搜救,在辛佐夫的严格要求下再去细致搜救,居然又发现了考顿柯等四名重伤员,已经被冻伤了,如果不是辛佐夫严格细致,这四人就死定了!

对无意中犯错误的人不宽容导致人死亡。塔尼雅的父亲,一个老党员,在德国军队即将打进城的时候,负责和副工长、总支委员克罗托夫一起带走工厂的一只铁箱,里面有名单、报表和党费。因为时间紧急,克罗托夫建议把铁箱埋在坑里,然后用混凝土浇平,他同意了。没想到克罗托夫后来不但叛变了,而且把铁箱交给了德国人。而塔尼雅的父亲却因此被开除党籍,"他所说的跟克罗托夫一起埋箱子的事,大家相信完全是真的,但没有原谅他",导致这位老党员内心痛苦,拼命干活来赎罪和减轻痛苦,结果活活累死。

第二,描写了如何爱惜人。这方面的典型代表是谢尔皮林。他懂得爱惜人，不仅想到士兵，还想到他们的家人："谢尔皮林少将在六月里结束了本师的整编工作，一共九千人……可是今天在队伍里还剩下多少人呢？况且不单是要对这九千个人负责，还要包括他们的孩子、妻子和母亲（独子的和非独子的）在内。"然而，"爱惜人"并非带官兵们离开前线，跑到既不打枪又不轰炸、不可能使他们死亡的地方去。在战争中爱惜人，不过是指不让他们遭受毫无意义的危险，同时又要毫不犹豫地把他们推向必要的险境中去。也就是说，战争不能不流血，但必须掌握好"必要的"流血和"不必要的"流血的尺度，争取"少流血而夺取辉煌的胜利"。小说描写了谢尔皮林"爱惜人"的几个具体事例。

谢尔皮林师长为了保护士兵，推迟进攻，被解除师长职务。1942年2月，谢尔皮林被解除师长职务，原因是他没有执行命令，没有在规定期限以前攻占卡卢加州和布良斯克州交界处的区中心格拉奇。而这个期限的唯一的意义只是在于：从德国人手里夺回格拉奇的消息，一定要在方面军的晚间战报上登载出来，随后于1942年2月23日红军建军节，在情报局早晨的战报上刊登。这一点之所以被认为必要，是因为：虽然苏联红军在莫斯科近郊的冬季进攻已经是强弩之末，拼着最后的力量在进行，而且有些地方简直弄得失去了任何力量，可是最高领导却认为，2月23日的报道一定得公布攻占几个大居民点。谁也没有预先问过谢尔皮林能不能在这个日期以前攻下格拉奇。根据总的情况看来，他是能够攻下的，而且一般地说，德国人待在格拉奇，真像待在已被砍伤的树枝上一样。不过，要把这根树枝砍断而不遭到特别大的损失，至少还需要一昼夜。谢尔皮林早就费尽九牛二虎之力准备好了，但他不愿把格拉奇前面空旷雪地里的自己一团人投入正面冲锋。正是为了占领这格拉奇，同时又不让疲于久战的团队的残余人马受到损失，他编了两支机动队伍，甚至还带着其中的一队用拖车把几门大炮拖过树林，为的是要堵住德国人后方的林间道路，迫使他们放弃格拉奇。但是结果呢，正如人家在电话里对他说的：祖国要求他不是在他能够占领格拉奇的时候占领它，而是提早一昼夜。谢尔皮林认为：祖国可以要求自己的儿子建立功勋，却不会要求他们毫无意义地丧命。据他推测，最迟再隔一昼夜，德国人将不得不主动地仓促撤退，他可以紧跟着他们的退却冲入格拉奇，夺到一座完整的，而不是烧光的城市。谢尔皮林说了"是"，却没有执行命令。也就是说，他发布了炮火准备的命令，起初指定在某一时刻进攻，后来临时改动时间，指定在另一个较晚的时刻，那时天色已黑，可以减少伤亡。天还没黑的时候，他冒着枪林弹雨走到暴露在格拉奇面前的一个营里，把自己的观测所搬了去，他不顾危险一直留在那边，为的是可以长久不跟司令部通话，凡是司令部来的电话,都由别人代复,说师长不在,他在准备进攻的步兵队伍里。到了第二个进攻时刻,也就是推迟了的那个时刻,他不再撤销命令,于是几小队士兵——实际上这就是营的全部兵力——从他们躺着的雪坑里爬出来,向前推进了一百五十米,在德国人迫击炮的轰击下重又躺下来。半小时后,谢尔皮林获悉德国人的火力并没有被压下去,不可能继续推进,于是他命令挖壕避弹。他没有办法压制德国人的火力,这一点他事先就知道,因为他的每一门炮只有不多的几颗炮弹。他当然可以发动团的残余兵力再作几次进攻,再推进一百米,把团里剩下的全部人马投到区中心格拉奇前面,但他就是不愿意这样做。最后,他虽然被解除师长职务,却没有去受审判,因为傍晚时候他的副师长已经按照他的计划行动,没有伤亡地占领了格拉奇。

谢尔皮林担任集团军参谋长后为了尽量少牺牲士兵,把进攻的时间推迟了四个小时。在斯大林格勒附近的一次战斗中,谢尔皮林认为,从目前的情况来看,德国人不会攻击111师的翼侧,但根据情报他感觉到,111师右邻前面德国人的防御还相当坚固,不应当指望轻易的成功,在炮兵力量尚未调集到一起以前,把步兵往火力下乱扔是毫无意义的。用六七个小时做准备工作大概太多,但必要的最低限度还是应当给足。于是,他向师里打了个电话,以司令的名义允许把进攻推迟四小时。为此,司令巴久克暴跳如雷。

正因为上述原因,鲍列夫认为:"在肖洛霍夫、西蒙诺夫、爱伦堡、艾特玛托夫、田德里亚科夫、巴克拉诺夫、邦达列夫、特里丰诺夫和扎雷金的散文小说中,在特瓦尔多夫斯基、叶夫图申科、麦日罗夫、加姆扎托夫和库尔多格拉的诗歌中,以及罗佐夫、万比洛夫、沃洛金和沙特罗夫的戏剧中,鸣响着的不只是个人对社会负责的传统主题,而且首次如此尖锐地提出了社会对个人的命运和幸福负责的主题。"[1]拉扎列夫说得更明确:"贯穿《军人不是天生的》整部小说的一个最重要的主题就是'应该爱惜人'。"[2]

1964年勃列日涅夫担任苏共总书记后,文艺政策略有改变。1965年1月,《真理报》连发两篇社论,阐明新的文艺政策。第一篇是《充分反映苏联人民的伟大事业》(1965年1月9日),第二篇是《新世界的建设——文学的主人公》(1965年1月17日),提出"既反对抹黑,也反对粉饰",作家应"竭尽全力""歌颂今天的现实",塑造"英雄人物形象"。1971年3月在苏共二十四大上勃列日涅夫更为明确地把这一艺术方针概括为反对两个极端,对文艺界

---

① 〔苏〕鲍列夫:《苏联文学的人道主义与二十世纪的文学过程》,李辉凡译,见李辉凡主编:《当代苏联文学中的人道主义问题》,第111页。

② *Лазалев. Военная проза Константина Симонова*,М.,1975,С.209.

长期争论不休的一个大问题——如何对待斯大林和斯大林领导时期的问题，也表明了态度：不要把一切问题都"归之于个人迷信的后果"而到处抹黑；也不要"无视个人迷信的后果"而"粉饰"过去。但人道主义依然是苏联文学创作的中心。

在此背景下，西蒙诺夫1967年在第四次苏联作家协会上宣称："当然，英雄主义表现在战争的所有时期，但毕竟，民族精神的最高成就似乎与战争最惨烈的时期有关。如果1941年和1942年间没有表现出这种英雄主义，我们就不能在1945年攻进柏林。应该表现战争所有时期的真实，包括最复杂的真相。问题只是在于，应该总是既能看到我们失败的原因，也能看到我们胜利的根源。"①三部曲的第三部《最后一个夏天》一方面受时代思潮的影响，描写英雄主义，挖掘胜利的根源，对斯大林形象塑造得更为光辉，另一方面又糅进了作家自身几十年对生命的感受与思索，主要表现生命的偶然性，进而强调尊重人爱护人。

《最后一个夏天》主要写1944年夏天苏联红军的反攻，主人公还是谢尔皮林，他已被提拔为集团军司令员，军衔为中将。谢尔皮林在1944年夏组织白俄罗斯战役，收复战争一开始的撤退地莫吉廖夫和明斯克，把德国法西斯赶出国土。这就是卫国战争的"最后一个夏天"，在这一部中谢尔皮林和辛佐夫的个人命运上升为主线。谢尔皮林在妻子去世后与军医巴兰诺娃（一译巴基诺娃）真诚相爱，在解放明斯克的日子里在巡视前沿阵地时不幸被弹片击中身亡。斯大林亲自下令以隆重的军队仪式把集团军司令员葬在莫斯科新处女公墓，和他的发妻葬在一起，并授予他新的上将军衔。而辛佐夫则先是担任谢尔皮林的副官，最后担任伊林团的参谋长，他和塔尼雅结合后又发现妻子未死，处于矛盾状态。接替谢尔皮林的新司令员鲍依科在完成原计划后，开始了向东普鲁士进攻的准备。

生命的偶然性的主题贯穿着《最后一个夏天》整部小说。

小说中，偶然随时在捉弄着人们。小说一开始，就是1944年新的攻势发起前的紧要关头，集团军司令谢尔皮林"突然为一种偶然的因素所支配，不得不离开战场"，住进医院。原来，谢尔皮林坐车巡视返回司令部时，前面侦察处军官的车突然滑到路边触发了地雷，使得谢尔皮林的司机急拐弯，结果车子撞在树上，谢尔皮林负伤昏死过去，被送进了莫斯科的医院。②接着，

---

① *Овчаренко А. И. Большая литература : Основные тенденции развития советской художественной прозы 1945~1985 годов. М., 1988, С.473.*

② 本节中《最后一个夏天》的所有文字，均出自1975年版《最后一个夏天》，为节省篇幅，不一一注出。

通过谢尔皮林和巴久克在医院的谈话,写了另一件偶然造成的事情:在哈尔科夫城郊的战斗局势意外严峻时,新调来的集团军司令部作战处长皮金由于不熟悉情况而出现疏忽,没有及时把撤退的命令通知两个师,后来联系中断,就亲自坐飞机过去,挽救局势。他乘坐"Y—2"型联络机,由于飞行员迷航误降德军阵地,来不及开枪自杀也来不及销毁作战地图而被德军生俘。德国人借此宣传他有意投降,差点导致谢尔皮林被撤职。

更为突出的一个偶然事件是:一个刚从军校毕业被派到团里来的中尉,在天亮之前爬上了堑壕的胸墙,向德国人那边瞭望,他的手突然被击中了。然而,检查时发现:他左手受伤,子弹穿过掌心,伤口边缘有烧伤的痕迹——显然是用枪顶着手或者贴近手打的——这是故意枪伤自己!但是一个以优良的成绩刚从军校毕业,做梦也想尽快上前线,担心会赶不上打仗的中尉怎么会干出这种卑鄙的勾当来?中尉在回答这个问题时,始终坚持自己的说法,由于人家不相信他而难过得流眼泪,而且他似乎压根儿还不知道他已经被拘押,仍旧要求回连队——他说,伤势不重,不住院也能对付过去。他被押送到卫生营去做鉴定。外科主治医生花了很长时间检查伤口,说出了自己的检查结论。他认为中尉所说的完全是实话,子弹并非像卫生连所说的那样是他用自己的武器打的,子弹其实是从步枪里打出来的,而且不是顶着手打的。这颗子弹是从远处飞来的,看来是一颗弹头含磷的试射弹,因此子弹打进去的伤口有类似烧伤的痕迹,而且顶着身子开枪时一般都会留下的火药末和硝烟的痕迹也找不到。外科主治医生还指出原因:至于子弹恰好射中手掌——这无非是战争的恶作剧!可能由于他年轻力壮,劲儿没地方使,正在张开手臂舒展舒展身子——子弹就冷不防穿进了他的手掌。如果要找的话,也许还能在什么地方找到这颗子弹。也就是说,这个中尉张开手臂舒展身子时,恰巧天亮以前,德国人朝这个连的地段内发射零星的曳光弹,一颗子弹恰巧打中他的掌心!偶然就这样捉弄着人,要不是外科主治医生认真细致,这名中尉将受到严厉惩处,甚至可能为此付出生命的代价!

还有更大的偶然性事件:塔尼雅得知和自己一起从事敌后地下工作的好友玛莎被捕牺牲后,因为机缘巧合,与玛莎的丈夫辛佐夫相识并相爱了。但当她在后方生完她和辛佐夫的孩子后回自己的集团军时,却偶遇从前的游击队长卡希林,在闲谈中偶然得知,玛莎没有牺牲:她的身份证和别人调换过了——那天夜里,监狱里有一批人被押出去枪杀,人家用当天夜里死于监狱里的一个姑娘顶替了她,使她幸免于难,她冒用了这个姑娘的身份证,被编入另一批被押解到德国去的人们中间……小说描写塔尼雅的心理活动道:"塔尼雅木然坐着,直愣愣地望着他。她哪里会料到,她到他这儿来,会碰到不幸。是的，是不幸。大家都以为这个人已经死了，但实际上她却还活着，这难道是不幸吗？是的，是不幸。生活中真是无奇不有，突然之间这却成了不幸。这怎么可能呢？是，它恰恰是可能的。"偶然把人们玩弄于股掌之上，使得他们无所适从，痛苦不堪！

更为可怕的是，偶然性直接毁人性命。小说开始不久，巴久克在和谢尔皮林的谈话中，就谈到一件偶然事情导致的死亡：他的前任坐吉普车去前沿阵地，车子开过了头，到了德国鬼子那边，被德国佬用机枪迎头扫射，胸部中了十二颗子弹死去。小说中另一由偶然致死的事件是：药库主任薇拉·彼得罗芙娜天黑前从药库回来时，一架"容克"飞机突然窜到公路上空，在那里扔下了炸弹，她不是在前线，而是在后方，在回来的路上被炸死了。

战争中偶然致死的事件更多。既有战斗进行过程中出现的偶然致死，如以骁勇闻名的塔雷津师长亲自下部队，催促部队快速前进，并且在第三营和队列一起行走。没想到，突然出事了：他走在这个营纵队的前面和营长谈话，突然在大树林和小树林中间的灌木丛中窜出三门德国人的"斐迪南"强击炮，向他们开火，全营卧倒，塔雷津命令把队伍中拖着的火炮调过头来。一门火炮还在调头的时候，就被"斐迪南"一炮打中，给打坏了，第二门炮刚开了几炮，塔雷津一个箭步窜到炮边，亲自开起炮来，这时，德国人的一颗炮弹正巧打在护板上。结果，七人受伤，师长塔雷津一人当场身亡。又如大尉军医塔尼雅大白天乘卡车离开卫生营返回军医院，路途中卡车轮胎跑了气，司机去修补轮胎时，突然几个手持步枪的德国兵从森林里走到公路上来，他们发动了攻击，尽管塔尼雅开枪还击，消灭了三个德国兵，但是司机已被德国人打死，塔尼雅也受了伤。

更有战争暂时停息时出现的偶然致死事件，如：茨维特科夫担任副师长后，努力训练士兵，并亲临现场检查，结果迫击炮进行远程射击时，有一颗炮弹没有发火，经查发现是撞针出了点问题，排除障碍后，装填手心急慌忙，错拿了一颗没有补充装药的炮弹。班长看到之后，命令停止射击，大骂装填手粗心大意。就在这个时候，突然发生了莫名其妙而又无法挽回的事情——瞄准手尼库林中士完全不按规定，自说自话地拿了一颗炮弹，开了一炮……弹着点非常近，散兵线中的战士倒一个也没碰着，炮弹落在他们的后面，说也凑巧，正好在茨维特科夫和团长走的地方爆炸了。团长的一只脚齐踝骨炸掉了，茨维特科夫的腹部中了七块弹片，一直昏迷不醒，死在手术台上。

小说最大的偶然致死事件是谢尔皮林之死。白俄罗斯第一个大城市莫吉廖夫解放后，另一大城市明斯克四面被围，苏联红军的坦克部队已出现在它的西郊。当天夜晚，就可以听到攻克明斯克的消息了。谢尔皮林恰恰在这个时候意外死去。他不是被敌人的伏兵打死的，而是在视察时于7月3日下午3点在离前沿较远的切尔文地区的别列津纳河附近为炮弹弹片所击中。他受了致命的重伤，一直没有恢复知觉，过了二十来分钟就死去了。德国人的大口径炮弹在这位集团军司令乘坐的吉普车和跟在后面的装甲运输车之间的路上爆炸了。装甲运输车上一块弹片也没有打到，吉普车上也仅仅中了一块。但就是这唯一的一块弹片打穿了吉普车的后车壁，穿过了辛佐夫手里拿着的地图（辛佐夫和作战处副处长普罗库廷两人就坐在谢尔皮林的后面），又穿过吉普车前座的椅背，打进了谢尔皮林的背部。弹片从他胸前穿出来，打到前面的挡板上，然后弹回来，打伤了司机古特科夫的手。集团军军事委员扎哈罗夫亲自问过当时所有在场的人，大家都异口同声地证实：这是偶然事件！恰恰是这次视察一点也没有冒险。从一个军到另一个军是绕道走的。在那个地区，敌人并没有进行瞄准射击。集团军副司令库兹米奇对此不由痛苦地感叹：

> 战争，战争，真他妈的……为了要人的命，它花样百出，胡搞乱来！别的人，比如像我，在前沿东走西跑，一点事也没有出，哪个鬼都没有找上门。前几天，我到师里去过，在一星期内这已经是第二次去了，一路上抓了整整一个排的俘虏。当我命令他们站队时，他们中间有一个家伙在树丛背后用自动枪对准我这个将军，在离我三公尺的地方开火，我差点儿被打成马蜂窝！但使人奇怪的是，他的自动枪突然卡壳了，可能是子弹装歪了。等把他打死以后，我命令士兵去看一下。确是这样，装歪了！由于这个"装歪"，我又活了。而谢尔皮林正在精力充沛时期，可他突然给一块远处飞来的弹片打死了！难道这公道吗？

对于谢尔皮林的死，西蒙诺夫在一封信中曾经谈道："战争是个残酷的东西。直到最后一天它都是残酷的、悲剧性的。有些人在柏林牺牲在胜利之日，牺牲在最后的几天，这是我亲身经历的。但是我的小说中谢尔皮林的牺牲不单是因为事情就是这样发生的，白俄罗斯第三方面军司令员切尔尼亚霍夫斯基也是在他的精力、才华旺盛的壮年，在最后的胜利非常临近的时候牺牲的。谢尔皮林的牺牲不仅是事情就是这样发生的，在我的小说中他的牺牲还有一个原因。正如我曾对您说过的，事情就是这样，战争直到它的最后一天都是悲剧性的。因为战场上是要死人的。即使我们已经战胜德国人，粉碎和包围了他们，在这种情况下战争依然是个悲剧。为了表现直到其最后一天是悲剧,为了取得胜利,为了走向胜利的每一步,我们都要付出难以想象的代价。为了让读者感受到这一点,我不能不同小说中我最珍爱的一个人诀别了。假如同我诀别的这个人是我不怎么爱、不怎么珍贵的一个人,那么读者就不会感受到战争是多么具有悲剧性,它让我们丧失了多么好的人。正是因为这个缘故我才让小说这样结束,而不是以其他方式。"①

正因为偶然决定生命,战争是如此残酷和富于悲剧性,再加上"战争拖得很久了,剩下的人屈指可数,没有很大的储备量",所以更应该尊重人、爱惜人。但苏军中却存在一些不尊重人的情况。在这方面,最为突出的例子是方面军军事委员李沃夫。

李沃夫喜欢在深更半夜,甚至也不问一声"您现在能不能来",就把下属叫去。他有自己的作息时间表——喜欢在夜里工作,至于别人的作息时间是怎样安排的,他们什么时候能够睡觉,他都不管。而他深夜把人叫去,仅仅为了谈话——刚刚睡着而突然被叫去的人们,眨巴着睡意蒙眬的眼睛,在这个彻夜不眠的首长面前感到内疚。其实,如果通盘计算的话,大概他们不会比他做得少,也不会比他睡得多。李沃夫喜欢把人家搞得很紧张,不管有没有必要。仿佛他们在战场上还不够紧张似的!李沃夫还喜欢经常冒险爬到前沿阵地去,却不知为了什么。他爬来爬去,仿佛想挑选一个突破口,了解敌人的前沿阵地。而实际上他既没有挑选,也没有了解,又没有询问有关这方面的情况。不过是爬来爬去,毫无必要地拖了一大批随从人员——从政治副军长到政治副团长。他们不是为自己,而是为他的生命安全吓得面如土色。他这样爬来爬去,仿佛想以此揶揄他们,他不来,他们是不会到这里来的,现在他来了,他们也不得不来!而实际上,在必要的时候,即使他不来,他们也常到这里来。李沃夫尤其注意甚至拘泥于小节,但他的这种过分拘泥小节的表现有点装腔作势,他处心积虑地这样做,目的是为了使自己能够把一切细小问题提高到原则上来无情地攻击别人……根源在于,他一贯有这样的想法,几乎所有和他共事的人都不能胜任自己的工作,这种想法使他意识到自己是个不可缺少的人。他认为自己是被特地派来纠正别人错误的,这种想法在他的头脑里已经根深蒂固,因此他一接到新的任命,马上就预先想到,他将与之共事的那些人,在他到任以前,一定没有做好自己应做的工作。因此他经常越俎代庖,去管理一些不属于自己分内的事情,比如他匆匆吃完早餐就到第二梯队去,听取后勤副司令的汇报,在拍纸簿上记下获得的资料,再到方面军的后勤部门去核对具体情况,直到黄昏。他巡视了两

---

① 转引自李毓榛:《西蒙诺夫评传》,第165页。

个炮兵仓库和一个燃料仓库，然后又到一个飞机场去检查航空汽油是否已经送到，又顺便到一个医院里去看了看，那个医院和汇报的情况相反，至今还没有向前方迁移。最后又先后到两个补给站去，那里正从铁路上运到发动进攻所必需的大量物资。其实按照职务分工，一切有关后勤和补给的检查工作不是属于他管的，应当由军委第二委员管，但是李沃夫认为那个人对这项工作不能胜任，就越俎代庖了。他认为，如果一个人没有重大的、明显的缺点，那么必定有细小的，不明显的缺点。应当去搜寻和发现这些不明显的缺点，这种缺点也可能会造成危险。因此他并不捏造反面的事例，但在收集事例方面却不遗余力，他认为不能把事例本身分成值得注意的和不值得注意的。因为任何一个所谓细小的事例，都能在一定的环境中具有重大的意义。他只是孜孜不倦地汇报他在任何人的工作中看到的一切缺点、错误和违法乱纪的现象，还写信报告关于某些人自私的和不道德的行为，或者他认为是这样的行为。不管在什么地方，他总是不和司令在一起，而是自己单独地生活和工作。他不去配合司令的工作，不替自己寻找安定的生活。他每到一个地方，就让别人明白，他既不纵容别人，也不宽容自己。

李沃夫是因为高看自己、不相信别人而不尊重人，而苏军中更普遍的情况则是上级对下级的不尊重，甚至辱骂。小说开始不久，就通过谢尔皮林面对性情暴躁、经常出口伤人的集团军司令巴久克的"心想"写到这点。

> 我倒想看看他现在在前线是怎么一副样子。他究竟改变了多少，改变在什么地方？用粗话骂人现在越来越行不通了。秩序越是正常，借故骂人的机会也就越少，而且官兵们比过去更加强烈地反对这一点，因为仗打得越久，他们心中的负疚感就越少，自豪感就越强。归根到底是因为他们现在打仗打得出色多了。

谢尔皮林更是对因为进展不够快而大骂塔雷津师长的军长基尔皮奇尼科夫当面说道："你没有听到我这样骂过你吧？我一向尊重你，你是不可能听到我骂你的。你是集团军里最优秀的一个军的军长，但从你说的话看，你却不尊重自己的师长。"

正因为如此，尊重人、爱惜人、重视人的生命价值就是十分重要的了。因为虽然人们还像以前一样，把自我牺牲的精神看得非常崇高，但与此同时，对人的生命价值的认识也提高了。随着这种认识的提高，各级军人开始比从前加倍严肃地对待这样的问题：在战争中统称之为损失的那些经常不断的牺牲究竟是必要的还是不必要的呢？

年轻的团长伊林已明确认识到："对任何一次战斗我都这么看：鲜血要流得少，战果要取得大。我就是从这一点出发来指挥的。另外，我还希望做到亲身深入体验士兵的生活。这会使指挥员清楚地了解，在战场上什么是可以做的，什么是不可以做的。"

谢尔皮林思考得更全面深入细致：对将要发动的进攻做好充分准备是指什么呢？是指能够突破德国人的阵地、打垮德国人、强渡四条河、攻克莫吉廖夫，并且要在指定的时间内完成这些任务吗？是的，是要做到这些。但这还不能说是全部。在完成这些任务的同时，还要求在人力和技术装备方面尽量少受损失。攻入莫吉廖夫时不是筋疲力尽，而应该还有力量，继续推进。不要有无谓的牺牲，这是泛泛之论，在战斗中，一切都是具体的：同样的牺牲在一种情况下是无谓的，而在另一种情况下则是必要的。说了"不要有无谓的牺牲"这句话之后，应该有思想和行动跟上去，而不是简单地要求下面：要爱惜人力。在战场上光提这样的要求而不给予任何物质上的支援，那只是空口说白话！要爱惜人力！说了这种话之后，如果没有具体行动，那只有傻瓜才会感激涕零。要做到既获得胜利又真正地爱惜人力——这就是军事艺术。对人的真正关心，同时也就是对战事的关心：假如在今天的进攻中，你的部队受到了可以设法避免的伤亡，那么，明天还有什么人跟你一起去打仗呢？假如集团军在进攻开始之前，装备了一切可以装备的东西，这就是对人关心的基础，在突破地段，在步兵的背后，每千米将有两百门火炮揍德国人，这就是对人的关心。在突破地段，将有坦克配合步兵冲锋，这也意味着以此来保全人的生命。保证供应足够的炮弹，这也是对人的关心，这样就可以避免不必要的伤亡。据今天的报告，除方面军的医院外，集团军本身已准备了七千六百个床位，这也是生死攸关的大事，就是说，士兵一受伤，就能立即送医院抢救！同时还设立了前沿急救站，这也是抢救生命的措施。问题不仅在于弹片打伤了多少人。打伤多少，总归是多少。而这些打伤的人，在受伤之后经过多少时间才能被送上手术台，这才是关键所在！

除此之外，谢尔皮林认为还应该具体情况具体对待，尊重生命、爱护生命，尤其是要客观公正地处理生死攸关的事件，如尼库林打死副师长事件。当时军事法庭判处迫击炮班瞄准手尼库林中士，因擅自发射没有补充装药的炮弹，打死了副师长，打伤了团长，犯违抗军令罪，后果极其严重，应判处极刑，予以枪决。谢尔皮林知道后，想到明天即将进攻，这个士兵既不是临阵脱逃的人，也不是故意伤残自己肢体的人，不能在队列前枪毙他，因为无论从这个案件本身来看，还是从目前的形势来看，都没有必要这样做。恰恰相反，根据进攻前的形势需要，不应该这样做。如果简单地把判决书付诸执行的话，那么这个人就完了。他详细了解情况后，发现打死茨维特科夫上校的罪犯彼得·费多罗维奇·尼库林中士，三十九岁，是普斯科夫人，家里有妻子、岳母和三个孩子，全家至今还在法西斯占领下的普斯科夫，他过去在普斯科夫一个货站的仓库里当工人，从那里应征入伍，在战场上荣获"战功"奖章一枚，曾经三次负伤，每次受伤后都进医院治疗，伤愈之后又回部队继续战斗。根据以上情况，最后谢尔皮林写上"拟送尼库林到惩戒连，让他以血赎罪"，并且签了字。谢尔皮林依靠他的集团军司令的职位和这个职位赋予他的权利，没有批准对尼库林的过严判决，对受到军事法庭审判的中士作了秉公处理，救了他的命。而尼库林也没有辜负谢尔皮林的信任，日复一日地在战斗中用自己的每个行动证明，谢尔皮林做得是对的。他在进攻的第一天就流了血，幸而流血不多。离开伤员大队后就自愿要求归队，他受过审判，后来四次负伤，用血洗刷了自己的罪过，这样就赎免了他过去所犯的罪。从此以后，他自己就不再把那件事看作罪过，而是看作不幸了。在莫吉廖夫解放后，他又跟随小分队深入敌后，来到德鲁特河的西岸，在中尉牺牲后，他主动指挥二十个战士，坚持下来，直到大部队打过来，赢得渡河的胜利。

同时，应该更爱惜人才、器重人才。谢尔皮林发现，阿尔杰米耶夫师长年轻有为，经验丰富，进过军事学院，搞过参谋工作，指挥过团，当师长也已一年多了，可他才三十二岁！而且他不利用已有的关系（他曾受朱可夫领导，在哈勒欣河打过仗，当朱可夫元帅到集团军来听取汇报时，他却毫不露出痕迹，直到朱可夫认出了他），只想凭自己的能力做好工作。因此谢尔皮林对他颇为器重。师参谋长屠玛年尽管有喜欢过于匆忙地对首长讲"是"的坏习惯，然而他是说到做到的：他答应做什么，就无论如何也要做到。尽管他自尊心很强，喜欢听表扬，但他一贯是老老实实地去争取这种表扬的，报告的时候从不夸大自己的成绩。他意志坚强，很有毅力，谢尔皮林认为将来可以把他从参谋长提升为师长。

由上可知，三部曲的确自始至终都体现了人道主义思想，但侧重点有所不同：《生者与死者》更多反映对战争的准备不足，尤其是对人的不信任；《军人不是天生的》则更强调对人的爱护，特别是上层军官在做出战斗决定时，一定要如此；《最后一个夏天》则通过偶然对人的伤害乃至毁灭，表现战争的残酷性与悲剧性，借此进而强调更要尊重人和爱护人，善于发现和使用人才。整个三部曲既反映了时代风潮的影响，又在某种程度上回归了俄国文学人道主义的传统，并且是在新时代背景下对其的发展与推进。因此，拉扎列夫认为："西蒙诺夫与文学进程的现实现象同步，拓宽了当代散文的疆域。"①莫伊谢耶娃也指出,西蒙诺夫的三部曲是1950年代末以来的时代的现象和成果。②

西蒙诺夫对人道主义思想的表现,在三部曲中是一种颇为高明的艺术呈现。

首先,三部曲是一部颇为成功的全景式战争小说,战壕真实与司令部真实兼有,既写了从斯大林到集团军司令部的运筹帷幄,又写了下层士兵的各种艰苦英勇的战争场面,甚至还写了后方人民在艰难困苦中拼命生产支援前线。更可贵的是,三部曲既能多线索纵横交错地描写各种人物和场面,又能脉络清晰,前后照应,结构严谨。维霍采夫指出:"西蒙诺夫能够捉住历史运动的方向,阐明战争的头几个月惨痛失利的原因和最终战胜敌人的根源。在这方面,作者大大地丰富了40年代全景长篇小说的传统,不时在内部同那种对悲剧性的事件轻描淡写粉饰过去的做法展开论战。……西蒙诺夫的三部曲中所描写的战争既是日常的劳动,也是英雄的功勋,又是一场悲剧。作家不断克服所谓的战壕真实同司令部真实之间的矛盾,从艺术上对二者进行了综合。""纵横交错、绘声绘色的时代描写是同对前线生活具体事物以及后方劳动人民命运的细心观察密切配合的。战争年代的人物画廊是丰富多彩的。"③李毓榛更是认为:"苏联时期描写反法西斯卫国战争的文学作品为数众多,甚至形成了一个专门的'战争题材'。在这众多的同类作品中,西蒙诺夫的《生者与死者》三部曲是其中的佼佼者。三部曲不仅以高屋建瓴的广阔视野和严谨的历史主义精神描写了整个反法西斯卫国战争的全过程,而且题材涵盖了战争时期苏联社会生活的方方面面;小说塑造的众多人物体现了苏联各族人民不畏艰难、不怕牺牲、勇敢坚强的爱国主义精神。"他还进而具体谈道:"西蒙诺夫的长篇小说《最后一个夏天》可以说是一个成功的范例。小说细致而又全面地描写了白俄罗斯战役的实施过程,从司令部的运筹谋划,指挥人员的安排调度,后勤部门的物资供应,前线部队的部署,直到突击部队和突破口的选定,空军、炮兵、坦克部队如何密切配合,都写得有条不紊,错落有致,层次分明而又规模宏大,气势磅礴,全景式地展现了在保家卫国中越战越强的苏联红军,以摧枯拉朽之势将法西斯侵略者赶出国土

---

① *Лазалев.* Военная проза Константина Симонова, М., 1975, С.190.

② *В. Г. Моисеева.* Слова 《Великие》 и 《Простые》 о великой отечественной войне: к вопросу об эволюции русской 《военной》 прозы второй половины XX века. // Вестник Московского университета. Филология. 2015. No.3.

③ 〔苏〕维霍采夫:《五十一六十年代的苏联文学》,第64页。

的胜利场面。"①

　　其次，三部曲塑造了一批栩栩如生、生动出色的人物形象。李毓榛指出，在三部曲中，"尤其值得称道的是西蒙诺夫生动地、富有个性地刻画了从最高统帅到中尉排长的一系列指挥员形象。各级指挥人员的风度、视野、思维方式、指挥方法等都写得恰如其分，从而增强了作品的真实性"②。限于篇幅，此处只简单谈谈塑造得最为出色两个人物——谢尔皮林和塔尼雅。

　　鲍恰洛夫指出，谢尔皮林形象"令人信服地融合了作品的三个最重要的组成部分：主题、性格、事件，或者，说得详细点：作者成功地表现了主人公独特的个性特征，在行动中、在过去战争的最大战役的真实战斗环境中表现主人公"③。维霍采夫则认为："谢尔皮林这一形象十分优美，他那鲜明的独立精神和坚强的理智，越来越表现出动人的魅力。他为人严厉，但又富有人性。他对胆小怕事、毫无原则、冷酷无情和追名逐利等等表现毫不妥协。作为一名军事首脑，那种力求用最小的代价进行作战的人道主义思想使他深得人心。在三部曲里有不少情节描写了谢尔皮林的刚毅、机智、高尚，体现了他这一代人——肩负过革命的使命、经受过战前艰苦的历史环境考验的一代人的崇高的精神境界。谢尔皮林这一形象是优美的，令人信服的，精神上也是不断发展的。"④菲利波夫也谈道："谢尔皮林将军在长篇小说中是'战争的智慧'的化身。他作战'不靠数量，而靠智慧'。对祖国和人民的高度责任感是谢尔皮林的主要特征。他那指挥员的和人的本质在这一特征中融为一体。他认为，顺利地执行统帅部的命令，使战士们取得战果并尽可能减少损失是他的责任。他'无微不至地关心和担忧成千上万人的生命，战争使他对这些生命承担责任'。这种关心和忧虑恰恰表现了他对军队首长的职责的理解，表现了他对必须进行战斗、热爱人们、相信人们的坚强信念。"⑤李毓榛更具体地指出："在保卫祖国的战场上，他是个善于用兵的出色的指挥员，为了不让战士无谓的牺牲，他敢于抵制上级错误的命令，即使丢掉师长的职务也在所不惜。谢尔皮林为人刚正不阿，顾全大局，坚持原则。他不计较个人恩怨，也不在乎个人得失，他把对于革命事业的责任看得高于一切。小说通过他对革命事业、对家庭生活、对上级、对下属、对爱情和友谊的态度，通

　　①　李毓榛：《西蒙诺夫评传》，第164、215页。

　　②　李毓榛：《西蒙诺夫评传》，第215页。

　　③　*Бочаров А. Человек и война: Идеи социалистического гуманизма в послевоенной прозе о войне*，М.，1978，С.124.

　　④　〔苏〕维霍采夫：《五十一六十年代的苏联文学》，第65页。

　　⑤　〔苏〕菲利波夫：《西蒙诺夫创作述评》，闻英译，《文化译丛》1987年第1期。

过揭示他内心世界丰富的精神生活,展现出他的高尚的道德品质,使他的性格的光芒多棱角地映射出来,有血有肉,栩栩如生。最难得的是,为了给战友平反冤案,他无私无畏,敢于仗义执言,当面向斯大林表明自己的看法和立场。在当时的历史条件下,这不仅需要勇气,还要有不惜自我牺牲的精神。有不少人在枪林弹雨中出生入死,毫无惧色,却不敢在政治逆流中挺身而出,公开地、率直地说出自己的观点。谢尔皮林这样做了,显示出他的正直和勇气。这不仅突出了他个性的坚强,更重要的是强调了他的老布尔什维克的思想信念。这样,作者就赋予这个形象以更为深刻的时代和社会的内涵。"①

而"塔尼雅是西蒙诺夫在《生者与死者》三部曲中塑造的一个非常优美的俄罗斯妇女形象。俄罗斯文学中不乏优美的女性形象,但是塔尼雅是十月革命后成长起来的苏维埃女性,她的思想、性格中处处闪耀着新时代的光芒。她敢爱敢恨,敢作敢为,既柔情似水,又果断刚强,既有高尚的思想精神,又秉承着原则"②。尤其是当她得知辛佐夫的妻子玛莎还在人世时,尽管她极爱辛佐夫,也离不开他,但是为了成全他们夫妻,还是强压心中的深爱,设法离开了辛佐夫。这一行动体现了她那牺牲自己成全别人的高尚情怀,同时也是对俄国文学传统的回应,如普希金笔下的达吉雅娜尽管依旧爱着奥涅金,但为了不伤害无辜的丈夫,断然拒绝了奥涅金的求爱,宁肯牺牲自己的情感也不愿把幸福建立在别人的痛苦上。

最后,三部曲在苏联卫国战争小说中较早引入了一些现代主义的文学技巧。总体来看,三部曲整体思想是正统的,但也包含了一些现代主义观念,整个构架也是传统的,有故事的开始、发展、高潮和结尾,但在每一部中,又吸收了现代主义的一些手法,如意识流等。对此,邱博文在其硕士学位论文《西蒙诺夫三部曲〈生者与死者〉中的现代主义元素》中有颇为全面、系统、深入的研究,如他指出,在"解冻思潮"的影响下,一些在苏联文学界享有崇高地位的知名作家也开始尝试在创作中实践现代主义文学理论的探索与改革,其中便有西蒙诺夫。他在《生者与死者》中,尝试运用现代主义文学创作手法,来展现当时苏联社会中存在的一些不正常现象:人与社会、人与环境、人与人之间的荒诞关系,人的荒诞意识和人的异化,揭示了人性中的阴暗面,以及诸如同情、信任、关爱等现代社会所欠缺的宝贵品质,并通过对三部曲中直接内心独白手法和间接内心独白手法的运用的阐析,论述了《生者与

---

① 李毓榛:《西蒙诺夫评传》,第165~166页。
② 李毓榛:《西蒙诺夫评传》,第152页。

死者》中意识流手法的萌芽。①

　　正因为三部曲获得了颇高的艺术成就，同是苏联战争小说名家的恰科夫斯基声称："我喜爱西蒙诺夫的这部长篇小说，并且认为这是他描写战争最好的作品。"②维霍采夫也认为："西蒙诺夫的三部曲是描写伟大卫国战争全景的长篇小说最杰出的作品之一。其特点不仅是事件众多，布局复杂，还是在再现这些事件的复杂矛盾和多种变化时描写得真实动人。"③

　　从整个苏联战争小说的发展过程来看，作为长篇小说的《生者与死者》三部曲在艺术成就上不及格罗斯曼的《生存与命运》，也不及肖洛霍夫的《静静的顿河》，仍然存在一些颇为明显的不足，如在战争描写方面，司令部活动写得颇为出色，而描写普通战士则缺乏深度，甚至缺乏真实性。更突出的不足则是对重要角色辛佐夫形象的塑造颇为苍白，尽管其在某种程度上是作者的自传性形象。这一形象基本上只有普遍性。"军人的荣誉、英勇、守信、甘于牺牲、勇于营救朋友和战友——这些使辛佐夫和谢尔皮林与俄罗斯英雄史诗传统和贵族的荣誉观念近似……"④而且性格比较单一，没有太多发展变化，基本上只体现了"军人不是天生的"这一主题。对此，苏联学者已经一再谈到。维霍采夫指出，三部曲尽管描写了辛佐夫作为一个公民和一个军官的种种优秀品质，但在整个长篇小说的结构中，他的形象基本上只是出于情节的需要，因而在第一部小说中他就完成了自己的使命。⑤拉扎列夫进而谈到，三部曲中的主要角色——辛佐夫形象引发了一些批评意见，就连作者自己在读者会上也说到，他感觉到这个形象不太成功。⑥

　　值得一提的是，作家曾解释过小说的标题为何叫《生者与死者》："第一，因为书中说的就是生者与死者的事，说的是我们伟大卫国战争未来的胜利，不仅是生者赢得的，也是那些在悲惨的1941年为祖国捐躯的人赢得的。第二，这个书名还有一个含义。我想，像扎伊奇科夫或者像拖着大炮撤离布列斯特的炮兵大尉，虽然他们已经死了，但是他们永远活在我们的记忆中。而

---

①　参阅邸博文:《西蒙诺夫三部曲〈生者与死者〉中的现代主义元素》,辽宁大学硕士学位论文2013年。

②　*Синельников М.* Диктует время:очерк творчества Александра Чаковского.М.,1983, C.142.

③　〔苏〕维霍采夫:《五十—六十年代的苏联文学》,第63~64页。

④　*Поль. Д.В.* Герой-Защитник в художественном мире М.А. Шолохова и К.М. Симонова. /Отечественная словесность о войне. Проблема национального сознания. М.,2015, C.24.

⑤　参阅〔苏〕维霍采夫:《五十—六十年代的苏联文学》,第64~65页。

⑥　*Лазалев.* Военная проза Константина Симонова,М.,1975,C.199.

像巴兰诺夫或者像柳欣那样的人，不管他们活着还是死了，他们在我们的意识中都是些死人。"[1]

四、巴克兰诺夫的《一寸土》《一死遮百丑》

巴克兰诺夫（Григорий Яковлевич Бакланов，1923~2009），"尉官散文"的代表作家之一，出生于沃罗涅日一个犹太家庭，很早就成了孤儿。1940年考入沃罗涅日航空技术学校。1941年卫国战争开始时，他刚满十八岁，自愿入伍上前线，参加了苏军在俄罗斯西北、乌克兰、保加利亚、罗马尼亚、匈牙利、奥地利乃至占领柏林的几乎整个苏德战争过程，负过伤、住过院，立有战功，先后当过炮兵营侦察队长、上尉。卫国战争结束后，巴克兰诺夫进入高尔基文学院学习，1951年毕业。1986~1996年，他担任《旗》杂志的主编。

1950年巴克兰诺夫开始发表作品。主要作品有中篇小说《在斯涅吉列》（1954）、《九天》（又名《主攻方向以南》，1958）、《一寸土》（1959）、《一死遮百丑》（1961）、《永远十九岁》（1979，1982年获苏联国家奖金）、《将军的爱情》（1999），长篇小说《四一年七月》（1964）、《朋友们》（1975）、《趁火打劫》（1995），小说集《夜晚之光》（1988）、《自己人》（1993）、《我没在战争中被打死》（1995），特写集《永远追赶的速度》（1972）、《今日与昔日》（1977）等作品。

巴克兰诺夫创作中最为有名的是中篇小说。中篇小说中奠定其文坛地位并产生重要影响的，又数《一寸土》《一死遮百丑》《永远十九岁》。前两部是苏联战争小说中"战壕真实派"最为典型的代表性作品，因此这里主要论述这两部作品。

《一寸土》[2]（Пядь земли）描写的是苏联红军一个炮兵连和一个步兵营在离国境不远的德涅斯特河岸上一个半平方千米的一小块土地上的守卫战。

《一死遮百丑》（Мёртвые сраму не имут）写苏军一个重炮营和一个高射炮营奉命去阻击德国坦克部队，但敌人改变了进攻路线，使这两个营陷入重围之中。重炮营的营长乌沙柯夫英勇战死，政委瓦西奇带领二十多名战士继续战斗，尽力突围，最终突出重围，但瓦西奇不幸牺牲……

---

① 转引自李毓榛：《西蒙诺夫评传》，第134~135页。

② 这部中篇小说目前有三个中文译本：杨觉年、苏村小译，中国文联出版公司1986年；伊文译，收入《一死遮百丑》，吉林人民出版社1986年；良少年译，人民文学出版社2005年。本节所引《一寸土》的文字，均出自2005年版《一寸土》，为节省篇幅，不一一注出。

巴克兰诺夫认为："只有极为深刻的真实,才能够表现和颂扬我国人民的不朽功勋。真实是文学不应该放弃的唯一的东西。"①正因为如此,俄国当代学者别列斯托夫斯卡雅指出,摆在巴克兰诺夫面前头等重要的任务就是战争的真实。②巴克兰诺夫理解的真实,是战壕的真实,他充分认识到:"战争结束后,人们将会回忆起战争来,他们大概会想起那些决定战争的结局和人类命运的大战役。战争永远是以大的战役留在人们的记忆里。在这些战役中不会有我们这个据点的位置。它的命运,就如同一个人在千百万人的命运被决定时一样。其实,千百万人的命运和悲剧往往是以一个人的命运为起点。只是,不知什么缘故,人们都把这一点给忘掉了。"③他宣称:"我是从下边,是从战壕里来看战争的,是从大多数人民——士兵、中士、下级军官以及历史将其最沉重的车轮压在肩上的那些人——看见战争的地方来看战争的。我从那儿感觉到并且懂得了战争对人和人性来说是什么东西。"④

因此他的小说,尤其是《一寸土》和《一死遮百丑》就致力于自然主义式地表现"一寸土"小范围的战壕真实,因为"那里每一寸土地是以多少生命换来的"。杜隽指出,巴克兰诺夫写的都是前线战壕里的战斗和日常的战争生活,以小中见大的方式再现战争的真实面貌,这也使他的小说有"战壕真实"的称号。巴克兰诺夫还特别重视前线战壕里的战斗与整个战争的辩证关系,他的小说几乎都是描写发生在前线战壕里的小型战斗,作家在作品中追求的不是前线现实范围的广度,而是它的深度,在描写时,为了达到高度的"真实",他还较多地运用了西方自然主义文学的某些表现技巧……⑤这样,巴克兰诺夫的战争小说也是一种"自然主义式的"战争小说,它主要包含两个方面的内容。

一是严酷地描写战壕真实。这是指作家毫不粉饰、极其真实地以种种细节描写"一寸土"范围内所发生的日常琐事,尤其是残酷的战斗及其场景,包括以下几种:

坚守"一寸土"的下层官兵的日常情况。

---

① *Бакланов Г.* Язык как оружие, М., 1978, С.311.

② *Берестовская Д. С.* Героическое и трагическое в военной прозе Григория Бакланова. //Современные проблемы гуманитарных и общественных наук. 2014. No.3.

③ 〔苏〕巴克兰诺夫:《一寸土》,第15~16页。

④ *Бакланов Г.* Теперь, когда прошло столько лет…//Вопросы литературы. 1983. No.1. 或见 *Бакланов Г.* Собр. соч.: В 4-х т. - Т. 4. -М., 1988, С.455.

⑤ 杜隽:《海明威与巴克兰诺夫战争小说比较》,《浙江海洋学院学报(人文科学版)》2001 年第2期。

《一寸土》中"我"（中尉炮兵排长莫托维洛夫）率领某炮兵连的几个战士坚守着德涅斯特河岸上的一个战斗据点——两块小高地、一片小树林子和一块玉米地，德国人两次猛攻，也未能把"我"们赶走。"我"们只能在夜里才能从避弹壕和掩蔽部里爬出来，活动活动身子；吃的东西则全靠侦察兵每天夜里渡过德涅斯特河送来。"我"和紧邻的步兵营官兵尤其是其营长巴宾经常互相往来，协同作战。"我"发现德军在高地上构筑炮兵观测点，打电话给德涅斯特河对岸的炮兵营长雅岑柯要求轰掉它，可营长却以节约为由不肯给炮弹。"我"意外地换防到德涅斯特河对岸休整，还被提升为连长。"我"去见雅岑柯，他给"我"看了授奖名单，"我"觉得不够公正。正当"我"享受休整时光的时候，传说德国人进攻了。"我"把吹乐器的梅津采夫带回据点，让他当了通信兵。到了对岸，才发现大家以为德国人进攻了，一片混乱，所有人都跑了，侦察班长格涅拉洛夫在往岸边跑时被自己人打死了。好不容易才弄清这是一场虚惊。"我"收到了母亲的两封信，哥哥在战场上受伤，已经在医院躺了三个多月了，母亲特别担心"我"的安危。"我"派梅津采夫去沼泽地架设第二条通信线路，以便危急关头使用，可他回来报告说线路已架设好，接着便被调回团部军乐队工作。德国人终于发起了猛攻，"我"们与营部联系中断，"我"派舒米林到沼泽地去检修，结果发现梅津采夫根本没有把线路架设好，舒米林不幸身受重伤而死去。德军突然发动猛攻，德国坦克横冲直撞，炮兵连的人和步兵营都被迫向后撤，但到德涅斯特河时却发现没有渡船过河。巴宾率领大家冲向德军拼死突围，"我"们的步兵也从对岸开过来。"我"们伤亡惨重，但最后获得了胜利，迫使德国人逃跑了。但早晨在洗漱时，巴宾营长却被一发炮弹打死了。大部队渡过了德涅斯特河，向前挺进，梅津采夫穿着一身新衣服骑在马上和军乐队一起随军西行，并在我们面前炫耀，而舒米林老头儿却已不在人世……

《一死遮百丑》首先描写的也是重炮营的官兵们经过几昼夜的激战后，终于能够在暖呼呼的农民茅屋，穿着衬衣衬裤，铺盖着干净的被褥，伸手摊脚地睡得正香，即使在梦境中也体验着安适和温暖。女军医还舒舒服服地洗了个澡。这时，"家家户户茅屋顶的烟囱冒着白烟，街上一片明晃晃的月光。站岗的士兵津津有味地品评着寒风中飘来的住家户、温暖和烟雾的气息，幻想接班人可能提前来换岗，幻想回去后首先热热乎乎地吃一顿，然后脱掉衣服倒头便睡"①。

---

① 　本节中所引《一死遮百丑》的文字，均出自〔苏〕巴克兰诺夫：《一死遮百丑》，章海陵等
　　译，吉林人民出版社1986年，为节省篇幅，不一一注出。

严酷惨苦的战争环境或氛围。

《一寸土》中是一个炮兵连和一个步兵营在离国境不远的德涅斯特河岸上守卫一小块土地，因为"我们登上这个据点，没有再把那些高地拿下，力量不够了。步兵们顶着炮火在山脚一带躺下，赶紧挖战壕。防御工事建成了。它是这样建立起来的：在机枪的扫射下步兵趴在地上，先把胸口下面的土刨出来，堆在脑袋前面成了一个小土丘，把子弹挡住。到早晨，他在这个地方就能伸直身子在自己的战壕里行动，他已经钻进土里，轻易是不能把他轰出去的了"。在这里，炮兵"躺在离步兵一百五十米的地方，再过去八十米，就是德国人了"，而且"我们的据点，无论是长也好，宽也好，随你怎么折腾，总共不过一个半平方公里"。这里紧邻敌人，行动不便，随时可能遭到敌人射击："我们吃了整整一天干粮，而且在明天夜里之前再也不会有东西给我们送来：这样我们一天一夜只能吃一顿饭。而明天整整一天又是射击，照在炮队镜上的刺眼的阳光，暑热，还有就是抽烟，在避弹壕里抽得头昏脑胀，而且还得用手把烟雾驱散，因为在据点上德国人见了烟就要打枪的。"环境十分恶劣，条件极其艰苦。

《一死遮百丑》中的环境更加严酷。面对改变了进攻路线的德军坦克部队，苏军炮兵部队的一个重炮营和一个高射炮营奉命尽快堵截其深入。然而就在这两个营接受上级命令的当儿，德军坦克的先头部队再次临时改变进攻路线，朝着更接近正南的方向开来。而这个情况，苏军方面没有一个人知道。更可怕的是，"那个号称重炮营的作战单位，实际上只有两个不满员的炮连，总共才三门大炮，四台牵引车。而且，重炮营今天早上才从战场上撤下来，这些装备正在检修"。并且这个重炮营还被德军坦克前后夹击，被困在中间，再加上营长英勇战死，参谋长伊宪柯又贪生怕死，错过了最佳反击时机，已难逃全军覆没的命运。

相当真实的战争场景细节。作家从参战士兵的角度，相当客观、真实、具体、细腻地写出了弹丸之地"一寸土"上战争的极度残酷。这在《一寸土》和《一死遮百丑》中都有颇为全面的表现。

在《一寸土》中，既有对战壕附近场景的具体描写，如："由于轰隆声和震动，我们头上的河岸不断颤动着，沙土散落，露出了干燥的砂子和灰色的树根，水边，龇牙咧嘴躺着一匹被打死的马。波浪拍打着它的发亮的肋部，雨水洗刷着它的鬃毛。旁边是一个新的弹坑，已经灌满了水，还有一些血迹斑斑的破衣服，一段绷带，那上面的血已被雨水洗掉了。"又有战斗中真实的感受："弹片打在铁甲上，像敲钟一般。爆炸！爆炸！然后猛然射来一道刺眼的光，仿佛全部燃烧起来了，我撞在一个硬东西上，一阵头昏眼花。过后两腿颤抖地站了起来。中士按着肚子呻吟着。我跨过脚下滑来滑去的炮弹，走到炮旁边。扶着炮站着。眼前一切却在浮动。我想用软弱无力的手去转炮，炮被卡住了。"也有战士战死的残酷真实："一个步兵伏在地下一动不动，枕着一只弯起来的手，一个肩膀埋在土里。他腰部以上是完整的，下面可是血肉模糊了，两条腿也只剩裹腿和皮鞋。发了白的步枪托裂开了，那上面也有血迹。"更有美丽自然景象对照下的真实描写："大雨之后，一切都显得明亮、鲜嫩、清新。耀眼的阳光从树干中间照射进来，被它照透的树叶在空气中显得轻轻的，没有什么分量。太阳底下，一个透明的蜘蛛网悬挂在两根树枝之间，那上面的水珠颤动着，发出亮晶晶的光芒。在大雨和破坏之后，一切都特别有力地重新恢复了生命，色彩，气息。而在鲜嫩的小草上躺着的死人，尚未完全失去光泽的眼睛向太阳凝视着，而那再也不会有血液流通的脸上，灰色也越来越明显地透过黄色而表现出来。"美丽的自然景物与死者两相对照，这鲜明的对比，更凸显了战争的残酷和非人性。

《一死遮百丑》中，既有战场情景的生动逼真描写："突然，附近又射出一阵密集的冲锋枪子弹。一时间，金色的火网，绿色的军装，红色的鲜血，大家再次乱成一团。枪林弹雨的火花映照着人们抽搐的脸，映照着地上的白雪，恐怖而痛苦的喊叫四处可闻。……风雪中，天旋地转，闪烁的绿钢盔，龇牙咧嘴的怪叫，拔地而起的爆炸气浪，腾空翻飞的黑乎乎的残肢断臂……"也有战斗结束后的可怕景象："这一夜，被打毁的坦克燃烧了很久，熊熊的红色火焰在朔风中飘拂着。大火的朦胧反光映照着四野八荒，映照着树林边缘：反光在雪堆上，树干上，在死者的脸颊和军大衣上闪动着。战场转移到别处去了，可是炮弹仍然不时地打过来，凌空迸散着烈焰和火星。大火终于熄灭了，树林和旷野隐入黑暗之中。被烧毁的坦克依然通体透亮，周围雪地升腾着水雾，雪粒一挨近便融化。而落在死者面孔上的雪粒却不会融化。"更有血战中战士负伤、牺牲的不少真实描写。

莫斯达伏依用那只没受伤的手脱军便服，勉勉强强才把它从自己的阔肩上褪下来。厚棉布衬衫的左袖浸透了浓血，粘在左臂上。趁德国人还没过来，他很快把脑袋从衬衫下面钻出来。鲜血从一个小伤口像泉水似的喷涌出来，莫斯达伏依这下懂了：臂动脉被打断了。大量的鲜血顺胳膊往下淌，然后从臂肘处滴到地上。他坐在雪地上包扎受伤的胳膊。他一直裸到腰部，脊背上凝满了汗珠，在风雪中冒着热气。一位侦察兵使出九牛二虎之力，扼着莫斯达伏依的腋窝处，想止住血。

令人目眩的强光，以及一些似乎极锋利的东西，朝莫斯达伏依劈来，穿透了他的头颅，他的身体。不过，这种穿透很轻快，他一点儿也不疼——仿佛他体内既没有骨头，也没有神经。他只觉得自己变得很轻，仅感到自己在旋转，身体下面是腾空的。他被掀到半空中，他知道自己离开了地面，但他不肯就此罢休，还要挣扎，想伸出那双早已不像存在的胳膊来拥抱大地。

　　德军坦克纷纷朝着坎沟方向开炮，喷着长长的火光。跑在队伍最前面的一个战士突然站住，绷直了身体，然后跌跌撞撞走到路边，一把抱住了小树。他站在雪地里摇晃起来，小树承受不了他身体的重量，慢慢弯曲了。等到瓦西奇经过此地时，小树树冠刚好弹回来恢复原状。那战士已横倒在地，瓦西奇差一点被他绊倒。那个战士的手在抽搐，岔开的五指扒着地上的积雪，他正在翻白眼。

这是小说中描写英勇打击德军的战士莫斯达伏依负伤和临死前的情景，以及在瓦西奇率领剩下的二十多名战士突围时一个战士牺牲的情形，写得相当客观、真实、具体、细腻，使人如临其境，仿佛看到和感受到了苏军战士的受伤和死亡，具有很大的艺术震撼力。

　　巴克兰诺夫往往运用鲜明的细节十分具体、客观、细致而又准确地描写弹丸之地战斗的残酷，把血与死写得逼真形象，从而表现了"那里每一寸土地是以多少生命换来的"这一主题。俄国有学者因此认为，巴克兰诺夫小说的一个可贵的成就是细节的自然性及与之同时出现的精确性。[1]

　　二是如实地表现人性真实。

　　从参战士兵的角度写出真实的人性：人性的某些阴暗面，对战争的害怕。这些在《一寸土》中体现得更为全面。

　　《一寸土》描写了苏军中存在的一些问题："有一种士兵，对于任务，他们从来不逃避推诿，但也决不自告奋勇抢着去干。"这就跟以往战争小说把苏军士兵普遍塑造得积极主动、英勇善战有所不同了，但非常符合真实的人性，因为面对死亡，士兵们能不推诿，服从命令，是比较正常的。又如团炮兵供应处处长克列皮柯夫在苏军已占领的较为安全的德涅斯特河对岸，为了清点国产枪械，竟然特地让战士冒着敌人枪炮扫射，爬着把电话机拖到炮观测所去！小说写道："他确实是好心好意从后方来到河对岸一个村子里，自以为已经到了前沿了。他来清点个人用的枪支，因为他是真心诚意地想以最积极的方式直接地参加战争，可是就为了他这种不同寻常的勤奋工作的

---

① *Лев Оборин*. О Григории Бакланове. Знамя. 2010. No.5.

精神，一个很好的人刚才差一点把命送掉。"克列皮柯夫只是为了显示自己直接参加了战争，就毫不顾及战士的生命危险，这种虚荣、自私的心理昭示了其人性的阴暗。再如一些根本没有任何战功，但善于逢迎而且上级需要的人（如梅津采夫）获得了奖章，而血战多年的舒米林却没有获得奖章。"他四一年就参战，还需要立什么功？劳动，比如种甜菜、亚麻，还能得勋章呢。怎么，他在前线受的累要少，不如用铲子挖土吗？在枪林弹雨底下……负过三次伤。是这样的通信兵，要他去哪儿都行，没有二话。即使在这里，在据点……"这既体现了某些军官的官僚主义，也表现了苏军中存在的不讲公平的情况，从某个角度揭露了某些军官喜好逢迎、为讨好上级而不顾实际的阴暗心理。

《一寸土》还写了士兵中普遍存在的对战争的害怕心理，有一次传说德军进攻而且胜利了，很多人都在乱跑，格涅拉洛夫还在奔跑中被自己人打死了，小说进而分析了战士的害怕心理，"一个人会突然害怕起来：大家都走了而你一个人留下""你一个人留下是不行的——惊慌使人人都昏了。这就像一个炮弹爆炸了，其他炮弹也跟着爆炸一样。这儿脑袋瓜子里也有什么东西爆炸了，人们看到了其实并不存在的东西。并且糊里糊涂地到处乱窜。到头来只有耻辱，什么也没法理解"。就连叙述者，作为军官的莫托维洛夫，虽然作战勇敢，却也对战争感到厌恶甚至恐惧，唯一的愿望就是能在残酷的战斗中活下来。

小说还写了战争即将结束前，官兵们不愿牺牲而希望能活到战后的普遍而真实的心理。"现在，大家都知道，德国人也清楚，战争快结束了。它将怎样结束，他们也知道。大概也就因为这个缘故，我们才这样强烈地希望活下去。在1941年最艰苦的那些月份，在被围困中，单是为了把敌人阻止在莫斯科城下，我们每个人都会不假思索地献出生命。但现在，整个战争快过去了，我们大多数人都可以看到胜利，到了最后几天而牺牲掉，未免太冤了。"

正因为如此，俄国当代学者阿勒拉莫娃认为这部小说的基本任务是复活关于战争的记忆，反映个人在战争中经历过的可怕心理经验。[①]

不过，《一寸土》和《一死遮百丑》花笔墨较多、写得更出色的，是红军中的某些怯懦自私者。

《一寸土》中描写的是梅津采夫。他"是这样一种人，生活中一切困难和危险的事情都由别人来代他们承担。到目前为止，别人为他打仗，别人为他

---

① *А. Е. Абрамова*. Парцелляция как прием поэтики психологизма в повести Г. Бакланова《Пядь земли》. //Вестник ТГПУ（TSPU Bulletin）. 2014. No.10.

牺牲,他却以为这是他应有的权利。因为他会吹喇叭"。正因为如此,"当战争爆发,德国人逼近德聂伯罗彼得罗夫斯克的时候,他正是该入伍的年龄,可是不知为什么,他没有入伍,结果就在德聂伯罗彼得罗夫斯克留下了。他说是跑不掉。……战前他在乐队里吹喇叭。……德国人来了,他还在乐队里吹那玩意儿。我们打仗,他却吹喇叭。他说那时心情很沉重。尽管如此,他还是在德国人底下结了婚,还生了两个孩子。我们不是在德聂伯罗彼得罗夫斯克,而是在奥德萨把他解放的——瞧,他跑到哪儿去了!"他特别自私,爱惜自己的小命,甚至千方百计试图逃脱危险。在对岸没危险时,他一切正常,一到据点,他就故意把脚扭了,以便不参加有危险的活动。每当有任务布置,他总要想方设法找各种借口让自己逃脱。实在逃不掉,就不惜偷奸耍滑。当莫托维洛夫想让他锻炼锻炼,派他去受到德军射击的沼泽地架设电线,他却耍花招,"他切断了电话,在那儿坐了一会,然后弄得全身湿淋淋的回来,好像在沼泽地上爬过了一样"。

刘璋飚指出,最能体现自我否定型人物特征的莫过于《一寸土》中的梅津采夫。他是变色龙、胆小鬼的典型。他善于奉迎上司,因此未经排里提名却能够被授奖。他恨莫托维洛夫中尉没有让自己到团部吹喇叭,以致自己无缘告别艰苦的、被死神朝夕陪伴的前线生活。每次任务下来,他总要找些理由逃避。当莫托维洛夫派他到正好受到射击的沼泽地架设电线时,他却耍花招。他的欺骗虽然当时瞒过了莫托维洛夫,但是参加过整场战争、有三个孩子的舒米林却因此丧生。战斗结束、部队进入大反攻之际,梅津采夫却"穿着一身还没下过水的、没有褪色的新制服""骑着一匹喂得很肥、毛色发亮的马",背上"背着一个喇叭",趾高气扬、带着嘲讽的意味来到了莫托维洛夫的面前。[①]

《一死遮百丑》里则是营参谋长伊宪柯。这人虽然是个军官,但骨子里极其自私,而且怯懦。他总找各种理由让自己觉得自己比别人优越,因为团长乌沙柯夫和政委瓦西奇没有老婆,他就觉得自己比他们两个都要来得优越,因为他已经有老婆。他还经常拿老婆的照片向大家炫耀,每次炫耀时,都会提到自己的邻居上校团长斯麦达宁,而且津津有味、绘声绘色地讲述,斯麦达宁如何单恋他的妻子,怎么拼命买东西给他的妻子。他表面上敬重团长,心底里却总是充满恶意的不满,如当乌沙柯夫在全神贯注地观察敌情时,伊宪柯在心里恶毒地想道:"大概他正在做梦吧,梦见自己当上将军啦。"

---

① 参阅刘璋飚:《当代苏联战争小说的三个浪潮与三种形象》,《赣南师范学院学报》1991年第3期。

而当血战来临,战友们都在英勇作战,作为军官,他却窝在树林里不动。

伊宪柯自己一心想逃避战斗、逃避危险,因此也怀疑别人跟他一样,当兹万采夫提议,前面有高坡,大炮上不去,绕道走反而快的时候,小说写道:"这就是说,得先退到树林里去。这是完全正确的。但唯独伊宪柯认为他们绕道是想逃避战斗。"并且在危急关头避开战斗,伊宪柯躲了起来。尤其是当他发现大量埋伏的德国坦克后,不仅没有向自己的战士们报警,或者设法带他们另找出路,反而不声不响地独自偷偷溜走了。

　　突然,伊宪柯吓得魂飞魄散,停住了脚步,原来他发现了德国坦克。这些披霜挂雪的坦克就停在无遮无拦的开阔地上,企图在这儿伏击苏军部队,而兹万采夫他们正要把大炮开进山坡后面的这地方来。在本能的驱使下,伊宪柯几乎来不及考虑和选择,马上躬着背,迈着罗圈腿,一声不吭往山坡下跑去。他不朝兹万采夫炮连所在地跑,而是朝别处跑去。可是兹万采夫他们仍按原定路线前进,向德军坦克这儿开来,根本没有想到敌人正等着他们光临。按说伊宪柯有责任带领自己人死里逃生,至少也有责任跟大家一块儿为国捐躯,然而他却把自己人远远抛在一边。他凭着自己很少有差错的预感和经验,凭着自己久经沙场的聪明智慧,尽管是刹那间,还是意识到眼下独自逃命是比较容易做到的。保住自己的性命……逃!……随后会发生什么惨祸是知道的,可他还是逃跑。

在逃命途中,他还狠心地扔下为了保护他而受伤的侦察兵不管。

在他成功逃出来后,面对政委瓦西奇的询问,他不仅没有反省自己、痛恨自己,反而因过分心疼自己而责怪甚至仇恨别人。

　　伊宪柯浑身哆嗦起来。他哆嗦是由于恨,他恨那些派他去跟坦克作战的人。他哆嗦是由于心疼,他心疼自己。他从前的生活经历可以说没有任何污点,多年来他任劳任怨地服役,从头至尾地参加了战争,可是今天,他差一点像别人那样,被机枪打死,被坦克辗死,倒在冰天雪地里冻死。而现在,就因为他活了下来,有人还想罗织他的罪名!伊宪柯思想深处翻腾一个念头,那就是哄住瓦西奇。只要瓦西奇心头的怀疑没有加深,就能把他哄住。与此同时,伊宪柯还非常可怜自己,可怜得心都要碎了。如果人家把他的性命当儿戏,那么他就要自己捍卫自己。是的,自己捍卫自己!

尽管瓦西奇在突围途中休息时弄明白了伊宪柯置战友于不顾的逃跑行径，"他临阵逃跑，为了保全自己性命而逃跑。可是别人呢？别人却不得不为他逃跑的举动，付出血的代价"。瓦西奇想到伊宪柯还当着军官，还能发号施令，他感到极其可怕，决定"一旦突围出去，就审判他！"他带领士兵夺取了德军的运输车，然后乘车突围，可他在即将突出包围圈时中弹身死，没来得及把伊宪柯的事告诉郭鲁别夫。知道伊宪柯卑劣行径的人死了，于是，一死遮百丑。尽管回到团部后斯坦坚柯团长在问话中对伊宪柯的某些说法不太相信，对他也表示深深的厌恶和怀疑，但毕竟证据不足……这时，伊宪柯赶紧安慰自己的良心，"瓦西奇死了，这样一来，他伊宪柯什么都不欠，什么都不用怕了。真是一死遮百丑。……而他伊宪柯，却活着……凭什么证据判我刑呢？他们能掌握什么证据？"小说结尾的这段描写，既在艺术上留下了开放式的结尾，让读者自己去判断伊宪柯是否会受到惩罚，同时也更进一步揭穿了其极其自私的本性。

　　章海陵等译者指出，巴克兰诺夫在《一寸土》《一死遮百丑》"这些作品里大胆地探讨了人和战争的关系及战争中人与人的关系。在这些'战壕真实派'作品里都不同程度地表现了反对军事指挥中的官僚主义问题，认为它是'在战争中比死亡还可怕的东西'（邦达列夫语）。在作品里除了塑造了一些正面人物之外，还刻画了一些内心世界阴暗，极端自私自利的'胆小鬼''叛徒'，如《一死遮百丑》的伊宪柯，就是这类人物。他只为了自己保命，弃营队参谋长的职务和战士的生命于不顾，甘愿当苟活的懦夫。他的嘴脸是丑恶的。作家对他进行了严厉的道德的审判，在战斗最激烈的时刻，'生与死'的界限就在分毫之间，作家深入地剖析了在这一时刻的人的复杂心理，突破公式化、概念化，揭示了人的内心世界的多层次性"[①]。阿勃拉莫娃则认为："《一寸土》在巴克兰诺夫的创作生涯中占有重要地位，它阐明了作者关于战争的中心观点，表现了临界情境中人的行为。"她进而指出，巴克兰诺夫大多数战争小说不同于其他"尉官散文"的独特之处就在于心理分析方法的综合运用。[②]

　　正因为上述人性阴暗面颇为突出，以致作家深感"我们不但对法西斯主义作战，我们还要消灭任何卑鄙无耻的行为，使战争结束后，世界上的生活变得有人性、公平、正直"[③]。

---

① 〔苏〕巴克兰诺夫：《一死遮百丑》，前言第2页。

② А. Е. Абрамова. Парцелляция как прием поэтики психологизма в повести Г. Бакланова《Пядь земли》. //Вестник ТГПУ (TSPU Bulletin). 2014. No.10.

③ 〔苏〕巴克兰诺夫：《一寸土》，第109页。

由于巴克兰诺夫战争小说尤其是《一寸土》突出的自然主义式的特点，特别是其中宣扬的"战争恐怖"，甚至是"牺牲无谓"的论点，曾在当年苏联的文坛引起过长达两年的十分激烈的争论。一些否定者大加挞伐，宣称小说过于注重战壕真实，陷入照相式的雷马克主义，这种批评甚至破坏了作家的心情，影响了他的工作。这种观点过于偏颇，而且相当片面。因为在巴克兰诺夫的战争小说中，作为人性阴暗面的对照，更多地描写的是红军战士的爱国热情、高度责任感及英勇作战这些作家认为使人成为人的东西。而这也是巴克兰诺夫的"自然主义"不同于，甚至高于西方以雷马克的《西线无战事》、海明威的《战地春梦》（《永别了，武器》）等缺乏责任感、非英雄的自然主义战争小说之处。

《一寸土》中绝大多数官兵热爱祖国，誓死为守卫"一寸土"而英勇作战。其中最突出的是莫托维洛夫和巴宾营长。

因为"从开始懂事的时候起，我们中没有一个人只是为了自己一个人而活着。革命照亮了我们的童年，革命号召我们关心全人类，为全人类而活着"，所以莫托维洛夫不仅作战勇猛，身先士卒，而且发现敌情后能主动灵活地处理，如他发现高地上对苏军构成极大威胁的德国炮兵观测点的一挺机枪和两名机枪手，主动请求炮兵营长炮击遭拒绝后，马上去找紧邻的步兵营，亲自操炮，清除了这个威胁。即便好不容易到对岸休假，据点这边出现险情，他也马上渡河回到前线，担负起指挥官的职责，而且奋勇作战，英勇负伤。

巴宾充分认识到：

> 在战争中不是每一个人都可以取得插旗子的光荣的。大多数的人都是默默无闻地在作战的。虽然他们都有姓名，也不比别人差，也不比别人缺乏勇敢。……换一个人在困难的时刻会觉得："上帝啊，我们干吗非得坚守这一个半公里不可？连一百公里都不战而让了，可是这会儿却咬住不放，一公尺我们都不想放弃呢！……"可是我们在德国人的防御线上的进攻基地像一把刀子插进了肉体。不论他到哪里——他都会感觉到这把刀子在他身体里。他很想把它拔掉，可是办不到。他的手被捆绑住了。要是没有这样的进攻基地，你试试看，一到马上就强行渡过德涅斯特河，而且要进攻。

因此他顽强地带领部队坚守"一寸土"，极力完成捆绑住德军手脚的任务。当德军发动猛攻，部队被挤压到河边再无退路时，他果断指挥，令行禁止，命令炮兵掩护，而自己率领剩下的人勇猛杀入德军包围中，与德军近身肉搏，使其大炮、坦克失去优势,终于让剩下的官兵在经过一夜的血战后突出了重围。

《一死遮百丑》首先以被伊宪柯叫来保护自己的侦察兵作为对照。当伊宪柯在危急关头逃避战斗躲向安全地带时,"那个挎着冲锋枪、握着枪筒和枪托的侦察兵感到十分耻辱,因为他的弟兄们,他的同志们留在战场上,留在坦克的炮火下面,冒着横飞的弹片,跟德军拼死搏斗,而他却退到安全地带,跟在这个光知道在各炮连之间转来转去,舞着手枪乱骂人的大尉的后面逃跑"。两相对照,一个是军官,本应以身作则,冲锋在前,领导士兵奋勇杀敌,却反而躲避危险,逃避战斗,不仅没有自责感、羞耻心,反而仇恨甚至越来越强烈地仇恨保护自己的侦察兵,"因为他成了他每一步、每个行动的见证人"。另一个是普通士兵,却有强烈的爱国心和正义感,因为奉命保护首长而不能参战感到"十分耻辱"。

小说更以冒死保护战友、想方设法把战士带出德军重围的乌沙柯夫、瓦西奇作为伊宪柯突出的对照。

作为重炮营长,乌沙柯夫在发现陷入极其危险的德国坦克前后夹攻局势后,马上想到的是让部下们尽快撤退出包围圈,他拿起枪来,勇敢地向敌人开火,"停停打打,打打停停,一心想把德国人的火力引过来,掩护莫斯达伏依他们撤退。乌沙柯夫只要看见一个企图逃跑的德国兵倒在他枪口下面,就高兴得大叫大喊"。当他发现被击毁的运输车上有能较好地抵御德军强大火力的组合高射机枪时,又冲进德军的枪林弹雨,试图掌握在手里,希望让更多的战友突围出去:"乌沙柯夫猛地从原地跳起来,也不顾身边的枪林弹雨,牙咬得格格响地从山坡奔下来,朝那辆被打毁的苏军装甲运输车奔去。运输车上有一挺完好的组合式高射机枪,还有许多机枪子弹……把这挺机枪拖出来……"结果因此被德国人打死,临死前还在想着自己操控着高射机枪,成功地阻击了德国人。

当乌沙柯夫等陷入重重危险之中时,政委(政治部副主任)瓦西奇没有考虑自己,而是率领机动排战士,冒着枪林弹雨赶来参战。在乌沙柯夫牺牲后,瓦西奇在危险之中集合了二十多个士兵,带着他们摆脱了德国坦克,冲进了树林,还冒死等待被打散的迷失方向的战士。然而他们等来的只是悄悄逃跑过来的伊宪柯,他撒谎欺骗瓦西奇,瓦西奇对他产生了阴郁的怀疑。瓦西奇想方设法,果敢指挥,带着重炮营的幸存者,摆脱了敌人的追踪射击,把大家领到敌军部队的后方,并巧妙地夺取了德军的运输车,让活着的战士成功地回到自己人中。

伊宪柯一心只想着自己,在关键时候置部下于不顾,甚至为了保住自己的小命,发现重大敌情都不报警,而乌沙柯夫、瓦西奇却置自己的生死于不顾,一心只想着怎么吸引敌人的火力,让战友尽快冲出重围,或者冒着死亡的威胁,千方百计地把战友们带出重围。两相对照,崇高者愈发崇高,卑劣者更显卑劣。

正因为如此,俄国当代学者奥博林指出,对于巴克兰诺夫来说,最主要的是人。他对人的基本要求,是坚定地捍卫人。其创作不变的观念是使人成为人的人道主义。巴克兰诺夫战争小说中人物的特点,就是其英雄主义总是勇敢与诚实同时出现,首先是对自己诚实,没有诚实就没有勇敢。①

巴克兰诺夫在《一寸土》发表将近二十年之后②创作了中篇小说《永远十九岁》(Навеки—девятнадцатилетние),虽因时代和作者年龄的变化,其在思想观念、艺术手法上有一定的变化,但依然有着战壕真实的特点。小说写十九岁的中尉特列季亚科夫伤好后返回部队,来到了炮兵营,担任排长,负责指挥、通讯工作,在一次战斗中,他带领自己的炮兵深入敌后,指挥炮兵消灭了敌人的迫击炮阵地,但自己也负了重伤,住进了后方——乌拉尔的医院。在那里,他回忆起曾经是革命干部的父亲被自己人逮捕,母亲改嫁,他有了一个曾经非常敌视的继父,现在才明白继父能够娶已经成为反革命家属的母亲,实际上是冒着危险保护了他们。他还想到自己1943年刚从炮兵学校毕业,就上了前线,不久就负伤住院。在住院期间,他认识了美丽的姑娘萨沙,两人一见钟情,产生了热烈的爱情。伤愈后,两人依依惜别,他回到部队,带病上了前线。1944年在乌克兰南部苏军春季攻势的一次包围德军的战斗中,他第四次负伤,在送往医院的途中,被敌人的大炮打中,被埋入土里。三十多年后,电影拍摄组来到这一带,为了更逼真,导演让人们在早已填平并长满野草的战壕位置开挖堑壕,结果发现了这位坐在土坑中已变成骷髅的战士(而这,是小说的开头,后面全是倒叙)。特列季亚科夫和众多牺牲在战场上的战士一样,是永远十九岁的人。

总的看来,巴克兰诺夫的战争小说虽然带有自然主义色彩,但与西方自然主义,如雷马克、海明威等人的悲观绝望、撰写人的生物特性不同,其作品总的基调是乐观的,而且大力描写了人的爱国心、职责感与为了祖国、为了他人不怕牺牲的崇高精神。因此当《一寸土》等作品遭到否定时,不少人站出来为其辩护,充分肯定他的创新。肯定者普遍认为其小说真实而富有人性,并且指出,正因为红军在"一寸土"上的坚守与浴血奋战,苏联人民才能取得胜

---

① *Лев Оборин.* О Григории Бакланове.Знамя. 2010. No.5.

② *Эльга Бакланова.* Мой муж Григорий Бакланов.Знамя. 2011. No.1.

利,也不能不取得胜利,因此这是战争小说在艺术上探索的新成就和新贡献。①尤其是同为战争小说家的康德拉季耶夫的来信对他评价很高,对其精神有很大的鼓舞。"对于我们每个人来说战争都发生在'一寸土'上。你的'一寸土'就是你独有的,在那里你留下了部分心魂,并且它也永远留存在你的记忆里……现在我已不再怀疑,我是否还应该写作……你的作品向我表明,未来的《战争与和平》的作者将出自这样的'一寸土',出自这样小的战斗……"②我国的杜隽更是认为,巴克兰诺夫把所参加的战争同祖国的前途和人类的命运联系在一起,他认识到所参加的战争的目的和意义不仅仅是在于牺牲自己,为别人铺平前进的道路,而且还在于它能够为未来带来希望、前途和光明。他说:"我们上前线的时候每个人都知道我可能会死亡,但是和平依然常在。"正因为如此,在表现战争时,巴克兰诺夫一方面表现了为国捐躯的爱国主义英雄,另一方面又突出了战争的恐怖与悲惨……不过,巴克兰诺夫的这种描写不仅让人看到了战争的残忍和恐怖,而且也竭力表现战争是达到和平目的的手段,是人类在迫不得已的情况下必须付出的代价。③

后来,苏联评论界认为《一寸土》具有某种象征的概括意义,"一寸土"甚至成了"战壕真实"的代名词,这部小说因此也成为战壕小说最著名的代表作之一,并使得作家成为号称三"Б"的"前线一代"作家之一 ——三"Б"作家指邦达列夫、贝科夫和巴克兰诺夫,其姓氏开头的俄文字母都是"Б"。这三位"前线作家"都在卫国战争中亲临前线浴血奋战,对于战争有切身的感受,而且又都是尉官(上尉或中尉),因此评论界又称他们为"行伍作家""中尉作家""尉官作家",他们的战争小说也因此被称为"尉官散文"。④

巴克兰诺夫这种俄罗斯式的自然主义战争小说的形成,有以下几方面

---

① *Эльга Бакланова.* Мой муж Григорий Бакланов.Знамя. 2011. No.1.

② *Эльга Бакланова.* Мой муж Григорий Бакланов.Знамя. 2011. No.1.

③ 参阅杜隽:《海明威与巴克兰诺夫战争小说比较》,《浙江海洋学院学报(人文科学版)》2001年第2期。

④ 俄国当代学者恰尔马耶夫指出,尉官散文的领地各不相同,也并非在同一时间产生,它包括:邦达列夫的中篇小说《请求炮火支援》(1957)《最后的炮轰》(1959)及其长篇小说《寂静》(1962)《热的雪》(1970),巴克兰诺夫的中篇小说《一寸土》(1959)《永远十九岁》(1979)及其长篇小说《四一年七月》(1965),沃罗比约夫的中篇小说《天啊,这是我们!》(1943)《战死在莫斯科城下》(1961)《叫声》(1962),阿纳尼耶夫的长篇小说《坦克呈菱形前进》(一译《坦克横冲直撞》,1963),库罗奇金的中篇小说《战争就是战争》(1965),详见 *Чалмаев В. А.* На войне остаться человеком: Фронтовые страницы русской прозы 1960~1990~х годов, М., 2018, С.41. 由此可见,尉官散文这一概念的内涵远远大于战壕真实散文,至少既有战壕真实小说,又有全景式小说。

的原因：一是受到20世纪50年代中后期"解冻"后西方自然主义战争小说的影响，特别是雷马克《西线无战事》、海明威《战地春梦》等的影响，邦达列夫的中篇小说《请求炮火支援》《最后的炮轰》较早描写下层士兵面临的极其残酷的战争处境，巴克兰诺夫紧随其后；二是继承了18世纪拉季舍夫的《从彼得堡到莫斯科旅行记》及19世纪俄国文学的人道主义精神，特别是对下层人们的不幸的关注的传统，这一优良传统影响到俄国当代作家，尤其是战争小说家，使他们关心下层士兵生死尤其是其身处的"一寸土"中的残酷战争处境；三是在苏联时期，"战争题材在官方眼里，不单是部文艺作品，更是弘扬军事爱国主义、以英雄人物教育下一代、防止西方意识形态渗透的重要武器"，因此所有战争小说都要塑造英雄形象、宣扬爱国主义，巴克兰诺夫也不例外；四是受到肖洛霍夫的战争小说《人的命运》的影响，该小说既描写了战争给普通百姓带来的残害，描写了战争的血腥，更塑造了索科洛夫这个普通人在关键时刻所表现出来的英雄行为。

值得一提的是，巴克兰诺夫的战争小说还较多地写到战争中的偶然性。《一寸土》中苏军几个士兵正在对岸和平的环境中采摘桑葚，却突遭德军炮弹袭击，女战士莫西雅牺牲了。

> 莫西雅躺在一棵大桑树底下的草地上。旁边的桶儿打翻了，桑葚撒了一地。她身上没有血，也看不到伤口，甚至擦伤的痕迹也没有，她是侧身躺着。丽达在她面前跪下，用耳朵去听，把她的身子翻过来仰面朝天，这时我看到她军服的整个左肋上都沾满了血。……撒了一地的桑葚像点点墨污，她的浅色的头发、脸和军服就在这些墨污中间。雨在冲洗着它们。我们脚底下还有很多被爆炸震落的成熟了的桑葚。

而巴宾营长在率领大家冲出重围后的早晨洗漱时突然中弹而死。《永远十九岁》中的特列季亚科夫中尉则是因伤去医院的途中突遭德军炮击，而被深埋土中。因此俄国学者奥格涅夫指出，巴格兰诺夫喜欢写偶然性的死亡，《一寸土》中是巴宾营长（实际上还有莫西雅——引者），《永远十九岁》是年轻的主人公，作家写了偶然性的真理。作家特别关注主人公的青春与死亡，当人成为永远十九岁时，这种英年早逝使人惊骇，不过这种死亡虽是反常的，却凸显了英雄主义。[1]

---

① *Огнев В.* Навеки — девятнадцатилетние: Григорий Бакланов и его герои. Юность. 1985. No.4.

此外,巴克兰诺夫的小说的人物大多带有一定的自传性,甚至在某种程度上就是作家自己的化身。巴克兰诺夫曾宣称,他关注的是发生在身边的生活和事件,个人生活是自己的唯一经验,"除了自己的经验,我什么也不能写"①。他是炮兵出身,因此他的大部分作品写的都是炮兵。②甚至小说中不少人物的死亡,都与炮击有关,如前所述的莫西雅、巴宾、特列季亚科夫,都是死于敌人的炮击。有论者指出,从巴克兰诺大的战争小说所描写的人物看,大多与作家自己的年龄、出生、军衔及经历都很相似,如《一寸土》中的主人公莫托维洛夫中尉,在战争开始时是一个刚从炮兵学校毕业的十七岁的少年;《永远十九岁》中的主人公特列季亚科夫中尉,在战争开始时还不满十七岁……这些人物在战争岁月里的经历和感受,不仅代表了他们那一代人,而且明显带有作者本人的印记,在一定程度上,他们就是作家本人的化身。③俄国当代学者别列斯托夫斯卡雅更是撰写专文细致考察了巴克兰诺夫的部队战斗经历与其创作的关系(还谈到他对托尔斯泰战争小说的继承与发展)。④杰德科夫认为:"巴克兰诺夫描写的不只是一代人的命运和荣誉,不只是战争和青春……不过毕竟他首先描写的是自己一代的命运和荣誉,命运使之陷入其中的生活。"⑤

五、恰科夫斯基的《围困》

亚历山大·鲍里索维奇·恰科夫斯基(Александр Борисович Чаковский,1913~1994),1913 年 8 月 26 日(俄历 13 日)出生于彼得堡一个医生家庭,童年在萨马拉度过。1930 年在古比雪夫(即萨马拉)读完中学后,正值苏联蓬勃开展社会主义工业化建设,于是到莫斯科电机厂当了三年电器安装工,并积极为工厂的刊物写稿。接着又到经济学院进修,打算成为工业生产组织中的专家。然而对文学的浓厚兴趣终于促使他放弃了经济学学习,转而进入高尔基文学院学习。1938 年毕业后,他到报社工作。卫国战争爆发后,他担任沃尔霍夫方面军的军报记者,被派往遭德军围困的列宁格勒采访。

---

① *Бакланов Г.* Собр. соч.: В 4-х т. –Т. 4. –М., 1988, С.42.

② *Лев Оборин.* О Григории Бакланове. Знамя. 2010. No.5.

③ 参阅杜隽:《海明威与巴克兰诺夫战争小说比较》,《浙江海洋学院学报(人文科学版)》2001 年第 2 期。

④ *Берестовская Д. С.* Героическое и трагическое в военной прозе Григория Бакланова. //Современные проблемы гуманитарных и общественных наук. 2014. No.3.

⑤ *Дедкова.* О судьбе и чести поколения. Новый мир. 1983. No.5.

1941年入党。在战争期间,他写了一些战地通讯和特写,并创作了长篇小说《这事发生在列宁格勒》等作品,受到法捷耶夫的推崇。1949年出版的长篇小说《我们这里已是早晨》为他赢得了广泛的声誉。1950年,他以《文学报》记者的身份到朝鲜采访。

50年代开始,他先后担任《旗》编委(1950~1955)、《外国文学》主编(1955~1963)与《文学报》主编(1962~1988)、苏联作协书记,1971年被选为苏共中央候补委员,1973年获社会主义劳动英雄称号,1986~1990年担任苏共中央委员。1980年获得俄罗斯苏维埃联邦社会主义共和国国家奖金。

80年代后期、90年代前期,在戈尔巴乔夫、叶利钦等人的改革与苏联的解体时期,恰科夫斯基寓居莫斯科,依旧坚守自己的信念,甘于寂寞,与邦达列夫、斯塔德纽克等成为新俄罗斯时代寥寥无几的"正统派"作家。1994年2月17日,恰科夫斯基因心力衰竭而去世,享年81岁。

恰科夫斯基1937年开始发表作品。最初是以文学批评家的身份出现于文坛的,陆续发表了一系列有关亨利·巴比塞、海涅、涅克拉索夫、勃留索夫、歌德、马丁·安德森–尼克索等人的专论和专著。此后,转向文学创作,主要作品有:长篇小说《这事发生在列宁格勒》三部曲(1944~1947)、《我们这里已是早晨》(1949,获1950年斯大林奖金)、《生活的年代》(1956)、《我们选择的道路》(1960)、《围困》(1968~1975)、《胜利》(1978~1981)、《未完成的画像》(1983~1984,未完成)、《纽伦堡幽灵》(1989),中篇小说《万权坚守岗位》(一译《韩杰在站岗》,1952)、《远方星辰的光辉》(一译《遥远的星光》,1962)、《未婚妻》(1966)等。其中比较重要的战争小说有三部。

长篇小说《这事发生在列宁格勒》(Это было в Ленинграде)包括三部中篇小说:《随军记者》(Военный корреспондент,1944)、《丽达》(Лида,1945)、《和平的日子》(Мирные дни,1947),描写的是列宁格勒被围困期间人们的战斗生活和战后的和平生活。《随军记者》以战地记者萨温的视角,描写他去列宁格勒执行任务并寻找情人丽达的经过。《丽达》以丽达的视角叙述她和萨温重逢后的种种情景。《和平的日子》描写萨温和丽达在战后的和平生活。[1]三部曲没有正面描写战场上的军事活动,也没有描写那些著名的领袖人物,而是关注列宁格勒战场上普通人的日常生活,包括情感生活,从一个侧面真实地反映了列宁格勒军民在围困中的艰苦生活和坚强不屈的战斗意志。整部小说笔调抒情优美,心理刻画丝丝入扣,充分展现了两个相爱的年轻人在残酷的战争环境下的精神世界。在战争叙事方面,从普通人的

---

① 参阅〔苏〕恰科夫斯基:《这事发生在列宁格勒》,傅昌文译,时代出版社1955年。

日常生活和爱情生活角度,来反映战争的残酷和苏联人民的英勇不屈。

《围困》(Блокада)是恰科夫斯基最有名的战争小说[①],是作家"花了七年紧张劳动"(该作品1968年在《旗》杂志发表第一部,1970年第二部,1971年第三部,1973年第四部,1974年底至1975年初第五部)[②]完成的长篇小说,描写的是苏联军民在德军围困列宁格勒时期困苦至极而又英勇卓绝的斗争。小说之所以专门描写列宁格勒的围困时期,是因为卫国战争"胜利的基础就是战争开始的几个月……《围困》正是这样描绘了艰难时期的种种事件,借此向读者们形象地说明,并且让他们明白,我们不仅能坚持下来,而且能随后打到柏林"[③]。虽然"没有一部作品曾以这样严峻的色调描绘列宁格勒被围困期间的生活"[④],但是"在小说《围困》中,作者成功地将列宁格勒描绘成'祖国苏联勇敢和坚韧的象征',并将保卫列宁格勒纳入'世界历史的语境'"[⑤]。这是全景战争小说的代表作之一,而且同其他全景战争小说相比,十分典型。具体地看,这部小说在战争叙事方面有以下几个特点:

一是场面宏大,视角变换,多层次展现全景。

《围困》共五部六卷,是近二百万字的巨著,主要描写列宁格勒从1941年6月苏德战争开始到1943年1月突围战役胜利这九百多天的一长段史实,展示了列宁格勒被围时苏联军民的斗争生活。恰科夫斯基以宏大的场面、变换的视角,多层次地展现了这段史实的全景。

其场面宏大表现在三个方面:①敌我双方均从最高统帅写到普通士兵。苏联方面,从大本营最高统帅部斯大林、朱可夫等人,写到苏联司令员、师长、营长,更写到普通士兵以及平民百姓;德国方面,也从最高统帅部的希特勒及其左膀右臂,写到围攻列宁格勒的冯·莱布元帅及其部队,更写到其年轻的中下层军官,比如希特勒欣赏的丹维茨中校等。②小说虽然是以列宁格勒的"围困"为中心,但却以描写重大战役和苏德双方最高统帅部的活动为主,作品中着重描写了普尔科沃高地争夺战、卢加防线的战斗、涅瓦河"小地"争夺战、拉多加湖运输线的开通、沃尔霍夫守御战等关键性的战争场面,

---

① 本节所引《围困》的文字,均出自〔苏〕亚·恰科夫斯基:《围困》第1~5卷,叶雯等译,上海译文出版社1978~1979年,为节省篇幅,不一一注出。

② Синельников М. Диктует время:очерк творчества Александра Чаковского.М.,1983,C.133,139.

③ Синельников М. Дитктуевремя:очерк творчества Александра Чаковского.М.,1983,C.155.

④ 〔苏〕诺维科夫:《现阶段的苏联文学》,第54页。

⑤ Овчаренко А. И. Большая литература:Основные тенденции развития советской художественной прозы 1945~1985 годов. М.,1988,C.483.

战争场面颇为宏大。③描写了当时苏联为了争取战争的胜利,与英国与美国之间相互进行的一些重大外交活动,更是把场面扩大到具有世界性。由此可见,《围困》"把战场上的军事斗争和国际政治舞台上的外交斗争交错起来写,从莫斯科的克里姆林宫写到列宁格勒的斯莫尔尼宫,写到波罗的海、白俄罗斯、拉多加湖,又从列宁格勒写到莫斯科,写到希特勒设在东普鲁士拉斯滕堡的元首大本营——'狼穴'"①,还写到英国与美国。可以说这部战争小说从苏联最高统帅部写到平民百姓,又从苏联写到德国,而且也往往是从德国最高统帅部写到高级军官和中层军官,更展示了斯大林与英美的三次斗智斗勇式外交努力,是一部真正的战争全景小说。小说故事情节曲折动人,把列宁格勒的围困与莫斯科、斯大林格勒乃至当时苏联整个战争局势甚至世界形势联系起来,展示宏大的背景、宏大的场面。正因为如此,苏联学者西涅利尼科夫认为,"《围困》在类型上属于通常称之为全景性的战争文学作品",在描写人民的功勋时有一种"规模宏大的史诗般的广阔"②。

如前所述,全景战争小说的代表作品主要有邦达列夫的《热的雪》、西蒙诺夫的《生者与死者》三部曲、斯塔德纽克的《战争》和恰科夫斯基的《围困》。前面几部尽管既写了战壕的真实又写了司令部的真实,构成了战争的全景,但往往以本国高层为主,从师、集团军到最高统帅部,直至最高统帅斯大林。《围困》则不仅如此,它还描写了列宁格勒百姓在围困期间的日常生活,更大量描写了希特勒阵营高层的活动,从将军、元帅们的讨论、会议到希特勒"狼穴"的种种活动,此外还描写了苏联与德国之间的外交活动,以及苏联与英国、美国的外交活动,从而构成了真正的世界性的或者说国际性的大场面,凸显了苏联对德国的战争不仅是这两个国家之间的一场战争,而且是关乎世界、关乎人类的世界大战。正因为如此,诺维科夫指出:"邦达列夫、西蒙诺夫、恰科夫斯基的长篇小说,尽管各有其个性化的独特之处,但都有一个共同特点:作者力求根据战争进程和前线当时的形势来表现具体事件的规模。这是这一类当代战争题材的长篇小说的特点。而恰科夫斯基还力求表现国际局势,不仅表现前线的,而且表现两个敌对阵营的力量对比。因此他常常采用政论的叙事手法,然而这完全无损于规模宏伟的描写,反倒使画面更宽广了。这部描写列宁格勒保卫战的长篇小说,既是一部描写战争的作品,又是一部敏锐地反映当代迫切主题的作品——揭露资本主义世界的社

① 陈敬咏:《论苏联战争题材的三部"全景小说"》,《当代外国文学》1985年第4期。

② *Синельников М.* Диктует время:очерк творчества Александра Чаковского.М.,1983,C.141.

会本质,讴歌社会主义世界的伟大。"①西涅利尼科夫更简要地指出,这部小说最主要的特点就是"宏大广阔,分析有力,结论分明"②。

其视角变换表现为,整部作品总的来说大体采用的是第三人称上帝式的叙述视角,由叙述者讲述苏联与德国从最高层到士兵的战争故事,以及苏联的外交活动,但在某些章节又适当地采用了第一人称有限视角,主要表现在写到女主人公之一的薇拉时,多次运用第一人称"我"的有限视角,如第一卷第五章写薇拉离开列宁格勒到小城市别洛卡明斯克的姨妈家去度暑假,而他的恋人阿纳托利也紧随而去;第四卷第六章写薇拉经常去看望阿纳托利的父亲瓦利茨基,并从这个老建筑学家身上发现了对胜利的强烈信心,第八章写薇拉与负伤住院的苏罗甫采夫大尉交往,第十四章写薇拉终于认清阿纳托利自私、胆小、逃避作战的本来面目并与之分手;第五卷第二部第十章写薇拉在老院长奥西米宁的要求下,坚持记医学日记,保留宝贵的历史材料,第十一章写薇拉和兹维亚金采夫重逢并相恋,第十三章写薇拉和兹维亚金采夫遇到苏罗甫采夫大尉,他们一起埋葬了饿死的瓦利茨基。这几章都是以薇拉的第一人称视角叙述一切,既力破全用第三人称叙事的单调,同时也与第三人称叙事形成某种对照:第三人称多叙述战争、外交等大事,薇拉的第一人称则更多叙述小儿女的情感、思绪,人民在战争中的苦难,以及人民对战争胜利的信心等。或运用第三人称有限视角,如小说一开篇即写兹维亚金采夫少校和科洛霍夫上校在"莫斯科"旅馆里,兹维亚金采夫突然被安排到新的条件很好的房间去住,这使他们大惑不解。后来才知道,这是因为他在斯大林组织的一个极其重要的,只有人民委员、元帅、将军才能参加的,对刚结束的芬兰战争进行总结的会议上大胆发言说了真话,赢得了斯大林的好感。这种第三人称有限视角一方面让本来不可能的事情显得真实可信(苏联有读者指出,一个少校军官在这种级别的会议上发言根本就不可能。恰科夫斯基本人却宣称:"我需要让能够讲出我们备战中的缺点之人在会上发言"③),另一方面也让叙事视角有所变化。第二卷第十一章写丹维茨去见希特勒采用的也是第三人称有限视角。

由此可见,上述宏大的场面、变换的视角,的确多层次多角度地展现了苏德战争的全景,更真实生动地展示了围困期间列宁格勒百姓的生活与心理。

---

① 〔苏〕诺维科夫:《现阶段的苏联文学》,第44页。

② Синельников М. Диктует время:очерк творчества Александра Чаковского.М.,1983, С.134.

③ Топер П. Документ,вымысел,образ. Беседу вел П. Топер / П. Топер, А. Чаковский // Вопросы литературы. 1973. No.8.

二是人物众多、虚实结合,多角度反映历史。

白照芹指出,《围困》的篇幅庞大,结构复杂,人物众多。据统计,小说中出场的有姓名的人物达一百三十余人。其中着重描写、清晰地展现了人物思想面貌的约三十八人(苏方二十九人,德方九人)。在这些人物中,既有真名实姓的历史人物,又有作家依据生活实际虚构出来的典型人物。作家严格遵循历史真实性的原则,按照实际曾经发生过的事件的本来面貌描写历史人物,而把虚构人物穿插于其间,做到虚实结合,不仅使人物形象更加丰满,情节更加富于戏剧性,而且也极大地增强了作品的艺术魅力。①黄仕荣更具体地谈到,恰科夫斯基的《围困》描写了近三百个人物,历史上的真实人物有百人之多,其中有苏联党政军领导人和著名的将领斯大林、莫洛托夫、日丹诺夫、伏罗希洛夫、朱可夫等,法西斯营垒中的头目和将领希特勒、戈林、希姆莱、戈培尔、里宾特洛甫等,丘吉尔的特使比威尔布鲁克,以及罗斯福的特使霍普金斯、哈里曼,英国外交大臣艾登,等等。对这么一大批历史上的真实人物,恰科夫斯基都作了生动具体而详尽的描写,几乎将每个人的出身、来历、外貌特征、性格特点,他们在这场战争中的表现,他们的相互关系,他们细微的心理活动等都写到了,使他们达到典型的高度。②陈敬咏更是宣称,《围困》中出现的苏联反法西斯战争中众多历史人物是前所未有的,特别是法西斯营垒中的代表人物,更是如此。③

仔细考察,《围困》中出现的近三百个人物,可以分为两类。一类是真实的历史人物,苏联学者奥夫恰连科指出,"《围困》中使我们一直感兴趣的是真实历史的那部分描写……交战双方都是通过真实人物来表现的(主要关注杰出历史人物)——这使人对小说的兴趣更加浓厚"④;一类是虚构的人物,如工程兵少校兹维亚金采夫,老工人老布尔什维克科罗廖夫及其女儿薇拉,老建筑学家瓦利茨基,红军基层干部帕斯图霍夫、苏罗甫采夫,还有德国党卫军少校丹维茨等。

《围困》在人物形象塑造方面有两个特点。①塑造敌方形象不够成功,主要在于作家意识形态性太强,过于贬低和丑化德军元首、将领和下层官

---

① 参阅白照芹:《苏联卫国战争的全景性画卷:论恰科夫斯基的〈围困〉》,《山西师范大学学报(社会科学版)》1987年第4期。

② 参阅黄仕荣:《论苏联"全景性"战争文学代表作〈围困〉的特点》,《广西大学学报(哲学社会科学版)》1988年第2期。

③ 参阅陈敬咏:《论苏联战争题材的三部"全景小说"》,《当代外国文学》1985年第4期。

④ *Овчаренко А. И.* Большая литература : Основные тенденции развития советской художественной прозы 1945~1985 годов. М.,1988,C.481.

兵,因而其形象都是模式化的坏人,过于单一;但塑造苏方形象却比较成功。②虚构人物不够成功,而历史人物却塑造得颇为成功。因此诺维科夫宣称:"《围困》中真实的历史人物比许多虚构人物刻画得更具艺术技巧。"①一般来说,历史人物不好描写,因为受制于历史真实,而虚构人物可以放开写,往往最能出彩。而《围困》恰恰相反,虚构人物绝大多数塑造得颇为单薄,缺少变化(哪怕是自私自利的阿纳托利,经历了被女友薇拉赶走和父亲瓦利茨基的教育,却依然毫无变化)。限于篇幅,此处仅以最重要的主人公兹维亚金采夫为例,稍加论述。

兹维亚金采夫形象在小说中塑造得不那么成功,关键在于作家把他观念化(正面人物、红军优秀军官的化身)和工具化(串联众多场景,沟通上下的人物)了。苏联学者西涅利尼科夫指出:"兹维亚金采夫是一位在长篇小说中赋有特别功能的主人公"②,陈敬咏更是对此有比较具体的分析,他指出作家试图通过兹维亚金采夫这个形象表现红军军官的某些优秀品质:高度的思想觉悟、忠于职责、精于业务、善于在任何艰难条件下完成任务……总之,兹维亚金采夫是作者刻意塑造的正面人物。但是总的看这个人物缺乏完整的艺术性。需要指出的是,"全景文学"作品在人物塑造上有个突出的特点,即虚构的中心人物或主要人物往往起着串联和评价历史真实人物的作用。在《围困》中,兹维亚金采夫的活动串联着一系列历史真实人物:斯大林、伏罗希洛夫、日丹诺夫,等等。兹维亚金采夫不过是个工程兵少校,而作者却安排他到克里姆林宫,在伏罗希洛夫主持、斯大林亲自参加的总结苏芬战争的高级军事会议上出场表演。他在会上慷慨陈词,指责某些高级将领只谈对芬战争的胜利,不谈为此胜利所付出的重大代价;指责部队因缺乏足够的技术和装备而遭受无谓的牺牲。而一个少校军官在这样的会议上发言根本就不可能。可见,兹维亚金采夫在这样的军事会议上出场,以及作者把他写成令人注目的英雄人物是违背现实生活的逻辑的。再看作者为突出这个人物而编造这样一些情节:他笔下的少校,忽而在高级军事会议上敢于面对现实,直言不讳;忽而在列宁格勒党的积极分子会议上,发出关于战争即将爆发的正确预见;忽而他又到斯莫尔尼宫会见日丹诺夫,发表对战区形势的看法,如此等等。兹维亚金采夫的活动贯穿于五大卷小说的始终,这个青年军官经历了将近两年的战斗历程。可是我们只看到他在官阶上的陡升,

① 〔苏〕诺维科夫:《现阶段的苏联文学》,第57页。

② *Синельников М.* Диктует время:очерк творчества Александра Чаковского. М.,1983, C.162.

却看不到他在思想上的成长。正是作者的主观"需要",使兹维亚金采夫形象的艺术完整性受到了损害。①

《围困》塑造历史人物却颇为成功,如伏罗希洛夫、戈沃罗夫、日丹诺夫、费久宁斯基、华斯涅佐夫等。朱可夫虽然出场不多,着笔也不多,但作家却能用不多的笔墨写活这位人物。如伏罗希洛夫被任命为列宁格勒方面军司令员后,"面对集结起来的德军,列宁格勒的防御混乱无序"②,只是被动、消极地敌人攻向哪里,就派部队到哪里去阻挡、抵抗。西方有学者甚至认为:"最高统帅部代表伏罗希洛夫元帅,在负责列宁格勒防务事宜期间与其说是在做贡献,还不如说是在捣乱。"③因此到了1941年9月,列宁格勒已经极端危急。就在此时,朱可夫临危受命,马上赶往总参谋部和情报部,不仅了解列宁格勒的局势,而且了解全国其他战线的局势,然后火速飞往列宁格勒,并且雷厉风行,立即开始工作。他沉着冷静,怒斥报告"极其紧急情报"的惊慌失措的西多罗夫少校,命令他必须守住自己的阵地,否则就将他送上军事法庭;然后听取报告,具体了解列宁格勒的情况,并且对毫无针对性的防御大发雷霆说:"那么你们为什么在整条战线上平均部署部队?德国人的坦克部队已经楔入乌里茨克和普耳科沃高地,他们正是指望从这儿冲进列宁格勒的,我们的主力部队也应当集中在这儿!为什么以前没有想到?我问:为什么?!"然后马上根据实际情况,迅速作出合乎实际的结论,明确而坚决地调整部队部署,并简洁扼要地向大家阐明:

> 我们每一次调兵遣将的结果,总是加强一个地段,削弱另一个地段!今天普耳科沃—乌里茨克是最危险的地段,应当重兵把守,而且就在那里把敌军粉碎!……
>
> 由此看来,在任何一场战争里消极防御就是毁灭。因此,即使在目前这样艰苦的情况下,摆在我们面前的任务也不是单纯防御而是积极反击敌人。要不然,我们就会毁灭,或者像斯大林同志临别时对我说的那样,我们会落到法西斯匪帮的魔爪里。为了避免发生这种情况,我们应当要求集团军司令员、师长和团长不单单坚守目前的阵地,还要反攻!要是德国人昨天占领一个村镇,一个车站,一块高地,那么今天就

---

① 参阅陈敬咏:《苏联反法西斯战争小说史》,第162~163页。
② 〔美〕戴维·M.格兰茨:《列宁格勒会战:1941~1944》(上册),小小冰人译,台海出版社2018年,第70页。
③ 〔瑞典〕尼克拉斯·泽特林、安德斯·弗兰克森:《莫斯科战役1941:二战"台风"行动与德军的首次大危机》,王行健译,台海出版社2018年,第99页。

该把这个村镇,这个车站,这块高地夺回来。今天不能夺回,明天就再进攻,不论在什么情况下都非收复不可! 我们应当把主动权从敌人手里夺过来,任务就在这里! 否则只有毁灭!

这样,不仅改变了战争的打法,而且让上下官兵精神一振,有了主动进攻的心理,从而稳定了战局,守住了列宁格勒。苏联学者奥夫恰连科认为:"在《围困》中,这些人物都是在极度紧张的情况下说话和行动的。每一分钟都饱和到极限。朱可夫将军刚刚抵达列宁格勒。一小时后他出现在斯莫尔尼宫。把斯大林那像格言一样简洁的字条转给伏罗希洛夫。'给指挥官搬椅子!'伏罗希多夫大声吩咐。没过几分钟,朱可夫已经在列宁格勒前线指挥战斗。他的命令清晰明确,格外大胆,完美而独立。他的话语也极富特色。这是生活。但这也是《围困》作者创造的一个传说。"①

由于朱可夫的镇静理性,总是从全局考察战争,又能根据实际情况,雷厉风行、干脆利索、灵活而果断地采取对策化解危机,因此在小说中他几乎就是一个"救火队员",哪里危急,就派他去,而他一去,必定化险为夷:是他,稳定了列宁格勒的局势,守住了这座城市;是他,赢得了莫斯科保卫战;还是他,解救了斯大林格勒,并且消灭了德国精粹的保卢斯集团军。因此小说在即将结尾时写道:

> 不管最高统帅把朱可夫派到哪里,伴随他的总是胜利。当然,问题不仅在于朱可夫本人。他在其中起领导作用的那些事件,决定于许多客观条件,包括军事的、政治的、经济的以及纯粹是精神方面的条件。但指挥部队去消灭敌人的毕竟是朱可夫,因此历史有充分理由将他的名字与红军在反对德国法西斯侵略者的战争中取得的许多辉煌胜利联系在一起。在伟大的卫国战争,甚至整个第二次世界大战时期的军事统帅的名单上,朱可夫名列前茅。

保加利亚学者、批评家叶夫列姆·卡郎菲洛夫认为《围困》中塑造的朱可夫形象"异常鲜明"。在他看来小说的另一个优点是:对两军司令部及其领导人进行对比时,就会发现苏军统帅在道德上的优势和高度明显高于希特勒的将军们,另外他们的创造力也明显高于后者。因为与希特勒冷酷而精

---

① *Овчаренко А. И. Большая литература*: Основные тенденции развития советской художественной прозы 1945~1985 годов. М.,1988,С. 486.

准的战略意图相对立的是高超的战争艺术,那恰恰就是创造者的艺术。①

有学者认为,小说中的斯大林形象塑造是不成功的,如许贤绪认为,《围困》中的斯大林形象基本上反映了朱可夫对他的看法。他没有"科学预见的才能",错误估计希特勒发动战争的时间,在战争的最初几天里惊惶失措,甚至躲在家里不露面;他没有军事指挥才能,在战争形势分析、战略指导思想、战役部署等方面总是与朱可夫意见相左,而结果总是证明他错了。他的固执和绝对权威地位使红军大吃苦头。《围困》对斯大林的肯定是抽象而又无可奈何的,对他的否定则是十分具体的。只有在外交活动方面,作者对斯大林作了全面的肯定。战争初期,外交活动频繁,斯大林在会见美、英来使时态度镇定、自信,对国际国内形势了如指掌,准确及时地提出自己的要求,使对方有的肃然起敬,有的张皇失措。总之,在恰科夫斯基的笔下,斯大林是个蹩脚的军事家,同时却是个出色的外交家。这反映了作者的实用主义立场,因为斯大林在战时和战后的全部外交活动,都与苏联的新边界以及整个欧洲政治地理有关,这是不能否定的,而迎合朱可夫的观点在当时是一种时髦。但这样把斯大林写得在军事上和外交上判若两人,是不合逻辑的,读者从中看到的不是斯大林性格中的矛盾,而是作者自己的矛盾。②

但在笔者看来,小说中塑造得最为成功的恰恰是斯大林形象(苏联学者西涅利尼科夫也认为:"小说中的斯大林是一个有着自己的力量和自己的弱点的活生生的人"③),其成功之处在于通过一系列战争和外交事件,写出了斯大林性格的矛盾复杂性和发展变化,既写出了他作为最高领导人的优点,也写出了他在苏德战争初期的失误,更客观地描写斯大林醒悟后的英明决策(孙尚文等学者指出:"小说对斯大林形象的描写,既没有掩饰他在战争初期的失算,也肯定了他在战争过程中作为最高统帅的坚定沉着、高度的组织才能和丰富的国际斗争经验"④),还写出了他的人情味。小说多处写到斯大林性格的矛盾性,如"斯大林性格的自相矛盾就在于:当众对他讨好,讲到什么'伟大的斯大林''领袖和导师',他倒是受得下的,甚至还加以鼓励;可是在谈公事时,尤其是他们这么面对面地打交道时,他却忍受不住别人的阿谀奉承"。

---

① *Овчаренко А. И.* Большая литература : Основные тенденции развития советской художественной прозы 1945~1985 годов. М., 1988, С.485.

② 参阅许贤绪:《当代苏联小说史》,第370页。

③ *Синельников М.* Диктует время: очерк творчества Александра Чаковского.М., 1983, С.201.

④ 孙尚文主编:《当代苏联文学》,辽宁大学出版社1987年,第32页。

但小说进而写道:"许多事实都证明:在战争初期,斯大林变得较为宽容,比较愿意听取军事专家们的意见了。他错误地估计希特勒德国进犯苏联的日期,是如此严重地在 1941 年夏季苏军的处境中反映出来,这不能不影响他不愿做自我批评的性格。"正因为如此,"斯大林在做出某种重大的决定时,通常总是依靠统帅部里的高级军事首长和党的领导人的学识与经验,也考虑总参谋部和各个方面军司令员的意见。"不过小说也指出:"在战争年代,斯大林的各种优秀特点——他的意志灵敏的头脑、组织才能与军事才能——都显示出来了。但在这个时期里,斯大林有时也是主观的和不公正的。"如在一些大的战役指挥方面,他有时也不免固执己见,甚至为此处罚持不同意见的人(朱可夫就因为不赞成其不切实际的想法而一度被贬职)。但小说最终充分肯定,在赢得卫国战争的胜利中,"作为最高统帅的斯大林是做出了重大贡献的"。陈敬咏指出:"值得注意的是,作者写斯大林军事指挥活动时,常常强调斯大林的主观、固执、多疑、缺乏远见等等。这些个性特点往往使红军陷于被动。可是在写斯大林的外交活动时,却又强调斯大林的深谋远虑、英明果断、目标明确、坚持原则。作者告诉人们:'虽然斯大林在判断战争可能爆发的时间上无疑犯了错误,因而使国家付出了高昂的代价,但是在国际事务上,他显然是个很有远见的政治家''表现出他在达到既定目标中素有的果敢和锲而不舍的精神'。"[1]

小说进而写到斯大林的矛盾性格在战争中的发展变化,当然,也常常出现反复。小说写道:战争中的每一个月、每一天都在影响着斯大林的性格,使他变得较为宽容,较为喜欢倾听别人的意见,较为重视人,特别是方面军和集团军的司令员了。但是这些变化的产生并不是没有经过内心斗争的。时常发生这样的情况:从前的斯大林,相信自己的智力胜过周围所有的人,深信多年政治经验不仅增长了他的才干,也赋予他以做出唯一正确决定的不容置疑的权利,这个从前的斯大林有时就压倒那个已经深知失败的痛苦和过于自信所产生的最严重后果的斯大林。他热切地渴望扭转战局,渴望战胜敌人,这是很自然的。苏军的英勇抵抗,证明它不仅有能力打防御战,而且在很多情况下还能迫使德国人后退,这就更增强了斯大林的信心,相信他提出的目的立即能够达到。他热切地渴望扭转战局,加上远没有彻底克服的认为自己看问题比任何人都深刻的自负,有时候就促使斯大林做出了以后使他不能不为之后悔的行为,尽管只是暗自后悔。此刻,深信自己掌握了终极真理的从前的斯大林,又与学会了尊重别人意见,认识到自己的不正确,必要时会做出让

---

①　陈敬咏:《苏联反法西斯战争小说史》,第 168 页。

步的斯大林,重新展开了斗争。结果是从前的斯大林占了上风。

小说还通过斯大林把中学同学、早年的革命同志列瓦兹·巴卡尼泽请到克里姆林宫,表现了斯大林的人情味。尽管他们已经分别了四十多年,从未联系,当斯大林看到这个名字,猛然想起中学和早年革命时期的往事之后,马上吩咐把列瓦兹"带到我这里来"。见面后,他邀请列瓦兹一起共进早餐,关心他的身体,对他恋恋不舍。这样,小说就写出了"钢铁"般的革命领袖斯大林的人情味。

正因为如此,俄国学者潘科夫指出:"小说《围困》对斯大林的总司令形象塑造比其他或多或少地刻画过他的任何作品都细致。当然,恰科夫斯基不企望完整地表现斯大林的性格特征。小说中有些情节强调战争进程如何对斯大林产生影响,如何改变他对人们的态度,如何提醒他仔细权衡军事领导人的意见和经验,这些情节是重要的。……在为数众多的场景中,斯大林被表现得相当多样化——有与政治家、军事家、外交官的交流,也有单人独处的情景(在思考和做出重大决定的时刻)——但无论哪种情景,他都在做要求集中思想、意志、考虑当代现实诸多因素的大事。"①

三是纵横结合,前后呼应,严谨而真实地描写战争。

所谓纵,是指小说大体采用编年史的方法,从1941年6月苏德战争爆发前四天开始,逐年描写,一直到1943年1月突围战役胜利,表现列宁格勒被围困前后九百多天中列宁格勒的苦难生活与战斗场景,对所描写的历史事件特别是历史上重大事件作了几乎是"编年史"般的真实描写,从而具有了真实性和深刻性。所谓横,指的是小说不仅描写列宁格勒,而且把列宁格勒战役放到整个苏德战争的全局中去表现,更花了不少笔墨,描写德军最高层和将军们的战略布局和战争会议,进而把苏德战争放到世界性或者国际性的背景中加以表现,描写了苏联与英国、美国等的外交谈判,以此说明这场战争不仅是苏德之间的一场战争,更是关系到人类前途的一场战争,表现出其他全景小说少有的世界视野或国际视野。黄仕荣指出,《围困》在真实描写卫国战争的广阔画面的同时,对敌、我、友三方面在战争中的地位、对战争的态度、优势和劣势、彼此间的关系等方面,都作了详尽的剖析,从而加强了战争描写的深刻性。就所涉及的国际关系来说,作品将苏、美、英之间复杂而微妙的关系描写得入木三分。在《围困》的五大卷篇幅里,作者对斯大林与英美两国使节的会见或谈判,有三次集中描写。作者将笔触深入到事件

---

① *Овчаренко А. И.* Большая литература : Основные тенденции развития советской художественной прозы 1945~1985 годов. М., 1988, С.483.

的深层，深刻剖析和精细描写了当时的形势，斯大林本人对形势的估计，斯大林的内心活动以及这些英美使节本人的身世、政治观点，对共产主义的一贯态度和他们目前对形势的估计，甚至对他们当时当刻的心理状态，其行为的用意等。通过这些深入的剖析和精细的描写，将英、美、苏三方面在第二次世界大战中对德国法西斯的态度、作用做了真实、深刻和艺术的揭示。这不仅有助于读者对历史的认识，也使他们受到艺术的感染。[①]诺维科夫则认为："《围困》的故事情节是根据同心圆的规则展开的。整个战争和列宁格勒保卫战的每个阶段性的事件，相对说来，都有自己相应的圆周。历史上的这两大敌对势力在小说中表现为进行殊死战斗的两个世界。圆心是战场上决定历史命运的一些事件。小说的基本情节线索像辐射线似的从这些事件向外伸展，或者从四面八方向这些事件汇集。"[②]但在笔者看来，同心圆结构只是纵横结构的一个组成部分，而《围困》的纵横结合，既使作品因为编年史而显得真实深刻，又因为国际视野而使小说具有相当的广度与深度。

前后呼应在小说中运用较多，使这部二百万字的作品前后勾连，结构严谨，包括以下几种：

通过兹维亚金采夫及与之有关的几个主要人物进行前后呼应。在小说的结尾，不仅写了兹维亚金采夫见到曾一同工作过的科洛霍夫，科洛霍夫从他那里得知了自己深爱的女儿薇拉还活着，在列宁格勒对岸的沃尔霍夫方面军卫生营服役；还写了兹维亚金采夫似乎看到和他在卢加防线一同战斗的苏罗甫采夫大尉领兵从涅瓦河上冲向对岸德军阵地打破围困，且知晓了和他在卢加防线一同战斗的帕斯图霍夫为了救伤残的战士而英勇牺牲；更写到他在掩蔽部门口见到被押送去受审的丹维茨，并且交代：

> 兹维亚金采夫当然不会认出，这个德国人正是他在卢加附近从自己的观察所用望远镜看到过的那个军官，当时他正准备投入生平第一次战斗。正是这个叫丹维茨的军官，那时从头一辆坦克的舱口探出身子，高傲而自负地站在那里，他穿着黑色的连衫裤，没有戴钢盔，风吹着他浅色的头发，脸上挂着不知是轻蔑，还是洋洋得意的笑容。那时兹维亚金采夫感到，这轻蔑而又自负的笑容是针对他的……

---

① 参阅黄仕荣：《论苏联"全景性"战争文学代表作〈围困〉的特点》，《广西大学学报（哲学社会科学版）》1988年第2期。

② 〔苏〕诺维科夫：《现阶段的苏联文学》，第53页。

兹维亚金采夫还见到曾经给他留下不错印象的沃尔霍夫方面军副司令员费久宁斯基,并且这位副司令员还想把他从列宁格勒方面军要到自己那边去;还见到华斯涅佐夫——他不仅在第一部里听他谈工事建筑,而且在第四部里帮他寻找薇拉和帕斯图霍夫;更重要的是,他在相隔一年半后再次见到在卢加防线见到过的苏联元帅伏罗希洛夫,而且元帅对他说:

> 　　中校,我想告诉你的是这么回事。我并没有忘记我们在卢加附近的那次谈话。当时你讲的那些话对我来说很有用,很必要……我们把明天的战役称为"火花"。既是"火花",就意味着终将成为熊熊烈焰。这些火花,不是今天才点起来的,也不是今天才变成熊熊烈焰的。我们在莫斯科城下就给希特勒点了一把火! 现在,在斯大林格勒同样如此……而当时,在四一年夏天……总之,当时你讲的话对于我就像是早期的一朵火花……再一次感谢你对我说了那些话。

　　其他多位人物构成的前后呼应。费久宁斯基曾跟随朱可夫到列宁格勒指挥作战,在朱可夫被召回莫斯科指挥莫斯科战役后一度还独当一面指挥列宁格勒保卫战,最后被调离列宁格勒方面军,到第五集团军担任司令员,但在列宁格勒解围战中,他又被调到列宁格勒,担任沃尔霍夫方面军的副司令员。而因为最初指挥不力导致列宁格勒危急的伏罗希洛夫元帅曾被斯大林召回莫斯科,在列宁格勒解除围困的关键战事中,又作为统帅部的代表被派往列宁格勒。朱可夫曾在列宁格勒极其危险的关头到这里救火,到解除围困时,又被斯大林派往沃尔霍夫方面军协同指挥。阿纳托利则在结尾时因为见到由于战败被俘的德军上校丹维茨,想起自己在第一部曾经被德国人抓住并受丹维茨胁迫而朝自己人克拉夫佐夫开枪,随即抛弃恋人薇拉独自逃跑,此时见到丹维茨害怕被其认出而原形毕露,因此狂奔乱跑,结果被地雷炸死。从第一部开始,青年丹维茨就对希特勒盲目地无限崇拜,然后铁的事实让他终于认清了希特勒的真面目,在第五部,他对希特勒的崇拜之梦最终破灭,甚至对他产生了憎恨之情。

　　这种多人构成的前后呼应,主要作用是让作品前后勾连、结构紧密,个别也写出了人物心理的发展变化,如丹维茨对希特勒从崇拜到憎恨。

　　这样,尽管《围困》人物众多,叙述中心时而苏军时而德军,时而上层时而下层,时而苏联时而英美,大幅跳跃,结构复杂,而且篇幅巨大,但由于上述纵横结合、前后呼应,使得整部作品依然脉络分明、层次清晰、照应周密,颇为严谨。

综上所述,《围困》较之其他全景小说场面更宏大,视角也变换更多,人物塑造更具立体感,结构虽然纵横开阖更大,但却颇为严谨,因此马家骏等学者认为:"《围困》反映的时间长,历史画面广阔,情节结构曲折复杂,军事斗争与外交斗争相结合,虚构人物与历史人物众多,而虚构人物(如青年军官兹维亚金采夫)则起着串联情节和评价历史人物的作用。恰科夫斯基作为列宁格勒前线记者和围城情景的目击者,真实地反映了列宁格勒保卫战,同时他还利用了大量文件、回忆录、日记等材料,成功地把艺术虚构和纪实性结合起来,读来使人倍感亲切、令人信服。可以说《围困》是'全景文学'中最有代表性的作品。"①俄国学者西涅利尼科夫则宣称,由于灵活"运用多种多样的表现手法,恰科夫斯基获得了极大的艺术自由"②。正因为如此,《围困》成为 20 世纪六七十年代"全景战争文学"的代表作,并于 1978 年获得苏联文艺最高奖——列宁奖金。

但是,小说过于强调意识形态性,过于渲染苏联人民的爱国热情,而缺乏更高意义上的人性反思和哲学思考,因而缺乏真正的深度,同时也有孙尚文等指出的不足:"由于小说铺叙了许多重大历史事件,援引的文献资料过于繁杂,使人感到拖沓冗长。"③但绝不像许贤绪说的"总起来看,《围困》是一部长而又粗制滥造的作品,它是在一定的历史条件下根据一定的政治要求匆忙写成的"④那样差劲。

此后,恰科夫斯基写作了长篇小说《胜利》,共三卷,围绕美、英、苏三大国合开的波茨坦会议和欧洲安全与合作会议,描写这三大国的外交斗争,以苏联军事记者、少校米哈依尔·弗拉基米洛维奇·沃罗诺夫为主人公,从他 1970 年到芬兰的赫尔辛基参加会议,遇到曾在波茨坦会议期间认识的美国记者查理而展开回忆……第一卷主要写丘吉尔、杜鲁门、斯大林在波茨坦会议上的斗争。丘吉尔年老而饶舌,杜鲁门实在而缺乏斗争精神,斯大林老谋深算,在文质彬彬和表面的退让中,把他们两人牢牢控制在自己的预谋之中。第二卷又回到赫尔辛基,然后再转回 1945 年的波茨坦会议,继续描写丘吉尔、杜鲁门、斯大林三巨头的会谈及明争暗斗。第三卷描写波茨坦会议期间,丘吉尔回国,大选失败,艾德礼当选英国首相,代表英方参加最后几天的会议,美国原子弹试验成功,会议经过三方斗争与妥协,结束。三十年后,

① 马家骏等主编:《当代苏联文学》下册,河南大学出版社 1989 年,第 425 页。

② М. Синельников. Диктует время:очерк творчества Александра Чаковского.М.,1983,С.138.

③ 孙尚文主编:《当代苏联文学》,第 32 页。

④ 许贤绪:《当代苏联小说史》,第 371 页。

赫尔辛基会议上，三十五个国家为世界和平、结束冷战而参加会议。①小说通过种种情节（尤其是美国记者查理的悲惨遭遇）揭露资本主义世界的虚假，毫无人性。

总体来看，这部小说写得比《围困》更为成熟，刻画人物相对来说也更老到，但是受到意识形态影响太大，过分故意夸张资本主义世界的非人道、奸诈狡猾、毫无人性，突出斯大林的为世界和平而奋斗，波茨坦会议其实是三方妥协的结果，小说尤其丑化了很有才华与修养的丘吉尔，而过分突出了斯大林。

六、斯塔德纽克的《战争》

伊万·福季耶维奇·斯塔德纽克（Иван Фотиевич Стаднюк，1920~1994），1920年3月8日生于乌克兰文尼察州一个农民家庭。七年制中学毕业后，考入文尼察建筑学校，再到哈尔科夫乌克兰共产主义新闻学院学习。1939年秋天，从学校应征入伍，在部队服役到1958年。1940年加入苏联共产党，参加了苏芬战争，被送到斯摩棱斯克军政学校学习。卫国战争时期作为战地记者在前线报社工作。战后，以函授的方式就读于莫斯科印刷学院编辑系，1957年毕业。1958年以上校军衔从正规军转入预备役。先后担任过苏联作协和俄罗斯联邦作协理事、莫斯科作协理事会书记。苏联解体后，他信仰不变，成为"正统派"作家之一，在逆境中坚持写作，发表了自传体中篇小说《无悔的自白》，说明自己这一代过的是堂堂正正的生活。

斯塔德纽克自1940年起发表作品，在他五十多年的创作生涯中，重要作品有：中篇小说《马克西姆·佩列佩利查》（1952，1955年改编成同名电影）、《铭记在心》（1952）、《士兵的心》（1954），中短篇小说集《带枪的人们》（1956）、《前线——肇事的地方》（1960）、《军事故事》（1967），长篇小说《人非天使》（一译《人无完人》，1962~1965，1967年改编成剧本）、《战争》（1967~1980或1967~1990）、《莫斯科1941年》（1984）、《剑悬莫斯科》（1990），剧本《爱情与南瓜》（1967）、《真理的苦面包》（1971），电影剧本《人不会投降》（1958）、《从科霍诺沃克来的演员》（1961）、《开天空的钥匙》（一译《上天的契机》，1965）等。其最重要的战争小说是《战争》系列长篇小说。

西方有学者指出，如果以涉及人数多寡为标准，莫斯科保卫战堪称第二次世界大战中规模最大的战役，因而也是历史上最大的一场战役。双方投

---

① 参阅（苏）恰科夫斯基：《胜利》（第一、二、三卷），施达译，上海译文出版社1982~1987年。

入的官兵人数超过了七百万,而相比之下,1942年在斯大林格勒的参战人员为四百万,1943年在库尔斯克的参战人员为二百万,1945年柏林一战的参战人员为三百五十万。在西欧和非洲,没有任何一场战役达到过这样的规模。莫斯科保卫战所覆盖的战场面积相当于整个法国的领土面积,并且从1941年9月到1942年4月,持续了六个月。苏联在这一场战役中牺牲的官兵人数是九十二万六千名,不包括伤员人数,比整个第一次世界大战期间英国官兵的死亡总人数还要多。苏联在这场战役中的伤亡人数超过了整个第二次世界大战期间英国和美国伤亡人数的总和。他们让纳粹德国国防军第一次真正遭遇失败,但也付出了骇人的沉重代价。苏联人阻挡住了德国人的进攻势头,耗尽了他们的力量,并把他们赶到了距离苏联首都城墙数百英里之外的地方。后来于1942年夏季,纳粹德国国防军在俄国南方平原地区取得了更加耀眼的胜利。但是许多德国人的心里已经十分清楚,莫斯科保卫战即便不是战争尾声的开始,也一定是战争开始阶段的结束。[1]正因为如此,苏联时期有不少作品描写莫斯科战役,其中最为出色的是长篇小说《战争》。

《战争》(Война)是斯塔德纽克的代表作,也是苏联卫国战争小说尤其是全景小说的代表性作品之一。这部作品是作家经过长期酝酿然后花十或二十多年创作完成的。《战争》三部分别完成于1967~1969年、1970~1973年、1980年,并在1983年获得苏联国家文学奖。后来作家发表长篇小说《莫斯科1941》(Москва,41-й,1984),其内容和人物都延续了《战争》,1990年又发表长篇小说《剑悬莫斯科》(Меч над Москвой)作为《莫斯科1941》的续篇。[2]作家认为这部作品是自己的主要作品,"这部书我将一直写到自己生命的尽头"。虽然作家从卫国战争开始一直到结束都在前线,曾经三次负伤,经历了战争第一梯队人员所能经历的一切,但他并没有立刻进入中心主题。而是通过士兵、伤兵、侦察兵、营长眼中的战壕、炮兵阵地、司令部来展

---

① 参阅〔英〕罗德里克·布雷斯韦特:《莫斯科1941:战火中的城市和人民》,曹建海译,新星出版社2008年,第3~4页。

② 目前关于这个系列作品的中文译本如下:《战争》(第一、二、三部),凌林译,中国青年出版社1983年;第四部,苏黎译,中国青年出版社1985年;《莫斯科1941》,王福曾译,中国青年出版社1988年;《莫斯科:1941》,王建勋等译,花山文艺出版社1994年;《剑悬莫斯科》,王福曾译,中国青年出版社1992年。本节所引用的《战争》五部曲的文字,均出自〔苏〕斯塔德纽克:《战争》(第一、二、三部),凌林译,中国青年出版社1983年;〔苏〕斯塔德纽克:《莫斯科1941》,王福曾译,中国青年出版社1988年;《剑悬莫斯科》,王福曾译,中国青年出版社1992年;为节省篇幅,不一一注出。

现战争,在叙事中添加了别人忽视的许多令人印象深刻的细节。①

　　尽管斯塔德纽克强调:"当我写完《战争》这部小说的第三部后,在我眼前浮现出了1941年夏季、秋季和1941年初的许多重大事件,包括苏联近卫军的诞生、我军在维亚兹马的战斗、莫斯科保卫战以及德国法西斯军队在莫斯科城下被击溃等。这时我感到,这些事件的规模,较之我在《战争》三部曲中所记述的,更为宏伟壮观。我也很清楚,《战争》已是一部独立的作品,所以小说中幸存的那些人物必须'迁入新居',使他们的生命得以继续发展,并让新的人物和他们生活在一起。但我并不是一下子就得出了这样的结论,而是在我构思作为《战争》续篇的头几章时,一批新人物(虚构的和真实的)自行'闯了进来',他们与读者已熟悉的人物相遇了,又形成了新的情节焦点,这时我才意识到,我是在构思一部新小说,它将是《战争》的姊妹篇。"②而且后两部中的确也出现了一些新的人物,如罗科索夫斯基将军、科涅夫将军、谢尔巴托夫等,但由于后两部和前三部一样,都以莫斯科战役为描写中心,而且最主要的人物依旧是斯大林、莫洛托夫、沙波什尼科夫、铁木辛哥、丘马科夫及其妻女奥尔加、伊林娜,还有下层军官米沙·伊万纽塔,甚至主要反面人物都还是弗拉基米尔·格林斯基(化名普季岑少校混入苏联红军)、尼古拉·格林斯基(老看门人古巴林)弟兄两人。并且一些重要事件和重要情节在后两部中表明结果或获得解决,如罗曼诺夫教授写给斯大林之信的内容在《莫斯科1941》中通过丘马科夫看到其草稿加以揭示;又如7月28日铁木辛哥按照斯大林此前的指示,部署了五个集团军集群在斯摩棱斯克方向发起突击,使得德军原定在8月7日拿下莫斯科的计划成为泡影,而卢金将军继续在斯摩棱斯克附近指挥部队英勇战斗。更重要的是,前三部最主要的一些人物在最后两部都有结局性的交代,如曾因请假回家探亲差点被当作逃兵枪毙的士兵阿列西·赫里斯季奇在血战中英勇牺牲;排级政治指导员米沙由于军功升任营级政治指导员,并且与刚刚来到战斗部队时认识的丘马科夫军队集群的政治部主任日洛夫再次相遇,还赢得了丘马科夫将军的女儿伊林娜的好感;负责侦察工作的科洛佳日内上尉升为团司令部侦察副参谋长;一再耍奸作恶、告密诬陷而连番降职后又当上炮兵主任的卢卡托夫(一译鲁卡托夫)则最终由于贻误战机导致全师进攻失败而被枪毙;而格林斯基兄弟俩也都已暴露,被苏联有关部门分别监控起来。因此完全可

---

① *Овчаренко А. И. Большая литература : Основные тенденции развития советской художественной прозы 1945~1985 годов. М., 1988, C.488.*

② 参阅《关于〈剑悬莫斯科〉的创作:斯塔德纽克答〈文学报〉记者问》,H. 诺维科夫采访,苏联《文学报》1983年第11期,中文译文详见《苏联文艺》1984年第4期(张维国译)。

以把后两部与前三部看作一个完整的五部曲。这样，实际上《战争》一共有五部，描写的是 1941 年 6 月 22 日德军入侵苏联到同年 9 月 9 日斯摩棱斯克战役结束以及 9 月和 10 月以莫斯科为中心的战事，也就是说，整个五部曲描写的是苏军在牺牲惨重的退却中不断顽强打击敌人的卫国战争初期阶段。

《战争》五部曲是苏联战争文学中颇有影响的一部全景小说。作为全景小说，当然它也具备这类小说的一些共同特点，它们"都力图通过多线条的复杂结构，从反法西斯战争的总体上把握题材。它们都努力把以希特勒为头目的德国法西斯和以斯大林为首的苏联最高统帅部的不同决策及其后果、局部小范围的战壕真实和司令部真实、将帅司令们的指挥活动和基层军民的日常战斗、前方的誓死拼搏和后方的全力支援有机地结合在一起，多层次、多角度地进行描写，既写战争初期的失利和牺牲，又保持英雄主义的基调，构成一幅幅宏伟壮观、生动细致、有声有色的战争全景图。因此，它们又被称为史诗型全景小说"①。或者如黎皓智所概括的那样，"第一，全景文学作品的篇幅长、场面大、人物多，真实的历史人物与虚构的艺术形象相结合……第二，全景文学致力于战争规模的描写，并努力把苏联和西方盟国在战争中各个时期的实力和作用进行对比，突出苏联对第二次世界大战历史性胜利的贡献……第三，全景文学具有文献性和纪实性特征，采用编年史的结构……第四，全景文学与当代苏联社会许多敏感的政治事件有密切的联系。不少作品在情节上涉及 30 年代的肃反、卫国战争初期苏军的失利、对斯大林的历史评价等问题"②。

但综观《战争》五部曲，和其他全景小说相比，另有以下几个突出的特点：

论辩反驳性。

《战争》五部曲的最大特点是其论辩反驳性。斯塔德纽克曾谈道："近年来出版了一系列文学作品和军事历史著作，涉及希特勒德国进攻苏联以前和卫国战争初期的许多事件，对于苏联高级军事将领以及他们在战争头几个月的活动，提出了各种不同的看法。由于我本人从战争爆发的那一刻起，就被卷进了它的漩涡，所以对于这场前所未有的大战的开始阶段，我早就形成了自己的看法，这些看法便构成了《战争》这部小说和其后我写的反映莫斯科英勇保卫战的小说（我给这部小说取名为《剑悬莫斯科》）的基本

---

① 钱善行：《常写常新，多姿多采：前苏联反法西斯小说创作印象记》，《外国文学评论》1995 年第 3 期。

② 黎皓智：《苏联当代文学史》，百花洲文艺出版社 1990 年，第 134~138 页。

思想。"①并宣称："历史的出版物上刊登了一些作品,其中某些观点引起了我的异议。如,我不能同意41年的一切都是我们的挫折、损伤、失算的一年的论断。我经历了41年的岁月,看过另一种情景……主要的是穿上军装的苏维埃人显示出自己优秀的品质。"②甚至公开提出："对他人的异议促使我个人进行探索。"③这样,《战争》五部曲势必具有突出的论辩反驳性。这种论辩反驳性往往表现为通过作品中的情节和人物提出异议,以表达作家对他人观点的辩驳,而这又主要表现在对苏联红军在战争前的准备工作以及初期战斗的肯定上。面对此前认为斯大林和苏联高层对希特勒突袭苏联毫无准备,结果导致战争初期苏联红军惨败的观点,《战争》进行了大量的辩驳。

书中的重要人物直接提出异议,进行反驳,最主要的有以下两位。

一位是军事理论家罗曼诺夫将军。这位军事学院的著名教授一再从多方面指出,在外交上,尽管张伯伦和达拉第在把希特勒的矛头引向苏联,千方百计唆使德国打苏联,但斯大林领导的苏联却一而再再而三地通过外交途径提出建议,大家协同一致,给希特勒套上笼头。斯大林在苏共第十八次党代表大会上直率地提出警告:必须十分谨慎,苏联应避免卷入军事冲突。因此即使到战争爆发前夕,斯大林和总参谋部仍然希望能拖住希特勒,他们所采取的立场是:不给对方挑起战争的借口。贸易协定的义务苏联准确无误地完成,甚至关闭了在德国占领下的那些国家的使馆……尽管敌人在挑衅,在集结军队,苏联却想尽一切办法保持边界的平静。塔斯社的声明,更是使希特勒保持理智的最后一次努力,最后的探测气球。更重要的是,同英国美国等国达成了共识,分化瓦解了西方资本主义,使资本主义世界分成了两部分。在军事上,苏联军队正在改装,在向边境调动;进行着大规模的集训,做了部分动员,还从东方调来军队;同时还发展了汽车、航空和军械工业。这位教授还指出:"同德国的互不侵犯条约和贸易协定使我们赢得了时间""一切都是按过去批准的计划进行的,白俄罗斯旧边境上的筑垒地域拆除了,而靠近新边界的工事刚刚开始施工,调往边境的部队认为是在搞训练,甚至没有携带弹药""所有这一切都十分及时,这是毫无疑问的"。让希特勒突袭成功只是因为准备时间太短促的缘故:"整个军区的战斗准备只完成一半;筑垒地域正在修筑;空军缺少新式飞机,用于疏散的野战机场的数

---

① 《关于〈剑悬莫斯科〉的创作:斯塔德纽克答〈文学报〉记者问》,H.诺维科夫采访,苏联《文学报》1983年第11期,中文译文详见《苏联文艺》1984年第4期(张维国译)。

② Литературная газета. 1981.1.21.(5)

③ Стаднюг. Как раньше человек в ряду.Советская литература.1971.5.8.(6)

量也不足""我们现在像一名中途耽搁了的长跑运动员：时间将尽，而终点遥远……如果我们西部军区的部队秘密地进入战斗准备，那就很好了。"

另一位是沙波什尼科夫元帅。他更全面地指出：

差不多有二十二个月了。在这段时间里，我们虽不能说全面做了准备，但已预见到要对我们进行直接侵略。我们完成了不少工作。我指的是组织军事经济潜力，扩充军队，培养新的指挥干部，试制了新式武器装备。但是任何能力都是有限的。……我们已经通过了改组工业，使之适应战时动员计划的决定。原准备在今年下半年和明年实施。但我们赶不上事情的发展……生产最新式武器的基地已经建立，但还没有来得及调整生产……刚刚开始成批生产新式坦克、新式飞机和新式火炮。还有，前方的防御工事耽搁了，我现在正抓这件事。国界向前推移了……边境各军区的军队的补充还没完成……蠢事也做了不少。政府和党中央通过了一系列加强我国军事力量的重要决定。我们将热诚地竭尽全力执行这些决定……我们从内地调来了五个集团军：列梅佐夫、叶尔沙科夫、科涅夫的集团军……可是，事情并不总是那样顺利"。

而以上这些，也为当今西方学术界认可。如格兰茨等学者认为，到1941年4月，苏联情报机关已经察觉到德国正在为进攻做准备，其中还包括向苏联新占领土派出破坏分子。为防止万一，斯大林认为不能把赌注全押在保持和平上，因此在4月指示国家进入"特别威胁战争时期"，采取战争迫在眉睫时的特别战备措施。[①]

《战争》还通过大力描写苏联红军从上到下团结一心共御外敌，尤其是红军官兵在斯大林、朱可夫、铁木辛哥、卢金、科涅夫、罗科索夫斯基等的带领和指挥下，在极其艰难的条件下，不断英勇作战阻击德军，从而彻底粉碎了希特勒以闪电战迅速占领苏联首都莫斯科的计划，对苏联红军在战争初期作战不力甚至只是溃败的言论进行了反驳，作家甚至不惜直接站出来声明："1941年7月10日，在从白俄罗斯通向莫斯科的最近道路上，开始了具有历史意义的斯摩棱斯克交战。在这场交战中，苏军挡住了德军最强大的'中央'集团军群的进攻。当然，这是后来才弄清的。几乎在两个月的时间内，敌人被迫在主要战略方向上转入防御——这是第二次世界大战中的第一次。正是斯摩棱斯克交战，为粉碎希特勒以闪击战打败苏联的计划打下

----

① 参阅〔英〕格兰茨、〔英〕豪斯：《巨人的碰撞：一部全新的苏德战争史》，第37~38页。

了基础。"当时,最重要的就是阻住或者放缓德军的进攻速度,争取时间,建立稳固的防御阵地,并调集增援部队:"由于敌人已完全取得制空权,它的装备精良的坦克集群在机动性方面已居于无比的优势……实力和机动能力在敌人方面。就是说,苏军的全部行动必须从属于一项任务:尽可能多地牵制敌军力量,尽可能久地在原地拖住他们,以便争取时间,在后方,在东方得以使第二梯队和从内地调来的各集团军在某一地区建立起稳固的战线。"

红军官兵的这一战绩至今仍受到学者们的充分肯定。西方有学者指出:"俄国人不仅在已经没有意义的时候继续抵抗,而且在客观上甚至已经完全没有可能的情况下继续作战。尽管身陷包围圈,力量悬殊,没有了组织,常常没有了指挥官,没有了弹药燃料、医药物品或食品,但他们只有在彻底没有了任何可以用来反抗的东西时才被制服或投降。即便到了这种时候,仍有相当一部分战俘冲进森林以便设法回到自己的部队,或者加入已经开始形成的游击团体。"① 另有学者指出:"当次日接到继续进攻的命令时,罗科索夫斯基决定采取守势,伏击前往罗夫诺的德军第13装甲师先头部队。这或许是开战以来德军头一次在撞进苏军炮兵的密集火网后遭受的惨重损失。……苏军的猛烈反击和在罗夫诺的战斗虽然不算成功,却也将南方集团军群迟滞了至少一个星期,并促使希特勒最终把中央集团军群部分兵力从莫斯科方向转至南方,以击败红军第五集团军且肃清乌克兰""苏联人于斯摩棱斯克地域发动了一系列协同很差不过十分猛烈的反攻,其中声势最大的当数7~9月间的三次大反攻。尽管准备不足的苏军在这一过程中损失惨重,但反攻部队终于抵挡住了德军中央集团军群,这在开战以来还是头一次"②。更有学者明确指出:"维亚济马的英雄 M.Ф.卢金中将曾指挥被围困的苏军坚守几乎两个星期,拖住了德军中央集群的步兵部队,也许由此拯救了莫斯科"③。正是红军官兵的这种拼死抵抗,拼命阻击,延缓了德国法西斯军队的侵略进程,为苏联高层组织调派新的增援部队、建立稳固的防线赢得了时间,从而在莫斯科附近彻底阻住了德军的疯狂进攻,最终赢得了莫斯科保卫战的胜利。

另外,小说也通过斯大林形象的塑造,来表达异议,进行辩驳(详见后文)。

正因为如此,苏联学者奥夫恰连科认为:"《战争》的前两章所写的内容以其历史的真实性、文献性、深刻的内容赢得了读者的好感。上至最高总司

---

① 〔英〕布雷斯韦特:《莫斯科1941:战火中的城市和人民》,第85页。
② 〔英〕格兰茨、〔英〕豪斯:《巨人的碰撞:一部全新的苏德战争史》,第77、82~83页。
③ 〔俄〕索科洛夫:《二战秘密档案》,第198页。

令,下至下级政治指导员伊万纽塔,所有形象都被赋予对事件进行哲理分析和评价的才能,这是有些作品,尤其是回忆录中所欠缺的。"[1]

军事科学性。薛君智指出,苏联全景小说要求对战争事件进行全景描写的一个重要目的是从苏军"高超的军事艺术"中,总结战争的规律和经验。军事题材作家沃罗比约夫指出,作家应"了解军事科学,了解战略、策略原理,用这些知识武装自己的主人公,把大规模事件作为情节的基础"。因此,全景文学开始致力于描写军事科学。在《围困》中,作家用了大量篇幅叙述有关军事战略、策略问题,第三部尤其在这方面给人留下深刻的印象,其中专门描写1941年9月上旬朱可夫接任列宁格勒方面军司令员后,变消极防御为积极防御,采取了在敌人停止进攻的间隙主动出击的战术,以敌止我扰、以攻为守的策略迅速地扭转了列宁格勒被围困后的危局。小说详尽地描写了这位少壮派将领采取的一系列具有重大战略、策略意义的措施:重视侦察工作,要求精细、及时地掌握敌情;在知己知彼的基础上确定对策;准确判断敌人的基本打击方向,集中优势兵力于主攻方向;不轻易动用后备兵力;加强纵深防御;果断地撤换不称职的指挥人员;等等。此外,作家还通过介绍以斯大林为首的最高统帅部、列宁格勒和沃尔霍夫方面军司令部,以及希特勒大本营的指挥活动,着重表现苏军作战的许多军事艺术问题:如准确掌握战争爆发时机,重视军工生产和武器装备的更新,精确计算双方实力对比、据此部署配置兵力,加强战前政治思想和宣传鼓动工作,等等。[2]相比之下,实际上只有《战争》颇为全面地探索了系统的军事科学问题。

斯塔德纽克为此作了较长时间而且颇为全面的准备。他曾谈道:"为了更正确地理解战争初期发生的种种事件的实质,并在这两部小说中如实地加以描写,我查阅了大量的档案材料,研究了那个时期的许多文献资料,它们记载了各军兵种司令部和最高统帅部当时的紧张工作情况。我还会见了当时直接参加这些工作的人们。在我将个人感受和档案材料进行对照之后,我觉得我能够比较全面地重现那个时期的画面了"[3]"我转向1941年春夏两季的事件,把这些事件与那时期的军史著作的评价联系起来……战争

① *Овчаренко А. И. Большая литература : Основные тенденции развития советской художественной прозы 1945~1985 годов. М., 1988, C.492.*

② 参阅薛君智:《近十年苏联卫国战争小说概述》,见中国社会科学院外国文学研究所编:《七十年代的苏联文学》,中国社会科学出版社1980年,第15~16页。

③ 《关于〈剑悬莫斯科〉的创作:斯塔德纽克答〈文学报〉记者问》,H.诺维科夫采访,苏联《文学报》1983年第11期,中文译文详见《苏联文艺》1984年第4期(张维国译)。

史、军事艺术史、战役法、哲学成为我的好几年生活的主要内容"①。在此基础上,他在小说中颇为全面地描写了军事科学。

军事科学或军事理论,这是根本的、奠基性的。作家在小说中曾忍不住现身说法:"即使不去翻箱倒柜、旁征博引,也可以知道,在现存的各种艺术中,军事艺术在哲学和精神领域里居于特殊的地位,因为它要求必须运用军事艺术的将帅具有非凡的道德品质,要求他们能无与伦比地倾注融为一体的思想感情,他们不仅善理实际事务,而且对构成战争的事物和现象的巨大综合体,有一种内在的洞察力和下意识的感知力。这个综合体包罗万象:敌方及其统帅部的战役战略意图,我军情况——它们在该具体势态中所处的地位,精神和战斗状况,技术装备供应,司令部作战训练水平,机动使用预备队的可能性,前沿的配置,地形特点,气候条件,以及许多其他东西,有时这些东西属于精神因素,但在制定战斗战役企图时,是万不可疏忽,置诸脑后的。统帅的真正才能就决定于他所有的这些品质能否和谐地结合,并在于他的胆识,只有这样才有助于他活跃想象,开阔眼界。"薛君智较具体地谈到,在《战争》中,作家通过描写战前在斯大林的亲自参加下所进行的各方面工作,来阐明为准备战争所应注意的一系列军事问题。如全国统一防御计划的修订,部队的改编和更新装备,军兵种的使用和军事训练,对防御战术和进攻战术的研究,对未来战争的特点的探索,机械化的重要性,指挥人员的调整和配备等。②

小说更通过罗曼诺夫将军,这位军事科学博士、军事史和军事学术领域里的杰出学者,对丘马科夫、沙波什尼科夫的谈话,尤其是在临终前给斯大林写的一封信,明确提出了军事科学的重要性。然后又通过斯大林,再次强调了军事科学或军事理论的重要性:"斯大林已经明白,原来希望暂时遏制法西斯独裁者,以便给红军赢得完全改换装备的时间,但希望落空了。他想到,苏联军事理论没有认真解决大规模防御交战的问题。"而罗曼诺夫教授在自己的信里,更是具体体现了其军事科学的诸多方面。他扼要地阐述了自己在未来战争中战役和战略问题上的观点,同时根据对德国军事理论的研究,说明要防患于未然,而且提出了一旦苏联遭到突然袭击,如何在战略上取得有利地位的建议。这位老军事史学家通过从历史和现实的多方面分析,建议斯大林,采取一切必要的措施,最大限度地进一步加强苏联国防力

---

① *Стаднюг. Важность точки опоры.Литературная Россия.*1970.1.4.(9)
② 参阅薛君智:《近十年苏联卫国战争小说概述》,见中国社会科学院外国文学研究所编:《七十年代的苏联文学》,第15页。

量,但与此同时,又要想方设法向希特勒表明,我们无意打仗。特别是,苏军武器装备的更新换代尚未完成,摩托机械化军尚未组建,工业也刚刚开始按战争要求调整,红军指挥骨干的配备尚有待加强……

战略学和战役学,这是总体性的,具有指导全局的作用。小说开始不久,就写到丘马科夫在现代战役学方面的先进观点受到军队高层的重视,"费多尔·克谢诺丰托维奇自己研究了国内外的资料,总结了德国坦克集群在西欧和东南欧的作战经验。然后,写成文章送往杂志社文章受到重视……一个星期以后,现在主管在西部边界构筑防御地带和筑垒地域的沙波什尼科夫元帅从莫斯科给他打来电话,赞扬了他的文章,并要求他针对德军进攻战役中的机动行动,书面提出防御一方应采取的对抗行动的基本原则,以便在构筑筑垒地域时作参考",并因此被任命为机械化军军长。小说进而非常明确地阐明丘马科夫的观点:"机械化军,在他看来是最机动的战役战术兵团,一旦重兵压境,它可以死死扼守战役纵深地区,以待集团军主力到达,它可以对敌突入的快速集群实施迅猛的致命性反突击,还可以在集团军编成内完成正面突破和粉碎整个防御纵深之敌的任务。当然也可以在敌人已暴露的侧翼和后方独立行动和实施追击……"小说还写到铁木辛哥元帅长期思考了如何在军事行动初期夺取并掌握战略主动权的问题,他步公认的军事理论家的后尘,尽力针对当时被认为是现代战略行动的德军进攻的战略行动,提出了红军进攻行动的一般原则。此外,元帅还详尽地论述了新的纵深战役理论。这种理论的原则是军队在取得战术胜利之后,随之在炮兵和空军的积极支援下,以机械化部队和空降部队的迅猛行动将战术胜利发展为战役胜利。这种纵深战役理论的核心,是在敌人防御的全战役纵深同时歼灭敌人。铁木辛哥还进一步提出了这样一种思想:方面军是军队的战役战略组织,它应独立地计划它所属各集团军的军事行动,并在作战过程中指挥它们的行动。作家(叙述者)对此评论道,这是对苏联军事科学的新贡献。

在此基础上的作战艺术或战术的运用。在1941年1月初进行的大规模的战役战略图上演习中,朱可夫以自己大胆的行动和穿插突击的灵活战术,推翻了这样一种概念:进攻一方必须在兵力上具备极大的优势才能突破防御一方坚固的防御地带,并且获胜。斯大林对此充分肯定,他有力地指出,在战争中重要的不仅仅是数量上的优势,还有指挥员和部队的作战艺术,并对巴甫洛夫大将说:"一个军区司令员应当掌握军事学术,善于在任何情况下得出正确的结论……"在斯摩棱斯克战役中,卢金将军针对德军所采取的机动战术,建立了几个快速集群,其中包括步兵、炮兵和追击炮,由最有经验的指挥员和政工人员率领。快速集群被派到最受威胁的方向上,以突然的反冲击,特别是夜间实施的反冲击,牵制住了突入我防御纵深之敌。小说还描写了一些具体战术,如德军在发起进攻前的火力袭击:"火力奇袭是可怕的、毁灭性的,它对事先侦察好的目标和场地进行突然而密集的突击。法西斯的轰炸机群对纵深目标——机场、部队营房、装甲车和火炮停放场、油料和弹药仓库进行密集的轰炸。德军摩托化部队集中在几个主要方向上,以很大的优势展开迅猛的攻击。"又如格利戈利耶夫在同丘马科夫的第一次交谈中有力地证明:在游击战战术中,主要的应该是炸毁桥梁、铁路、军工设施,破坏运输工具、通信联络、司令部、弹药和油料库。小说还花了不少笔墨,描写库罗奇金将军在战斗中善于灵活运用各种战术,善于巧妙地调动、运用自己现有的部队力量,往往牵着敌人的鼻子走。尽管这是暂时的,但这样做增加了他的斗争艺术,并增强了部队的勇气。部队常以部分兵力占领次要的防御地区,在前面设置各种障碍物。德国人遭到火力阻击,碰到障碍物和地雷,被迫展开成战斗队形,并将坦克和飞机投入战斗。此时防御部队摆脱敌人的打击,占领设置有良好火力配备的主要防御地区,在此阵地上对敌人展开真正的防御战斗,打退敌人的冲击,并转入反攻。

战术与战略的关系。"战术的突然性使得敌人在一些极其重要的战役方向上,取得了比所能达到的更大的战果,并且最终取得了战略主动权。我们战前的军事理论没有研究战略防御的组织和实施方法(虽然我们并没有否认它是武装斗争的合乎规律的样式),这就加深了初期的危机。"可见,战术运用得当,可以掌握战略主动权。"德军在同驻俄罗斯拉瓦、佩列梅什利筑垒地域的苏军部队的交战中,损失惨重。因而,敌人未能在战争的开始几天把这里取得的战术成果发展为战役突破。只是后来投入了预备队,德军才使战局转为对自己有利了。"而战术运用不当,可能会丧失战略主动权。

小说甚至还认为一些具体的战斗可以上升为不同军事学说的较量,它指出:在斯摩棱斯克丘陵地上展开的搏斗,已经不单是同占有明显优势的敌人在陆上和空中的搏斗,而且是开始了一场敌我双方的斗智,双方军事学说的斗争。进而指出,在7月份的日日夜夜,仅在西方面军内,显示出军事天才的就有罗科索夫斯基、科涅夫、切尔尼亚霍夫斯基、卢金、马兰金、索科洛夫斯基、扎哈罗夫、马斯连尼科夫、鲁西亚诺夫、加利茨基、克列伊泽尔、利久科夫、斯·波·伊万诺夫、普利耶夫、库罗奇金。

小说还通过库罗奇金将军,谈到直觉在军事科学中的重要性。库罗奇金将军的才能最突出的一面就是善于缜密地思考,但有时他又可以凭直觉知道,在一个十分危急、兵力不足、翼侧暴露,并且通信联络十分缺乏的情况下,具体应当做些什么。直觉……这并不是一个神秘的概念,也不是上天赐予的,而是把感觉、思考、感情结合在一起的产物。在一个统帅的作战活动中,直觉占有特殊的地位。一个人可以精通构成军事科学的多方面的、复杂的知识,但是并不是所有的人都能够和谐地掌握这些知识。谁能和谐地掌握,谁的思想就能熟练地进行综合概括,就能时常借助于直觉处理问题。不过,只有那种经过多年努力、循序渐进地积累知识,以获得知识为乐,孜孜不倦、永不满足的人,才能完全和谐地掌握知识。正因为上述相当专业的军事描写,作家受到了军事专家的热情赞扬说:"您表现出了一个军事专家的素质。您的思想、言语都符合高级军事指挥应有的学识。值得高兴和盛赞的是,虽然不是军事专业出身,但曾经的下级政治指导员却达到如此高的造诣。您的判断力就像是一个指挥军队的长官,而在叙述事件发展的过程中,为了展现战事的跌宕起伏和苏联人民的英雄主义,您把自己降到一个班长、炮手甚至是普通士兵的程度。您不仅了解了军队处于不同状态时的军事术语,而且——这是主要的——也熟知战斗的不同阶段采取什么样的战术更合适。您能够很好地从敌人的角度思考,可以考虑到他最可能的战略战术意图。这不是所有人都能做到的,即使是知识很渊博的人。"①

人物多面性。作家曾宣称:"我明确地认识到,战争小说的主要任务不仅仅是描写各次战役;如同一切文艺作品一样,它的任务首先是写人的命运、人的性格以及在每一具体场合下人的内心状态。"②因此,在小说中作家颇费心思地致力于人物刻画,其颇为突出的成就,主要是较好地塑造了两个人物。

一个是斯大林,其形象在小说中具有多面性、复杂性。

斯大林一出场,就显得从容镇定。"斯大林在桌子旁坐下来,把大烟灰缸挪到面前,敲了敲烟斗,然后用火柴掏了掏烟斗里的烟灰,从'弗洛尔公爵夫人'牌香烟盒中取出两根烟,剥开来,把烟丝放在烟斗里。这一系列动作他做起来不慌不忙,一副悠闲自在的样子。在这段时间里,他心不在焉地望着烟斗上方,嘴角挂着难以察觉的微笑,好像他在同谁进行一场无言的争论。"尽管"在外交人民委员办公室里摆着几份报告,上面明确地写着就在明天1941年6月22日,法西斯德国要进攻苏联。密码电报指出了德军统帅部在苏联边境集中兵力的数量",并且还分别收到美国和丘吉尔提供的类似情报,但斯大林依旧充满自信,他"认为,还来得及使希特勒把剑和平地放下"。

---

① *Овчаренко А. И.* Большая литература : Основные тенденции развития советской художественной прозы 1945~1985 годов. М., 1988,С.494.

② 《关于〈剑悬莫斯科〉的创作:斯塔德纽克答〈文学报〉记者问》,Н. 诺维科夫采访,苏联《文学报》1983年第11期,中文译文详见《苏联文艺》1984年第4期(张维国译)。

即使收到了前方确切的消息，斯大林那理性的头脑和智慧还是在短时间里不愿相信这一事实，他说："不，我不这样认为。"经过一阵令人难堪的沉寂之后，斯大林稍稍有点气愤地回答。

我简直完全不相信希特勒敢公然进行侵略。……我想重申我过去的话：社会制度的对立，并不排除在国家关系上维持最起码的道德标准。按着这一标准，各国都必须履行自己的条约义务，否则多种形态的国际社会也就不复存在了。德国如从我们方面找不到一点借口就贸然对我们发起进攻，这将同时是对国际社会舆论的一个蛮横无理的挑衅……难道希特勒竟厚颜无耻和愚蠢到如此地步，不向别国人民摆出一些为自己做辩解的理由，就贸然发动侵略吗？"

小说进而写道：他似乎还不完全相信已经发生的事情。或者还希望会发生奇迹，在等待着总参谋部马上来电话，向他报告，根本没发生战争，是德国人发动的一次前所未有的挑衅活动，而现在应当妥善处理这一复杂的、后果极为严重的流血冲突。

接着，小说写出了斯大林面对残酷现实的内心痛苦，并试图从理论上寻找根本原因。

斯大林时而沿着桌子来回踱步，桌旁坐着面色忧郁的政治局委员们。他时而又停下来，比平时更甚地吸着烟斗。有时，他挥一下手，提出几个问题，但又不是向任何人发问，似乎在自言自语地说着令他痛苦的、与他的想法背道而驰的话。从这一切可以看出，斯大林的心情很沉重。他走近自己的办公桌，用火柴杆把烟灰剔到烟灰缸里。"是啊，时间不够了，把日期估计错了。"从他说话的音调看，好像到现在才肯定这是真的。"我想，我们反复权衡了利弊，表达了我们致力于和平的诚意。我们不想侵犯任何人，而且一向遵循一条众所周知的原则：在政治上和外交上的真诚乃是真理之母和诚实人的标志……然而，曾几何时，我们忘记了，他们和我们各有各自的衡量事物的尺度，各有各自的真理，各有各自对于诚实的理解……这样就失算了……但是，希特勒背信弃义地撕毁条约，是根本的失算！他必将自取灭亡！……即使赫斯从丘吉尔那里得到什么保证，这个法西斯元首也绝不会有任何指望的！……决不会有的！虽然我们还要含辛茹苦……"

小说也写到斯大林甚至为此责怪红军高级将领们未能抓住时机。

> 许多当时同斯大林共事的人都感到,他无时无刻不在处理猛然袭来的十万火急的事务,冥思苦想,考虑着全部事态发生的原因。他对军事领导人的责备也可以说明这一点。他无论如何也不懂,怎么会发生这种事情,六月二十一日星期六的晚上,统帅部签署命令,掩护部队进入战斗状态的时刻,由这一时刻到六月二十二日战争爆发,还有几个小时的宝贵时间,怎么没有发出战斗警报,立即动员全部陆军、空军和防空部队呢? 莫斯科知道危险已迫在眉睫,驻守边境各军团指挥部也不是耳聋眼瞎……可还是发生了……就在总参谋部的密电命令下达给各军区的时候,就在那里电文脱密的时候,所有手握权柄,可以命令军队"准备战斗"的人都丧失了宝贵的时间。

小说进而写道:"斯大林的脸上满是汗水,脸色变幻莫测,隐在突出而湿润的睫毛中的眼睛,充满着痛苦的迷惘。谁都知道,这预示着山雨欲来。"他甚至在斯摩棱斯克战役中时常被噩梦折磨。在德军逼近莫斯科时,"斯大林病恹恹的,倦容满面,动辄大发雷霆"。

这种写法,不仅尊重了历史事实(有学者指出:"1941年6月底,斯大林被过去一周的压力拖垮了。由于他对德国人的企图做出了大错特错的判断,由于他拒绝接受跟自己的执着想法相抵触的忠告,他的权威已经受到灾难性的打击。起初,他仍然是每天在办公室工作十二至十四个小时,表现得沉着冷静,牢固掌握控制权,并且不断接待部长、党的官员、军方人员、外国外交官、企业家、坦克和飞机的设计师和检测师。不久,他退缩到他的近郊别墅里。莫洛托夫后来对米高扬说,他处于身心疲惫的状态。他办公室里的电话没有了动静。他不召见任何人,他的职员愈发警觉"[①]),而且细致、生动地从另一角度写出了斯大林虽然是伟大领袖,但他也是一个活生生的人,也有人的一些不足或弱点。正因为如此,奥夫恰连科指出:"借助深刻的心理描写,作者成功向我们展示了国务活动家、军事指挥家——主要是斯大林,还有朱可夫、沙波什尼科夫、梅赫利斯等的内部分歧、犹疑时刻及之后产生的信心和行为的发展过程。尤其是斯大林的活动。这样才产生了艺术上

---

① 〔英〕布雷斯韦特:《莫斯科1941:战火中的城市和人民》,第82页。

真正可信的人物性格。"①

但小说更多地写的是斯大林作为伟大领袖的不凡之处。

他敢于承认错误,并且自我检讨。

"如果真的证实,德国人选定的主要战略方向是西方向,而不是西南方向,那么,我们的这个错误应当归罪于斯大林同志……是的,是的,正是我说出的这种设想,德国人一旦发动战争,必将首先急于占领乌克兰,以便取得粮食和与粮食有关的东西,而夺取顿巴斯盆地,就可使我们失去煤,还可就便切断高加索的石油……"斯大林沉默了一分钟,用探询的目光扫过政治局委员们的脸,"我不记得有谁反对过斯大林的这个观点。或者还有过别的高见?……"

他能集思广益,博采红军高级将领们的所长。"近一年来,斯大林在决定重要的军事问题时,主要是依靠铁木辛哥的坚定性,朱可夫的果断和才思敏捷,以及沙波什尼科夫的老成持重。"甚至还能接受"让一些有才干的……由于受误会而遭到镇压或被撤职的人回到军队"的建议,从监狱中释放了一些有才华的人担任部队高级将领,如罗科索夫斯基。

他还能较为风趣地化解一些小小的尴尬,如他在朱可夫请求离开前对他说:

不要老是埋怨斯大林……如果斯大林不满意事件的进程,如果对总参谋长或国防人民委员骂了几句,这意味着他也在生自己的气,也在骂自己……斯大林骂您,而您骂自己指挥部的头头、方面军和集团军司令员。在这一点上,您的脾气可能比我更大,可能比我显得更加声色俱厉。而这一点是目前需要的:战争嘛……您可能感到奇怪,我说自己,又好像是说别人。……正如您了解的。我的真姓是朱加什维里。而"斯大林"是我在党内用的笔名。有时我觉得,党内也这样称呼我的职务来了。但是,在党内是没有通常理解的那种职务的,在党内是不用的……在党内工作,这就是生命,是最负责和最积极的生命形式。我常常站在旁观者的立场去看斯大林,总是对他要求很严……

① *Овчаренко А. И.* Большая литература : Основные тенденции развития советской художественной прозы 1945~1985 годов. М.,1988,С.496.

朱可夫很喜欢斯大林的这一席话，常常拿这些话来替自己的那种朱可夫式的严厉、刚强的性格作辩护。

他智慧超群、见解深刻，善于说服别人，而且高瞻远瞩、力量无限。小说写道：

> 斯大林以他特有的、有条理的鲜明论述、坚定的信念、独特的评论、有时是机智尖刻的评论，在某个阶段"冻结住"交谈者的思路，使交谈者的思路变成为反映他的观点、他的论点的一面"三棱镜"。有时一些精通本身业务的人，对自己的知识和论点毫不怀疑的人，当他一跨进斯大林的办公室时，常常就好像解除了自己的武装，开始用斯大林的眼光来观察一切问题，特别是重大的政治问题，常常是无条件的，有时是克制住心中的不悦，把斯大林的观点看成他们自己的观点。这是一种十分惊人的奇特的心理状态。

并且通过朱可夫进一步深化这一点。"朱可夫倾听着斯大林的话，心里默默地在想，这个人的内在力量像永远也使不完似的，他那敏锐的思想在探索新的决心和非常必要的措施中是怎样不知疲倦地脉动着……不仅是他朱可夫大将一人，而且凡是经常到总书记办公室的人，都深受斯大林的那股子内在力量和那种对事件和问题的本质的洞察力的感染和鼓舞。"斯大林高于其他高层领导的地方还在于，他更高瞻远瞩，看得更宽想得更远。如他强调，现在的战争，不仅是和德国法西斯的军事斗争，更是和德国乃至世界法西斯的外交战。"我们现在正在进行一场外交战。这一仗同样必须打赢！应该让全世界都相信，我们并不是孤立的，而是建立了并且天天都在扩大各国和各国人民的反希特勒同盟，尽管其实际力量暂时还等于零！……其次，必须尽可能采取一切手段制止法西斯联盟的扩大和建立新的侵略基地。……总之，外交战线上的主要任务，就是扩大反希特勒同盟，缩小法西斯联盟的范围。"这场战争还是一场政治战，"事件，特别是战争，应该实事求是地报道，但不能搞得过分悲惨，要镇静，要谨慎……要使全世界都能从你们的战报中看到，我们并不是事件急流中的一个小木片，而是一艘由布尔什维克党的强有力的手驾驶的巨轮。不管战场上出现的情况对我们是如何困难，也只能这样做。……我们必须记住，我们政治战略的微妙之处，是把政治战略当作是一个特殊的武装斗争的协奏曲"。

他酷爱读书，尤其善于钻研理论，对军事理论，更有较为系统的研究。

在斯大林近郊别墅的书架上，摆着克劳塞维茨的著作《战争论》，这是两本灰皮书。旁边还放着毛奇、鲁登道夫、尼采、莱拉、德尔布吕克、约米尼等人的著作。桌上还有一些从德国理论家，包含有现代战争观点的近期著作中摘录下来的卡片。……斯大林很熟悉恩格斯关于军事学术的论述，也很清楚列宁关于战争和政治的一系列论断。……斯大林为了弄清希特勒军事观点的思想根源，理解他在战争进程中做出决定的"心理动机"，不回避阅读臭名昭著的意大利作家尼古洛·马基亚韦利的作品。他的论著《论军事学术》放在斯大林的近郊别墅的书架上。

他还能很快接受并灵活运用新的现代战术，如他发现铁木辛哥没有把给他的补充部队按现代作战方式好好运用，曾一度打算在战争中换帅，后来接受朱可夫的意见，让他继续留任，并语重心长地告诫铁木辛哥："你从预备队中拿出二三个师投入战斗，是不会有效果的。现在是否应该停止这种实习，而用七八个师形成拳头，并用骑兵配合。从两翼实施进攻，从而迫使敌人接受我们的意志？我想，现在已经到了你停止舍本逐末而转用大集群作战的时候了……"并对他讲述了自己预想的方案：要建立这样一些集群，使它能够对斯摩棱斯克实施向心突击，击溃敌军，并至少将其赶到奥尔沙以西。结果，难以想象的事终于成了现实。从第二次世界大战开始以来，德国法西斯军队第一次在主要战略方向上被迫转入了防御。侵略者终于感觉到：闪击战不灵了。

由上可见，小说中的斯大林形象是发展变化的，也是丰富复杂的。起初他迷信苏德条约，对希特勒德国抱有幻想，总是想尽可能地用外交方式来推迟战争发生的时间，以赢得发展与建设的时间。即便战争突然爆发了，他都不愿意相信，还满以为这并非战争爆发，而只是德国人的挑衅。不过，事实使他认识到自己的"失算"，痛悔自己未能及时向部队发出战斗警报，错失了战斗的良机，并开始从自己的记忆和经验，还有列宁和国内战争的经验里寻找办法，组建了国防委员会，统一了军事领导并把整个苏联都动员了起来。在战争过程中，他能较好地接受下属的意见，集结优势兵力形成拳头对付敌人，从而迫使德军从进攻转向防御。以致即便是今天，俄国学者还是不得不承认："斯大林取得胜利的原因在于他善于领导数以百万计的人们，同时在这些人中确立了他个人的至高无上的领导地位。"[1]

---

① 〔俄〕索科洛夫：《二战秘密档案》，第2页。

小说比较多地描写了斯大林较为复杂的个性,既写了他的多疑、自以为是,也写了他认识到自己的"失算",从失败中振作起来,并能较好地接受意见。因此,王福曾认为:"作者浓墨重彩,精心刻画了斯大林的形象。小说中斯大林作为伟大的战略家,高瞻远瞩,运筹帷幄,冷峻严厉而不失人情,肯于倾听逆耳之言,知人善任,十分感人。"①孙尚文等进而补充道:"小说对斯大林形象的塑造尤为引人注目,这位伟大的军事家和政治家,忠实于列宁的遗训,具有顽强的意志和渊博的学识,思维敏捷,运筹帷幄,令敌人胆寒,尤其是写他儿子雅柯夫被德军俘虏后,他忍痛拒绝了用被俘的德军高级将领换回自己儿子的提议——但小说也没有把斯大林神化,仍写了他有时待人粗暴、武断……"②

　　此外,许贤绪还指出,作家对斯大林的观点反映了莫洛托夫的观点。而所谓莫洛托夫的观点,主要是两条。首先,斯大林对希特勒的侵略野心是有足够警惕的。他为备战做了大量的准备工作,如发展军事工业、组建新的机械化部队等,但是他感到时间实在来不及,就千方百计地想推迟战争的爆发。他与希特勒签订互不侵犯条约,目的就在于争取时间。西方历史学家把苏联这一行动说成是与魔鬼结盟,而《战争》认为这只是权宜的策略。莫洛托夫参加了这个条约谈判和签订的全过程,所以《战争》对此写得特别详细。尽管斯大林后来还是没有赢得足够的时间,他对希特勒发动战争的具体时间估计有误,但这已经不是斯大林的过错。"虽然他们实际上已经做了许多事,但还有许多事没有做。"做了许多事,是斯大林的远见和功劳,许多事没有做,是因为实在来不及,要怪只能怪希特勒。其次,在战争突然爆发之后,斯大林一身维系着全国的安危,全国军民寄希望于斯大林,斯大林也无愧于落到他肩上的历史重任。"是啊,在那些日子里,人们怀着不安、痛苦、希望和信心向往着莫斯科和克里姆林宫。"而1941年7月3日斯大林发表的广播演说在人民群众中引起的反响是:"斯大林好像不是在说出一个一个的字,而是在放下一块一块极为坚硬的砖,用它们筑起了人们神圣信仰的铜墙铁壁。"斯大林面对突然爆发的战争毫不惊慌。在德国大使正式向苏联宣战之后,斯大林在自己的办公室里沉思,承认在战争发生的时间上是"失算了",然而随即就坚定地说:"希特勒背信弃义地破坏条约,他是在一切方面都失算了!……他将被消灭!"在《战争》中,斯大林并不是"用地球仪指挥战争",而是与莫洛托夫、铁木辛哥、朱可夫、沙波什尼科夫一起紧张地工作。③

　　① 　王福曾:《莫斯科,1941年》,《国防》1988年第10期。

　　② 　孙尚文主编:《当代苏联文学》,第75页。

　　③ 　参阅许贤绪:《当代苏联小说史》,第367~368页。

《战争》塑造得颇为成功的另一形象是丘马科夫。这是一个颇为全面、较为完美的人物形象。他既是一个英勇善战、经验丰富、意志坚强的军人，更是一个善于思考、富有远见和现代军事观念、勤于钻研军事科学的指挥官，还是优秀的丈夫和父亲。正因为如此，苏联学者奥夫恰连科认为，丘马科夫是一个独具特色的人物，聆听指挥官达舒金的报告、接受他的任务、脑海中构想即将采取的行动的模式、领导第一次战斗并得出结论等场景的深刻性、真实性，尤其令人赞叹。他能够正确估计总体和局部的形势，大胆地做出决定并采取果断行动。他是一个出色的家庭成员，一个无可挑剔的丈夫和有爱心的父亲。他因使命而成为军人，对军事历史进行了最细致的研究，并且全面了解了当代军事的现状。同时，他是一个真正的政治家，能考虑到一切剧烈震荡，无论其发生在社会分化的世界的什么地方。丘马科夫将军一生都是一个英勇大胆的士兵，他不停地思考最重要的军事问题，总是比别人有先见之明。作为一支特殊队伍的指挥官，他利用一切机会对纳粹的装备和人员进行最严厉的打击。①陈敬咏更详细地指出，小说的主要人物丘马科夫的形象堪称苏联20世纪70年代军事题材文学中比较成功、不落俗套的形象之一。他参加过国内战争，是勇敢的骑兵，后又经历了西班牙战争、苏芬战争，成为一个屡经考验的军官。他在军事学院深造时，是个高材生，深得军事科学杰出学者罗曼诺夫将军的赏识。他不仅意志坚强、勇敢善战，而且善于缜密思考，总结经验。他深信迫在眉睫的战争危险不可避免，积极投入备战活动。由于他及时总结了德国坦克集群在西欧和东南欧的作战经验，他的文章的独到见解受到红军总参谋部的重视，于是他受命组建机械化军并任军长。他在赴任就职的途中遇上了希特勒法西斯发动的侵苏"闪电战"，当他赶到部队时，这支尚未组建好的机械化军已处在四面受敌的困境中。丘马科夫的高度责任感和出色指挥才能充分表现在组织并带领部队突围的过程中。还应指出，丘马科夫的戎马生涯不时受到隐藏在革命队伍内部的像卢卡托夫这样的野心家的诬陷与迫害。卢卡托夫恩将仇报，前后三次加害丘马科夫，但其阴谋未能得逞。卢卡托夫的所作所为充分暴露出两面派、野心家的真面目，并反衬出丘马科夫光明正大、表里一致的正面形象。②

　　综上所述，《战争》五部曲的确在苏联战争小说发展史上做出了新的贡献。俄国有学者指出："斯塔德纽克无可置疑的才华正体现在这一点上：

---

① *Овчаренко А. И.* Большая литература : Основные тенденции развития советской художественной прозы 1945~1985 годов. М., 1988, С.501.

② 参阅陈敬咏：《论苏联战争题材的三部"全景小说"》，《当代外国文学》1985年第4期。

'……一切都需要用另一种方式来尝试,需要站在更高的角度来看待那些年发生的事件。'作家一直在寻找新的转折、更高的视角。"①作家找到了上述新的方式或角度,从更高的视角表现了苏联卫国战争。

尽管上述三个方面使作品获得了较高的艺术成就,也为苏联战争小说带来了新东西,然而总体看来,《战争》系列长篇小说,虽然场面宏大、线索繁多,独具辩驳性和军事科学性,人物塑造也颇为成功,但整部小说都是大笔勾勒,而且作家"野心"过大,试图包罗莫斯科战役的方方面面。(作家曾谈道:"有不少人和事在苏联文学中还描写得不够。譬如,我军后勤人员的事迹。在作品中往往不是把他们写得很一般,就是把他们写成差劲的人。实际情况并非如此。我军后勤人员在战争中同样表现出了大无畏的气概、顽强的意志、坚毅的性格和忠于祖国的自我牺牲精神。又譬如:修理工人。他们使70%的被击毁的坦克重新开回了战场。还有我们的军医,特别是女医务人员,也写得不够。几乎每部作品都写了她们在战斗时建立的功绩,但是她们的生活本身、平时的生活条件、有时较身体所经受的考验更为艰难的道德考验,这一切难道不算功勋吗?"②)且不断引入新人物,因而显得线索和人物太多,光是第一部就至少有五条线索:一条是军长费多尔·克谢诺丰托维奇·丘马科夫少将与其妻子奥尔加·华西里耶芙娜、女儿伊琳娜;一条是斯大林、莫洛托夫、铁木辛哥、朱可夫等上层领导;第三条是化名普季岑少校的地主之子弗拉基米尔·格林斯基兄弟;第四条是排级政治指导员米沙·伊万纽塔;第五条线索是卢卡托夫。到后两部,在第一部的基础上又另外引进了多条线索和好些人物,如卢金、罗科索夫斯基、科涅夫等。因而整部作品显得颇为粗疏甚至散乱(尤其是后两部),不够深刻,不及《围困》那么生动具体,而且直接宣教的东西多了些,因而大大影响了小说的艺术性。许贤绪论述其前三部的观点颇为精辟,可以让大家略窥《战争》五部曲的优缺点——小说从战争前夕写到1941年7月斯摩棱斯克保卫战第一阶段结束,其情节可分三条线:第一条是自传性的,主人公伊凡中尉(即米沙——引者)就是作者自己,由于写的是亲身经历,作者本人在前线时仅是拼刺刀的肉搏战就参加过十四次,所以这一条线的情节写得较出色;第二条线是文献材料性的,其中包括苏德双方的备战和外交活动,也有一定特色;第三条线是硬插进去的敌后行动的惊险情节,是全书中最差的,并使全书显得拖沓冗长。③

---

① *Овчаренко А. И. Большая литература* : Основные тенденции развития советской художественной прозы 1945~1985 годов. М. , 1988 , С.488.

② 参阅《关于〈剑悬莫斯科〉的创作:斯塔德纽克答〈文学报〉记者问》,H. 诺维科夫采访,苏联《文学报》1983年第11期,中文译文详见《苏联文艺》1984年第4期(张维国译)。

③ 参阅许贤绪:《当代苏联小说史》,第368~369页。

第六章 人性视角下的残酷战争

在俄罗斯古典文学的人道主义传统,苏联《第四十一》《静静的顿河》等国内战争小说的人道主义,再加上"解冻文学"关心人、爱护人的影响下,从1961年以后,从人性视角表现残酷战争的苏联卫国战争小说逐渐增多,苏共二十四大后,更是越来越多,这类小说的创作时间约为1961年至1991年。

一、概述

1971年苏共二十四大大力提倡"社会主义人道主义",鼓励作家在艺术方面进行大胆创新与探索。现实主义创作手法逐渐走向开放,包括借鉴现代主义的一些手法。石南征指出:"五六十年代,小说创作在形式、风格探索方面重新活跃起来。及至七八十年代,这种势头变得更为强劲。新观念、新样式、新手段竞相涌现,并在不同规模上蔚然成风。从苏联小说的形式、风格探索的历程来看,第二个探索高潮正出现在七八十年代。"[①]

20世纪70年代中期以来,人与自我的关系、人与人的关系、人与社会的关系、人与历史的关系、人与自然的关系,人与世界的前途、人类未来的命运,以及由此产生的道德冲突,成为小说的重要主题,60年代以来的道德题材作品进一步深化并更哲理化。这影响到苏联战争小说,许多作品也从道德角度探索人性。

瓦·贝科夫宣称:"战争与道德,战争与个人——这是二十世纪如何艺术地理解人的本质的基本问题。"[②]彼得罗夫斯基进而指出:"苏联战争文学不仅是描写战功的文学,而且是描写道德和精神上的功勋的文学。保卫人的伟大战争,不仅在前线进行,而且也在每个军人、后方的每个劳动者、暂时被

---

① 石南征:《明日观花:七八十年代苏联小说的形式、风格问题》,社会科学文献出版社1997年,第3页。

② 《Литературная газета》,1974.6.26.

法西斯占领的土地上的每个居民的意识中展开。当然,占主导地位的是普遍的爱国主义激情……"①这样,时代的发展和政治因素的影响,使人们尤其是作家普遍对战争的认识进一步加深,往往从道德角度乃至人性高度审视战争、审视人。

这种类型的小说表现了一定的反战情绪甚至达到了否定战争的程度,主要作品有瓦西里耶夫的《这里的黎明静悄悄……》等几部小说、贝科夫的一系列中篇小说(《索特尼科夫》《方尖碑》等)、康德拉季耶夫的《伤假》《致以前线的敬礼》等小说,此外还有沃罗宁的《战争的故事》、阿斯塔菲耶夫的《牧童与牧女》、拉斯普京的《活着,可要记住》、阿列克谢耶维奇的《战争中没有女性》等。

谢尔盖·阿列克赛耶维奇·沃罗宁(Сергей Алексеевич Ворони,1913~2002)的主要作品有:《相会》(1947)、《在自己的土地上》(1948~1952)、《不必要的荣誉》(1956)、《两种生活》(1962)、《没有爱情的恋爱》(1968)、《农村中短篇小说集》(1974)、《父母的家园》(1974,1976年获俄罗斯共和国高尔基奖)、《玛利亚的宝石》(1977)、《恬静的人们》(中短篇小说集,1989)等。沃罗宁主要致力于描写俄罗斯农村生活,战争文学虽然创作不多,但质量较高,短篇小说《战争的故事》(Рассказ о войне,1968)就是这方面的代表作。这篇小说通过一对新婚不久即因为战争而分别的青年男女的爱情悲剧,歌颂了纯洁真挚、坚贞不渝的爱情,但更重要的则是从人性的角度揭露、控诉战争毁坏了生活中神圣、美好的东西,给人们带来了巨大的灾难,以及肉体尤其是精神方面的创伤(详见本书绪论)。

维克多·彼得洛维奇·阿斯塔菲耶夫(Виктор Петрович Астафьев,1924~2001)的主要作品有:长篇小说《融雪》(1958)、《有视力的拐杖》(1988,1991年获得苏联国家奖)、《该诅咒的和该杀死的》(1995),中篇小说《隘口》(1958)、《老橡树》(一译《老柞树》,1960)、《陨石雨》(1962)、《偷窃》(1966)、《战争在某地轰鸣》(1967)、《最后的问候》(一译《最后一次鞠躬》,1968)、《泥泞的秋天》(1970)、《牧童与牧女——现代田园诗》(1971)、《鱼王》(1976,1978年获苏联国家奖)、《悲伤的侦探》(一译《忧郁的侦探》,1987)等。

其战争小说的代表作是《牧童与牧女——现代田园诗》(Пастух и пастушка—Современная пастораль,1975年获俄罗斯联邦共和国文艺奖),讲述年轻的中尉排长鲍利斯在一次激战之后,住到百姓家里,认识了女房东柳霞,两人产生了感情,真诚地相爱了。这是他们的初恋,两人都陶醉在非

---

① 〔苏〕彼得罗夫斯基:《战争的面貌:苏联战争小说的人道主义》,张捷译,见李辉凡主编:《当代苏联文学中的人道主义问题》,第334页。

凡的幸福之中。然而,战争还在进行,部队向前开拔,两人难舍难分,又万般无奈。战斗不断向前发展,德国人节节败退。鲍利斯在一次战斗中因地雷爆炸,右肩中了弹片,伤势并不严重,但由于与柳霞生离的折磨,再加上目睹战友相继阵亡,他失去了求生的欲念,在饱尝了肉体与心灵的痛苦之后,不久便疲惫地死去。柳霞沉醉于爱,忠于他们那短暂但炽热的恋情,长途跋涉来到空旷寂寞的荒野中的恋人的墓前,向他倾诉自己的思念。

　　俄国当代学者别拉雅指出,阿斯塔菲耶夫经常说,他作为一名士兵,在经历了伟大的卫国战争后,总是对那些加入民族解放斗争中的人感到异常亲切。感激的回忆主题在作家的创作中不断发出更强音,离开这个主题,个人生活和人类生活都是难以想象的。阿斯塔菲耶夫说:"对我们来说,尚未完全走出那场失去2000万人的战争悲剧,忘记是一种异常的罪过。"作家作品中的战争,不论是它的形象,还是对它的解释,总是披着和平的色彩,这并不是偶然的。阿斯塔菲耶夫清楚地记得,正是和平的想法,朴素的人类幸福的想法,赋予战斗者活下去的力量:"我们的伤口还在疼痛,甚至还带着悲伤,一想到真正的战斗、连队、机关枪,我们就都在歌颂神圣的'火光',唱着'蓝头巾',甚至'黑色的睫毛,黑色的眼睛'缅怀和狂想世界。"这两个方面——和平与战争——都存在于《牧童与牧女》这部小说中,并确定了小说的哲学意义和抒情格调。"她徘徊在荒芜的土地上,不耕作,不碰触,不知道镰刀。"这是小说开篇的第一句话,通过逆词序在诵经般的韵律中表现出的是一个悲哀的、带有强烈悲伤的简单情节。这些开篇的句子是通过连接词"和"营造了开场白的悲伤格调,加剧了悲痛色彩,表现出一种可以感知的无限忧愁。"她的眼中含着泪水,一切在她眼前都飘动起来,天空在哪里开始,大海在哪里结束,她无法分辨。"作家故意以不称名的方式谈论他的女主人公,因此,"她"这个词成为永恒的向往、坚定不移的爱情象征。作家在他的小说中努力追求复杂的象征意义、丰富情感和哲理。后来他回忆说,他把写好的《牧童与牧女》寄给杂志编辑,曾被建议简化某些东西、具体化并明确某些内容。但对阿斯塔菲耶夫来说,最珍贵的是小说里永恒记忆这一主题思想,仅此而已!语调用来表达内心情感主题:"贫瘠的草丛凄凉地沙沙作响,瘦骨嶙峋的鞑靼人呻吟着,在永恒的安息之前,发出永恒的慰藉,不论是时间,还是人们都没有权力这样做。"[①]董晓则认为小说主要表现战争对普通人生命和幸福的毁灭。"一个年轻的中尉没有死在攻克柏林的战役里,没有死在血肉横飞的阵地上,却是怀着对一夜幸福的惆怅,怀着对一个年轻姑娘的

　　①　*Белая Г. А. Художественный мир современной прозы.* М. , 1983 , C.38~39.

思念,怀着对生活的绝望而死在了运送伤员的列车上。他永远孤独地留在了俄罗斯广袤的中部大地上,没有一丝英雄壮举。造成这一凄惨命运的罪魁祸首,当然是可恶的战争。在这里,阿斯塔菲耶夫无意去辨别战争中的正义与非正义之分,而只想告诉人们:远离战争、远离戕害了无数个幸福瞬间的可怕的战争。"小说"以红军中尉排长鲍里斯在一场异常残酷的歼灭战当中和乌克兰姑娘柳霞不寻常的爱情体验,真实地再现了战争的严酷场面和战争中人的真实心理,与瓦西里耶夫的中篇小说《这里的黎明静悄悄……》等少数作品一起,勾画出当时苏联战争题材小说的一道特殊的风景线"①。

小说在战争叙事方面的创新之处是,描写残酷的战争导致青年人幸福的毁灭、精神的崩溃,侵略战争埋葬了青春的理想,"阿斯塔菲耶夫把真正相爱的情侣比作牧童与牧女,称宁静幸福的和平生活为田园诗。战争意味着破坏、屠杀、死亡。它是与牧童牧女的幸福生活不相容的。鲍里斯只得到了一夜的幸福,但他的痛苦却是无限的。而最残酷的,更莫过于摧毁人们生存的欲念。因此,小说的题名便深寓了对侵略战争的控诉。这里无疑反映出阿斯塔菲耶夫对历史和社会的哲理思考,也表现出作为当代苏联文学一大特征的人道主义精神"②。陈淑贤更具体地谈到,小说在结构方面有三组风格不同的二重唱巧妙编排,和谐地交织着。一组是牧童与牧女的二重唱,这是鲍利斯童年时代看过的一出牧童与牧女在"绿绿的草地,白白的羊群"的背景中真诚相爱的歌舞剧;一组是两个老牧人夫妻的二重唱,他们被炮弹击中,死去时的姿势都像是在"互相掩护","忠诚地依偎在一起";第三组是鲍利斯和柳霞的二重唱,是严酷的现实与幸福的憧憬交织,一对热恋着的主人公内心世界的变化传导出四种调性,具有强烈的抒情戏剧性。这里既有深情的爱恋,甜蜜的回忆,又有热烈的追求和痛苦的别离。三组二重唱编排在一起,把过去与现在,现在与未来,舞台与现实,战争岁月与和平生活交织在一起,铺展在一张画面上,既回避了冗长的回忆和叙述,又向读者提供了自己思索引申的余地。通过它们的对比与交织,作家饱含深情讴歌人生具有价值的美好的一切,恰恰也是为了控诉非正义的战争。③

瓦连京·格里戈里耶维奇·拉斯普京(Валентин Григорьевич Распутин,1937~2015)的主要作品有:中篇小说《最后的期限》(1970)、《活着,可要记住》(1974,1977年获苏联国家奖金)、《告别马焦拉》(1976)、《火灾》(1985,1986年

---

① 董晓:《残酷的浪漫:〈牧童与牧女〉的战争书写》,《名作欣赏》2015年第8期。
② 〔苏〕阿斯塔菲耶夫:《牧童与牧女》,译序第3页。
③ 参阅陈淑贤:《现代田园诗〈牧童与牧女〉的思想艺术特色》,《外国文学研究》1986年第3期。

获苏联国家奖金)、《伊万的女儿,伊万的母亲》(2003)等。其战争小说为数很少,代表作是《活着,可要记住》①(一译《活下去,并且要记住》《活着,并要记住》,Живи и помни)描写的是战争导致的一对农村夫妻的悲剧。丈夫安德烈参加了反法西斯的卫国战争,作战英勇,参加过坦克冲锋、滑雪夜袭和抓"舌头",曾三次负伤,但到战争临近结束时,他因为眷恋妻子、家庭、故乡和土地,开始害怕负伤,希望巧妙地挨过这段时间。结果,在最后一次伤愈重返前线的途中,他偷偷从医院逃回故乡,藏在离村子不远的河汉边的废弃老房子乃至森林中的石洞中。妻子纳斯焦娜知道他回来后,出于爱情和亲情,经常去看他,给他送吃的和穿的,最后多年不育的她竟然怀了孕,在村里露出了破绽,被迫自杀……

　　苏联《文学问题》副主编奥谢特罗夫在与作者的谈话中曾对作品的主题做了这样的阐述:"一个人,如果践踏公民义务,企图苟生偷活,那他就会为此而把自己置于生活之外。他背叛战友,这样他就背叛了周围的一切。甚至他的妻子,他最亲近的人,即使她具有罕见的人性,也不可能拯救他,因为他的背叛行为注定了他毁灭的命运,他必定会给亲人带来可怕的精神折磨,把她推向死亡的绝境。"②但丰一吟认为,作者通过这部小说试图告诉人们,所谓好与坏、善与恶并不是绝对的。战士冲锋陷阵诚然好,诚然英勇,但内心未必是为了杀敌,很可能是期望敌人的一枚子弹把自己打伤,这样至少可以有一段时期避开"地狱般的战场"生活。逃兵固然坏,固然可耻,但未必是出于贪生怕死,临阵脱逃,存心背叛祖国。外界的因素,诸如官长的不通人情,军医的冷漠专横,甚至细微如交通阻塞等原因,都可以促使一个本来还可能继续作战下去的人,一步步地成为逃兵。总之,外界的因素可以迫使一个善良的人,抱着无可非议的善良意图,走上为社会、为国法所不容的犯罪道路。③俄国当代学者别拉雅更是指出:"苏联文学直接研究这些问题:道德标准问题,存在于人的行为举止中的道德信念问题,并把问题置于作品中用来研究背离道德准则的人的行为,例如拉斯普京的中篇小说《活着,可要记

---

① 该小说有多个中译本:《活着,可要记住》,李廉恕、任达夐译,中国社会科学出版社 1978年;《活下去,并且要记住》,丰一吟等译,上海译文出版社 1979 年;《活下去,并要记住》,南京大学外文系欧美文化研究室译,江苏人民出版社 1979 年;《活下去,并要记住》,王乃倬等译,漓江出版社 1997 年;《活着,可要记住》,董立武译,见《告别马焦拉》,董立武等译,外国文学出版社 1999 年;《活下去,并且要记住》,吟馨、慧梅译,上海译文出版社 2004 年。

② 转引自〔苏〕拉斯普京:《活下去,并要记住》,南京大学外文系欧美文化研究室译,江苏人民出版社 1979 年,译者前言第 1 页。

③ 参阅〔苏〕拉斯普京:《活下去,并且要记住》,丰一吟译,上海译文出版社 1979 年,译者前言第 2 页。

住》（1974）。在苏联文学中多次出现这种逃兵类型（卡扎凯维奇《草原上的两个人》等）。人民对背叛的心理反应、叛离被视为一种反人民现象，破坏了千百年来劳动人民在实践中所形成的道德准则——这正是拉斯普京小说中的新意。叙事中以自杀悲剧而告终的纳斯焦娜这条线与安德烈这条线越分越远，形成两个极端：一个是濒临崩溃、人格扭曲分裂、道德濒死的安德烈，另一个是身怀期盼已久的孩子的纳斯焦娜。她的死尽管是令人难以置信，但这是道德判决的结果，这也是深受公众道德谴责的结果。"①

实际上，这部小说在战争叙事上的特点，就是通过一个曾经作战英勇的战士变成逃兵，并且害死了自己善良、勤劳、温顺、富有自我牺牲精神的妻子的故事，一方面呼吁人们要尽公民职责，另一方面更重要的是间接表现战争的残酷性。阎连科更有新的看法："我从来都说，《小村小河》是从《活下去，并且要记住》'套'过来的，说'抄袭'，你找不到它有《活下去，并且要记住》中的一行文字，说'套'，是那样的'恰如其分''名副其实'。现在，我想再对《活下去，并且要记住》说几句尊敬的话：不仅是它编织了我中篇小说处女作的故事，而且是它给我修筑了我在20世纪80年代中期走上文坛的第一级台阶。更为重要的，也是让我对它怀有感激之情的是，它教会了我如何对战争形成'自己的看法'，而不是重复别人的'战争思想'和'战争观'。或者说，是它使我意识到战争中战争对'人'的侵害并不可怕，而可怕的是战争中和平对'人'的伤害。"②

值得一提的是，在这个阶段里，一些纪实战争文学或纪实战争小说陆续出现，比较有影响的有谢尔盖·谢尔盖耶维奇·斯米尔诺夫（1915~1976）的《布列斯特要塞》（1957，1964补充再版，1965年获列宁奖金），丹尼尔·亚历山德罗维奇·格拉宁（1919~2017）的《克拉夫吉娅·维洛尔》（1976，1978年获苏联国家奖金），阿列西·阿达莫维奇（1927~1994）、丹·格拉宁（1919~2017）的《围困纪事——列宁格勒大血战》（1977~1981），而最有名的是阿列克谢耶维奇的作品。

斯维特拉娜·亚历山德洛夫娜·阿列克谢耶维奇（一译阿列克茜叶维契，Светлана Александровна Алексиевич，1948~ ）的主要作品有：《战争中没有女性》（1983~1985）、《最后一批证人》（1985）、《锌皮娃娃兵》（一译《锌制男孩》，1989）、《死亡的召唤》（1994）、《切尔诺贝利的回忆：核灾难口述史》（一

---

① *Белая Г. А.* Художественный мир современной прозы.М.，1983，C.34.

② 阎连科：《错而永记：读拉斯普京〈活下去，并且要记住〉》，见阎连科：《作家们的作家》，第58页。

译《我不知道该说什么，关于死亡还是爱情：来自切尔诺贝利的声音》《切尔诺贝利的祭祷》《切尔诺贝利的悲鸣》，1997)、《二手时间》(2013)等。她特别善于用与当事人访谈的方式来写作纪实文学，记录重大历史事件。有评论家认为，她创造了一种新的体裁，一种新闻和文学结合的产物（但不是虚构的）。2015年瑞典皇家科学院授予她诺贝尔文学奖，以表彰她对这个时代苦难与勇气的写作。她关于苏联卫国战争的纪实作品主要有以下两部。

《战争中没有女性》①（一译《战争的非女性面孔》《我是女兵，也是女人》，У войны не женское лицо）记录的是战争中的女性。在苏德战争中，共有超过一百万名十五岁至三十岁的苏联女兵参加了战争，干起了各种各样的工作，担任医生、护士，还有坦克兵、重机枪手、狙击手等。阿列克谢耶维奇从1978年开始，行程数万里，历时四年多，采访了许多卫国战争幸存的女兵，搜集了大量资料，写成了这本书。它通过上等兵狙击手莫罗佐娃、卫生指导员维什涅芙斯卡娅等女主人公的自述，真实记录了"不得已而成为军人"的女兵们为胜利的祭坛所奉献的"极大的牺牲"，表现了战争的残酷性与非人道性。

《最后一批证人》②（一译《我还是想你，妈妈》，Последние свидетели，1985）记录的是战争中的儿童。在苏德战争中，有数百万苏联儿童因为种种原因而死亡。作家对一些幸存者进行了采访，这本书就是他们的口述实录，表现了战争对儿童的摧残，较之《战争中没有女性》更令人震撼地表现了战争的残酷。

冯玉芝、杨淑华指出，阿列克谢耶奇这两部文学作品都具有文献纪实的体裁，是她一生锲而不舍地记录"无人愿意倾听的声音"的丰碑。她的写作视野没有受到狭隘国别的限制，而是涉及全部苏联时期的战争过程和历史风云。《锌皮娃娃兵》及其同类作品《战争中没有女性》和《我还是想你，妈妈》的基本特征是战争中的个人史——代入叙事者的立场决定了她的创作与宏大叙事背道而驰。"她在书中毫不畏惧地记录了创伤的细节，读之令人惊异、震悚甚或潜然泪下。她的作品既让人印象深刻又让人心情沉重。"她采访的是普通的战争磨难与痛苦承受者的讲述，具有最直观的冲击和从未有过的强烈震撼。她的采访对象包括参加了第二次世界大战的医生、护士，还有伞兵、坦克兵、重机枪手和狙击手，其作品是超过一百万的女兵的记忆，是阿富汗战争中苏联军官、士兵、护士、妻子、情人、父母和孩子的血泪记忆。

---

① 参阅〔苏〕斯·阿列克茜叶维契：《战争中没有女性》，吕宁思译，昆仑出版社1985年；《我是女兵，也是女人》，九州出版社2000年。
② 参阅〔白俄〕S. A. 阿列克谢耶维奇：《我还是想你，妈妈》，晴朗李寒译，九州出版社2015年。

而这些作品的唯一主题是对战争的质疑,她的作品则被当成批判当代战争的荒谬性的证人与证词。①

这个阶段的战争小说有三个显著特点:第一,大多数是中篇小说,如《牧童与牧女》《活下去,可要记住》《这里的黎明静悄悄……》《索特尼科夫》《伤假》《萨什卡》等,写得最好的也是中篇小说。第二,表现战争的独特方式,这又有多种类型。①大多数作品通过女性的牺牲来表现战争的残酷,如《活下去,可要记住》《战争中没有女性》《这里的黎明静悄悄……》等;②通过伤假、不适应战后生活来表现战争的影响,如《伤假》《重逢》;③甚至通过逃兵对家人的影响,来表现战争,如《活着,可要记住》。第三,从道德角度甚至人类的角度来表现战争。苏联学者盖伊指出:"在当代文学中,可能特别在写战争的文学中,社会道德的、人道主义的问题被尖锐地提到了首位。在艾特马托夫、贝科夫、瓦西里耶夫、西蒙诺夫、阿达莫维奇的作品中,这种主题是内容的主要因素和形象形成的前提,这一前提为了解全部所发生的、体现在这些作家作品中的、过去的与今天的经验(即把所发现的东西带进对当代生活的各种问题的解决中去)的相互关系提供了钥匙……"②俄国当代学者别拉雅更是认为,六七十年代成长起来的战争文学作家,正如我们所看到的一样,他们是严肃的道德问题和艺术问题的高峰,他们不接受独立于集体之外的个人主义,但十分尊重充满非凡创造力的普通百姓生活。"故步自封的态度、极其以自我为中心,将个人利益同人民的集体利益割裂开来。"西蒙诺夫说:"按照我年轻时的道德标准,这是我不能接受的,甚至是十分可耻的(况且现在我也还这样认为)。"战争文学作家主张把这些原则视为做人的唯一准则,他们无疑用自己的内在信念影响了整个文艺哲学。③

二、瓦西里耶夫的战争三部曲

鲍里斯·利沃维奇·瓦西里耶夫(Борис Львович Васильев,1924~2013),1924年5月21日出生于斯摩棱斯克一个军人家庭,父亲是红军部队的军官,瓦西里耶夫因此从小受到部队生活的熏陶,他曾回忆说:"我的整个童年是在马刺的响声中度过的。那时一些年轻的军官们、国内战争的剑客们经常

---

① 参阅冯玉芝、杨淑华:《从全景史诗到生命图腾:论俄罗斯战争文学流变》,《外语研究》2018年第5期。

② 〔苏〕尼·盖伊:《人道主义是美学范畴》,李辉凡译,见李辉凡主编:《当代苏联文学中的人道主义问题》,第16~17页。

③ *Белая Г. А. Художественный мир современной прозы.М.*,1983,С.41.

在夜晚和星期日到我家做客。"① 1941年卫国战争爆发后,他中学未毕业,年仅十七岁就投笔从戎,志愿奔赴前线参加战斗,当了伞兵,曾在被包围的斯摩棱斯克森林里作战。1943年负伤,住院三个月伤愈,考入装甲兵军事学院学习。1948年毕业,任军事工程师。以上经历,对作家后来的创作有很大的影响。1954年退伍后,他参加了著名剧作家包戈廷的电影剧本写作讲习班,从此开始专职创作。1954年,瓦西里耶夫开始发表作品,写过剧本、电影脚本和小说。以上经历,对作家的文学创作尤其是战争小说的创作有很大的影响。瓦西里耶夫的成名作是1969年发表的中篇小说《这里的黎明静悄悄……》。后来,他获得苏联国家奖与俄罗斯总统奖,成为莫斯科作协与俄罗斯电影工作者协会成员、俄罗斯电影艺术学院院士。2013年3月11日在莫斯科逝世。

瓦西里耶夫的主要作品有:中篇小说《这里的黎明静悄悄……》(1969,1972年被改编成电影,1973年获威尼斯国际电影节纪念奖、奥斯卡提名和全苏电影节大奖,1975年小说获苏联国家奖)、《伊万诺夫快艇》(1970)、《最后的一天》(1970,1972年被改编为同名电影和剧本)、《遭遇战》(1979)、《他们可能同我一起去侦察》(1980)、《我的骏马奔驰》(1982,自传体中篇小说)、《后来发生了战争》(1984)、《展览品》(1986)、《女神的毁灭》(1986)、《狂欢》(1991)、《点点滴滴》(1991),长篇小说《不要射击白天鹅》(一译《不要向白天鹅开枪》,1973,1974年改编为剧本)、《未列入名册》(1974)、《虚实往事》(1977~1980,是一部描写1877~1878年俄土战争的历史小说)、《荒野》(2001)、《否定之否定》(2005),剧本《军官》(1955)、《我的祖国,俄罗斯》(1962),电影脚本《例行的航程》(1958)、《漫长的一天》(1964),还和拉波波尔特合著有《军士们》(1959)和《军官们》(1971)。晚年,瓦西里耶夫致力于俄国古代历史系列小说的写作,主要作品有:《有预见性的奥列格》(1996)、《亚历山大·涅夫斯基》(1997)、《罗斯王后奥尔加》(2001)、《斯维亚托斯拉夫大公》(2006)、《红太阳弗拉基米尔》(2007)、《弗拉基米尔·莫洛马赫》(2010)等。

瓦西里耶夫的创作题材广泛,涉及卫国战争题材、当代生活题材、历史题材等,其中尤以卫国战争题材的作品成就最高,重要作品有《这里的黎明静悄悄……》《未列入名册》《遭遇战》等。作家曾谈道:"战争三部曲……表现战争是摧残人性的暴行的中篇小说《这里的黎明静悄悄……》,表现通过战争的考验使一个普通人成长为传奇式英雄的《未列入名册》,再就是表现战争

---

① 〔苏〕瓦西里耶夫:《不要射击白天鹅》,李必莹译,湖南人民出版社1984年,作家简介第1页。

中的道德责任感的《遭遇战》。这三部作品表现了我在战争期间最深切、最尖锐的感受和体验。至于《后来发生了战争》并不属于战争题材作品,当然不在三部曲之列。"①因此,本节就以作家自己的观点为准,主要研究其战争三部曲在战争叙事方面的创新,适当兼及作家其他涉及战争的一些中短篇小说。

总体看来,瓦西里耶夫的战争小说,特别是战争三部曲,其突出特点是综合运用艺术手法,创作新型战争小说。

所谓创作新型战争小说,是指作为参加过卫国战争的作家,瓦西里耶夫的战争小说既不像战争中和胜利后那样正面描写苏军正规军队的英勇奋战、勇猛杀敌,塑造高大正面的英雄形象,也不像"战壕真实派"那样致力于表现战壕真实,甚至描写胆小鬼、怯懦者,塑造带有非英雄色彩的小人物形象,而是往往巧妙地选择独特的人物,描写独特的战斗,展现普通人在面对战斗时的真实状态,一方面写到他们所常有的恐惧、胆怯,另一方面更写出他们充分意识到自己的爱国心、责任感,以及由此表现出来的浴血奋战、视死如归的大无畏英雄气概。三部曲每一部描写的都是独特的战斗。

《这里的黎明静悄悄……》②(А зори здесь тихие…)写 1942 年 5 月,俄国北方第 171 号铁路会让站警备长瓦斯科夫(一译华斯科夫)准尉得知有两个全副武装的德国士兵潜入森林,试图破坏运河、炸毁基洛夫铁路,奉命率领丽达、冉妮娅、嘉丽娅、李莎和懂德语的索妮娅五个女兵组成的小分队,准备花一天的时间急行军抄近路到德国人必经之地沃比湖拦住敌人,到了那里才发现敌人不是两个,而是整整十六个武装到牙齿的德军!他们一方面派李莎赶快回去请求援兵,另一方面想方设法拖住德军。但李莎不幸丧生在沼泽里,其他四位女兵在拼命阻击德军的战斗中也全部牺牲。瓦斯科夫带着最后一颗手榴弹和只剩下一发子弹的手枪直奔德国兵的栖身之所,杀

---

① 刘宁:《访苏联作家鲍·瓦西里耶夫》,《苏联文学》1986 年第 1 期。

② 该小说目前有多个中文译本(有些出版社不同年份多次出版,不一一列出):施钟译,辽宁人民出版社 1978 年;王金陵译,湖南人民出版社 1980 年,人民文学出版社 1989 年,安徽文艺出版社 1994 年,人民日报出版社 2005 年;张敬铭、李钧学译,收入《瓦西里耶夫优秀作品选》,国际文化出版公司 1986 年,百花文艺出版社 1997 年,中国致公出版社 2003 年,长江文艺出版社 2018 年。本节所引用其卫国战争三部曲的文字,均分别出自〔苏〕瓦西里耶夫:《这里的黎明静悄悄……》,王金陵译,人民文学出版社 2004 年;〔苏〕瓦西里耶夫:《未列入名册》,王守仁译,见《瓦西里耶夫优秀作品选》,国际文化出版公司 1986 年;〔苏〕瓦西里耶夫:《遭遇战》,白春仁译,见裴家勤编选《异域情雨:70~80 年代苏联中篇小说选》,外语教学与研究出版社 1982 年,为节省篇幅,不一一注出。

死哨兵,用手榴弹俘虏了余下的敌人。一个男兵在后方率领五个女兵阻击十六个武装到牙齿的敌军,这种以少胜多的森林阻击战是此前苏联战争小说中从未有人写过的,相当独特。

《未列入名册》①(В списках не значился)写十九岁的柯利亚·普鲁日尼科夫在军校以优异的成绩毕业后,拒绝了将军(校长)让他留下当教导排长且三年后可以进军事学院深造的建议,而要求下部队上前线参加战斗,等有了经验再回来当教导排长,结果被以中尉的身份派到白俄罗斯边境的布列斯特要塞。但他到达那里的当天晚上,还没来得及报到,未列入名册,战争就爆发了,他立即参加战斗。在身边红军战士的帮助下,他克服了恐惧,英勇战斗,杀死了不少敌人,后来只剩下他一人,被迫转入地下室继续战斗,和当晚送他来军营的犹太残疾(腿瘸)姑娘米拉同处一室,他们产生了热烈的爱情。白天中尉去上班——不断袭击德国兵,以此向德国人展示苏联红军的英勇,晚上他们沉醉在爱情中。结果,几个月后米拉怀孕,不能再在地下室生活,试图混入德国人押来清理战场的妇女中逃出生子,被德军发现而惨死。中尉在极端艰苦的条件下,坚持战斗了近十个月(从1941年6月22日到1942年的4月12日),最后弹尽粮绝,英勇牺牲……一个未列入名册的下级军官,为了神圣的职责,毅然放弃多次可以撤退的大好机会,而誓与要塞共存亡,坚持到底,甚至独自战斗,在德军的大后方被德军严密包围的要塞里寻找种种机会英勇杀敌,坚持了将近一年时间,这种未列入名册而在包围圈中长期坚持的围困战更是极其独特。因此,杰缅季耶夫指出,《未列入名册》通过传奇式的主人公及其传奇式的功绩反映了真正的真实——布列斯特要塞防御战的历史真实。对此,只要读读斯米尔洛夫的纪实作品《布列斯特要塞》就可以马上证实。②

中篇小说《遭遇战》(Встречный бой)写三十岁的军长阿列克塞·尼古拉耶维奇所率领的部队在莫斯科宣布和平之后,却遭遇到一股德军,德军负隅顽抗,拒绝投降,甚至杀死军使,尼古拉耶维奇被迫下令消灭他们,但由于过于急躁,没有先让炮兵部队摧毁敌人布置得相当完美的由机枪、重机枪、大炮、火箭筒构筑的桥头兼山顶防守,白白地在最后一战中多用了三个小时解决战斗,并且多牺牲了一些战士。取得胜利后,夜里战士们在欢欣地庆祝胜

---

① 该小说目前有两个中文译本:裴家勤、白春仁译,湖南人民出版社1981年;王守仁译,安徽人民出版社1981年,又收入《瓦西里耶夫优秀作品选》,国际文化出版公司,1986年。

② Дементьев А. Военные повести Бориса Васильева./ Б.Васильев《А зори здесь тихие…》《В списках не значился》: Повести, К., 1988, С.21.《布列斯特要塞》已有中译本,徐昌汉、赵立枝译,黑龙江人民出版社1986年。

利,而军长却独自一人在战场上到处行走,寻找白天所经历过的一切:坦克战士战死和受伤的地方,侦察员梅列什柯为了救他,在敌人炮弹爆炸时伏在他身上英勇牺牲的地方……他流下了眼泪……小说所描写的是德军已宣告投降,莫斯科已宣布和平后战争已经结束时所发生的遭遇战,而且大力描写战后军长由于责任感而进行的反思,这种战斗描写也是前所未有极其独特的。

所谓独特的人物,指的是在战争三部曲及作家其他涉及战争的小说中,主人公往往是毫无战斗经验的军人,甚至大多数是女人。具体表现在两个方面。

一是多写准军人。

《这里的黎明静悄悄……》中的五个女兵基本上没有战斗经验,跟普通老百姓没有太大区别。丽达是为了替英勇战死的丈夫奥夏宁上尉报仇而参军的,没有参加过战斗,甚至为了能就近照顾寄养在城郊娘家的儿子,主动要求换防到171号铁路会让站,以便隔三差五地带上平日节省下来的糖、饼干、肉罐头等,趁晚上偷偷回家去看望儿子。正是在看望儿子偷偷回来的路上,她发现了两个全副武装的德国士兵。在森林阻击战中她作为女兵班长,表现得沉着冷静,在关键时刻向德国人射击,为瓦斯科夫赢得极其宝贵的一秒钟,最后中弹负伤,为了不拖累战友,开枪自杀。李莎急急忙忙回去搬救兵,没有实战经验,忙中出错,不幸陷入沼泽,被沼泽吞噬了。索妮娅自告奋勇回阵地去给瓦斯科夫拿烟荷包,但她没有战地经验,不懂得隐蔽自己,结果被德军杀死。毫无战斗经验的嘉丽娅见到敌人先是吓得一枪都不敢放,躺在地上,把脸藏在石头后面,双手捂住耳朵,后来更是吓得精神崩溃,从隐藏的地方狂冲出来,被德国人乱枪打死。冉妮娅因为战争爆发后全家都惨死在德军的枪下,而参军上了前线,她虽无战斗经验,但在森林阻击战中表现突出:发现十六个德军后,为了迷惑敌人,她假装伐木工人,从容脱下衣服,到河里游泳,还戏水唱歌;后来在森林战斗中,她用枪托打死跟瓦斯科夫搏斗的德国兵,并因为第一次杀人而恶心得直呕吐,最后为了掩护战友引开敌人,她英勇牺牲。

《未列入名册》的主人公普鲁日尼科夫刚从军校以优异的成绩毕业,从未参加过战斗,他来到部队,还没来得及列入名册,战争就爆发了,更是一个新兵,刚开始战斗时也曾十分害怕。小说从“未列入名册”这一角度,写出了新意,写出了苏联红军英勇赴死的气概,也写出了他们的成长过程。因此,韩捷进认为,瓦西里耶夫的战争小说擅长描写“准军人”,其艺术功效是:“描写战场上的‘准军人’,重视表现战争中的非战争生活,构建一幅与战争不协调的人性化的画面。"①杰缅季耶夫则指出，作家的战争小说充满了强烈的悲剧感，他的主人公大多都死了。②

二是多写女性。

瓦西里耶夫认为："世界上没有任何比人的个性更丰富，更可贵的创造物了。人的个性是独一无二的，不可重复的。杀死一个人，就是毁灭一个完整的、无比丰富的个性世界。"③而妇女更加重要，"妇女的使命是生育，是延续生命，不是战争，不是死亡。杀害妇女是罪恶，是反人类的行为"④。因此，在他的成名作《这里的黎明静悄悄……》中，他描写了五个热爱生活、各具性格、各有梦想的女性及其心理。"五个女兵每个人都有自己悲伤的历史，都有自己的个性，都有自己的希望或憧憬，都有自己和战争的关系，都有自己和德国法西斯战斗的动机。把她们连接起来的是：保卫祖国保卫家庭。小说描写了五个女性，写出了女性在战争中的心理。"⑤五个女性为了保家卫国全都英勇牺牲了，这一方面歌颂了女性的平凡而伟大，另一方面也深刻地展示了战争的残酷——"战争是摧残人性的暴行"。此后，作家创作了不少涉及战争的中短篇小说，其主人公多是女性，从不同的角度表现战争给女性带来的深重痛苦。

《老牌奥林匹亚打字机》(Старая "Олимпия",1975)通过女性在军队里从事打字工作及其命运来表现战争的残酷：十七岁的卡佳在战争爆发后坚决要求参军，但因为年龄的关系，未能上前线作战，而在部队里当了打字员，每天都忙忙碌碌地打着统计表、各种指令和报告，几次恋爱都未成功，好不容易准备和相爱的中尉结婚，他却在执行任务时英勇牺牲了。

《老战士》(Ветеран,1976)更是描写了从未有人写过的战争事项——部队里的洗衣女工为部队洗衣服的极端辛劳。

战争中的每个黎明等待着她们的总是两百套沾满血和汗的硬板板的军装和堆积如山的浸透血污的绷带。两百套军装是定额，绷带则大

① 韩捷进：《战争文学中的人性画卷与和平旋律：瓦西里耶夫战争题材小说探微》，《社会科学辑刊》2006年第6期。

② Дементьев А. Васильев Б.Л. Избранные произведения. В2-х т.Т. I: Повести / Вступ. статья. -М.，1988，С.4.

③ 刘宁：《访苏联作家鲍·瓦西里耶夫》，《苏联文学》1986年第1期。

④ 高莽：《一部出色的小说，一本杰出的译著》，见〔苏〕瓦西里耶夫：《这里的黎明静悄悄……》，代前言第3页。

⑤ Редков С.К. Мифологические образы и смыслы в повести Бориса Васильева "А зори здесь тихие…". //научный поиск，2015. No.2 .

大超过任何规定的数量,而且由于绷带不够用还得先洗。洗衣连的战士从早到晚都在洗衣盆和滚开的水桶上弯着腰;在蒸汽中既看不见手,也看不见脸,这也好,因为同时也看不见直落到肥皂沫中的眼泪,泪水在肥皂泡中滴穿一条洞,直沉到开水中。……开水和难闻的含毒的肥皂刺激得皮肤都裂了,又好久不能愈合。皮肤被滚烫的肥皂水给腐蚀了,所以姑娘们总是尽量把自己红肿的、布满溃疡的双手藏起来,躲避男人的目光。可后来不知为什么指甲也不知不觉地脱落了,这不但洗衣服时很疼,而且也很可怕:万一这些指甲就这样老也长不出来! ①

《和平,惊叹号》(Мир восклицательный знак,1985)中,尤拉未满十九岁便参军上了战场,战争胜利时这位特列齐亚绍夫中尉却牺牲在德国一个小城,他的母亲安娜·格奥尔吉耶夫娜和他的未婚妻——叙述者"我"在各自分别得知这一消息后,强压悲痛,四十年来都在设法互相让对方相信尤拉还活着,而默默承受着战争所带来的深重痛苦。"她是在保护我。她希望我直到自己的末日也要相信尤拉还活着,希望我等他,要我有指望,不要失去生活的勇气。就这样,我们俩互相为对方着想,互相保护,互相体贴地过了四十年:一切竟是这样令人难以相信。"②

《一棵烧不坏的灌木》(一译《烧不毁的荆棘》,Неопалимая купина,1986)中的女主人公伊凡希娜,在战争爆发后参军上了前线,编入男兵的连队,和男人一起作战,并因作战出色而当了连长,她不仅以身作则,冲锋在前,而且极有组织指挥才能,并三次负伤、三次获得勋章。在长期战斗中,不仅战友们忘记了她的性别,连她自己也在不知不觉中男性化了。

正因为如此,苏联评论认为,瓦西里耶夫善于通过战争题材的描写,"在艺术上表现女性温柔、母爱、爱情、青春、美同毁灭一切的残酷势力之间的对立"③。杰缅季耶夫指出:"与力图消灭它的愿望相反,生、善、爱的伟大力量是无法消灭的——这是瓦西里耶夫通过其所有作品表达的一个坚定信念。"④孙忠霞更具体地谈道:"继《这里的黎明静悄悄……》中的五位姑娘之

---

① 〔苏〕瓦西里耶夫:《老战士》,徐毅译,见武汉大学外文系选编:《当代苏联中短篇小说选》,长江文艺出版社1981年,第228页。

② 〔苏〕瓦西里耶夫:《和平,惊叹号》,田林译,见章亭桦、张美英编:《苏联各族中短篇小说选》,民族出版社1988年,第110页。

③ 〔苏〕华西里耶夫:《老牌奥林匹亚打字机》,潘桂珍译,《苏联文学》1980年第1期。

④ *Дементьев А. Военные повести Бориса Васильева./ Б.Васильев《А зори здесь тихие…》《В списках не значился》: Повести,К.,1988,С.21.*

后,作家又写了《后来发生了战争》中的伊斯克拉;《星期五》中的游击队女联络员'星期五';《和平,惊叹号》中默默忍受着失去儿子痛苦的老人安娜·特列齐亚绍娃;《一棵烧不坏的灌木》中在卫国战争时期建立了功勋的女战士伊凡希娜等这一系列的女性形象。瓦西里耶夫把女性作为自己作品的主人公,把女性的善,女性的美,女性的情作为永远挖掘不尽的创作主题,充分地表达了他的妇女观,在这方面他是当代苏联文学的开拓者。"①

苏联学者杰缅季耶夫认为,瓦西里耶夫这种从"未列入名册"以及妇女的角度描写战争的方式,继承了卡扎凯维奇《星》的艺术传统,同时也是邦达列夫、巴克兰诺夫、贝科夫等作家作品的继续和发展。②

瓦西里耶夫的战争小说之所以取得颇高的艺术成就,还在于他综合运用各种艺术手法来进行创作,使小说情节跌宕,悲喜交织,而又结构严谨,富于艺术魅力。陈敬咏指出,瓦西里耶夫善于综合运用各种类型小说的艺术手法,如惊险侦探小说中巧妙的谋篇结构、纪实文献作品中史料的直接引用、抒情小说中浪漫主义的色彩、心理小说中内心独白的铺叙等,使三部曲具有色彩斑斓而又和谐一致的艺术风貌:情节紧张生动,悬念层出不穷,转折突然而又合理;浓郁的抒情色彩、谈笑风生的幽默语调、浪漫主义的激情与悲剧气氛的奇妙结合;揭示主人公思想、情绪的内心独白的自然穿插等。③而这在《这里的黎明静悄悄……》中最为典型,诺维科夫认为:"《这里的黎明静悄悄……》富有抒情色彩,它的风格充满浪漫主义的激情,而给人总的印象却是史诗般的强烈。这是通过综合运用各种不同的艺术手法所达到的成就。这些手法从抒情的对话、自白,到文献纪实的作战报告,形式多种多样。但是所有手法都'汇合'到一点——揭示人们建立的功勋。"④俄国当代学者更是指出,《这里的黎明静悄悄……》中作家广泛使用了文学描写所能用的表现手段——既有神话,也有童话,还有侦探小说,以及寓言——创造了多种风格融为一体的叙事作品。⑤

实际上,仔细阅读作家的作品,我们会发现,作家综合运用艺术手法,还

---

① 孙忠霞:《试论瓦西里耶夫的女性文学作品》,《牡丹江师范学院学报》2004年第6期。

② *Дементьев А.* Военные повести Бориса Васильева./ Б.Васильев《А зори здесь тихие…》《В списках не значился》:Повести, К., 1988, С.1.

③ 参阅陈敬咏:《革命责任感与英雄行为的颂歌:评瓦西里耶夫的战争题材三部曲》,《社会科学战线》1985年第4期。

④ 〔苏〕诺维科夫:《现阶段的苏联文学》,第60页。

⑤ *Айгуль Салахова, Камилла Ликари.* Концептуальное осмысление тишины в повести Б.Васильева《А зори здесь тихие…》. // Филология культура.2020. No.1.

不止于此。如前所述,瓦西里耶夫是从创作剧本、电影脚本开始自己的文学生涯的,因此他的小说往往能综合融汇戏剧、电影、小说乃至抒情诗的手法,使之独具特色。因此,还值得特别一谈的至少有两个方面:诗歌手法和戏剧、电影的方法。

一是诗歌手法的运用。这在作家的战争小说中都有体现,而在《这里的黎明静悄悄……》中最为突出。于胜民认为,作家有意识地在《这里的黎明静悄悄……》的创作中糅进了诗歌的艺术方法,在故事与塑造人物的形象中追求一种诗意化的美感。从作家的创作过程来看,最初点燃其灵感的并非故事情节,反倒是一种诗的意象。在小说中,更是把诗的意境与小说的情节和人物融为一体。

小说将叙事与抒情紧密结合,造成了故事情节的纵向推进与诗的意境的横向开拓及扩展的同步进行。在这方面,作家充分发挥了男主人公瓦斯科夫在艺术结构中的作用。一方面,作家始终把这个人物置于情节冲突与内心情感斗争的漩涡之中;另一方面,作家又以其为桥梁,把自己的主观情愫不断注入小说的情节之中。瓦斯科夫不但是女兵与德军战斗的参加者与指挥者,从美学作用上说,他又是女性与战争冲突的感受者、评论者。他的感受与批评是与故事情节的发展同步进行的。这种感受与批评一方面因其本身的独立性与连贯性而造成了对情节的切割,另一方面又因其与情节的联系而创造了一个个故事—抒情的对位。这一个个叙事—抒情对位不但是情节发展的不同阶段,也是意境开拓的不同层次。在小说情节的推进与诗的意境开拓中,对比也起了巨大的作用。对比共存于小说情节与新的意境之中,成为联结这二者的纽带和中介,并且不仅是推动情节冲突发展的动力,而且成为开拓诗的意境的重要手段。

在人物形象的塑造上,作者把人物性格的写实描写与象征诗化结合起来,使人物形象不但随着情节的发展而展示其不同的性格,而且随着意境的开拓而显示出内在的意蕴和诗的神韵。于胜民进而指出,小说的情节叙述本身也含有诗的因素,即诗的节奏感与旋律美。小说情节发展的特点是时断时续,时静时动,这种“断”与“续”“静”与“动”的有规则的转换与重复形成了多彩多姿的节奏与神韵,每一组不同的节奏有规律的排列和组合在小说中重复出现,构成了小说情节结构的旋律。从整体布局上看,小说的叙述形成了“低点—高潮—低点”(情节冲突)与“静—动—静”(情节发展的态势)的主旋律结构特点,小说中先后出现了四个静悄悄的黎明,而每两个黎明之间,都重复着大致相同的叙述结构主旋律。由于作者把小说描写系统与诗歌表现系统有机地结合起来,因而造成了一种人、事、情、景融合为一的艺术境界,创造了一种"把杂多导致统一"的和谐美。①

除上述两种方法外,瓦西里耶夫战争小说的诗歌手法还通过以下三种方法体现出来:

情景交融的景物描写。如:"姗姗而来的黎明懒洋洋地从狭小的通风口爬进了地下室。它聚集在拱形天花板下,慢慢地驱赶着黑暗,但黑暗并不消失,而是退到角落里去了。"这是《未列入名册》中普鲁日尼科夫中尉来到布列斯特要塞,在地下室度过了黑夜,迎来了黎明时的情景。作家以拟人的手法,把黎明写活了,它能爬进地下室,驱赶黑暗,从而很好地衬托了第一次在地下室过夜的普鲁日尼科夫的那种新奇感。又如:"月亮爬过了山峰,淡淡地照着低地。幢幢阴影艰难地在地上爬着。塌陷的战壕显得更加阴森,连成断断续续的一条线。"这是《遭遇战》中胜利后将军到白天的战场夜寻时所见的景物,朦胧阴森的夜景很好地体现了将军后悔痛苦的心绪。《这里的黎明静悄悄……》中景物描写更多也更出色。正如吴炫所说的,在整部小说中,"黎明、森林、湖畔、泥沼、小河、小鸟、茅屋等,构成了一幅别具诗情画意的特定的艺术情境。一场独特的战斗正是在这样的背景下展开的"②。具体生动的景物描写,如"周围是那样寂静。不论是森林、湖水,甚至连空气,一切的一切都溶化在寂静里,消失了",瓦斯科夫率领五个女兵在湖边堵截潜入的德国兵,等了一夜,都不见踪影。此时的极度寂静美好,正好反衬了很快即将展开的战斗之残酷血腥。又如"当他们来到河边时,太阳已高挂天空。一切都跟上次相仿,只不过现在他们对面的森林里,不再传来姑娘们的喧闹,而是一片寂静,一片隐藏着危险的沉默。……而那边,河的彼岸,一切与此相反。小鸟不再鸣唱,喜鹊紧张地乱飞",这是瓦斯科夫在已知援兵无望的情况下领着仅存的两位女兵阻击德军时的情境,风景依旧、寂静依旧,但无论是德国兵还是瓦斯科夫他们,内心都极度紧张,不再鸣唱的鸟儿是其内心紧张情绪的外化,喜鹊紧张地乱飞则是其内心表面宁静下的暗流汹涌。苏联有学者甚至认为,《这里的黎明静悄悄……》中自然伴随着主人公的每一个运动,不仅是自然美景,也不仅是主人公心绪的外化,更是俄罗斯的自然在困难时刻帮助主人公,在他们高兴时又和他们一起欢乐。③

---

① 参阅冯于胜民:《战争·女性·和谐美:评〈这里的黎明静悄悄……〉》,《外国文学研究》1989年第4期。

② 吴炫:《艺术魅力从何而来:〈这里的黎明静悄悄……〉赏析》,《外国文学研究》1984年第4期。

③ *Андреев Ю. А. Советская литература : Ее история , теория , соврем. состояние и мировое значение.* М.,1988,C.213.

象征手法。瓦西里耶夫的战争小说较多地运用了象征手法。小说标题如《这里的黎明静悄悄……》既有抒情意义,更有象征意义:象征着静谧、美好、和谐的大自然及和平、宁静、美好的生活,也象征着人与自然的和谐,然而战争撕碎了大自然的和谐宁静,造成了人间最残忍的杀戮,破坏了人与自然的和谐。又如《一棵烧不坏的灌木》不仅是面对战争和生活的不幸毫不屈服、英勇奋战的女战士伊凡希娜的象征,在某种程度上也是宁折不弯、宁死不屈的普通苏联妇女乃至苏联国家的象征。再如《老牌奥林匹亚打字机》因为女主人公用它辛辛苦苦挣钱,帮助别人,牺牲了自己的爱情和幸福,而成为爱与自我牺牲的象征。小说的内容也包含着不少象征意义。如《未列入名册》中陷入重围但坚持了将近一年的布列斯特要塞,是永不屈服、抗击到底的苏联人精神的象征。而在《这里的黎明静悄悄……》中象征运用更多。俄国有学者认为,小说大量运用民间文学和圣经来构成独特的象征,如朝霞形象与俄国民间传说、冉妮娅形象与美人鱼、森林与俄国民间故事、五个在俄国民间故事和圣经中所体现的神话含义等。[①]我国的陈学貌也指出,森林和沼泽地均是死亡之地的象征,德军象征着森林里的恶;五位女战士中,每个人都具有一定的代表性:丽达(Лида)是母亲的代表,热妮娅(Женя)是善与美的化身,索尼娅(Соня)是知识的化身,嘉丽娅(Галя)代表着俄罗斯社会中的弱势群体,而李莎(Лиза)则是森林之女,是大自然的化身。[②]作家自己的话透露这部作品还有一些象征:"我在《这里的黎明静悄悄……》这部小说中是把战争作为反对人类的暴行来描写的。在战争中杀害妇女,这难道不是令人发指的暴行吗!? 小说的主要主人公是瓦斯科夫准尉。小说中描写了他对在战斗中牺牲的姑娘们的深切的爱。对于他来说,她们代表着整个俄罗斯,代表着整个世界,甚至代表着对未来的幻想。正因为如此,他对残杀这些姑娘们的法西斯匪徒怀着不共戴天的刻骨仇恨,满腔怒火驱使他同敌人展开殊死的搏斗。"[③]可见,在瓦斯科夫眼里,五个女性象征着俄罗斯,象征着整个世界,乃至未来的幻想,因为她们是母亲或是未来的母亲,孕育着未来,孕育着希望。

生动的比喻。如:"她们像飞鸟奔食一样朝他扑来""他脑子里思绪万千,像一汪浅水中的小鱼,东跳西蹿""他周身处于紧张的战斗状态,真像一

---

① *Редков С. К.* Мифологические образы и смыслыв повести Бориса Васильева "А зори здесь тихие…". //научный поиск, 2015. No.2 .

② 参阅冯陈学貌:《浅析〈这里的黎明静悄悄……〉中五位女战士之死的审美价值》,《俄语学习》2016年第3期。

③ 刘宁:《访苏联作家鲍·瓦西里耶夫》,《苏联文学》1986年第1期。

颗拉了导火索的手榴弹""灾难有时像一头毛蓬蓬的巨熊,它沉重地压在你身上,使劲撕扯你,折磨你——让你两眼发黑。可是只要你使劲把它甩开——也就没什么了,又可以自在地呼吸、生活、行动,好像根本没发生这么回事似的"……限于篇幅,兹不赘述。

二是戏剧、电影的方法。

瓦西里耶夫宣称:"在俄罗斯古典作家中,给我印象最深刻,影响最大的要数陀思妥耶夫斯基了。陀思妥耶夫斯基的作品以其尖锐的矛盾冲突,充满戏剧性的情节、急剧变幻的情势,以及对人物性格典型化的强烈要求,使我至今百读不厌。我感到在精神气质上更接近陀思妥耶夫斯基。"[1]这段话一是说明两人精神气质相近,二是说明两人在艺术上都有戏剧化的艺术追求。他还说过:"我从电影编剧的经验中学习到了不少东西。电影这门艺术的语言是十分精确十分凝练的。它的节奏紧凑,情节发展迅速,语言生动、简练,能在有限的放映时间内表现高度浓缩的丰富内容。电影艺术力求简洁、凝练、含蓄,而又生动、明快、易懂的特点,我看就很值得散文作家学习和借鉴。"[2]因此,他的战争小说中融进了不少戏剧和电影的艺术手法,具体表现如下:

大量戏剧性的场景。如《未列入名册》中,普鲁日尼科夫在米拉陪送下深夜去军营时,在桥前检查站因为怀疑米拉是被刻意安排的,对检查站的哨兵掏枪差点导致冲突的喜剧性场景,以及最后米拉因为怀孕想混入妇女队伍中回到家中被德军发现惨遭杀害的悲剧性场景,都描写得十分成功。恰尔马耶夫认为,《这里的黎明静悄悄……》中有许多电影式的场景,其中最精彩的则是美女战士冉妮娅为了欺骗敌人跳入河中并呼唤大家来一起游泳的场景。[3]就连一些短篇小说中也有精彩的戏剧性或电影式的场景,《和平,惊叹号》中描写莫斯科人民得知卫国战争胜利时的场景就是典型例证。

> 整个屋子,整个院子,整个城市,整个俄罗斯,只有女人喊着一个字眼——"和平!……"……当时,在那个五月,不知怎的她们叫得很特别,揪扯着自己的头发,又是哭又是笑,拿脑袋往地上撞——干什么的都有。而且是一下子蜂拥而至,像这样的欢天喜地而又痛苦万分地大哭大叫,别说我一个姑娘,就连咱们的地球自从它诞生以来也是闻所未闻的……

---

① 刘宁:《访苏联作家鲍·瓦西里耶夫》,《苏联文学》1986年第1期。

② 刘宁:《访苏联作家鲍·瓦西里耶夫》,《苏联文学》1986年第1期。

③ *Чалмаев В. А.* На войне остаться человеком: Фронтовые страницы русской прозы 1960~1990-х годов, М., 2018, С.90.

人们呼喊着,哭泣着,互相拥抱接吻,我从一个拥抱飞向另一个拥抱,我被人们吻了又吻,号啕大哭着来到自己同事当中。这里也到处是眼泪和呼喊,谁也听不见谁说什么,谁也不工作,只有号啕大哭的女电报员在电文里留下几个大字:"和平惊叹号"。后来我们关了门,走上街头,唱啊,笑啊,哭啊,我不管到哪儿就用指甲把写有"防空洞"的标志牌从墙上抠下来,我们用脚踩它们,在上边跳舞,标志牌的破碎声和人们的哼哼声混杂在一起。①

对比手法的运用。作家在战争小说中运用富有戏剧色彩的对比手法,其中最突出的是战前与战争的对比。《未列入名册》中首先就极度渲染战前和平生活的平静、幸福和美好,普鲁日尼科夫在军校过的是平静、有规律的生活:定期休假、看看电影、看看戏、要是有钱就去吃冰激凌。路过莫斯科,那里的生活也是和平幸福的,人们平静而幸福地工作和生活,普鲁日尼科夫甚至对妹妹的好友瓦丽雅一见钟情。即便到了布列斯特,作家还刻意描写了城市里在战争爆发前和平的幸福生活,甚至让普鲁日尼科夫去"白俄罗斯餐厅"享受著名的斯维茨基演奏的音乐。但很快战争就爆发了,普鲁日尼科夫他们被困在要塞里坚持战斗,甚至长时间被迫躲在地下室里坚守,身边的战友一个个战死,个别人叛变或因为害怕疯了,流血、死亡、孤独、寂寞、仇恨……战争的血腥与残酷更反衬出战前幸福的珍贵,也促使官兵们更英勇地战斗,以捍卫和平幸福的生活。《这里的黎明静悄悄……》的对比手法运用更加普遍、更为出色:既有战前与战祸的对比,如五个女兵每个人都有自己战前和平宁静幸福温馨的家庭生活,然而战争降临,不少人家破人亡,满怀仇恨而参军,为亲人复仇,保卫祖国;也有战争的单调与五个女兵丰富的内心世界的对比,五个女兵每个人都有自己丰富的情感与内心世界,都有自己对幸福和未来的美好憧憬,甚至她们每个人在临死前都还在幻想和希冀,而森林中的战斗(包括要塞中的战斗)却是那样单调而残酷,只有流血和死亡;还有美好、和谐、宁静的大自然与残酷血腥的战争的对比;更有女兵们嘻嘻哈哈、没有战争经验闹出乱子的喜剧性与最后全部牺牲的悲剧性的对比。(正因为如此,俄国有学者指出:"悲剧性和英雄气概,浪漫主义精神和仁

---

① 〔苏〕瓦西里耶夫:《和平,惊叹号》,田林译,见章亭桦、张美英编:《苏联各族中短篇小说选》,民族出版社1988年,第103~105页。

爱——瓦西里耶夫战争散文的基本特点。"①）所有这些对比，十分生动深刻地表现了作家反对不人道的战争的人道主义思想。

生动、简洁的对话。戏剧和电影最重视对话，写得最多的往往也是对话，因此，瓦西里耶夫宣称："在语言本身的加工方面，我最下功夫的是人物的对话。其他对于我来说，都是次要的。只有对话才能使你笔下的人物由平铺直叙的描写转入有声有色的行动，使读者如闻其声，如见其人。通过生动、简洁的几段对话，人物的鲜明个性，复杂心理状态，彼此间的微妙关系往往就能活现出来，跃然纸上。"②他在小说中大量引进戏剧和电影式的对话，如：

> "爸爸说，那里有许多鹳雀。你见过鹳雀吗？"
>
> "没有。"
>
> "它们在那边就住在房顶上。像燕子一样。谁也不去惹它们，因为它们会带来幸福。白色的，白白的鹳雀……你一定要看看它们。"
>
> "我一定看，"他答应说。
>
> "写信告诉我，它们是什么样子。好吗？"
>
> "一定写。"
>
> "白色的，白白的鹳雀……"

这是普鲁日尼科夫路过莫斯科时回家看望母亲和妹妹，却发现妹妹的好友瓦丽雅已经长成一个大美女，两人一见钟情，当他就要离去时，瓦丽雅希望他给自己写信，但作为一个少女，又担心遭到拒绝，瓦丽雅因而巧借鹳雀来达到自己的目的，对话生动、简洁，而且富含潜台词，拍电影时可以直接用进去。又如：

> "嗯，怎么样，红军战士同志们，一切正常吗？"
>
> "一切正常，准尉同志。我们的叶甫金妮娅还游泳了呢。"
>
> "好样的，科梅丽珂娃。没冻坏吧？"
>
> "反正也没人能让我暖和……"
>
> "嘴真厉害！战士同志们，咱们先吃点东西，然后马上出发，别耽搁太久啦。"

---

① Скребнева А．В．По обе стороны войны（нравственные ценности героев произведений Бориса Васильева "А зори здесь тихие…" и "В списках не значился"）.// Филологические науки．Вопросы теории и практики.Тамбов：Грамота，2008．No.2．

② 刘宁：《访苏联作家鲍·瓦西里耶夫》，《苏联文学》1986年第1期。

这是瓦斯科夫带领五个女兵艰难走过沼泽后给大家四十分钟洗涮整装完毕时的一段简短对话,既有指挥员瓦斯科夫对女战士长者般的关心,也有女兵开朗、乐观,尤其是带有戏谑味道的幽默感。

由于综合运用多种艺术手法,特别是诗和戏剧的手法,再加上主人公的独特性,因此瓦西里耶夫的战争小说虽然篇幅不大,意蕴却颇为丰富,往往可以让不同的读者有不同的领悟,特别是他的成名作和代表作《这里的黎明静悄悄……》。对于这部作品,迄今为止,俄中学者做出了颇为多样的解读。

俄国有学者认为,《这里的黎明静悄悄……》中特别吸引注意的是,描写了五个女兵性格的形成和成长,更塑造了瓦斯科夫的形象。在进入森林作战前,他只是一个严厉的指挥员,要求苛刻的小队长。在森林中他是一个观察细致的人,熟知森林以及出现人时野兽和鸟类的反应,不放过敌人在路上留下的一丝痕迹。作为一个有经验的老战士,他善于预料和分析敌情,制订出自己对付敌人的计划,并且担负起培养者的职责,把自己的丰富经验教给年轻的女战士们。他是一个勇敢无畏的队长。为了保护女战士,小说描写了他的人道主义情感的发展。[①]另有学者认为,瓦西里耶夫的《这里的黎明静悄悄……》《未列入名册》表达的思想是:"究竟为什么人要杀死人?谁给他这个权利?难道他不能不这样做?"作家的作品在很大程度上是表现人的独一无二性,高度评价人的一切生活,甚至敌人的生活。作者还通过这两部作品主人公的一些言行,具体地分析了他们的人性表现。[②]还有学者认为,人性与真理,这是《这里的黎明静悄悄……》的核心思想。正是这一思想在小说中把诗与散文、幽默与悲剧、形象的抒情性崇高与描写的如实照录般的准确、浪漫主义和现实主义有机地结合起来,由此赋予中篇小说诗一般的独特性及诗一般的魅力。[③]

我国学者和作家对《这里的黎明静悄悄……》也有不尽相同的理解。陈

① *Шарипова М*. Образ старшины Васкова образы в повести Б. Васильева《А зори здесь тихие … 》.//Ученые записки Худжандского государственного университета им. академика Б. Гафурова. Серия Гуманитарно-общественных наук. 2016. No.4.

② *Скребнева А . В .* По обе стороны войны (нравственные ценности героев произведений Бориса Васильева "А зори здесь тихие … " и "В списках не значился").//Филологические науки. Вопросы теории и практики. Тамбов: Грамота, 2008. No.2 .

③ *Дементьев А.* Военные повести Бориса Васильева./ Б.Васильев《А зори здесь тихие…》《В списках не значился》:Повести,K.,1988,C.7.

敬咏认为，小说是革命责任感与英雄行为的颂歌；①何云波认为，小说表现了战争与人性的冲突与困惑，一方面反映保卫祖国的战争的合理性，歌颂崇高的爱国主义、英雄主义精神，另一方面从人性的角度分析了战争的不合理性，战争的残酷性给人带来的悲剧命运，从人类终极价值的角度对战争与人的命题进行了反思；②于胜民认为，小说主题主要不是表现苏联女兵在与德军战斗中的英雄行为，也不仅是为塑造几个战争中女性的英雄性格，作者的创作激情在于从更高的视点上揭示女性与战争的冲突这一哲理性与论争性的主题，进而表现人性对兽性的胜利、和平对战争的胜利、善对恶的胜利；③王素认为，小说表现了英雄主义和人道主义结合的特点，以及对生命个体的关怀和对生命价值的思考。④阎连科强调说："有着不同经历、年轻貌美的五个姑娘，和一个其貌不扬、性格固执的瓦斯科夫准尉在森林与沼泽中同十六个德兵的相遇，与其说是一场战斗，不如说是作家精心开垦的一块种植与毁灭青春的肥沃而灾难的土地。小说的语言有些幽默，细节生动，人物'跳来跳去'，每一个都像不安分的小鹿，活灵活现地在你眼前摇去晃来。"作品中青春、热血的绚丽与沸腾，如一条奔腾不息的激荡河流，使那欲要表达的爱国情怀、英雄神话和其中那些充满"爱国主义""英雄主义"的对话与心理描写并不漂浮与空泛，反而使人觉得具体、实在，触手可及。⑤

的确，《这里的黎明静悄悄……》通过在美丽宁静的大自然中，五个或已为人母或将来成为母亲的、各有幻想的女兵因为战争全部惨死的故事，一方面表现了革命责任感与英雄行为，另一方面更主要的是向人们展示了战争对人，尤其是对妇女的摧残，对美好生活和人类文明造成的灾难，表现了鲜明的反对战争、反思战争的思想。《未列入名册》表现了战争的考验使一个普通人成长为传奇式英雄，《遭遇战》则通过军长对自己的一时急躁造成的牺牲来反思战争，提出了爱护士兵、爱护人的主旨，表现战争中的道德责任感。

综上所述，瓦西里耶夫综合运用多种艺术手法，的确创作了一种新型的

---

① 参阅陈敬咏：《革命责任感与英雄行为的颂歌：评瓦西里耶夫的战争题材三部曲》，《社会科学战线》1985年第4期。

② 参阅何云波：《战争与人：文化选择的困惑：〈这里的黎明静悄悄……〉及其它》，《外国文学研究》1995年第1期。

③ 参阅于胜民：《战争·女性·和谐美：评〈这里的黎明静悄悄……〉》，《外国文学研究》1989年第4期。

④ 参阅王素：《〈这里的黎明静悄悄〉中的人道主义精神》，《河南师范大学学报（哲学社会科学版）》2006年第5期。

⑤ 参阅阎连科：《滴血之花：读瓦西里耶夫〈这里的黎明静悄悄〉》，见阎连科：《作家们的作家》，第50页。

战争小说,而且有些作品具有丰富的意蕴,为苏联战争小说的发展做出了新的贡献。

三、贝科夫的中篇战争小说

瓦西里·弗拉基米罗维奇·贝科夫(Василь Владимирович Быков,1924~2003),1924年6月19日出生于白俄罗斯维捷布斯克州乌沙奇巴贝奇基村一个农民家庭。从小喜欢美术,中学毕业后考入维捷布斯克艺术专科学校学习雕塑。1941年卫国战争爆发后,他参军入伍,先在乌克兰挖掘工事,后与部队一起撤退到沃罗涅什,并进入萨拉托夫炮兵学校学习。1943年毕业后以少尉军衔上了前线。先后当过步兵排、炮兵排的排长,后升为营长,转战于乌克兰、摩尔达维亚及罗马尼亚、匈牙利、奥地利等地,作战勇敢,受到政府嘉奖。贝科夫在战争中两次负重伤,一次在基洛夫城附近的战斗中重伤失踪甚至被认为死亡,政府向其家属发了死亡通知书,还把他的名字刻进烈士公墓。1947年从部队复员,1949年又重返部队,在乌克兰、白俄罗斯以及远东等地的边防军中当记者。

贝科夫1948年开始发表文学作品,主要是写战争年代的生活感受的短篇小说,如《在那一天》《在第一次战争中》,但未引起读者和评论界的注意。1955年从部队转到《格罗德诺真理报》担任文学编辑,正式开始文学生涯。最初发表的是一些表现和平时期生活的短篇,如《夜间》(1956)、《幸福》(1957)、《在湖上》(1957),均不太成功。1960年,发表战争题材的中篇小说《鹤唳》,一举成名。1962年,发表中篇小说《第三颗信号弹》(获1964年白俄罗斯国家奖金),成为"战壕真实派"的代表作家。此后,先后担任《民族友谊》杂志编委、苏联作协理事会书记处书记、苏联作家协会书记处常委。1980年,获白俄罗斯人民作家称号。1984年,获社会主义劳动英雄称号。

贝科夫不仅是个出色的文学家,也是一个颇有组织才干的社会活动家,筹建了白俄罗斯人民阵线党和其他一些社会联盟。但苏联解体以后,他与白俄罗斯政权当局关系不睦,多年来被迫居住在芬兰、德国、捷克,在逝世前不久才回国治疗,2003年6月22日病逝。数千人为他哀悼送葬,很多人认为这是一种沉默的抗议。政治家特奥索夫认为贝科夫是20世纪后半期白俄罗斯最伟大的政治家,甚至宣称:"如果1994年贝科夫不把总统竞选的权利让位给别人的话,那么他有可能成为欧洲级别的政治家。"

在苏联战争作家中,贝科夫是颇为特殊的一位,他几乎一生都在写战争小说,而且大多是中篇小说。其主要作品有:中篇小说《最后一名战士》

（1958）、《鹤唳》（1960）、《第三颗信号弹》（1962）、《前线纪事》（1963）、《阿尔卑斯山颂歌》（1964）、《陷阱》（1964）、《死者不痛苦》（1965）、《马上进攻》（1968）、《克鲁格梁桥》（1969）、《索特尼科夫》（1970）、《方尖碑》（1971）、《活到黎明》（1972，与《方尖碑》同获1974年苏联国家奖金）、《狼群》（1974）、《他的营》（1975，与《狼群》同获1978年白俄罗斯国家奖金）、《一去不复返》（1978）、《苦难的标志》（1982，1986年获列宁奖金）、《第五个死者》（1985）、《掩蔽所》（1987）、《在雾中》（1987）、《围捕》（1988）、《严寒》（1993）、《爱我吧，小战士》（1996）、《阿富汗人》（1998）、《狼坑》（1998）、《复活节的红鸡蛋》（2000）、《沼地》（2001）。他的作品在俄国、白俄罗斯地位颇高，在世界其他国家也颇受欢迎，已经被翻译成一百多种语言。[①]

　　贝科夫写战争小说有一个过程，而且深受同时代苏联战争小说家的影响。他曾经谈到，他是在战争结束很多年后才开始写战争小说的。最初因为当年沉痛的经历，很长时间不仅不愿写战争小说，甚至也不愿看战争小说。直到出现战争文学的第二浪潮，用新的方式、新的语言描写战争，他才大量阅读邦达列夫、巴克兰诺夫、阿斯塔菲耶夫、诺索夫、冈察洛夫、沃罗比约夫、波果莫洛夫等人描写战争的作品，正是这些作家的作品燃起了贝科夫书写战争小说的愿望。[②]其中，邦达列夫和巴克兰诺夫对他影响最大。[③]

　　贝科夫认为："我所眼见和经历过的战争我已经写了不少，但我意识到，我所写的这一切，还只是我的前线经验的很小的一部分"[④]，"关于战争的真相，关于人民的功勋，讲述的远非全部，还远远不够"[⑤]。进而，他不止一次说和写道："我继续写战争，因为我认为在人民的生活中，在与军队、游击队、沦陷区生活相关的战争中，还有许多材料未为艺术家所掌握，特别是心理和精神、道德和伦理领域。"[⑥]他认定："战争是人们感情空前裸露的时候……任何地方和任何时期都不会像在战争中那样清楚地显示人的本质。"[⑦]因此，他最感兴趣的，"不是战争本身，甚至不是它的日常表现，也并非它的战术，虽然所有这一切对于艺术来说也是重要的，并且引人入胜的，但战争的关键之处

---

①　*Дубашинский Р. Ю. Свобода в координатах бытия в рассказе Василя Быкова《Труба》.//Философия и космология*，2010. No.1.

②　Информационный бюллетень секретариата правления СП СССР，1980.No.4.

③　*Лазарев Л. И. Василь Быков：Очерк творчества.* —М.，1979，С.17.

④　*Лазарев Л. И. Василь Быков：Очерк творчества.* —М.，1979，С.9.

⑤　*Дедков И. А. Василь Быков：Очерк творчества.* —М.，1980，С.26.

⑥　*Быков В. Великая академия — жизнь.* // Вопросы литературы，1975，No.1.

⑦　转引自许贤绪：《当代苏联小说史》，上海外语教育出版社1991年，第135页。

在于人的道德世界,及其精神潜能"①。

正因为如此,贝科夫表现的不是战争本身(他认为那是历史学家的事),而是人在战争中所表现出来的精神状态,或者更具体地说,他把战争变成揭示主人公内心世界和道德情操的战场,往往极力描写普通人在战争环境中所表现出来的精神世界和道德品质,一方面突出人物坚守道德信念的内在动力和源泉,强调人的精神世界和人的精神所发挥的作用;另一方面也刻画另一些人物在生死攸关之时的本性暴露,描写其自私所导致的后果。因此,拉扎列夫指出:"贝科夫小说的每一个主人公毫无例外地都要经历严酷的考验:他能否不过于珍惜自己,以便在同志们面前尽到自己的职责、自己那公民和爱国者的义务,能否在非人的条件下不失去人的尊严,在死亡面前不瑟瑟发抖,不认为没有什么比自己的个人生命更珍贵。"② 诺维科夫也认为:"强烈的悲剧性和深刻的心理描写,是贝科夫的中篇小说的特点。这位作家力求把战争的真实情况,与描写战争的残酷性和提出道德品质问题糅合在一起。有时他特别突出战争的悲剧方面,以致看来好像人已无法经受面临的考验。在总的情节发展中,这种强调,一方面,是为了谴责战争和法西斯主义,谴责灭绝人性的德国占领者及其走狗;另一方面,是为了描写建树功勋的英雄人物崇高的道德品质。"③

拉扎列夫指出,人们把贝科夫、邦达列夫、巴克兰诺夫等都称作"尉官文学",实际上,邦达列夫的《请求炮火支援》《最后的炮轰》,巴克兰诺夫的《主攻方向以南》《一寸土》的主人公都指挥着炮兵排或连、营,尽管他们的作品也描写了不少士兵,而且写得准确而鲜活,但他们的书所给人的深刻印象还是作者的注意力更集中于军官,而且是青年军官,表现的是青春的主题(贝科夫自己也说过:"当我开始写作时,他们已十分详尽地描写了青年在41年的命运"④——本书引者)。贝科夫的主人公却都是士兵,而非青年军官,因为普通士兵更具普遍性,更能体现普遍的人性,很多人尽管还十分年轻,几乎还是男孩,却没有青春这一主题。⑤

因而,贝科夫的战争小说自始至终关注的是道德问题,并且通过道德问题来透视人性。俄国文学的优良传统对他有深远的影响,如杰德科夫认为,俄国古典文学特别是托尔斯泰小说传统中最吸引贝科夫的是其艺术表现的

---

① *Дедков И.А.* Василь Быков: Очерк творчества. –М., 1980, С.182.

② *Лазарев Л. И.* Василь Быков: Очерк творчества. –М., 1979, С.30.

③ 〔苏〕诺维科夫:《现阶段的苏联文学》,第62页。

④ *Быков В.* Великая академия — жизнь. // Вопросы литературы, 1975, No.1.

⑤ *Лазарев Л. И.* Василь Быков: Очерк творчества. –М., 1979, С.46~47.

生活中,以及人身上的伦理道德原则,特别是忠诚和人道主义或者说人性。①
不过,贝科夫对人性的透视,在创作过程中随着时代的变化和他思想的成熟,
有一个发展变化的过程,大体可以概括为由赞美人性到揭示人性到反思人性。

20世纪50年代末至60年代,贝科夫形成了自己战争小说的基本特点。
他学习并发展了"战壕真实派"的某些突出特点,擅长创作中篇战争小说,而
且更符合战壕真实派的"新三一律"。在此基础上,他慢慢发展出自己的特
色:在极端严酷的环境中,描写普通士兵的生死选择,借此展示人的道德品
质。在这一时期,贝科夫创作了《鹤唳》《第三颗信号弹》《前线纪事》《阿尔卑
斯山颂歌》《陷阱》《死者不痛苦》《马上进攻》《克鲁格梁桥》等中篇小说。这
些小说有两个显著特点。

一是每篇作品都刻意营造了一个极端严酷的环境。

《鹤唳》(一译《仙鹤的叫声》,Журавлиный крик)写老兵卡尔宾科准尉
奉命率领五名战士防守铁路道口一昼夜以掩护部队撤退,他们是:从未参加
过作战的十八岁青年格列契克,高度近视、行动迟缓的知识分子费谢尔,刚
刚刑满释放的斯维特斯,军事学校的学员阿甫西耶夫和富农的儿子蒲谢尼
契内依。区区六名战士却要阻击数十倍甚至数百倍于己方、武装到牙齿的
德军,这本来就无异于以卵击石了,而且其中一些人或者没有任何战斗经
验,或者因为阶级对立随时可能开溜或投敌,武器也差,还要坚守整整一昼
夜! 这一环境可谓严酷至极!

《第三颗信号弹》(Третья ракета)描写1944年夏天在罗马尼亚境内苏
军反坦克炮班阻击德国坦克的一场战斗。苏军炮兵班六个战士在上士班长
若尔狄赫的带领下坚守阵地,但阵地被德军大部队突破,他们陷入敌人的包
围之中,一直坚守到炮弹耗尽,只剩一人。小说中的环境也极端严酷。

《阿尔卑斯山赞歌》(Альпийская баллада)写从德国集中营逃出的两个
囚徒,俄国军人伊凡·捷列什卡和意大利姑娘黛茹丽·诺威利,为生存和自由
拼命逃亡,准备共同翻越阿尔卑斯山,一起去寻找游击队。然而,前面是狂
风暴雪的阿尔卑斯崇山峻岭,后面是德国士兵和狼狗在紧紧追踪,而他们又
缺衣少食,环境极其恶劣,也十分严酷。

其他作品中主人公所处的环境同样极端严酷。《陷阱》(Западния)写克
里姆琴科中尉等几个被俘的苏军军官,德军对他们软硬兼施、威逼利诱,但
他们大义凛然、毫不屈服,最后他们被德国人阴险地释放,以便"迎接"自己
人的子弹。《死者不痛苦》(Мертвым не больно)写1944年冬天瓦西列维奇

①　 Дедков И. А. Василь Быков : Очерк творчества. –М. , 1980 , C.25.

中尉和战友尤尔卡在押送三个德国战俘去收容所的路上，突遭德军坦克袭击，尤尔卡在战斗中牺牲，两个俘虏逃跑了，他只押送了一个俘虏到卫生所。第二天拂晓，德军又包围了卫生所，他侥幸突出重围，又被德军抓住枪毙，但中弹未死，被农妇所救，以致主人公深感"战争是一部绞肉机"，甚至羡慕起死者尤尔卡来。《马上进攻》(一译《马上冲锋》《立即进攻》《跑步冲锋》《一到马上就进攻》，Атака с ходу)写阿纳尼耶夫中尉率领小分队坚守一个高地，在强大敌人的猛攻中失去了高地，又奉令夺回高地，小分队官兵团结，奋勇向前，竭力完成任务，最后无一生还。《克鲁格梁桥》(Круглянский мост)写四个游击队员奉命炸毁德军严加守护的克鲁格梁桥，任务极其艰巨，形势毫不乐观。

二是描写普通战士在此极端严酷的环境中的生死选择，尤其是往往通过两类人的对比，揭示人的道德品质。

贝科夫曾宣称自己在创作中不仅要"展示首先以人的伟大精神表现出来的善"，还要"揭露形形色色的恶"。①因此，他在他的中篇战争小说里极力探索普通人在极端严酷环境中面临生死选择时表现出来的精神世界和道德品质，往往一方面描写绝大多数红军战士保家卫国、忠于职守、浴血奋战、不怕牺牲，另一方面也写出某些人自私自利，把自己的生命看得重于一切，因而或贪生怕死，弃战友于不顾，或当了逃兵，或叛变投敌。费奥多罗娃认为："贝科夫总是使自己的主人公置身于极其险恶的环境中，以便考验他们当中的每一个人。而且不是考验他们是胆怯还是勇敢，而是考验他们是否忠于人所具有的那种精神素质，是否能够意识到他们对自己、对人民、对未来所肩负的责任。"②

《鹤唳》中六名红军战士面对数十倍甚至数百倍于自己的敌人，面对众寡悬殊的战斗，也即面对必死无疑的最终结果，大多数人自觉地选择忠于职守，为保卫祖国而奋勇作战，卡尔宾科、费谢尔、斯维特斯三人先后英勇战死，最后剩下第一次参加战斗的格列契克，想到"对祖国的誓言和职责"，拿着仅有的一颗手榴弹准备与德军及其坦克同归于尽。阿甫西耶夫、蒲谢尼契内依两人，在决定生死的关头，却有不同于战友们的选择。

阿甫西耶夫自小被母亲娇生惯养，教训别人头头是道，干起活来却懒洋洋的，而且自视甚高，在他眼里周围没有一个人配得上做他的朋友。他自以

---

①　*Зейтунцян П.* Молодые— о себе . // Вопросы литературы，1962，No.9.

②　〔苏〕米·费奥多罗娃：《瓦西里·贝科夫作品中的主人公》，田娥译，《文化译丛》1986年第4期。

为在部队生活中比所有人都要聪明、鉴别力强、感情丰富,并且"他善于判断、检验和思考,从各种可能性中做出对自己最有利的抉择"。到了关键时候,他却贪生怕死:"让这场战争见鬼去吧!人只需要一样东西——活着!什么流血、什么苦难都去它的吧!"①因此,他选择临阵脱逃,结果被热爱祖国、充满正义感的格列契克打死。

蒲谢尼契内依是富农的儿子,一方面对父亲的贪婪吝啬、盘剥别人有所不满,另一方面也受到父亲很大的影响。父母被流放后,因为富农儿子的身份,他不被大学录取,更无法入团,从而对社会深深不满,骨子里变得极其自私:"活着只管自己,一切为了自己,不管他人的死活""伊·蒲谢尼契内依一步步地拿这个豺狼的准则作为人生的座右铭。他为人处事不择手段,只要对自己有利,撒谎、偷窃和欺诈样样都来"。在生死选择面前,他甚至认为:"人总是首先关心自己的切身利益,保全性命不仅最要紧而且也有可能,只要放下武器向德国人投诚就行。"他最终叛变投敌,却被德军枪毙。

《鹤唳》描写了在生死选择面前两类完全不同的人,并较为深入地挖掘了其心灵动机和家庭及社会原因,从道德高度对人性问题进行了思考。苏联学者杰德科夫认为,从这篇小说开始,贝科夫用中篇小说进行思考。②斯拉伯科夫斯卡娅也谈到,《鹤唳》奠定了贝科夫中篇小说的结构原则:深入分析人们英雄主义和怯懦,以及在指责与恐惧之间波动的行为动机。③

《前线纪事》(一译《前线一瞥》,Фронтовая страница)写1945年战争的最后几个月,大家都看到了胜利的希望,都不愿意在胜利的前夕死亡。但大多数人在尽量避免不必要的牺牲的前提下,为了祖国、为了胜利、为了职责、为了名誉继续英勇作战,而从来一心只想着自己、在道德和非道德之间没有界限的主人公布立兴斯基,面对直扑过来的德军坦克,抛下身边的战友,逃离战斗,而红军战士谢尔巴克却为了战友心甘情愿牺牲了自己。④两相对照,卑劣者更显卑劣,崇高者倍加崇高。

《第三颗信号弹》中炮兵班六个战士(班长若尔狄赫、克利文诺克、鲁基扬诺夫、波波夫、廖施卡和"我"洛兹尼亚克)在阵地被德军突破后一直坚守到炮弹耗尽,但上级没有下令撤退,因此派廖施卡前去请求命令,不料他只顾自己逃命,完全把战友抛之脑外,引起他所追求的女卫生员柳霞的愤怒,

---

① 本节中所引《鹤唳》的文字,均出自〔苏〕贝科夫:《鹤唳》,宋昌中、杜奉真译,浙江文艺出版社1984年,为节省篇幅,不一一注出。

② *Дедков И.А. Василь Быков: Очерк творчества.* –М.,1980,С.66.

③ *Слабковская Е. Г. Поэтика военных повестей В.Быков. Иркутск* 1988,С.7.

④ *Василь Быков. Собрание сочинений.В 4-х т.,М.,*1986,Т.1,С.111~178.

她愤然冲进包围圈,向战士们传达撤退的命令,但为时已晚,六个战士中五人战死,连柳霞也不幸牺牲。最后援军赶来,只有叙述者"我"洛兹尼亚克活了下来,而廖施卡竟然想回来分享战功,"我"怒不可遏地用从被击毁的德国坦克中缴获的信号枪的最后一颗信号弹——第三颗信号弹,击毙了极其自私的逃兵廖施卡。

小说也写了两类人,一类是尽管眼看胜利在望祈望能够活到胜利后,但为了职责,为了在"伟大壮丽的国土上自由生活",更为了年轻的一代不再蒙受战乱之苦而英勇战死的红军战士,他们是:家里有四口人的班长若尔狄赫,曾经一度因害怕而投降德军受到处罚的鲁基扬诺夫,机枪手兼炮手克利文诺克,有着灵巧双手和锐利目光的出色瞄准手波波夫,以及"追求上进,勤于思索,不断地考虑和探求诸如战争、祖国、义务、人性、良心等问题"[①]的叙述者洛兹尼亚克。另一类则是关键时刻不顾战友、只顾自己的廖施卡。

廖施卡是个狡猾的家伙、机灵鬼和懒汉,平时油嘴滑舌,拼命追求女性。在战斗最危险的时候,他"用手指挖着沙土,紧贴着胸墙底部",尽量躲避危险。"这位爱吹牛的勇士,终于丧失了他一向的高傲的自信心,变成了一个懦夫。在他光洁的脸上流露着恐惧的表情,眼珠子转来转去,他甚至不想设法控制住自己。"[②]他还一再提议放弃阵地赶快逃跑。当需要人去营长那里报信并请求命令时,被点名的洛兹尼亚克深感:"我明白,上自己人那儿去是很不容易的,但还是有希望使自己可以活命。不过,正是这一活命的希望使我不能下决心响应波波夫的号召。把战友们留在这儿,这使我感到非常窘,也非常可耻,因为他们在这儿几乎非死不可,而我离开他们首先是使我自己活了命。"廖施卡却略加盘算立刻坚决要求去。他回到营部后根本没去向营长报告,而是跑到卫生队里去要印有红条子的证明书——一张可以到后方去的证件!拉扎列夫指出,廖施卡参军前是足球运动员,身体强壮,同时也十分机灵,他做任何事情都只关心个人的私利,从没有道德责任观念。他认为没有任何人比自己聪明,这使他走向洋洋自得的利己主义:这世上只有自己的利益才是真理,勇于自我牺牲、大公无私、高尚——要么是装假的行为,要么纯粹是出于愚蠢,不知道自己的利益。[③]陈敬咏更具体地指出:"他关心的只是自己,周围的一切在他看来都是无关紧要。他无时无刻不在炫耀自己。他当过将军的警卫员,所以就乐于回顾自己'与将军泡在一起'的经历。他不听

---

① 陈敬咏:《论贝科夫的三部中篇小说》,《当代外国文学》1989年第5期。

② 本节中所引《第三颗信号弹》的文字,均出自〔苏〕贝科夫:《第三颗信号弹》,李俍民译,作家出版社1965年,为节省篇幅,不一一注出。

③ *Лазарев Л. И.* Василь Быков:Очерк творчества. М.,1979,C.44.

从班长的指挥,瞧不起战斗集体,不时还把他人的不幸和痛苦当作逗乐的笑料。他死皮赖脸地追逐女卫生员,背地里又厚颜无耻地败坏她的名声。……正因为这种人极端利己、卑鄙无耻,所以平时善于依附他人获取个人安乐。但是,一旦境况不妙,为了保存个人利益,他们就会不惜代价出卖他人。"①

　　小说把人置于生存的极限之中,考验人的道德品质和人性。奥西阔茨基认为,从这篇作品开始,贝科夫致力于表现思想道德问题。②雷弗科尼德更是认为,这部作品把贝科夫推进到一流战争作家行列。③拉扎列夫指出,像所有战争一代作家一样,贝科夫也在自己的作品中讲述那对于所有参加者来说十分平凡的战争,但他最感兴趣的是"伟大战争中普通士兵的"本性。他进而指出,在《第三颗信号弹》之后,贝科夫开始探寻表现人之生存哲学问题的一种结构类型,不再真实地描写如此无情地考验人的本质的战争的暴烈,而转向战争所带来的道德经验教训,这些经验教训能帮助我们认清当今的一些问题。④

　　《阿尔卑斯山颂歌》通过"从敌人那里逃亡的故事,以及在奔向自由的路上突然爆发的简短的爱情"⑤,主要表现了普通士兵的英雄主义。红军战士伊凡侥幸逃出后,遇到了同样是逃出来的意大利姑娘黛茹丽。两个人一起走目标大,而且对方是个女性,行走慢,会拖累自己。但他的人道主义情怀使他尽可能打消顾虑而带着她一起逃跑,试图翻越阿尔卑斯山,一起去寻找游击队。他们克服了语言等方面的障碍,从不理解和误会到相互理解并深深相爱,一起度过了幸福美好的三天。人道主义情怀还使伊凡把很少的食物分给逃出来的德国疯子。最后却因这个疯子的出卖,被法西斯追上。在关键时刻,伊凡把生留给了爱人,把她推下悬崖让其获救,而自己则被法西斯的军犬活活咬死。费奥多罗娃指出,小说中伊凡是一个非常勇敢、坚韧不拔、富于自我牺牲精神、气度恢宏、心地善良的人。⑥靳戈更具体地谈到,伊凡·捷列什卡的形象是十月革命后社会主义苏维埃制度下成长起来的千百万默默无闻的普通劳动青年英雄主义的化身,"当关键时刻他总能置个人的

① 陈敬咏:《论贝科夫的三部中篇小说》,《当代外国文学》1989年第5期。

② *Оскоцкий В.* По прау памяти.Василь Быков:нравственные уроки《Военной прозы》./Василь Быков. Дожить до рассвета(повести). М.,1979,С.655.

③ *Рывкинд А. С.* Мужество таланта(В.В.Быков). М.,1988,С.11.

④ *Лазарев Л. И.* Василь Быков:Очерк творчества. М.,1979,С.48,60.

⑤ *Рывкинд А. С.* Мужество таланта(В.В.Быков). М.,1988,С.13.

⑥ 参阅〔苏〕费奥多罗娃:《瓦西里·贝科夫作品中的主人公》,田娥译,《文化译丛》1986年第4期。

一切于度外。为社会主义祖国,为集体,为友谊,为纯洁的爱情,为一切善良和正义,为维护人性的尊严,他总是宁死不屈。小说里写他挺身而出准备抢大锤砸炸弹,几次被俘又逃跑,同法西斯指挥官及狼犬的搏斗,以及一直保护黛茹丽的情节,都充分有力地显示了这一点。主人公最后壮烈牺牲的场面,更是一曲气壮山河的英雄主义凯歌"①。雷弗科尼德认为,这部小说还首次写出此后作家小说中经常出现的一个主题:不能忘记——既不能忘记英勇牺牲的英雄,更不能忘记他们所受的苦难,以及他们在此条件下所表现出来的高尚品格;不能忘记为了征服法西斯,不仅需要武器的力量,更需要人性的力量。②

《克鲁格梁桥》写四个游击队员奉令去炸桥,剩下三人中,最有经验的勃利特文自己不去炸桥,而派年轻而毫无经验的伪警察之子去完成任务,让另一游击队员托尔卡奇作掩护,结果桥虽然炸毁了,伪警察之子却牺牲了。勃利特文无耻地冒领了炸桥的功劳,托尔卡奇对这种用他人的生命来捞取荣誉的卑劣做法十分愤怒,开枪把他打伤,自己也被关了禁闭。小说也写了两类人。一类是组长等三个游击队员,他们为了祖国,勇敢作战,不怕牺牲。组长以身作则,首先行动,不幸牺牲。伪警察之子因父亲的叛变行为而投奔游击队,这时更是奋勇向前,舍生炸毁桥梁。另一类是勃利特文,他蔑视正常的道德观念,鄙弃"良心、荣誉和正义",到危险时候,派别人去冒险,还说什么,战争就是"拿人冒险,谁越敢冒险,谁就胜利",甚至还无耻地冒领别人的功劳。

总体来看,在五六十年代,贝科夫的中篇战争小说以描写正面人物为主,只是设置一两个自私自利、贪生怕死之徒作为陪衬,因而可以说是以赞美人性为主。

70年代,贝科夫创作了《索特尼科夫》《方尖碑》《活到黎明》《狼群》《他的营》《一去不复返》等中篇小说。这个阶段,贝科夫在战争小说上有两个方面的推进:

一是进一步发展和完善了人面临生死选择时的极端严酷环境的结构类型,正式形成了独特的"贝科夫式的环境"或极限情境。1973年3月14日邦达列夫在《文学报》上发表文章《人·战争·功勋》,最早归纳总结了贝科夫战争小说的这一特点,并指出:"作者不是靠叙述的广度,而是靠尖锐的目力的

---

① 〔苏〕贝柯夫:《阿尔卑斯山颂歌》,第9页,本节所引这部小说的文字,均出自湖南人民出版社1984年版,为节省篇幅,不一一注出。

② *Рывкинд А. С. Мужество таланта* (В.В.Быков). М.,1988,С.14.

深度在急速发展的倾向中、在倏忽的转折中、在人的向上发展和人的道德坠落的极限时刻寻求真理。"并把它命名为"贝科夫式的环境"或极限情境。①也有学者把它称为引起情感、心境紧张的特殊的"压实"情境。②上述作品都设置了"贝科夫式的环境"或极限情境。

《索特尼科夫》（Сотников）③写游击队员雷巴克和索特尼科夫奉命到敌占区去寻找粮食，在路上与伪警察相遇，发生枪战，索特尼科夫打死一名警察，但自己也因病体力不支而受伤，逃到一个农妇家里躲藏起来，结果敌人跟踪搜捕而来，他们被发现。雷巴克在生死攸关之际，为了救自己的小命，叛变投敌，索特尼科夫则毫不畏惧，并极力保护掩护和帮助过自己的农妇和村长，最后被活活绞死。小说的极限情境和生死选择非常突出：雷巴克和索特尼科夫先是在茫茫雪野艰难地寻找未被德军遣散或毁灭的村庄，以获取游击队需要的食物，历尽艰辛总算有了收获，却在回营地的路上遭遇伪警察，在枪战中索特尼科夫不幸负伤，不得不躲到偶然撞见的百姓家中，却被敌人搜寻而来，最终被捕。他在被捕后的选择更能体现人性：是为了保命而叛变投敌，还是大义凛然视死如归？

《判决》（Решение）更是直接描写一群地下工作者在德军刑讯室的最后时刻这一极限情境。

《方尖碑》（Обелиск）④讲述一个瘸腿的中学教师莫洛兹主动留在德国占领区，他深谋远虑，从思想和教育上引导孩子们爱国，学习俄语。在孩子们莽撞地暗杀俄奸失败被捕后，尽管他知道德国人所说只要他投案自首就放掉孩子们仅有一丝希望，而且等待自己的必然是死亡，还是毅然从游击队来到敌人中间，希望以自己换回孩子们，结果不仅没有换回孩子们，连自己也被敌人杀死。主人公莫洛兹在小说中陷入极限情境：如果不去向德国人自首，被抓去的孩子肯定会被全部杀死，而且更可怕的是敌人会以此煽动群众；而去自首又无法保证敌人守信，很可能只是白白牺牲自己。

《活到黎明》（Дожить до рассвета）写伊万诺夫斯基在一次行动中发现

---

① 转引自陈敬咏：《论贝科夫的三部中篇小说》，《当代外国文学》1989年第5期。

② *Слабковская Е. Г. Поэтика военных повестей В.Быков.* Иркутск，1988，С.4.

③ 该小说目前有两个中文译本：一是杜奉真的译本，收入多个选本，包括《鹤唳》，浙江文艺出版社1984年；《世界反法西斯文学书系·苏联卷》（第六卷），重庆出版社1993年；二是杨骅的译本，收入《红莓：当代苏联中篇小说选辑》，上海译文出版社1987年。

④ 该小说目前有两个中文译本：吉林大学外文系俄文教研室文学翻译小组译，收入《贝科夫小说选》，人民文学出版社1980年；曾冲明译，收入《红莓：当代苏联中篇小说选辑》，上海译文出版社1987年。

了德军一个巨大的弹药基地,十天后奉命率领九个战士深入敌后,奔袭这个基地。他们在雪夜中历尽艰辛到达那里后,却发现他们白白损失了三四人,敌人的基地早已搬走。伊万诺夫斯基决定让其他的战士返回,自己和另一战士继续前行侦察基地。但他们当晚在一个村子里,偶然发现了"德军司令部",并且发生枪战,他负了伤。最后,那个随行的战士也牺牲了,他在重伤中爬到公路上,试图在临死前炸毁敌人一辆汽车,没想到,仅仅炸死了一个驾马车的德军士兵! 小说中的主人公伊万诺夫斯基及其小分队也深陷极限情境之中:他们必须在严寒的雪夜冒着暴风雪深入敌后去炸毁敌人的弹药库,一路上既要克服大自然的重重艰难险阻,更要突破敌人的重重封锁线,可以说是在死亡线上完成艰难的任务。

《狼群》(Волчья стая)写红军侦察兵列夫丘克负伤后奉命和马车夫格里勃耶特护送怀孕的女报务员克拉娃、负重伤的空军战士基赫诺夫到后方游击队营地去,在路上遇到德军袭击,并被叛徒带伪警察追捕,基赫诺夫自杀,克拉娃生下一个儿子后失踪,格里勃耶特战死。列夫丘克历尽艰辛,救出婴儿。小说中列夫丘克护送的是负重伤的战士和怀孕的女兵,还要穿过沼泽,通过敌人的封锁线,帮手却只是一个马车夫,而列夫丘克自己还是个伤员!情势相当严峻。

《一去不复返》(Пойти и не вернуться)①写女游击队员佐西卡去执行秘密任务时,另一试图逃离游击队打算叛变的男队员安东,早就暗暗爱慕她,也尾随着她,最后两人产生了短暂的恋情。不久,安东的自私本性和叛徒面目暴露了,佐西卡痛苦不已,试图杀死他,但反而被他打成重伤,生死未卜……佐西卡去执行秘密任务的路途堪称死亡之旅:首先,是大雪封山封路,渡河极其危险,在林中可能迷路;其次,更可怕的是,安东早已决定投敌,一直想利用她达成目的,是典型的"贝科夫式的环境"。

《他的营》(Его батальон)写强敌环伺时坚守和收复高地的艰难战斗,战士们面临的处境相当严酷,也是极限情境。

20世纪70年代战争小说中这种"贝科夫式的环境"或极限情境,进一步深化了作家五六十年代战争小说的主题,更生动有力地表现了主人公们高度的责任感,以及坚守道德信念的内在动力和源泉,展现了人崇高的精神世界和人的精神潜能的作用,彰显了英雄人物的精神力量。同时也在生死选择的紧要关头,凸显了人的本质属性,逼出了自私自利者的原形。因此,俄

---

① 该小说目前有两个中文译本:《一去不复返》,翁本泽译,云南人民出版社1981年;《一去不回》,辛洪普译,安徽人民出版社1981年。

国有学者指出："贝科夫可能是苏联文学中唯一的纯粹意义上的存在主义作家。贝科夫更为著名的中篇小说《索特尼科夫》的主题可以简要地概括为：对自己的实力充满希望的强者（雷巴克）总是靠不住，而'被挤在墙上'的弱者（索特尼科夫）却能够做任何事情，因为他已经失去了希望和支柱。"①而这是下面要谈的重要问题。

二是从赞美人性转向揭示人性。奥西阔茨基指出，贝科夫醉心于时时处处直达实质，直达根本，直达极限，以表现从真实中分离出来的谎言，探寻最原初的起因。主人公精神的升华或者堕落，往往几乎没有任何见证者，仅是他自己在极限情境中做出选择。②黄茂文更具体地谈到贝科夫的极限情境有三个显著特征：第一，人物面对死亡的极端考验，而且无法脱离该险境；第二，人物在此环境中回忆其早年经历，拓展人物心理的纵深维度；第三，无论人物角色有多少个，都从高尚与卑劣两种对立冲突的选择中体现出人物的内在品格，因而具有鲜明的"美丑对照"原则的意味。③由上可知，贝科夫在70年代的战争小说中已经从赞美人性慢慢转向揭示人性，既写人性中的美好崇高，更描绘人性的卑劣，并深入探索它们形成的根源，从而从对外在战斗的描写转到对内在生命的思索。正因为如此，李茂增指出，如果说展示道德困境中人的困惑与抉择是"前线一代"作家共同关注的一个主题的话，那么贝科夫则是对道德问题最为注重、对精神困惑展示得最为充分、对人性最为执着的一位。④

贝科夫70年代的战争小说从揭示人性的角度来看，可以分为两种类型：

专门描写人性中的美好崇高品质的作品。主要有《方尖碑》《活到黎明》等。

《方尖碑》中莫洛兹冒着被怀疑的危险留在德占区，只因为"学校是需要办的。我们不教育孩子，他们就愚弄孩子。我过去花了两年培养这些孩子的人性，绝不是为了现在让人把它糟蹋掉。我还将为孩子们战斗"。当听到德国人"在村里四处放风，说苏维埃当局就是这样：让别人替他们打仗，把孩

---

① 〔俄〕伊利亚·库库林：《伤痛的调节：1940~1970年代俄罗斯文学中卫国战争暨第二次世界大战创伤体验的流变》，顾宏哲译，《俄罗斯文艺》2020年第3期。

② Оскоцкий В. По прау памяти.Василь Быков：нравственные уроки《Военной прозы》. / Василь Быков. Дожить до рассвета（повести）. М.，1979，С.658~659.

③ 参阅黄茂文：《典范的军事文学艺术与错误的民族分离主义：贝科夫军事文学问题简析》，《解放军艺术学院学报》2015年第4期。

④ 参阅李茂增：《道德困境与别一种英雄主义：贝科夫小说之主题及其他》，《解放军艺术学院学报》2001年第1期。

子们当牺牲品"后,他不顾游击队所有人的反对,毅然去找德国人,结果和孩子们一起被德国人杀害。人们一直认为他没有任何功劳,为牺牲的英雄立纪念碑时根本没想到他,因为他既没有杀死过德国人,立下功勋,而且还是自己主动把自己送到敌人手中。而熟知莫洛兹的特卡丘克认为,莫洛兹虽然没有打死过德国人,但"他做的胜过他打死一百个德国人,他献出了生命,是自愿献出的"①,叙述者更是认为,莫洛兹的功绩也是很大的,这是一种真正的对人的爱与关心,和真正的爱国主义,小说让人们重新思考英雄主义及其功勋。

费奥多罗娃进而指出,"他们做出了什么特殊的事情呢?"作家在谈到自己的主人公时说,"什么也没有。这是用一种尺度,从全世界范围内来衡量的。但如果用另一种尺度来衡量,他们却建树了许多功勋。他们善于保持人的本色……"是的,贝科夫作品中的主人公在极其险恶的环境中都始终保持着人的本色,对于他们来说,最重要的是不违背良心。由此就产生了他们行为的最高道德纲领。②贾冬梅指出:"道德上的苦苦坚守是莫罗兹的追求,是老教育局长对勇者的赞叹。更是贝科夫以战争作为背景,超越战争的原则,塑造出的道德英雄。莫罗兹用生命诠释了生命之光,而这尤其是在战争的环境下应该坚守的!"③而且莫洛兹这种精神传给了他的学生米克拉谢维奇,而米克拉谢维奇又影响了自己的一些学生。

此外,斯拉伯科夫斯卡娅还指出,《方尖碑》艺术结构的独特之处首先在于过去与现在的对比。方尖碑是忠诚、职责、感恩这样一些观念的具体化,是人永垂不朽的象征。④还有学者指出:"系列基督教用典是贝科夫小说《索特尼科夫》《方尖碑》以及其他作品的特点。"⑤

《活到黎明》中主人公伊万诺夫斯基认识到:"为了保卫生命,保卫祖国,就要消灭敌人,不是消灭一个,而是消灭很多,消灭得越多,个人和全体活的希望就越大。只有通过消灭敌人来求得生存——在战争中别的办法显然是没有的。"因此,他勇敢地率领小分队冒着暴风雪,夜间穿过德军的重重封锁,去摧毁其弹药基地,发现这个基地已经转移后,为了证明自己没有说谎,

---

① 《贝科夫小说选》,吉林大学外文系俄文教研室文学翻译小组译,人民文学出版社1980年,第51、82、95页。

② 参阅〔苏〕米·费奥多罗娃:《瓦西里·贝科夫作品中的主人公》,田娥译,《文化译丛》1986年第4期。

③ 贾冬梅:《战争与道德:困境、坚守与突破》,《安徽文学》2019年第1期。

④ *Слабковская Е.Г.* Поэтика военных повестей В.Быков. Иркутск, 1988, С.25.

⑤ *Солдаткина Я.В.* Великая Отечественная война: женский взгляд (Е.А. Катишонок И Л.Е. Улицкая)./ Отечественная словесность о войне. Проблема национальногос ознания. М., 2015, С.312.

也为了进一步弄清德军弹药基地转移到何处,他让其他战友马上返回,而自己和彼沃瓦罗夫继续追踪。彼沃瓦罗夫牺牲后,他也负了重伤,但他感到:"这世界上任何的人生苦难都不能没有意义,何况是前方战士的千辛万苦和流血牺牲。战士的鲜血洒在这块令人不愉快的、但毕竟属于祖国的冰天雪地里。这是有意义的!而且会有结果的,不可能没有结果,因为不应该没有结果。"①因此,在临死前身负重伤的他竭尽全力爬到马路上,与经过这里的德国人同归于尽。李茂增指出:"在《活到黎明》中,对伊万诺夫斯基行使'绝对律令'的则是一种想要证明自己没有说谎的冲动""《活到黎明》自始至终都充满着一种紧张得让人窒息的氛围,战争原则与道德原则之间的张力从一开始就绷得紧紧的"。②

《他的营》讲述的是沃罗申营长率部坚守和收复高地的故事。沃罗申营所坚守的高地被强大的德军攻占,部队损失惨重,弹药不足。但团长贡柯少校不顾实际情况,下令第二天早晨夺回高地。战斗经验丰富的沃罗申没有盲目地执行这一命令,而是根据实际情况,暂缓进攻,结果被团长撤职。团长下令再次进攻夺回高地,被撤职的沃罗申挂念他的营,也参加了战斗,先是担任机枪手,后来又接替负伤的马尔金中尉指挥全营。在他的鼓舞和指挥下,全营战胜了死亡的恐惧,互帮互助、机智勇敢、奋不顾身地拿下了高地,并打退敌人的疯狂反扑,完成了几乎不可能完成的任务。但沃罗申不幸牺牲。诺维科夫认为,在中篇小说《他的营》中摆在首要位置的,是一个指挥员对自己,对部属的自觉责任感问题。处在沃罗申的地位,看起来,他是可以袖手旁观的,因为他已无须负责了,但是贝科夫表明,一个真正的苏联指挥员是不能采取旁观者的立场的,不能像个利己主义者那样,只关心个人的生命安危。沃罗申知道,他的营遵照贡柯的命令要进行的这次攻击,会产生严重的后果,但是他仍然决定和全营一起参加战斗。对他来说,共同的利益高于一切,高于个人的生命。小说尖锐地提出了今天对于我们仍然十分迫切的道德问题:"沃罗申不可能不感觉到,在战争中最宝贵的东西毕竟是人的生命。一个人身上真正人性的东西越多,那么他个人的生命和他周围人们的生命对他来说就越重要。然而无论生命多么宝贵,但还有比生命更高的东西,甚至不是东西,而是一些观念,只要跨越这些观念,生命就顿时失去价值,会变成亲人们蔑视的对象,还可能变成个人的包袱。"诺维科夫进而指

<hr>

① 《贝科夫小说选》,吉林大学外文系俄文教研室文学翻译小组译,人民文学出版社1980年,第232、278页。

② 李茂增:《道德困境与别一种英雄主义:贝科夫小说之主题及其他》,《解放军艺术学院学报》2001年第1期。

出,《他的营》是贝科夫的优秀中篇小说之一,在这部作品中,作家创作中的心理描写,对于建立功勋的动力的理解,对主人公崇高道德品质的诗意描写都更深刻了。这部小说具有哲学的深度和广度,外部冲突——争夺高地的残酷战斗——因为内心的冲突而复杂化了。贝科夫的中篇小说《他的营》是一部非常真实的艺术作品,作者在解答责任和个人价值问题时,写出了这些问题的全部的复杂性。①费奥多罗娃则宣称:"'一个人身上真正人性的东西越多,他个人的生命和周围人们的生命对他来说就越重要。然而,不管生命多么宝贵,但还有一些东西,甚至不是东西,而是一些概念,一个人如果超越了这些概念,就会顿时失去自身的价值……''一个人有时候无论如何会胜过命运,因而也就会胜过机遇的强大力量。'中篇小说《他的营》中沃洛申大尉的这些思想,可以说是贝科夫笔下许多主人公所共有的。"②

在描写美好人性的同时,更多地揭露了人性的卑劣。主要有《索特尼科夫》《一去不复返》《狼群》。

关于《索特尼科夫》,贝科夫曾谈道:"首先使我感兴趣的是道德问题的两个方面。问题可以简单归结为:人面对非人性环境中毁灭性的力量时将会变成怎样?当捍卫自己生命的可能性已荡然无存,当避免死亡已不可能时,他有何作为?"③别拉雅更是认为,这部小说表现的"不只是经验主义的、日常的活下去还是不活,这里更是还有哲学的主题——成为人或不成其为人"④,也即面对死亡,是有尊严地死去还是成为叛徒以保全自己的性命?为此,小说同等重要地描写了两个人物面对死亡时的两种截然不同的态度。

索特尼科夫尽管生病,但仍然爽快地接受了上级派给的任务,在执行任务的过程中,他尽力克服自身和外在的一切困难,完成任务。遭遇敌人面临险境时,他想的不是逃命,更不是投降,而是毫不犹豫地开枪还击,负伤后依旧坚持战斗。被捕后,更是大义凛然,视死如归,而且尽可能掩护帮助过自己的农妇(一位军属)和村长。费奥多罗娃指出,索特尼科夫并没有建树光辉的业绩,但他在当时的情况下并未放过唯一的一次机会——有意义有价值地死去。"这唯一的一次死亡实际上只取决于他,而不取决于任何别的人,只有他有权支配它,因为只有他有权怀着人类的尊严问心无愧地离开这个

---

① 参阅〔苏〕诺维科夫:《现阶段的苏联文学》,第63~64页。

② 〔苏〕米·费奥多罗娃:《瓦西里·贝科夫作品中的主人公》,田娥译,《文化译丛》1986年第4期。

③ 转引自陈敬咏:《论贝科夫的三部中篇小说》,《当代外国文学》1989年第5期。

④ *Белая Г.* Связь чувств с действиями(к проблеме психоло гизма в современной военной прозе)// Литература великого подвига. Вып.2 . М., 1975, C.71.

世界。这是他最后的恩典,神圣的荣华,这种荣华是生命赐予他的奖赏。"①
杰德科夫则认为,通过索特尼科夫这一形象,尤其是他面对死亡的态度和临
死前的言行,贝科夫阐明一种思想:"人应该如何对待别人,如何对待自己的
职责,如何对待自己的祖国。"②

斯拉伯科夫斯卡娅指出,贝科夫特别注意在对比动机的联系中探究人
的心灵最细致的活动,在《索特尼科夫》中他交替写了两个主人公的心理活
动,可很多学者只注意到索特尼科夫一个方面,没有关注到雷巴克这一方
面。雷巴克只需要现在,而毫不关心"昨天"和"明天",对死亡的恐惧胜过一
切其他情感,他虽然模糊地感到自己有罪,但又极力为自己开脱,在自由选
择和道德责任之间他丧失了道德方向。③陈敬咏更具体地谈到,雷巴克本是
一个为人随和、关心别人、执行任务积极主动,也能体谅老百姓生活艰难的
红军战士。然而,在性命攸关的危急关头,雷巴克关心的首先是自身的安
危。为出现危险的情势而怪罪他人,为自己生命的惊恐不安压倒了其他一
切感情,而且随着情势变得愈加险峻,他身上的这种情绪也就愈加强烈。这
从他三次与敌人的较量中生动地体现出来。第一次是途中交手。雷巴克和
索特尼科夫在从村长那里返程途中发现敌情时,雷巴克不顾病体乏力的索
特尼科夫"摇来晃去地踏步不前"的困境,自己拔腿逃命。叛变的第二步发
生在军属焦姆奇哈这位农妇家中,雷巴克本已一切都怪索特尼科夫,面对敌
人以冲锋枪威胁,更是为了保命,马上举手投降。叛变的第三步则是在两人
被捕后的审讯中。想活,不惜使用一切手段来保命,这是雷巴克的主导思
想。为此他又得寻找借口推卸责任,物色他人代己受难,同时对敌人的审问
有问必答,出卖了同志,出卖了良心,变成了叛徒,还自以为骗过了敌人。④
然而,正如小说所描写的那样,"有的人出于恐惧,有的人出于仇恨,很容易
便叛变投敌,可是雷巴克,以前既不像是叛徒,也不像是个胆小鬼。他有多
少机会可以投到伪警察那边,遇到过多少叫人失魂落魄的场合,但他都表现
得很好,至少也不比别人差。看来,这一回全部问题就出在他想要保命的利
己打算上,而保命与叛变却往往不过仅有一步之差","雷巴克曾经是个不错
的游击队员,大概也曾被认为是部队里一名有经验的司务长,然而,作为一
个人和一个公民,他无疑还缺点什么。可现在,他已经决定不惜代价去苟且

---

① 〔苏〕米·费奥多罗娃:《瓦西里·贝科夫作品中的主人公》,田娥译,《文化译丛》1986年
第4期。

② Дедков И.А. Василь Быков: Очерк творчества. —М.,1980,C.255.

③ Слабковская Е.Г. Поэтика военных повестей В.Быков. Иркутск,1988,C.10~12.

④ 参阅陈敬咏:《论贝科夫的三部中篇小说》,《当代外国文学》1989年第5期。

- 420 -

偷生了——全部问题就出在这里吧"。①面对死亡的人生选择,充分体现了两人的道德观念,也表现了人性的崇高与卑劣。

此外,斯拉伯科夫斯卡娅指出,未来的形象总是在贝科夫的小说中出现,它是对未来的思索(《前线纪事》),主人公对自由祖国的幻想(《第三颗信号弹》《阿尔卑斯山颂歌》),索特尼科夫最后时刻看到的作为未来象征的男孩子形象(《索特尼科夫》)。②费奥多罗娃更具体地谈到,《索特尼科夫》结尾索特尼科夫用一双眼睛向小男孩微微一笑这个场面形成一种象征:国内战争时期军事委员的儿子索特尼科夫,把自己的信念和不屈不挠的精神传给了头戴布琼尼旧军帽的小男孩,那个小男孩是新一代苏维埃人的化身,他身上体现着道德原则的继承性。③

《狼群》也写了两类人。一类以红军战士库德里夫采夫为代表,自私自利,贪生怕死,被俘后投敌,进而打进游击队,出卖同志,导致游击队参谋长普拉东诺夫等人遭伏击牺牲,后来更是公开投敌,带领伪警察搜捕游击队员。一类的代表是格里勃耶特和列夫丘克,为了别人,不怕牺牲。格里勃耶特为了救护女报务员克拉娃英勇战死,列夫丘克更是多次冒着生命危险,救护克拉娃,好不容易冲出重围,明知可能有敌人埋伏,为了克拉娃及其新生儿,他还是再进打谷场,舍命救出了新生儿。小说还写到列夫丘克一向善良,他认为:"不管他干的哪一行,地位怎么样,他首先应该是个人。列夫丘克并没有赋予这个概念以什么复杂的或者什么哲学的含义,对他来说,这个概念也很简单:做一个善良、聪明、万事如意的人,但又不损害别人。"④在战争中,他这种朴素的认识进一步升华,不仅不干损害别人的事,而且能为了别人随时牺牲自己。斯拉伯科夫斯卡娅指出,生命是为了他人,人道主义、善良——使人的生命充满最崇高的思想——这是中篇小说最主要的主旨。⑤诺维科夫认为,贝科夫的中篇小说《狼群》饱含着社会主义人道主义思想。小说描写的具体事件(游击队员为保护母亲和刚出生的婴儿的生命奋不顾身地和法西斯匪徒战斗)具有象征性的概括力量。高超的艺术表现力是这篇小说的特点。"这就如同那座举世闻名的纪念碑一样:一位怀中紧紧抱着

---

① 〔苏〕贝科夫:《鹤唳》,宋昌中、杜奉真译,浙江文艺出版社1984年,第198、304页。

② *Слабковская Е.Г.* Поэтика военных повестей В.Быков. Иркутск,1988,C.51.

③ 参阅〔苏〕米·费奥多罗娃:《瓦西里·贝科夫作品中的主人公》,田娥译,《文化译丛》1986年第4期。

④ 《贝科夫小说选》,吉林大学外文系俄文教研室文学翻译小组译,人民文学出版社1980年,第376页。

⑤ *Слабковская Е.Г.* Поэтика военных повестей В.Быков. Иркутск,1988,C.54.

被拯救的婴儿的战士——解放者。苏联艺术透彻地表现出苏联军队全部功绩的伟大意义,那就是为人民的幸福,为人道而斗争。"①

《一去不复返》既描写了女游击队员佐西卡对家乡和祖国的热爱,她的儿女柔情,尤其是她能在关键时刻控制私情而坚持对祖国的信念,以及为了这信念甘愿牺牲生命的豪情,更描写了安东的自私自利、见风使舵、试图叛变。正如该书的内容提要所说:"作家巧妙地把两个主要人物放在艰险环境和生死关头,用细腻的笔触和对比的手法,比较深入地揭示了他们的复杂心理、性格特征和行为的道德意义,热烈地歌颂了'战争的普通参加者'——女游击队员佐西卡的英雄主义,同时无情地揭露和批判了利己主义者、变节分子安东的丑恶灵魂和叛变罪行。"②小说还挖掘了安东试图叛变的思想根源:"他知道,为共同事业操心的大有人在,而关心他个人的人,除了他自己,却一个也没有。因此,他努力按照自己的见解行事,当然是尽力而为,他不能容忍别人强迫他去做违背自己意志的事",说明安东向来自私自利,只关心自己。因此当他偶然听到斯大林格勒危在旦夕时,马上"作出他唯一可以接受的结论:应当赶快! 现在还不晚,赶快洗手不干,不要再打游击了;趁现在还活着的时候,关心关心自己的脑袋;既然苏维埃式的生活没搞成,那就实行新的、德国式的生活罢",于是决定逃离游击队,向德国人投降,并巧妙利用佐西卡来达成自己的目的。他先是逼迫佐西卡跟他一起投降,遭到断然拒绝后,便采用武力相威胁。当遇到另一支游击队,听到斯大林格勒战役获得胜利后,又转而希望佐西卡帮他隐瞒劣迹。清醒了的佐西卡认识到:"他是一个朝三暮四的人。……叛变、欺骗、玩弄别人,对他来说都是轻而易举的事,因为对他来说,不存在道德上的禁区,环境叫他变成什么样,他就会变成什么样,而战时的环境是千变万化的。"于是,为了杀人灭口,他趁佐西卡去村里执行任务时,背地里朝她开了一枪,后来得知佐西卡只受了重伤并被村民所救后又急着赶去杀死她……而且,这个极其自私自利之徒,任何事都归罪别人。"他有生以来三十多个年头左右,不习惯于承认自己有错误,如果出了什么纰漏,他总是嫁祸于人。他本人在自己的心目中总是无罪的,因为他对己宽对人严。他自尊自爱,想到的只是别人——德国人、游击队领导,有时偶尔是女人剥夺了他的好日子。这一次是游击队女侦察员佐西卡·娜列伊科置他于死地,她是他一切灾难的罪魁祸首。"③

① 〔苏〕诺维科夫:《现阶段的苏联文学》,第64~65页。

② 〔苏〕贝科夫:《一去不复返》,翁本泽译,云南人民出版社1981年,内容提要。

③ 〔苏〕贝科夫:《一去不回》,辛洪普译,安徽人民出版社1981年,第55、95、189、198页。

由上可见，贝科夫70年代的小说既赞美人性中崇高美好的东西，往往以两相对比的方式，揭露人性的卑劣，"贝科夫作品中主人公自身以及主人公与其他人物在思想、观点、立场、心态和行为上的矛盾和冲突都十分尖锐。之所以尖锐是因为他们往往是在情势极其危急的紧要关头，只凭个人的觉悟和良知去克服私心杂念和艰难险阻，做出生死两者必择其一的抉择"[①]，这也使得其创作主题由前期的以赞美人性为主转向揭示人性。

80年代，贝科夫的主要作品有：《苦难的标志》《第五个死者》《在雾中》等。仔细考察，这些战争小说相对于前两个时期，也有两方面的推进。

一是多数作品篇幅和容量扩大，相当于长篇小说。

这个阶段的三部代表性作品中，《苦难的标志》(Знак беды，1982)、《第五个死者》(原名 Карьер，即《人坑》或《采石场》，1985)两部小说篇幅都较前两个时期的中篇小说长了不少，字数也都在二十万字或二十万字以上[②]，在中国这已是标准的长篇小说了。与此同时，反映生活的容量也增加了许多，黄茂文指出，贝科夫的《灾难的标志》《第五个死者》两部小说尽管依然被苏联学界称为中篇小说，但此时的贝科夫显然走向长篇小说复杂形式的探索，作品其实已是典型的长篇小说，篇幅长、时间跨度大、生活容量多。特别是《灾难的标志》，尝试以更宽阔的时代视野来展现白俄罗斯人民从十月革命至第二次世界大战中所经历的诸多苦难，是贝科夫诸多作品中篇幅最长、时间跨度最大、生活容量最多的一部作品，作家凭借这一作品在1986年荣获苏联最高文学奖列宁奖金。[③]陈敬咏也谈到，《苦难的标志》"把战争现实和战前历史结合起来，加强作品的史诗性、心理性、哲理和象征性，成为一部篇幅集约、容量加大的作品，反映出七八十年代苏联小说发展的一种新倾向"[④]。

二是反思人性慢慢占据重要地位，并带有一定的哲学意味。

《苦难的标志》描写白俄罗斯德军占领区偏僻农村两个不同性格的年老村民彼得罗克和其妻子斯捷潘妮达在日常生活中与德军及伪警察的斗争，并

---

① 陈敬咏：《论贝科夫的三部中篇小说》，《当代外国文学》1989年第5期。

② 《苦难的标志》目前有两个中文译本：《苦难的标志》，俞启骧、王醒译，黑龙江人民出版社1987年，20万字；《灾难的标志》，范霞译，上海译文出版社1988年，24.5万字。《第五个死者》，姜长斌、高文风译，黑龙江人民出版社1988年，24万字。本节所引用这两部作品的文字，分别出自〔苏〕贝科夫：《苦难的标志》，俞启骧、王醒译，黑龙江人民出版社1987年，〔苏〕贝科夫：《第五个死者》，姜长斌、高文风译，黑龙江人民出版社1988年，为节省篇幅，不一一注出。

③ 参阅黄茂文：《典范的军事文学艺术与错误的民族分离主义：贝科夫军事文学问题简析》，《解放军艺术学院学报》2015年第4期。

④ 陈敬咏：《论贝科夫的三部中篇小说》，《当代外国文学》1989年第5期。

通过他们的回忆，反映了十月革命后尤其是集体农庄时期农民的生活。这种写法，一方面能更好地揭示人性高贵或卑劣的原因，译者俞启骧、王醒指出："作者通过白俄罗斯某偏僻农村的一对老年夫妇彼得罗克和斯捷潘妮达一生的坎坷经历和他们在卫国战争中的遭遇，深刻地揭示了苏联人民爱国主义的精神基础，极其真实地反映了苏联农民走过的一条艰难曲折的漫长道路。作者运用对比的手法，以愤怒的笔触勾勒出人民的叛徒、德国人的走狗和集体化运动中的投机分子的可憎嘴脸，无情地揭露了他们的心理状态和历史根源，从而起到了反衬的艺术效果"①；另一方面也便于较为全面地反思人性。

彼得罗克原是一个胆小怕事、软弱驯顺的基督徒，起初希望一切顺着德国人乃至伪警察的意志，苟且偷生，得过且过。然而，德国人杀死了他的小母牛，打死了他的母鸡，几乎吃光了他的粮食，而伪警察一再逼迫他、侮辱他，迫使他在走投无路的情况下变得毫不畏惧，拼死抗争，成为一个坚强的战士，最后被捕失踪。而斯捷潘妮达从小便很有个性，从不委屈自己，更不会跟坏人坏事妥协，她一开始便对德国人充满仇恨，故意把小母牛的奶挤到草地上，不让德国人喝奶，还藏起自己的小猪，并冒着生命危险把德军的一支步枪扔到井里，最后在丈夫被抓走后，她搞到了那枚没有爆炸的巨大炸弹，准备炸毁德军通行的桥梁，在被伪警察发现后，毅然举火自焚，以保住炸弹的秘密，让德军和伪警察处于惊慌之中……小说十分真实生动地描写了夫妇两人的心理转变及其与敌人的周旋和对敌斗争，具有很大的艺术感染力，小说"由此证明正义战争这个大熔炉锻造了真正的人，他们夫妇俩单枪匹马的斗争终于成为苏联伟大卫国战争的一个部分，作家在字里行间揭示了这一战争的正义性和得道多助、失道寡助的真理"②。

在此基础上，小说以较长的篇幅从多个角度反思了人性。

首先，是彼得罗克所表现的人性的软弱。彼得罗克人不坏，心地善良，一生别无他求，只希望安静度日。他知道自己是一个性格软弱、缺乏主见的人，所以总想不问世事、离群索居。他胆小怕事、能忍则忍，反正自己既不是官员，也不是党员，应该能对付着活下去。

> 他只知道，且感觉到，应当想法熬过这段艰难时刻，忍气吞声、少惹是非，大概情况会好转的。这场战争总不能没有头儿。可是，为了不遭

---

① 〔苏〕贝科夫：《苦难的标志》，俞启骧、王醒译，黑龙江人民出版社1987年，译者序第1~2页。

② 〔苏〕贝科夫：《灾难的标志》，范霞译，上海译文出版社1988年，第349页。

殃受害,应当尽量小心谨慎。这就跟对付咬人的恶狗一样:只管走你的路,不要缩头缩脑,要摆出一副根本不怕它的样子,但是也别惹它。只要他不惹法西斯,难道他们还会无缘无故找他的茬儿? 难道他是个什么官儿或党员,或者是镇里的犹太人? 上帝保佑,他是本地人、耶稣教徒、集体农庄庄员,和区里所有的人一样。至于说儿子在红军当兵,难道是他自愿的? 这是服兵役。从沙皇时代起,甚至更早以前就是这样。村里有很多人都服过兵役,彼得罗克本人没当过兵,那是因为身体不好。他一辈子都是在这里过的,大家对他都了解,他有什么可挑剔的?

甚至认为:"如果你想活下去,就什么都得忍受。和狼在一起,就得学狼叫。"

其次,是农村中较为普遍的低劣人性。小说写到,新村里的不少人"不是二流子,就是病病歪歪的,要不就是爱财如命、打架斗殴的能手,或者是败家子和草包饭桶"。不务正业、耍流氓、爱财如命、打架斗殴、败家,甚至低能和无能等,在某种程度上,都是低劣人性的体现。

再次,是涅多谢卡这种人,虽然是复员军人,但自私自利、鼠目寸光,毫无是非观念,完全被环境所左右,往往还为自己所干的坏事找冠冕堂皇的借口。小说写到,涅多谢卡这种人,德国人来了,麻木被动地让他们干什么就干什么,让他们杀人也毫不犹豫。"真是个糊涂虫,说不定还是个坏蛋。……生活不会使这种人变聪明,他们对生活一无所知,因为他们鼠目寸光,除了眼前的利益什么也看不见。这种人天生对任何人性的流露都视若无睹,只关心自己,有时还拿孩子做借口。"

最后,是叛徒、俄奸。在小说中以小古什和科隆坚诺克为代表。彼得罗克的远房亲戚小古什,从小就心狠手辣,经常祸害人家的果园,欺侮小孩,长大后不务正业,时常抢劫,在集体化期间因为家里财产被没收而逃往外地,德国人占领白俄罗斯后,他回到家乡,当了伪警察,耀武扬威、无恶不作,还不断敲诈威胁彼得罗克,最终逼得后者奋起斗争。科隆坚诺克早在集体化时期,为了达到自己过好日子和往上爬的目的,巧妙利用过左政策,先是告发老太婆普罗科皮哈私藏亚麻纤维破坏亚麻收购计划(实际上是老太婆留着做寿衣的一点点亚麻纤维),后来又在报纸上发造谣文章煽风点火,害得好几个能干的农民被划成富农,其中冈恰里克还被迫自杀,因此全村人早就对他恨之入骨。战争一开始他第一批参军,但一个月后就回来了,因为他屈膝投降,德国人把他从集中营放了,并让他当了伪警察。他变本加厉、为虎作伥,和小古什一起穷凶极恶地欺凌、压榨乡亲。

小说还写到建立集体农庄时的过火政策及其颇为严重的后果所暴露的

人性问题。在大力推进集体化农庄时期，老古什"和其他人一样，不比别人富裕，只不过干活比较卖力气。此外他有两个正当壮年的儿子，三个庄稼汉干活可同三个女人不一样。什么都能干！"可是，却宣布他是富农的应声虫和破坏分子，并且没收他的财产，尽管他只是自己不愿加入集体农庄，从没拉别人的后腿，大家都认为他根本不是破坏分子，也不是怠工者。进而，连被迫只把老古什一人划为富农的正直村干部以及其他能干、善于持家的贫农都受到整肃。这种描写一方面充分写出了苏联农民真正的爱国之心，尽管他们曾遭遇不公正待遇，但是面对法西斯的侵略，他们依然心向祖国，甚至奋起反抗；另一方面也揭示了政策执行者的某些人性缺失，至少是缺乏必要的人性关怀。

小说因此提出"人性的优秀品质要比生命更为宝贵"的命题，并借彼得罗克对人性进行思考。

战争，当然对任何人都不是好事，应该说对每个人都是灾难，如果说这种灾难是来自异族德国人，这并不足为奇，因为这就像得了瘟疫、鼠疫或溃疡一样，这能怨谁？可要是这瘟疫是来自自己村里的当地人，这些人的祖孙三代你都熟悉，但忽然一反常态变成了野兽，对侵略者德国人唯命是从，这又该如何理解他们呢？他们突然变成豺狼，丧尽天良，作恶多端，是被迫的吗？还是他们根本就不是人，只是在战前那些年装得像人，战争突然暴露了他们身上的兽性？

进而通过对比，凸显当前的人性问题。

自己人整自己人，这怎么行呢！在农村自古以来就很重视人与人之间的睦邻关系，除逆子孽种之外，很少有人动手打邻居，从不同那些跟自己一样的庄稼人作对，或吵嘴打架。……人变得不像样子了。从前，年轻人遇见老年人必须脱帽敬礼，可现在这些年轻人却把别人连脑袋带帽子一起砍掉了。他们胆大包天：既不怕上帝发怒，也不怕人民的审判。好像这是天经地义应该这样，好像他们不仅占有权力，而且还占有真理。也许他们根本不需要真理，德国人血腥的武力就够了？要是真理会妨碍他们杀人作恶，他们就会唾弃真理。

打狗像打人一样，杀人像杀狗一样。把人当成畜生对待……他们靠残忍取乐，以放血为业。没有血，他们的嗓子就要干坏。

小说进而通过斯捷潘妮达表现人需要尊严、需要善良,品质十分重要。

在一生的艰苦岁月中,她终于认识了真理,一点一点地得到了人的尊严。谁要是一旦感到自己是个人,他就再不会去当畜生。生活中有许多东西,特别是灾难和不幸,使她相信:如果你希望别人把你当人看待,那么你也必须与人为善。大概人就是这样,都是以德报德,未必能以德报怨。邪恶除了产生邪恶,不会产生任何其他东西。但可悲的是,人类的善良在邪恶面前显得软弱无力,邪恶只畏强力,只害怕惩罚。只有对它严惩不贷,才能使它的残暴本性有所收敛,使它有所顾忌。缺少这一点,可就要像圣经里说的那样,世界大乱了……

好人不管是情愿还是被迫,都不会干出卑鄙勾当。卑鄙之徒的武器就是卑鄙行为。

小说在战争叙事上的创新之处有二。一是不直接描写苏德双方军队在战场上的浴血拼杀,而是别出心裁地通过平凡普通的农民来侧面描写战争,从敌占区日常生活的平凡悲剧来写普通的英雄。这是一个绝好的角度,也是贝科夫在苏联战争小说中的一个创新。二是如上所述,还借他们一生的经历和遭遇,反思人性。

《第五个死者》写退休的副教授阿盖耶夫来到远离住地几百里外的一个偏僻小镇,在曾枪毙人的人坑挖掘,边挖掘边回忆过去。阿盖耶夫本是军人,上尉军衔,担任团部军需主任,在1941年冬的德军进攻中,曾冒险抢出一车军火,并率队突出重围,不幸腿上负伤,和肩上负伤的营属通讯排排长莫洛科维奇一同从部队掉队,被迫躲到莫洛科维奇的家乡小镇里。在那里,他们接受了地下党的领导,阿盖耶夫在镇里冒充房东巴拉诺芙斯卡娅的儿子,当起了修鞋匠。在修鞋的过程中,他认识了玛丽娅,并与她热恋。但伪警察局长德洛兹坚科从他不太熟悉的手艺中看出了破绽,知道他是红军的指战员,以死威胁、逼迫他为德国人服务,他被迫签字,但心里十分懊悔。后来,他在接受了游击队送来的"肥皂"——炸药后,急于送到车站去给地下党安排在那里工作的莫洛科维奇,但自己腿伤未好,而玛丽娅又自告奋勇,于是他就把炸药放在巴拉诺芙斯卡娅修好的一个篮筐里让玛丽娅送去。不料,因为巴拉诺芙斯卡娅外出几十天未归,引起了伪警察乃至德国人的怀疑,而巴拉诺芙斯卡娅的这个篮筐刚好以前曾被一个警察修理过,因此暴露了玛丽娅,致使阿盖耶夫与玛丽娅都被捕。而原来莫洛科维奇介绍他认识的大学生基斯利亚科夫被捕后经不起酷刑叛变了,供出了莫洛科维奇,导致他也被捕。此外被捕的还有基斯利亚科夫的舅舅兹利,他独自炸毁了德国人的十七节车厢。最后,他们五人一起被枪毙了。然而,阿盖耶夫没被打死,并且死里逃生,参加了游击队。卫国战争胜利后,他在大学里当了副教授。退休后,他极想知道玛丽娅的情况,到处打听,都没有下落。并且听说,当时枪毙的是五个人,但最后人们掩埋尸体时,只发现三具尸体,而且都是男性。这使他充满希望,认为玛丽娅还活在人间。于是,他为了解开玛丽娅是死是活的谜,拼命挖掘人坑,希望找到证据。然而挖了两个多月,也一无所获。只剩下最后一个角落了,他丧失了挖下去的兴趣,正好这里也被推土机填平,作为牲畜养育场。他离开了小镇,回到自己的住地……此外,小说还穿插了谢苗的故事。他本是红军战士,所在部队被德国人打散后,回到家乡,最后被迫做了伪警察,但他伺机打死顽固的俄奸,救出红军游击队参谋长,因而得以参加游击队,并屡立大功,但由于曾当过伪警察,战后没有给他享受应有的功绩和待遇。

小说大力描写了阿盖耶夫等一批人强烈的爱国心与职责感,如当团长让阿盖耶夫带领四十二个红军官兵突围时,他深感:"团长信任他,认为他能干好,比别人强,才把指挥权交给他,而没有交给别人。不,现在个人牺牲不是最可怕的事,最可怕的是完不成任务,指挥失误,辜负信任。阿盖耶夫决心不让这种事情发生。"即便负了重伤,在养伤时他也时常想道:"在这种时刻,无所事事——尽管是被迫的,也带有某种犯罪意味。当战争灾难逼近的时候,他没有权利袖手旁观——即使他是伤员。……任何计划都不应成为他逃避斗争的借口。"

但小说更多地描写了人性的问题。小说写道:"人跟人不同。有的是畜生,有的却没什么,就是吓破了胆,尤其是那些携家带口的人。"小说还描写了另一些人性弱点,如战争末期游击队里出现了一批"机灵鬼",只是"为了活下来而开始战斗";即便是苏联时代,也出现某些人性问题。"在年轻人,甚至在年纪较大的人们聚会时,每个人都言不离'而我……',只关心一点:哗众取宠,制造效果。用什么并不重要:东西呀,行为呀,周围人对他的好评呀,尤其是上级对他的赞许呀……"也写到介乎人性弱点与卑劣之间的一些人性问题,如阿盖耶夫的儿子阿尔卡季"具有明显表现出的目的本能,可说是过分现代化的本能,然而这种本能是'被生活碾平的'老阿盖耶夫(这是他对自己的说法)不能接受的,然而一般说来他却不能不对人们身上表现出的这种本能给予器重。阿尔卡季从小就知道他要做什么,总是顽强地实现自己的向往。这本身并无什么不好,如果不是有一个不大的特点:他认为其他所有的人都应有助于他奔向自己的目的,尤其是他的亲戚、妻子、父母"。

小说更着力描写了诸多人性的卑劣:侦察连长叶纳卡耶夫在抓"舌头"通过德军地雷区的时候,命令本该尾随其后的战士谢苗诺夫等人爬到前面去为自己开路,"让谢苗诺夫去炸个粉碎好了,而叶纳卡耶夫却可以把'舌头'带回去,他连根毫毛都损失不掉",而且能邀功请赏;基斯利亚科夫经不住酷刑,出卖了自己的同志;红军上尉、坦克营参谋长德罗兹坚科因为把自己的生命看得特别重,"不愿意替别人去死"而自愿投敌,当了伪警察局长;技师斯塔谢维奇等也主动投靠德国人,当了伪警察或特务。这些叛变投敌者助纣为虐,疯狂地帮助德国人捕杀犹太人,抓捕、绞死被打散的红军指战员和共产党员,以致"半个村镇的人一下子死掉了"。

小说也通过巴拉诺芙斯卡娅提出了关于人性的一些观念。针对女医生叶夫谢耶芙娜所说的"不过现在应该爱护的是男人,打仗嘛",巴拉诺芙斯卡娅话里透着明显的信念说:"不论什么时候,该爱护所有的人";她还认识到:"人不应该按阶层和阶级,不应该按职业和地位划分,而应该划分成善良的人和恶人。善和恶的比例,可能是十比一。还有,没有上帝就不可能有善良。魔鬼总是同恶一起攫取人的心灵,它是贪得无厌的。"小说还通过巴拉诺芙斯卡娅这一形象,树立了人性的榜样。巴拉诺芙斯卡娅从高等学校毕业后,就到民众中去做启蒙工作,把理智、善良教给他们,她教了几年农村孩子,后来又在民众学校教书,并嫁给基里尔神父,他教会她永远要善良,两口子一直过着"有良心、讲善良"的生活。国内战争结束后,基里尔先是遭受排挤打击,但他逆来顺受,希望挺过去。教堂被关闭后,他被迫学当修鞋匠,而巴拉诺芙斯卡娅也失去了工作,两人勉强地活着,最后实在被逼得活不下去了,基里尔为了保全妻儿,只好彻底失踪。在心地善良的新领导斯捷潘诺维奇的帮助下,巴拉诺芙斯卡娅的儿子奥列格读上了大学,毕业后成了专家——铁路工程师,后来被德国飞机炸死了。尽管失去了丈夫和儿子,一生历尽磨难,但巴拉诺芙斯卡娅以德报怨,大力支持地下党的对敌斗争,冒着生命危险收留和救治负伤的阿盖耶夫,自己还亲自外出,为游击队传送情报,最后默默无闻地为国牺牲。对此阿盖耶夫认为,她这是"以善报恶……她心里存在着一种东西,它高于阶级隔阂,甚至高于她生来就孜孜以求的公正原则"。

这部小说在战争叙事方面继续了《苦难的标志》的从侧面描写战争,写普通人的英雄主义,写战争时期日常生活中的悲剧。

《在雾中》(В тумане,1987)描写1942年晚秋,游击队侦察员布罗夫奉命带着助手沃依季克骑马从驻地到大桥车站去处决被认为是叛徒的苏辛尼亚。他们遭遇警察,布罗夫负伤,苏辛尼亚背着布罗夫,准备和他们一起到游击队去辨明自己并非叛徒。但他们在路上遭到警察伏击,布罗夫牺牲,沃依季克也被打死,苏辛尼亚无以自明,在绝望中自杀。

小说在战争叙事方面继续从侧面反映战争,描写敌占区人民自发的反法西斯斗争,表现战争时期日常生活的悲剧;但更多的是借故事表现对人性具有哲学意味的一种思考和反思。谁是好人谁是叛徒,从表面上难以分清,人性的优劣只有到关键时刻才能显露。

小说一开始,就是布罗夫带沃依季克去处决叛徒苏辛尼亚。"这个苏辛尼亚战前就在铁路上工作,过去一直被认为是个不坏的人,可是一个月以前,由于在维斯比杨桥附近搞破坏活动、被警察抓去以后,他为了赎取自己的生命,出卖了参加破坏活动的同伴,同他一起拧松铁轨的三个养路工。那三个养路工被拖到镇上绞死,而苏辛尼亚却获释了。"布罗夫虽然是个观点偏激、固执己见的人,但他还是富有人性。他比较了解苏辛尼亚,认为他是个不错的人:他和苏辛尼亚是乡亲,住在相邻的街上,苏辛尼亚比他大十岁,是个安静、随和的人,布罗夫对他印象很好,因为他"待人宽厚,不管对大人还是孩子"。但既然游击队做出了公正的决定,对这样的人必须严惩不贷,以儆效尤。因此布罗夫一路上在头脑里反复考虑了千百次,怎样处死苏辛尼亚,最后决定采取最简单的办法:不要东拉西扯,不要攀谈,把他带到随便什么地方,一枪了结。他和沃依季克悄悄摸进苏辛尼亚家里,却发现苏辛尼亚和他四五岁的儿子格里沙、妻子阿尼莉雅都在,他不能当着可爱的孩子的面处决叛徒,但因为"他们被绞死,而他却被释放了",他也不相信苏辛尼亚妻子的辩白:"他没有做过任何对不起他们的事情,他还袒护过他们。"然而苏辛尼亚不逃跑、不反抗,相当温顺地跟着他们走的态度却暗暗感染了他,尽管他也不相信他的声明:"我没有出卖过!"但他确实感到难以辨别:"如果他没有罪,难道他会这样顺从地跟着走吗?""或许,正因为他没有罪,才会跟着走?"他决定不管这事,只把苏辛尼亚带到河对岸的林中处决。他同意苏辛尼亚为自己挖掘坟墓,并且答应了苏辛尼亚的要求。"不要说我是被枪毙的,只说是被德国人打死的。"但坟墓刚挖好,警察就摸过来了,而放哨的沃依季克却毫不示警自顾自地躲起来了。布罗夫受了重伤,苏辛尼亚背起他逃跑,布罗夫告诉他要把自己送到祖勃罗夫卡去找基耶尼亚。后来总算遇到沃依季克,他给布罗夫包扎了伤口,他们一起逃跑,布罗夫告诫他:"不要去碰苏辛尼亚。"沃依季克借口找马车运送布罗夫,自己一人走了,苏辛尼亚独自守在布罗夫身旁,把过去的事情一五一十地告诉了布罗夫,并且声明自己没有出卖过任何人。原来,苏辛尼亚在铁路上工作了十三年,德国人来了后,他一度打算不工作了,可站长威胁他,只好勉强干下去,只是消极怠工。一次,他们发现德国人准备趁黑夜运送重要物资,年轻的米舒克提议拧松轨道让列车出事,苏辛尼亚表示反对,因为他知道得比别人更清楚,这很容易暴露自己,但其他三人一致要求,他只好同意。没想到这天德国人一反常规,天黑以前就发车了,结果四人在出事后一小时就被捕了。他们经受了德国人的严刑拷打,他也拒绝了德国人的收买利用。但最后,德国人绞死了其他三人,却别有用心地把他放了出来,结果邻居、亲戚甚至妻子都不相信他,都认为他是叛徒,这使他十分痛苦。布罗夫在临死前仔细地听着,相信苏辛尼亚讲的是实话,可不久他就因失血过多死了。

胆小的沃依季克在外转悠了一番,找到苏辛尼亚,两人带着布罗夫的尸体,继续跑向游击队的宿营地。他不听布罗夫的劝告,一心想打死苏辛尼亚,又觉得自己现在对这片森林十分陌生容易迷路,得等他把自己带到熟悉的地方再说。他让苏辛尼亚作靶子先通过危险的林中公路,可事与愿违,当他准备越过去时,警察赶来把他打死了。苏辛尼亚原本想让布罗夫证明自己的清白,后来试图通过把布罗夫的尸体送到游击队,让沃依季克作证,现在一切都完了,为了不玷污妻子、儿子和亲戚的命运,他只好用布罗夫留下的手枪开枪自杀了。

小说还写到,苏辛尼亚的善良宽厚与他的家庭关系很大。

据苏辛尼亚记忆所及,他这个大家庭中的所有的人同亲友、邻居相处,都竭力做到诚实真挚,光明磊落。在年轻的时候苏辛尼亚甚至不能想象可以这样做:譬如说借了债不还,或者如果有人向你请求,有人需要你能够办到而不肯办。他们自己的生活经常很困难,或者很贫苦,每一普特粮食,每一块腌猪油,每一戈比都是很需要的。但如果孤苦无依的赫里斯京娜抱着她的私生子走来,苏辛尼亚家会把自己最后的一点东西都送给她——一块面包、一件破衣服,或者一个卢布,让她去买药。当然,常常舍不得,自己也常常感到不够吃,不够花,但在这样的场合,妈妈或赫维多拉奶奶总要说,不能不接济这个已经受尽委屈的女人。

《在雾中》最富哲理意味的是,被怀疑为叛徒的苏辛尼亚不是叛徒,而被游击队派来惩治叛徒的沃依季克却是一个真正的叛徒。沃依季克自以为头脑聪明、十分机灵,但他生性软弱、缺乏自信心,凡事只会给别人制造麻烦,极其自私。他曾经因为母亲关心、帮助被镇压的领导家属受牵连而憎恨母亲,但后来他母亲为了救他,被德国人处死,他却一筹莫展。去年为了活命,他更是出卖了给他们提供食物并收养了患病的突围战士费佳·斯维利多夫中尉的农民克里姆卡夫妻,使得三人被警察烧死和打死,只是这件事当时只有他自己知道，因为自己这方面知情的人都已死了，而"警察不是当地人，他们不认识沃依季克"，"这件事情就成了一个秘密，他不打算告诉任何人"。他"还用一种思想安慰自己：这还不算是叛变，有些人的叛变要比毁掉一个田庄和住在田庄里的三个人严重得多"。这次作为放哨的人，当他发现六个伪警察摸过来时，不是鸣枪报警或者开枪杀敌，而是为了保全小命，不声不响偷偷溜走，"沃依季克经过了片刻的惊慌失措之后，清醒过来，急忙跳到松树背后，沿着林边地带离开了这个地方"。在某种程度上，这也是一种为了保命而出卖同志的行径。

小说还通过苏辛尼亚的话对信任人的问题发出质问："难道在一年半的战争中一切都改变了吗？难道人会变得这样快吗？在战前是一个人，在战争中变成另一个人？我已经在这里生活了三十七年，大家都了解我。大家都一贯尊敬我，我从来没有同别人吵过嘴。为什么现在不再相信我？结果是相信德国人，而不相信自己人。邻居们这样，你们也这样。甚至妻子也……怀疑。改变了！我生来是这样的，叫我怎样改变？!"并且提出："要知道活着的人总是希望正正当当地生活的。即使不是为了自己，至少为了自己的孩子。"[1]

正因为如此，苏联学者认为这一中篇小说表现了战争年代黑白难分的灾难性：敌与我，怯懦与勇敢，英雄主义与叛卖行为。[2]译者张草纫更具体地谈道："在作者笔下，被认为是叛徒的苏辛尼亚却是一个忠实、善良而勇敢的人，他忍受了敌人的残酷拷问和自己人怀疑的委屈，明知在游击队等待着他的不会是好结果，但为了不玷污自己的妻子和儿子的生活，还是甘愿前去接受审判或惩罚。而被派去处决叛徒的游击队员沃依季克，却是一个不负责任、自私、多疑，而且本身隐瞒了叛变行为的人。从而提出了这样一个问题：人的价值不是由他们所处的地位决定的。被认为是坏人的不一定是坏人，而站在审判地位的也不都是好人。是非、善恶，并不经常都是那么泾渭分明的。最后苏辛尼亚面对着两个游击队员的尸体，感到已经没有力量再为自己辩白，只能以死来表明自己的心迹，希望以此得到人们、妻子和儿子的谅解。小说取名《在雾中》显然有暗示的意义，表明苏辛尼亚的含冤受屈还没有得到昭雪。而受屈的人，又岂止是一个苏辛尼亚。"[3]

贝科夫80年代小说的哲理意味还表现为描写偶然性对人的影响，这在邦达列夫、西蒙诺夫的作品中颇为常见，贝科夫70年代也开始在作品中表

① 本节中所引《在雾中》的文字，均出自〔苏〕贝科夫：《在雾中》，张草纫译，《外国文艺》1988年第3期，为节省篇幅，不一一注出。
② *Рывкинд А.С. Мужество таланта*（В.В.Быков）. М.，1988，С.25~26.
③ 〔苏〕贝科夫：《在雾中》，张草纫译，《外国文艺》1988年第3期。

现这一点。如《活到黎明》充分写出了战争的偶然性、多变性——伊万诺夫斯基偶然发现德军弹药基地,率领小分队冒着暴风雪突破重重封锁线到达那里时,基地却早已搬走,以致叙述者都忍不住感叹:"人的命运在战时如此变幻无常,这是任何地方的和平生活所无法比拟的。"小说进而写出命运对人的无情捉弄:伊万诺夫斯基炸毁弹药基地落空,已被命运捉弄了一回,临死前更被命运开了个大玩笑:负了重伤的他,好不容易爬到马路上,一心想炸毁一辆德国汽车,炸死几个德国军官,谁知他等到黎明,遇到的却是两个德国马车夫:"他就是这样等到了黎明,就是这样在公路上碰到了德国人!一切就要这样愚蠢可笑、这样荒唐无稽、这样一无所获地结束了。这种结局无论如何也不应该发生的!他还有什么办法呢?"①

贝科夫在80年代的三部作品中,几乎都写到偶然性对人的影响,在《第五个死者》和《在雾中》尤为突出。

《第五个死者》写了不少偶然性的作用。在战争中有次敌机轰炸时,阿盖耶夫开车误打误撞,在一个村子里发现了红军的弹药库,急急忙忙冒着九死一生的危险冲过敌人的狂轰滥炸区域搬回武器后,却不料带回的只是手榴弹的弹柄,影响了红军的防御能力。还有阿盖耶夫偶然接连幸运地逃出了死神的魔掌:"当时他胸部中弹,昏迷中跌入人坑。但是,由于无法理解的偶然性,他没有摔进水里,过了大约一个小时,他开始逐渐苏醒",他"爬到大道上,已是破晓时分。他很走运,这次天赐的机遇拯救了他:从镇里出来的第一个行人竟是自己人。他默默地把血肉模糊的阿盖耶夫抱上大车"。而最大的偶然性则是他让玛丽娅用篮筐去送"肥皂",这个偶然性改变了一切,而且毁灭了玛丽娅,也差点彻底毁灭他:"这个捷连科警察,一眼就认出了这只篮筐——去年冬天,掉了把手,巴拉诺芙斯卡娅拿去修理过。就是他给修的,还用红布条缠了把手。嗯?警察局还需要什么?猎物自己找上门来了,简直是白捡的。"以致阿盖耶夫感到:

> 现在他明白玛丽娅出事的原因了——这不是哪个人的罪过,而是多种恶劣情况巧合使然,是诸如篮筐和一年前修理过它的那个警察等毫无道理的偶然情况造成的。如果没有这些巧合,一切可能都会安全顺利,甚至能完全成功,而他们至今也会仍然自由和为自己的成功作为感到骄傲。但是,出现了这些可怕的偶然事件的干扰,一切都落了空。

---

① 《贝科夫小说选》,吉林大学外文系俄文教研室文学翻译小组译,人民文学出版社1980年,第126、281页。

炸药、重大的破坏行动及他们年轻的生命——全完了。不过,抱怨偶然事件有什么用,很清楚,他们参加其中的斗争本身就是由层出不穷的各种偶然事件组成的,就是由各种毫无道理的情况编织而成。

《在雾中》至少也有几次致命的偶然性。一次是苏辛尼亚四人拧松轨道,却没想到德国人偶然提前发车,让他们全都暴露;而在布罗夫对他执行死刑时,至少有两次偶然:一次是当他挖好坟墓后,伪警察突然袭来,重伤布罗夫;另一次是沃依季克满以为让苏辛尼亚先过林中公路,被敌人发现后,会先遭枪击,可没想到苏辛尼亚过去时,伪警察还没赶到,沃依季克过路时却刚好成为靶子。这一方面说明偶然在捉弄人们,人算不如天算,另一方面也把苏辛尼亚辩明自己的路彻底截断,导致他被迫自杀!对苏辛尼亚,偶然捉弄得更加厉害,表面上看,接连两次救他脱离死亡,可实际上,是让他陷入百口莫辩的更加悲惨、更加难堪的境地,只能自杀!

顺便说一下,90年代,贝科夫的战争小说更多写苏联红军负面的东西,如《爱我吧,小战士》(Полюби меня, солдатик, 1996)。这是一首民歌中的第一句,作家把它作为小说标题。作品写苏联卫国战争即将结束,苏联红军在奥地利小城郊外的一个小村庄等待战争胜利,"我"德米特里·勃列伊科,是炮兵中尉,白俄罗斯人,发现这里有一栋古老的房子,还有一对从德国为逃避战乱躲到此处的年老的德国夫妇,男的沙尔夫博士是生物学教授,以及一个他们的女佣芙拉尼娅——"我"的十七岁的小同乡,"我"保护他们免受士兵的侵扰,并且和芙拉尼娅产生了初恋。然而战争结束了,"我"们开拔了,去与美国盟军相会。"我"从相会的狂欢中逃出,跑回这个小镇去找芙拉尼娅,却发现她和德国老夫妇都被杀死了,也不知道是德国败军所为,还是红军所为。"我"伤心欲绝,找人安葬了他们……[①]小说不再写作家此前一贯描写的苏联军人的英勇,而更多揭露苏联红军中存在的各种问题:开后门,杀人,抢劫,对人不信任,严格审查曾经被俘的军人,甚至怀疑从敌后拼死冲杀出来的战士和军官……此外,贝科夫还有《严寒》(1993)写白俄罗斯游击战争。

可以看到,贝科夫喜欢运用中篇小说描写战争,每一部作品都有一种"贝科夫式的环境",通过这一极限情境,他表现战争带来的灾难,以及苏联军民在战争中的爱国热情和英雄主义,尤其是表现人性的崇高与卑劣,并且经历了一个由赞美人性到揭示人性,再到反思人性的发展过程。正因为如

---

① 刘宪平译,详见《在你的城门里:新俄罗斯中篇小说精选》,周启超选编,昆仑出版社1999年。

此,俄国和中国学者对其战争小说评价颇高。

阿达莫维奇指出,贝科夫的创作在苏联文学中是一个根本上有趣的现象,他的不同凡响之处在于,他总是创作一部又一部中篇小说,而且主题和材料十分近似……但他的每一部中篇小说仍然给予读者以他重新发现的全新的东西、视角和情感。①斯拉伯科夫斯卡娅则认为,贝科夫的中篇小说是这样一种体裁,它使作家力求借助有限的材料做出意义重大的道德–哲学总结,在每一部作品中都表明作家对世界和人的观念。她进而具体指出,贝科夫在中篇小说类型方面的创新,表现为加强情节的紧张性,强化道德讨论的氛围,营造紧张冲突的情境和劝谕寓言性质的故事,说出作者关于人与战争的道德评判的高度,以及对人与时间相互联系、相互作用问题的特别关注。作家创造了"贝科夫式的"诗学结构:力求限定叙述的对象,依靠政论性的要素、意义重大的细节、形象、生动的简短故事、"开放的"结尾从另一个方面拉远描写的界限。②

斯拉伯科夫斯卡娅还指出,贝科夫以自己的创作"证明",战争的主题是多么取之不竭,在早已众所周知的领域也可以发现新的边界,只要作家的主要兴趣在人,他的精神潜能,以及与时间和历史的联系。艾特玛托夫、阿斯塔菲耶夫、拉斯普京、特里丰诺夫及其他作家都运用各种创作手法对整个系列的道德范畴——职责、勇气、名誉、良心——进行社会心理研究,贝科夫的追求与他们内在地相似。但贝科夫在关于战争的叙事中给英雄带来了另一种意义:最重要的是对功绩的道德准备,人的思想和情感的高度,具有意识到为所做决定承担责任的能力。③我国的黄茂文则认为,与邦达列夫和巴克兰诺夫等同龄著名作家相比,贝科夫所取得的成绩可谓有过之而无不及。他的作品不像邦达列夫那样偏向对抽象问题的辩论,也不像巴克兰诺夫那样偏向非主流的叙述,他总是在富于艺术表现力的形式中刻画生动的人物形象,对处于绝境中的人的道德选择进行深入的分析,从而追问生存的深层意义,努力去追问生存价值的真实与虚假、高尚与卑微。在深刻的思想性与完美的艺术性相结合这方面,他在"前线一代"作家中堪称典范。在"前线一代"作家中,他的作品比邦达列夫和巴克兰诺夫等人更具悠远的俄罗斯文化意味和传统特色,对后起的瓦西里耶夫等有着深远的影响④,如瓦西里耶夫

---

① *Адамович А. Василь Быков./Собр.соч.: В 4-х т. Т .3 .,M.,1982,C.402.*

② *Слабковская Е. Г. Поэтика военных повестей В.Быков. Иркутск,1988,С.4,5,10.*

③ *Слабковская Е. Г. Поэтика военных повестей В.Быков. Иркутск,1988,С.3~4.*

④ 参阅黄茂文:《典范的军事文学艺术与错误的民族分离主义:贝科夫军事文学问题简析》,《解放军艺术学院学报》2015年第4期。

在一次访谈中承认："非常喜爱和钦佩瓦西里·贝科夫。他发表的每一部作品,我都仔细读过。他对于我具有很大的权威。他是用全副身心来感受自己人民的悲剧,特别是白俄罗斯人民的悲剧的。如果说,在同辈作家中,有谁对我最亲近,那就是贝科夫了。"①

四、康德拉季耶夫的"尔热夫系列"战争小说

维雅切斯拉夫·列奥尼多维奇·康德拉季耶夫（Вячеслав Леонидович Кондратьев, 1920~1993）,1920年10月30日出生于波尔塔瓦一个工程师的家庭。祖父曾领导过伊万诺沃-沃兹涅先斯克省的革命运动,祖母的一个姐妹也是女革命家,并担任过伊万诺沃-沃兹涅先斯克省省委书记和联共(布)中央监察委员会委员。1922年康德拉季耶夫全家迁居莫斯科。他在莫斯科读完中学并考入大学。1939年,大学二年级时他应征入伍,在远东的铁道兵部队服役。卫国战争爆发后,上级批准了他上前线的要求,1942年春他参加了被称为"尔热夫(一译勒热夫)绞肉机"的惨烈的尔热夫战役②,英勇作战,并且负了伤,获得奖章,担任过排长、代理连长。在尔热夫的战斗经历为他后来创作战争小说积累了丰富的素材。战后,他又上了大学,1958年毕业于莫斯科工艺美术学院,此后很长时间从事工艺美术工作。戈尔巴乔夫的政治改革,赢得了康德拉季耶夫的衷心拥护,肖格洛夫曾在1995年11月1日的《文学报》撰文谈道："他渴望变革。热烈希望变革能够实现,并且抱有很大的期望。他开始常给我打电话,说道:'应当帮助戈尔巴乔夫。'"因此,1986~1991年他开始从政,成为支持"改革"的自由派和文坛的活跃人物,经常发表谈话、刊发文章(著名的如《萨什卡在今天的白宫旁》),批判过去的制度,号召人民支持改革。叶利钦当总统后,他开始感到失望,不过仍然支持改革。苏联解体后,他深感失望甚至绝望,写文章尖锐地批评当局。1993年9月21日深夜,在获悉俄罗斯联邦总统发布解散议会的命令后,他开枪自杀。

康德拉季耶夫的文学创作可谓大器晚成,像英国18世纪的作家笛福（1660~1731）一样,年近花甲才一举成名。尽管他曾回忆说："战争第二次向

---

① 刘宁:《访苏联作家鲍·瓦西里耶夫》,《苏联文学》1986年第1期。

② 尔热夫战役是苏联红军和德国军队自1942年1月至1943年3月,围绕莫斯科西北150公里的小城尔热夫(一译勒热夫)、维亚济马一线反复争夺的一系列战役。在一年多时间里,上百万红军将士或伤或亡(准确数字是投入两百多万人,最后只剩下248人,详见 Международный научно-исследовательский журнал • No.9(40) • Часть 5 • Октябрь, C.15),苏、德之间的伤亡比为4:1,因此就有了"尔热夫绞肉机"这个历史名词。

我袭来是在50年代末。回忆开始折磨我,前线发生的事没完没了地在脑子里转动起来,那些遥远的年代突然靠近了。有时甚至闻得到战争的气息……"[1]当时他读了"战壕真实派"的小说,深感其中缺少点东西,于是回忆自己的战争经历,开始写作,但很不满意,于是花了很多年钻研和练习写作(他后来自述:"差不多花了十年的时间探索文学中一般性浅薄的描述与真实的界限"[2]),终于在1974年写出了中篇小说《萨什卡》。他把小说寄给著名的《新世界》杂志,可该杂志一拖再拖,整整五年都没发表。著名作家西蒙诺夫知道后,写了封推荐信,小说才发表在《民族友谊》杂志1979年第2期上。小说受到读者的热烈欢迎,批评界也赞不绝口,西蒙诺夫甚至宣称:"要是我没有读过《萨什卡》这部小说,我会觉得不仅是在文学上,简直是在生活中缺少点什么。"[3]作者由此一举成名,立刻跻身名作家行列。受此鼓舞,作家接连发表了不少作品,进一步巩固了自己的文学地位。

康德拉季耶夫的作品多为中短篇小说,只有一部长篇小说《红门》(1988)。中短篇小说是他写得最精彩的作品,也是他的代表作,主要有短篇小说《在105公里工务点》(1979)、《致以前线的敬礼》(1979)、《奥符夏尼柯沃峡谷》(1979)、《纪念日》(1980)、《在奥夫相尼科沃旷野上》(一译《在奥夫相尼科沃战场上》《在奥符夏尼柯沃原野》,1980)、《利霍博雷车站》(1983)、《阿霞的大尉》(1984)、《叶妮卡》(1985)等,中篇小说《萨什卡》(1979)、《鲍尔卡的道路》(1979)、《切尔诺沃的胜利日》(1979)、《通往博罗杜西诺的大道》(1980)、《伤假》(1980)、《谢利扎洛沃大道》(1981)、《斯列坚卡大街上的会晤》(一译《相逢在列斯坚科》《重逢》,1983),剧本《局部发生战斗》(1984)。其中,《萨什卡》《伤假》《在奥夫相尼科沃旷野上》《谢利扎洛沃大道》《斯列坚卡大街上的会晤》等因为都与尔热夫战斗相关,被称为"尔热夫的散文"或"尔热夫小说"。这样,本节就以"尔热夫小说"为主,论述康德拉季耶夫战争小说的特点,适当涉及作家的其他战争小说。

综观康德拉季耶夫的战争小说,尤其是"尔热夫小说",其突出特点包括以下三个方面:自己的战争,独特的角度,构成系列的中短篇小说。

其一,自己的战争。康德拉季耶夫曾强调自己写的是"关于自己的战争":"当时在报刊上登载的关于战争的东西与我个人体验差别很大。我要

① *Владимир Алексеевич*.《На самой трудной должности …》—— Размышления о творчестве и судьбе Вячеслава Кондратьева. //Литература в школе. 2015. No.12.

② 陈敬咏:《战争文学的新人新作:维·康德拉季耶夫作品评介》,见〔苏〕B.康德拉季耶夫:《致以前线的敬礼》,陈敬咏、袁玉德等译,吉林人民出版社1986年,第12页。

③ 转引自严永兴:《康德拉季耶夫一举成名》,《读书》1981年第10期。

讲述的战争发生在不大的一小块土地上,对许多人来说是不怎么熟悉的,而且是艰苦的、失败的战争……关于自己的战争,也许每个人都能讲得极其真实、极其真诚,不放过当时的任何一个细节、任何一个特征,因为这是你的'一寸土'……你的战争。"①这表现在两个方面。

最表面的是,康德拉季耶夫战争小说多数带有突出的自传性——其主人公是莫斯科人,而且往往都是先在远东部队服役,战争爆发后被派往西部战场,在部队里是中尉或上尉,担任基层干部,往往是排长或连长。《在105公里工务点》(На сто пятом километре)中的主人公、叙述者"我"是莫斯科人,在远东的铁道部队服役,担任105公里公务点初级指挥员不久被选派到西部作战。《阿霞的大尉》(Асин капитан)中男主人公、叙述者"我"维克多中尉,莫斯科人,先在远东服役,后被派往西部前线。《谢利扎洛沃大道》(Селижаровский тракт)中的主要人物孔申中士也是莫斯科人,也从远东来到尔热夫战场,在残酷的战斗中,在排长、连长相继战死的情况下,他接连被提升为排长和连长(《斯列坚卡大街上的会晤》中他在战后作为伤残军人准备继续上大学深造时与沃洛季卡相识)。《伤假》②(Отпуск по ранению)及其姊妹篇《斯列坚卡大街上的会晤》③(Встречи на Сретенке)中的男主人公沃洛季卡(一译沃洛佳)中尉(在《萨什卡》中也出现了,不过只是作为主人公萨什卡的陪衬)同样是从远东来到尔热夫前线,担任连长,伤愈归队后又担任侦察排长,指挥作战。《叶妮卡》(Женька)中的男主人公乌沙科夫上尉也是莫斯科人,不过他不是步兵,而在运输连里。

他还真实地描写下层官兵所经历的战壕真实,这在"尔热夫小说"中表现得尤为突出。

中篇小说《谢利扎洛沃大道》描写苏军某步兵旅在卫国战争的艰难时期,从西伯利亚调过来后,经过三昼夜行军,在尔热夫城外一块不大的地方投入第一次战斗,由于没有炮火支援和坦克配合,多次冲锋受挫。某营损失较重,只有孔申中士冲近敌人坦克,又在重围中趁黑夜突围回到自己的队伍

---

① 陈敬咏:《战争文学的新人新作:维·康德拉季耶夫作品评介》,见〔苏〕康德拉季耶夫:《致以前线的敬礼》,第2页。

② 该小说目前有两个中文译本:严永兴译,解放军文艺出版社1984年;陈敬咏、应天士、袁玉德译,见《致以前线的敬礼》,吉林人民出版社1986年,或见《重逢:当代苏联中短篇小说选辑》,上海译文出版社1993年。

③ 该小说目前有两个中文译本:《斯列坚卡大街上的会晤》,袁玉德译,《当代外国文学》1986年第1期;《重逢》,于国畔、姚龙宝译,见《重逢:当代苏联中短篇小说选辑》,上海译文出版社1993年。

中，并报告了情况，还配合侦察兵去坦克附近抓了一个"舌头"，这是挫败中唯一的胜利，给人希望……

《奥符夏尼柯沃峡谷》（Овсянниковский овраг）描写的是1942年守卫尔热夫地区奥符夏尼柯沃峡谷的一个连队的战斗故事。小说采用连长"我"第一人称的叙事方式，讲述这段战事。"我"率领一个连守卫奥符夏尼柯沃峡谷，与德军对峙。"我"原来当排长时那个排的人几乎打光了，只剩下"我"和伤愈归来的一个四十出头的士兵菲利莫诺夫。现在这个连剩下的人也不多了。而且快到五月，融雪使得道路泥泞，军需物资无法按时送达，前线的指战员们缺吃少穿，都没有力气挖战壕，"在整个前线只有一个掩蔽部——副营长的掩蔽部。没有一条战壕！"①指战员们都住在窝棚里。德国人早晚有两次猛烈的例行炮轰，好在这些日子运气不错，很少有士兵伤亡。士兵利亚文最初趁着黑夜摸到德国人前沿阵地从死者身上弄些面包干和烟丝，后来弄钱，结果被发现，菲利莫诺夫建议对这个只"干了点蠢事"且"还是小孩子"的士兵教训一下就行了，可"我"认为利亚文是个"败类"，一定要押送到司令部去，结果他受到严厉惩罚。有天晚上，在最猛烈的炮击后，德国人冲了过来，"我"率领战士们痛击他们，"我"杀死了一个德国兵，另一个德国兵多次想拖回死者的尸体，都被"我"打退。"我"看到了被打死的那个德国人两臂摊开的尸体，有种不愉快的东西刺了一下"我"的心。回到窝棚睡觉时，"我"梦见了那个被"我"打死的德国兵，"我"弯腰把他翻过来，发现居然是自己童年时代的朋友米什卡，不禁由于绝望而号啕大哭。睡醒后，"我"遏制不住到峡谷去看看的愿望，在吃过晚饭后趁天黑爬向那具死尸，却发现有个德国兵俯在死尸身上。"我"一跃而起，拿冲锋枪对准了他，他嘟嘟囔囔地说："我的兄弟……他是我的兄弟……""我"一时仁慈，放过了他。不久，德国人偷袭苏军，从另一个连抓走一个人（这个人是《萨什卡》中萨什卡的搭档），上级震怒。副营长传达上级的战斗指令，并命令"我"带领战士们配合。"我"发现，旅司令部制定的所谓战斗计划，就是用一辆坦克拖着几辆雪橇载着六个侦察兵去德国人那边抓"舌头"，"我"看见利亚文也在其中。"我"突然感到这几个人将因为"我"的原因而死去！当坦克开动时，"我"突然扑向前去，挤进了侦察员们中间……

《萨什卡》②（Сашка）也描写了萨什卡所在部队尤其是萨什卡本人同德

---

① 〔苏〕康德拉季耶夫：《奥符夏尼柯沃峡谷》，见〔苏〕康德拉季耶夫：《致以前线的敬礼》，第191页。

② 该小说目前有两个出版社出版的杨岱勤、宋东方、袁玉德的同一译本，一个收入《致以前线的敬礼》，吉林人民出版社1986年；另一个为人民文学出版社2005年。

军的初次短兵相接,他奋不顾身猛扑向前,抓了一个"舌头"。《斯列坚卡大街上的会晤》则接续《伤假》,讲述了沃洛季卡伤愈后回到自己原来的部队,担任侦察排长带领侦察兵战斗在奥夫相尼科沃,并升为上尉,得知女友尤莉卡因未让某少校团长遂愿而被刁难,从而派到前线当通信兵结果被德军打死,于是请假过去,痛揍了少校,因而被罚参加某营对多次进攻未能攻克的德军所占村庄的夜间近距离突袭,这次战斗虽然攻克了村庄,但沃洛季卡在与德军拼刺刀时也大腿受伤。

以上真实的战斗描写,使得俄国当代学者认为:"战争正像托尔斯泰所理解的那样,就是流血、死亡、痛苦、泥泞,这些也都出现在康德拉季耶夫的作品中,同时他还继承了涅克拉索夫《在斯大林格勒战壕里》写战壕真实的传统。"[1]莫伊谢耶娃更是认为,康德拉季耶夫按自己的战争经历独特地看待和评价战争,往往写的是:通往前线之路,前线,前线战士眼中的后方生活,前线战士眼中的战后生活;并且找到了独特的形式——用系列中短篇小说的形式,它像长篇小说,但却更自由。[2]

其二,独特的角度。

康德拉季耶夫宣称,他在"过去和未来的门槛发现自己的主人公"[3]。他还谈道:"战争只有一个,可参加战斗的人千千万万,而且这千千万万中的每一个人都有自己独特的小小战争,跟别人的战争毫无相似之处,它是如此独一无二,一如每个人的命运。"[4]因此,他从独特的角度来描写战争。

极力描写平凡日常的战争生活。这是当时苏联战争小说的一个较为普遍的特点:"重现残酷的庸常生活",进而表现"世界中生存主体的真实日常心理和反省"。[5]康德拉季耶夫在《安魂曲式的中篇小说》一文中曾说到写前线平凡日常生活的重要性:"无论多奇怪,但是关于战争的日常生活还是写得不多……而整个战争是由这个日常生活组成的。战斗本身并不是战场上人的生活的主要部分。而其他的部分全是那种困难得难以置信的、极为贫乏的、体力上过重负担的日常生活……战争小说现在不仅沿着心理方面,而

① *Владимир Алексеевич.* 《 На самой трудной должности … 》—— Размышления о творчестве и судьбе Вячеслава Кондратьева. // Литература в школе. 2015. No.12.

② *Моисеева В.Г.* Вячеслав Кондратьев о войне, памяти и творчестве.//Stephanos.2018. No.3.

③ *Павловский А.* Памятный след. // Нева. 1985. No.5.

④ *Кондратьев В., Коган А.* Разговор с читателями книги《Сашка》// Слова, пришедшие из боя. Статьи. Диалоги. Письма. – Выпуск 2. – М.т Книга, 1985, С.230.

⑤ 〔俄〕伊利亚·库库林:《伤痛的调节:1940~1970年代俄罗斯文学中卫国战争暨第二次世界大战创伤体验的流变》,顾宏哲译,《俄罗斯文艺》2020年第3期。

且沿着更加完整地掌握人在其中生活和战斗的环境本身而发展的。"①于是，他就在自己的战争小说，尤其是"尔热夫小说"中极力描写平凡日常的战争生活。

《谢利扎洛沃大道》虽然也描写了苏军某部在尔热夫城下的战斗，但绝大多数篇幅描写的是其三昼夜行军的日常生活，真实地描写了路途的艰辛和条件艰苦。

> 你得背着自己的全部日常生活必需品和自己的一整套相当沉重的武器，在这里，你要徒步行进，脚踏着冰封的地面，滑不唧唧，跌跌撞撞，在这里，不能尽兴地抽烟，只能用衣袖遮掩着抽，因此没味道……在这条路上你碰不见一点儿亲切的火光，看不见一个有生机的村庄和什么居民。公路两旁原来的村村舍舍荡然无存，唯有些翘起的、被烟熏得发黑了的烟囱，以及一棵棵枝条烧焦了的树干……

而且，还吃不饱、睡得少。

> 大伙儿都累了……吃的是稀粥，休息的时间又短。白天，与其说是休息，不如说是为休息做准备，因为你要临时砍伐树枝，构筑窝棚和等候开饭，剩下还有那么三四小时的睡眠时间——既冷又饿，饥寒交迫搞得你面色如土——就这样睡一会儿也不能解乏，也不能忘却恐惧……而那边依然是一条通往战争的黑暗的漫漫长路……大伙儿都说：前线上的伙食有油水。它在哪里，油——水？不过是半盒子玉米粥，再加一小块面包……

即使好不容易休息了，那也是十分艰苦。

> 终于休息了……这时下达了命令：不准点燃篝火！起初，这命令对大伙儿没有多大触动，去它的吧，篝火！主要是需要倒在雪里躺着。大家也正是这么干的，整个路边躺满了人。可是当你走得发热的身子开始冷下来，当寒气钻进你的贴身衣服里面，你的脊背像针刺一般疼痛时，人们才晓得这命令的严厉。不论多么吃力，他们还是不得不爬起

---

① 陈敬咏：《战争文学的新人新作：维·康德拉季耶夫作品评介》，见〔苏〕康德拉季耶夫：《致以前线的敬礼》，第3~10页。

来。大家站着,就地走动,互相捶着背,用手套相互拍打,对厨房只有一个希望了:给他们喝点儿热汤吧,也许能使身体暖和些。

即便如此又饿又累,还得继续不停地向前走。

> 是营队艰难跋涉的第三夜。你的双腿发软了,由于几夜不眠你的脑袋里糊里糊涂,由于饥饿你的身体讨嫌地虚弱了,可是战士们在首长们的催促下还是走啊走……人们眼里已经出现红丝,两腿吃力的迈动着,互相碰撞,现在只有一个强烈的愿望:一头栽到雪地里,躺着,躺着……躺的时间要比行军途中例行休息的时间长得多,躺它一夜,一天,再一夜。但是,等着他们的却是吃不饱的、炮声隆隆和火光闪闪的前线,他们还在走啊,走啊,走……

也真实地描写了初上前线的战士们的恐惧心理。

> 还在乌拉尔整编时,他就吓慌了。他常以憎恨的目光望着所有指挥他的军官——从班长到连长。他在每个军官身上都看到一点,就是要把他带去屠宰。季科夫在屠宰场上工作过一段时间,现在他觉得自己就是一条被捆绑了的小公牛。无怪乎他一路上总是东张西望,他那不善于思索的脑筋会猛然想出个什么逃路吧,可暂时还想不出来。……他思虑重重地走着,内心非常抵触,但队伍的整体行动却拖带着他向前走,他明白没有指望了,每走一步都使他更接近自己不想去而害怕去的地方。

就连勇敢的孔申也感到害怕,“总的来说,孔申并不像切金所感到的那样坚强有力。恐惧和信心不足,同样也折磨着他——到了那里怎样行动?还有,在这一大群沉默寡言、实际上还有些生疏的人中间,他感到自己也是不舒服不自在的……”[①]

正因为如此,苏联评论家阿达莫维奇指出:“如果说到经常描写步兵的作家,那么还有维·康德拉季耶夫,他是以《萨什卡》和其他一些中篇小说而出现于文坛的,在这些小说中,一篇名为《谢利扎罗沃大道》的最强有力。”苏

---

① 〔苏〕康德拉季耶夫:《谢利扎罗沃大道》,袁玉德、徐鸿英译,《当代外国文学》1992年第3期。

联文学批评家阿·鲁巴什金认为："战争的真实和战争中人的真实,战争中对死亡感受的真实和'等待的不耐烦'是多么沉重的真实——这一切在《谢利扎罗沃大道》中比在作者的其他作品中写得可能更有力。"①

《萨什卡》也只简短地描写了萨什卡初次战斗与捕获俘虏的经历,绝大多数篇幅也是写战争中的日常平凡琐事:在前线的一次艰难战斗中,德国军队来袭,萨什卡抓住了一个与他同龄(二十二岁)的俘虏,并奉命送他到营部,然而营长由于心爱的女护士卡佳被德国飞机炸死,而被俘的德国士兵又不肯说出有关情报,暴怒之下忘记了优待俘虏的政策,居然下令让萨什卡枪毙俘虏,萨什卡没有执行这个错误的命令,而是一再找其他当官的,希望改正这个错误。最后营长醒悟过来,修改命令,让萨什卡押着俘虏去旅部。萨什卡在战斗中负了伤,被迫到后方的医院去养伤,在医院他见到了曾在初来前线时遇见并在空袭中救了她一命还产生了恋情的女护士齐娜。齐娜由于一直没有他的消息,加上一位年轻英俊的军官又一直在追求她,她感情的天平已经倾向那边。萨什卡强压自己的痛苦,离开医院和齐娜,回家去休假。在路上他遇到了中尉沃洛季卡,他们一路同行,了解了前线老百姓生活的艰难,也看到了后方一些人对人的漠不关心。沃洛季卡一时冲动起来,朝一位官气十足的少校扔了一个盘子,萨什卡为了保护他,把事情揽到自己身上,并代他回到莫斯科。在列车上萨什卡受到人们的照顾,而且懂得了自己在前线浴血奋战,就是为了保护后方的和平和安宁……

小说还写到战斗如此艰难、残酷,有冰冻、泥泞等自然环境的因素,也有自然条件和准备不足两者共同的因素。

> 河面上有两条平底船来来往往——这就是全部渡船了。伏尔加河在这里虽说不宽,但是仅靠这种方式能运过多少辎重和弹药呢?而且这里没有一块河坡,无论用什么工具都不能到达河边。这就是说,什么都得用人工来搬运,炮弹也罢,粮食也罢,都得用肩扛着从陡坡上下去。萨什卡开始懂得,他们为什么这样艰苦了。显然,谩骂给养部门的领导和后勤人员是不应该的。可是又怎么不使人抱怨呢——大家都在拼命,而烟草、吃喝和弹药统统没有。

还有官兵们没有实战经验的因素,刚一到来,马上就投入战斗。"问题并不仅

---

① 转引自袁玉德:《"比〈萨什卡〉还有力":谈〈谢利扎罗沃大道〉》,《当代外国文学》1992年第3期。

仅在于缺少炮弹,经验也不足。指挥员也好,战士也好,都没有学会应当怎样作战。这种学习还在进行之中。就萨什卡的体验来说,他是在战斗中学习战斗的"。并且在萨什卡去往后方医院的过程中,也了解到后方百姓们日常生活的艰难。

> 在这劳累而漫长的一天中,他们了解到,原来后方也遭受着饥饿和痛苦。在这里没有人把他们看作英雄。……他们血染战场,却没有人把这当作一回事,没有人鼓掌,没有人感动,也没有人沿途献上白酒。当然,他们并没有奢望这一切,但总以为到了后方人们会关心他们。现在他们目睹战争席卷了大小村庄,破坏了一切,老百姓在为自己糊口度日操心,哪里顾得上他们这几个当兵的呢?其实,还真该怪罪他们让战火烧到了老百姓家门口,蔓延到了大后方,险些烧到了莫斯科……所以当他们上前问路时,人们虽然愿意回答他们,但是脸色却有些紧张(生怕他们提出其他要求)。只要他们一走,人们就松了一口气。①

正因为如此,恰尔马耶夫指出:"《萨什卡》是真实的士兵小说,它展现了对最为日常打算都忧心忡忡深感焦虑的狭小范围内艰苦者的系列形象和语言。"②陈敬咏谈道:"战斗的艰难,如春季泥泞、运输中断、饥寒交迫、弹药不足、伤亡惨重等等,在康德拉季耶夫的小说中得到了比较真实的反映。"③阎连科也说,自己读后从来没有忘记过这部小说,总在心里想念着那个叫萨什卡的士兵,这个不到二十岁的孩子,是因为读了太多的如《热的雪》《方尖碑》《未列入名册》《这里的黎明静悄悄……》《最后的炮轰》《一寸土》《岸》这样一些炮火连天、大起大落、大开大合、英勇悲壮的故事之后,又突然读到了一部"于无声处"的"凡人琐事"吗?似乎如此,又不尽然;因为你虽然记住了一些柴草树皮似的情节,可仔细一想,这些情节、细节,几乎没有一个是你"意料之外"的不灭之笔。是因为《萨什卡》作为一部小说,它有无可替代的、前所未有的文学意义,从内容到形式都包含着"探险"的经历,从而使你获得久记不忘、久忆可嚼的启示吗?当然不是。它的写法是那样传统,叙述是那样实

---

① 〔苏〕康德拉季耶夫:《萨什卡》,袁玉德等译,人民文学出版社 2005 年,第 80、69、119~120 页。

② *Чалмаев В. А.* На войне остаться человеком:Фронтовые страницы русской прозы 1960~1990~х годов,М.,2018,С.84.

③ 陈敬咏:《战争文学的新人新作:维·康德拉季耶夫作品评介》,见〔苏〕康德拉季耶夫:《致以前线的敬礼》,第 4 页。

在,甚至你从它的字里行间感受不到作者有什么过人的才华。①

通过伤假、战后、敌后,甚至女性等来描写战争。与众多苏联作家描写战争不同,康德拉季耶夫很少直接、正面描写战士英勇杀敌的场面,而往往从侧面着笔,甚至通过女性的命运,来描写战争、反思战争。

《伤假》写中尉沃洛季卡在尔热夫城下受伤,回到莫斯科休四十多天的伤假。当他看到莫斯科的人们在过着过于平静甚至有点追求享乐的生活("电影院照常开放,狄纳莫足球队照样比赛")时,非常愤恨,觉得自己和战友们在前线缺衣少食,而且浴血奋战,一连人所剩无几,而后方却在放纵享乐,根本不关心前方,再加上自己指挥失误,导致一些战友牺牲,因此性格大变。在朋友谢尔盖请他去一家酒馆喝酒时,沃洛季卡打了一个躲在后方的小伙子,并且与深爱自己的恋人尤莉卡貌合神离(她因为爱他,想见他,居然报名参军,想到前方和他战斗在一起)。后来,他竟被挨他打的小伙子的恋人——将军的女儿冬妮娅(一译托尼娅)爱上了,两人产生了热烈的感情,这使得他振作起来,并且最终理解了后方的人们及其生活,"沃洛季卡已经用另一种眼光来看待莫斯科人了,并且开始明白,他们的生活同前线日常生活之间的差距并不那么大。有的半饥半饱,有的劳累过度,而死亡也是完全可能的——许多人都在冬天被炸死了……"②冬妮娅想通过父亲的关系把他调到父亲在莫斯科附近的部队,但他面对勇敢走上前线的尤莉卡,面对召唤自己上前线的营长的来信,不顾母亲的劝阻、冬妮娅的哭泣,毅然选择回到前线。小说比较细腻生动地写出了一个前线战士因为伤假回到后方的所见所闻,以及心理的多次反复变化,从后方生活的艰难反映了战争的残酷,这是苏联战争小说一个全新的角度,很有艺术魅力。正因为如此,陈敬咏认为,《伤假》是一篇"没有描写战争场景的战争文学作品。尔热夫战斗中负伤的连长沃洛季卡中尉回到莫斯科养伤,在伤假期的种种遭遇、见闻、愤懑、激愤以及年轻人的爱情、苦恼,日常生活中的匮乏、饥馑,构成了这篇别具一格的小说的主线。作者善于把后方的日常生活与战斗岁月的回顾与思念有机地结合起来,因此小说虽然避开了硝烟弥漫的前线的厮杀,可是时刻使读者感到战争的焦灼的风云随着主人公的行动思绪扑面而来""《伤假》是写的'自己的战争',但又是'不于有处写,正于无处写',所以产生了'隐而愈现'的特殊的艺术魅力,使得在汪洋的祸海、遍地的灾难中站立着的几个普通人的境

---

① 参阅阎连科:《鸡毛之美:读康德拉季耶夫〈萨什卡〉》,见阎连科:《作家们的作家》,第52~54页。

② 〔苏〕康德拉季耶夫:《伤假》,严永兴译,解放军文艺出版社1984年,第30、52页。

遇紧紧地牵动着读者的绪念"。①

《斯列坚卡大街上的会晤》则通过沃洛季卡等人在战争结束后回到莫斯科的生活经历和情感迷茫,写苏联军人在卫国战争结束后回到和平生活中,已经完全不习惯了。有些人认为自己打了五年仗,已经做完了主要事情,再干什么都没意思了,如伤残军人杰耶夫宣称:"在我们做完那桩事后,其余的对我来说只是些烦琐小事——学院,学习和今后的工作……我有这样一种感觉,就是我们自己一生中的主要事情已经完成,今后嘛……今后的事就没有多大趣味了。"沃洛季卡也认为:"我觉得,自己一生中的主要事情已经做完,其他都无所谓了。其他都无关紧要了……"也有些人对战后还要吃不饱饭感到愤慨:"出生入死地打了四年仗。可以说,用自己的鲜血拯救了俄罗斯!可是打完仗还要饿肚皮!"还有些人纵情享乐,想把战争年代的损失追回来:"除了工作之外,我还在拼命地闲逛。我们实验室里的姑娘多得很……现在我要追回多年的全部损失。而且下狠劲。"最大问题的是,大多数军人的思想还停留在战争年代,脑子里只有条令,没有一技之长("沃洛季卡同意,除了打仗,他自己暂且也是一无所长,因此伤透脑筋"),而且不少伤残了,因此心情不好、十分迷茫,看不到前途:"我们的脑筋贫乏了,我们没有读完一本书,我们智力上落后了五年。这是生活中的主要问题,而不是在子弹扫射时,肚皮着地往前爬。"而现实是平庸且残酷的:"现在不同了,主要考虑的是最平庸乏味的日常生活问题,男人应当能搞到每天起码需要的食品,女人应当找个善于搞到食品的丈夫。"小说还写到战后由于没有凝聚力,大家分道扬镳了:"四一年有种巨大的浪头把我们大家漂浮着往前冲……我们都应当游到那遥远的彼岸,我们游着,互相支持着,搀扶着……如今大家都游上这彼岸了,于是都分道扬镳,各奔东西了。"②小说的主要角色是沃洛季卡。他在伤愈后回到原来的部队,又战斗了三年,再次负伤,伤好后再回部队,一直到胜利后复员。这个担任过侦察排长的人,复员后依旧陷在战争中拔不出来,不知道该如何生活,而且找不到自己的生活方向,天天在跟各种退伍乃至残废军人打交道,发现了种种问题,最后总算醒悟:战争已经过去,应该开始新的生活,于是到学院读书,准备充实自己。小说以沃洛季卡为主要代表,同时通过他接触和交往的一系列复员军人,真实而生动地写出了战后军人们的迷惘、困惑与寻求,从而写出了战争的残酷及深远影响——它不

---

① 陈敬咏:《战争文学的新人新作:维·康德拉季耶夫作品评介》,见〔苏〕康德拉季耶夫:《致以前线的敬礼》,第6、7页。

② 〔苏〕康德拉季耶夫:《斯列坚卡大街上的会晤》,袁玉德译,《当代外国文学》1986年第1期。

仅使人肉体伤残，而且在心理和精神上带来深重伤害。

《在奥夫相尼科沃旷野上》(На поле овсянниковском)写奥夫相尼科沃附近村庄的老大娘叶菲米娅在德军占领区生活，有个德国兵对她较好，甚至在撤退前透露信息给她，并帮她打掩护说让她去买酒，从而使她能够藏起来，从德国兵带走所有百姓的险境中逃脱。苏军打过来后，她不愿离开自己幸存下来的家，在那里帮红军做一些力所能及的事。她的两个儿子都参军作战去了，久无音讯，有一天突然发现小儿子伊万打了回来。但短暂的重逢马上变成分别，儿子作为政治副指导员带头冲上前线。战后，很多伤兵都回来了，但伊万没有回来。母亲坚信儿子没死，深夜上前线找完一个个伤兵后，又去找一具具尸体，结果在临近德军阵地时发现了被打断腿昏倒在地的伊万，母亲奋力把他救起，往苏军阵地走。但他们在即将到达时，却遭到德军的猛烈轰击……小说通过敌占区百姓生活的艰辛及心理和精神上的创伤来表现战争，反映战争带给人民的深重灾难。

康德拉季耶夫还善于通过女性在战争中的经历来表现战争的残酷。

《致以前线的敬礼》(Привет с фронта)采用书信的形式，叙述了一位屡立军功从排长提升为连长的青年军官尤拉·维杰尔尼科夫与甘愿"服侍一辈子"重伤员的女护士尼娜之间爱情产生的过程及最终无果。尤拉曾负伤住院，偷偷爱上了自认为还是"黄毛丫头"的女护士尼娜，但又不敢表白，伤愈后回到部队，忍不住给她写信，倾诉自己的爱情。尼娜以前根本没注意过他，对他印象模糊，因此最初回信半带同情半带游戏，后来当她发现："从摆在我面前的信件中霍然站起了一个人。这不仅是一个正在热恋中的小伙子，而且是一个人，一个有着自己的思想、自己的理想和自己全部命运的人。"而"有了这一发现之后，维杰尔尼科夫的来信，对我来说，就不再单单是个能激发起我某种光明的、温馨的情感的愉快事，除了这一切之外，最有意思的还在另一方面，也是主要的方面——它能使你了解到这个人随着每封来信所逐渐地、越来越多地向你敞开的内心世界"①。于是也对他敞开了心扉。他们谈生活、谈战争、谈理想、谈人生、谈生命的意义，在信件来往中，两人产生了纯洁、热烈的爱情。尤拉为了表达自己真挚的爱情，甚至冒着生命危险，采回了德军阵地附近的一朵红花，寄给了尼娜。正当他们的感情越来越浓烈时，尤拉参加了苏军在1943年开始的反攻，从此后他再也没有来信。但尼娜不相信他会牺牲，总觉得他还活着，正在研究他所喜爱的历史。由于尤拉每次写信开头的一句都是"致以前线的敬礼"，小说因此而得名。小说

---

① 〔苏〕康德拉季耶夫：《致以前线的敬礼》，第269~270页。

通过这个故事，一方面赞颂了这对青年纯洁、诚挚、浓烈而又崇高的爱情，另一方面也写出了战争的残酷：一对纯洁热烈、富有理想的恋人最后竟因战争导致男主人公牺牲而永远分别了！

《阿霞的大尉》（Асин капитан）写"我"维克多中尉1943年深秋在伤口稍有好转便急忙赶回部队，路上遇雨，被迫到一个农民家借宿，结果阿霞放"我"进来，说"我"是熟人。两人见面寒暄后，"我"才发现阿霞是1938年"我"考大学名落孙山后去卡卢加散心而与之相恋过短短几天的一个小姑娘，但"我"回到莫斯科便忘了她。阿霞的第一个丈夫在苏德战争中战死后，她跟随着深爱她的尼古拉大尉。大尉回家知道"我"们的恋情并获悉"我"马上要上前线后，故意说有任务离开，给"我"们创造机会。但阿霞不愿再续前缘，"我"只得离去……战后"我"再也没有阿霞的消息。小说一方面描写了战前青年单纯的生活和初恋时不懂爱情的恋情，更描写阿霞作为女性在战争中的不幸命运：第一个丈夫战死后，她十分痛苦，成为一个"变得粗野，嗓音低沉，灰色眼睛疲乏无神，嘴唇线条有些悲苦的女人"[①]；而且，她的第二个丈夫又是军人，阿霞自己也是军人，很有可能都在战争中牺牲（小说结尾，阿霞在战后再也没有消息，也许是早已牺牲了）。

《叶妮卡》（Женька）写乌沙科夫上尉回莫斯科时在火车上认识了女军人叶妮卡，她因为爱人廖沙负了重伤而心情不好，与人发生了冲突，差点动了枪。乌沙科夫不放心，下车后送她回莫斯科的家。但她偷偷外出去找廖沙，几天不见踪影。后来她出现了，心情极其不好，原来廖沙因为伤重而去世了。乌沙科夫为了安慰她，也为了她不再上前线冒险，表示愿意娶她，但她后来发现乌沙科夫只是为了安慰她，并非真正喜欢她，因此她违背了他们的约定，上了前线。战争结束后，再也没有叶妮卡的消息……小说颇为深刻地写出了女性在战争中的悲惨命运。首先是被战争逼得男性化，一出场就在列车上"举止随便，样子又颇吓人"，向乌沙科夫上尉态度强硬地讨烟，接着对误解她的百姓大加辱骂甚至差点动枪；其次，写她两次参加战斗，"精神上受到了严重损害"；最后，爱人廖沙的负伤和牺牲，几乎毁灭了她，而乌沙科夫上尉的同情更使要强的她"第三次如同廖沙说的那样，像一只灯蛾扑进了战争的烈火……"[②]

《在奥夫相尼科沃旷野上》既可看作一部通过敌占区人民的遭遇来反映

① 〔苏〕康德拉季耶夫：《阿霞的大尉》，见黎华选编：《女神的毁灭——苏联爱情小说选》，山东文艺出版社1988年，第343页。

② 〔苏〕康德拉季耶夫：《叶妮卡》，丁昌第译，见《骨肉情：苏联当代中短篇小说选》，人民文学出版社1988年，第211、219、247页。

战争的独特战争小说,也可以看作一部通过女性的遭遇和心理来反映战争的小说。母亲叶菲米娅作为女性在战争中所承受的痛苦,不仅是家园被敌人侵占,祖国遭到德军蹂躏,自己的生活遭到践踏,更有一个母亲的深沉痛苦和伟大的母爱——两个儿子都参军上了战场,都毫无音讯,好不容易小儿子回来了,但马上又上了前线,并且负伤。虽然她那蔑视死亡的伟大母爱,再次把儿子从穷凶极恶的死神手中暂时救回,但很可能两人最终都会死在德军猛烈的炮火下。"此刻叶菲米娅已经绝望了,她明白:法西斯是不会让他们活着离开这里的……绝不会……"①《伤假》及《斯列坚卡大街上的会晤》也写到大量女性的不幸,除了尤莉卡等英勇战死,廖丽娅等复员后穷困交加外,后方的女性也十分不容易,甚至连正常找个对象都很困难。"由于工作劳累和饮食不足,身体瘦弱,脸色苍白,她们在繁重而疲劳的工作之后赶到医院来,不过希望碰上个中意的小伙子,因为她们知道战争快要结束了,她们城里的男人会更少了,几个幸运的姑娘嫁给了医院里的小伙子的先例给她们也带来了希望:万一碰上一个呢?"②

正因为这样,俄国学者柳穆希拉指出:"女性形象在康德拉季耶夫的系列小说中占据特别地位绝非偶然:对待妇女的态度总是表现出一个社会的道德水准,而妇女在战争中的位置、在解放祖国中的作用,却与自然赋予她们的真正称呼——妻子和母亲相矛盾。"③

描写平凡日常的战争生活。写出了人的精神和人的性格乃至人道主义思想,这是更为重要的。

康德拉季耶夫很少描写正面战场的战壕搏杀或炮火横飞的战场,更没有双方司令部的运筹帷幄,而往往通过侧面描写,来表现战争,而或是通过沃洛季卡在莫斯科休四十多天的伤假来表现前线战士回到后方的所思所想,来表现前方后方都一样艰苦;或是通过沃洛季卡等战争胜利后退伍回归和平生活很长一段时间都无法适应来表现战争对人的长期深远的影响。即使写到战争,也往往写战争中的日常生活,写押送俘虏、因伤住院等,甚至通过书信来淡化正面战场的战争。但正是这种战争日常生活中的平凡小事,具有

---

① 〔苏〕康德拉季耶夫:《在奥夫相尼科沃旷野上》,裴家勤译,见《世界反法西斯文学书系·苏联卷》(第七卷),第673页;或见宋兆霖编《苏联八十年代小说选》,张绍儒译,江西人民出版社1983年,第170页。

② 〔苏〕康德拉季耶夫:《斯列坚卡大街上的会晤》,袁玉德译,《当代外国文学》1986年第1期。

③ *Рюмшина Н.В. Жанрово-стилевые особенности прозы ВЛ. Кондратьева. диссертация Тверь*, 2006. С.14.

了深刻的意义,正像作家在其短篇小说《在105公里公务点》中所说的那样:

> 初看起来,这一切都是鸡毛蒜皮的小事。白衬领缝得歪歪斜斜或
> 者很脏,军便服穿得不整齐,被子叠得皱皱巴巴,在指挥员面前站立的
> 姿势不好,不严格按照条令回话——这一切我在服役的第一年也觉得
> 是没有必要讲究的烦琐事儿。这种基本动作和步法操练有什么用处
> 呢? 可是后来我明白了——这是军队! 不讲究这些鸡毛蒜皮的小事也
> 就没有了军队! 而没有军队也就是你的国家没有捍卫,也就是你的国
> 境没有人防守。这说明这一切"鸡毛蒜皮"的小事有着深刻的意义。①

作家由此深发开去,写出了战争的残酷可怕乃至深远影响,更写出了人的精
神和人的性格乃至人道主义思想。如有学者指出:《鲍尔卡的道路》描写了
列兵鲍尔卡在作战时两次被俘,两次逃跑,历尽艰辛回到部队的经过,揭示
了普通士兵不屈不挠的爱国主义精神。《利霍博雷车站》描写了中士阿立克
谢乘车路过阔别三载的莫斯科而停留在利霍博雷火车站时,回家探望了一
下年迈的老母和热恋的情人。与亲人们的相会更加坚定了他保卫祖国、保
卫莫斯科的坚强信念,坚定了他奔赴战场、英勇杀敌的决心。小说告诉我
们,有所爱才有所恨,作战才能更加英勇,作者为我们塑造了一个真实可信
的普通战士的形象。②

康德拉季耶夫这种致力于通过战争的种种日常生活来展开情节,揭示
矛盾,表现人物的情感、性格与思想的写法,受到俄中学者一致的高度评价。

柳穆希拉指出,他的战争,这是士兵和军官的坚韧和勇敢,这是可怕的
步兵激战,这是潮湿的战壕,这是工具、炮弹和技术人员都缺乏。他善于描
写了解战争的步兵战士,尽管陷入残酷无比的现实情境,但他克服了几乎不
可能克服的困难,体现了人的精神力量。③莫罗佐娃等认为:"作家的主要贡
献是把握祖国保卫者的精神轨迹。对于他们在战争中紧张的内心生活,对
于他们隐秘的思想和情感,对于他们行为和举动的深层动机,作家能如此洞

---

① 〔苏〕康德拉季耶夫:《在105公里公务点》,卫懿译,见《外国文艺》编辑部编:《当代苏
联中短篇小说选》(下册),上海译文出版社1982年,第659页。

② 参阅张文郁:《苏联当代军事小说及康德拉季耶夫的〈不了情〉》,《名作欣赏》1986年
第3期。

③ *Рюмшина Н. В. Жанрово - стилевые особенности прозы В. Л. Кондратьева.*
диссертация Тверь,2006. C.11,12.

察入微地鲜明而亲切地表现出来,很少有人能达到这样的高度。"①

　　严永兴指出,他的许多作品并不注重描写人在战争中的战斗行动和英雄行为,也不把主人公置于极端艰难困苦的环境和悲剧命运中来考验他们的精神力量和道德价值,而是把战争生活中一件件看似平凡、毫不显眼的"琐事",用"生活流"的手法将其连缀成美的链条,于细微平凡处显示出主人公丰富复杂的性格世界,使读者于无声处听到战争的惊雷和主人公紧张道德探索的心律搏动。②陈敬咏认为:"作者笔下的萨什卡、伤假中的沃洛佳中尉、《奥符夏尼柯沃峡谷》中的少尉、《致以前线的敬礼》中的尤拉·维杰尔尼科夫都是普通军官和战士,都说不上是战功赫赫的英雄,但这些'前线一代'作家作品中常见的主人公却又栩栩如生,各呈异彩。尤其突出的是萨什卡的形象。可以说,这是继特瓦尔多夫斯基1945年写成的长诗《瓦西里·焦尔金》中同名主人公瓦西里·焦尔金之后,在战后三十五年的苏联文学中,再现的生动、丰满、真实的士兵形象,它一扫'战壕真实'派作品中那些贪生怕死、临阵脱逃人物的迷障,给人以凉风扫尘、寒冰破热的清新感觉。这些人物,不论在对敌、对人、对己,不论对战争、对职责、对爱情,都显示出当年的红军战士应有的品质。"康德拉季耶夫"擅长于从平常生活中平常人物的平常行动中展开情节,揭示矛盾,剖析思想",也就是说,"写能抒发真情实感的战地的'凡人小事',以生动形象的笔触勾勒出引起读者共鸣的别具一格的人物风貌,是使作者描写这场战争的作品具有新的特色和相当的艺术魅力的主要原因"③。张文郁更具体地谈道:"在他的作品中既没有惊天动地的战斗场面,也没有轰轰烈烈的英雄壮举,但是作者通过普通战士在前线及后方的日常生活,塑造了一个又一个真实可信、朴实可爱、具有爱国主义高尚情操的动人的英雄形象,为苏联军事文学增添了光辉。"④

　　康德拉季耶夫的小说还表现了独特的人道主义思想。苏联学者安德烈耶夫指出:"在生死攸关一对一的拼搏中,萨什卡冒着生命危险才抓到这个'舌头'——当面临'谁战胜谁'这个问题时,那么打死敌人不仅是正义的,同时也是必要的。可以肯定地说,那对萨什卡的行为的心理细微差别的刻画,那对吓得面如土色,最后终于理解了所发生的一切的德国兵的描写,以及那

---

①　Э. Ф. Морозова, В. П. Попов. Духовныймир героев Вячеслава Кондратьева. // Вопросы русской литературы. 1986. No.9.

②　参阅严永兴:《康德拉季耶夫的悲哀》,《百科知识》1997年第6期。

③　陈敬咏:《战争文学的新人新作:维·康德拉季耶夫作品评介》,见〔苏〕康德拉季耶夫:《致以前线的敬礼》,第9~10页。

④　张文郁:《苏联当代军事小说及康德拉季耶夫的〈不了情〉》,《名作欣赏》1986年第3期。

对在一名普通战士执着的道义上的坚持下,最终豁然大悟而撤销了自己原来的命令的营长的描绘,不仅是现代苏联文学的道德顶峰之一,而且以其人道主义与艺术规模而论,也是与全世界人道主义文学的成就并驾齐驱的。"①苏联文学评论家拉扎列夫更是认为:"使维·康德拉季耶夫一举成名的这部中篇小说,无疑是他至今所写作品中最好的一篇。"②俄国学者特鲁宾娜则宣称:"我们之所以获胜,就因为我们有许多的萨什卡"③,"作者在这个形象中强调的是概括性和普遍性。这就创作了一种体现了民族性格中一向固有的民族特点(坚韧、善于忍耐、顽强地经受考验、勤劳、善良)的史诗英雄形象。这些特征将在二十世纪下半叶的文学中,在其所有题材的分支——也即军事散文,以及乡村散文,乃至集中营散文中得到扩大升华。"④

其三,基本上都是中短篇小说,而且它们大多构成独特的系列小说。

这些系列也可以称为长篇小说,这是康德拉季耶夫战争小说一个最突出的特点。

尔热夫距离莫斯科西北一百五十至二百千米。尔热夫突出部是德军进攻莫斯科的前进基地,当时有人称之为"对准莫斯科心脏的手枪",放弃尔热夫突出部就意味着放弃进攻莫斯科⑤,所以希特勒下令坚守尔热夫。1942年1月至1943年3月,苏联红军西方面军、加里宁方面军在十五个月里,与德国中央集团军群"在勒热夫—维亚济马一线的战斗持续了五百零二天。在这段时间里,苏联红军为了夺回尔热夫发动了四次大规模攻势。时至今日,军事历史学家仍在争论这四次进攻战役中确切的伤亡数字。根据官方数据,仅这些战役导致的伤亡就令人震惊,总计1324823名苏联红军官兵伤亡"⑥,尔热夫战役因此被称为战场绞肉机。其中有一支红军部队坚守奥夫相尼科

---

① 〔苏〕安德烈耶夫:《当代苏联文学中人道主义概念的丰富化》,第174页。

② 转引自袁玉德:《"比〈萨什卡〉还有力":谈〈谢利扎罗沃大道〉》,《当代外国文学》1992年第3期。

③ *Владимир Алексеевич.*《На самой трудной должности … 》—— Размышления о творчестве и судьбе Вячеслава Кондратьева. //Литература в школе. 2015. No.12.

④ *Трубина Л. А.* Некоторые тенденции развития литературы о великой Отечественной войне. / Отечественная словесность овойне. Проблема национального сознания. М.,2015,C.12.

⑤ 彭志文:《希特勒的救火队员——元首宠将莫德尔元帅》,中国长安出版社2016年,第308页。

⑥ 〔俄〕戈尔巴乔夫斯基:《勒热夫绞肉机》,赵国星译,重庆出版社2015年,第403页。俄国当代学者布拉热认为,在勒热夫一年多的系列战役里,苏联红军损失了将近两百多万人,详见 Международный научно-исследовательский журнал ▪ No.9(40) ▪ 2015 Часть 5 ▪ Октябрь,C.15。

沃(一译奥夫西亚尼科沃)村,打得特别惨烈(俄国学者戈尔巴乔夫斯基谈道:"在两个月的进攻结束后,原来有三千名官兵的第711步兵团只剩下二百多人了。"①我国也有学者指出:"1942年夏季和秋季,仅在尔热夫这一方热土上,人们就处理了数百辆坦克残骸、炸弹、炮弹和地雷。小河流里流淌着的都是红色的血水,某些地域葬满了阵亡者的尸体"②),最后这支部队只剩三分之一,仍在坚持战斗。康德拉季耶夫的尔热夫系列小说主要描写的就是在奥夫相尼科沃最艰苦的战争生活。

俄国当代学者和作家都认为,康德拉季耶夫的尔热夫系列小说也可以称为长篇小说。莫伊谢耶娃指出,康德拉季耶夫的大部分作品可以统一称为"尔热夫—莫斯科系列",这一名称的提出是由于主人公的共性,情节线索的相互联系,问题和风格的统一性。③阿斯塔菲耶夫在读过《萨什卡》等作品后,就称之为"尔热夫长篇小说"④(这一概念是作家阿斯塔菲耶夫最早提出来的,康德拉季耶夫自己也常常称之为"由中篇小说和短篇小说构成的类似长篇小说的某个东西""中篇小说和短篇小说系列""尔热夫散文")。

贝科夫擅长写中篇小说,但晚期的《灾难的标志》《第五个死者》已趋向长篇小说,甚至可以称为长篇小说;瓦西里耶夫虽然创作中篇战争小说,但也创作了《未列入名册》等长篇战争小说,更有《不要射击白天鹅》等其他长篇小说。而康德拉季耶夫创作了不少关于战争尤其是尔热夫战役的中短篇小说,构成了独特的"尔热夫小说系列",既相互关联,又各具特色。

莫伊谢耶娃认为,康德拉季耶夫的作品是在涅克拉索夫和第二浪潮作家的作品里得到实现的那种反映现实的艺术形式发展新阶段的一个起点。在那些作家的中篇小说里,占优势地位的是一个或几个人物的视点,试图构建复调的叙述,由于多方面的原因,未能艺术地得到令人信服的结果,如涅克拉索夫的《在故乡的城市》、巴克兰诺夫的《主攻方向以南》、贝科夫的《鹤唳》、邦达列夫的《请求炮火支援》。康德拉季耶夫借助系列作品舍弃了独白,并形成了20世纪七八十年代出现的"像长篇小说那样具有巨大的容量,

---

① 〔俄〕戈尔巴乔夫斯基:《勒热夫绞肉机》,赵国星译,重庆出版社2015年,第131页。

② 参阅彭志文:《希特勒的救火队员——元首宠将莫德尔元帅》,中国长安出版社2016年,第291页。

③ *Моисеева В. Г.* Слова «Великие» и «Простые» о великой отечественной войне: к вопросу об эволюции русской «военной» прозы второй половины XX века. // Вестник Московского университета. Филология. 2015. No.3.

④ *Моисеева В. Г.* Вячеслав Кондратьев о войне, памяти и творчестве.//Stephanos.2018. No.3.

却比它更为自由"的系列作品艺术形式的流派。①

柳穆希拉更具体地指出,康德拉季耶夫大部分中短篇小说构成一个独特的艺术体系——"尔热夫长篇小说",它包括十一部中篇小说,十五个短篇小说和一部长篇小说,每个部分的主题、性格、结构、艺术表达手段和共同的时间和空间范畴使它们连接成一个共同的体系,在那些年的文学中以描写得异常尖锐、残酷、细致和准确而与众不同。它描写的是小型的战争,"一寸土"的战斗,人在战争中的行为表现,他的道德的形成,在祖国和亲友面前的职责,为了其所做出的选择为了活命而体现的罪与责。而为了获得生存的权利而产生的罪与责的情感,这个根本性的主题,把整个系列连为一体。它的地点主要集中在尔热夫,时间则包括三个基本部分:战前年代,1942~1943年间,战后阶段。但是"尔热夫长篇小说"系列的每一部作品本身也各具特色、独特的色彩和节奏,因此可以把它们看作独立的艺术作品。②

综上所述,康德拉季耶夫的战争小说,特别是其尔热夫小说,是独特的战争小说,并以其独具的特色为苏联战争小说的发展做出了应有的贡献,在俄苏文学史尤其是苏联战争小说史上占有独特的一席地位。

五、邦达列夫的《岸》《选择》《戏》

20世纪70年代中期开始,苏联文坛在60年代紧张的道德探索的基础上向前推进,从哲理高度进行道德探索,并把这一道德探索放置到全世界的背景下、整个人类的生活中来进行,出现了一种更为广阔的综合探索的文学倾向,邦达列夫是这方面较早的一个代表。这不仅是时代的影响,更源于邦达列夫喜欢哲学。哲学教授多尔科夫曾撰文谈到,邦达列夫告诉他,自己常常阅读哲学著作,并曾多次请多尔科夫讲述古代哲学、中世纪哲学特别是现代哲学;多尔科夫还谈到,首次跟邦达列夫交谈,就发现他很有哲学智慧,善于哲学式地思考和评论最复杂的各种问题,特别是战争与和平的问题;邦达列夫认为,战争的问题是生与死的问题,而且死不仅在战争中体现出来,在战

---

① *Моисеева В. Г.* Слова 《Великие》 и 《Простые》 о великой отечественной войне: к вопросу об эволюции русской 《военной》 прозы второй половины XX века. // Вестник Московского университета. Филология. 2015. No.3.

② *Рюмшина Н. В.* Жанрово - стилевые особенности прозы В . Л . Кондратьева . диссертация Тверь, 2006. С.3.

后更像一个与众不同、变化无常的女神,让这个人生,而让另一个人死。①

正因为如此,邦达列夫在创作中颇为注意哲理思考,有学者甚至认为:"邦达列夫的所有作品,都揭示了社会、哲学、道德的问题。"②李辉凡、张捷指出:"从70年代起,邦达列夫的艺术思维发生了明显的变化。他认为文艺创作早已到了'形象与智性相结合的时代''单纯进行描写的文学将逐步失去意义'。在他看来,'描写的才能和能力还不能使一个艺术家成为艺术家''因为艺术家从来都是思想家'。他开始越来越多地思考人类生活中的重大问题,并在自己的新作中提出这些问题。他在进入70年代后创作的三部长篇小说——《岸》(1974~1975)、《选择》(1980)、《戏》(1985)——中贯彻了上述文学主张。"③而从战争文学尤其是从战争小说的角度来看,邦达列夫的创新之处在于,把战争文学融入现代生活题材之中(戈尔布诺娃指出:"战争进入情节,在某种程度上,是安排和分析现代深刻问题的一种方法"④),注重"形象与智性相结合",对社会生活和人类命运进行哲理思考和探究,特别是把战争文学融入现代生活题材之中,以致有学者宣称:"邦达列夫的所有作品,都以这种或那种方式关联战争主题"⑤,并且在主题、题材和手法上都有新的开拓,开创了苏联战争文学中题材融合、篇幅集约的新倾向,对以后苏联文学的发展产生了深远的影响。突出代表就是其哲理三部曲《岸》《选择》和《戏》,它们的新特点是使战争与当代生活有一种"现代"的哲理关联,这一特点表现在以下几个方面。

从主题方面来看,表现为战争与当代生活的哲理关联。所谓"战争与当代生活的哲理关联",指的是作家从哲理的高度审视战争与人类当代生活,从而发现当代社会世界性的诸多问题,尤其是通过作品主人公的人生追求和哲理思考形象生动地对此进行表现。邦达列夫曾谈道:"一种观念把这三本书连在一体,主要就是现代人和世界的现状……我选取作家、画家、导演并非因为他们都属于杰出思维的代表人物……我的主人公属于这类人物,

① Долгов К. М. воин , писатель , Философ , гражданин великой Державы – Юрий Васильевич Бондарев.Концепт: философия , религия , культура , 2020. Т. 4. No.2(14).

② Джан Эмир Б. , Сарач Х. Юрий Бондарев в Турции — от прошлого до наших дней. Вестник Санкт-Петербургского университета. Востоковедение и африканистика , 2021. Т. 13. No.2.

③ 李辉凡、张捷:《20世纪俄罗斯文学史》,第378~379页。

④ Горбурова Е. Юрий Бондарев Очерк творчества , М. , 1989 , C.223.

⑤ Джан Эмир Б. , Сарач Х. Юрий Бондарев в Турции — от прошлого до наших дней. Вестник Санкт-Петербургского университета. Востоковедение и африканистика , 2021. Т. 13. No.2.

他们按自己的职业特别敏感地醒悟到现代世界的伤痛。"①科洛勃夫指出,邦达列夫哲理三部曲的主人公都是一心寻找真理和日常生活意义的人,而且他们所有人在作家的书中不只是有紧张的精神生活,有"心灵的辩证法"及"内在的人",而且还有与这些折磨人的、危险的、无法满足的寻找的结合,通过这一伟大的、充满痛苦的寻找,渴望求得最终的意义和最终的真理。②

邦达列夫颇为自豪地宣称:"我写出了突破传统冲突框架、涉猎地球广阔场景的长篇小说,这是因为今天整个地球已成为当代生活的基本症结——它是历史中的人类和人类的历史;大地和人,人及其使之变成人的存在的态度;战争、死亡威胁、流血和希望,公道和残酷;国际主义和民族主义,作为每一个人的社会良心的道义感;共产主义意识形态运动,争取自由和个性形成过程,个性本身作为大地上最珍贵的现象的思想;人类的命运等问题的发展路线的连接和交织的场所。"③潘桂珍对此进行了较好的概括:"使作家激动不安的全球性问题是什么呢?作家曾说过,核战争的危险,生态危机以及人们的道德水平日益下降的问题是人类面临的三大威胁。作家还认为,人们面临的灾难不是日趋消失,而是日益增多。邦达列夫对这些问题感到莫大的忧虑的同时,也在紧张地思考和探索解决这些问题的途径。"④

邦达列夫认为:"当今无法与过去的实质因素分离,否则它就不会存在,不仅如此,道德的联系也要中断。现在总包含着过去……"⑤并且更具体地谈道:"当我们在描写战争的时候,我们的思想指南针指向一个目标,那就是当代,否则一切努力将毫无意义","某些写战争小说的糟糕之处,在于有时没有用从世界现状出发的思想去说明已成为历史的和不会再重演的四十年代。简言之,正是这个目标明确的思想从新的、意想不到的侧面照亮了过去,从而使得过去回到了现在;这个思想重新构成着事件,而且产生出符合历史事实的和完全现实的艺术真实。"⑥因此在其哲理三部曲中,邦达列夫通过第二次世界大战与当代的联系,从哲理的高度反思了当今人类所存在的最为突出的三个方面问题:

---

① *Федь Н.М.* Художественные открытия Бондарева, М., 1988, С.332.

② *Коробов В.И.* Юрий Бондарев: Страницы жизни, страницы творчества, М., 1984, С.186.

③ Литературная газета, 1976-06-23.

④ 潘桂珍:《邦达列夫的社会哲理小说:〈岸〉〈选择〉〈人生舞台〉》,《外国文学研究》1988年第4期。

⑤ *Бондарев Ю.В.* Поиск истины. М., 1979, С.237. 或见 *Горбурова Е.* Юрий Бондарев Очерк творчества, М., 1989, С.168.

⑥ 《邦达列夫论创作》,张捷辑译,《文艺报》1986年6月7日第3版。

一是战争带来人类的隔阂、分裂甚至对立,有可能引发当代核战争。

邦达列夫曾宣称:"我们记住战争是因为人是这个世界上最伟大的珍宝,而人的勇气和解放,那就是摆脱把人们分离开来的恐惧和憎恨。"[1]因此他在哲理三部曲中一再形象地描写战争给人类带来的恐惧、隔阂、分裂甚至对立。

《岸》(Бeрeг)[2]写俄国作家尼基金成名后,受德国一家出版社的邀请而到西德,接待他的是爱玛·赫伯特(一译郝伯特)。他和西德的一些知识分子就苏联与西方的知识分子的责任等诸多问题展开了讨论。最后他发现爱玛正是1945年苏军攻克柏林后,他在距离柏林五十公里的德国小镇柯尼斯多夫,作为炮兵排长从一位企图强奸她的士兵麦热宁那里保护过的十八岁少女爱玛。于是他转入回忆之中,回忆了1945年他们攻入德国后的生活,以及自己与爱玛短暂的热恋,描写了连长格拉纳图罗夫(因父母被德军惨杀而变得过分偏激)与人道主义的最高代表——排长克尼亚日科的冲突,写出了战争中的人道与非人道的斗争。然后,再回到西德的现实,以及当今世界的种种问题。结尾,尼基金因为过于劳累、喝酒过多而在回苏联的飞机上去世。

《岸》形象生动地表现了战争在当时和现代给人们带来的分裂乃至对立。在第二次世界大战中,苏联和德国是交战国,而且德军入侵苏联,导致苏联在人口、财产各个方面遭受巨大的损失,因此苏军攻入德国后,不少人仇恨所有德国人,包括一些无辜的平民百姓,小说中十八岁的少女爱玛差点被麦热宁强奸就是典型的例证。而这种仇恨很容易变成暴力,而且极易相互传染。

> 尼基金在他身上还从来没有看见过这种惊人的、疯狂的、野兽般的表现,因而不知为什么闪过一个念头:格拉纳图罗夫这一拳会不费吹灰之力把人打死。但是,麦热宁在顶楼房间里对那个德国姑娘强行非礼的时候,身上也曾流露出这种兽性的、愚昧的、不可思议的神情。好像暴力的感染如熊熊烈焰一下子从麦热宁传染给了格拉纳图罗夫,犹如一群复仇心切的人在遇到虚弱慌张的、意念中的敌人时,会产生疯狂的情绪一样,因为做困兽之斗的敌人往往会激起人们比对强大的敌人更强烈的仇恨。

---

① 〔苏〕邦达列夫:《美·孤寂·女人的气质:邦达列夫人生、艺术随想集》,刘同英译,知识出版社1989年,第3页。

② 该小说目前有两个中文译本:史钟译,花山文艺出版社1994年;索熙译,人民文学出版社1978年,外国文学出版社1986年、1998年。本节中所引《岸》的文字,均出自1998年版《岸》,为节省篇幅,不一一注出。

而战后二十六年,尼基金来到西德,见到了曾经与他跨越战争和意识形态疯狂相爱的爱玛,却又因政治立场的不同而被"岸"分隔,正如小说中所说:"被遗忘的四十年代曾经使我们分离,而……现在,政治制度又使我们分离",出现"可诅咒的孤独和人与人之间的疏远"。长此以往,又有新的世界战争尤其是核战争的可能。

邓兰华对此更具体地阐述道,邦达列夫通过展现尼基金与爱玛的与社会、历史相悖逆的爱情,充分揭示了主人公心灵宇宙中的"两岸"冲突。尼基金在柯尼斯多夫小镇上那短短三昼夜与爱玛的相识、相爱和分离所掀起的内心冲突与格斗,使他一会儿升到了幸福的天堂,一会儿跌进痛苦、忏悔的深渊。他对爱玛的态度瞬息万变:一会儿是同情怜悯,一会儿是憎恶疏远,一会儿爱得火热,一会儿痛恨不已,最后又难舍难分。真是矛盾到了极点!二十六年后,在历尽人世沧桑重逢汉堡时,尼基金已是饱经风霜、年近半百的作家了,他相当成熟了,因而理智与情感、灵与肉在他心中展开的肉搏与二十六年前相比要复杂深广得多。他既无法用理智驱除情感,又无法像当年那样冲破理智的防线去获取一时的欢乐。面对终生对他念念不忘的赫伯特太太,尼基金矛盾复杂的心情真是剪不断,理还乱。这种理智与情感互不相让的格斗使得已是身心疲惫的尼基金心中产生了撕心裂肺般的痛苦。①李琳则认为,在《岸》中,作家正是通过对往事的回溯,将相隔四分之一世纪的历史与现实、过去与今天纵横交错地联系了起来,将中尉尼基金和作家尼基金,将他在战争年代与和平时期追求的一切连成一体:一方面从战争年代的冲突看当今生活中的矛盾与对立,另一方面又从当今两种对立意识形态代表人物的相互关系看战争年代的根本冲突。②

《选择》(Выбор)③主要写从小在莫斯科同一楼房里一起长大的拉姆津和瓦西里耶夫,他们是同学并同时爱上一个姑娘玛丽娅,后又一起参加卫国战争,在同一个炮兵连里并肩战斗,双双当上了中尉排长,拉姆津还因颇为出色一度担任代理连长。1943年,在一次战斗中,由于团长沃罗丘克少校的错误指挥,再加上侦察班长拉扎列夫的诬陷,他们炮兵连突围出来的八个人被迫重新杀入重围,去夺回三门大炮,结果绝大多数战士有去无回,他们两

---

①　参阅邓兰华:《尤·邦达列夫"三部曲"的哲理特点及艺术表现》,《北京师范学院学报》1990年第4期。

②　参阅李琳:《〈岸〉的叙事风格和象征意蕴》,《解放军外国语学院学报》2001年第5期。

③　目前中文译本有王燎、潘桂珍译本,有多个出版社出版:安徽人民出版社1983年;译林出版社1997年。本节中所引《选择》的文字,均出自〔苏〕邦达列夫《选择》,王燎、潘桂珍译,译林出版社1997年,为节省篇幅,不一一注出。

人也双双负伤。失去知觉的拉姆津被德军俘虏，被迫留在西方，结婚生子，并小有财产。三十多年后，成为著名画家的瓦西里耶夫在意大利的水城威尼斯与富商拉姆津重逢。拉姆津想方设法回到苏联，看望老母亲，但未得到老母亲的原谅，也没得到当年好友的理解，深感人生无味自杀了。瓦西里耶夫也深感人生的意义、幸福的真谛难以寻找而痛苦，但至少觉得自己还算幸福：有为祖国献身的明确目标，有自己热爱的事业和一些志同道合的朋友。

　　小说通过一对从小一起长大、一起读书、一同参军、一同作战的好友，因为战争而分居苏联和西方，思想意识、人生追求大不相同，从而出现隔阂甚至分裂的故事（在瓦西里耶夫的眼里，"这个人看上去并不是伊利亚，不是伊利亚·拉姆津中尉，而完全是另一个人，一个高个子，头发灰白，仔细刮过的脸，穿着紧身的、按时髦习惯只扣了一个纽扣的灰色便服，这是个他并不认识的爱整洁的外国人，是他从未见过面的人。但是，这个外国人同时又是伊利亚，在他那大概由于日晒而变成咖啡色的脸上似乎保留了过去那种令人生畏的眯缝起黑眼睛凝视人的习惯，但这个伊利亚不是自己人，不是童年时代的挚友，而是再生的，被暗中偷换过的，在陌生的遥远的异乡度过了不可理解的生活的人，是另一个星球来的人"），既写出了战争的残酷与可怕，更写出了战争带来的深远灾难：拉姆津只是绝望后在重伤中做出了一个留在西方的错误决定，而且从未做过对不起政府和人民的事情，但因为他没有战死而留在西方，几十年后既得不到好友的理解，更得不到母亲的原谅，从而对人生彻底绝望，心如死灰地自杀了！小说深刻地写出了战争及不同社会制度、不同意识形态所造成的民族之间与个人之间的隔膜与矛盾，引起人（哪怕是好友甚至母子）在思想观念方面的潜在对立，从而影响了友情乃至亲情的正常交流，更影响了人类美好情感自然而又自由的表现。

　　《戏》（一译《人生舞台》《影幕内外》《女演员之死》《新星之殒》《演戏》，Игра）①讲述的是：莫斯科某电影制片厂著名电影导演克雷莫夫为拍摄一部新影片寻找女主人公，发现了很有才华却因伤几乎被迫退出芭蕾艺术舞台的莫斯科大剧院十九岁演员伊林娜，便选定她担任女主角。这一决定引起了莫斯科某电影制片厂的强烈反应，有人公开对伊林娜的才能表示怀疑，有人妒忌

---

① 目前有六个中文译本：《戏》，范国恩、述弢译，中国文联出版公司1986年；《影幕内外》，贾福云、叶薇译，群众出版社1986年；《人生舞台》，王燎译，外国文学出版社1987年，译林出版社1997年；《新星之殒》，珊友、开石译，湖南人民出版社1987年；《女演员之死》，胥真理译，海峡文艺出版社1987年；《女演员之死》，翁文达、张继馨译，上海译文出版社1992年。本节中所引《戏》的文字，均出自〔苏〕邦达列夫：《戏》，范国恩、述弢译，中国文联出版公司1986年，为节省篇幅，不一一注出。

她,当面挖苦讽刺她,更有人写匿名信恐吓她,说她是因为做了导演的情妇才能演女主角。伊林娜深受打击,极度苦闷,一天在外景地跳水游泳,溺水窒息。由于送他们来此地的司机古林擅离工作岗位去捞外快,她没得到及时抢救而身亡。怒不可遏的克雷莫夫狠揍了司机两拳。古林怀恨在心,肆意报复,在侦查员调查案件时,做假证说他们是情人,因吵架而导致伊林娜轻生。电影制片厂绝大多数人本已因克雷莫夫平时很有个性、很有主见、很有才华而嫉妒他甚至仇视他,这件事更是使得这位备受尊敬乃至崇拜的著名导演成为造谣污蔑、大肆攻击的对象,准备开机的影片被迫停拍。制片厂长巴拉巴诺夫在克雷莫夫成功时扮演着慈善的艺术保护人角色,现在不仅落井下石,甚至亲自造谣污蔑。制片主任莫洛奇科夫平时在克雷莫夫面前装得像一条忠实的狗,这时也不念1944年克雷莫夫曾经救过他的命,而他在莫斯科能有今天全靠这位老排长克雷莫夫的帮助和提携,反而伙同古林企图敲诈克雷莫夫。一些别有用心的人甚至故意把社会上的流言蜚语传给克雷莫夫的妻子和儿女。一直琴瑟和鸣的妻子此时不理解他也不信任他,这使得克雷莫夫遭受致命打击,不仅放弃了探索人性、追求道德完善的追求,而且失去了活下去的信心,再加上刑侦办案人员一再想方设法诱供,导致不堪其扰的克雷莫夫违心地承认自己有罪,最后开车躲进森林,并预感到自己即将离开人世。

小说不仅描写了苏联和美国两国不同意识形态的矛盾,更相当深刻地写出了苏联社会庸人们的可怕,以及官僚机构的冷漠所导致的人们的分裂:孤独无助、互相不理解——夫妻、父子、朋友间,都没有真正地理解,人是最最孤独的动物。

二是战争使得家园被毁、生态破坏、生产困难,导致物资匮乏,生活艰难。战后,经济慢慢复苏,再加上科技发达,西方出现了物质富裕,引发了人们疯狂的物欲追求,甚至出现物的崇拜。为了满足人的物质欲望,贪婪的人类开始无休止地疯狂掠夺大自然,从而导致了生态危机的出现。邦达列夫较早认识到这个问题,他说:“大都市社会,连同它的技术、物质和对色情、暴力和古罗马式无所不为的崇拜所消耗的不仅是物质上的舒适,而且还有人和他们的精神。主要的因素正在消失,所以生活就是呈现出不大令人快慰的景象,因为它只是毫无乐趣的传动装置,而人们则仅是极其单调的机械构造中一些置换的零件,沾满了冷漠和普遍的自私的油污。”①他进而指出:“无论这是多么骇人听闻,但人类却正是处于与大自然殊死敌对的状态中。文

---

① 〔苏〕邦达列夫:《美·孤寂·女人的气质:邦达列夫人生、艺术随想集》,第276页。

明所创造出来的全部技术都被人类投入了一场早已开始的战争的疯狂进攻。有时候自负和贪求欢乐的人类感到自己仿佛是全世界的统帅,'征服''控制'了自然,'改造'了自然,使自然'为自己服务''为自己工作'。……怀着对乖戾的人类贪心的仇恨,狂怒的复仇暴风雨、飓风和龙卷风就会在地球上从这端刮向另一端,在它们后面留下使人类在地球上的呼吸消失的死亡的沙漠和巨火"①。并且试图以文学作武器,为此尽力,"当代文学被赋予重任:去进行人的全面的良心检查,去谴责冷漠、残酷、贪婪和与自然本身进行野蛮竞争的种种人间恶习。这种竞争使大自然和人类不仅在物质上,而且通过自身过错的意识都趋于灭亡"②。他的哲理三部曲一部比一部更多更深刻地写到这一问题。

《岸》主要描写西方疯狂追求物质满足的物欲追求:"商品丰富、马克稳定、经济兴盛……居民早就忘了可怕的40年代。他们按照新的准则生活。他们吃饱穿暖,早就忘了票证和代用品。……战后的西德已经像猪猡一样地肥胖起来,变得脑满肠肥。居民生活在纸醉金迷的商品世界里,变为麻木不仁的消费机器。"很多人缺乏更高的精神追求:"现代西德人过多地想新式的'本茨'轿车、冰箱和舒适的郊外别墅。在普通的德国人身上,崇高的精神生活、精神信仰……正在消失或者已经消失了。……实用主义征服了一切。发源地和榜样就是美国。"人们往往陶醉于感官欲望的满足,其中最典型的是汉堡雷佩尔大街著名的圣保罗区——"有性感,有啤酒,还有各种娱乐"。

> 这儿的一切反映出另一种生活,一种游手好闲、令人心荡、非同寻常的生活,仿佛是谁为了供那些操着世界各国语言的、来到殷勤好客的汉堡观光的游客和做买卖的水手们消磨(一个黄昏、一个夜晚、一个钟头)而臆造出来的生活。每一个想要享受文明大城市的形形色色娱乐的人,汉堡都准备满足他的愿望……

> 在街边转折处,字迹粗劣的酒吧间招牌五光十色,特别显眼。幽会所、饭馆、美式俱乐部的广告比比皆是。舞厅、夜间酒馆、脱衣舞厅的名称——什么"禁区""蜂鸟""红色磨坊""萨福",先后映入眼帘。隔着玻璃橱窗可以看见身躯高大的裸体女郎的彩照……

---

① 〔苏〕邦达列夫:《美·孤寂·女人的气质:邦达列夫人生、艺术随想集》,第201~202页。

② 〔苏〕邦达列夫:《美·孤寂·女人的气质:邦达列夫人生、艺术随想集》,第121页,译文略有改动。

《选择》中更是"美德的巨额支票被人们兑换成厨房中的争吵和无所事事的职务的铜板了。……理智和求实精神空前膨胀和完善了,与此同时,大家忘却了心灵",并提出:"如果不是一切文明世界的享乐和地球变成垃圾堆,本世纪末人类将自我毁灭,那么就必然是健全的思想占上风,再加上新的耶稣基督出世……"而且,通过画家洛巴金,小说再次强调瓦西里耶夫已经感知到这种物欲追求最终将导致人类和地球的毁灭,且在画中体现出来。"你在用现代人的眼光看自己周围的自然界:美即将毁灭,它即将消逝,与此同时人和生命也将一起毁灭。这不是怜悯,而是忧伤,不安,是同时代的失望一样的不安心情……"

《戏》更是一再表现这一主题。

现代文明把世界引上了邪路。聪明人发明了机器,可是技术并没有找到聪明的指挥员,没有被降服,却指挥起人们来了。技术把他们娇惯了,夺去他们的精神的力量。还把技术制造的计算尺安放在他们的心灵里,以取代精神……50年代末期就出现了一种顺应文明所带来的福利的人——遍及世界的那些享福的亲兄弟。在西方这种人叫随波逐流者。这也影响到我们。

指出这是现代科技使人异化的结果。

遗憾的是爱并没有增进,亲如兄弟的生活没有到来,可我们在战后是多么狂热地盼望这种生活的到来。温饱的生活和物质的追求并未使我们中间许多人变得好些。是谁的过错?是我们所有人的过错。我们过分地关心过快活日子,却忘记了最重要的一点——活着是为什么。

写到当代人只顾追求物欲,已经没有精神追求了。

现在昏庸愚钝、诡计多端、自以为是的破坏者和官僚式的人物太多了——从公寓大楼管理员到部长,他们奉行一个原则:今朝有酒今朝醉,管它明日大洪水。他们对森林滥砍滥伐,把河流变成死水沟,把天空变成垃圾场。他们是虐杀地球和一切生灵的刽子手。……苟且偷安的庸人……他们对世上的一切都视而不见,只图一时的方便。为了这个他们不仅会出卖故土家园、同胞骨肉,而且还会出卖整个世界。

指出世界性的生态危机,既是官僚式人物的过错,也跟普通大众密切相关。

"悬崖勒马还为时未晚……我们为了眼前的利益而破坏、蹂躏、践踏了大自然,现在该是我们大家把它奉为神明的时候了。拯救大自然,就是拯救我们自己。就是拯救自己的良心。"希望大家能尽早悬崖勒马,拯救大自然。

三是战争毁灭了优秀人才,导致道德下滑。

在战争中,也有某些道德品质不好的人,在《岸》中是麦热宁,陈敬咏指出:"麦热宁这样的人物性格不仅在邦达列夫的创作中,甚至在整个苏联文学中都堪称创新。麦热宁虽是炮连最佳瞄准手,但他的灵魂却是肮脏的。他经不起胜利的考验:他为了保命不愿迎战发起突然袭击的德军自行火炮;他企图奸污德国少女爱玛,当后者为尼基金所救,他又血口喷人,反诬尼基金,并把爱玛当作'女间谍'而抓住不放。"①《选择》中则是吊儿郎当却又阴险毒辣、恶意诽谤的拉扎列夫和不懂军事、冷漠无情并且为了自保而嫁祸于人的少校团长沃罗丘克。《戏》中则是贪生怕死、不愿担负起军人保家卫国基本责任且恩将仇报的莫洛奇科夫。

但是战后,人们的道德水平普遍下滑,《岸》中尼基金战后所遭遇的在莫斯科滨河街上行凶反而倒打一耙的一群流氓,以及西德乃至西方纸醉金迷地生活的人们;《选择》中则是"在塑料时代莎士比亚的激情已经销声匿迹。有的只是某种日常的庸俗爱情。……人们把谦虚视为蠢行和愚笨,把下流的蛮横无理称作强有力的性格。智力衰竭和智力退化到处可见……"而且"人们比二三十年前变得更坏,更凶狠,更无情了……这些人是什么人呢?是造物主的桂冠,创造世界的君主还是长在大地身上的癌细胞?"《戏》更是描写了社会上大量的丑恶现象所体现的整个社会道德水平的下滑,并指出这是全世界的普遍问题。

冯连骅指出:"克雷莫夫认为大家都犯了自我欺骗的错误,即在生活中缺乏保持自己本性的意志。人们在扮演分配给他们的角色,而不是顺其自然地生活。他认为全世界知识分子的过错是爱梦想,是理智上的惰性和对环境的屈服,都是环境的俘虏。他认为纯洁而颇有才华的伊林娜·斯克沃尔佐娃未能顶住诬蔑和谎言,这就是对恶劣环境的屈服。斯季绍夫也说出一个哲理性常识:从古到今,庸碌无能的人日子最好过,他们老实听话,不冒风险。而对有才华的人,许多人暗怀嫉妒之心,但他们又怕他,又不得不喜欢他。在克雷莫夫看来,人的精神堕落与道德危机是个世界性问题,不仅资本主义制度下存在,在苏联也同样存在,精神与道德堕落现象不仅在西方世界

---

① 〔苏〕邦达列夫:《岸》,索熙译,外国文学出版社1998年,前言第3页。

存在,在其他的国家也存在道德水平下降的现象,因而这是当代社会普遍存在的问题——道德危机。"①王培青认为:"作者对时代、社会和人生作了深刻的理解和思索,指出人们灵魂的贪婪、自私和嫉妒,这是十分可怕的社会危机。作者引导人们去寻找主人公悲剧的社会根源,迫使人们对当代社会现象做出正确的评价。这就是小说深刻的现实意义。"②潘桂珍更是谈道:"人类面临的三大问题中,最使邦达列夫激动、忧虑和不安的问题是人类社会的精神文明、精神道德问题。热核大战、生态遭严重破坏固然是威胁人类命运的危险,但是,邦达列夫认为,人们的精神文明、精神道德水平的下降和堕落才是当代最危险的灾难,它甚至可能毁灭未经受核战争的人类。三部曲里《人生舞台》在这方面大为突出。克雷莫夫认为即使不发生核大战,人类也有可能由于精神受到物质的诱惑和腐蚀而毁灭,因此,当前人类最大的危险是道德沦丧。"③

世界性的道德水平下滑固然有多方面的原因,但邦达列夫认为,其中很重要的一点,是由于战争毁灭了优秀人才,导致道德水平下滑。这在《戏》中颇为集中地表现出来。起初,在探讨整个世界并未变得完善时,他不太肯定地提到:"究竟由于什么原因,完善并未变成现实?是由于战争吗?是由于民族的优秀分子被赶尽杀绝了吗?"后来,当儿子瓦连京问到为什么恶不受惩罚时,克雷莫夫十分明确地回答:"民族的精华在战争中牺牲了。优秀分子幸存下来的寥寥无几。儿子并不比老子强,虽说不能一股脑儿地责怪某一代人。也许正是因为这个吧,如今很少有人冒险用胸口去堵枪眼,以维护自己和别人的荣誉……"

在哲理三部曲中,写得较多且颇为深刻的道德问题,是人的嫉妒。《选择》通过谢格洛夫之口,一再谈到这一问题。他先是说:"那些大人物一生都在怀疑,在探索,因而在大地上他们过的是不太愉快的日子,因为他们把自己献给了人类,而人类却未立即承认他们。正相反,一大群心怀嫉妒的庸碌无能之辈却迫害他们、嘲笑这些异类,甚至把这些先生烧死和钉在十字架上,人们就是这样干的!"后来又谈道:

---

① 冯连骈:《当代社会的道德危机:评尤·邦达列夫的小说〈人生舞台〉》,《辽宁师范大学学报》1989年第1期。

② 王培青:《试论邦达列夫的小说〈影幕内外〉》,《西北师范大学学报(社会科学版)》1989年第5期。

③ 潘桂珍:《邦达列夫的社会哲理小说:〈岸〉〈选择〉〈人生舞台〉》,《外国文学研究》1988年第4期。

在新市侩中间只有折磨人的嫉妒心变成了盛开的蔷薇花坛。……人们像疯子一样发狂地嫉妒一切,不分大事小事:金钱、摩登的裙子、新居、健康,甚至微不足道的成就。……因此,人们就暗暗地,但无比高兴地对别人的不幸表示高兴:对邻居家里天花板漏水、他长了个针眼、贫困、生病(请您别发抖)甚至对过去走运的人的死亡,因为这个人已经过世,而我还留在人间……

而《戏》通过伊林娜和克雷莫夫的悲剧,相当集中、深入、形象地表现了这一主题。冯连骅谈道:"克雷莫夫指出,酿成伊琳娜悲剧的一个重要原因是'在一个时期内,艺术界还要被两个女王统治,这就是对别人的成就的羡慕和对别人的才能的嫉妒。任何道德革命也无法把这两位女王赶下宝座'。正是那些妒火中烧的鸵鸟,那些平庸落选的演员嫉贤妒能造谣中伤,才致使精神脆弱的伊琳娜身亡。"[1]克雷莫夫在和格里奇马尔谈论时,再次指出:"嫉妒和虚伪这两个卑贱的奴才却摇身一变成了霸主。"而克雷莫夫自己更是被嫉妒逼死的:他周围的某些人不能容忍他的才华,另一些人不能原谅他的独立精神,还有人嫉妒他的才华带来的不错的物质生活条件。因此,从厂长、制片主任到演员乃至司机,齐心协力编织了一张谣言之网,让他彻底窒息,走向死亡……

哲理三部曲中,对一系列问题的哲理思考,呈现逐渐向前深化的趋势。

《岸》通过尼基金访问汉堡的经历与回忆,以及与迪茨曼等对战争与和平、自由与民主、东西方对话、和平共处等问题的争辩,把第二次世界大战与写作的当时联系起来,表现了战后世界分裂的情状,思考了战争与和平、战争和人道主义等问题。这是一部试图从哲理和当代人类社会发展高度进行战争叙事,并且综合探索战争、政治、意识形态、两种文明、道德准则等多种复杂问题的多层次的作品。奥夫恰连科指出:"邦达列夫在《热的雪》和《岸》中表现出一个成熟大师的风范,洞悉世界的复杂性及其无限的相互关系,在对世界多重角度的反映中,作家也展现了他的主人公。邦达列夫艺术性地再现生活中真实、丰富的残酷细节并深刻理解它的能力在其新小说中得到了体现。"[2]库兹涅佐夫则认为:"邦达列夫在小说中的日益增强的心理描写,表现在善于勇敢地把人置于极端的道德考验的环境中,这一点十分令人注

① 冯连骅:《当代社会的道德危机:评尤·邦达列夫的小说〈人生舞台〉》,《辽宁师范大学学报》1989年第1期。

② Овчаренко А. И. Большая литература: Основные тенденции развития советской художественной прозы 1945–1985 годов. М., 1988, С.66.

目。众所周知，正是这种道德考验，使战争显得丰富多彩。小说中心主人公——尼基金中尉(后来成了作家)和他的朋友克尼亚日科中尉，通过这些考验，显示了自己的灵魂、自己的思想和自己的道德信念。然而我认为，在长篇小说《岸》中，邦达列夫散文的最重要而且也是最新的、全力展现自己的品格，在于对我们这个分裂为两个阵营的世界和人们在上次战争中所经受的非人考验之后，关于人和历史、人道主义和人性的命运所做的哲学思考的深度和力量。这种浸透于叙述之中的哲学思想，赋予小说以规模、冲突和论争性，使小说具有了现代的意义"，并进而阐发道："邦达列夫在极端的情况下考验了自己的主人公的道德和人性。如果从整体谈论长篇小说《岸》，那么对它的主人公(苏军士兵和军官)来说，同敌人的相见就是这样的考验，他们的相见不仅是在战场上，而且是在被他们解放了的德国后方；这不仅是同士兵的相见，而且是同被打倒的法西斯德国的居民相见。这是法西斯分子在我们后方、在暂时占领的苏联(也不仅是苏联)土地上，干了那么多极其残酷和可怕的事情之后的相见。苏联军人—解放者带着受尽折磨的痛苦和心灵的仇恨，怀着对法西斯分子的兽行和侮辱的血的记忆，从莫斯科步行到这里——这就是长篇小说《岸》中心部分的主题。如果回忆起那些已经发生的事情，能够想象还有比这更困难的人道主义和人性的考验吗？须知，记忆的每个部分都在呼唤复仇。很可能，这是历史上最奇异的奥秘之一。尤里·邦达列夫在自己的小说中证实的正是人的品德和英明、崇高的道德力量，我们的军队——社会主义国家的军队就从这样的道德力量经受了这种考验。长篇小说以其深刻的心理真实，表现了对少数人的无比愤怒和极端鄙视，因为他们在凯旋时刻侮辱了解放战士的道德感情，因为他们在这样困难的条件下未能经受住人性的考验。小说中的麦热宁中士首先就是这样的人……"①

《选择》通过瓦西里耶夫的经历和思考，把现实中意识形态的斗争、战争与和平、东西方和平共处、生态危机、世界性的道德下滑等迫切社会问题，从历史发展的角度，一一展现出来，表现了对未来的深深忧虑。因此，恰普恰霍夫认为它是一部"充满各种道德问题、社会问题和哲学问题的值得注意的复杂的小说，提出了当代最尖锐的问题"②。马尔科夫宣称：《选择》这部具有多层结构、思想上深刻和艺术上鲜艳夺目的小说，在两个世界思想斗争尖

---

① 〔苏〕库兹涅佐夫：《人性之岸》，吴元迈译，见李辉凡主编：《当代苏联文学中的人道主义问题》，第318、320页。

② Литературная газета，1981-01-01.

锐化的令人不安的时代,更显得特别重要。"①

《戏》更是通过主人公克雷莫夫的精神道德探索,及其哲理思考,比尼基金、瓦西里耶夫更为宽阔也更为深入地思考了上述所有问题。

陈敬咏认为,哲理三部曲中的三个主人公在反思和探求中都触及了诸如战争与和平、技术文明与生态平衡、物质生活与精神文明等当代社会生活中的重大问题,以及善与恶、生与死、生活的真谛、幸福的含义、人与人之间的相怜、友爱与互助、艺术的使命、真善美的内涵等一系列人类社会的"永恒问题",而且一个比一个更加富有生活的底蕴,更加深刻地结合自我剖析,因而使作品也愈益增添了浓厚的悲剧色彩和哲理含义。……在三部曲各部小说中"自白"所蕴含的哲理思考一部比一部深化,而且对时弊的针砭一部比一部加强。比如,在《岸》中迪茨曼与尼基金谈到西方社会的弊端和人们精神生活的贫乏与堕落,认为其"发端也就是美国",并向尼基金指出,苏联也会面临同样的情况。尼基金对此则予以否定。而在《戏》中,克雷莫夫在与格里奇马尔的交谈中,一方面比迪茨曼更尖锐地谴责了美国的生活方式;另一方面,当格里奇马尔指出"在美国没有幸福,俄国也没有幸福",因为"精神已被实用主义取而代之",克雷莫夫对此并无异议,而且直言不讳地说:"全世界的居民,包括你们的和我们的,眼神都是一样的:对世界上的一切事物都漠不关心,只图自己眼前的利益。"克雷莫夫的见解有异于尼基金。这说明,作者80年代的观点比起70年代要全面一些,他不忌讳苏联社会内部问题,加强了对现实生活阴暗面的揭露,得出了新的结论:片面追求物质享受而忽视精神生活,必然导致道德沦丧、文明退化,这种现象在资本主义社会中是常见的,在社会主义社会中也不是不存在的。②

潘桂珍从战争角度指出了哲理三部曲的不断深化。她认为,《岸》从今天的角度来描写40年代的反法西斯战争,对战争与和平、战争与人道主义,对战后世界处于四分五裂的状态的多种原因思考得比较多。《选择》里的战争主题则着重表现普通人、基层军官在战争中的命运,表现了战争同个人命运的悲剧冲突,作家更多地代表经历过战争的一代人对过去一场战争的反思,并从中总结历史经验教训。作者把伊里亚的道德选择及导致他最后的人生选择放在反法西斯战争的历史背景上来描述,从而使读者有可能思考伊里亚的悲剧命运同战争的尖锐冲突的性质及由它带来的严重后果。诚然,个人的遭遇在强烈而残酷的战争风暴中显得微不足道,然而战争风暴之

① Литературная газета,1981-07-01.

② 参阅陈敬咏:《邦达列夫创作论》,第146、149页。

后对个人乃至全人类带来的心灵和肉体创伤却不是轻易能愈合的。常规战争尚且如此,热核大战的后果和结局就更不可想象,人们将面临的不是什么个人的命运、普通人的价值的问题,而是全球毁灭的问题了。而超级大国的核军备竞赛愈演愈烈,世界似有被自身创造的尖端武器——核弹——毁灭的可能。小说《戏》的主人公克雷莫夫是在这一历史条件下同美国导演格里奇马尔谈到核战争的危险的。这位美国导演邀请克雷莫夫赴美拍一部影片《最后的一个海龟》。该影片把核战争的恐怖惨状描绘得令人毛骨悚然。从三部曲关于战争主题的描写可以明显看出邦达列夫艺术视野的逐步扩大,构思的不断深化,他已经不限于反映狭小阵地的"战壕真实"了,而是把这一场战争放在人类历史的长河中来展示,通过主人公战前、战时和战后几十年的生活经历表现其性格特征和道德选择,同时反思苏联卫国战争的历史,关注着战争给人类带来的分裂、对立、敌视和恐怖等灾难。①

正因为如此,伊达锡金认为:"邦达列夫关于战争的每一部新作品都在登上新的高峰,深入研究人的精神生活的过程,并扩大其领域,在最为严峻、不容妥协的考验的条件下所体现的性格的道德基础的强度",并称他为"心理学和哲学家邦达列夫"。②

优秀的文学作品往往是时代的风向标,但敏感的作家往往只提出各种社会问题和哲理问题,而不提供解决问题的方法,因为那是政治家或政客们的事情。俄罗斯文学略有不同,它有着既提出问题又尝试提供解决问题的方法的优良传统。面对俄国青年贵族在政府和人民、俄国和西方文化之间无所适从,尤其是个人与社会发生冲突的情况,普希金在《叶甫盖尼·奥涅金》中通过达吉雅娜这一形象开出解决的良方:根植于真正的生活——自然与人民之中,敢于自我牺牲。陀思妥耶夫斯基解决俄国乃至世界社会问题的处方则是"土壤派"理论,强调俄国知识分子与农民、工人等群众结合起来,因为俄国人民群众尤其是农民笃信宗教、温顺谦恭、逆来顺受,富有博爱精神,具有极强的自我牺牲精神,是道德的表率。托尔斯泰面对俄国社会的诸多问题,更是形成了自己系统的救世理论:"托尔斯泰主义"。邦达列夫曾谈道:"无论在生活里,还是在自己的书本中我都憎恶不公道、虚伪、冷漠以及叛变和追名逐利。我愿相信,金色的真理能够并且正在战胜铅灰色的本能。我在人们中间寻找积极向上的善行、坚毅、友谊和团结。我决不怜悯和

① 参阅潘桂珍:《邦达列夫的社会哲理小说:〈岸〉〈选择〉〈人生舞台〉》,《外国文学研究》1988年第4期。

② *Идашкин Ю. В.* Грани таланта:о творчестве Юрия Бондарева,М.,1983,С.128,146.

美化人，但我也不会以蔑视和惋惜去贬低人。我反对小说和电影里光辉灿烂的结局，反对艺术中的小装饰。因为在旁观者的无限感动中我看到了一种想安慰人，并且想给人戴上自我满足的玫瑰色花环的愿望。不，应当永远去敲击人的心灵和理智。严肃的书籍和严肃的电影应该使人们的意识感到不安，应该直言以告：人类还未达到完善的地步，应该否定其丑恶的东西，同时肯定其光明的本质，使人们思考人类认可的实质。"①因此，他继承了俄国古典文学的优良传统，在哲理三部曲中，也尝试提出解决诸多问题的方法。

关于战争带来的世界性的分裂和对立，他提出要加强东西方的交流和沟通，《岸》写了尼基金等人的西德之行及与迪茨曼等西方文化人的交流（因此戈尔布诺娃指出："邦达列夫探究了当代分裂世界对立的两岸接近的可能性与不可能性，并把它推进到我们时代主要哲学—历史问题叙述的中心"②）；《选择》则写了瓦西里耶夫到意大利等多地的文化活动；《戏》也写了克雷莫夫与美国导演格里奇马尔的多次交流与辩论。邦达列夫认为，不同意识形态、不同制度的国家之间只有多多沟通、友好对话，增进彼此的了解，消除相互的不信任，以及戒备和怨恨心理，让人们真正互相了解，才能缓和局势，扫清战争的阴影。

关于生态问题，邦达列夫提出，人类只有接近自然，避免与自然的冲突，才能生存和发展。③

在道德方面，作家极力宣扬人道主义思想，赞颂真善美，希望消除冷漠，复苏怜悯和同情心，建造"人与人之间的桥梁"，他说"我们所应当做的，多半是了解和怜悯。人人都在等待着什么，同时又都患有等待无能症。我们应当在世界上把人由于急于过安乐生活而失落了的灵魂找回来。"让人们心灵相通，满怀同情。"瓦西里耶夫突然觉得他同站在大路上的年轻人，同这位丑陋、难看地哭着的少妇，同这些提着各种食物的人如此亲密无间和同病相怜。似乎大家认识了几千年，而后来彼此就骄傲地相互仇视和嫉妒起来，无情地忘却了曾经是骨肉同胞，失去了人类间朴实和亲密的感情。"尤其是要对人充满仁善和爱心。在这方面，作家塑造了一个非常出色的人物克尼亚日科。他不像连长和麦热宁那样满怀盲目的仇恨，不分青红皂白地对待一切德国人，而是理智友善地对待俘虏，并且在面对所谓"狼人"（克尼亚日科认为，他们不是真正的士兵，而只是被某个拒不投降的疯狂而残酷的人胁迫

---

① 〔苏〕邦达列夫：《美·孤寂·女人的气质：邦达列夫人生、艺术随想集》，第95页。

② *Горбурова Е. Юрий Бондарев Очерк творчества*，М.，1989，С.225.

③ 参阅潘桂珍：《邦达列夫的社会哲理小说：〈岸〉〈选择〉〈人生舞台〉》，《外国文学研究》1988年第4期。

且不会打仗的一群男孩子①)时,不希望流血,希望减少无谓的杀戮,独自走向他们,去劝说他们投降,不料麦热宁提前开炮,导致他惨死。尼基金宣称:"克尼亚日科比我们所有的人都勇敢,他所以牺牲就是因为他比我们大家都好。"而且,尼基金后来一生都走着克尼亚日科之路,试图达到他的高度。②

诺维科夫指出,长篇小说《岸》中道德最高纲领的楷模是作者以明显的同情心刻画的克尼亚日科的形象。这位年轻的军官无论在个人关系方面还是在对义务的理解方面都决不肯打折扣、不肯妥协。克尼亚日科以其性格的完整、信念诗意般的美和品行的无可指责引起了评论界的注意。他认为,俄国的文学中已经很久没有这样的形象了。邦达列夫将克尼亚日科置于战争结束时发生的悲剧冲突的中心,并描写了当主人公想防止无谓的流血时,所显示出的那种强大的意志力量、坚定的信心和对人道主义的信念。在中尉尼基金的心目中,克尼亚日科是自己永远望尘莫及的榜样(这种感受加强了尼基金形象的表现力)。③

库兹涅佐夫更是认为:"克尼亚日科中尉,一个具有特殊的美和力量的性格,才是长篇小说的中心人物,他是衡量一切事物的尺度,也是衡量其他人物的道德的尺度。就其光耀夺目的程度看,他是个骑士般的崇高的人,他使人们想起阿辽沙·卡拉玛佐夫——陀思妥耶夫斯基在《卡拉玛佐夫兄弟》中所没有继续写下去的那个走向革命的阿辽沙。他体现了未来的全面的人的俄国人道主义理想,体现了陀思妥耶夫斯基用以下美好言词所表述的理想:'为了一切人而完全自觉自愿的、不受任何人驱使的自我牺牲精神才是个性最高发展的象征……自愿地为一切人献出生命,赴汤蹈火'——只有在个性的强大发展这一条件下,才能做到这一点。"④他还指出:"小说《岸》之所以意义重大,正在于小说对时代的根本道德伦理问题做出了回答,它以自己的全部内容,以人道主义的和道德的激情投入当代的主要哲学论战——关于人及其使命的论战。"⑤

从艺术表现方面来看,哲理三部曲中战争与当代生活的哲学关联是用较为现代的艺术手法表现出来的,邦达列夫借鉴了西方现代主义文学的一些艺术手法,形成了哲理三部曲的"现代"特点("现代"之所以加上引号,是

---

① *Горбурова Е.* Юрий Бондарев Очерк творчества,М.,1989,С.230.

② *Горбурова Е.* Юрий Бондарев Очерк творчества,М.,1989,С.233.

③ 参阅〔苏〕诺维科夫:《现阶段的苏联文学》,第130~131页。

④ 〔苏〕库兹涅佐夫:《人性之岸》,吴元迈译,见李辉凡主编:《当代苏联文学中的人道主义问题》,第322页。

⑤ 转引自岳凤麟:《〈岸〉的哲理探索和艺术美》,《苏联文学》1988年第2期。

因为其不像西方现代主义那样彻底放开,特别自由)。20世纪50年代中后期以后,在"解冻思潮"的影响下,苏联文学一度受西方现代主义文学影响,作家们在创作中适当引进了一些西方现代主义的手法,颇为传统的战争小说也开始有所变化,西蒙诺夫、邦达列夫的战争小说是较为突出的例子。邦达列夫战争小说的艺术创新体现在哲理三部曲中,最突出地表现在以下三个方面:新结构方式、意识流手法、多重象征意蕴。

苏联战争小说大多根据情节的发展,平铺直叙,所以结构基本上是流浪汉式的结构,随着主人公(可以是夏伯阳这样的个体,也可以是《铁流》中的群体)的成长或者战争的进程从开始到高潮到结束。即便是较早借鉴现代主义手法创作战争小说的西蒙诺夫的《生者与死者》三部曲在结构上也是没有创新的。苏联学者别拉雅指出,西蒙诺夫的《生者与死者》三部曲是一部战争史事编年史,其内容从悲惨的1941年6月开始(《生者与死者》),经过卫国战争最高潮——斯大林格勒大会战(《军人不是天生的》),到最严峻的巴格拉季昂战役,再到1944年在白俄罗斯领土上展开的即将大获全胜的战役(《最后的夏天》)。这三部曲的写作是通过对战争文献资料的长期细致研究、同参与战争的人进行交谈或者是对战争时期的记事进行分析而完成的。[1]"战争史事编年史"不仅决定了三部曲整体上的按时间顺序描写,就是具体到每一部作品,无论是《生者与死者》《军人不是天生的》,还是《最后的夏天》也都按照主人公的行动轨迹来展开情节。

邦达列夫本人在20世纪七八十年代以前的战争小说,基本上也是如此,依旧按故事情节的发展传统地叙事,在结构上没有太多创新。但到了这时,由于视野越来越开阔,也由于思考的问题越来越深刻并具有哲学性和人类性,邦达列夫在长篇小说创作中开始探索新的结构方式。俄国当代一些学者已关注到这一点,只是他们只谈了作家新结构的某一方面。有学者指出,为了具体体现哲学问题,作家创造了独特的长篇小说形式。他把人放置在长篇小说的中心,他善于从自己的职业属性和创作潜能方面去安排他嗜好哲学思考的生存问题,如作家尼基金、艺术家瓦西里耶夫、导演克雷莫夫。他们都是痛苦的人,喜欢进行无情的自我审判。因此,道德的自我审判与自我惩罚的观念成为他长篇小说的哲学问题。战争与和平、英雄与非英雄,邦达列夫往往通过两个时间、两个时代的安排,来精心组织自己

① *Белая Г. А.* Художественный мир современной прозы, М., 1983, С.13.

作品的结构。①

　　的确如此,但这还不够全面。由于所表达的战争与当代生活关联的需要,哲理三部曲每一部都让当代生活与过去的战争相对照,同时在结构上既写主人公现实的经历,采用时空凝聚法,把与主人公相关的事件及主人公的活动严格限制在有限的时间和空间之中(《岸》主要是德国汉堡和小镇柯尼斯多夫,《选择》则是意大利威尼斯、乌克兰战场及莫斯科,《戏》基本上集中在莫斯科),又用"回溯"的方法写其对历史的回忆及心里的感受与思考,让历史和现实互相结合、相互渗透,以今忆古,以古鉴今表现"战争与和平、英雄与非英雄",更描写"道德的自我审判与自我惩罚"。在艺术形式上,打破了完全按时间顺序按部就班叙述的结构方式,时序颠倒。具体来看,在三部作品中,作家对新结构方式在驾驭的纯熟程度上有所不同。

　　《岸》由于是初次采用新的结构方式,总的来看,还显得有点简单生硬。小说共分《到彼岸》《疯狂》和《怀旧》三部,第一部、第三部写的是现在,即男主人公尼基金接受汉堡书商赫伯特夫人的邀请访问西德,以及其在西德的见闻感想,与迪茨曼等对战争与和平、自由与民主、东西方对话、和平共处等问题的争辩,第二部则专门倒叙1945年的故事。这样,整部书的三部就形成了现在—过去—现在的结构方式,尽管小说中特意安排了在第一部结尾时尼基金发现,赫伯特夫人正是1945年的少女爱玛,于是转入回忆之中,尽管也正如陈敬咏所指出的那样,这种方法是一种典型的"回溯",这种"回溯"有别于按从古到今的历史的连续性叙述故事的传统的手法,而是与"时空凝聚"的方法结合在一起,即把一切事件集中在时空有限的现实(访问汉堡的五天),然后"回溯"也是时空有限的过去(驻军柯尼斯多夫的五天)。《疯狂》的相对独立但又必不可少的篇章是双层交错"回溯"的第一个层次,即小说各篇章之间今昔大交错的叙述层次,而在描写现实生活的各篇章中,借助主人公的内心独白、回忆、联想及梦境、幻觉等意识流,再现了其青年时代的美好时光、令人陶醉的创作活动及访问中的种种会见、谈话、争论、感受等,形成双层交错"回溯"的第二个层次,即散见于各篇章中的今昔小交错的叙述层次。从时空高度集中的原则中可以看到邦达列夫以往作品(50年代《请求火力支援》和《最后的炮轰》、60年代的《热的雪》)中常见的"新三一律"原则的延续;从交错综合的方法中可以看出邦达列夫从事电影创作活动(影片《解放》剧本的编写及《最后的炮轰》《寂静》《热的雪》等改编成电影脚本)经

---

①　Голубков М. М. Памяти Юрия Бондарева: к вопросу о творческой репутации писателя. Профессорский журнал. Серия: Русский язык и литература, 2020. No.4(4).

验的运用。①应该说,这是作家结合自身五六十年代战争小说及后来电影剧本的创作和小说改编电影剧本的艺术经验,更重要的是融合西方现代主义一些手法的结果——不仅心理活动跳跃度很大,从1945年到70年代将近三十年,采用了内心独白、相对自由的联想甚至梦境、幻觉等西方意识流手法;心理活动的空间更是特别广阔,从苏联到西德乃至西方,而且空间随着意识的流动而自由转换到不同地方,但由于初次运用这种手法,因而这种简单的现在夹过去的结构显得有点简单生硬甚至笨拙。

《选择》则在结构上比较成熟。小说既写了画家瓦西里耶夫访问意大利、会晤拉姆津、回国后的创作生活、陪回到莫斯科的拉姆津探望其母亲、安葬拉姆津等现实情节,但主要情节集中在拉姆津回到莫斯科并自杀的短短几天内;又写了瓦西里耶夫因拉姆津的出现而产生的关于少年、青年尤其是战争时期并肩作战的种种回忆,以及拉姆津对少年和战争时期的回忆、他的内心活动等。邦达列夫颇为纯熟地运用内心独白、时间蒙太奇(拉姆津体现得最为突出)、空间蒙太奇(瓦西里耶夫表现更多)乃至梦幻等西方现代主义小说的意识流技法,既有空间的大度跳跃(莫斯科、威尼斯、乌克兰战争前线),也有时间的大度跳跃(现在、两年前、童年、青年、1943年战时的夏天),不再像《岸》那样生硬笨拙地强行分出现在和过去两大块,而是颇为自如地穿越于现在、过去、战前,因此尽管当前与历史、现在和战前盘根错节、互相关联,结构颇为复杂,但整体结构和各章叙述却逻辑分明,严整有序,而且当前与历史、现在与战前的转换、联系都颇为自然,甚至感觉不到相互之间的界限。朱红琼还谈到,作家运用抛物线结构法、心理结构法、梦幻等艺术手法在现在与过去之间任意纵横叙述,从现在开始,一下子转到故事发生的前一年,接着又转到战前时期重新折回来,接着又远离现实,转到卫国战争时期再从战争年代回到今天。尽管现实与历史前后相连,重复交错,结构显得极复杂,然而,小说的各章叙述在逻辑上是严格有序的。同时,这些章节中现实与过去之间的联系异常自然,几乎感觉不到它们之间的界限。恰似一座用时间搭建的桥梁,沟通了现在和过去,完全战胜了空间,可以坦然地在此观看似水生活的流动。②

《戏》在结构艺术上更加成熟。小说先写克雷莫夫到国外参加电影活动,与国外同行交流,然后写他载誉回国,发现电影制片厂全厂的人几乎都

---

① 参阅陈敬咏:《邦达列夫创作论》,第99~100页。

② 参阅朱红琼:《在选择中曲折前行:论〈选择〉的艺术结构》,《黑龙江教育学院学报》2007年第4期。

对他态度大变,由此引出伊林娜事件,引发克雷莫夫时断时续对伊林娜悲剧发生全过程的回忆;再由口口声声知恩图报的莫洛奇科夫开车送克雷莫夫回别墅途中的对话,引起克雷莫夫对1944年冬天战争时期的回忆,莫洛奇科夫怕死,声称家里有个老母,不愿到前沿去完成侦察任务,而克雷莫夫当时因为他的可怜相产生了同情之心,打伤了他的手,让他免上前线。战后见到穷兮兮的莫洛奇科夫,又把他从贫困中救出来,还让他当了制片主任,娶了妻有了房。接着再写莫洛奇科夫恩将仇报,与巴拉巴诺夫、司机古林等人勾结,诬告克雷莫夫,甚至为了私利,向自己的恩人敲诈勒索钱财,被克雷莫夫揭穿后,竟然无耻地公开叫板说:"您原来在我面前是个强者!那是过去,维亚切斯拉夫·安德列维奇!现在嘛我也不是个弱者。我过去鞍前马后为您效劳,这很称您的意,现在我好歹也是个自由人了!我不是非靠您不可了!别的导演照样会要我的。……您的好运看来是结束了!"再写克雷莫夫的妻子、女儿都听信谣言,疏远他。他在极其痛苦的心境中被迫开车进入森林……小说把当时苏联的生活、战后一些年苏联的社会状况、战争年代的事情全都混杂交融在一起,通过克雷莫夫的悲剧经历及断断续续的回忆,零星、片段而又连成一体地展现出来,体现了作家颇为自如的结构技巧,是哲理三部曲中结构艺术最为纯熟的一部。

哲理三部曲在艺术上的又一特点是意识流手法的运用。俄罗斯古典小说本来已有意识流的萌芽,托尔斯泰著名的长篇小说《安娜·卡列尼娜》中就有突出的表现,特别是安娜临死前那一段的心理活动,是较为典型的意识流。在苏联战争小说中,如前所述,西蒙诺夫较早运用意识流手法创作战争小说,但仅限于内心独白,跳跃度不大。如:

> 这一带地方对冬季进攻来说,真不是滋味!一眼望去,一个居民点也没有。所有的活人不是待在掩蔽部里挨冻,就是在秋季战斗后仅剩的少数废墟上歇足。就拿离开公路半公里的养猪场的这堵两公尺的砖墙来说吧……这堵砖墙是在十一月进攻的第一天占领的。这里先是师观测所待了一昼夜,接着指挥所待了一昼夜,后来是炮兵团团部,但也已经开拔了,现在待在那里的是第二梯队,已经住了一个月。那里挤满了人,一个挨着一个,好像装在桶里的鲱鱼,但他们还是坚持待在那里,因为毕竟有一堵墙,而且离公路又很近。①

---

① 〔苏〕西蒙诺夫:《军人不是天生的》(第一部),丰一吟等译,作家出版社1965年,第74页。

这是谢尔皮林被叫到莫斯科前坐车经过自己战斗过的地方时的内心独白，战争残酷而艰难，有一堵墙也是好事，不少部队都在那里待过，但这种心理活动几乎没有跳跃度。《军人不是天生的》第十九章整章几乎都是辛佐夫与回忆相关的内心独白。

　　　　有人认为人在战争中会变成另一种人。可是当我们想到战争结束后一切会怎样，我们还是会想象自己仍旧是个跟以前一样的人。但是也许这是徒劳的……我从来没有时间考虑：我现在是怎样一个人。我必须想别的事情，如果我真的变成了一个跟以前不同的人，这是由于我必须常常去想别的事情，而不是去想自己……现在我之所以想到自己，那是由于还在炮火准备的阶段，德国佬还在前面大批死亡，反正没有什么事情可干。让德国佬去死吧！我记得，死亡的人不是他们而是我们时的情景。九月里，正当我们渡伏尔加河的时候，敌机飞来轰炸。我们的人的尸体和渡船的破片一起在河面上漂浮着。石油联合企业起了火，流进伏尔加河的石油也起了火，空中弥散着使人极其恐怖而又极其难闻的臭味……我甚至无法运用我的想象力去描述那着火焚烧的人的尸体。①

辛佐夫在这一段内心独白中思考的是战争会不会使人变成另一种人，但因为战争正在进行，而且相当紧张和惨烈，他感到自己没有时间来考虑这个问题，因此由眼前的苏联红军在炮火和制空上占优势，德国人大批死去，联想到过去苏联红军在这方面居于劣势的悲惨情境，虽有一定的跳跃，但幅度也不大。而且，在西蒙诺夫的《生者与死者》三部曲中，即便这种内心独白，也往往特别注意逻辑性，如：

　　　　在他的记忆里，三年战争中的一切经历和遭遇都标记在地图上。将来什么时候，战争中留下来的这些地图没有了，可能会连战争都回忆不起来。而现在，即使没有这些地图，它们照样都历历在目：莫吉廖夫形势图和莫斯科城郊形势图，是四一年的；夏季形势图，是四二年从顿涅茨向伏尔加河撤退时的；冬季形势图，是斯大林格勒的；春季形势图，是哈尔科夫和别尔哥罗德城郊的；还有一些新的形势图，从库尔斯克弧形地带防御战开始以后，一张接一张，越来越朝西方移动，直到第聂伯河上游。②

---

① 〔苏〕西蒙诺夫：《军人不是天生的》（第一部），第468~469页。
② 〔苏〕西蒙诺夫：《最后一个夏天》，上海外国语学院俄语系译，上海人民出版社1975年，第15页。

这是1944年5月伤好后的谢尔皮林面对军事地图的内心独白,过去与现在与将来的对照,十分分明,而从1941年到1944年,从夏、冬到春季的时间顺序,更是体现出严格的逻辑性。

邦达列夫在继承托尔斯泰小说的基础上,学习西方现代主义的艺术手法,运用意识流手法较之西蒙诺夫要放得开些。意识流手法往往运用时序颠倒、时空跳跃、今昔交错等手法,来实现自由联想。三部曲都较多地运用了意识流手法,主人公对过去、历史的回忆或多或少都带有意识流的味道,有些还是较为出色的意识流,综合运用了内心独白、自由联想乃至幻觉,如尼基金在回国飞机上的心理跳跃很大:一会儿是去罗马的情景,一会儿是西伯利亚通古斯卡河,一会儿又是儿子死后夫妻两人的悲凄……而他临死前的一段心理描写,是颇为典型的意识流。

难道往事,就是对不能再现、不可复返的东西的怀念:就像对初恋,对美好的童年生活中一个不寻常的片段——在晌午时分天堂般暖洋洋的河面上有一只浴满阳光的渡船,船上散发着焦油味、马匹的气味和大车上晒得热烘烘的干草香味——以及对那个绿色的、天国般的、蜂蜜一般的夏日幸福的彼岸的怀念吗? 是啊,有过这样一个彼岸……我曾不止一次梦见过它,它也只是在梦中一再出现,使人产生一种虚幻而幸福的忧伤,使我早晨醒来,觉得喉头哽咽,希望把我亲身感受过的、但不知在哪儿失去了的童年生活的这个美好的片段留在记忆中。我回想这些梦境的时候,希望从中感受并抓住一点:那就是在这里有一条人类生活中伟大、神圣、宝贵的规律,这是希望的规律,相信没有任何东西会不留痕迹地消逝。这是背叛人们肉体死亡的规律,希望一切事物都是永恒的……一个人年过四十,去思考和理解他开始感受的许多事,这是何等的快乐……乐趣就在这思考之中……或许,这个思想是来自美好的梦境? 可是心口为什么这样疼痛? 我们是在哪里? 在飞机上吗? 戊酸薄荷酯也不管用了。我没有估计到,应该带上硝酸甘油。……这思考本身是多么大的乐趣。那"瓦吉姆,瓦吉姆!"的呼唤又是多么好的呼声!也许这是我和丽达坐在轿车里……开车离开那个公园,离开那个教堂的栅栏。她用手帕擦着我的额头,说:"把你的痛苦给我吧……"她的手上和手帕上发出一股温柔亲切的气息……就像夏天早晨的干草的味道……我是在哪里? 我是在哪里?

正因为如此,李琳指出,《岸》以战争、爱情和主人公尼基金的人生探求这三条线索作为小说的构架,运用时序颠倒、今昔交错的叙事方式,以及内心独白、联想、梦境、幻觉等手法,多层次、多角度地展示了"岸"这一极富生命感和令人遐思的哲理命题的多重象征内蕴。①《选择》和《戏》中意识流手法更多,也更为成熟,而且运用了意识流技巧中的时间蒙太奇和空间蒙太奇手法。

> 他突然想起了另一幅画面:遥远的夏天的傍晚,宁静的晚霞的热气滞留在静止不动的椴树树冠上,阁楼玻璃上安详而温暖的反光犹如晚霞中树林里的小湖,在下面,灯罩的光亮从这里或那里透过树叶丛照射出来,从敞开的窗户里传出低沉的谈话声和碗碟声……后来就是炎热的7月之夜,在树梢上和黑色天平线上面是满天的繁星。……夜里,院子仿佛与安静下来的各个胡同、大街和马路隔绝了,院子里的住户像亲戚似的互相信任,大家的关系十分融洽……②

这是瓦西里耶夫陪拉姆津去看他母亲,来到童年和少年时住过的地方的感受,因为当时的莫斯科正在搞拆迁和建设,很多原来的地方已经拆毁,他们的旧居也很快就会拆掉,更重要的是,随着时代的发展、物质文明的进步,人住得更好、吃得更好,但精神上却空虚了,人与人之间也因选择不同,产生了隔阂,人变得十分孤独。因此,作家用还有点简单和生硬的时间蒙太奇手法,表现了瓦西里耶夫对过去很长时间里人与自然和谐、人与人和谐的缅怀,并以此对照出当前人与自然的疏离、人与人的疏离。

> 他朦胧中感到莫名其妙,为什么公共汽车站和商店门前在这个时间会有那么多闲散的人(他们什么时候工作呢?)他望着沐浴在晨光中的树叶、橱窗,可眼前却像旋转木马似的掠过一条条异样的街道,橱窗,人行道上撑着红色遮阳伞的小桌,身穿五颜六色服装的异样的人群,那一大早就灼热逼人的异样的太阳。这个犹如梦幻中的光彩夺目的旋转木马傲慢地抹煞着、用某种东西贬低着莫斯科街道的端庄朴素……③

这是克雷莫夫回国时坐出租车从机场回家,在莫斯科街道上的瞬间感受。

---

① 参阅李琳:《〈岸〉的叙事风格和象征意蕴》,《解放军外国语学院学报》2001年第5期。
② 〔苏〕邦达列夫:《选择》,王燎、潘桂珍译,译林出版社1997年,第245~246页。
③ 〔苏〕邦达列夫:《戏》,范国恩、述弢译,中国文联出版公司,1986年,第1页。

由于在巴黎感受到生活的热闹非凡、丰富多彩,而莫斯科却十分闲散,因此在这一瞬间两个空间叠加在一起,形成鲜明的对照,而巴黎那犹如梦幻的光彩夺目、变动不居的生活甚至在傲慢地抹杀和贬低着莫斯科的生活,这种空间蒙太奇手法充分表现了克雷莫夫渴望丰富多彩生活的潜意识。

在意识流手法中,最为常见的是对梦境的描写。哲理三部曲尤其是《选择》和《戏》中都有对主人公梦境的描写,如《戏》中克雷莫夫被逼开车进入森林前所做的进入有着金属斩首机的体育馆式房子的梦。而最为出色的是《选择》中瓦西里耶夫的三个梦。第一个梦是由妻子玛丽娅与拉姆津见面引发的,梦见在莫斯科,一个长方形的怪物迈着铅块般沉重的脚步走到他的画室门边。这表现了他对与自己的情敌兼好友拉姆津即将见面的强烈不安。第二个梦是与同为画家,且是美协对外部主任科里岑争辩后所做,梦见科里岑变为"长着三角眼睛"的怪兽,要折磨自己和玛丽娅。第三个梦则梦见了自己与玛丽娅曾经的美好时光,还梦见了痛苦呻吟的陌生人,并且为不能给陌生人提供帮助而内疚。这三个梦形象生动地表现了主人公在承受思想、精神和心理震荡后的深层反应,及其思想改变与深化的过程。朱红琼还认为,瓦西里耶夫的梦对整部作品还起着结构功能的作用。梦是理解作品艺术框架的钥匙,在作家运动着的、开放性的、充满矛盾的思维中,梦的意义不是单一的,它体现着人物性格的历程。在小说中,瓦西里耶夫梦的结构作用不是局限于镜子似的折射小说风格的特殊性,小说主题的复杂性,多层多级性,而是为了展示瓦西里耶夫前后不同的梦在小说中是怎样循序渐进、有的放矢地反映作品的中心思想,即坚定不移地充满激情地肯定人的相互理解和团结。①

哲理三部曲在艺术上的第三个特点是都表现作家的哲理思考,而且都具有多重象征意蕴。俄国当代学者指出,男人、生与死、存在与非存在,正是这些主题成为《岸》《选择》《戏》《诱惑》这些作品最根本的基础。②但文学不是哲理宣教,因此作家为了让主题更丰富、更富意蕴,在三部曲中都较多地使用了象征手法,而且都含有多重象征意蕴。

《岸》的名称本身就具有多重象征意蕴。学者们对此有不太相同的解读。有学者认为,邦达列夫细致入微地分析了战争与和平时期的人,以及其在毫无出路时的行为……有学者则认为,岸这个词,既是十分明确的,同时

---

① 参阅朱红琼:《在选择中曲折前行:论〈选择〉的艺术结构》,《黑龙江教育学院学报》2007年第4期。

② *Голубков М.М. Памяти Юрия Бондарева : к вопросу о творческой репутации писателя. Профессорский журнал. Серия : Русский язык и литература,2020. No.4(4).*

又是多义的。"岸"一词,既可以认为是河岸,相应地,也可以指对岸,可以是各种各样相似和不相似的形象。①还有学者谈到,邦达列夫的《岸》指出,即使在战争中人也能不失去人性。②潘桂珍认为,小说的名称"岸"具有象征性的、多层次的内涵。两个世界、两种社会制度的岸、道德伦理的两岸、对立的意识形态之岸、两种理想之岸。③石国雄认为,《岸》可以理解为东方与西方之岸、缓和与紧张之岸、人性与野性之岸、理想与现实之岸、幸福之岸。④陈敬咏更具体地谈到,作者本人谈到《岸》时提出,书名《岸》本身蕴含了一切。作为小说篇名的"岸"这个词不止一次出现在小说之中,具有多种内涵:它时而表达出某种感受或预感,时而闪现在回忆之中,时而体现出某种情绪,时而作为看得见的实体,时而又变成蕴含着深奥哲理的象征。如果说河流两侧总是河岸,那么这种多含义"岸"就会演变出许多互相对照或互相对立的"岸",如祖国和异邦、社会主义和资本主义、敌方和我方、战争与和平、善与恶、今与昔等。如作者这样谈到尼基金和爱玛:"她,是个德国女人,属于敌对世界······她是在那一边,在彼岸,在崩裂的万丈深渊的那一边,而他自己则在撒遍鲜花的此岸。"又如麦热宁就明确地向尼基金宣称:"我俩中间,中尉同志,隔着一条河。您在这边岸上,我在对岸。"除了人与人之间的对应的"岸"之外,人(比如尼基金)也在自身中寻求"岸"——幸福。正如作者说的,"每个人都想找到自己立足的岸,这个岸应当证实或者说明他以往生活的含义······人找到自己的岸或者没有找到——幸福或者不幸的区别的界限即在于此"。最后,不应忘掉的是作为象征形象的"岸"所包含的哲理:"岸的形象——这是走向某个事物、走向理想的目标、走向真理走向精神的高地······的永恒运动。"⑤

以上理解,与邦达列夫的不同解说有关。他有时解释道,岸,"这不仅是过去通向现在的桥梁。这还是关于幸福,关于爱情,关于寻找生活的意义。······每个人都力求找到自己的岸,以便证明或解释其生活的意义。长篇小说的

① *Долгов К. М. воин , писатель , Философ , гражданин великой Державы – Юрий Васильевич Бондарев. Концепт*:философия,религия,культура,2020. Т. 4. No.2(14).

② *Джан Эмир Б. , Сарач Х. Юрий Бондарев в Турции — от прошлого до наших дней. Вестник Санкт-Петербургского университета. Востоковедение и африканистика*,2021. Т. 13. No.2.

③ 参阅潘桂珍:《邦达列夫的社会哲理小说:〈岸〉〈选择〉〈人生舞台〉》,《外国文学研究》1988年第4期。

④ 参阅石国雄:《深邃隽永的艺术世界:当代俄罗斯著名作家尤·邦达列夫的创作个性》,《南京大学学报》1994年第4期。

⑤ 陈敬咏:《邦达列夫创作论》,第113~114页。

名称说的是生活的意义。人在自身之中,也在自身以外寻找岸。人找到或没找到自己的岸——幸福与不幸区别的界限就在于此"①。有时又宣称:"岸是对幸福、对自我认识的寻求,是在自身上寻求彼岸。"②

《选择》这个标题也具有多重象征意蕴。戈卢布科夫指出,如果说,《岸》可以看做找到个性之岸和爱情的长篇小说,那么《选择》就是没有希望的悲剧性的悲观主义长篇小说。在幸福的表象下,疏远和互不理解甚至发生在亲人之间:瓦西里耶夫和他的女儿维卡,瓦西里耶夫和拉姆津,瓦西里耶夫和他的妻子。③库兹涅佐夫指出,《选择》这部小说中通过对几个主要人物命运的描写,就人生意义、幸福的真谛、战争与和平、生与死、艺术创作等问题进行了精神道德探索与哲理性思考。这里有对战前充满感伤基调生活的回忆,这里有对残酷战争的描写,这里有现代化的都市生活,这里更有有良知的知识分子对当今生活很多问题的反思。复杂的人物、深刻的主题、多变的故事情节由一条红线连在一起,这就是选择——人在一生当中,每时每刻都在面临选择,小到今天穿什么衣服,大到人生道路、道德的选择,而这种选择有时不只是一个人的事,它甚至是同国家民族、同人类命运相联系。莫斯科小剧院上演话剧《选择》的时候,邦达列夫向演员们指出:"不管人们对选择做何解释,选择——这永远是一个难题,因为人们的本质不是单一的。"④邓兰华更是认为,"选择"一词本身就是个抽象的人生哲理命题。然而《选择》的内涵却带有不确定性。什么是选择?选择什么?怎样选择?这是个令人困惑的难题,不同的人会有不同的看法。《选择》中的主人公伊里亚说:"选择——这是自我决定。"每个人从生到死、从小到大无时无刻不面临着"选择"。小到选择衣食住行、言谈举止,大到选择朋友、爱人、职业、前途、信仰等等。"总之,人的整个一生都在无休止地选择……一切都在选择之后才干。"存在主义哲学认为"生活就是选择"。萨特说:"人的本质就是自由选择。""自由是选择的自由,不是不选择的自由。不选择事实上是选择了不选择。"然而,是谁、是什么在支配人的选择?人真的能够自由选择吗?是在什么意义上的自由?在人的一生中,"是我们选择命运,还是命运选择我们?"

① *Горбурова Е.* Юрий Бондарев Очерк творчества,М.,1989,С.234.

② 〔苏〕邦达列夫:《甜蜜的苦役》,见北京师范大学苏联文学研究所编译:《苏联当代作家谈创作》,第51页。

③ *Голубков М. М.* Памяти Юрия Бондарева:к вопросу о творческой репутации писателя.Профессорский журнал. Серия:Русский язык и литература,2020. No.4(4).

④ *Кузнецов.* Исповедь поколения./*Юрий Бондарев.* Собрание сочинений в 4 томах. М.,1973~1974,С.50.

对这些问题是没有一种简捷而明了的答案的。①

《戏》的书名同样具有多重象征意蕴。有学者认为："《戏》是一部召唤落后于时代的所有人的托尔斯泰式的杰作。"②陈敬咏指出，作为书名并经常出现在作品正文中的《戏》这个普普通通的词儿也具有积极的哲理含义。俄文"Игра"（直译为"戏""玩耍""游戏""演戏""表演""扮演"或"玩把戏""竞赛"等）具有多种含义，这些含义在小说的正文中大都使用过。这个词狭义上是指演员、导演这些人员的职业活动："演戏""表演""扮演"等，也指当代官僚市侩的耍阴谋、施诡计、弄权术的"把戏""令人作呕的游戏"，还指主人公反思自己的言行。"难道我在这场无聊的恶作剧中竟能那样贬低自己的身份？""难道在我身上还有另外一个人，这个人在暗中指使我做出这种违背自己心愿的鬼把戏？""我们都在扮演一个特定的角色，而不是在自然生活着。"广义上"戏"则指"人生"，"生活是演戏……演戏""生活被游戏所代替……生活中的游戏""整个世界在廉价的美景中做游戏"。选用这个深刻含义的书名对历来重视作品标题的邦达列夫来说不是偶然的，因为通过标题可以立即表达出作品的构思，而正文重复使用作为标题的词儿更是邦达列夫的风格。在《戏》中作者正是通过这个多含义的标题的反复出现，更加醒目地告诉人们：生活就是一场戏。在人生舞台上人人都要演好戏，不要做游戏或是耍把戏。③邓兰华进而指出，《戏》这个篇名隐喻的最深层含义就是21世纪以来全世界社会科学都在关注的一个哲学命题——异化。当代人深深地苦于异化。克雷莫夫和伊林娜的悲剧根源所在就是世界的异化带来的人际关系的异化。作者用这部小说呼唤世界回到正确的轨道上来，人们恢复本来的天性，别再使社会像个大舞台，人人都得戴上假面具去演戏，从而使人们过上真实、自然的美好生活。④

此外，朱小莉还指出，《戏》中还有其他三类象征：第一，贯穿始终的主题性象征。这类象征在小说中反复出现，贯穿始终，并与小说的表层描写紧密结合，它像音乐的主旋律一样，奠定作品的基调，加强作品的统一，深化作品

① 参阅邓兰华：《尤·邦达列夫"三部曲"的哲理特点及艺术表现》，《北京师范学院学报》1990年第4期。

② Джан Эмир Б., Сарач Х. Юрий Бондарев в Турции — от прошлого до наших дней. Вестник Санкт-Петербургского университета. Востоковедение и африканистика，2021. Т. 13. No.2.

③ 参阅陈敬咏：《邦达列夫创作论》，第142~143页。

④ 参阅邓兰华：《尤·邦达列夫"三部曲"的哲理特点及艺术表现》，《北京师范学院学报》1990年第4期。

的主题。小说中反复出现的莫斯科的"酷暑炎热"就是这种象征。第二,局部的点缀性象征。除了贯穿全书的象征之外,作者还在小说的表层叙述中巧妙地布下了无数零星的象征。它们像是镶嵌在作品中熠熠生辉的宝石,使小说闪烁着诗的浓烈光泽。如身患残疾的佩斯卡廖夫靠拐杖走路,象征着他冠冕堂皇地一味照官场规矩行事,书中的酒暗寓着人物思想矛盾、内心冲突的尖锐化,斯季绍夫从不沾酒象征着他从不激烈、不偏不倚的性格。第三,扩大了的意象象征。它是以作品中的情节事件出现的,但对揭示和深化全书的主题内涵有其象征意义。如小说中克雷莫夫到荒无人迹的北方去瞻仰17世纪大主教阿瓦库姆纪念碑的回忆片段和看北方渔民用电波捕鱼事件就是这类象征。阿瓦库姆的形象,他的纪念碑在毫无声息的墓地里巍然屹立正是象征了作品中推崇的一种精神——一种敢于向群体势力挑战的不屈不挠的人生观念。而捕鱼事件则是为作品的另一题旨,即呼吁人们重视生态平衡服务的。它的全部意象象征着现代人类对大自然的破坏及其可怕后果。①

值得一提的是,实际上,在苏联战争小说发展史上,有着借用现代主义艺术手法结构小说、塑造人物、表现主旨的传统,最典型的代表就是布尔加科夫的《白卫军》(1925~1929)。小说描写的是乌克兰首都基辅从1917年十月革命后到小说结束的1919年2月这一年多白卫军、彼得留拉的部队、红军等多方的战争。作家精心安排,巧妙结构,让时空跳跃而又浓缩,地点则集中在基辅这座城市,生动而深刻地表现了惨烈的战争和剧变时代的人们的社会、政治、心理变化。小说还较多地运用意识流手法来揭示人物幽秘复杂的情感与内心世界乃至潜意识,大量描写梦或梦幻,并且较多运用象征,甚至可以说,象征贯穿了整部小说。邦达列夫的哲理三部曲借鉴西方现代主义手法创作战争小说,在某种程度上,也可以说是对布尔加科夫传统的回归,只是并未达到《白卫军》那样纯熟自如的艺术境地。

正是以上思想方面的推进和艺术手法上的创新,使得邦达列夫在七八十年代继续成为苏联文坛的领军人物:"邦达列夫是我国最优秀的作家之一,他的创作在60年代初宣告了苏联文学进入发展的新阶段。舒克申、阿斯塔菲耶夫、别洛夫、拉斯普京……全都是追随邦达列夫踏上文坛的。他是领头的,他引导苏维埃俄罗斯文学达到七八十年代的成就。这位优秀的艺术家经久不辍的作用就在于此。"②

---

① 参阅朱小莉:《〈人生舞台〉的语言诗化和象征》,《苏联文学》1989年第4期。
② 《邦达列夫答读者问》,陆人豪编译,《外国文学动态》1987年第9期。

值得一提的是，哲理三部曲中在描写爱情时依旧有"三角恋"式的邦达列夫模式，如《岸》中炮兵连长格拉纳图罗夫和排长克尼亚日科共同爱一个女卫生指导员加丽雅，《选择》中炮兵代理连长拉姆津和排长瓦西里耶夫共同爱着玛丽娅。

另外，哲理三部曲中描写战争的比重一部比一部少。《岸》共三部，中译文474页，第一部《到彼岸》96页，第三部《怀旧》123页，合起来共219页，而第二部《疯狂》专门写尼基金所在炮兵连在德国的战争就长达255页，描写战争的篇幅超过了前后两部的全部。《选择》共二十章，中译文361页，描写战争的是第七章、第八章共58页，第十章、第十一章、第十二章、第十三章68页，合计126页，所占比重只略高于三分之一。《戏》共二十章，中译文355页，描写战争的仅有第十四章前半章20页多一点，在全书中所占比重极小。这一方面说明作家是借战争来衔接历史和当代人类生活，进行深刻的哲理探索；另一方面，是否也在某种程度上意味着，苏联战争小说在题材、主题方面都已被挖掘殆尽，所剩空间相当有限了？

结语　世界战争文学格局中的
苏联战争小说及其特点

　　战争小说是世界文学的一道亮丽风景线。在世界各国的战争小说中，尤其是20世纪战争小说中，作品多、时间长且独具特色的，主要有美国、德国、日本、中国和苏联战争小说。限于篇幅，本书拟从世界战争文学格局中归纳、概括苏联战争小说的特点。

　　关于1917年至20世纪90年代初期的整个苏联战争小说，中国目前还没有人概括过其特点，俄国学者似乎也没有做过这方面的工作。目前所见，一般都是概括苏联卫国战争小说的特点。陈敬咏认为，其主题思想特征主要有英雄主义、人道主义、历史主义三点。①

　　英雄主义表现为为祖国的自由和独立而战，不惜牺牲生命，这种革命英雄主义的思想基础是爱国主义精神和共产主义理想，而爱国主义则是建立在对故土、对祖国的联系和眷恋之上，英雄行为总是与美好的理想和崇高的目标紧密相连，苏联战争文学的一个突出特点是为伟大事业捐躯的英雄烈士们将永垂不朽。然而，无论德国、美国、日本、中国，其正面描写本国战争的战争小说，都极力歌颂主人公的英雄主义，都在自己国家的立场上赞美为祖国的独立和自由而战，因此英雄主义不只是苏联战争小说所独有。美国作家库柏被称为"第一部美国战争小说"的《间谍》就是"弘扬和宣传独立战争时期的那种英勇无私、纯洁正直的高贵品质和精忠报国的爱国主义精神"，格里芬的八卷本二战小说《战争兄弟》和七卷本系列小说《部队》表现了从二战到越战、从列兵到将军的立体战争画卷，歌颂的也是英雄主义，作品中的美国官兵个个都"英勇、爱国、忠诚、机智、果敢"。②中国当代战争小说不仅表现出一种英雄主义，更有一种英雄崇拜，这种英雄崇拜，既有当代特点，更有传统英雄之道德至上的原则，表现为：其一，具有无比坚定的政治立场；其二，具有大公无私的高尚道德情操，人性的一切杂质均被过滤、蒸馏、

---

　　①　参阅陈敬咏：《苏联反法西斯战争小说史》，第344~394页。

　　②　参阅李公昭：《美国战争小说史论》，北京大学出版社2012年，第31、279页。

提纯到几近透明。[①]

　　人道主义是苏联文学尤其是苏联战争文学的一个重要的思想倾向。反法西斯战争初期，战争小说中的人道主义首先自然而然地突出了敌我分明的爱憎问题；随后的战争小说中，敌我分明的爱憎感情升华为强烈的爱国主义思想，人道主义与英雄主义、爱国主义联成一体，成为鼓舞英雄人物完成丰功伟绩的内在动力；战时和战后初期，战争小说的人道主义的另一重要特征是写新人，颂新人；20世纪50年代进一步深化，加强了对个人生活和个人命运的浓厚兴趣；六七十年代又提出尊重人、信任人、爱惜人的主题，并且开始把敌人也视为人。五六十年代战争小说还深入到人们精神世界的更高领域——人性、人格、人的本质问题去探索。生与死、善与恶、爱与憎、恩与怨、同情与冷酷、关心与冷漠、诚实与狡诈、公正与不平、崇高与卑下……成为人物道德伦理探索的内容和评价人物思想和行为的重要准绳。五六十年代的战争小说几乎无一不涉及这一问题。小说家们在作品中宣扬人性、善良、同情心、诚实等，其目的十分明确：使人成为真正的人。

　　但人道主义更为世界各国战争小说所共有。众所周知，文学是人学，宣扬人道主义是几乎所有真正文学的基本立场，在世界战争小说中，除了那些美化侵略战争、歌颂军国主义的作品之外，大多数作品，尤其是反战作品，都高扬人道主义的旗帜，从各个不同角度揭露人性之恶，歌颂真善美，表现人道主义思想。如日本作家大冈升平"详细地描写了主人公在战争状态下的矛盾、痛苦、迷茫的心理活动，毫不隐瞒地揭露了战争年代残酷的事实真相，向人们提出了尖锐的人性问题，坦率地表达了对以天皇为首的军部视士兵生命于不顾、为建立所谓'大东亚共荣圈'而发起战争的愤怒心情，勇敢地表露了自己的反战情绪"[②]，"大冈升平在其战争文学中借战争的舞台探讨人性，对战争中的人性进行思考和批判。其作品的主要情节不是敌我双方的对立与冲突，而是战争与个人命运之间的矛盾。作品的重点不是揭示决定战争胜负的各种因素和战争的进程，而是反思人在战争中的悲剧性命运和复杂情感，揭示战争对人性的扭曲，以及人在战场极限状况下的伦理性选择。其作品不仅表现了战争的残酷，而且描写了战争的暴力如何扭曲人性，把正常人变为杀人魔鬼"[③]。而且日本当代战争小说几乎都站在人道主义的立场，对第二次世界大战进行反思，描写战争的残酷，给军人和普通民众造

---

① 参阅陈颖：《中国战争小说史论》，上海三联书店2008年，第150~152页。

② 陈端端：《从大冈升平的战争小说看其人生观和价值观的折射》，《外国文学研究》2001年第3期。

③ 何建军：《大冈升平战争文学研究》，世界图书出版公司2012年，前言第4页。

成感情扭曲等心理创伤。德国作家伯尔在其长篇小说《亚当,你到过哪里》中把战争比作疾病,而"这种把战争比作疾病的手法完全撕去了贴在战争上的那些光环。很明显,伯尔笔下的战争有两个不同的层面:第一个层面是那些扮演英雄式人物的人,他们的自我意识是空洞的,他们的激情是虚伪的,战争对这些人来说,是提供给他们一个'不在犯罪现场'的机会,即无罪的证明,可作为人们没有进行反抗的遁词。与这第一层面构成对立面的是,伯尔在这里撩开了战争这个神秘的面纱,指出它是一场'瘟疫',有着疾病的各种症状:如恐惧、痛苦、死亡。这种矛盾的对立正是小说想要表达的深刻内涵","战争不仅在摧毁人性,而且还使物体处在一种无意义的过程中"。[①]美国作家海明威的"《永别了,武器》表现的是对战争、战争价值及战争文化的彻底幻灭,其行动方式便是'单独媾和',试图以此冲破战争的牢狱。然而在战争文化的大背景下,即使'单独媾和'也不能带来真正的和平幸福。这正是作品的最清醒与最深刻之处",卡明斯在其长篇战争小说《巨屋》中表明:"人人都有决定自己命运的权力,而战争期间的权力运作体系则剥夺了人的这种权力,因为对战争胜利、爱国主义、社会秩序、意识形态等的注重与强调必定牺牲个体生命。当整个权力集团与整个社会专心注重上述这些'宏大'层面时,个人的生存状态必定受到忽略,个人的意志、个性与尊严也必定受到践踏。"[②]

历史主义表现为战时和战后初期苏联反法西斯战争小说的特点是随战争的足迹描写战争,不受"时间间距"限制,及时真实地反映战争现状;五六十年代战争小说的作者多以"身历其境"的姿态对战争事件进行"现身说法",六七十年代出现的"全景小说"无一不把战争作为历史事件加以艺术的再现,历史感和现实感开始交融和统一;历史感和现时感的交融和统一到了七八十年代随着战争题材小说的发展和演变又找到新形式的体现。七八十年代战争小说发展的一个倾向是作品在情节结构上采取战时生活与现实生活相结合的今昔交错写法,从而把富有时代特征的人物的个人生活与人民、历史、社会乃至全人类更加紧密地联系起来,从中提出时代的重大问题,展现尖锐的意识形态的冲突,进行深刻的道德心理探索,收到了不同题材相互结合、相互渗透的效果。

---

① 〔德〕海因里希·伯尔:《亚当,你到过哪里》,虞龙发译,上海译文出版社1999年,第162、164页。

② 李公昭:《美国战争小说史论》,第220、231页。

不过,世界各国所有在战后创作的战争小说,尤其是反思战争的小说,无不具有历史主义的特点。

美国作家诺曼·梅勒的《裸者与死者》"希望以战争为背景,通过对各个人物、他们之间的相互关系以及这些关系产生的冲突等揭示出一种超越战争本身的象征意义,即美军真正的敌人并不是日军——日军早就准备放弃阿诺波佩岛,因此美军对该岛的军事胜利只是一种徒劳无功的胜利而已——而是美军内部专制、集权的官僚体系和蔑视人权、践踏人格、摧残人性的野蛮行为",而在美国"主流二战小说家……看来,二战不仅是一场反对德意日法西斯的战争,也是一场铲除军队与美国法西斯的战斗……对轴心国法西斯的战斗和对美军内部法西斯的战斗都是基于对'人类的尊严和善良的信念',主流二战小说家反抗的正是企图否定或消灭这一信念的思想、人群和制度。因此他们的斗争是全方位的,既有对邪恶的个人的斗争,也有对邪恶的思想与体制的斗争。他们希望通过自己的创作和批评揭露美国与美军内部的法西斯倾向,以达到警示世人的作用"。[1]

而德国战后反思文学的发展,迄今为止大约经历了三个时期,都表现出突出的历史主义:1945~1959年为批判战后现实时期,代表是"废墟文学",大多取材于战后德国人的真实生活,通过从战场上归来的士兵,被饥饿折磨的百姓,以及无处安身的难民等描写对象,反映战后德国人困顿的生活和受伤的心灵。小说方面的代表是伯尔的短篇小说《流浪者,你若到斯巴……》和长篇小说《亚当,你到过哪里?》。1959年至70年代末为分析纳粹罪责时期,对战争和第三帝国进行反思性回忆,"民主"和"正义"要求德国人不仅要记住,而且要批判德国负有的战争及大屠杀罪责。在此背景之下,清算父辈在纳粹时期的罪行、反思纳粹历史的文学作品凸显出来,代表作是君特·格拉斯的《但泽三部曲》、西格弗里德·伦茨的《德语课》。20世纪80年代以来为战争的双重反思时期,文学作品带有双重反思的印记,在追问父辈们的罪责的个体记忆与集体记忆的张力场中探讨如何看待历史罪责,以及如何寻求自身身份认同的问题,代表作是本哈德·施林克的《朗读者》。[2]

---

① 李公昭:《美国战争小说史论》,第337、346页。

② 以上战后反思文学的叙述,参考了刘海婷:《德国战后文学中的"记忆话语"》,《文学教育(上)》2016年第11期;刘海婷:《1980年以来德国自传文学中记忆话语的转变与身份认同——以〈字谜画—我的父亲〉〈以我的哥哥为例〉及〈失踪的孩子〉为例》,北京外国语大学博士学位论文2014年;刘萌睿:《德国文学作品中的反思意识研究》,黑龙江大学硕士学位论文2018年。

因此,有必要从世界战争小说的格局中来看苏联战争小说,并且结合其艺术来概括其特点。从这一角度,我们认为,整个苏联战争小说有以下三个特点。

第一,在政治和传统之间摇摆。

世界其他国家的战争小说,也在一定程度上受政治影响,如日本在侵华战争开始不久,就为了配合政治需要,将作家们组成"笔部队"。以火野苇平、石川达三、林芙美子等为代表的"笔部队"战争文学作家,"在其所炮制的侵华文学中,或煽动战争狂热,把战争说成是'圣战';或把战争责任强加给中国,为侵略战争强词争辩;或把日军的残暴行径加以美化,大书'皇军'的'可爱'和'勇敢';或丑化中国人民,写他们如何愚昧野蛮;或歪曲沦陷区的状况,胡说中国老百姓和'皇军'如何'亲善';或对沦陷区文坛进行干预浸透,对沦陷区民众施行奴化教育和欺骗宣传……"①1942年,在太平洋战争爆发以后,又成立了日本文学报国会,除了被逮捕入狱的宫本显治等无产阶级作家外,几乎所有的作家都加入了全面协力战争的这一组织。②战后,随着形势的改变,日本出现了战后派文学,其代表作家有野间宏、梅崎春生、椎名麟三、中村真一郎、武田泰淳、大冈升平、岛尾敏雄和堀田善卫等。其战争小说主要包括两方面的内容:一是直接描写二战期间日军战场上的情况,如梅崎春生的《樱岛》、岛尾敏雄的《出孤岛记》、大冈升平的《俘虏记》和《野火》、堀田善卫的《时间》等;二是以战后生活为题材,描写战争给日本普通民众带来的心灵创伤,如野间宏的《脸上的红月亮》、武田泰淳的《审判》等。③但没有一个国家的战争小说,像苏联战争小说这样不断在政治和传统之间摇摆。

整个苏联战争小说,一方面深受政治的影响,如严永兴指出:"战争题材在官方眼里,不单是部文艺作品,更是弘扬军事爱国主义、以英雄人物教育下一代、防止西方意识形态渗透的重要武器。"④再加上国内战争时期继续号召人民团结在苏维埃政权周围、卫国战争初期特别重视救亡图存,因此受政治的影响很大,战争小说在一定时期往往陷于直接宣教,降低了艺术水平。

---

① 乔良:《不可遗忘的日本侵华"文化战争":序〈刺刀书写的谎言——侵华战争中的日本"笔部队"真相〉》,《黑龙江日报》2015年8月17日第3版。

② 参阅〔日〕黑古一夫:《日本战争文学与中国》,《日本研究》2016年第4期。

③ 参阅何建军:《论日本战后派战争文学的主题》,《解放军外国语学院学报》2007年第2期。

④ 严永兴:《二十世纪的〈战争与和平〉》(序言),见〔苏〕格罗斯曼:《生存与命运》,严永兴、郑海凌译,译林出版社2000年,第2页。

但俄国毕竟有世界一流的古典文学尤其是战争文学传统,文学传统的影响再加上文学的自律,只要时机得当,马上就会出现关心人的命运、探索人性,同时艺术上也有新的表现的战争小说。

新的苏联战争小说诞生之初,由于"白银时代"文学的影响,虽然有不少急于宣教,但在艺术上依旧有诸多创新,如伊万诺夫的《铁甲车》就运用了不少现代主义手法。但随着政治影响的加深,表现阶级斗争的公式化、平面化,艺术上趋于粗糙的战争小说开始大量出现。不久,文学的自律加上传统的影响,又出现了表现人性、展示人的命运的《第四十一》《白卫军》《静静的顿河》。卫国战争爆发后,救亡图存的政治需要使作家们再度急于宣教,导致战争小说艺术水准急剧下降,而且大体形成正面描写战争、塑造英雄人物的公式化写作。直到肖洛霍夫《人的命运》出现,文学的自律和古典传统的影响发生作用,才又开始新的探索。受其影响,此后的艺术探索越来越深入,不仅高举人道主义旗帜,更从普世之爱的高度来反思战争。因此可以说,整个一部苏联战争小说发展史,就是不断摇摆于阶级斗争、英雄主义和人道主义、普世之爱之间的。

第二,从宏大叙事走向微观叙事。

相对而言,除了受苏联影响的中国战争小说外,世界其他国家的战争小说,大多倾向于从个人的角度进行微观叙事。雷马克的《西线无战事》、海明威的《永别了,武器》等名作莫不如此。日本战后派作家的战争小说更注重自传性、纪实性,甚至大多带有私小说的色彩,他们多从个人的角度和个人的体验出发,通过描写个人或普通人在战争中的命运,揭露战争对人性的扭曲和摧残,宣泄自己在战争期间郁积的苦闷情绪。①苏联战争小说则经历了从宏大叙事走向微观叙事的过程。这具体表现在三个方面。①从关心国家大事到关心个人命运。无论是国内战争小说还是卫国战争小说,都经历了一个首先关心国家大事,为了国家、为了民族、为了苏维埃政权而英勇作战、不怕牺牲,到表现个人的情感、关心个人的命运这样一个过程。如前所述,最初苏联战争小说描写自发式的群众革命,塑造经过党的教育变得成熟的革命者;到了拉甫列尼约夫、肖洛霍夫等,则开始表现个人的情感、描写个人的命运;到了卫国战争初期,战争小说又转而描写英勇作战、建功立业,甚至为国捐躯的英雄,直到肖洛霍夫的《人的命运》才再次转向描写个人的命运,揭露战争的残酷与非人道性。②艺术上相应地从大场面转向小场面,转向

---

① 参阅何建军:《论日本战后派战争文学的主题》,《解放军外国语学院学报》2007年第2期。

日常生活。③人物形象也从传奇式的、非凡的英雄转向平凡人,甚至非英雄(如《静静的顿河》中的格里高力、贝科夫后期战争小说中的许多主人公)。

第三,艺术手法颇为传统,创新不够。

由于背负过重的宣教任务,影响到作家对文学艺术性的认知。贝科夫的观点极具代表性,他曾宣称:"形式没有独立、决定性的意义,真挚、诚实、艺术即可。"①这样,苏联战争小说就更多关注作品的主题或思想意义,对艺术创新很少关注。苏联学者彼得罗夫斯基指出:"苏联战争文学摒弃和平主义思想,认为与恶进行无情斗争是善的最高表现,它一直是具有高尚的理想和勇敢的,甚至能战胜死亡的思想的文学。它的主题之一,是颂扬英雄业绩的崇高和神圣的主题,是相信为国捐躯的英雄们将永远留在人民记忆中、将永垂不朽的主题。"②李毓榛更具体地指出:"世界上许多国家都有军事题材的文学创作,有些作家的作品也写到了反法西斯战争。这些作家的作品和苏联的军事题材作品有很大的不同。有的作家只是关注战争与个人的关系,表现战争吞噬人的生命,扭曲人性,破坏人的幸福,制造出无数的人间悲剧,有的甚至渲染战争恐怖。苏联文学中的军事题材作品也谴责法西斯的暴行,揭露侵略者的罪恶,但更为主要的是,苏联文学的军事题材作品写的是民族大义,是同法西斯进行殊死搏斗的大无畏精神,是将个人生死置之度外的保家卫国的英雄气概,是那种昂首挺胸,'要消灭一切害人虫'的大义凛然的高大形象。"③

世界各国的战争小说,在艺术方面不断创新。"战后初期,日本文学受到西方现代派的强有力冲击,经过演化、递进以及融汇,两者之间缩短了距离。战后派虽然以现实主义为主要创作手段,但也以开放的观念借鉴了'意识流'的写法,采用主辅情节多元并进的方式叙事,并作时空转换,来表现生与死、存在和丧失。这样一种全新的写作手法较好地刻画了人物的内心世界,展现了作者对历史、道德、爱情的思索,使得小说既具有历史感、思想性,又有很大的文体价值。"④

海明威的《永别了,武器》把电影手法、触景生情的自由联想、象征、简练含蓄的叙事和语言等结合起来,很有艺术探索性,也极具现代性,被美国当

---

① Дедков И.А. Василь Быков: Очерк творчества. –М.,1980,C.25.

② 〔苏〕彼得罗夫斯基:《战争的面貌:苏联战争小说的人道主义》,张捷译,见李辉凡主编:《当代苏联文学中的人道主义问题》,第332页。

③ 李毓榛:《反法西斯战争和苏联文学》,第226~227页。

④ 李德纯:《战后日本文学史论》,译林出版社2010年,第117页。

代著名作家多斯·帕索斯称为"伟大的小说",其"写作中充满了精妙的创作文学作品的技术",其成功是写作技术的成功。①

海勒的《第二十二条军规》更是运用后现代主义艺术手法,如黑色幽默、语言游戏(包括语词歧义、悖论式的矛盾、非连续性等)和通俗化倾向,不仅深化了小说的主题②,而且成为后现代主义小说,甚至世界战争小说中一部极具特色的经典。

伯尔的《流浪者,你若到斯巴……》在短小精悍、构思巧妙的同时也运用了意识流手法,其《亚当,你到过哪里?》更是运用了循环式结构和多变的叙述角度:这是由九个叙述二次大战的短篇故事插曲而组成的长篇小说,九个短篇故事形成了一个相互关联的"循环式"故事结构,每个章节都有其自身的相对独立性,可以"独立成章",但是从整体来看,小说又不失它的"循环式"统一性。故事中的人物德国士兵法因哈斯既是主角,也不是主角,他贯通全局,把各个故事串联起来,构成头尾呼应的整体。这九个插曲故事,其叙述的角度也不相同。士兵法因哈斯有时是以全视的角度,作为驾驭整个故事的人物出场的,但有时也站在故事的边缘,让位于其他的人物,由他们登台亮相;空间的物体之间的连接,人物的现状和对过去的回忆纵横交错,使得人物活动的舞台就显得是多层次的、立体的,读者可以看到德军从巴尔干北部撤退的情景,也会因面对犹太人被卡车送到前线的集中营遭屠杀和法因哈斯试图赶回家去却被自家的炮弹击中的悲惨场面而感到惊愕和茫然。③

瑞典皇家学院在颁奖辞中赞扬君特·格拉斯"以嬉戏般的黑色寓言描绘了历史被遗忘的一面"④,其描写战争的小说《铁皮鼓》运用了大量蒙太奇、内心独白、倒叙、象征、比喻、隐喻等手法,而在叙事视角上,独树一帜地运用了两重视角进行叙事:一重是以第一人称进行叙事,"我"奥斯卡在疗养院中追忆过去;一重是以全能视角来叙事,第三人称角度称主角"他"为奥斯卡。这两重平行展开的视角一方面可以将读者带入其中,使其身临其境,与主人公奥斯卡产生共情;另一方面,作者用无所不能的全能视角将主人公疏离于

---

① 参阅〔美〕多斯·帕索斯:《评〈永别了,武器〉》,见杨仁敬编选:《海明威研究文集》,译林出版社2014年,第189页。

② 参阅陈世丹:《美国后现代主义小说艺术论》,辽宁师范大学出版社2002年,第37页。

③ 参阅〔德〕伯尔:《亚当,你到过哪里?》,第160~164页。

④ 〔德〕君特·格拉斯:《辽阔的原野》,刁承俊译,上海译文出版社2005年,译本序第1页。

情景与情感之外,留给读者理性思考的空间。①而"处于两个叙事层面交点上的是第一人称叙述者奥斯卡。在当前层面中,奥斯卡是叙述者;在回忆层面上,他是被叙述的对象。而正是这个双重身份的叙述者,往往还要跳出叙事本身,半认真半嘲弄地对叙述甚至现代小说理论进行观照"②。

就连中国当代战争小说也摆脱了苏联战争小说的影响,大力吸收西方现代主义文学的艺术技巧(如意识流、象征等),融合本民族的历史文化与民间传统,迈开形式创新之路,取得了新的艺术成就。"乔良的《灵旗》、苗长水的《冬天与夏天》、莫言的'红高粱家族'等作品不但以对于战争的全新视角,也以不同于以往的新的艺术形式在军事小说创作领域,甚至也给整个文坛带来了新的气象。随后,中国当代军事小说也开始了长达二十年之久的对于艺术形式的寻求,项小米、阎连科、朱苏进、赵琪等人在不断地寻求新的艺术形式并创立个人独特风格方面显示出其突出的艺术才华。……新时期中国当代军事小说最显著的特征就是意识流手法运用,可以说,正是意识流的手法不仅改变了中国当代军事小说的形态特征,也使其呈现出全新的美学风格。"③

而从整个苏联战争小说的发展来看,初期受现代主义等的影响,艺术手法还颇为灵活,能够兼收并蓄,如《铁甲车》《骑兵军》《白卫军》,但随着社会的转向,作家们的写作手法越来越规范,越来越传统,一般采用严格的现实主义手法,按本来面貌再现生活,叙述角度则采用传统的第三人称,作者以无所不知的万能叙述者姿态出现,时空处理也按传统的事件发展的自然顺序进行,叙述方式具有铺陈性、整体性。不少作品简单、粗糙地描写战争,结构松散,不注意人物的个性化,缺乏足够的思想和艺术的深度,出现了一些公式化、概念化的作品,虽然20世纪六七十年代一度受西方影响,也适当引进了一些西方现代主义的手法,如《生者与死者》三部曲及邦达列夫哲理三部曲等作品中的意识流及象征手法,但在整个苏联战争小说中为数甚少,而且颇为简单。

综而言之,在世界战争小说中,苏联战争小说虽然并不像俄国学者吹嘘

---

① 参阅刘萌睿:《德国文学作品中的反思意识研究》,黑龙江大学硕士学位论文2018年,第16页。

② 参阅冯亚琳:《君特·格拉斯小说研究》,上海外语教育出版社2011年,第28页。

③ 张鹰:《反思中国当代军事小说》,解放军文艺出版社2001年,第229页。

的那么了不起①,但也颇具特色,具有较高成就。

值得一提的是,苏联解体后俄罗斯的战争小说,在思想观念和艺术手法上都有较大的变化,我国学者赵建常已有专著《俄罗斯转型时期军事文学研究(1985~2004)》②对此进行了全面而深入的研究,限于篇幅,兹不赘述。

---

① 如俄国学者德米特里耶夫强调指出:"正如阿·鲍恰罗夫在其专著《人与战争:战后关于战争题材作品中的社会主义人道主义思想》(莫斯科,1978年)一书中令人信服地指出的,苏联文学所获得的成就是无与伦比的。无论在世界文坛还是在描写与野蛮的希特勒入侵作斗争的各种作品,都没有什么作品获得与苏联文学相同的、首先在人道主义观点方面获得相同的成就"(李辉凡主编《:当代苏联文学中的人道主义问题》,第45页。)

② 参阅赵建常:《俄罗斯转型时期军事文学研究(1985~2004)》,南京大学出版社2018年。

参考文献

一、俄文参考文献

Абрамова А. Е. Парцелляция как прием поэтики психологизма в повести Г. Бакланова 《Пядь земли》. //Вестник ТГПУ (TSPU Bulletin). 2014. No.10.

Академия наук СССР, институт мировой литературы М. Горького. Великая отечественная война в современной литературе, М., 1982.

Владимир Алексеевич. 《На самой трудной должности … 》—— Размышления о творчестве и судьбе Вячеслава Кондратьева. // Литература в школе. 2015. No.12.

Алесь Адамович. О современной военной прозе, М., 1981.

Андреев Ю. А. Советская литература: Ее история, теория, современ. состояние и мировое значение. М., 1988.

Аристов Д. В. О Природе реализмав современной русской прозе о войне. // Вестник пермского университета.2011.No.2.

Бондарев Ю.В. Поиск истины. М., 1979.

Бондарев Ю.В. Собрание сочинений в 4 томах, М., 1973~1974, том1.

Бондарев Ю. В. Стенограмма совместного Пленума комиссии по военно-художественной литературе Правления СП СССР и правления Московского отделения СП РСФСР, посвященного Дню Победы. 28 - 29 апреля 1965. Т.II.

Бакланов Г. Теперь, когда прошло столько лет …//Вопросы литературы. 1983. No.1.

Бакланов Г. Собр. соч.: В 4-х т. М., 1988.

Бакланов Г. язык как оружие, М., 1978.

Белая Г. А. Художественный мир современной прозы.М.,1983.

Берестовская Д. С. Героическое и трагическое в военной прозе Григория Бакланова. //Современные проблемы гуманитарных и общественных наук.2014. No.3.

Бозиев С.Н.Превратности текстов произведений М.А. Шолохова и Ф.Д. Крюкова,М.,2017.

Бочаров А. Василий Гроссман:жизнь·творчество·судьба,М.,1990.

Бочаров А. Человек и война:Идеи социалистического гуманизма в послевоенной прозе о войне,М.,1978.

Бочаров А. Эммануил Казакевич,М.,1965.

Буденный С. Бабизм Бабеля из《Красной нови》. //《Октябрь》,1924. No.3.

Бузник. В. В. Возвращение к себе（о романе М. А. Булгакова《Белая гвардия》）,Литерамура в школе.1998,No.1.

Булгакова М.А. Собрание сочинений в 8 томах,М. ,1990.

Бушмин А.С. Роман А. Фадеева 《Разгром》,Л.,1951.

Быков В. Великая академия — жизнь. // Вопросы литературы,1975, No.1.

Быков В. Дожить до рассвета（повести）. М.,1979.

Быков В. Собрание сочинений.В 4-х т.,М.,1986.

Васьків М. С. Поеші романи О. Гончара як результат творчого пошуку й еволюції. //Вісник Запорізького державного університету, 2002. No.1.

Воробьева С. Ю. повесть В. Некрасова《В окопах Сталинграда》: Опыт современного прочтения. Отечественная словесность о войне ./ Проблема национального сознания.М.,2015.

Воронецов А.В. Шолохов,М.,2014.

Олесь Гончар. Человек и оружие.М.,1962.

Гареев М.А. Константин Симонов как военный писатель:История Великой Отечественной войны в Симонове и ее современные толкования. М.,2006.

Горбурова Е. Юрий Бондарев:Очерк творчества,М.,1989.

Василий Гроссман. За правое дело,Жизнь и судьба. М.,2013.

Дедков И.А. Василь Быков: Очерк творчества. –М.,1980.

Дементьев А. Военные повести Бориса Васильева./ Б. Васильев 《А зори здесь тихие…》《В списках не значился》: Повести, К., 1988.

Дубашинский Р. Ю. Свобода в координатах бытия в рассказе Василя Быкова 《Труба》.//Философия и космология, 2010. No.1 .

Ермолаев Г. Михаил Шолохов и его творчество, Санкт-петербург, 2000.

Зеев Бар-Селла ."Тихий Дон" против Шолохова. Самара, 1996.

Зейтунцян П. Молодые - о себе . // Вопросы литературы, 1962, No.9.

Зелинский К. А.А.Фадеев, М., 1951.

Идашкин Ю. В. Грани таланта: о творчестве Юрия Бондарева, М., 1983.

Информационный бюллетень секретариата правления СП СССР, 1980.No.4.

Казакевич Г.О., Любельский В.Л. Военный путь Э. Г. Казакевича. / Литературоное наследство.1966, Т.78, No.2.

Калмикова Н. В., Чернишова Л. I. національний характер в романі Олеся Гончаря 《Прапороносці》. //Вестник донбасской национальной академии строительства и архитектуры, 2010.No.4.

Кардин В. Виктор Некрасов и Юрий Керженцев // Вопросы литературы. 1981. No.4.

Карпов А. С. Жанровое своеобразие прозы В. Некрасова // Филологические науки. 1998. No.4.

Книпович Е. Ф. Романы А. Фадеева 《Разгром》 и 《Молодая гвардия》, М., 1973.

Ковтюх Е. И. "Железный поток" в военном изложении (Таманская армия в 1918~1921 г.). М., 1931.

Кондратьев В., Коган А. Разговор с читателями книги 《Сашка》 // Слова, пришедшие из боя. Статьи.Диалоги. Письма. - Выпуск 2. - М.т Книга, 1985.

Коробов В. И. Юрий Бондарев: Страницы жизни, страницы творчества, М., 1984.

Круглов Ю. Г., Владимирова Т. Н. 《Тихий Дон》 в кривом зеркале антишолоховцев, М., 2007.

Лазарев Л. И.Василь Быков: Очерк творчества. -М., 1979.

Лазалев. Военная проза Константина Симонова, М., 1975.

Левин Ф.М. И. Бабель: Очерк творчества, М., 1972.

Леонов. Русская литература о великой отечественной войне, М., 2010.

Липкин Семен. Жизнь и судьба Василия Гроссмана. М., 1990.

Максимов В. В. «Обелиск» В. Быкова в аспектах исторической поэтики.//Сибирский филологический журнал. 2015. No.1.

Моисеева В.Г. Вячеслав Кондратьев о войне, памяти и творчестве.// Stephanos.2018. No.3.

Моисеева В. Г. Слова «Великие» и «Простые» о великой отечественной войне: к вопросу об эволюции русской «военной» прозы второй половины XX века.//Вестник Московского университета. Филология. 2015. No.3.

Э. Ф. Морозова, В. П. Попов. Духовный мир героев Вячеслава Кондратьева. // Вопросы русской литературы.1986. No.9.

Наргес Санаи. Русская литература XX века и её распространение в Иране (Литература о войне). / Отечественная словесность о войне . Проблема национального сознания. М., 2015.

Ничипоров И.Б. Поэтика батальных картин в романе В. Гроссмана «Жизнь и судьба»./ Отечественная словесность о войне . Проблема национального сознания. М., 2015.

Овчаренко А. И. Большая литература: Основные тенденции развития советской художественной прозы 1945~1985 годов. М., 1988.

Оскоцкий В. По праву памяти. Василь Быков: нравственные уроки «Военные прозы» . /Василь Быков. Дожить до рассвета (повести). М., 1979.

Павловский А. Памятный след. // Нева. 1985. No.5.

Плеханова И.И. Русская литература Сибири.Иркутск, 2010.

Поль Д.В.Герой−Защитник в художественном мире М.А. Шолохова и К. М. Симонова. /Отечественная словесность о войне . Проблема национального сознания .М., 2015.

Пустовая В. Е. Человек с ружьем: смертник, бунтарь, писатель // Новый мир. 2005. No.5.

Редков С. К. Мифологические образы и смыслы в повести Бориса

Васильева "А зори здесь тихие⋯". //Научный поиск, 2015. No.2 .

Рывкинд А.С. Мужество таланта (В.В.Быков). М., 1988.

Рюмшина Н. В. Жанрово – стилевые особенности прозы В. Л. Кондратьева. Диссертация Тверь, 2006.

Айгуль Салахова, Камилла Ликари. Концептуальное осмысление тишины в повести Б.Васильева 《А зори здесь тихие⋯》. // Филология и культура. 2020. No.1.

Сидорчук О. И. Наследие серебряного века в повести Вс. Иванова 《Бронепоезд 14~69》. Коммуникативно – когнитивный подход к преподаванию филологических и психолого−педагогических дисциплин. Ялта, 2011.

Симонов К.Помяти А.А.Фадеева. Новый мир, 1956, No.6.

Синельников М. Диктует время: очерк творчества Александра Чаковского.М., 1983.

Скребнева А. В. По обе стороны войны (нравственные ценности героев произведений Бориса Васильева "А зори здесь тихие ⋯ " и "В списках не значился"). //Филологические науки. Вопросы теории и практики.Тамбов: Грамота, 2008. No.2 .

Слабковская Е. Г. Поэтика военных повестей В. Быков. Иркутск, 1988.

Соколов.Б.В. Булгаков.Энциклопедия.М., 2003.

Стаднюг.Важность точки опоры.Литературная Россия.1970.1.4.(9)

Стаднюг.Как раньше человек в ряду.Советская литература.1971.5.8. (6)

Степанов С. Н.О мире видимом и невидимом в произведениях М. Булгакова.Санкт−Петербург, 2011.

Сухих.С.И. Сложная простота (проблематика и поэтика повести В. Некракова 《В окопах Сталинграда》). //Вестник Нижегородского университета им. Н.И. Лобачевского, 2013.No.5 .

Творчество Андрея Платонова: Исследования и материалы, том 2, СПБ, 2000.

Топер П. Ради жизни на земле. М., 1975.

Трубина Л. А. Некоторые тенденции развития литературы о великой Отечественной войне. /Отечественная словесность овойне.

Проблема национальногосознания. М.,2015.

Усиевич Е. Ванда Василевская：критико‐биографический очерк. М.,1953.

Федин К.А. Собрание сочинений,Том 9,М.,1962.

Федь Н. М. Художественные открытия Бондарева,М.,1988.

Фурманов Д. А. Собрание сочинений,Том 4,М.,1961.

Чалмаев В. А. На войне остаться человеком. Фронтовые сраницы русской прозы 1960~1990~х годов,М.,2018.

Чалмаев В. А. Свод радуги：Литературные портреты. М.,1987.

Чалмаев В. А. Серафимович. Неверов,М.,1982.

Чалмаев В. А. М.А. Шолохов в жизни и творчестве,М.,2002.

Шарипова М. Образ старшины Васкова в повести Б.Васильева《А зори здесь тихие⋯》. //Ученые записки Худжандского государственного университета. академика Б. Гафурова. Серия Гуманитарно – общественных наук. 2016. No.4.

Штедтке К. Жизнь и судьба,Неприкосновенный запас . М.,2005.

Щелокова Л. И. От правды будней Севастополя к окопной правде Сталинграда：опыт сопоставления 《Севастопольских рассказов》 Л. Н. Толстого и《В окопах Сталинграда》 В.П. Некрасова. Cross‐ Cultural Studies：Education and Science（CCS&ES）. Volume 3,Issue III,September 2018.

Щелокова Л. И. Парадигма подвига в публицистике о великой отечественной войне./Отечественная словесность о войне. Проблема национального сознания. М.,2015.

Щербина В. Р. Человек перед лицом,Слово о Шолохове：Сборник статей о великом художнике современности：к восьмидесятилетию со дня рождения,М.,1985.

Якименко Л.《Тихий Дон》М.А. Шолохова,М.,1958.

二、中文参考文献

〔俄〕阿格诺索夫. 20世纪俄罗斯文学[M]. 凌建侯等,译. 北京:中国人民大学出版社,2001.

〔苏〕阿列克茜叶维契. 战争中没有女性[M]. 吕宁思,译. 北京:昆仑出版社,1985.

〔白俄〕阿列克谢耶维奇.我还是想你,妈妈[M].晴朗李寒,译.北京:九州出版社,2015.

〔苏〕阿斯塔菲耶夫.牧童与牧女[M].白春仁,等,译.长春:吉林人民出版社,1986.

〔英〕埃里克森.通往柏林之路[M].小小冰人,译.北京:台海出版社,2016.

〔苏〕爱伦堡.人·岁月·生活[M].冯南江,秦顺新,译.海口:海南出版社,1999.

〔苏〕奥捷洛夫.富尔曼诺夫评传[M].陈次园,译.北京:作家出版社,1958.

〔俄〕奥西波夫.肖洛霍夫的秘密生平[M].刘亚丁,等,译.成都:四川人民出版社,2001年.增订本.四川大学出版社,2015.

〔俄〕奥西波夫.肖洛霍夫传[M].辛守魁,译.北京:人民文学出版社,2011.

〔苏〕巴别尔.骑兵军[M].孙越,译.广州:花城出版社,1992.

〔苏〕巴别尔.巴别尔全集[M].戴骢,等,译.桂林:漓江出版社,2016.

〔苏〕巴别尔.红色骑兵军[M].傅仲选,译.沈阳:辽宁教育出版社,2003.

〔俄〕巴别尔.骑兵军[M].戴骢,译.北京:人民文学出版社,2004.

〔苏〕巴别尔.骑兵军[M].张冰,译.上海:上海译文出版社,2019.

〔俄〕巴别尔.骑兵军日记[M].王若行,译.北京:东方出版社,2005.

〔苏〕巴克兰诺夫.一死遮百丑[M].辛海陵,等,译.长春:吉林人民出版社,1986.

〔苏〕巴克兰诺夫.一寸土[M].良少年,译.北京:人民文学出版社,2005.

〔苏〕巴克兰诺夫.永远十九岁[M].马振骞,译.北京:解放军文艺出版社,1984.

白照芹.苏联卫国战争的全景性画卷:论恰科夫斯基的《围困》[J].山西师范大学学报(社会科学版),1987(4).

〔俄〕邦达列夫.岸[M].索熙,译.北京:外国文学出版社,1998.

〔苏〕邦达列夫.戏[M].范国恩,述弢,译.北京:中国文联出版公司,1986.

〔苏〕邦达列夫.热的雪[M].上海外国语学院《热的雪》翻译组,译.上海:上海人民出版社,1976.

〔苏〕邦达列夫.热的雪[M].朱纯,等,译.上海:上海译文出版社,1984.

〔苏〕邦达列夫,等.请求炮火支援:当代苏联中篇小说选辑[M].张勉,程家钧,译.上海:上海译文出版社,1986.

〔苏〕邦达列夫.美·孤寂·女人的气质:邦达列夫人生、艺术随想集[M].

刘同英,译.北京:知识出版社,1989.

〔苏〕邦达列夫.最后的炮轰[M].孟庆枢,译.海口:南方出版社,2003.

〔苏〕邦达列夫.最后的炮轰[M].吴德艺,等,译.石家庄:花山文艺出版社,1983.

〔苏〕邦达列夫.选择[M].王燎,潘桂珍,译.南京:译林出版社,1997.

〔苏〕贝柯夫.阿尔卑斯山颂歌[M].靳戈,译.长沙:湖南人民出版社,1984.

〔苏〕贝柯夫.第三个信号弹[M].李恨民,译.北京:作家出版社,1965.

〔苏〕贝柯夫.一去不复返[M].翁本泽,译.昆明:云南人民出版社,1981.

〔苏〕贝科夫.鹤唳[M].宋昌中,等,译.杭州:浙江文艺出版社,1984.

〔苏〕贝科夫.苦难的标志[M].俞启骧,王醒,译.哈尔滨:黑龙江人民出版社,1987.

〔苏〕贝科夫.一去不回[M].辛洪普,译.合肥:安徽人民出版社,1981.

〔苏〕贝科夫.贝科夫小说选[M].吉林大学外文系俄文教研室文学翻译小组,译.北京:外国文学出版社,1982.

〔苏〕贝科夫.第五个死者[M].姜长斌,高文风,译.哈尔滨:黑龙江人民出版社,1988.

〔苏〕贝科夫.灾难的标志[M].范霞,译.上海:上海译文出版社,1988.

〔苏〕贝科夫.在雾中[M].张草纫,译.《外国文艺》,1988(3).

〔俄〕毕尔文采夫.从小要爱护名誉[M].林秀,译.北京:人民文学出版社,1983.

〔俄〕别尔嘉耶夫.俄罗斯思想(修订本)[M].雷永生,邱守娟,译.北京:生活·读书·新知三联书店,2004.

〔苏〕别克.恐惧与无畏[M].铁弦,译.上海:文化工作社,1952.

〔苏〕波列伏依.真正的人[M].磊然,译.北京:人民文学出版社,1983.

〔德〕伯尔.亚当,你到过哪里?[M].虞龙发,译.上海:上海译文出版社,1999.

〔德〕伯尔中短篇小说选[M].潘子立,等,译.北京:外国文学出版社,1980.

〔苏〕博博雷金.亚历山大·法捷耶夫[M].刘循一,译.北京:北京出版社,1984.

〔苏〕布宾诺夫.白桦[M].徐克刚,译.上海:文化工作社,1952.

〔苏〕布尔加科夫.白卫军[M].许贤绪,译.北京:作家出版社,1998.

〔英〕布雷斯韦特.莫斯科1941,战火中的城市和人民[M].曹建海,译.

北京:新星出版社,2008.

〔苏〕布罗茨基.俄国文学史[M].蒋路,孙玮,译.北京:作家出版社,1954.

曹海艳.顿河哥萨克的群体精神探寻与历史悲剧:《静静的顿河》新论[M].北京:中国社会科学出版社,2020.

曹靖华.俄苏文学史(第二卷)[M].郑州:河南教育出版社,1992.

陈敬咏.邦达列夫创作论[M].南京:译林出版社,2004.

陈敬咏.当代苏联战争文学评论[M].南京:南京大学出版社,1990.

陈敬咏.苏联反法西斯战争小说史[M].南京:南京大学出版社,1992.

〔俄〕丹尼洛夫等.菲利普·米罗诺夫,1917~1921年时期的静静的顿河[M].乌传衮,温耀平,译.北京:人民出版社,2010.

淡修安.普拉东诺夫的世界:个体和整体存在意义的求索[M].北京:世界知识出版社,2009.

邓兰华.尤·邦达列夫"三部曲"的哲理特点及艺术表现[J].北京师范学院学报,1990(4).

邸博文.西蒙诺夫二部曲《生者与死者》中的现代主义元素[D].辽宁大学硕士学位论文,2013.

丁智才.关于俘虏故事的不同讲述:《第四十一》与《中篇1或短篇2》的文本比较[J].俄罗斯文艺,2006(1).

董晓.残酷的浪漫:《牧童与牧女》的战争书写[J].名作欣赏,2015(8).

杜隽.海明威与巴克兰诺夫战争小说比较[J].浙江海洋学院学报(人文科学版),2001(2).

〔苏〕法捷耶夫.法捷耶夫文学书简[M].李必莹,译.合肥:安徽文艺出版社,1988.

〔苏〕法捷耶夫.毁灭[M].磊然,译.北京:人民文学出版社,1978.

〔苏〕法捷耶夫.毁灭[M].鲁迅,译.北京:人民文学出版社,1957.

〔苏〕法捷耶夫.青年近卫军[M].水夫,译.北京:人民文学出版社,1975.

〔苏〕法捷耶夫.谈文学[M].冰夷,译.北京:作家出版社,1956.

房福贤.中国抗日战争小说史论[M].济南:黄河出版社,1999.

〔苏〕菲利波夫.西蒙诺夫创作述评[M].闻英,译.《文化译丛》,1987(1).

〔苏〕费奥多罗娃.瓦西里·贝科夫作品中的主人公[J].田娥,译.文化译丛,1986(4).

〔英〕费吉斯.耳语者:斯大林时代苏联的私人生活[M].毛俊杰,译.桂林:广西师范大学出版社,2014.

冯连驸.当代社会的道德危机:评尤·邦达列夫的小说《人生舞台》[J].

辽宁师范大学学报,1989(1).

　　冯亚琳.君特·格拉斯小说研究[M].上海:上海外语教育出版社,2011.

　　冯玉芝,杨淑华.从全景史诗到生命图腾:论俄罗斯战争文学流变[J].外语研究,2018(5).

　　冯玉芝.肖洛霍夫小说诗学研究[M].太原:山西人民出版社,2001.

　　〔苏〕富尔曼诺夫.夏伯阳[M].石国雄,译.南京:译林出版社,2002.

　　〔苏〕富尔曼诺夫.恰巴耶夫[M].郑泽生,等,译.北京:外国文学出版社,1981.

　　〔苏〕冈察尔.大地怒吼[M].范霞,译.上海:新文艺出版社,1957.

　　〔苏〕冈察尔.飓风[M].郑文樾,朱逸森,译.合肥:安徽人民出版社,1982.

　　〔苏〕冈察尔.旗手(阿尔卑斯山)[M].乌兰汗,译 // 李辉凡.世界反法西斯文学书系:苏联卷(第五卷),重庆:重庆出版社,1994.

　　〔苏〕冈察尔.旗手[M].袁水拍,史慎微,译.上海:上海文艺出版社,1959.

　　〔苏〕高尔基.文学书简[M].曹葆华,渠建明,译.北京:人民文学出版社,1965.

　　〔德〕格拉斯.辽阔的原野[M].刁承俊,译.上海:上海译文出版社,2005.

　　〔德〕格拉斯.铁皮鼓[M].胡其鼎,译.桂林:漓江出版社,1998.

　　〔英〕格兰茨,〔英〕豪斯.巨人的碰撞:一部全新的苏德战争史[M].赵玮,赵国星,译.南京:江苏凤凰文艺出版社,2020.

　　〔美〕格兰茨.列宁格勒会战,1941~1944(上册)[M].小小冰人,译.北京:台海出版社,2018.

　　〔苏〕格罗斯曼.生活与命运[M].王福曾,等,译.北京:中国友谊出版公司,1989.

　　〔苏〕格罗斯曼.生存与命运[M].严永兴,郑海凌,译.南京:译林出版社,2000.

　　〔苏〕格罗斯曼.生活与命运[M].力冈,译.成都:四川人民出版社,2020.

　　〔苏〕格罗斯曼.人民是不朽的[M].茅盾,译.北京:生活·读书·新知三联书店,2019.

　　〔苏〕格罗斯曼.斯大林格勒保卫战[M].吴人珊,译.上海:上海出版公司,1954.

　　关引光.法捷耶夫和他的创作[M].北京:北京出版社,1986.

　　〔英〕哈特.第二次世界大战史[M].钮先钟,译.上海:上海人民出版社,2009.

〔美〕海勒.第二十二条军规[M].吴冰青,译.南京:译林出版社,2019.

〔美〕海明威.永别了,武器[M].林疑今,译.上海:上海译文出版社,2011.

韩捷进.战争文学中的人性画卷与和平旋律:瓦西里耶夫战争题材小说探微[J].社会科学辑刊,2006(6).

何建军.大冈升平战争文学研究[M].北京:世界图书出版公司,2012.

何建军.论日本战后派战争文学的主题[J].解放军外国语学院学报,2007(2).

何瑞.1950~80年代的苏联文学[M].石家庄:花山文艺出版社,2009.

何云波.肖洛霍夫[M].成都:四川人民出版社,2000.

何云波.战争与人,文化选择的困惑:《这里的黎明静悄悄……》及其它[J].外国文学研究,1995(1).

贺红英.《夏伯阳》:一种"苏维埃神话模式"的确立[J].北京师范大学学报,2009(2).

〔日〕黑古一夫.日本战争文学与中国[J].侯冬梅,译.日本研究,2016(4).

胡亚敏.战争文学[M].北京:外语教学与研究出版社,2021.

〔苏〕华西里耶夫.老牌奥林匹亚打字机[M].潘桂珍,译.苏联文学,1980(1).

黄茂文.典范的军事文学艺术与错误的民族分离主义:贝科夫军事文学问题简析[J].解放军艺术学院学报,2015(4).

〔苏〕季莫菲耶夫.俄罗斯苏维埃文学史[M].殷涵,译.上海:上海文艺出版社,1959.

〔苏〕季莫菲耶夫.论苏联文学(上卷)[M].程代熙,等,译.北京:作家出版社,1958.

〔苏〕季莫菲耶夫.苏联文学史[M].水夫,译.北京:作家出版社,1957.

贾冬梅.战争与道德,困境,坚守与突破[J].安徽文学,2009(1).

江弱水.天地不仁巴别尔[J].读书,2008(12).

〔苏〕节林斯基.法捷耶夫评传[M].殷钟崚,译.北京:人民文学出版社,1959.

〔苏〕杰缅季叶夫,等.法捷耶夫的创作[M].水夫,译.北京:作家出版社,1955.

〔苏〕捷明岂耶夫.俄罗斯苏维埃文学[M].苗小竹,译.上海:上海文艺联合出版社,1955.

〔苏〕卡尔波夫.统帅[M].何金铠,刘善继,译.北京:解放军文艺出版社,

1988.

〔苏〕卡扎凯维奇.奥得河上的春天[M].孙梁,徐迟,译.上海:泥土社,1954年;岳麟,译.北京:人民文学出版社,1959.

〔苏〕卡扎凯维奇.星[M].蒋路,译//李辉凡.世界反法西斯文学书系:苏联卷(第六卷),重庆:重庆出版社,1994.

〔苏〕康德拉季耶夫.致以前线的敬礼[M].陈敬咏,袁玉德,等,译.长春:吉林人民出版社,1986.

〔苏〕康德拉季耶夫.萨什卡[M].袁玉德,等,译.北京:人民文学出版社,2005.

〔苏〕康德拉季耶夫.伤假[M].严永兴,译.北京:解放军文艺出版社,1984.

〔苏〕康德拉季耶夫.斯列坚卡大街上的会晤[M].袁玉德,译.《当代外国文学》,1986(1).

〔苏〕康德拉季耶夫.谢利扎罗沃大道[M].袁玉德,徐鸿英,译.《当代外国文学》,1992(3).

〔俄〕科尔米洛夫.二十世纪俄罗斯文学史:20—90年代主要作家[M].赵丹等,译.南京:南京大学出版社,2017.

〔苏〕科瓦利.乌克兰文学揽胜[M].连铗,译.《苏联文学》,1987(2).

〔苏〕科瓦廖夫.苏联文学史[M].张耳,等,译.天津:天津人民出版社,1982.

〔苏〕拉甫列尼约夫.第四十一[M].曹靖华,译.北京:外国文学出版社,1985.

〔俄〕拉斯普京.活下去,并且要记住[M].丰一吟,等,译.上海:上海译文出版社,1979.

〔俄〕拉斯普京.活下去,并要记住[M].南京大学外文系欧美文化研究室,译.南京:江苏人民出版社,1979.

蓝英年.冷月葬诗魂[M].北京:学苑出版社,1999.

蓝英年.寻墓者说[M].北京:文化发展出版社,2016.

乐峰.东正教史[M].北京:中国社会科学出版社,1999.

雷成德.苏联文学史[M].沈阳:辽宁人民出版社,1988.

黎皓智.苏联当代文学史[M].南昌:百花洲文艺出版社,1990.

黎华.女神的毁灭:苏联爱情小说选[M].济南:山东文艺出版社,1988.

李德纯.战后日本文学史论[M].南京:译林出版社,2010.

李公昭.美国战争小说史论[M].北京:北京大学出版社,2012.

李辉凡,张捷.20世纪俄罗斯文学史[M].青岛:青岛出版社,1998.

李辉凡.当代苏联文学中的人道主义问题[M].合肥:安徽文艺出版社,1987.

李琳.《岸》的叙事风格和象征意蕴[J].解放军外国语学院学报,2001(5).

李明滨,李毓榛.苏联当代文学概观[M].北京:北京大学出版社,1988.

李明滨.俄罗斯二十世纪非主潮文学[M].太原:北岳文艺出版社,1998.

李树森.肖洛霍夫的思想与艺术[M].长春:吉林大学出版社,1987.

〔俄〕李维诺夫 瓦.肖洛霍夫评传[M].孙凌齐,译.北京:中央编译出版社,2002.

李毓榛.反法西斯战争和苏联文学[M].北京:北京大学出版社,2015.

李毓榛.西蒙诺夫评传[M].北京:北京大学出版社,2020.

李毓榛.肖洛霍夫的传奇人生[M].北京:北京大学出版社,2009.

〔苏〕里多夫.丹娘[M].佚名,译.北京:东方出版社,2005.

〔俄〕利哈乔夫.解读俄罗斯[M].吴晓都,等,译.北京:北京大学出版社,2003.

林建华.西蒙诺夫:军事文学作家中闪光的名字(苏联文学新论之三)[J].广西大学学报(哲学社会科学版),1997(4).

刘海婷.1980年以来德国自传文学中记忆话语的转变与身份认同:以《字谜画—我的父亲》《以我的哥哥为例》及《失踪的孩子》为例[D].北京外国语大学博士学位论文,2014.

刘海婷.德国战后文学中的"记忆话语"[J].文学教育(上),2016(11).

刘戟锋,曾华锋.战争伦理:一种世界观念[J].伦理学研究,2006(4).

刘萌睿.德国文学作品中的反思意识研究[D].黑龙江大学硕士学位论文,2018.

刘宁.访苏联作家鲍·瓦西里耶夫[J].苏联文学,1986(1).

刘文飞,陈方.俄国文学大花园[M].武汉:湖北教育出版社,2007.

刘文飞.苏联文学反思[M].北京:中国社会科学出版社,2005.

刘亚丁.《一个人的遭遇》:小说或默示录[J].解放军艺术学院学报,2008(4).

刘亚丁.顿河激流:解读肖洛霍夫[M].成都:四川教育出版社,2001.

刘亚丁.苏联文学研究中一块等待复垦的丢荒地:苏联文学异国书写辨析[J].俄罗斯文艺,2009(1).

刘亚丁.肖洛霍夫研究文集[M].南京:译林出版社,2014.

刘璋飚.当代苏联战争小说的三个浪潮与三种形象[J].赣南师范学院

学报,1991(3).

〔苏〕卢那察尔斯基.论文学[M].蒋路,译.北京:人民文学出版社, 1978.

鲁迅.二心集·关于翻译的通信[M].北京:人民文学出版社,1958.

鲁迅全集[M].北京:人民文学出版社,1982.

鲁迅全集[M].北京:人民文学出版社,2005.

鲁迅译文集[M].北京:人民文学出版社,1958.

陆人豪.战争文学领域的开拓型作家:略论尤里·邦达列夫的创作[J]. 求是学刊,1988(4).

〔苏〕罗曼宁柯.法捷耶夫[M].韦之,译.上海:上海文艺出版社,1961.

马峰,普正芳.理智与情感的交锋:浅析多层冲突绘构下的《第四十一》 [J].文山师范高等专科学校学报,2007(3).

马家骏,等.当代苏联文学(下册)[M],郑州:河南大学出版社,1989.

毛泽东选集(第三卷)[M],北京:人民出版社,1969.

孟庆枢.谈邦达列夫的两部"战壕真实派"作品[J].外国问题研究,1986 (1).

〔英〕米尔恩.布尔加科夫评传[M].杜文娟,李越峰,译.北京:华夏出版 社,2001.

〔俄〕米尔斯基.俄国文学史[M].刘文飞,译.北京:人民出版社,2013.

〔苏〕涅克拉索夫.在斯大林格勒的战壕中[M].李霁野,译.上海:文化 工作室,1953.

〔苏〕涅克拉索夫.在斯大林格勒战壕里[M].李辉凡,译//李辉凡.世界 反法西斯文学书系:苏联卷(第六卷).重庆:重庆出版社,1994.

〔苏〕诺维科夫.现阶段的苏联文学[M].北京大学俄语系俄罗斯苏联文 学研究室,译.北京:中国社会科学出版社,1981.

〔苏〕帕乌斯托夫斯基.大师的馈赠[M].张铁夫,译.长沙:湖南文艺出 版社,2020.

〔苏〕帕乌斯托夫斯基.文学肖像[M].陈方,陈刚政,译.北京:人民文学 出版社,2002.

〔苏〕帕乌斯托夫斯基.烟雨霏霏的黎明[M].曹苏玲,沈念驹,译.北京: 人民文学出版社,2002.

潘桂珍.邦达列夫的社会哲理小说:《岸》《选择》《人生舞台》[J].外国文 学研究,1988(4).

〔苏〕潘诺娃.旅伴[M].朱惠,译.上海:开明书店,1951.

裴家勤.异域情雨:70~80年代苏联中篇小说选[M].北京:外语教学与研究出版社,1982.

彭克巽.苏联小说史[M].北京:北京十月文艺出版社,1988.

〔苏〕普拉东诺夫.回归[M]//美好而狂暴的世界:普拉东诺夫小说.徐振亚,译.杭州:浙江文艺出版社,2003.

齐广春,郑一新.法捷耶夫[M].沈阳:辽宁人民出版社,1985.

〔苏〕恰科夫斯基.胜利[M].施达,译.上海:上海译文出版社,1982~1987.

〔苏〕恰科夫斯基.围困[M].叶雯,等,译.上海:上海译文出版社,1978~1979.

〔苏〕恰科夫斯基.这事发生在列宁格勒[M].傅昌文,译.上海:时代出版社,1955.

钱善行.常写常新,多姿多采:前苏联反法西斯小说创作印象记[J].外国文学评论,1995(3).

钱善行.当代苏联小说的嬗变[M].北京:社会科学文献出版社,1994.

乔良.不可遗忘的日本侵华"文化战争"[J].军事文摘,2015(23).

〔俄〕丘达科娃.布尔加科夫传[M].李晓萌,等,译.北京:中央编译出版社,2021.

邱华栋.亲近文学大师的七十二堂课[M].桂林:漓江出版社,2014.

任光宣.基辅罗斯—十九世纪俄国文学,俄国文学与宗教[M].北京:世界图书出版公司,1995.

石国雄.深邃隽永的艺术世界:当代俄罗斯著名作家尤·邦达列夫的创作个性[J].南京大学学报(哲学社会科学版),1994(4).

石南征.明日观花:七八十年代苏联小说的形式、风格问题[M].北京:社会科学文献出版社,1997.

〔美〕史密斯.俄国人[M].上海《国际问题资料》编辑组,译.上海:上海人民出版社,上海:上海译文出版社,1977.

《世界文学》编辑部.苏联作家自述(第一册)[M],戈宝权,曹葆华,等,译.北京:中国文艺联合出版公司,1984.

〔苏〕斯珂莫洛霍夫,等.苏联文学中的军事题材[M].许铁马,译.北京:文艺翻译出版社,1953.

〔美〕斯洛宁.苏维埃俄罗斯文学(1917~1977)[M].浦立民,刘峰,译.上海:上海译文出版社1983.

〔美〕斯洛宁.现代俄国文学史[M].汤新楣,译.北京:人民文学出版社,

2001.

〔苏〕斯塔德纽克.战争[M].凌林,等,译.北京:中国青年出版社,1983~
1985.

〔苏〕斯塔德纽克.剑悬莫斯科[M].王福曾,译.北京:中国青年出版社,
1992.

〔苏〕斯塔德纽克.莫斯科,1941[M].王福曾,译.北京:中国青年出版
社,1988.

宋兆霖.苏联八十年代小说选[M].张绍儒,译.南昌:江西人民出版社,
1983.

苏联当代作家谈创作[M].北京师范大学苏联文学研究所,编译.北京:
北京师范大学出版社,1984.

苏联国家文学出版社供稿.骨肉情:苏联当代中短篇小说选[M].北京:
人民文学出版社,1988.

苏联作家谈创作经验[M].北京:中国青年出版社,1956.

〔苏〕绥拉菲莫维奇.铁流[M].曹靖华,译.北京:人民文学出版社,
1980.

孙建芳.爱情十字架背负的宗教情结:《第四十一个》的宗教象征意义初
探[J].遵义师范学院学报,2002(2).

孙犁全集(第三卷)[M].北京:人民文学出版社,2004.

孙美玲.肖洛霍夫的艺术世界[M].北京:社会科学文献出版社,1994.

孙美玲.肖洛霍夫研究[M].北京:外语教学与研究出版社,1982.

孙尚文.当代苏联文学[M].沈阳:辽宁大学出版社,1987.

孙中文.苏联卫国战争文学研究[M].辽宁师范大学硕士学位论文,2008.

孙忠霞.试论瓦西里耶夫的女性文学作品[J].牡丹江师范学院学报(哲
学社会科学版),2004(6).

〔俄〕索科洛夫.二战秘密档案[M].张凤,译.北京:中国广播电视出版
社,2005.

〔苏〕托尔斯泰.苦难的历程[M].朱雯,译.南京:译林出版社,2001.

托马斯·哈代诗选[M].蓝仁哲,译.成都:四川文艺出版社,1987.

〔俄〕瓦连尼科夫.人·战争·梦想[M].赵云平,孙越,译.北京:解放军文
艺出版社,2005.

〔苏〕瓦西里耶夫.未列入名册[M].裴家勤,白春仁,译.长沙:湖南人民
出版社,1981.

〔苏〕瓦西里耶夫.这里的黎明静悄悄……[M].王金陵,译.北京:人民

文学出版社,2004.

〔苏〕瓦希列夫斯卡娅.虹[M].曹靖华,译.北京:人民文学出版社,1952.

《外国文艺》编辑部.当代苏联中短篇小说选(下册)[M],上海:上海译文出版社,1982.

汪介之.现代俄罗斯文学史纲[M].南京:南京出版社,1995.

王宏起.《白卫军》中的梦幻解析[J].四川外语院学报,2003(6).

王惠英.试论西蒙诺夫及其"军事题材三部曲"[J].江苏教育学院学报(社会科学版),1999(4).

王培青.论邦达列夫的长篇小说《热的雪》[J].西北师范大学学报(社会科学版),1988(1).

王培青.试论邦达列夫的小说《影幕内外》[J].西北师范大学学报(社会科学版),1989(5).

王双双.《白卫军》中的"记忆"初探[D].南京师范大学硕士学位论文,2011.

王思敏,石钟扬.绥拉菲莫维奇[M].沈阳:辽宁人民出版社,1988.

王素.《这里的黎明静悄悄》中的人道主义精神[J].河南师范大学学报(哲学社会科学版),2006(5).

王天兵.哥萨克的末日[M].北京:新星出版社,2008.

王泽宇.文化视野下阿斯塔菲耶夫的战争小说研究[D].哈尔滨工业大学硕士学位论文,2015.

〔苏〕维霍采夫.五十—六十年代的苏联文学[M].北京大学俄语系俄罗斯苏联文学研究室,编译.北京:北京大学出版社,1981.

魏颖超.英国荒岛文学[M].北京:外语教学与研究出版社,2001.

魏玉芬,等.战争文学名著鉴赏辞典[M].北京:长征出版社,1991.

〔苏〕温格洛夫,爱弗洛斯.富尔曼诺夫[M].李德容,沈凤威,译.北京:中国青年出版社,1958.

温玉霞.布尔加科夫创作论[M].上海:复旦大学出版社,2008.

乌兰汗.苏联当代诗选[M].北京:外国文学出版社,1984.

邬鸿斌.困境中的道德坚守:贝科夫战争小说中的英雄形象及其塑造手法〔D〕.内蒙古师范大学硕士学位论文,2010.

吴炫.艺术魅力从何而来:《这里的黎明静悄悄》赏析[J].外国文学研究,1984(4).

武汉大学外文系.当代苏联中短篇小说选[M].武汉:长江文艺出版社,1981.

〔英〕西顿.苏德战争(1941~1945)[M].中国人民解放军军事科学院外国军事研究部,译.上海:上海人民出版社,1983.

〔苏〕西蒙诺夫.洛帕京日记摘抄[M].山东大学外文系俄苏文学研究室,译.上海:上海译文出版社,1983~1984.

〔苏〕西蒙诺夫.日日夜夜[M].磊然,译.北京:人民文学出版社,2015.

〔苏〕西蒙诺夫.日日夜夜[M].孙凌齐,译.北京:东方出版社,2005.

〔苏〕西蒙诺夫.我这一代人眼里的斯大林[M].裴家勤,李毓榛,译.北京:中国新闻出版社,1989.

〔苏〕西蒙诺夫.最后一个夏天[M].上海外国语学院俄语系,译.上海:上海人民出版社,1975.

〔苏〕西蒙诺夫.军人不是天生的[M].丰一吟,荣如德,等,译.北京:作家出版社,1965.

〔苏〕西蒙诺夫.生者与死者[M].郑泽生,译.上海:上海译文出版社,1993.

夏晓方.俄罗斯"完整世界观"与布尔加科夫[J].浙江工商职业技术学院学报,2003(3).

夏茵英.前苏联战壕真实派小说主题人物论[J].江西社会科学,1997(1).

〔苏〕肖洛霍夫.静静的顿河[M].力冈,译.南京:译林出版社,2010.

肖沁浪.《第四十一》的心理学分析[J].南昌大学学报(人文社会科学版),2005(5).

谢周.滑稽面具下的文学骑士:布尔加科夫小说创作研究[M].重庆:重庆出版社,2009.

熊晓霜.传统与现代的结合:《白卫军》的空间艺术分析[J].绵阳师范学院学报,2010(3).

徐家荣.肖洛霍夫创作研究[M].兰州:兰州大学出版社,1996.

许贤绪.苏联当代小说史[M].上海:上海外语教育出版社,1991.

薛君智.欧美学者论苏联文学[M].北京:社科文献出版社,1996.

严永兴.康德拉季耶夫的悲哀[J].百科知识,1997(6).

严永兴.康德拉季耶夫一举成名[J].读书,1981(10).

阎连科.作家们的作家[M].南京:译林出版社,2021.

杨仁敬.海明威研究文集[M].南京:译林出版社,2014.

杨蓉.《伊戈尔远征记》中自然图景的人文意蕴[J].中国俄语教学,2006(11).

〔苏〕叶尔米洛夫. 苏维埃文学传统[M]. 根香,译. 上海:新文艺出版社,
1958.

〔苏〕叶尔绍夫. 苏联文学史[M]. 北京师范大学苏联文学研究所,译. 北京:北京师范大学出版社,1987.

〔俄〕叶夫多基莫夫. 俄罗斯思想中的基督[M]. 杨德友,译. 上海:学林出版社,1999.

叶水夫. 苏联文学史[M]. 北京:中国社会科学出版社,1994.

伊戈尔远征记[M]. 魏荒弩,译. 北京:人民文学出版社,1983.

〔俄〕伊万诺夫. 铁甲车[M]. 戴望舒,译. 北京:人民文学出版社,1958.

〔苏〕伊万诺夫. 游击队员[M]. 非琴,译. 石家庄:河北教育出版社,2018.

于胜民. 战争·女性·和谐美:评《这里的黎明静悄悄……》[J]. 外国文学研究,1989(4).

宇清,信德. 外国名作家谈写作[M]. 北京:北京出版社,1980.

袁亚伦,张晓松. 中苏现代军事文学的比较与思考[J]. 贵州教育学院学报(社会科学版),1987(4).

袁玉德. "比《萨什卡》还有力":谈《谢利扎罗沃大道》[J]. 当代外国文学,1992(3).

岳凤麟.《岸》的哲理探索和艺术美[J]. 苏联文学,1988(2).

〔俄〕泽齐娜,科什曼,舒利金. 俄罗斯文化史[M]. 刘文飞,苏玲,译. 上海:上海译文出版社,1999.

〔瑞典〕泽特林,弗兰克森. 莫斯科战役1941:二战"台风"行动与德军的首次大危机[M]. 王行健,译. 北京:台海出版社,2018.

曾思艺. 俄罗斯文学讲座:经典作家与作品[M]. 北京:北京师范大学出版社,2015.

张培勇.《第四十一》:走向女性主义中心的范例[J]. 社会科学家,1995(5).

张文焕. 苏联战争文学的三次浪潮[J]. 俄罗斯文艺,2003(6).

张文郁. 苏联当代军事小说及康德拉季耶夫的《不了情》[J]. 名作欣赏,1986(3).

张先瑞. 阶级性战胜抽象人性的严峻形象:重评苏联小说《第四十一》[J]. 零陵师专学报,1982(1).

张鹰. 反思中国当代军事小说[M]. 北京:解放军文艺出版社,2001.

章亭桦,张美英编. 苏联各族中短篇小说选粹[M]. 北京:民族出版社,1988.

赵建常.俄罗斯转型时期军事文学研究(1985~2004).南京:南京大学出版社,2018.

赵婉晨.论瓦西里耶夫的战争题材小说[D].海南师范大学硕士学位论文,2013.

郑永旺.试论邦达列夫《营请求火力支援》和《热的雪》中的情绪空间[J].齐齐哈尔社会科学,1996(3).

周成堰.富尔曼诺夫和他的长篇小说《恰巴耶夫》[J].外国语文教学,1981(2).

周启超.在你的城门里:新俄罗斯中篇小说精选[M].北京:昆仑出版社,1999.

周湘鲁.与时代对话:米·布尔加科夫戏剧研究[M].厦门:厦门大学出版社,2011.

朱红琼.在选择中曲折前行:论《选择》的艺术结构[J].黑龙江教育学院学报,2007(4).

〔苏〕朱可夫.回忆与思考[M].中国人民解放军军事科学院外国军事研究部,译.北京:中国对外翻译出版公司,1984.

朱小莉.《人生舞台》的语言诗化和象征[J].苏联文学,1989(4).

左高山.战争镜像与伦理话语[M].长沙:湖南大学出版社,2008.

后　记

《苏联战争小说发展史》终于完成并且快要出版了,我心潮起伏,要说的话很多,但因为书的篇幅已经不小,因此只能简单说几件重要的事情。

本书能够完成并出版,首先要感谢国家社科办和天津市社科办。本书在2016年和2019年分别成功申报了天津市社会科学规划重点课题、国家社会科学规划后期资助课题,从而充分满足了进行研究所需要的购买资料、参加学术会议等必要条件,更使成果能够出版。

其次要感谢南开大学的王志耕教授。尽管我少年时期成长于"吃菜要吃白菜心,嫁人要嫁解放军"的年代,而且作为男性,一向喜欢战争文学,但从未有全面、系统、深入研究苏联战争文学的念头。2008年4月,志耕兄打电话给我,邀请我写他准备完成的《俄苏小说发展史》的一部分——斯大林背景下的战争小说。志耕兄治学严谨,要求严格,能得到他的邀请,我很受感动,因此马上着手搜集资料、阅读作品的工作。起初,我只想写几个代表作家,几万字就行。但是,做学问以来几十年养成的"竭泽而渔"式的搜集和阅读资料的习惯,使我搜集了不少材料,甚至花高价在孔夫子旧书网上购买了不少新中国成立前后出版的苏联战争小说,光是阅读的苏联战争小说就多达一千多万字!这使得我对苏联卫国战争小说有了相当全面、具体、细致的理解。后来,在进一步阅读各种材料,尤其是俄国研究苏联战争小说的材料的过程中,发现当今俄国和我国都没有一部对整个苏联战争小说(包括国内战争小说和卫国战争小说)进行系统研究的著作,从而萌生了完成一部《苏联战争小说发展史》的想法,并成功申报了两项课题。

再次要感谢在进行研究和写作本书的过程中,在资料方面给我大力帮助的朋友和学生。2018年,我曾在俄罗斯圣彼得堡大学访学两个月,但当时是带着学校的重要任务——为申报国家重大课题《20世纪俄罗斯乡村文学研究》做资料准备去的。而我这个人一向做事非常投入,因此把全部精力都放在搜寻、下载、购买20世纪俄罗斯农村文学的研究著作、代表性作家作品上,对苏联战争小说关注不多。到了本书写作中,才发现俄文资料太少了。

这个时候,苏州大学的朱建刚教授多次伸出援手,不但把自己已有的相关电子资料马上发给我,还帮我到他熟悉的俄文网站一再搜寻新的研究资料和论文。我指导的博士顾宏哲、常颖、王灵玲,则通过自己在俄国留学的学生和亲戚等,想方设法帮我购买苏联重要战争小说家的传记、研究著作乃至重要作品的纸质版,或者下载俄文著作的电子版,我所带俄国硕士生沙春樱,也利用她在俄国熟悉俄国网站的优势,帮我找到了一些很难找到的电子资料,如1953年的瓦西列夫斯卡娅传记等。

最后要感谢我的妻子姜小艳女士。从2016年成功申报课题到2021年8月初初步完成本书的写作,时间长达五六年。这段时间,我除了给本硕博生上课、指导本硕博的论文之外,其他时间基本上都花在研究和写作苏联战争小说发展史上:对从国内战争到卫国战争能找到中文译本的苏联战争小说从头到尾重新阅读,有的还读两次以上;大量阅读俄文材料(包括作家传记、研究著作和论文,还有某些没有翻译成中文的战争小说);全心全意地写作(一共完成了八十多万字,出版时已经进行了大量压缩)。而在这几年里,为了支持我的教学,尤其是科研,小艳不仅包揽了全部家务,还随时注意我的营养,督促我适当锻炼,并且还独自操持装修了小站和竹华里我们和儿子的两处房子,再累也咬牙坚持!

此外,还要感谢天津人民出版社的编辑团队,他们的认真细致,使本书能以更好的面貌与读者见面。

本书中有部分文字已以论文形式发表在《河南大学学报》《俄罗斯文艺》《北方工业大学学报》《广东开放大学学报》等刊物上,共计有二十余篇,为节省篇幅,未能一一标出,在此也对这些刊物及其编辑表示衷心的感谢。

人是社会性的动物,其所做的每一件重要事情,都需要群体协作。因此,每一个人都需要别人的帮助和协作。也正因为如此,我们要以感恩之心对待每一个人。再次感谢使本书得以完成和出版的每一个人!

曾思艺

2024 年 9 月